KRISTEN CALLIHAN

Game On

Trotz allem du

Über dieses Buch:
Ich möchte Chess kennenlernen, ihr nah sein. Was eine ganz schlechte Idee ist.
Niemanden überrascht das mehr als mich selbst. Die kratzbürstige Fotografin, die mein Team angeheuert hat, um die Bilder für unseren Charity-Kalender zu machen, ist eigentlich nicht mein Typ. Sie ist die Defensive auf meine Offensive, in jeder Hinsicht eine Herausforderung. Aber wenn ich mit ihr zusammen bin, verschwinden die Reuegefühle und die Düsterkeit ganz. Bei ihr macht das Leben Spaß. Aber Chess sucht eine Beziehung. Ich habe einer Frau noch nie mehr als eine Nacht gegeben. Aber wenn das Schicksal Chess ihr Zuhause nimmt, dann springe ich eben ein und biete ihr meins an. Wir sind jetzt Mitbewohner. Freunde ohne gewisse Vorzüge. Aber es wird immer schwerer, die Finger voneinander zu lassen. Und je länger wir zusammenwohnen, desto mehr merke ich, dass sie ein und alles für mich wird. Aber wie bringe ich sie dazu, mir eine Chance zu geben – jetzt, wo ich ihr weisgemacht habe, dass man nicht auf diesen Spieler setzen sollte?

Die Autorin:
Kristen Callihan hat sich bisher vor allem mit Romantic Fantasy einen Namen gemacht. »Game On – Mein Herz will dich« ist ihr erster zeitgenössischer Liebesroman, mit dem sie augenblicklich einen Bestseller landete. Sie lebt mit ihrem Mann und zwei Kindern in der Nähe von Washington D. C. Weitere Informationen finden Sie unter www.kristencallihan.com sowie auf der Facebook-Seite der Autorin (facebook.com/KristenCallihan).

Die Game-On-Reihe bei LYX:
1. Game On – Mein Herz will dich
2. Game On – Chancenlos
3. Game On – Schon immer nur du
4. Game On – Trotz allem du

Weitere Romane der Autorin sind bei LYX in Vorbereitung.

KRISTEN CALLIHAN

GAME ON

Trotz allem du

Roman

Ins Deutsche übertragen von
Wanda Martin

LYX

LYX in der Bastei Lübbe AG
Dieser Titel ist auch als E-Book erschienen.

MIX
Papier aus verantwortungsvollen Quellen
FSC® C083411

Redaktion: Birgit Sarrafian
Umschlaggestaltung: © www.buerosued.de unter Verwendung
von Motiven von © Mauritius Images/Caia Image
Satz: Greiner & Reichel, Köln
Gesetzt aus der New Caledonia
Druck und Verarbeitung: CPI books GmbH, Leck – Germany

Printed in Germany
ISBN 978-3-7363-0535-9

3 5 7 6 4 2

Sie finden uns im Internet unter www.lyx-verlag.de
Bitte beachten Sie auch: www.luebbe.de und www.lesejury.de

Anmerkung der Autorin

Ein paar Bemerkungen …

Die Handlung in dieser Geschichte verläuft parallel zu der in »Game On – Schon immer nur du«. Man muss »Schon immer nur du« nicht gelesen haben, um »Trotz allem du« zu verstehen oder mit Spaß zu lesen, aber ich wollte drauf hinweisen, dass die Geschichte von Dex und Fiona zur gleichen Zeit spielt wie die von Chess und Finn.

In diesem Buch beziehe ich mich auf verschiedene Versionen des Songs »Can't Help Falling in Love«, als da wären:

- das Original von Elvis Presley
- die Coverversion von Ingrid Michaelson
- die Coverversion von Lick the Tins

Man braucht sich die Songs nicht anzuhören, um den Roman zu verstehen. Aber sie schaffen eindeutig die Grundstimmung, wenn ihr so wollt.

1

Chess

Wenn die Aussicht darauf, etliche Stunden zusammen mit heißen, durchtrainierten und berühmten nackten Männern zu verbringen, mich nicht in Begeisterung versetzt, habe ich wohl ein neues Maß an Gleichgültigkeit erreicht.

Letztes Jahr war ich in einer ähnlichen Situation – lauter nackte Männer, jede Menge Sexappeal, den es für die Ewigkeit in Bildern festzuhalten galt – und da bin ich vor lauter hibbeliger Vorfreude fast aus der Haut gefahren. Ziemlich genau so wie mein Freund James jetzt gerade.

»Ich glaube, du musst mir eine Ansage von wegen ›Bleib locker, Bitch‹ machen«, sagt James und bläst langsam einen dünnen Rauchfaden in die Luft.

Ich sitze zusammengerollt auf einem schmalen Rattansofa auf der gegenüberliegenden Seite meines Balkons, damit ich seinen Zigarettenqualm nicht voll ins Gesicht bekomme, und muss lachen. »Wieso das denn?«

James, eine strahlende Erscheinung in einem lindgrünen Anzug samt zitronengelber Fliege, verdreht die Augen. »Mach keinen auf unschuldig, Chess. Es steht dir nicht.«

Mich würde schon interessieren, wie »unschuldig« denn bei mir aussieht, aber ich gehe nicht darauf ein. Ich weiß ganz genau, warum James gerade dabei ist, durchzudrehen. Es ist irgendwie süß, doch ihm das zu sagen, würde ihm ganz und gar nicht gefallen.

Stattdessen zucke ich mit den Schultern und schnipse ein abgestorbenes Farnblatt vom Sitzkissen. »Bist du ernsthaft so aufgeregt, weil wir einen Haufen Footballspieler nackt fotografieren werden?« Ich schüttele den Kopf, als fehle mir dafür jegliches Verständnis. »Wir arbeiten mit einigen der schönsten Menschen der Welt. Was das angeht, besteht der Körper für mich in diesem Moment nur aus Formen und Schatten.«

Nicht dass das für James von Bedeutung wäre. In dem Moment, als ich ihm erzählte, dass wir ein Kalendershooting für das NFL-Team von New Orleans machen und dass nicht nur alle Topspieler teilnehmen, sondern sie auch noch nackt posieren würden, hat James in den Modus »Durchgedrehter Fan« umgeschaltet. Was bei ihm für gewöhnlich Kettenrauchen und pausenloses Reden bedeutet.

Im Moment ist er so aus dem Häuschen, dass er gar nicht zu merken scheint, dass ich ihn foppe. Er schnaubt, nimmt noch einen Zug und blinzelt mich durch den Rauch hindurch an. »Mit Nacktheit komme ich klar. Ich hab mich immerhin echt gut zusammengerissen, als ich Strasssteine auf Giannas Brüste kleben musste, während mich ihre Nippel dabei förmlich angestarrt haben.«

»Das waren fantastische Brüste«, gebe ich zu, als ich mich an das umwerfende Model erinnere und daran, wie James bis zum Ansatz seiner rotbraunen Haare knallrot angelaufen war.

James ist für das Styling und Make-up unserer Models zuständig. Er ist ein absoluter Profi, aber nicht gegen sämtliche Herausforderungen gefeit. Einige der Models, ob Frauen oder Männer, machen ihn an.

Ganz im Gegensatz zu mir; ich bin dieses Jahr so abgestumpft, dass sicherlich nicht einmal dann eine Reaktion von mir käme, wenn ein Typ bei einem Shooting mit seinem Ding vor meinem Gesicht herumwedeln würde. Professionalität hin oder her – das ist nicht gerade gut. Ehrlich gesagt ist es eher besorgniserregend.

Nach jahrelanger Erfahrung mit miesen Dates und ohne jede Aussicht auf eine feste Bindung komme ich mir unzulänglich vor und zermürbt. Das Positive ist, dass ich einen Job mache, den ich liebe, und ein Loft in New Orleans besitze, meiner Lieblingsstadt. Mein Leben ist erfüllend, und offen gesagt geht es gerade erst richtig los. Trotzdem kann ich diese Anfälle von Gleichgültigkeit irgendwie nicht abschütteln.

James, der nichts von meinem Gefühlsdurcheinander mitbekommt, nickt, als würde er gerade an Gianna denken, seufzt dann aber. »Brüste sind nichts im Vergleich zu dieser Folter, Chess. Wir reden hier von NFL-Spielern. Von meiner Heimmannschaft.« Er wedelt sich selbst Luft zu. »Gott, es könnte echt sein, dass ich rot werde oder wie blöd rumstottere oder irgendwas ähnlich Peinliches.«

»Ah ja.« Als hätte ich vergessen, was für ein eingefleischter Footballfan James ist. In der Spielsaison redet er ununterbrochen von Mannschaftsrekorden und den Chancen auf die Playoffs und wer welches Spiel verkackt hat oder wegen eines Siegs sein absoluter Held ist, dass ich mir am liebsten den Arm abreißen würde, nur um ihm damit eins überzubraten. »Es ist wirklich hart, hm?«

Etwas an meiner Miene muss mich verraten, denn er klappt den Mund zu und wirft mir einen langen bösen Blick zu. »Blöde Kuh.«

Da muss ich lachen. »Du wirst das schon machen, James. Eine Woche lang stolzieren nackte Footballspieler an dir vorbei, und danach ist alles nur noch Schall und Rauch.«

»Wer sagt denn, dass ich es hinter mir haben möchte?« Er rümpft die Nase. »Ich werde es genießen. Und das solltest du auch.«

Ich hatte dieses Shooting nicht machen wollen. James und ich arbeiten im Moment am Limit, und ich spüre bereits diesen verräterischen dumpfen Druck hinter den Augen, der ankündigt, dass ein Migräneanfall auf dem Vormarsch ist.

Ich sollte mich nicht beschweren. Der Erfolg ist mir in den letzten paar Jahren geradezu in den Schoß gefallen. Ich habe Design studiert. Cyn, meine Mitbewohnerin vom College, die inzwischen in New York lebt, hat einen Abschluss in Modedesign. Ich habe damit angefangen, Fotos von ihrer ersten Kollektion zu machen, und den Leuten gefiel unsere Arbeit. Damit kam alles ins Rollen, und seitdem ging es immer weiter bergauf.

Wäre ich nicht so erschöpft, würde es mir vielleicht nichts ausmachen, einen Haufen zu groß geratener, muskelbepackter Jungs im Zaum zu halten – denn so haben sich die Sportler, mit denen ich bisher zusammengearbeitet habe, meistens verhalten. Aber gerade möchte ich mich nicht mit so was herumschlagen. Ich möchte einfach nur in ein Bett krabbeln und eine Woche lang schlafen.

Leider hat James, der auch meine Aufträge bucht, darauf bestanden, dass ich diesen Auftrag annehme. Es sei für einen guten Zweck – um Häuser für Flutopfer in der Region, aber auch in anderen Bundesstaaten wieder aufzubauen. Und weil dabei die Footballhelden unserer Stadt im Adamskostüm gezeigt würden, werde es garantiert ein Riesenerfolg.

»Außerdem«, hatte er letzte Woche am Telefon gesagt, »wollen sie unbedingt dich haben. Dein Kalender mit den nackten Fischern hat sie beeindruckt.«

Ich bin mir ziemlich sicher, was sie wirklich beeindruckt hat, ist die Tatsache, dass die Fotos von den nackten Fischern viral gingen. Aber ich ertappte mich dabei, wie ich Ja sagte. Verdammt.

»Es ist bloß ein Job, James«, sage ich ihm jetzt. Denn ganz ehrlich, ich möchte mich nicht wegen Männern verrückt machen, die ich nicht haben kann. Berühmte Footballspieler fallen definitiv in diese Kategorie. Alles, was ich will, ist ein ehrlich arbeitender Durchschnittsmann, der was im Kopf und eine geschickte Zunge hat. Ein süßes Lächeln wäre auch nicht schlecht. Ist das denn zu viel verlangt?

»Genau«, sagt James gedehnt. »Und gelato ist bloß ein anderes Wort für gefrorene Sahne.«

Ich schnappe nach Luft. »Pass auf, was du sagst, Mister.«

Ein leises Wummern erregt meine Aufmerksamkeit. James springt auf, als hätte man ihn gezwickt. »Scheiße noch eins, sie sind da!«

Er steht da und wedelt einen Augenblick mit den Händen, bevor er seine Zigarette austritt und mich panisch ansieht.

Ich lächle, auch wenn es sich verkrampft in der Kieferpartie anfühlt. »Bleib locker, Bitch.«

»Hmm. Das hat jetzt echt enttäuschend wenig geholfen.« Sein Vollbart zieht sich zusammen, als er einen leichten Schmollmund macht.

»Wenn es dir damit besser geht, kann ich sie auch einölen.«

Entsetzt macht er große Augen. »Wenn du mir das wegnimmst, schütte ich dir eine Woche lang Salz in den Kaffee.«

»Das ist einfach nur grausam!«

»Sei gewarnt«, sagt er mit einem Schnauben.

»Schon gut, schon gut.« Ich kichere und stehe dann auf. »Ich geh zur Tür. Wenn du gehst, kommen wir wegen deines ganzen Rumgeschleimes womöglich nie dazu, anzufangen.«

»Ha-ha.« Er verdreht die Augen, streicht dann aber seinen Anzug glatt. »Ich mach Espresso. Glaubst du, sie trinken Espresso?« James ist süchtig nach Koffein. Der Vorteil daran ist, dass er megaleckere Kaffeegetränke zubereitet. Jeden Morgen werde ich mit einem cremigen *café au lait* verwöhnt. Jeden Abend mit einem bittersüßen *macchiato*. »Ich habe nicht die geringste Ahnung.« Meine Kenntnisse über die Vorlieben und Abneigungen von Footballspielern sind gleich null. »Bleib vielleicht erst mal bei Wasser.«

»Chess, das können wir besser.« Er zieht ein Tablett mit feinstem Aufschnitt aus dem Kühlschrank.

»Herrje, es ist ein Fotoshooting und keine Party.«

»Das eine schließt nicht notwendigerweise das andere aus.«

»Wenn du meinst.« Ich lasse ihn allein weiter mit dem Tablett herumhantieren. Das Treppenhaus zu meinem Loft ist ein riesiger Hallraum, deshalb kann ich die Jungs schon glockenklar hören, bevor ich auch nur den halben Weg zur Tür zurückgelegt habe.

»Vielleicht ist er auf'm Klo oder so«, sagt eine tiefe Stimme abfällig.

»Toll«, sagt eine andere gedehnt. »Wir müssen erst noch seinen Schiss abwarten? Das kann sicher 'ne gute halbe Stunde dauern.«

Ich muss mir ein Lachen verkneifen und werde langsamer, dann höre ich ein gequältes Seufzen. »Guter Gott«, sagt ein Typ mit einem breiten Südstaatenakzent, »diese Jungs betteln geradezu immer wieder um eine Watsche. Es ist fast schon zu einfach.«

Ich stimme ihm innerlich zu, zucke dann aber vor Schreck zusammen, als jemand so fest gegen die Tür wummert, dass ich Angst habe, sie könnte aus den Angeln fliegen. Echt mal, das geht jetzt zu weit.

»Alter!«, ruft ein wütender Kerl. »Drück's raus und mach auf!«

Jemand murmelt was von ein bisschen Manieren zeigen, aber ich bin jetzt sauer und gehe mit großen Schritten zur Tür, im Begriff, meine ungeduldigen Gäste an gutes Benehmen zu erinnern.

Ich reiße die Tür auf und sehe mich vier enorm großen Typen gegenüber, die mich anstarren. Abgesehen von ihrer beeindruckenden Größe könnten sie unterschiedlicher nicht aussehen. Der Berg von Mann direkt vor mir mit seinem Vollbart, dem Man-Bun und den tätowierten Armen sieht aus, als wäre er in den Clubs zu Hause, in die ich gerne gehe. Außerdem macht er einen ziemlich verärgerten Eindruck, was mich vermuten lässt, dass er derjenige war, der die anderen zu mehr Manieren aufgerufen hat.

Neben ihm steht ein gutaussehender, drahtiger Typ, der amüsiert grinst. Kurze Dreadlocks stehen wie eine Dornenkrone von seinem Kopf ab. Er schüttelt denselben und wirft dem Goldjungen neben sich einen genervten Blick zu. Der Schadenfreude des Goldjungen tut das keinen Abbruch, seine hellbraunen Augen blitzen lausbübisch.

Sie sehen allesamt, jeder auf seine Weise, attraktiv aus und liefern somit tolle Motive für das, was wir vorhaben.

Aber wer mir ins Auge fällt und meinen Blick fesselt, ist der Typ hinter ihnen, der sich mit griesgrämiger Miene im Hintergrund hält. Dieser Kerl ist das Covermodel, mit seinen leuchtend blauen Augen und der gebräunten Haut. So umwerfend, dass es fast schon wehtut. Und er schaut an seiner perfekten Nase entlang zu mir herunter, als wäre ihm meine Anwesenheit ein Ärgernis.

Sein Gesicht kenne ich gut. In Werbespots und von Plakaten hat er mich angelächelt, um mir Sportkleidung, Fitnessdrinks und sogar Hypotheken zu verkaufen. Er ist der Quarterback, der auserwählte König des Footballteams, Finn Mannus oder ›Manny‹, wie ihn die Presse nennt. Ein seltsamer Spitzname, schließlich ist er verdammt hübsch.

Er bemerkt, wie ich ihn ansehe, und zieht eine Augenbraue hoch, als wollte er sagen: »*Ja, ich weiß. Ich bin all das und noch ein Sahnehäubchen obendrauf, aber denk nicht mal dran, es bei mir zu versuchen; ich hab Besseres zu tun.*«

Und ich genauso. Ich schaue weg und betrachte meine übrigen Kunden. Sie sehen mich alle unterschiedlich erwartungsvoll oder ungeduldig an. Sie strahlen Überlegenheit und Testosteron aus wie die Sonne das Licht. Wenn ich dem auch nur einen Millimeter Raum einräume, reißen sie das Shooting an sich. Sie würden es wahrscheinlich nicht einmal merken; sie sind schlicht und einfach daran gewöhnt, das Kommando zu übernehmen.

Ich nehme mich zusammen und überlege, was sie eben noch mal gesagt hatten. Ah, ja, sie hatten vom Scheißen geredet. Herzallerliebst. Zeit für mich, ebenfalls Überlegenheit zu demonstrieren.

Finn

Eine Lektion habe ich schon früh im Leben gelernt: Manchmal muss man eben leiden. Wappne dich dafür, und bring es so schnell wie möglich hinter dich. Als Footballspieler gibt es jede Menge Mist, den ich aushalten muss: körperliche Schmerzen, geistige Erschöpfung, stumpfe Fragen von Reportern, strenge Diäten, kaum Freizeit. Von außen betrachtet fragt man sich, warum zur Hölle irgendjemand tatsächlich Profi-Footballspieler sein will. Die Antwort: weil es das absolut beste Spiel der Welt ist und ich es voll draufhabe.

Aber an Tagen wie diesen, wenn ich vom Marketingleiter meines Teams gefragt – oder eher angewiesen – werde, für einen Kalender zu posieren, zweifle ich wirklich an meiner Hingabe für diesen Sport.

Der einzige Grund, warum ich mich überhaupt bereit erklärt habe, bei dieser Sache mitzumachen, ist der, dass es für wohltätige Zwecke sein soll. Auch wenn ich mich schon für wohltätige Zwecke engagiere. Ich gebe mein Gesicht und meinen Namen dafür her, um Organisationen zu fördern, die sich für Kinder sowie benachteiligte und missbrauchte Menschen einsetzen. Es ist mit das Beste an meiner Berühmtheit. Doch für einen Pin-up-Kalender zu posieren, gibt mir das Gefühl, der letzte Idiot zu sein.

Und als wäre das noch nicht genug, stehe ich mit noch drei Teamkollegen bei dem Fotografen vor der Tür, und er macht nicht auf. Als ich mit der Faustkante gegen die Metalltür klopfe, hallt das Geräusch in dem breiten Treppenhaus wider. Eigentlich ist heute mein freier Tag. Ich könnte im Bett liegen, in der Badewanne vor mich hin schrumpeln – niemand sollte das von der Hand weisen, bevor er es nicht selbst probiert hat – oder auf meiner PlayStation Call of Duty zocken.

Andererseits, wenn er nicht auftaucht, fällt das Fotoshooting ins Wasser. Nicht mein Problem. »Haben wir uns in der Zeit geirrt?«, frage ich über meine Schulter hinweg.

»Nee«, meint Dex, mein Center. »Wir sind sogar ein paar Minuten zu spät.«

Super. Wir stehen also hier rum und schaukeln uns die Eier. »Ich hoffe für den Fotografen, dass er nicht irgend so einen Künstler-Wutanfall hat.«

Dex zuckt gelangweilt mit den Schultern. »Vielleicht ist er auf'm Klo oder so.«

Mein erster Wideout, Jake Ryder, scheint lieber Witze zu reißen.

Jake schreit noch mal in Richtung der Tür und wummert mit der Faust dagegen. »Alter! Drück's raus und mach auf!«

Wenn ich nicht so mit anderen Gedanken beschäftigt wäre,

würde ich mich schämen. Ich gehe auf und ab und schiele zur Treppe. Es ist noch nicht zu spät, um abzuhauen.

Leider fliegt in dem Moment die Tür auf. Eine Frau steht im Türrahmen, sie sieht stinksauer aus und irgendwie furchteinflößend. Sie ist dünn und groß, vielleicht eins achtundsiebzig, womit sie immer noch fünfzehn Zentimeter kleiner wäre als ich. Ihre Augenbrauen sind pfeilgerade, das würde mir normalerweise bei einer Frau nicht auffallen, aber es verleiht ihr so einen entschlossenen Gesichtsausdruck – wie eine kampfbereite Amazone –, dass man es schwer ignorieren kann. Oder vielleicht liegt's auch daran, dass sie uns wütend anstarrt, als überlegte sie, wen von uns sie als Erstes zerstückeln sollte.

Als könnte sie meine Gedanken hören, schnellt ihr düsterer Blick zu mir. Und ungelogen, ich spüre ihn bis in meine Eier. Sie ist nicht hübsch. Ihr schmales Gesicht mit dem hohen Nasenrücken wirkt zu ernst, um hübsch zu sein. Das lange glatte Haar, tintenschwarz an den Ansätzen und violett in den Spitzen, verleiht ihr was von einem Gothic Girl. Genauso wie ihr schwarzes Tanktop und die Jeans. Ein Hornstrauch-Tattoo aus schwarzen Linien zieht sich über ihren linken Oberarm.

Kurzum, sie ist die Sorte Frau, die mich schon mein ganzes postpubertäres Leben lang meidet. So wie ich sie meide. Nennt es Klischee, ist mir egal. Die simple Wahrheit lautet: Frauen, die aussehen wie sie, hatten noch nie Interesse an Kerlen wie mir, und ich hab ihren Typ noch nie eines zweiten Blicks gewürdigt.

Trotzdem beschleunigt mein Puls. Ihr intensiver Blick ist voller Stärke. Und Stärke ist etwas, wovor ich Respekt habe.

Sie schwingt in ihrer rauchigen Stimme mit, als sie endlich etwas sagt. »Was rausdrücken, bitte?«

Diese Stimme ist sexy – von der Art, die sich um deinen Schwanz legt und dran zieht. Dass ich auf eine sexy Stimme reagiere, kann ich jetzt absolut nicht gebrauchen. Besonders nicht, da sie uns eindeutig bloß für einen Haufen ungezogener Jungs hält.

Übernimm das Kommando. Kontrolliere die Lage. Genau das mache ich. Immer. Ich lenke ihre Aufmerksamkeit wieder auf mich, indem ich einen Schritt vortrete. »Wir sind wegen des Kalendershootings hier.«

Ihre Oberlippe kräuselt sich. »Ach was, ich hab sicher nicht geglaubt, dass ihr für das Gruppenfoto der Kinder-Baseballmannschaft hier seid, das nachher noch ansteht.«

Putzig. Echt putzig. Moment mal. Wie war das jetzt?

»Du bist die Fotografin?« Der Schock ist wie ein Schlag in die Magengrube.

Offensichtlich verärgert funkelt sie mich spöttisch an. »Mal nicht so klischeehaft, ja, Hübscher?«

Ein heißes Kribbeln geht durch meinen Bauch. So werde ich schon mein ganzes Leben genannt. Ich bin dran gewöhnt, und es juckt mich nicht wirklich, wenn die Jungs mich wegen meines Aussehens aufziehen. Aber es macht mich sauer, das von dieser Frau zu hören, als wäre ich niemand.

Ryder kichert. »Sie hat dich durchschaut, Apfelbäckchen.«

Nein, hat sie nicht. Nicht mal ansatzweise. Aber dass sie das meint, nervt mich total. »Moment mal, uns wurde gesagt, dass der Fotograf Chester Copper heißt. Entschuldigung, wenn ich da angenommen habe, dass es sich um einen Mann handelt.«

Sie zuckt zusammen, als wäre sie geschlagen worden, und zwischen ihren Augenbrauen erscheint eine kleine Furche. »Ich nenne mich Chess. Keine Ahnung, wie euer PR-Management auf meinen vollen Namen gekommen ist.« Es hört sich ganz so an, als hätte sie vor, das herauszukriegen.

Ich möchte nicht mit dem armen Trottel tauschen, der ihren vollen Namen hat durchsickern lassen. Aber es ist mir eine Genugtuung, dass ich sie auch treffen kann. Es *mit gleicher Münze heimzuzahlen ist nur fair, Süße.* »Wahrscheinlich liegt's daran, dass sie die Leute gründlich durchleuchten, um die Freaks auszusortieren.«

Chess verdreht zur Antwort gelangweilt die Augen. Jetzt, wo ich nah genug vor ihr stehe, kann ich sehen, dass sie flaschengrün sind, von einer tiefen, aber kristallklaren Farbe. Ich glaube nicht, dass ich schon mal ein Paar Augen in dieser Farbe gesehen habe, und ich möchte länger in sie hineinsehen.

Ich habe keine Ahnung, warum mir das überhaupt auffällt. Ihr Aussehen sagt nichts darüber, wie sie ihre Arbeit machen wird. Und die ist der einzige Grund, warum ich hier bin.

Neben mir regt sich Jake, er zieht die Augenbrauen zusammen. »Chester Copper … Das ist so ähnlich wie Chester Copperpot aus *Die Goonies*«, fügt Jake hilfreicherweise hinzu und sieht uns der Reihe nach an. »Erinnert ihr euch noch an den Film?«

Unsere Fotografin stößt einen obszönen Fluch aus, bei dem ich mir ein Grinsen verkneifen muss.

»Ja, ist ein cooler Streifen«, sagt Rolondo zu Jake. »Der kleine Junge, der darin die Hauptrolle hatte, spielte später Samweis Gamdschie. Mann, was für ein armer Trottel. Wer wirft sich bitte freiwillig ins Feuer des Schicksalsbergs, weil ihm wegen eines Hobbits einer abgeht.«

Dex, der bis jetzt geschwiegen hat, schüttelt sichtlich empört den Kopf. »Er hatte die Mission, Mittelerde von Sauron zu erlösen, du Idiot.«

»Falsch«, beharrt Rolondo. »Er stand voll auf Frodo.«

Mein Grinsen wird noch breiter. Wenn man diese Jungs über Filme reden lässt, finden sie einfach kein Ende mehr. Das weiß Jake genauso gut wie ich. Er gibt einen ungeduldigen Laut von sich. »Hallo? Können wir bitte wieder über *Die*

Goonies und Chester Copperpot reden? Ihr wisst schon, den Alten, den sie ganz verschrumpelt von einem Felsbrocken erschlagen vorfinden, weil er in eine Falle vom Einäugigen Willie getappt ist?«

Chess läuft dunkelrot an. »Ja, ich weiß schon«, presst sie hervor. »Meine Eltern haben sich bei einer Kinovorführung des Films kennengelernt. Sie rechneten damit, dass sie einen Jungen bekommen, und weil meine Oma schon alle meine Babydecken mit dem Namen bestickt hatte …« Sie zuckt mit den Schultern, als würde das Ganze sie langweilen, aber mir entgeht die Anspannung in ihren schmalen Schultern nicht. Sie ist genervt.

»Sie haben dich tatsächlich nach der Figur aus *Die Goonies* benannt?«, fragt Dex entsetzt.

»Ja«, bestätigt sie in einem knappen, gequälten Tonfall.

Ich bin hin- und hergerissen, ob ich ihre Eltern dafür lieben oder eher finden soll, dass sie einen an der Klatsche haben. Einerseits gibt's Pluspunkte für Originalität. Andererseits, wer tut einem Mädchen so was an?

Rolondo murmelt etwas über verrückte weiße Leute vor sich hin, eindeutig nicht leise genug, denn Miss Chester dreht sich abrupt um und schreitet mit ihren langen Beinen ins Studio voraus.

Nachdem wir einige vielsagende Blicke getauscht haben, folgen wir ihr.

Das Loft nimmt die halbe Etage ein. Es ist riesig, mit freigelegten Backsteinwänden, abgetretenen Holzdielen und fabrikmäßigen schwarzen Gitterfenstern. Es gibt einen Wohnbereich mit braunen Ledersofas und einem von diesen Couchtischen, die aus einem knorrigen Baumstamm gefertigt sind. Ein alter Bauernesstisch steht einer Luxusküche gegenüber.

Es erinnert mich an meine Wohnung, und ich habe das seltsame Gefühl, nach Hause zu kommen. Einigen der Jungs ist es egal, wie ihre Bude aussieht, solange es darin einen riesigen Fernseher und eine gute Couch zum Langmachen gibt. Bei mir ist das anders. Das Zuhause ist wie ein Hafen, und man ist weiß Gott selten genug da, also sollte es einen Ort geben, an dem man sich wohlfühlt.

Chess bleibt an einem großen Tisch stehen, auf dem jede Menge Footballausrüstung liegt: Schulterpolster, Footballs, die Helme unseres Teams, sogar Schienbeinschoner und Tape.

Ich schätze, wir werden in voller Montur posieren, nur sehe ich keine Trikots. In meinem Nacken fängt es an zu kribbeln, wie sonst immer, kurz bevor ich auf dem Spielfeld umgenietet werde.

Ein dünner Kerl mit einem buschigen roten Bart kommt aus dem Bad geeilt. Er trägt einen gelben Filzhut und einen schmal geschnittenen lindgrünen Anzug mit braunen Nadelstreifen. Nichts Ungewöhnliches in New Orleans. Komischerweise bewirkt der Anblick, dass ich mich ein bisschen entspanne.

»Ich bin James. Chess' Assistent. Sorry wegen der Verspätung. Wir haben gerade auf dem Balkon eine geraucht.« Er grinst und mustert Jake ausführlich. »Besser gesagt, ich habe geraucht. Chess hat mir nur Gesellschaft geleistet.«

Jake runzelt sichtlich verwirrt die Stirn, als wäre er sich nicht sicher, ob er gerade abgecheckt wird.

»So genau wollen sie das gar nicht wissen, James.« Chess schaut nicht zu uns rüber, sondern inspiziert die Requisiten. »Die Umkleide ist linker Hand. Wenn ihr euch ausgezogen habt, reibt James euch mit Öl ein.«

Sämtliche Luft entweicht aus dem Raum, und ich höre ein lautes Ploppen in meinem Ohr. Meine Jungs sind ebenfalls erstarrt, sie machen große Augen und sind sichtlich geschockt.

»Mit Öl einreiben?« Ich kriege die Worte kaum zwischen

meinen zusammengepressten Zähnen hervor. Na super. Die PR-Abteilung hat nichts von nackt machen gesagt. »Du willst es uns richtig geben, was?«

Ihre Miene bleibt ungerührt. »Wenn ich es jemandem gebe, dann merkt derjenige das schon, Mr Mannus.«

Darauf möcht ich wetten. Es würde mich nicht wundern, wenn sie schon mal Kratzspuren auf den Eiern von irgend so einem armen Trottel hinterlassen hat. Meine eigenen ziehen sich vor Mitgefühl zusammen.

Jake, der noch nie sonderlich viel Selbsterhaltungstrieb bewiesen hat, lacht. »Das Mädchen gefällt mir.«

Grüne Augen blitzen unter ernsten, anklagenden Brauen auf. »Ich bin kein Mädchen, Mr Ryder, ich bin eine Frau.«

Rolondo kann sich ein spöttisches Johlen nicht verkneifen, und Dex stößt ihm einen Ellbogen in die Seite, damit er ruhig ist.

»Die einen Auftrag zu erledigen hat«, fügt sie so verächtlich hinzu, dass ich nicht die Klappe halten kann.

»Lass mich raten«, sage ich gedehnt. »Du bist besessen davon, endlich den Einäugigen Willie zu finden.«

Jake verschluckt sich an einem unterdrückten Lachen, und Dex fährt sich mit einer Hand über den Bart, um ein Grinsen zu verbergen.

»Mann«, murmelt Rolondo. »Da hast du dir jetzt vielleicht was eingebrockt.«

Daran hab ich keinen Zweifel. Als leises Zeichen der Warnung läuft ein Kribbeln meine Wirbelsäule hinunter, aber ich bin zu gereizt, um es zu beachten. Wir wurden reingelegt und sollen jetzt brave kleine Jungs sein und uns ausziehen? Das sehe ich jetzt mal anders.

Chess kommt langsam auf mich zu. Ich hatte schon Offensive-Trainer, die mich mit weniger intensiven Blicken niedergezwungen haben. Doch bei denen hat mein Herz nie angefangen, schneller zu schlagen, und mir wurde auch nicht heiß in meiner Haut. Es macht mich nervös, aber das werde ich mir auf keinen Fall anmerken lassen. Ich stütze die Hände tief in die Hüften und warte auf die unausweichliche Explosion.

Sie bleibt vor mir stehen, so dicht, dass ich einen schwachen Duft nach Sonne und Erde wahrnehme, so als hätte sie in einem Garten gesessen und das Licht in sich aufgesogen. Unsere Blicke verhaken sich ineinander. Ich rechne damit, dass sie auf mich losgeht, und vielleicht hat sie das auch vor. Aber sie sagt nichts. Sie steht bloß da wie festgefroren.

Ein merkwürdiger Ruck geht durch den Raum. Ich weiß nicht, was verdammt noch mal hier abgeht. Mein Blickfeld fokussiert sich auf sie, nichts sonst. Ihre Körperwärme strahlt von ihr ab und trifft mich mit voller Wucht. Es ist, als würde sie eine heiße Hand auf meine Bauchmuskeln legen. Das Gefühl ist so stark, dass meine Eier sich straffen und mein Schwanz schwer und dick wird.

Was zur Hölle …?

Ich kann mich nicht rühren. Mein gesamtes Denkvermögen ist gen Süden gewandert, um Anweisungen von meinem munter werdenden Schwanz entgegenzunehmen. Und besagter Schwanz besteht darauf, dass wir uns näherkommen. Er möchte offiziell vorgestellt werden.

Nein, nein, nein. Das kommt gar nicht infrage.

Als ich tief Luft hole, wird mein Hirn nur noch mehr von ihrem Duft benebelt. Ich stecke ernsthaft in Schwierigkeiten.

Als sie endlich redet, bin ich fast dankbar dafür, aber ihre Schlafzimmerstimme hilft gerade nicht besonders. »Stellen wir mal eins klar, Mr Mannus. Du bist hier in meinem Haus. Wir haben einen Job zu erledigen. Ich werde meinen Part erfüllen und du deinen.« Mit ihren dunklen Augen schaut sie eindringlich in meine. »Mach so viele Schwanzwitze, wie du willst. Die werden dich nicht retten.«

Nein, vermutlich nicht. Wie bei einem unausweichlichen Zusammenprall mit einem Linebacker wird mich Miss Chess Copper vermutlich umhauen und es mich spüren lassen. Das Fiese daran ist, dass ich mir nicht sicher bin, ob ich die Vorstellung hasse oder sie mir irgendwie gefällt.

2

Chess

Die Arbeit läuft wie immer. Ich rede Dex, dem schüchternen, ruhigen Kerl, gut zu, damit er sich entspannt. Vom Angeber Rolondo schieße ich einfach so viele Bilder, wie ich kann, während er so viele Posen macht, wie er kann. Und dem zum Flirten aufgelegten Typen, Jake, gebe ich Anweisungen, bis er sich eingewöhnt hat. Es macht Spaß, durchweg.

Und ja, James ist die ganze Zeit über ein stammelndes, rot anlaufendes chaotisches Etwas. Die Jungs nehmen es locker. Es ist offensichtlich, dass sie daran gewöhnt sind, nackt herumzulaufen, und sie betrachten ihre Körper – zum größten Teil – als Maschinen.

Sich auszuziehen scheint sie kein bisschen zu stören. Schwänze allerdings bleiben ein sensibles Thema. Überraschenderweise ist der Flirttyp, Jake Ryder, besonders besorgt.

»Scheiße«, murmelt er, als er seinen Bademantel fallen lässt, und seine Wangen verfärben sich leicht. »Was, wenn ich eine Latte kriege? Ich meine, ich bin nicht angetörnt oder so. Nicht, dass du nicht echt süß wärst … Mist. So hab ich das nicht gemeint.« Er scharrt mit den Füßen und will sich schon die Hände vor den Penis halten, als er es sich in letzter Sekunde anders zu überlegen scheint, so als wollte er sich auch nicht verstecken. »Ich sag's nur. Ich bin nackt, und du wirst gucken. Das lässt ihn meistens strammstehen.«

Allein die Tatsache, dass er mit seiner Sorge nicht hinterm

Berg hält, bringt ihm meine Sympathie ein. Ich behalte einen neutralen Gesichtsausdruck bei und mache ein Foto, um die Belichtung zu prüfen. »Wenn er beschließt, uns zuzuwinken, ignorieren wir ihn. So wie ich das immer mache, wenn das passiert.«

»Passiert das oft?«, fragt er, und seine Miene hellt sich auf.

»Ich brauche dir, Mr Ryder, doch sicher nicht zu sagen, dass Penisse dafür bekannt sind, ihren eigenen Willen zu haben.«

»Oder eben gerade keinen«, stimmt er mit einem kurzen Lachen zu.

Daraufhin entspannt er sich, und wir kommen gut miteinander klar. Aber die ganze Zeit über ist da so ein Pochen unter meiner Haut, das nervige Wummern meines Herzens, das gegen meine Rippe schlägt. Denn anders als Jake bin ich nicht locker. Kein bisschen. Und ich weiß, wem ich das zu verdanken habe.

Der Arschgeige. Mannus.

Ich könnte so tun, als ob ich nicht wüsste, warum er diese Wirkung auf mich hat und die anderen nicht. Aber das wäre gelogen. Ich fühle mich zu ihm hingezogen. Und das ist mehr als beunruhigend.

Normalerweise muss ich einen Mann mögen, um da ein Knistern zu spüren. Arschgeigen, die sich für absolut unwiderstehlich halten, kriegen nicht mehr als einen beiläufigen Blick von mir. Und warum sollten sie auch? Ich bin ständig von gutaussehenden Männern umgeben. Ein schöner Körper ist nicht mehr als eine attraktive Verpackung zum Angucken. Was unter der Oberfläche steckt, ist so viel interessanter.

Dass Finn Mannus, der mich höllisch nervt, mir im Hinterkopf rumschwirrt, seit ich ihn gesehen habe, ist keine Erfahrung, die ich gern mache. Dass er als Nächster dran ist und ich ihn nackt sehen werde, dass ich die Fassung bewahren und ihn fotografieren muss, bringt mich durcheinander. Und zwar gewaltig.

Ich habe ein albernes flaues, flatteriges Gefühl im Bauch. Ich habe kalte Finger, aber meine Haut ist heiß. Ich bin so genervt von mir selbst, dass ich eine Pause machen und mir selbst eine runterhauen möchte. Wenn das so weitergeht, werde ich James bitten müssen, *mir* eine Ansage von wegen »Cool bleiben, Bitch« zu machen.

Ich muss einfach nur den Tag überstehen, dann wird das alles bald nur eine verschwommene Erinnerung sein. Ich werde ein Glas gekühlten Weißwein trinken – oder vielleicht auch ein Schnapsglas eiskalten Wodka, wenn das so weitergeht – und mich fertig machen für mein Date mit … Scheiße, wie hieß der Typ noch gleich? Ich blinzle, unfähig, mich an seinen Namen zu erinnern.

Adam? Marvin? Melvin? »Evan!«

»Was?« Jake Ryder guckt verwirrt zu mir herüber. Ich räuspere mich und hebe meine Kamera hoch. »Nichts. Mach weiter.« Die Anweisung gilt genauso für mich. Auf keinen Fall werde ich mich von einem großmäuligen Quarterback ablenken lassen. Auf gar keinen Fall.

Finn

»Du wirkst … angespannt.«

Ich halte mitten im Gehen an und werfe Dex einen Blick zu, bei dem die meisten Jungs Leine ziehen würden. Doch der Mann lehnt sich bloß auf seinem Stuhl zurück, verschränkt die Arme vor der Brust und zieht eine Augenbraue hoch. Da ich versucht habe, dafür zu sorgen, dass er sich mehr ins Team einbringt, sollte ich froh darüber sein, dass er überhaupt Interesse hat, sich zu unterhalten. Denn das hat Dex selten. Nur passt es gerade nicht.

Es fühlt sich an, als würden Ameisen über meine Magenschleimhaut krabbeln, und ich kann mich gerade so zusammenreißen, sie nicht rauszukratzen. So nervös war ich seit meinem letzten Collegemeisterschaftsspiel nicht mehr. Ein Spiel, das ich beschissenerweise gegen Dex' Team verloren habe, besten Dank auch. Deshalb habe ich keine Lust, mitzuspielen.

»Du bist doch fertig mit deinem Shooting«, sage ich zu ihm. »Heißt das nicht, du kannst jetzt gehen?«

Er lächelt dünn und wissend. »Ich hab uns hergefahren, erinnerst du dich?«

Und ob. Verdammt.

»Und selbst wenn nicht«, fährt er ausdruckslos fort, »das würde ich nicht verpassen wollen.«

»Was verpassen?«, frage ich, obwohl ich es nur zu genau weiß.

»Dich, am Rande des Zusammenbruchs. Geradezu faszinierend. Mit jeder Runde, die du durch den Raum drehst, wirst du noch angespannter.«

Ich lasse die Hände zu den Seiten herabsinken und befehle meinen Schultern, sich zu entspannen. Mein Körper ignoriert die Anweisung. »Such dir was Besseres zu tun.«

»Geht nicht. Das hier sind elementare Studien«, sagt er. »Jetzt weiß ich, wie die Anzeichen aussehen, wenn du auf dem Spielfeld kurz davor bist, am Rad zu drehen.« Je mehr er als mein Center über meine Körpersprache weiß, umso besser. Das sage ich mir zwar, aber ich möchte ihm am liebsten die Stuhlbeine unterm Hintern wegtreten. »Dexter, wenn ich auf dem Feld kurz davor bin, am Rad zu drehen, werd ich's dir sagen. Ich hab nicht das geringste Problem damit, es zuzugeben, wenn ich während eines Spiels Hilfe brauche.« Einige

QBs würden lieber ihr linkes Ei verschlucken, als irgendwie Schwäche zu zeigen. Aber wir sind da draußen ein Team. Und da punkten wir nur durch Teamwork, nicht dadurch, dass man Scheiße baut, nur um das Gesicht zu wahren.

Dex legt den Kopf schief und betrachtet mich prüfend, als wäre ich irgendein exotischer Käfer, der zum Fenster hereingeflogen ist. Verdammt, ich darf jetzt nicht an Käfer denken. Das lenkt meine Aufmerksamkeit nur wieder auf dieses unangenehme Kribbeln in meinem Bauch.

»Und jetzt?«, fragt er. »Verrätst du, was dir gerade so zusetzt?« Fältchen legen sich um seine Augenwinkel. »Ich mein, ich weiß, was es ist, aber gibst du es auch zu?«

Fluchend lehne ich mich gegen die raue Backsteinwand des Lofts und lasse meinen Blick durch Chester Coppers Wohnbereich wandern.

Chester Copper. Obwohl ich mich unwohl fühle, muss ich lächeln. Gott, sie ist vielleicht krass – eine von der Sorte, die sofort zugreift. Das ist irgendwie sexy, auf eine zornige, düsterschwermütige Art. Ich schätze, ich wäre ziemlich angefressen, wenn ich ein Mädchen wäre und meine Eltern mich Chester genannt hätten.

Das Lächeln vergeht mir. Sie hält mich eindeutig für ein Arschloch. Normalerweise bin ich charmanter zu Frauen. Heute bin ich neben der Spur. Aber ich hab auch mit einem Kerl namens Chester gerechnet, jemand, mit dem ich vielleicht über Football reden und den ich hätte überzeugen können, nur schnell ein paar Fotos zu machen, bevor ich abhaue. Nicht mit einer schroffen Frau, die mir mit ihren dunkelgrünen Augen die Haut abzieht und geradewegs darunter zu sehen scheint.

Sie hat mich mit einem Blick abgeschätzt und gleich abgehakt. Zwar bin ich daran gewöhnt, nach meinem Aussehen beurteilt zu werden – meistens werde ich aber nicht für unzulänglich befunden. Es sollte mir einfach nur scheißegal sein. Ist es mir eigentlich auch, bloß soll ich mich jetzt nackt ausziehen und vor ihrer unerbittlich scharfen Linse posieren.

Das Fotostudio ist durch massive rollbare Stellwände abgetrennt, sodass ich die gerade ablaufende Fotosession dahinter nicht beobachten kann. Ich starre fest auf diese Stellwände. Das grelle Blitzlicht, das sie benutzt, beleuchtet die Decke – ein Signalfeuer für mein bevorstehendes Verderben. Musik wummert durch das Loft, irgendein Technobeat, zu dem eine sinnliche Frauenstimme singt. Das ging los, als Jake mit seinem Shooting anfing.

»Was zur Hölle ist das für Musik?«, murmele ich.

»Goldfrapp«, sagt Dex gelassen. »›Strict Machine‹, um genau zu sein. Ich hätte allerdings erwartet, dass Jake sich AC/DC oder so was aussucht.«

»Das ist Musik zum Tanzen.« Ich massiere meinen steifen Nacken. »Ich stelle mir vor, dass Jake jetzt auf einem Laufsteg herumstolziert.«

Dex grinst. »Eine gruselige Vorstellung.«

»Deswegen wollte ich sie auch loswerden.« Ich lasse die Schultern kreisen. »Gott, wieso denn überhaupt Musik?«

»Du kannst sie dir aussuchen. Hauptsache, du fühlst dich wohl.« Er zuckt erneut mit den Schultern. »Es ging erstaunlich einfach.«

»Ich komme mir vor, als würde ich gleich angeboten wie ein Stück Fleisch.«

»Eins-a-Quarterback-Hintern bester Qualität.« Das kommt von Rolondo, der gerade das Bad verlässt, wo wir uns das Öl abduschen können, mit dem sie uns am ganzen Körper einreiben. *Du meine Güte.*

Er lacht schnaubend. »Du siehst aus, als würdest du gleich dein Frühstück auskotzen. Wo ist das Problem, Manny? Verdammt, du hast doch schon so oft nackt, wie Gott dich schuf, Interviews gegeben.«

Ja, hab ich. Nackt sein ist nicht das Problem.

»Geht's um dein Gemächt?« Rolondo setzt ein Grinsen auf. »Hast du Angst, es kann nicht mithalten?«

»Dir ist doch klar, dass ich dein Gemächt gesehen hab, Ro'. Angst, nicht mithalten zu können, ist nicht mein Problem.«

Sein Grinsen wird nur noch breiter. »Also *hast* du hingeguckt.«

Dex guckt mich kopfschüttelnd an. »Du bist geradewegs in die Falle getappt, Kumpel.«

In jeder anderen Situation hätte ich wohl gegrinst. Jetzt winke ich nur ab. »Spielt eure Spielchen mit jemand anderem, Jungs.«

»Mhm«, sagt Rolondo gedehnt. »Dir muss es echt scheiße gehen, wenn ich dich nicht mal verarschen kann.«

Von der gegenüberliegenden Seite des Lofts höre ich, wie Miss Copper Jake sagt, er habe einen klasse Job gemacht. Was bedeutet, dass James mich jeden Moment holen kommt. Mein Herz fängt an zu pochen, und ich fahre mir mit einer kalten Hand über mein erhitztes Gesicht. »Ich fühl mich unwohl bei dieser ganzen Sache, okay?«, erkläre ich meinen Freunden. »Und mir ist eigentlich scheißegal, was das jetzt über mich sagt.«

Stille schlägt mir entgegen. Dex und Rolondo ziehen trübe Gesichter.

»Alter«, sagt Dex schließlich. »Wenn du das hier nicht machen willst, dann lass es. Wir sind keine Maschinen. Sag einfach Nein.«

Ich schaue zu der Trennwand und verlagere das Gewicht, der Drang, auf der Stelle kehrtzumachen und die Flucht zu ergreifen, kriecht die Rückseiten meiner Oberschenkel hinauf. »Das Team war einverstanden, also war ich es auch.«

»Woodson macht nicht mit«, wirft Rolondo ein. »Seine Frau hat sich quergestellt.«

»Woodson ist Kicker. Ich bin der Quarterback. Wenn ich nicht mitmache, sind die Fans enttäuscht. Außerdem hab ich mich schon bereit erklärt. Jetzt einen Rückzieher zu machen wär nicht in Ordnung.«

Dafür ist es sowieso zu spät. James kommt bereits hinter der Trennwand hervorspaziert. »Mr Mannus«, sagt er jetzt ganz geschäftsmäßig. »Dann wollen wir Sie mal vorbereiten.«

»Na toll«, murmele ich.

Ich folge ihm in den Umkleidebereich, wo er auf einen Tisch mit Stofffetzen in den Farben von Hellbeige bis Dunkelbraun zeigt. »Wenn Sie sich damit wohler fühlen, können Sie einen davon tragen.«

Ich blicke stirnrunzelnd hinunter auf die Fetzen. »Die?«

James nimmt ein hellbraunes Stück Stoff hoch und zeigt es mir. Zu meinem absoluten Entsetzen ist es ein Tanga. Ein Männertanga. »Oh, scheiße, nein.«

»Warum sagt ihr alle genau das Gleiche?«

»Zweimal darfst du raten.« Ich mag mir nicht mal vorstellen, was für Sprüche die Jungs für den armen Dödel auf Lager hätten, der dabei ertappt wird, wie er dieses Horrording trägt.

»Wir würden ihn wegretuschieren«, versichert er mir und seine Lippen zucken.

»Und du glaubst, ich würde deswegen ablehnen?« Ich starre finster auf den Tanga in seiner Hand.

Er wirft das Teil wieder zu den anderen. »Ehrlich gesagt verstehe ich's. Ich hab einen anprobiert. Ich habe keine Ahnung, wie Frauen das aushalten. So ein Teil fühlt sich an, als würde dir einer rabiat die Unterhose hochziehen.« Er schaut erst auf die Tangas und dann zu mir. »Andererseits sieht's an einem knackigen Arsch super aus.«

Ich weiß nicht, ob er mich angräbt oder nicht. Etwas in seinem Blick sagt mir, dass er nichts dagegen einzuwenden hätte, wenn ich anbieten würde, ihm einen vorzuführen. Es wäre nicht das erste Mal, dass ein Typ versucht, mit mir zu flirten. Und wahrscheinlich auch nicht das letzte Mal. Sportler und Sex gehören zusammen.

»Solange es nicht mein Arsch ist«, erkläre ich ihm schulterzuckend.

Er schenkt mir ein schiefes Lächeln. »Na gut. Wir haben Bademäntel oder Handtücher da, die du nehmen kannst. Geh einfach rüber ins Studio, wenn du fertig bist.«

Er lässt mich zum Ausziehen allein. Die Stille in dem kleinen Umkleidebereich bedrückt mich. Das Gelächter der Jungs ist zu hören, aber es schafft nur noch mehr Distanz zwischen ihnen und mir. Ich ziehe mein Shirt aus und versuche das Gefühl abzuschütteln, entblößt zu sein.

Es ist Schwachsinn. Rolondo hat recht, ich hatte noch nie ein Problem damit, wenn Leute mich nackt sehen. Ich bin stolz auf meinen Körper. Ich habe hart daran gearbeitet, ihn zu perfektionieren, und er leistet harte Arbeit für mich. Aber hier und jetzt verlange ich ihm nicht ab, eine Aufgabe zu erfüllen. Hier und jetzt wird von mir erwartet, dass ich ihn zur Schau stelle.

Vor einem Jahr hätte mir das nichts ausgemacht. Zum Teufel, ich hätte mich wahrscheinlich stolz präsentiert wie ein verdammter Gockel. Ruhm und Bewunderung können einen Menschen voll und ganz einnehmen, bis man an nichts anderes mehr denkt. Bis man diesen Schwachsinn glaubt.

Komisch, wie eine persönliche Tragödie einem diesen Schleier so schnell wegreißen kann, dass einem schwindlig wird. Ich glaube den Schwachsinn nicht mehr blind, und offen gestanden wäre ein Teil von mir lieber ahnungslos geblieben.

Denn jetzt fühle ich mich leer, und das klaffende Loch in mir wird immer größer.

»Meine Fresse«, murmele ich vor mich hin. »Reiß dich verdammt noch mal zusammen und mach deinen Job.«

Ich knöpfe meine Jeans auf und sage mir, dass das alles hier nicht weiter von Bedeutung ist. Dann taucht James auf, um meine Haut einzuölen, »damit die Kamera jede Wölbung und Vertiefung einfängt«.

Ich hasse diesen Tag wirklich.

Chess

Es gibt ein altes Sprichwort: Die Kamera lügt nie.

Fotografen wissen, dass das nicht stimmt. Die Kamera – und folglich ein Foto – lügt immer. Wir lassen sie lügen, indem wir sie manipulieren. Was im echten Leben so und so aussieht, kann auf einem Foto komplett anders wirken. Licht und Schatten, Negativräume und Aufnahmewinkel … so vieles spielt da mit rein.

Das Konzept von Schönheit ändert sich durch die Kamera. Manche Durchschnittsmenschen werden vor der Linse lebendig. Je nachdem, wie sie ausgeleuchtet werden, sind sie plötzlich absolut schön. Verhärmte, zerfurchte Gesichter können großartig aussehen. Und absolut atemberaubende Gesichter können merkwürdig verlieren.

Es ist meine Aufgabe, die Geschichte eines Gesichts, eines Körpers in Szene zu setzen.

Das rufe ich mir selbst in Erinnerung, als James einen verdrießlichen Finn Mannus ins Studio führt.

Mit gesenktem Blick beobachte ich, wie Mannus sich bewegt. Kein Zweifel, der Mann ist gut gebaut. So richtig gut. Mit perfekt proportionierten, markanten Gesichtszügen: ein gerader, hoher Nasenrücken, eine klar umrissene Kinnpartie und wohlgeformte Lippen.

Und dieser Mund. Es ist die Art von Mund, die einen ans Küssen denken lässt. An gemächliche, träge, innige Küsse. Wildes Rummachen mit der Zunge.

Dieser Mund nervt mich so was von, ständig zuckt er, als würde gleich ein selbstgefälliges Lächeln kommen oder eine höhnische Bemerkung. Außer jetzt gerade.

Jetzt gerade sind seine Lippen so fest zusammengepresst, dass sie fast nicht zu sehen sind. Als er in meine Richtung schaut, treffen sich unsere Blicke. Es ist total ätzend, wie mein Herz als Reaktion darauf einen Hüpfer macht. Und absolut kontraproduktiv. Es sollte mir nicht den Atem rauben, wenn ich in seine blöden Augen schaue.

Ich kann mir selbst einreden, es läge daran, dass Mannus schöne Augen hat. Hat er auch. Tiefliegende, krass himmelblaue Augen, die von langen, dunklen Wimpern eingerahmt werden. Die Farbe ist so intensiv, dass es fast unwirklich scheint.

Aber ich habe schon andere schöne Augen gesehen.

Nein, es liegt an etwas anderem. An der Art, wie er einen ansieht. Sein stechender Blick hat eine immense Kraft. Angesichts der Tatsache, dass nur selbstgefällige Sprüche und belanglose Schmeicheleien herauskommen, wenn er den Mund aufmacht, scheint die Intensität seines Blicks nicht dazu zu passen.

Ich schaue als Erste weg. Er ist für meinen Geschmack zu hübsch. Ich mag ungewöhnliche Gesichter mit eigenwilligen Zügen. Glatte Perfektion reizt mich nicht. Doch ich werde etwas in Finn Mannus' Gesicht finden müssen, das etwas über ihn aussagt.

Oder vielleicht werde ich den Fokus einfach auf seinen Körper richten.

Der Großteil dieses beeindruckenden Körpers ist zur Schau gestellt, mit einem tief um die schlanken Hüften geschlungenen weißen Handtuch und vom Babyöl glatt glänzender Haut, um das Licht einzufangen.

Mannus ist nicht so überaus schlank wie ein Model. Er ist eher von kräftiger und robuster Statur. Irgendwie ist er sowohl feingliedrig als auch kräftig – wohldefiniert an den einen Stellen und mit Muskelbergen an den anderen. Mit seinen eins dreiundneunzig überragt er James und mich, seine Schultern sind breit genug, um die Sonne zu verdecken.

Seine Brustmuskeln zucken, als wollten sie meine Aufmerksamkeit. Die haben sie. Anders als die meisten Models, mit denen ich arbeite, hat er einen faszinierenden Flaum Haare auf der Brust. Nachdem ich in meinem Beruf so viele glatte Oberkörper gesehen habe, fühlt es sich fast verboten an, ihn anzuschauen, so als wäre er irgendwie *noch* ausgezogener. Es juckt mir in den Fingern, über seinen Torso zu streichen und herauszufinden, wie es sich anfühlt.

Ich verpasse mir innerlich eine Ohrfeige. Hier ist Objektivität gefragt. *Betrachte ihn als Kunstwerk – genauso wie du es bei jedem anderen Kunden machen würdest, du Luder.*

Er hat ein Tattoo unten an der rechten Seite. Aber weil er mit Blick zu mir vor mir steht, kann ich es aus diesem Winkel nicht richtig sehen. Sein rechter Ellbogen hat Kratzer, und ein paar blaue Flecken ziehen sich über seinen Unterarm.

Mit steifen, schleppenden Schritten schreitet er noch weiter in den Raum. Nach seinem finsteren Gesichtsausdruck zu urteilen, liegt es wohl eher daran, dass er nicht hier sein möchte, als dass er Schmerzen hätte. Aber wer weiß?

»Die Haare sind zu ordentlich«, erkläre ich James. »Ich kann die Kammspuren sehen. Kannst du das bitte ändern?«

»Der Mann, zu dem die Haare gehören, kann das selber ändern«, sagt Mannus und wirft mir einen eindeutig gereizten Blick zu.

»Ohne Zweifel«, erwidere ich. »Allerdings ist James der Stylist, also lassen wir ihn doch seinen Job machen.«

Mannus löst den Blick nicht von mir. »Gehst du den Leuten generell gern auf die Eier oder ist das nur bei mir der Fall?«

»Da du gleich nackt bis auf die Eier vor mir stehen wirst, wäre ich vorsichtig, Mr Mannus.«

Sein Mundwinkel wandert nach oben, aber das Lächeln erreicht seine Augen nicht. Und als er redet, klingt seine Stimme angespannt. »Du kannst es kaum erwarten, was, Miss Copper?«

»Nicht wirklich. Ich hab heute schon drei Paar gesehen, da hab ich im Moment ein bisschen den Kopf voll.«

Der selbstgefällige Ausdruck rutscht ihm aus dem Gesicht.

Neben ihm gluckst James. »Ich glaube, sie hat gerade gesagt, dass sie nur noch Eier im Kopf hat«, flüstert er Mannus leise zu. »Ich kann's ihr allerdings nicht verdenken. Richten wir dein Haar, dann kannst du ihr noch welche zu gucken geben, was?«

Mannus wird blass. »Jetzt schon?«

Er klingt überrascht, was merkwürdig ist, schließlich hat er nur ein Handtuch um.

»Äh … Das ist die Idee dahinter.« James setzt an, Mannus' honigbraune Locken zu verwuscheln, woraufhin der Quarterback zurückscheut wie ein schreckhaftes Pferd. James hält inne und wirft mir mit großen Augen einen Blick zu, der sagt: »Was zum Kuckuck …?«

Ich denke das Gleiche. »Gibt's ein Problem, Mr Mannus?«

Er zuckt zusammen, sein Blick huscht zwischen mir und James hin und her, und sein Kiefer verspannt sich noch mehr.

Heiße Wut steigt in mir hoch. »Hast du was dagegen, wenn James dich anfasst?«

Kaum dass ich es gesagt habe, tut es mir auch schon leid. Ich führe James sonst nie so vor. Und es ist total mies von mir, es jetzt zu tun. Aber verdammt, dieser Typ macht mich ganz kirre.

Mannus runzelt so heftig die Stirn, dass sich seine Augenbrauen fast berühren. »Was? Mein Masseur fast mich auch ständig an. Wieso zum Teufel sollte mir das was ausmachen, solange er seinen Job macht?« Er sieht James an. »Warum fragt sie mich das?«

James muss sich eindeutig ein Grinsen verkneifen. »Ich schätze, es liegt daran, dass du zurückgezuckt bist, als hättest du dich heftig erschrocken.«

Mannus bekommt rote Wangen. »Was?«

Er sieht so aufrichtig verwirrt und nervös aus, dass ich innehalte und ihn genauer betrachte. Schweißperlen haben sich an seinen Schläfen gebildet, und am Ansatz seines breiten Halses schlägt sein Puls wie wild. Die Hände hat er tief in die schmalen Hüften gestemmt, wobei er die Finger so fest im Handtuch vergräbt, dass die Knöchel weiß hervortreten.

Mein Herz macht einen schuldbewussten Satz, und seine harte Schale wird prompt weich. Er mag vorhin ein Arschloch gewesen sein mit seinem Einäugiger-Willie-Kommentar, aber er ist immer noch mein Kunde, und wenn er so verunsichert ist, heißt das, dass ich meinen Job nicht gut mache.

Ich fange James' Blick auf. »Kannst du mir einen Kaffee holen?« Ich brauche gar keinen; es ist das zwischen uns vereinbarte Signal, dass James rausgehen soll, wenn wir einen panischen Kunden haben.

»Klar«, sagt er lässig. »Möchtest du auch was, Mannus?«

Finn schüttelt ein Mal den Kopf. »Nein, danke.«

James geht leise hinaus und wird nicht zurückkommen, ehe ich ihn rufe. Allein mit Finn wird es im Studio unnatürlich still, und ich kann hören, wie die Gespräche in der Küche aufbranden und abflauen. Ich muss dafür sorgen, dass sich der Kunde entspannt. Normalerweise schaffe ich das problemlos. Aber diesmal ist es anders. Finn Mannus ist ausgesprochen schwer einzuschätzen.

Ich lege die Kamera zur Seite und gehe zu dem iPad, auf dem meine Musik gespeichert ist.

Finn beobachtet mich mit wachsamer Miene. »Bitte, nicht diese Musik. Ich raste aus, wenn du erwartest, dass ich hier den *Zoolander* gebe.«

Er hört sich zutiefst resigniert an, deshalb lächle ich ihm leicht zu. »Ich erwarte keinen Blue Steel von dir, keine Sorge. Und ich lege keine schnelle Musik auf, versprochen.«

Ich werfe einen Blick in Richtung Küche und neige dann den Kopf, als würde ich ein Geheimnis eingestehen. »Es ist nur, weil ich Kopfschmerzen habe.« Was auch stimmt; der hat sich den ganzen Tag lang angekündigt und ist jetzt schlussendlich da, um mich fertigzumachen. »Leise, entspannte Musik hilft, die ganzen Hintergrundgeräusche auszublenden.«

Auch das stimmt. Aber hoffentlich wird sich Finn dabei auch entspannen. Ich wähle ein langsames Lied von Lana Del Rey.

Die Anspannung in seinen breiten Schultern lässt ein wenig nach und er nickt knapp. »Mein halbes Leben kämpfe ich mit Kopfschmerzen. Du hast mein volles Mitgefühl.« Wenn man sich Mannus anschaut, vergisst man leicht, dass er mehr ist als nur ein hübsches Gesicht, dass er seinen Körper als Werkzeug einsetzt und sein Geld damit verdient, ihn bis an seine Grenzen zu fordern und zu schinden. Ich könnte mit dieser Art von Schmerzen nicht umgehen. Er schon. Sie alle machen das. Genau diese Stärke und Verletzlichkeit möchte ich einfangen.

Er dreht sich ein Stück weit mehr in meine Richtung. »Ist es schlimm? Ich habe Ibuprofen in meiner Tasche.«

Natürlich hat er das. Ich weiß nicht, wie ich mit dem netten Finn umgehen soll. Aber ich versuche es. »Ich habe eine Tablette genommen, bevor du reingekommen bist. Aber danke.«

Er nickt wieder, ihm ist immer noch unbehaglich, aber wenigstens konzentriert er sich jetzt auf mich. »Sollen wir einen Ersatztermin ausmachen?«

Er klingt ganz hoffnungsvoll.

Nein sagen zu müssen ist, als würde man einen Welpen treten. »Ich glaube, es wäre das Beste für uns beide, wenn wir es einfach hinter uns bringen, meinst du nicht?«

Sein blauäugiger Blick huscht über mein Gesicht, er spannt jeden Muskel in seinem Körper so fest an, dass sie hervortreten und ein perfektes, prachtvolles Relief ergeben. Dann seufzt er, gibt sich geschlagen und sackt aus seiner festen, aufrechten Haltung in sich zusammen. »Ja, wäre es.«

Doch er rührt sich nicht.

»Du kannst das Handtuch umlassen«, sage ich in die peinliche Stille hinein. »Wir können eine Aufnahme vom Oberkörper machen.«

Das weckt seine Aufmerksamkeit. Seine Brauen ziehen sich zusammen, und ich bekomme einen laserscharfen Blick ab. Bei diesem Kerl kann ich mir vorstellen, wie er ein Team auf dem Feld führt. Der Kerl schüchtert einen ein, ohne es überhaupt drauf anzulegen.

»Darum geht's nicht«, sagt er jetzt leiser. Bestimmter.

»Hör zu, ich weiß, wir hatten keinen guten Start, aber …«

»Ich hasse Fotoshootings«, unterbricht er mich, und seine hohen Wangenknochen bekommen Farbe. »Okay? Ich weiß nicht, warum. Es ist einfach so. Mir ist klar, dass das zu meinem Job dazugehört, aber das macht es nicht leichter. Ich bekomme dabei irgendwie das Gefühl …« Er zieht hilflos die Schultern hoch.

Doch sein Blick ist trotzig, als könnte ich ihn ruhig deswegen aufziehen. Okay, ich schätze, das habe ich nicht anders verdient. Ich habe meine Abneigung nicht besonders gut verborgen. Aber Abneigung empfinde ich jetzt nicht. »Ich hasse es auch, fotografiert zu werden«, sage ich ihm ehrlich.

Als er mich mit hochgezogener Augenbraue anschaut, halte ich mit einem matten Lächeln meine Kamera hoch. »Warum, glaubst du, stehe ich hinter diesem Teil?«

»Sollen wir den Platz tauschen?«, fragt er und wackelt leicht mit den Augenbrauen.

Ich werde das jetzt nicht süß finden. Auf gar keinen Fall. Ich muss mich konzentrieren. »Ich bin mir ziemlich sicher, dass ich nicht als du durchgehen werde.«

Seine Mundwinkel biegen sich zu einem zögerlichen Lächeln nach oben, und sein Blick wird weicher. »Nie und nimmer, Chester.«

Und da ist er, der Flirt, von dem ich wusste, dass er unter der Oberfläche gelauert hat. Ich bekomme ein flattriges Gefühl in der Bauchgegend und möchte mich am liebsten selber treten.

Er fährt sich so heftig mit einer Hand über das Gesicht, dass ich höre, wie seine Bartstoppeln über seine Handfläche kratzen. »Scheiß drauf. Machen wir's.«

»Großartig. Möchtest du warten, bis James wieder da ist, oder sollen wir sofort anfangen?«

Ich vermute Letzteres. Und er enttäuscht mich nicht.

»Nein, passt schon.« Er räuspert sich. Fast wie in Zeitlupe bewegt er eine Hand zu dem Knoten im Handtuch und zupft daran. Und obwohl ich Musik angemacht habe, ist es genau in dem Moment so leise, dass ich ungelogen hören kann, wie das Handtuch zu Boden gleitet.

Du meine Güte.

Plötzlich pocht mein Herz gegen meinen engen Brustkorb,

und ich möchte mich hinsetzen, um wieder zu Atem zu kommen, bevor er mich völlig im Stich lässt. Hitze keimt zwischen meinen Beinen auf, und heiße Schauer laufen die Rückseiten meiner Oberschenkel hinab.

Profi. Du bist verdammt noch mal ein Profi.

Die Stimme in meinem Kopf ist dünn und schwach, erstickt von dem Rauschen in meinen Ohren.

Mit trockenem Mund starre ich den Mann vor mir an. Unsere Blicke treffen sich, die Stille ist so erdrückend, dass man sie förmlich auf der Zunge schmecken kann. Ich sehe alles von ihm, vollkommen entblößt steht er da, verletzlich und doch so kraftvoll, dass ich nicht mehr geradeaus denken kann.

Seine Haut ist glatt und goldbraun, aber auch einen Tick gerötet, wie bei einem Mann, der ein bisschen zu lange in der Sonne war oder möglicherweise gerade rot angelaufen ist.

Er ist der vierte nackte Mann, den ich heute zu sehen bekomme, und dennoch bin ich diejenige, der es peinlich ist, so als wäre er der erste nackte Mann, den ich *jemals* gesehen habe.

Er ist einfach zu viel.

Eine definierte Brust, kräftige Oberschenkel und schöne Füße; ich erfasse das alles mit einem Blick. Aber das ist es nicht, wo ich wirklich hinschauen möchte. Ich kann nicht anders, mein Blick wandert zu einer bestimmten Stelle.

Ich habe gelernt, bei der Arbeit nicht auf den Penis eines Mannes zu stieren. Es ist unhöflich, unprofessionell und macht ihn zu einem Sexobjekt.

Dennoch stehe ich da und starre.

Meine Wangen brennen, mein Herz puckert unkontrolliert. Ich halte meine Kamera fester als nötig.

Er ist großartig. Aus einem Nest dunkelbrauner, sorgsam getrimmter Haare hängt sein Penis breit, lang und dunkelrosa über einem Paar gewichtiger Eier.

Das reicht jetzt, Mädel. Schluss mit dem Geglotze.

Ich hole tief Luft und reiße mich von dem verbotenen Anblick los, bevor ich mir noch vorstelle, wie sein Schwanz dicker und härter wird, sich vor Lust und Verlangen aufrichtet …

Ein Schauer läuft über meine Haut, und ich sehe Finn in die Augen. Schuldgefühle überkommen mich, denn er scheint nicht gemerkt zu haben, dass ich ihn lüstern angegafft habe. Sein Blick ist intensiv, aber gequält.

»Rede mit mir.« Es ist fast ein Flüstern, heiser und verzweifelt.

Es stellt Sachen mit mir an. Schwindelig machende, pulsierende, unpassende Sachen. Ich starre ihn an, unfähig, mich zu rühren. Meine Glieder sind schwer, und mein Magen zieht sich vor lauter Erwartung und Unentschlossenheit zusammen. Was er braucht, ist eine Ablenkung, und mir fällt beim besten Willen nichts ein, was ich sagen könnte. Seine Augen weiten sich flehentlich. Ich schlucke schwer.

»Was war dein bestes Football-Erlebnis?« Das ist eine Standardfrage. Bring den Kunden dazu, über etwas zu reden, was er liebt, und er öffnet sich dir. Allerdings interessiert mich seine Antwort wirklich.

Er atmet einmal durch, und sein Blick wird abwesend. »Im ersten Jahr an der Highschool habe ich es in die Schulmannschaft geschafft. Es war kurz nach unserem ersten Training …«

Ich mache ein Foto. Aber er scheint es nicht zu merken. Er sieht nicht in die Kamera, sondern daran vorbei, als hätte er jenen Tag vor Augen.

»Der Trainer hatte uns wieder und wieder Leiterläufe machen lassen. Ich war erschöpft. Meine Beine fühlten sich an wie Wackelpudding. Meine Oberschenkel brannten höllisch.«

Seine Oberschenkel – diese kräftigen, wunderschön muskulösen Oberschenkel – zucken, als würden sie sich an diesen lange zurückliegenden Schmerz erinnern.

»Da war ich also«, fährt er mit leiser, weicher Stimme fort, »und humpelte mit meinen Teamkameraden vom Spielfeld. Die Sonne stand so tief am Himmel, dass sie die Baumkronen berührte. Ich blieb irgendwie am Spielfeldrand stehen, hörte zu, wie die Jungs Witze rissen und lachten, und da überkam mich dieses Gefühl.« Er unterbricht sich und lächelt. »Dass es genau das ist, weißt du? Ich wusste in dem Moment, dass Football mein Ding ist. Es hat einfach Klick gemacht.«

Er steht im Licht, breitbeinig, die Füße fest auf dem Boden, vollkommen nackt. Er müsste lächerlich aussehen. Tut er aber nicht. Er sieht aus wie ein Krieger, ein Mann, der sich absolut wohl in seiner Haut fühlt.

»Und jetzt stehst du hier«, krächze ich, bevor ich mich räuspere. »Du hast die höchstmögliche Position im Football erreicht.«

Langsam breitet sich ein Lächeln auf seinem Gesicht aus. »Ja, das habe ich.« Stolz erfüllt seine Stimme, macht sie fester. Aber es liegt auch Freude darin.

Ich spüre, wie sie in meinem Herzen widerhallt. »Dieser Moment«, sage ich zu ihm, »ist genau das, was ich einfangen möchte.«

Er blinzelt, sein Körper zuckt. Und dann steht er mit einem Mal irgendwie noch aufrechter da. »Du möchtest dieses Hochgefühl einfangen?«

Ohne den Blickkontakt mit ihm zu lösen, mache ich noch ein Foto. »Ich möchte, dass du dich an dieses Hochgefühl erinnerst. Es wird durchschimmern.« Noch ein Foto. »Auch wenn du es vielleicht nicht denkst, ist es das, was die Leute anspricht. Dein großartiger Körper ist Ausdruck dessen, was du machst, wer du bist.«

Als er mich jetzt ansieht, glimmt Feuer in seinem Blick. »Du findest meinen Körper großartig, Chess?«

Mein Herz pocht gegen meine Rippen. Ich könnte ihn anlügen, eine abfällige Bemerkung machen, aber das würde den Moment zerstören. Ich werde Finn Mannus nicht wiedersehen, nachdem dieser Auftrag erledigt ist. Wir werden niemals Freunde sein. Und auch wenn ich mich körperlich zu ihm hingezogen fühle, werden wir niemals ein Liebespaar sein. Aber jetzt gerade, hier in diesen vier Wänden, existert etwas Reines, Unverfälschtes zwischen uns. Er zeigt sich mir, wie er wirklich ist, ohne etwas vorzutäuschen. Angesichts von so viel Ehrlichkeit kann ich mich nicht verstellen.

Ich lasse meine Kamera sinken. »Ja, Finn, das tue ich.«

Einen Moment lang habe ich das Gefühl, dass er gleich die Arme nach mir ausstreckt. Aber er zieht nur die Luft ein, sodass seine Nasenflügel leicht beben. Dabei lässt er die ganze Zeit meinen Blick nicht los. »Ich stehe Ihnen ganz und gar zur Verfügung, Miss Copper. Was soll ich machen?«

Darauf gäbe es jede Menge Antworten. Doch ich bin jetzt gefasster. Er begibt sich in meine Hände, und ich werde ihn nicht enttäuschen.

»Würdest du dich auf den Boden legen?«, frage ich.

Er zieht eine Augenbraue hoch.

»Die Leute werden eine hübsche Aufnahme von deinem Oberkörper erwarten«, erkläre ich. »Vielleicht, wie du einen Football vor dein …«

»Gemächt«, wirft er mit einem schiefen Lächeln ein.

Ich schaue ausdrücklich *nicht* auf besagtes »Gemächt«, nicke aber. »Mir ist klar, dass das ein Nacktkalender sein soll. Aber ich möchte dich nicht zum Sexobjekt machen.« *Die Tatsache, dass du ihn angegafft hast wie eine Perverse, wollen wir jetzt mal außen vor lassen.* »Dein Körper ist dein Werkzeug.

Wenn du eine ungewöhnliche Pose einnimmst, betrachten die Leute dich mit anderen Augen.«

»Okay, na dann.« Mit der schlichten Anmut eines Weltklasseathleten legt er sich auf den Boden.

Ich nehme meine Kamera hoch und schaue durch das Objektiv. »Kannst du dich auf den Bauch drehen und dich auf die Ellbogen stützen? Ich möchte, dass das Tattoo zu sehen ist.«

Finns Lippen verziehen sich zu einem Lächeln, während er sich umdreht und Unterarme und Ellbogen auf dem Boden aufstützt. Seine Bizepse wölben sich, als er locker den Oberkörper hochdrückt. Großartig. Absolut großartig. Und sein Hintern? Der ist angespannt, als würde er …

Ich schiebe den Gedanken beiseite.

Das Tattoo, das sich über seine Rippen zieht, ist der schwarze Umriss von Kalifornien mit der Golden Gate Bridge darin.

»Warte mal kurz.« Ich lege die Kamera ab und laufe hinüber, um die Ausleuchtung abzuändern und die Werte zu messen. Normalerweise würde James das machen, aber ich möchte die Stimmung nicht verderben, indem ich ihn hereinrufe. Finn bewegt sich nicht, beobachtet mich aber aus den Augenwinkeln. Ich kann es mir nicht verkneifen, in die Hocke zu gehen und ihm sanft eine Haarsträhne wegzustreichen, die einen unvorteilhaften Schatten geworfen hat.

In der Sekunde, als ich ihn berühre, weiß ich, dass es ein Fehler war. Die Luft zwischen uns verändert sich, wird dünn. Ein Vibrieren erfasst mich bis in meine Knochen, und er betrachtet mich aufmerksam, den Blick fest auf mich gerichtet. In dem Moment erkenne ich ihn. Ich *kenne* ihn. Es kommt mir vor, als würde ich ihn schon mein ganzes Leben lang kennen, als hätte ich darauf gewartet, dass er zurückkommt von dort, wo auch immer er gewesen ist.

Meine Muskeln zucken, so groß ist der Drang, mich vorzubeugen, seine Haut zu fühlen, meine Wange an seine zu schmiegen, … *irgendetwas* zu tun. Ich sehe, wie sich diese Erkenntnis in seinen blauen Augen widerspiegelt, als erginge es ihm ganz genauso. Das Blut rauscht in meinen Ohren, mein Herzschlag ein warnender Trommelwirbel.

Doch als er dann blinzelt und leicht die Luft einzieht, kommt eine Mauer zwischen uns. Ich brauche diese Mauer.

Mein Kopf wird wieder klar, und ich kann endlich wieder atmen, so als wäre ich aus einer Falle freigelassen worden. Mit einem gezwungenen Lächeln stehe ich schnell auf und tue so, als wäre nichts gewesen. »Perfekt.«

Ich hasse den rauen Klang meiner Stimme. Aber keiner von uns geht darauf ein. Er nickt mir bloß knapp zu. Das Gewicht seines Blicks ruht schwer auf meinem Rücken, als ich meine Kamera hole.

Durch das Objektiv sieht Finn kleiner aus, aber gleichzeitig treten auch mehr Einzelheiten zutage. Ich lasse mir Zeit damit, die Tiefenschärfe einzustellen, den Bildausschnitt festzulegen, und gebe uns beiden damit Gelegenheit, uns wieder zu fangen. Keine Ahnung, was zum Teufel gerade passiert ist, aber es behagt mir nicht.

»Erzähl mir etwas über dein Tattoo«, sage ich und schieße ein Foto.

Sein Blick wandert zu meinem Arm. »Erzähl du mir von deinem.«

»Ich dachte mir, es würde hübsch aussehen.«

»Ist das wahr?«

»Ja. Nicht gerade aufregend, aber wahr.«

Er lacht schnaubend. »Mir gefällt die Wahrheit.«

»Es war das Spontanste, was ich je gemacht habe«, fühle ich mich verpflichtet, der Wahrheit zuliebe zu gestehen. Die meisten Menschen nehmen an, mutige Haarfarben und Tattoos bedeuten, dass man wild oder frivol ist, dabei geht es manchmal einfach nur um Selbstentfaltung. Das Tattoo ist an einem Tag zustande gekommen, als ich zu geschockt war, um mir vorher genau zu überlegen, was ich wollte.

Finns Miene wird nachdenklich, so als läse er in meinem Gesicht wie in einem offenen Buch. Schweigen breitet sich zwischen uns aus, und einen Moment lang frage ich mich, ob er sich weigert, mir von seinem Tattoo zu erzählen. Doch dann redet er. »Ich hab in Stanford studiert. Vor meinem ersten Spiel bin ich nach San Francisco reingefahren und über die Golden Gate Bridge gegangen. Ich habe darüber nachgedacht, was ich alles erreichen und werden wollte. An dem Wochenende hab ich mir das Tattoo stechen lassen.«

Ich schieße noch ein Foto. »Und hast du das inzwischen alles erreicht?«

Ein geheimnisvolles Funkeln tritt in seine Augen. »Fast.«

»Hmmm. Und was ist mit den Rosen?« Er hat zwei leuchtend rote Rosen über und unter der Landkarte tätowiert.

Fältchen bilden sich um seine Augenwinkel. »Für meinen ersten und zweiten Sieg des Rose Bowl.«

Da ist so viel Stolz in seinem Blick. Ich halte ihn fest.

»Und der Diamant?« Ich nicke in Richtung des stilisierten Diamanten am unteren Rand von Kalifornien.

»In meinem ersten Jahr sagte mein Trainer zu mir, ich sei ein Rohdiamant. Und wenn ich es jemals in die Profiliga schaffen sollte, würde er mich als geschliffen betrachten.« Seine Lippen zucken. »Das hab ich einen Tag, nachdem ich gedraftet wurde, stechen lassen.«

»Du liebst deinen Job.«

»Ja, Ma'am«, sagt er mit einem kecken Gesichtsausdruck.

»Was geht dir vor einem Spiel durch den Kopf?«, frage ich und schieße ein Bild nach dem anderen.

»Willst du, dass ich es Schritt für Schritt mit dir durchgehe?« Er scheint es mir nur zu gerne erzählen zu wollen, wirkt auf der anderen Seite aber auch verwundert, so als wüsste er nicht genau, ob ich es wirklich wissen oder ihn nur bei Laune halten will.

»Nein. Ich möchte, dass du dir den Ablauf vorstellst.«

Schweigend senkt Finn den Kopf. Er schließt die Augen.

Und mir stockt der Atem. Denn er ist umwerfend.

Ausgestreckt auf dem Boden zu liegen müsste ihm etwas von seiner starken Wirkung nehmen, doch das tut es nicht. Sein Körper bleibt angespannt, seine Muskeln beben fast, so als wäre er bereit, in Aktion zu springen. Aber seine Miene erzählt eine ganz andere Geschichte. Ein friedvoller Ausdruck legt sich über sein Gesicht, der Zug um seine Lippen ist gelassen, sie teilen sich fast, seine klar umrissene Kieferpartie ist locker, und seine Brauen sind entspannt.

Er fühlt sich absolut wohl in seiner Haut, mit seinen Gedanken. Es ist, als würde ich einen Mann beim Gebet erleben. Einen wahren Gläubigen.

Und ich fühle mich mit ihm auf eine andere Ebene gehoben. Rein und neu belebt, statt alles nur standardmäßig durchzuexerzieren. Wieder überkommt mich dieses Gefühl, ihn zu *kennen*. Nur ist es diesmal nicht erschreckend, sondern ein warmer Balsam, so als würde mir dadurch mein eigener Körper erst richtig bewusst und jeder Atemzug, den ich mache.

Ich vergesse fast, das Foto zu schießen. Doch als ich es tue, weiß ich, dass dies das Covermotiv werden wird. Ein eifersüchtiger Teil von mir macht das nur ungern, so als wäre dies ein intimer Moment, den Finn Mannus nur mit mir zu teilen bereit war. Doch dann gewinnt die Vernunft wieder die Oberhand. Es ist nur ein Auftrag. Und der ist jetzt offiziell erledigt.

3

Finn

»Ich sag dir was«, meint Jake, nachdem er einen großen Schluck von seinem Bier getrunken hat. »Babyöl ist super für meine Haut. Ich hätte mich schon viel früher damit einschmieren sollen, nicht erst heute.«

Ich muss lachen. »Ich wollte auch schon einwerfen, dass dein Gesicht jetzt aussieht wie ein Babypopo.«

»Dieses Gesicht«, sagt er, »wird dafür sorgen, dass ich flachgelegt werde, sobald ich mein Bier ausgetrunken hab.«

Ich schüttele nur den Kopf und lehne mich in der Sitznische zurück, in der wir hocken. »Na, dann gut, dass du's mit Babyöl eingerieben hast.«

Ich persönlich kann diesen verdammten öligen Film auf der Haut nicht ab. Ich möchte den ganzen Tag am liebsten schnell vergessen. Doch schon als ich das denke, weiß ich, dass es gelogen ist. Als das Fotoshoooting erst mal angefangen hatte, als Chess und ich unter uns gewesen sind, war es … Ich weiß nicht, wie ich es beschreiben soll. Anders. Überraschend.

Für eine kurze Weile habe ich aufgehört, an meinen Job und all die Schmerzen, die meinen Körper plagen, zu denken, an die Presse, die Teamstatistik, an die Siege und Niederlagen. Ich hab im Grunde aufgehört, an überhaupt irgendwas zu denken. Auf wundersame Weise hatte Chess etwas geschafft, das mir sonst nur auf dem Spielfeld gelingt: Sie hat mich dazu gebracht, mich einzig und allein auf den Moment zu konzentrieren.

Jetzt ist es vorbei. Meine Zeit mit der streitlustigen Miss Chester Copper ist beendet. Ich bin daran gewöhnt, dass die Menschen in meinem Leben kommen und gehen. Ich treffe praktisch jeden Tag neue Leute. Also sollte ich keinerlei Verlust empfinden.

Tue ich allerdings. Bloß warum?

Ich würde es ja darauf schieben, dass sie attraktiv war. Aber auch dass ich Frauen attraktiv finde, kommt so gut wie jeden Tag vor. Ich hab gelernt, dem keine große Bedeutung beizumessen und einfach weiterzumachen. Die Wahrheit lautet, dass ich seit dieser Sache mit Britt neben der Spur bin und mich einsam fühle. Und an die Geschichte möchte ich echt nicht denken. Nie wieder.

Ich runzele die Stirn, als die Kellnerin eine vollgehäufte Platte geräucherte Austern auf den Tisch stellt. »Bitte schön, Jungs.« Sie stellt noch eine Schüssel Maismehlklößchen und eine mit frittierten Shrimps dazu. »Kann ich euch noch etwas bringen?«

Sie lächelt breit und zuvorkommend, und es nervt mich, dass ich mir sofort die Frage stelle, ob sie mit mir flirtet, dass ich mir angewöhnt habe, immer gleich jedermanns Motive anzuzweifeln. »Wir sind versorgt«, sage ich der Frau.

Ihr Lächeln verblasst ein wenig und wird dann nur umso strahlender. »Na gut, ruft, wenn ihr noch etwas von mir braucht. Was es auch ist.«

Jack macht sich über das Essen her, als sie weggeht. »Hat sie geflirtet?«, frage ich ihn, sobald sie außer Hörweite ist.

»Wieso?« Er schlürft eine Auster. »Wolltest du, dass sie flirtet?«

»Nein.« Ich fahre mir mit einer Hand durchs Haar. »Ich kann's nur einfach nicht mehr einschätzen.«

Über sein Essen gebeugt schaut Jake zu mir hoch. »Es macht einen kirre, stimmt's?«

Ich bin erleichtert, dass ich mich nicht wie ein eingebildetes Arschloch anhöre. »Ja, allerdings.«

»Na ja, nur um das festzuhalten …« Jake deutet mit der Bierflasche in Richtung der Kellnerin. »Sie hat geflirtet.«

»Vielleicht bildest du dir auch schon Sachen ein.« Ich schiebe mir einen Shrimp in den Mund.

»Finn«, sagt er übertrieben geduldig. »Du bist erster Quarterback in einer Stadt, die ihr Team vergöttert. Du kannst mit Sicherheit davon ausgehen, dass sogar die Hunde auf der Straße mit dir flirten.«

»Deine Gedankengänge sind furchterregend, Ryder.«

Er grient mit dem Mund voller Shrimps. »Aber auch verdammt lustig.«

Ich lache zustimmend, als es mir plötzlich klar wird: Chess hat nicht geflirtet. Nicht auf die übliche »Bitte nimm mich und gib mir danach ein Autogramm auf die Brust«-Art, die ich gewohnt bin. Sie hat nicht versucht, irgendetwas anderes von mir zu kriegen als ein gutes Foto, und das ist ihr Job. Sie war ganz sie selbst. Und für einen kurzen Moment galt das auch für mich.

»Was verziehst du so das Gesicht?«, fragt Jake und unterbricht damit meine Gedanken. »Hast du eine schlechte Auster erwischt?«

Ich fläze mich auf meinem Platz zurück und spiele mit dem aufgeweichten Etikett meiner Bierflasche. Jake und ich wurden im selben Jahr für dasselbe Team gedraftet. Wir haben einiges zusammen durchgestanden: im Trainingscamp dämliche Gesangsdarbietungen machen zu müssen, als Rookie schikaniert zu werden, die Köpfe geschert zu bekommen und das Kopfkino, das man fährt, wenn man auf dem College der King ist und sich dann gerade so halten kann, nachdem man es in die NFL geschafft hat.

Er ist mein engster Freund. Und sollte einer von uns mal zu einem anderen Team wechseln, kann es gut sein, dass ich zusammenbreche und vor lauter Trauer Männertränen vergieße. Außerdem zähle ich auf seine Meinung, so verrückt seine Ratschläge auch manchmal sind.

»Ich hab an die Fotografin gedacht.«

»Chester Copperpot?« Er gluckst. »Ich glaube nicht, dass sie dich gemocht hat.«

»Hat sie wohl.« Sie hat mich zwar nicht angeguckt und mit den Wimpern geklimpert, aber es gab da definitiv einige … *Momente* zwischen uns. Ich hatte noch nie *Momente* mit einer Frau, deshalb bin ich nicht sicher, was zum Kuckuck das war und was es zu bedeuten hat.

Jake hebt eine Hand hoch. »Okay, ich muss meine Aussage von vorhin noch mal revidieren. Du kannst dir sicher sein, dass einschließlich der Hunde alle in New Orleans mit dir flirten. Außer Chess Copper.«

Ich widerstehe dem Drang, ihm ein Maismehlklößchen an den Kopf zu werfen. »Das ist es ja eben; ich weiß, dass sie nicht geflirtet hat. Das mochte ich irgendwie.«

Er legt die Unterarme auf den Tisch. »Alter, sei vernünftig. Mit deinem Kommentar über den Einäugigen Willie hast du's dir versaut. Hak's ab und klopf lieber da an, wo du gern gesehen bist.«

»Verdammt, ich will ihr ja nicht an die Wäsche …«

»Bullshit«, hustet Jake laut.

»Ich will bloß …« Ich verstumme, weil ich nicht einmal weiß, was ich verdammt noch mal eigentlich will.

Die Momente mit Chess gehören zu den wahrhaftigsten meines Lebens, und gleichzeitig fühlt es sich an wie ein seltsamer Traum.

»Ein tiefgründiges Gespräch mit der Frau führen, die den

ganzen Tag lang dein Gemächt fotografiert hat?«, schlägt er vor. Hilfreich ist anders.

Ein Maismehlklößchen trifft ihn mitten auf die Stirn. Meine Zielgenauigkeit ist eben unübertroffen.

Lachend zeigt er mir den Mittelfinger und wischt sich den Fettfleck von der Stirn. Zur Antwort proste ich ihm mit meiner Bierflasche zu. »Sieh's mal so«, sage ich. »Wenigstens muss sie sich keine unnötigen Gedanken darüber machen, wie ich wohl nackt aussehe.«

»Schlimmer noch: Sie hat dich schon nackt gesehen. Wenn sie also nicht versucht, dich wieder nackig zu machen, weißt du, dass sie dich für unzulänglich befunden hat.«

»Warum erzähle ich dir überhaupt irgendwas?«

»Keine Ahnung. Ich werd's jedenfalls später an die Klatschpresse verkaufen.«

Das mag zwar als Witz gemeint sein, aber er erinnert mich zu Recht an etwas, nämlich dass wir kein normales Leben führen. Jemanden abzuschleppen ist leicht, eine richtige Beziehung zu führen dagegen ein Minenfeld. Du weißt nie, ob die Person dich wirklich mag oder nur deine Berühmtheit. Und dann noch das ganze Theater, jemanden behutsam an ein Leben unter den Augen der Öffentlichkeit zu gewöhnen, während man selbst entweder den Großteil der Saison unterwegs ist oder trainiert, Auftritte absolviert und im Grunde keine Freizeit hat. Deswegen sind die meisten Jungs so klug, entweder ihre Collegeliebe zu heiraten oder was mit einer Frau anzufangen, die selbst in der Öffentlichkeit steht und weiß, worauf sie sich einlässt.

Und genau aus dem Grund war ich noch nie auf eine Beziehung aus, sondern setze auf One-Night-Stands, um Druck abzubauen. Einmal und nie wieder geht in unserer Welt ganz einfach. Normalerweise.

Da mir die Richtung, in die meine Gedanken abdriften, überhaupt nicht gefällt, fange ich an, mit Jake über unverfänglichere Themen zu reden – Collegefootball zum Beispiel und welche Spieler nach dem Draft wahrscheinlich Kandidaten für die Profiliga sein werden. Jake und ich beenden unser Essen und trinken unser Bier. Ab und zu kommen Fans herüber und bitten uns um ein Autogramm oder bedanken sich für ein gutes Spiel. So sieht mein Leben aus. Und es ist verdammt großartig.

Das sage ich mir jedenfalls, als wir das Restaurant verlassen und die Iberville Street entlanglaufen. Ich hätte mir ein Haus irgendwo in Uptown kaufen können. Aber ich lebe allein, und wer zum Teufel möchte schon in einer riesigen leeren Villa herumgeistern? Also hab ich eine Eigentumswohnung am Rand des Viertels gekauft.

»Mann.« Jake stupst mich in die Seite. »Behaupte nie, dass ich nicht für dich da bin. Guck mal, da drüben.« Er deutet zu einem Restaurant auf der anderen Straßenseite. An der Bar sitzt, mit langem lilafarbenem Haar, das im schwachen Licht glänzt, Chess Copper. Sie hat ihr schwarzes Tanktop gegen ein goldenes aus Seide eingetauscht, das sich an ein festes Paar Brüste schmiegt, die ich spielend leicht mit den Händen umfassen könnte. Als der Gedanke Form annimmt, krümmen sich meine Finger instinktiv.

Sie ist keine niedlich hübsche oder umwerfend schöne Frau, wie die, mit denen ich mich sonst abgebe. Sie ist ernst, elegant. Ich könnte leicht behaupten, dass sie nicht mein Typ ist. Allerdings bin ich mir ziemlich sicher, dass das umgekehrt auch für mich gilt. Und so langsam habe ich den Eindruck, dass sich mein »Typ« gerade geändert hat.

»Ich glaube, das Schicksal klopft dir auf die Schulter«, sagt Jake in dramatischem Tonfall.

Ein merkwürdiger Ruck geht durch mich hindurch, doch ich

ignoriere es. »Es sagt mir wohl eher, dass ich mich vom Acker machen soll. Sie hat ein Date.«

Der Kerl, der neben ihr sitzt, ist schwer zu übersehen. Er ist genau die Sorte Mann, auf den ich bei ihr getippt hätte: Bart, mehrere Tattoos und Piercings. Scheiße, er sieht aus wie eine abgespeckte Version von Dex.

»Vielleicht versucht er gerade, sie anzumachen«, wendet Jake ein.

»Es ist ein Date. Sie haben sich hingesetzt. Ihre Tasche hängt über seiner Stuhllehne, und er ist ganz locker.«

Jemandes Körpersprache zu lesen ist uns inzwischen in Fleisch und Blut übergegangen. Und Jake nickt. »Guter Einwand.«

In der Absicht, weiterzugehen, verlagere ich das Gewicht. »Los weiter, bevor sie uns dabei erwischt, dass wir rüberglotzen wie zwei …«

Chess dreht den Kopf von ihrem Date weg und verbirgt ein Gähnen hinter ihrer Hand. Es könnte sein, dass sie einfach nur müde ist. Aber ich erkenne Langeweile in ihrem Gesichtsausdruck und diesen angespannten »Verdammt, wann ist das hier endlich vorbei?«-Blick. Ich kenne diesen Blick, weil ich ihn auch schon aufgesetzt hab.

»Weißt du was«, sage ich, während ich sie weiterbeobachte, »es wäre doch ungehobelt, wenn wir nicht rübergehen und Hallo sagen würden.«

Langsam verzieht Jake den Mund zu einem Grinsen. »Jetzt, wo wir sie gesehen haben und so.«

Ich erwidere das Grinsen. »Und wir sind bloß höflich.«

»Perfekte Gentlemen.« Jake zieht sich seine Kappe tiefer in die Stirn. »Ich kümmere mich um ihr Date.«

Ich drücke seine Schulter. »Guter Mann.«

Es muss doch einen besseren Weg geben, einen Partner zu finden. Schlaff nehme ich einen Schluck von meinem wässrigen Wodka Tonic und überlege, was ich zu Evan, meinem Date heute Abend, sagen könnte. Was Verabredungen angeht, ist das hier nicht die schlimmste, die ich jemals hatte. Ganz und gar nicht. Es läuft nur einfach nicht.

Was enttäuschend ist. Ich hatte mir diesmal große Hoffnungen gemacht. Vom Aussehen her hat Evan alles, was mich anspricht: warme braune Augen, tätowierte Unterarme, einen dichten, aber gepflegten Bart. Er ist mir letzte Woche aufgefallen, als wir beide auf der Straße stehen blieben, um einer Zydeco-Band zuzuhören, die auf der Royal Street spielte. Da kam er ganz sympathisch rüber und war so witzig, dass ich zu einem Date Ja gesagt hab.

Und jetzt?

Als ich ihn anlächle, fühlt es sich gezwungen an. »Du arbeitest also als Tattookünstler.« *Ganz toll, auf seinen Job hast du ihn bisher ja erst zwei Mal angesprochen.* »Wie läuft's damit so?«

Ach du Scheiße, vielleicht bin ich hier die Langweilerin.

Sein verkniffener Gesichtsausdruck bestätigt meine Befürchtung. »Kann mich nicht beschweren. Ich lebe für Haut.«

Das hat sich in seinen Ohren vermutlich besser angehört.

Ich nehme einen Schluck von meinem Drink. Mir entgeht nicht, wie der Barkeeper den Kopf schüttelt, während er ein Glas wegstellt. Ja, so jämmerlich sind wir. Aus diesem Date ist die Luft raus wie aus einem eine Woche alten Ballon. Und es tut weh. Nicht, speziell diesen Kerl abzuhaken, sondern eine mögliche Beziehung. Eine einfache, normale Beziehung. Jemanden, der mich in den Arm nimmt, mir ein gutes Gefühl vermittelt. Dass ich mal guten Sex hatte, ist schon so lange her, dass ich bereits anfange zu vergessen, wie es sich anfühlt, hingebungsvoll berührt zu werden. Und das tut verdammt weh.

Als Evan seufzt, weht mir eine Mischung aus Knoblauch- und Zigarettengeruch entgegen. Das kommt noch hinzu: Sein Atem stinkt furchtbar. Warum ist mir das vorher nicht aufgefallen? Vielleicht ist es nur heute Abend so? Spielt es denn eine Rolle? Schlechten Atem hat jeder ab und zu mal.

»Chess?«

Ich tauche blinzelnd aus dem Nebel meiner Gedanken auf und will Evan gerade antworten, als mir klar wird, dass die Stimme, die da gesprochen hat, tiefer war, voller angeborenem Selbstvertrauen und Führungswillen. Diese Stimme legt sich wie eine heiße Hand um mein Rückgrat, sodass mir ein Kribbeln über die Haut läuft. Nein, oh Gott, nein, nicht *er*. Er kann doch nicht hier sein und dieses Trauerspiel mitansehen.

Und während mir noch dieser Gedanke durch den Kopf geht, steht mein doofer, verräterischer Körper vor Vorfreude schon unter Strom.

Ich wappne mich, drehe mich um und sehe ihm ins Gesicht, meinem Peiniger, meinem Retter. Finn Mannus. *Von allen Spelunken in sämtlichen Städten dieser Welt* … Unter dem Schirm einer abgewetzten Micky-Maus-Cap hervor funkeln seine blauen Augen mich an. Es liegt eine solche Verschmitztheit in seinem Blick, dass ich mir ein Lächeln schwer verkneifen muss.

»Witzig, dich hier zu treffen«, sagt er und schiebt sich gegen meinen Stuhl. Er drängt seine große Statur nicht unbedingt zwischen Evan und mich, aber fast.

»Wem hab ich in einem früheren Leben so in die Suppe gespuckt, dass ich das verdient habe?«, murmele ich, obwohl mein Körper einen neuen Energieschub erfährt. Und, ehrlich, ich labere nur Müll, denn in Wirklichkeit freue ich mich, ihn zu sehen. Mein Mund kann zwar lügen, aber mein Herz kennt die Wahrheit.

Er ist so nah, dass sein warmer langer Arm den meinen streift. »Manche empfinden meine Gesellschaft als Segen.«

»Es zählt nicht, wenn man sie dafür bezahlt, das zu sagen«, gebe ich zurück.

Er lacht leise in sich hinein. »Das ist nur ein Mal vorgekommen, ich schwör's.«

Meine Lippe zuckt. Und er bemerkt es.

In diesem Moment taucht Jack Ryder auf der Bildfläche auf. »Chess!« Er läuft Finn und mir in die Arme. »Was für ein Zufall!« Er sagt es so übertrieben, dass ich Finn einen vielsagenden Blick zuwerfe.

Der hat ein Pokerface aufgesetzt, aber genau das macht mich argwöhnisch.

»Tatsächlich?«, sage ich gedehnt.

Wieder setzt Finn schnell ein Lächeln auf, das mich einwickeln und ablenken soll. Er beugt sich leicht vor, und seine Stimme kratzt über meine Haut. »Ich war gerade so gar nicht in deiner Gegend.«

Mein Herz macht einen kleinen Hüpfer. »Ich hätte nie gedacht, dass du ein Zitat aus *Singles – Gemeinsam einsam* bringst, Mannus.«

Ein erstickter Laut zu meiner Rechten weckt meine Aufmerksamkeit. Evan glotzt uns mit offenem Mund an, als hätte er einen Geist gesehen. Ach ja. *Evan.* Ich hatte ganz vergessen, dass er auch noch da ist.

»Finn Mannus«, sagt er ehrfürchtig. »Echt?«

Finn schenkt ihm ein lässiges »Ach, und wenn schon«-Grinsen. »Jepp.«

»Wow.« Evans Blick schnellt von mir zu Finn und wieder zurück zu mir. »Du hast gar nicht erzählt, dass du Manny kennst.«

»Tu ich auch nicht. Nicht wirklich.«

Jake legt einen Arm um meine Schultern. »Ach, komm schon, Chess. Du hast uns nackt gesehen. Ich würde sagen, das geht als uns kennen durch, findest du nicht auch, Manny?«

Die kleine Ratte. Ich verdrehe die Augen, als Evan erneut der Unterkiefer herunterklappt.

Finn funkelt Jake böse an. »Du beweist mal wieder richtig Klasse, was, Ryder?«

»Du …« Evan guckt mich an. »Die?«

»Nackt«, bestätigt Jake mit einem Nicken.

»Sie waren heute zu einem Fotoshooting im Studio«, erkläre ich und schaue Jake, der nicht das geringste Anzeichen von Reue zeigt, mit verkniffenem Mund an.

»Cool«, sagt Evan und muss noch ein zweites Mal hingucken. Er macht große Augen. »Und Jake Ryder auch? Echt geiler Spielzug beim vierten Down und zehn letzte Woche, Mann.«

Jake grinst. »Danke. Ich geb mein Bestes.«

»Ich kann nicht fassen, dass du diese Jungs kennst.« Evan dreht sich zum Barkeeper um. »Sieh mal, wer hier ist. Finn Fucking Mannus und Jake Ryder.«

Der Barkeeper, der am anderen Ende des Tresens steht und gerade Drinks eingießt, horcht auf. »Im Ernst?« Kurz darauf kommt er rüber, mit großen Augen wie ein Kind im Spielzeugladen.

Ich verdrehe erneut die Augen, und mein Blick begegnet Finns. Er achtet gar nicht auf seine Fans, sondern beobachtet mich. Vor Belustigung hellt sich seine Miene auf, und einen seltsamen Moment lang fühlt es sich an, als würden wir einen Insiderwitz teilen. »Ich wette, du wusstest nicht, dass mein zweiter Vorname ›Fucking‹ ist«, flüstert er, als der Barkeeper Jake die Hand schüttelt.

»Ich hätte auf ›Arschgeige‹ getippt«, ziehe ich ihn auf.

Finn presst eine seiner großen Hände auf seine Brust, die jetzt leider mit einem weißen T-Shirt verhüllt ist. »Du verletzt mich, Chester Copper.«

Kopfschüttelnd beuge ich mich zu ihm. »Die Tatsache, dass du mich immer noch Chester nennst, könnte etwas damit zu tun haben, Finnegan Mannus.«

»Genau genommen heißt es Finnegan Arschgeige Mannus.«

»Also hatte ich recht.«

»Du bist die Einzige, die bisher drauf gekommen ist.«

Ich habe gar nicht gemerkt, dass wir uns so nah gekommen sind, dass unsere Nasenspitzen sich fast berühren, er hat sich über mich gebeugt, und seine Hand liegt auf meiner Stuhllehne. Ein lautes Lachen bringt die kleine Blase zum Platzen, in der wir uns befunden haben, und ein Mann haut Finn auf seine breite Schulter.

Finn verzieht kurz das Gesicht, bevor er den Kopf dreht, um zu sehen, wer ihn da gepackt hat.

»Manny!«, poltert der Kerl hocherfreut. »Verdammt, ich kann's nicht glauben.«

»Glaub es!«, rufe ich und werfe die Hände in die Luft.

Finn stupst mir mit dem Ellbogen in die Seite. »Süß.«

Ich blinzele unschuldig, aber mir entgeht nicht, dass er seinen Arm gegen meinen gedrückt hält, als wären wir zusammen. Seine Haut ist warm und fest, und meine ganze Aufmerksamkeit richtet sich darauf. Was nicht geht, ich habe schließlich ein Date mit … scheiße, nicht schon wieder. Edward? Ethan?

»Evan«, murmele ich und ziehe damit Finns Aufmerksamkeit wieder auf mich.

»Nein, ich heiße Finn«, sagt er, die Selbstgefälligkeit in Person.

Er ist so groß, dass ich den Kopf in den Nacken legen muss, um ihm in die Augen zu sehen. »Ich habe ein Date mit Evan.«

Er zieht eine Augenbraue hoch und schaut zu meinem Datepartner, der wild gestikulierend mit Jake über Footballstatistiken redet. »Scheint super zu laufen.«

»Tja, wenn nicht jemand dazwischengeplatzt wäre …«

»Wärst du auf deinem Hocker eingeschlafen?«, schlägt er lässig vor.

Ich drehe ihm den Rücken zu und trinke mit übertriebener Geste einen Schluck von meinem Wodka, während er leise neben mir gluckst. Das Geräusch dringt durch meine Haut, löst ein unerwünschtes Kribbeln aus, das mich durch und durch erschauern lässt.

Doch dann wird er von noch mehr Fans bedrängt und bekommt noch mehr Schulterklopfer. Seine Aufmerksamkeit einzubüßen ist, als würde man aus dem heißen Scheinwerferlicht gezogen. Dort, wo er nicht ist, ist es kalt und dunkel.

Ich schnaube in mein Glas und trinke weiter. Wenn dieser Mann in der Nähe ist, drehe ich am Rad. Es muss seine Berühmtheit sein, auf die ich reagiere. Weiter nichts. Das ist normal. *Normal.*

Nur dass kein anderer Footballspieler, den ich heute fotografiert habe, etwas auch nur annähernd Vergleichbares mit mir angestellt hat. Und bei keinem von ihnen bekam ich ein schwindlig machendes Kribbeln im Bauch.

Männlich tiefes, polterndes Gelächter dröhnt um mich herum, und dann höre ich es: den weichen, femininen Singsang einiger Frauen auf Beutejagd. Ich versteife mich und schaue über meine Schulter. Tatsächlich, vier Frauen haben sich zu Finn und Jake durchgedrängelt.

Diese Frauen machen keine großen Augen wegen der berühmten Jungs. Oh, sie haben die Footballspieler sehr wohl erkannt, sind aber nicht im Mindesten verdattert. Nein, sie checken Finn und Jake ab, auf der Suche nach einer guten Partie.

Zum Teufel, ich hab selbst zu solchen Gruppen gehört – in unbeschwerten Collegezeiten, wenn wir auf der Jagd nach süßen Jungs losgezogen sind. Damals war das aufregend, der Reiz, einen One-Night-Stand zu haben, vielleicht sogar jemanden zu finden, bei dem ich auch danach noch bleiben wollte. Heute macht mich allein der Gedanke ans Suchen müde.

Ich schiebe meinen Drink weg, lehne mich an Finns breiten Schultern vorbei und tippe Evan auf den Arm. Er ist so damit beschäftigt, seine Idole vollzuschleimen, dass ich ihn ein paarmal antippen muss, ehe er es merkt.

»Ich geh dann mal«, sage ich ihm.

Erleichterung huscht über sein Gesicht, auch wenn er sich Mühe gibt. »Soll ich dich nach Hause bringen?«

»Nein«, sage ich bestimmt, denn ich möchte weg, und zwar schnell. »Ich komm klar. Dir noch viel Spaß.«

Ich sage nichts davon, sich noch mal wiederzusehen. Wir wissen beide, dass das nicht passieren wird. Er hat sich bereits wieder zu Jake umgedreht.

Ich nehme meine Tasche und meine Jacke und rutsche vom Hocker. Finn, der von Frauen belagert wird, dreht sich ruckartig um und schaut mich aus zusammengekniffenen Augen an. »Gehst du?«

»Jepp.«

Eine Brünette hängt an seinem Arm, und er windet sich von ihr los, bevor er einen Schritt zurückgeht, um mir Platz zu machen.

»Nacht«, sage ich zu ihm, weil ich einen sauberen Abgang brauche. Je länger ich bleibe, desto mehr werde ich ihn mögen. Und ich weiß, meine Zeit mit Finn ist, wie den Blick auf eine Sternschnuppe zu erhaschen.

Er berührt mich am Ellbogen. »Ich bring dich nach Hause.«

Die Wärme seiner Fingerspitzen sendet lauter kleine Blitze

über meine Haut. Ich habe nicht vor, so zu tun, als gäbe es da keine Anziehungskraft zwischen uns beiden. Aber die ist allerhöchstens oberflächlich. Trotzdem überrascht es mich nicht, dass er darauf einsteigt. Seit dem Augenblick, als er neben mir aufgetaucht ist, wusste ich, dass er seinen Spielzug machen würde, es stand von vornherein fest, und zwar mit dem unausweichlichen, klischeehaften Ende: Der heiße, von sich überzeugte, berühmte Typ macht die Frau klar, die ihn davor noch fertiggemacht hat.

Ich glaube nicht, dass er absichtlich ätzend ist. Er folgt einfach dem Drehbuch. Was nicht heißt, dass ich das auch muss.

Die beiden Frauen drücken sich zu beiden Seiten an ihn, wollen ihm nah sein. Ich schaue in ihre Richtung und schenke ihnen ein knappes Lächeln. Finn beachtet sie nicht, sondern schaut mich erwartungsvoll an.

Ich ziehe meine Jacke an und hänge dann meine Tasche um. »Ist schon okay. Es macht mir nichts aus, alleine nach Hause zu gehen.«

Finn hebt eine Hand, so wie es die Cops machen, wenn sie einem gleich ein paar Takte geigen. »Das kann ich nicht machen, Copper. Ich werde mich unwohl fühlen, wenn ich dich nicht nach Hause bringe.«

»Jetzt mutier hier mal nicht zum Höhlenmenschen, Mannus.«

Der Kerl ist wie Gummi und springt bei jedem meiner Volleyschläge fröhlich wieder zurück. »Wusstest du das nicht?«, fragt er gelassen. »Alle Footballspieler sind ein Stück weit Höhlenmenschen. Manche mehr als andere.«

Ich hätte nie gedacht, dass ein eins neunzig großer, muskelbepackter Typ süß sein kann. Aber er ist es. Und es ist schwer, ihm zu widerstehen. »Mag ja sein, aber es macht mir wirklich nichts aus.«

Als wir die Tür erreichen, hält Finn sie für mich auf. »Na gut, dann begleite mich nach Hause.«

»Dich?« Widerwillig bleibe ich auf dem Bürgersteig stehen, während sich die schwüle Nachtluft feucht auf mich legt.

Finns gebräunte Haut leuchtet lila im Licht des Leuchtschilds der Bar. »Ja, ich fühl mich nicht sicher, wenn ich alleine gehe.«

Was für ein unschuldiger Gesichtsausdruck. Ich verkneife mir ein Lächeln. »Und wo wohnst du?«

Er nennt mir meine Adresse.

Lachend schüttele ich den Kopf. »Du bist ein hartnäckiger Bursche, was?«

»Noch mal: Footballspieler. Wir geben nicht auf.«

Und so werde ich vom Quarterback nach Hause begleitet. Mit tief in die Stirn gezogener Cap und den Händen in den Hosentaschen scheint niemand zu bemerken, wer er ist. Er zieht immer noch Blicke auf sich; ein großer, durchtrainierter Typ mit einer markanten Kieferpartie wird immer Aufmerksamkeit erregen. Aber wir gehen ungestört unseres Weges.

Die Bourbon Street zu überqueren ist wie immer ein Spektakel. Aus allen Ecken dröhnt Musik, Country aus einer Bar, Rock aus einer anderen, Blues von weiter weg die Straße hinunter. Betrunkene und Gaffer strömen an uns vorbei wie eine Schar Gänse.

Finn kommt dichter neben mich, sodass sein Arm meinen streift. »Siehst du«, sagt er und beugt sich nahe an mein Ohr. »Ich wäre vielleicht von der Menschenmenge mitgerissen worden, wenn du nicht hier wärst, um mich zu beschützen.«

Ich schnaube. »Das wäre bestimmt schrecklich gewesen. Dutzende Fremde, die darum wetteifern, dir einen auszugeben.«

»Lauter Frauen, die mir ihre Brüste zeigen«, sagt er mit einem tiefen Seufzen. »Und ich ohne Ketten, die ich ihnen umhängen kann wie beim Mardi Gras.«

»Ich bezweifle, dass es sie gestört hätte.«

Fältchen legen sich um seine Augen, als er mich unter dem Schirm seiner Cap hervor anguckt. »Nein. Aber ich bin trotzdem lieber bei dir.«

Ich werde nicht so leicht rot. Die Hitze in meinen Wangen muss mit der lauen Nachtluft zu tun haben. »Ich werde nicht mir dir schlafen«, platze ich heraus.

»Okay.«

»Okay?«

Er lacht schnaubend. »Erwartest du, dass ich dich anbettele?«

»Nein. Natürlich nicht. Ich bin nur … Das ging zu einfach.«

Er zuckt mit seinen breiten Schultern. »Ich bin ein lockerer Typ.«

»Auf die Gefahr hin, paranoid zu klingen – das alles kommt mir komisch vor. Als würdest du mit mir spielen.«

Seine Lippen zucken. »Du klingst wirklich paranoid. Erzähl mal, betrifft diese Paranoia alle Bereiche deines Lebens oder tritt sie nur bei Männern auf?«

Wir überqueren zügig die Canal Street, bevor die Ampel umspringt. »Ich wurde noch nie von einem Mann nach Hause gebracht, der sich nichts davon versprochen hat, Dr. Phil.«

»Dann bist du bisher mit den falschen Männern nach Hause gegangen, Chess.«

Das weiß niemand besser als ich selbst. Trotzdem werde ich langsamer. »Sieh mir in die Augen«, verlange ich, »und sag mir, dass du schon mal eine Frau nach Hause gebracht hast, der du nicht an die Wäsche wolltest.«

Er stoppt abrupt, woraufhin auch ich stehen bleibe. Aus der Bar rechts von uns kommt ein Lied von Elvis, der schmachtend davon singt, dass er nicht anders kann, als sich zu verlieben – can't help falling in love. Die Musik ist laut und rührselig und erfüllt das tiefe Schweigen zwischen uns, während wir einander herausfordernd in die Augen sehen.

Ein schuldiger Ausdruck huscht über sein Gesicht, aber er versucht, es zu verbergen. »Ich habe schon mal eine Frau nach Hause gebracht, der ich nicht an die Wäsche wollte.«

Als ich die Augen zusammenkneife, gehen seine Mundwinkel langsam zu einem Lächeln nach oben. »Nämlich gerade jetzt«, stellt er klar.

»Du bist unmöglich«, sage ich mit einem Lachen und gehe weiter.

»Charmant«, kontert er. »Weißt du, ich habe tatsächlich nicht mit jeder Frau Sex, mit der ich rede, Chess.«

»Nein?«

»So viel Misstrauen.« Er stupst mich mit der Schulter an. »Ich habe schon so meine Ausschlusskriterien.«

»Und die wären?«

Er guckt mich frech an. »Ob ich Sex mit ihr haben möchte oder nicht.«

»Dein Prüfverfahren ist idiotensicher, das muss ich dir lassen.«

Finn zuckt noch einmal mit den Schultern. »Ob man jemanden attraktiv findet, weiß man meistens sofort. Die Schlüsselfrage ist, ob das Gefühl angefacht wird und wächst oder abflaut und erlischt, nachdem man mit jemandem geredet hat.«

»Schau an, welche Erkenntnis. Und ich dachte schon, du hättest nur lauter Glückskeksweisheiten drauf.«

»Meine Weisheiten würden mindestens für ein Faltblatt reichen.«

»Verrat mir eins …«

»Alles, was du willst«, erklärt er sich bereit.

»Wenn du immer nur One-Night-Stands hast, wie ist es dann überhaupt möglich, dass du lange genug mit jemandem redest, um zu merken, ob die Anziehungskraft zunimmt?«

Er macht den Mund auf und klappt ihn dann wieder zu. Ein widerwilliges Grinsen umspielt seine Mundwinkel. »Okay, erwischt. Mein Auswahlkriterium lautet im Grunde: Kann ich sie die nächsten zwei Stunden lang ertragen? Aber im Kern stimmt es immer noch.«

»Ich würde dich jetzt am liebsten als Schwein beschimpfen«, sage ich mit einem Kopfschütteln. »Aber wenigstens bist du ehrlich.«

»Das sind die meisten Footballspieler. In unserer Welt ist man ziemlich unverblümt.«

Ich habe ihn verurteilt. Die Erkenntnis ist wie ein Schlag ins Gesicht und nicht schön. Ja, er ist unverblümt, das wusste ich von Anfang an. Und ja, sein Sexleben ist ziemlich oberflächlich; er hat es selbst zugegeben. Aber er hat eindeutig was im Kopf und ist nett. Nicht etwa schleimig nett, sodass man das Gefühl hat, es geht ihm eher darum, sich gut zu präsentieren, als dass ihm tatsächlich was an einem liegen würde. Eher auf eine stille, unaufdringlich zuvorkommende Art, mit der man nicht rechnet und die liebenswürdig ist.

Viel zu schnell kommen wir bei meinem Haus an. Finn schiebt die Hände in die Hosentaschen und lächelt mich freundlich an. »Also dann.«

»Also …« Ich verstumme.

Finn Mannus' Wirkung ist gewaltig. Es liegt nicht an seinem Aussehen, auch wenn er, was das angeht, definitiv vom Schicksal begünstigt ist; es liegt an seinem intensiven Blick, er sieht einen an, als wäre man das Allerwichtigste auf Gottes schöner Erde. Ein trügerischer Eindruck, der deswegen aber nicht weniger wirkungsvoll ist.

Und auch nicht weniger seltsam wird, als wir uns immer länger ansehen und keiner von uns noch etwas sagt.

Er sieht mich an, als wüsste er genau, was in meinem Kopf vorgeht – was schon komisch ist, denn ich selber habe keine Ahnung. Ich möchte nicht gehen, ihn aber auch nicht reinbitten.

Und er fragt auch nicht direkt, ob er mit raufkommen kann. Verwirrung macht sich in mir breit. Zum ersten Mal seit Ewigkeiten weiß ich nicht, was ich tun soll.

»Also«, sage ich steif. »Vielen Dank und gute Nacht.«

Wieder setzt er sein typisches Lächeln auf. Dieses gemächliche, lässige. Das, das Plakatwände ziert und die Sportswear-Verkäufe in Millionenhöhe steigen lässt. »Das wär's dann, was?«, flachst er. »Kein ›Man sieht sich‹ oder ›Lass uns mal zusammen Mittag essen‹. Nur ›Tschüss‹?«

Ich stehe der männlichen Entsprechung einer Schokoladentorte gegenüber. Aber jahrelange Erfahrung mit miesen One-Night-Stands und schlechten Dates hat mich gehärtet. »Ich habe auch noch Danke gesagt.«

Seine Miene strafft sich kurz, sodass ich mich frage, ob ich da Enttäuschung sehe. »Gern geschehen, Chess.« Er macht einen Schritt zurück, taucht bereits in den Strom aus Passanten auf dem Bürgersteig ein. »Schlaf gut.«

Ich gehe ins Haus, ohne mich noch einmal umzudrehen. Obwohl ich es nur zu gern würde.

*

Mein Tag fängt nicht gut an. Gar nicht gut. Ich habe mich die ganze Nacht lang hin und her gewälzt und bin dann endlich eingeschlafen, als der Himmel draußen schon taubengrau war. Weil ich mein Handy in der Tasche vergessen hatte, habe ich den Weckalarm nicht gehört und verschlafen. Was bedeutet, dass ich nicht duschen kann, bevor James kommt und nach ihm dann die nächste Gruppe Footballspieler, die ich shooten soll. Also muss ich mit strähnigen Haaren und steifem Nacken vom falschen Liegen durchhalten.

James schafft es irgendwie, einen Scheinwerfer umzustoßen, der mir einen Schaden von mehreren Hundert Dollar beschert. Er ist so aufgelöst, dass ich es nicht übers Herz bringe, ihm Vorwürfe zu machen, sondern ihm stattdessen die Schulter tätschele und es ablehne, dass er für den Schaden aufkommt.

Die Jungs, die ich fotografiere, sind nett und machen gut mit, was meine Laune heben sollte, aber irgendwie verschlimmert das alles nur. Sie erinnern mich an Mannus. Wie auch nicht? Es sind seine Teamkameraden, seine Freunde. Jeder Witz, den sie reißen, jedes fröhliche Glucksen und jedes charmante Lächeln, das sie mir zuwerfen, lässt mich an ihn denken.

Ich stelle mir vor, wie er mit ihnen rumwitzeln würde. Wie er, ohne auch nur einen Muskel zu bewegen, den Raum beherrschen würde. Die traurige Wahrheit ist, dass er das sogar schafft, ohne überhaupt anwesend zu sein.

Ich *will* nicht an ihn denken. Doch der Mann muss Zauberkräfte besitzen, denn obwohl ich ihn erst seit einem Tag kenne, spukt er mir fortwährend im Kopf herum.

Schlimmer noch, ich bereue es, ihn gestern Abend vor meiner Tür stehen gelassen zu haben.

Dabei ist das Ganze nur lächerlich. Er hat mich wahrscheinlich schon vergessen, bevor er bei sich zu Hause angekommen ist. Wir haben ein paar Stunden zusammen abgehangen, uns gegenseitig zum Lachen gebracht. Mehr nicht. Hak's ab.

Einer der Jungs, ein Hüne von Mann namens Carson, scherzt rum, dass Manny schwerer zu tackeln wäre, wenn er sich vor dem Spiel mit Öl einreiben würde, was ihm seinen eigenen Job wiederum erleichtern würde.

»Tss«, macht Dubois, ein anderer Offensive Lineman, »Manny ist so schon sauschwer zu fassen. Du willst ihn bloß eingeölt sehen.«

Wollen wir das nicht alle?

Mir fällt die Kamera aus der Hand. Auf meinen Fuß. »Scheiße!« Ich bücke mich, um sie zu inspizieren, und danke den Göttern dafür, dass meine armen puckernden Zehen sie vor jeglichem Schaden bewahrt haben.

Keiner der Jungs bekommt etwas davon mit.

»Öl das hier.« Carson greift sich in den – glücklicherweise inzwischen bekleideten – Schritt und hebt seine Ausstattung an.

»Niemand außer mir ölt hier irgendwen oder *irgendwas* ein«, verkündet James, woraufhin sie alle rot anlaufen und herumstammeln.

Mit schmerzendem Fuß und verspannten Muskeln erledige ich meine Arbeit in der Hoffnung, sie alle so schnell wie möglich loszuwerden. Aber es dauert bis siebzehn Uhr, bis ich tatsächlich allein bin.

Endlich.

Nur dass ich zur Krönung meines Scheißtags eine *Woche* zu früh meine Tage bekomme und nicht mehr genug Tampons im Haus habe.

Grummelnd schlüpfe ich in eine schwarze Jogginghose, werfe mein weites Tulane-T-Shirt über und gehe zur Drogerie.

Mir pocht der Kopf, als ich dort ankomme, und ich habe Bauchkrämpfe. Ich lege eine Hand auf meinen Unterleib und schnappe mir einen Einkaufskorb, ehe ich James anrufe, um mich auszujammern.

»Ich schwöre dir«, sage ich zu ihm, als ich nach einer Packung Schmerztabletten greife, »dieser Tag ist ein einziges rotes Tuch für mich.«

Er kichert. »Rot. Hast du verstanden? Rot?«

Ich verdrehe die Augen, obwohl er mich nicht sehen kann. »Lach du nur. Inzwischen fühlt es sich an, als würde jemand in meiner Gebärmutter Schiffe versenken spielen.«

»Arme Chessie-Maus. Wenigstens wissen wir jetzt, warum du so schlechte Laune hattest.«

Ich laufe rot an. »Ja.« *Lüge. Lüge. Lüge.* Ein Becher Eis mit Salzkaramellgeschmack landet im Korb.

»Sag mir, dass du dir Eis holst«, sagt James.

Ich lächle. »Hab gerade welches in den Korb gelegt.«

»Salzkaramellgeschmack?«

»Bingo.«

Ich gehe in die Reihe mit den Hygieneprodukten und suche nach der Marke, die ich immer kaufe. »Ich werde nach Hause gehen, mich mit meinem Eis in die Badewanne legen und diesen beschissenen Tag vergessen.« *Finn vergessen.* »Und dann werde ich auf Amazon gehen und einen kompletten Jahresvorrat Tampons bestellen, damit ich nicht wieder so einen Notfalleinkauf machen muss.«

Ein leises, tiefes Lachen poltert hinter mir, woraufhin sich die kleinen Härchen an meinen Armen aufstellen.

»Aber dein Eis brauchst du dann immer noch«, stellt eine vertraute Stimme fest – *Scheiße, im Ernst jetzt?*

Mein Magen macht einen Sturzflug, während meine Wangen zu brennen anfangen.

»Wer ist das?«, fragt James an meinem Ohr.

Ich drehe mich langsam auf einem Absatz um. »Die Pest«, antworte ich, als ich finster in Finn Mannus' lächelndes Gesicht aufblicke.

»Von Arschgeige zu Pest.« Finn zieht die Augenbrauen zusammen. »Ich bin mir nicht sicher, ob das ein Abstieg ist oder aufs Gleiche rauskommt.«

»Wer *ist* das?«, schreit James jetzt beinahe.

Ich wende den Blick nicht von Finn ab. »Ich ruf dich zurück.«

James' lautstarker Protest findet ein jähes Ende, als ich auf die Taste zum Auflegen drücke.

»Stalkst du mich etwa, Mannus?«

Finn stemmt eine Hand tief in seine schlanke Hüfte. »Als jemand, der selbst eine gesunde Portion Eingebildetheit besitzt, kann ich deine nur bewundern. Aber nein, Schnuckelchen. Mein Kumpel Woodson wohnt hier in der Nähe. Heute ist Pokerabend. Ich deck mich nur mit Bier ein.«

Erst da bemerke ich, dass er einen Zwölferpack im anderen Arm hält.

»Und mit Tampons?«, frage ich mit einem vielsagenden Blick auf die Regalreihen, zwischen denen wir stehen.

»Heute nicht«, sagt er lässig. »Obwohl wir zu Collegezeiten immer eine Packung dahatten. Die kleinen waren super, um Nasenbluten zu stoppen.«

»Schöne Vorstellung.« Irgendwie bin ich einen Schritt näher an ihn herangetreten. Er ist frisch geduscht. Seine goldbraunen Haare sind an den Schläfen noch feucht. Und ich frage mich, ob er gerade aus dem Fitnessstudio oder vom Training kommt. »Zu Collegezeiten bist du also losgegangen und hast Tampons gekauft?«

»Nee«, sagt er mit einem frechen Grinsen. »Ich hab eins der Mädels, die da waren, gebeten, welche mitzubringen.«

»Natürlich.« Ich ziehe genervt die Nase kraus.

»Sei ein bisschen nachsichtig mit mir, Chess. Heute würde ich welche kaufen, wenn es sein müsste.«

»Hmmm …« Ich betrachte ihn und versuche, sein Lächeln nicht zu erwidern. Wenn auch nur, weil es lustiger ist, wenn er Sprüche klopft. »Warum bist du dann in diesem Gang, wenn nicht, um für mögliche Fälle von Nasenbluten vorzusorgen?«

»Ganz einfach.« Er tritt näher, eine warme, sauber duftende Wand aus Muskeln. »Ich habe deine Stimme gehört.«

Einen Moment lang bin ich verdattert. »Du hast meine Stimme erkannt?«

Sein Blick wandert über mein Gesicht, als versuchte er, darin abzulesen, warum ich ihn so anstarre. »Ist nicht … äh … fies gemeint, aber du sprichst laut am Telefon.«

»Ja, aber … Du hast mich erkannt.« Wir haben uns gerade erst kennengelernt. Mir kommt der Gedanke, dass ich seine Stimme beide Male erkannt habe, als er sich an mich rangeschlichen hat. Andererseits ist seine Stimme markant – wie warmer, fließender Honig, wenn er entspannt ist, oder wie Hammerschläge auf Stein, wenn er wo auch immer das Kommando übernimmt.

Die Spitzen seiner Ohrmuscheln verfärben sich leicht rosa. Wenn ich ihn nicht so anstarren würde, wäre es mir vielleicht nicht aufgefallen. Er verlagert das Gewicht. »Sollte ich das nicht?«

»Nein. Ja.« Ich schüttele den Kopf und lache. »Ich weiß nicht.«

Daraufhin grinst er. »Du bist süß, wenn du irritiert bist.«

»Ich bin nicht irritiert.« *Bin ich wohl.*

Als hätten wir eine stille Übereinkunft getroffen, gehen wir durch den Gang zur Kasse, wo ein hagerer Typ, der gerade eine Packung M&Ms kauft und uns sieht, zweimal hinschauen muss. Die Kassiererin glotzt Finn an, sagt aber kein Wort, während sie mich abkassiert. Außerdem wirft sie mein Eis einen halben Meter daneben, als sie es in eine Tüte packen will. Ich helfe ihr, indem ich meine Einkäufe selber verstaue, damit sie Finn weiter angaffen kann. Er steckt es locker weg.

Draußen vor dem Laden stupst Finn mich mit dem Arm an. Ganz leicht nur, er tippt mich gerade so an, trotzdem spüre ich seine Kraft dahinter. »Jetzt sind wir uns schon zweimal über den Weg gelaufen«, sagt er.

»Ich bin immer noch nicht überzeugt, was das Stalking angeht.«

Er beugt sich ein Stück herunter, sodass unsere Gesichter fast auf einer Höhe sind. »Ich glaube, das Schicksal sagt uns, dass wir uns treffen sollten.«

»Uns treffen, was?« Ehrlich gesagt möchte ich jetzt nicht nach Hause gehen. Ich möchte hier auf dem schwülwarmen Bürgersteig stehen bleiben und hören, was für ein Quatsch als Nächstes von ihm kommt. Aber ich habe Eis, das schmilzt. »Ich wüsste nicht, warum. Wir gehen uns gegenseitig an die Kehle, seit wir uns begegnet sind.«

»Ach, Chessie, wir tun doch nur so.« Er stupst mich noch einmal gegen die Schulter. »Sag mir, dass es dir keinen Spaß macht. Na los.«

Kann ich nicht. Und das weiß er.

Sein Lächeln wird sanft. »Ich mag dich.«

Er mag mich. Ich möchte grinsen wie eine Zwölfjährige. Ich schätze, so fühlt es sich an, vom tollsten Jungen der Schule einen Zettel zugesteckt zu bekommen.

»Ist das so schwer zu glauben?«, fragt er.

Nicht unbedingt schwer. Eher unerwartet und seltsam. Gestern war er nur irgend so ein arschiger Sportler, der mich blöd angemacht hat. Jetzt sagt er mir, dass wir uns treffen sollten. Was soll das überhaupt heißen?

Ich habe zu lange geschwiegen, denn jetzt redet er weiter, leise und einschmeichelnd. »Ich glaube, du magst mich auch.«

Verflucht. Ja. Das ist die größte Überraschung überhaupt. Er ist anders als alle anderen, die ich kenne. Es ist gleichzeitig anstrengend und angenehm, sich mit ihm zu unterhalten. Außerdem ist er ein berühmter, absolut heißer Footballspieler, dem sich ständig schöne Frauen an den Hals werfen. In einer Welt voller Männer, auf die man nicht setzen sollte, steht er ganz oben auf der Liste.

»Mir ist nur nicht ganz klar, worauf du hinauswillst«, erkläre ich. »Ein Date?«

Finn reibt sich den Nacken und sieht genauso perplex aus, wie ich mich fühle. »Ich bin ziemlich mies im Daten, Chess.«

Enttäuschung trifft mich wie ein Ziegelstein gegen die Brust. Aber ich nicke verständnisvoll. »Ich bin ziemlich mies in One-Night-Stands«, sage ich zu ihm. »Das Taktikhandbuch bin ich schon durchgegangen, und es gefällt mir nicht besonders.«

Er zieht erfreut die Augenbrauen hoch. »Sieh mal einer an, wer da Footballbegriffe benutzt.«

»Ich dachte, ich drücke es mal für dich verständlich aus.« Ich verkneife mir ein Lächeln.

Langsam weicht die Belustigung aus seiner Miene. »Gestern Abend habe ich dich von der Straße aus gesehen. Ich bin in die Bar gekommen, weil ich mich mit dir unterhalten wollte. Selbst davor – beim Abendessen – habe ich an dich gedacht.«

Ich gebe einen überraschten Laut von mir.

Er scheint es nicht mitzukriegen. »Es hat mir vor diesem Fotoshooting gegraut. Du hast der Sache eine Wendung gegeben und es erträglich gemacht. Der ganze Bockmist war vergessen.«

»Das gehört zu meinem Job«, sage ich lahm. Es ist nicht gelogen. Allerdings hatte ich bei ihm aufgehört, mich darauf zu konzentrieren, ein gutes Foto zu schießen. Und obwohl wir uns gerade erst kennengelernt haben, scheint er das auch zu wissen.

»Und gestern Abend in der Bar?«, entgegnet er. »Jetzt gerade? Du bist nicht bei der Arbeit.«

»Ich …« *Scheiße.*

»Alle Menschen in meinem Leben haben mit Football zu

tun. Echten zwischenmenschlichen Austausch erlebe ich nicht oft. Und wenn, dann nur flüchtig. Aber mit dir ist das anders.« Zwischen seinen Augenbrauen bildet sich eine Falte. »Ergibt das einen Sinn?«

Ich mag zwar nicht berühmt sein, doch ich fühle mich genauso abgekapselt, so als würde ich unter Wasser durchs Leben gehen und alles wäre gedämpft und verzerrt. Wenn ich Finn Mannus nahekomme, entsteht Klarheit. Das macht mir höllisch Angst, denn ich brauche auch Stabilität. Doch ich kann nicht lügen.

Ich räuspere mich. »Tut es.«

Das entlockt ihm ein zufriedenes, glückliches Lächeln. Und es raubt mir den Atem. Seine Miene wird ernst, und er blickt mir prüfend in die Augen. »Ich möchte dich kennenlernen, Chess Copper. Ich weiß nicht, warum. Es ist einfach so. Ich könnte mich an dich ranmachen, um dir an die Wäsche zu gehen. Aber das will ich nicht. Ein One-Night-Stand mit dir reizt mich nicht.«

»Oh, na besten Dank.« Es ist eine Sache, sich einig zu sein, dass Sex keine gute Idee wäre. Aber eine völlig andere, gesagt zu bekommen, dass man nicht begehrenswert ist.

Finn schüttelt den Kopf, als wäre ich schwer von Begriff. »Aufpassen, Chester. Ich habe gesagt, ich möchte dich kennenlernen. Meine One-Night-Stands lerne ich nicht kennen.«

»Also werden wir … Was? Freunde sein?«

Daraufhin guckt er fast wie ein kleiner Junge. »Ja. Genau.« Seine Augen fangen an zu funkeln. »Sei gewarnt. Ich werde mir trotzdem die Hälfte der Zeit vorstellen, wie du wohl nackt aussiehst. Also gewöhn dich an ein anzügliches Grinsen ab und an.«

»Du musstest den Moment kaputtmachen, oder?«

»Daran solltest du dich wahrscheinlich auch gewöhnen.«

4

Finn

»Und?« Jake schaut mich erwartungsvoll an.

Man muss es ihm lassen, der neugierige Schweinehund hat volle zwei Minuten gewartet, bevor er zugeschlagen hat.

»Und was?« Ich lenke meinen Pick-up um einen dahintuckernden Bus.

Jake schnaubt, weil er genauso gut wie ich weiß, dass ich nur Zeit schinde. »Hast du sie genagelt, Manny?«

»Sie ist kein Brett, Ryder.«

»Okay, na schön.« Er verdreht die Augen. »Warst du im Bett mit Miss Chess?«

»Nope.«

»Mist.«

»Ich hab dir doch gesagt, dass ich ihr nicht an die Wäsche wollte.«

Ich spüre, wie sich sein Blick in mich bohrt, und schaue zu ihm rüber. »Was?«

»Du stehst auf sie. Das sieht jeder, der Augen im Kopf hat.«

Ich zucke zur Antwort träge mit den Schultern, während wir an einer roten Ampel halten. »Bestreite ich gar nicht.«

»Dann willst du mir erzählen, dass es okay für dich ist, einen Korb zu kassieren?« Er sagt es so ungläubig, als wäre es eine Todsünde, mit einer Frau womöglich keinen Sex zu haben.

»Ich hab keinen Korb kassiert. Ich hab's gar nicht erst versucht. Sie hat klargemacht, dass sie nicht interessiert ist.«

»Ich bin mir ziemlich sicher, du hättest sie überreden können, ihre Meinung zu ändern.«

Wir halten vor einem niedrigen Betonsteinbau in der St. Charles Avenue. »Ich möchte eine Frau nicht überreden, mit mir ins Bett zu steigen. Meine Güte.«

Jake nickt. »Du hast recht. Es ist ja nicht so, als hätten wir nicht genügend Chancen.« Er mustert mich sichtlich verwirrt. »Also hast du sie nur nach Hause gebracht, und das war's?«

»Du bist schrecklich neugierig, was meine Privatsachen angeht.«

»Ja, nicht wahr?« Er grinst fröhlich. »Ich bin wie ein kleines Kätzchen.«

»Ich glaub, ich brauche was gegen Magensäure. Wo ist meine Tasche?« Als ich nach hinten fasse, um sie zu greifen, bekomme ich einen Schnipser gegens Ohr. Ich ziehe den Kopf weg. »Hast du etwa gerade …«

Jake zeigt mir den Stinkefinger. »Los, trau dich doch, Mannylein.«

Und dann artet es darin aus, dass wir uns gegenseitig auf die Birne hauen.

»Okay, fuck, ich geb auf!«, schreit Jake, als ich ihn in den Schwitzkasten nehme. Eine ältere Frau, die gerade vorbeigeht, späht misstrauisch in meinen SUV. Ich lächle sie unschuldig an und lasse Jake los. Er schiebt mich weg und zieht murmelnd sein Shirt zurecht. »Empfindliche Memme.«

Ich schnappe mir meine Tasche und steige aus dem Auto, woraufhin er sein eigenes Zeug nimmt und mir folgt.

»Wann warst du zum letzten Mal mit einer Frau zusammen?«, frage ich. »Mit einer, die nicht versucht hat, ein Selfie mit dir zu machen oder deine Sachen zu durchwühlen, sobald du ihr den Rücken zudrehst?«

Jake verzieht das Gesicht, während wir auf den Eingang des

Gebäudes zusteuern. »Ähm, im ersten Jahr.« Er lacht. »Der High School.«

»Genau.« Als ich die Tür aufziehe, betreten wir eine eiskalte Klimaanlagen-Oase. »Chess ist einfach nur Chess. Ich muss sie nicht vögeln. Ich möchte einfach nur ich *selbst* sein und nichts erklären müssen.«

»Ehrlich gesagt«, meint er, als wir die Treppe hochjoggen, »überrascht es mich eher, dass sie überhaupt mit dir redet. Ich hätte schwören können, dass sie dich hasst.«

»Ich wachse den Menschen eben ans Herz.«

»Wie ein Geschwür.«

Meine Antwort geht unter, weil mein Handy plärrend losgeht. Da ich jedem Menschen, der mir nahesteht, einen eigenen Klingelton zugewiesen habe, weiß ich sofort, wer es ist, und beim Klang von »Bohemian Rhapsody« zieht sich mir der Magen zusammen.

Es ist leicht, auf »Abweisen« zu tippen. Aber ein Gefühl der Schuld überkommt mich trotzdem.

Jake runzelt die Stirn. »Drückst du jetzt schon deine Mutter weg?«

Ja, ich bin inzwischen ein Sohn, der seine Mutter direkt auf die Voicemail umleitet, wenn sie anruft. »Und das sagt einer, der seine Mutter permanent wegdrückt?«

»Meine Mutter ruft auch meistens an, um sich über meine Schwestern zu beschweren, und am Ende werde ich in eine ihrer ätzenden Streitereien mit reingezogen. Musstest du dich schon mal mit fünf stinksauren Frauen rumschlagen? Das ist nicht schön. Deine Mom dagegen gibt mir zu essen und sagt mir, was ich für ein Schnuckel bin. Sie ist, als würde man Martha Stewart und Betty White zu einem liebenswerten Paket zusammenschnüren.«

Ich versuche, mir das bildlich vorzustellen, entscheide dann aber, dass es gesünder für meinen Verstand ist, es sein zu lassen. »Nur weil sie dir Carepakete schickt, seit du dir die rührselige Geschichte vom hungernden Junggesellen ausgedacht hast.«

»Es ist die Wahrheit. Ich bin ein hungernder Junggeselle.« Er zieht die Tür zu dem Studio auf, in dem wir die kommende Stunde verbringen werden. »Ihre Zimtplätzchen sind preisverdächtig. Außerdem, was kann ich dafür, dass sie mich gernhat? Ich bin mir sogar ziemlich sicher, dass sie mich adoptieren will. Verdammt, *einer* muss doch ihr Baby sein.«

Seine Worte versetzen mir einen Stich. Es schnürt mir heftig die Brust zusammen und ich schnappe nach Luft. Sofort wird Jake blass. »Oh, scheiße, Mann. Ich wollte nicht …«

»Schon gut«, unterbreche ich ihn und hebe eine Hand. Ich möchte nicht darüber reden.

Mit zusammengepressten Lippen nickt er knapp.

»Sie möchte, dass ich zu *Thanksnachten* nach Hause komme.« In manchen Jahren muss ich an Thanksgiving oder Weihnachten spielen. Meine Mutter hatte die Idee, beide Feste zusammenzulegen und in einer meiner spielfreien Wochen zu feiern, sie taufte es *Thanksnachten*. Die Bezeichnung ist lächerlich, aber sie bringt mich normalerweise zum Schmunzeln.

Jetzt graut mir allerdings davor. Meine Mutter meint es nur gut, wenn sie sich einmischt, aber sie hat das Feingefühl eines Bulldozers. »Glenn hat sie unter die Haube gebracht, deshalb bin ich jetzt ihr Lieblingsprojekt. Und ich hab keinen Nerv dafür.«

»Willst du, dass ich mitkomme?«, bietet Jake an. »Ich bin super im Ablenken. Ich kann rumjammern, dass ich nicht genug zu essen bekomme und immer dünner werde.« Er fährt sich mit einer Hand über seine Brust, an der er in der Ligapause gut fünf Kilo reine Muskelmasse zugelegt hat. Nicht, dass es meine Mutter kümmern würde; sie wird ihn trotzdem mästen.

»Danke«, sage ich, während ich meine Schuhe abstreife. »Aber dann hat sie nur einen mehr, auf den sie sich einschießen kann.«

Jake verstaut seine Sachen in einem Fach und streckt die Arme über den Kopf, als drei Frauen hereinkommen. Die zierlichen, geschmeidigen Körper knapp bekleidet, beäugen sie uns mit wohlvertrautem spielerischen Interesse. Jake verfolgt, wie sie sich durch den Raum bewegen. »Geilster Tag der Woche«, sagt er mit einem animalischen Grinsen.

»Ich komme eigentlich gern hierher, Ryder. Versau mir das nicht, indem du deinen Docht ausgerechnet in diesen Topf Wachs hältst.«

Jake schnaubt. »Zu spät.«

»Jesses. Wen?«

»Rachel.«

Womit geklärt wäre, warum die kleine Blonde uns die ganze Zeit verstohlene Blicke zuwirft.

»Und Sheila«, fügt er hinzu, als Sheila mit den wippenden Locken und dem tödlichen Blick vorbeigeht. Zum Glück können einem nicht von einem Blick die Eier abfallen, sonst hätten wir jetzt beide keine mehr.

»Oh, verdammt. Du bist eine verfluchte Plage.«

Er lacht ohne jegliche Reue. Ich frage mich, ob ich genauso auf Chess wirke. Nicht gerade schmeichelhaft. Wenn das der Fall ist, kann ich's ihr nicht verdenken, dass sie nichts mit mir zu tun haben will.

Mit einem Kopfschütteln in Jakes Richtung hole ich mein Handy raus. Wenn ich an Chess denke, möchte ich mit ihr reden. Wir haben uns darauf geeinigt, Freunde zu sein, Nummern ausgetauscht und dann habe ich sie ziehen lassen. Keine leichte Aufgabe, wenn man bedenkt, dass sie gesagt hatte, sie würde nach Hause gehen, um sich in die Badewanne zu legen.

Ist es unter Freunden erlaubt, sie zu fragen, wie ihr Bad war?

»Wem schreibst du?« Jake versucht, über meinen Arm zu spähen.

Ich schiebe ihn mit dem Ellbogen weg. »Gibt's nicht noch eine Frau, vor der du dich in die Brust werfen kannst?«

Jake kneift die Augen zusammen, als würde er überlegen. »Wahrscheinlich keine gute Idee. Ich glaube, ich hab's eh schon ausgereizt.«

»Ach, findest du, jetzt auf einmal?« Schnaubend tippe ich eine Nachricht an Chess.

Und sie antwortet sofort. Wir befeuern uns gegenseitig mit Nachrichten. Egal, womit ich sie bombardiere, sie kontert sofort frech.

»Du müsstest gerade mal dein Gesicht sehen, Manny«, sagt Jake. »Du bist komplett weg.«

»Weg?«

»Ja, hin und weg. Komplett total hin und weg.« Er sieht fast so aus, als täte ich ihm leid.

Als plingend eine Antwort von Chess kommt, grinse ich, schreibe zurück und nehme Jake nur noch halb wahr.

»Ich ahne nichts Gutes für dich, mein Freund«, sagt er. »Ahnungslose Pissnelken wie wir sollten bei One-Night-Stands bleiben.«

»Es geht nicht immer nur um Sex«, erkläre ich ihm, glaube es aber selbst nicht ganz. Ich tippe gerade noch eine Nachricht an Chess, als Eleanor uns entdeckt und mit einem Blick auf uns zukommt, der verrät, dass sie uns Blut und Wasser schwitzen lassen wird.

»Du hast recht«, meint er grinsend. »Es gibt auch noch Football. Sex und Football. Was könnte ein Mann mehr wollen?«

Vor sechs Monaten hätte ich »Gar nichts« geantwortet und ihm High Five gegeben. Aber jetzt? Weiß ich keine Antwort.

Ich schminke mich gerade, als Finn mir textet.

GQ: Hey. Wen fotografierst du heute?

Ich kann nicht sagen, ob es daran liegt, dass er mir geschrieben hat, oder daran, dass ich ihn als GQ in meinen Kontakten abgespeichert habe, aber plötzlich ist mein Tag ein bisschen sonniger. Jedenfalls liegt ein Lächeln auf meinen Lippen, als ich mein Handy nehme und antworte.

CC: Porter, Worchowsky, Redmond, Phillips, Mister Neugier.

Wir machen genau genommen zwei Kalender. Einen mit der Offense und einen mit der Defense. Heute arbeite ich mit den Jungs aus der Defense.

GQ: Diesen Neugier kenne ich nicht. Vorsicht. Vielleicht ist er ein Spion.

CC: Das ist ja mal ganz pfiffig.

GQ: Ich geb mir Mühe.;)

CC: Och, und Emojis schickst du auch noch. Was für ein schnuckeliger QB.

GQ: Ich bin kurz davor, das Finger-Emoji zu schicken …

Mein Lachen hallt durch mein verhältnismäßig stilles Loft. Weil ich auf einmal nicht mehr still sitzen kann, gehe ich auf den Balkon.

CC::-* Wo bist du?

GQ: Gehe zum Ballettunterricht.

Okay, wie bitte? Damit hatte ich jetzt nicht gerechnet.

CC: Ballett?

GQ: Ja. Ballett.

CC: Ballett?

GQ: Kann es sein, dass sich diese Unterhaltung im Kreis dreht?

Ich beiße mir auf die Unterlippe, um mir ein Grinsen zu verkneifen, stütze die Unterarme auf das Balkongeländer und antworte.

CC: Nein. Ich versuche nur, meine Zweifel anzubringen.

GQ: Also, für eine unabhängige Karrierefrau haben Sie aber schrecklich altmodische Ansichten, Miss Copper.

CC: Na schön, meine Doppelmoral ist entlarvt. Schick mir zum Beweis ein Foto.

GQ: So was von misstrauisch. Hier ist der Beweis, Mrs Doubtfire.

Er schickt mir ein Selfie. In einem Achselshirt und einer weiten kurzen Trainingshose über engen Kompressionsshorts steht er vor einer Spiegelwand, an der eine Stange entlangläuft. Jake ist bei ihm, und sie schneiden beide alberne Grimassen und strecken die Zunge raus wie Gene Simmons von KISS. Zwischen ihnen steht eine gertenschlanke, elegante ältere Frau in einem Gymnastikanzug. Sie grinst stolz und hat die Arme um die zwei Männer gelegt, als wären es ihre beiden Jungs.

Ich lache und tippe schnell eine Nachricht.

CC: Ich bin echt baff.

GQ: Mehr braucht es nicht? Ich hätte mal beim Shooting eine Pirouette machen sollen.

CC: Da wär bestimmt so einigen heiß im Höschen geworden, wenn das veröffentlicht worden wäre.

GQ: Du sagst immer so nette Sachen, Chester.

Weil ich weiß, dass er mich damit ärgern will, lasse ich ihm »Chester« durchgehen.

CC: Ich geb auf, raus damit: Warum nimmst du Ballettstunden?

GQ: Jake hat's für sich entdeckt, als er sich eine Kniesehne gezerrt hatte und Dehnübungen machen musste. Es ist super für die Beweglichkeit, Balance … Ausdauer.

GQ: Es ist MEGA für die Ausdauer.

CC: Du betonst das, als müsste ich beeindruckt sein.

GQ: Oh, das wirst du auch sein.

Dieser freche, kleine … Ich fange an, eine Antwort zu tippen, aber da schickt er schon die nächste Nachricht.

GQ: Außerdem sind alle Frauen im Kurs erpicht darauf, mir zu helfen, dass ich in Form bleibe.;-)

Das schöne Kribbeln in meinem Bauch ebbt sofort ab, und stattdessen stößt es mir nur noch sauer auf. Wenn das kein Zeichen ist, dass ich hier die Bremse ziehen sollte, dann weiß ich auch nicht. Ich habe jede Menge männlicher Freunde. Bei keinem von ihnen werde ich eifersüchtig.

CC: Zerr dir nichts dabei.

GQ: Falls doch, krieg ich dann 'ne Massage von dir?

Da. Das ist Flirten. Ich lege das Handy weg und gehe auf und ab. Wem will ich denn was vormachen? Wir flirten schon die ganze Zeit.

James kommt zur Tür herein und lässt seinen Schlüssel in die Schale fallen. Er ertappt mich sofort dabei, wie ich eine Delle in den Dielenboden laufe. »Na, da hat wohl eine ihr fröhliches Gesicht vergessen.«

»Was hatten wir in puncto mich ans Lächeln erinnern abgemacht?«, warne ich ihn, ohne stehenzubleiben.

»Dass ich es nicht soll«, sagt James fröhlich. »Aber wir wissen doch beide, dass ich die meisten Eurer Anweisungen ignoriere, oh allmächtige Gebieterin.«

Das Handy plingt erneut. Ich beäuge es wie eine Schlange.

James nimmt den orangefarbenen Schal ab, den er um den Hals geschlungen trägt. Das Teil beißt sich fürchterlich mit seinem Haar und seinem Bart, aber ich vermute, genau das gefällt ihm. »Okay«, sagt er. »Wer nervt dich so? Ist es diese Diva Maria? Sag ihr, dass die Kamera zwar so einige Illusionen erschaffen, aber nichts dran ändern kann, dass sie bis in die Haarspitzen eine Zicke ist.«

Ich verkneife mir ein Lachen. Maria ist ein Model, mit dem wir vor einiger Zeit gearbeitet haben. Sie war der festen Überzeugung, dass ich sie aus unvorteilhaften Perspektiven fotografiert hatte. Stimmt aber nicht. Sie ist umwerfend. Aber unsicher. Und geht einem tierisch auf den Zeiger.

»Zum Glück habe ich nichts mehr von ihr gehört, seit ich zu ihr meinte, dass es eine Tornado-Warnung gibt und sie sich vor herumfliegenden Farmhäusern in Acht nehmen soll.«

James, der gerade einen Cappuccino macht, kichert. »Wer bringt dich dann mit seinen Nachrichten auf die Palme?«

»Finn.«

Er stolpert beinahe, Milchschaum schwappt über den Rand der Tasse. »Finn? Etwa Finn ›Er ist eine Arschgeige, ich hasse ihn total‹ Mannus?«

»Ich hasse ihn nicht. Wir hatten bloß einen schlechten Start. Finn ist okay.«

»Das kann man wohl sagen.«

»So hab ich das nicht gemeint.«

Langsam breitet sich ein teuflisches Grinsen auf seinem Gesicht aus. »Und jetzt heißt er Finn, ja?«

»So lautet sein Name«, sage ich ausdruckslos.

»Hmmm …« Er reicht mir die Tasse und geht zurück, um für sich selbst auch einen Cappuccino zu machen. »Wieso hast du schlechte Laune wegen *Finn*? Nervt er dich?«

»Nein.« Ich nehme mein Handy, schaue aber nicht aufs Display, damit ich nicht in Versuchung komme, zu antworten. »Er flirtet. *Ich* flirte. Und es gefällt mir.« Frustriert lasse ich den Arm sacken.

»Ich wüsste nicht, dass ich schon mal jemanden gesehen habe, der sich über einen guten Flirt ärgert.« James nippt an seinem Kaffee und betrachtet mich stirnrunzelnd. »Bist du sicher, dass es dir gutgeht?«

Wieder plingt das Handy.

GQ: War das zu viel? Oder bist du bei der Aussicht, meinen schönen Hintern massieren zu können, umgekippt?

Ich muss schnauben.

CC: Ja. Erwischt. Der Schock war zu groß.

GQ: Schon okay, Chester. Viele Frauen kommen mit so viel Sex-Appeal auf einen Schlag nicht klar.

James' Tonfall wird eigenartig. »Weißt du, ich glaube, diesen Gesichtsausdruck hab ich noch nie bei dir gesehen.«

»Was für einen Gesichtsausdruck?« Ich warte auf Finns Antwort.

»So betört.«

»Betört? Hast du wieder Historienromane gelesen?«

»Ja. Und sieh mich nicht so an, als wolltest du mir ein Loch in den Kopf brennen. Es ist überhaupt nichts Schlimmes daran, diesen Kerl zu mögen. Du hattest ein Scheißpech mit Männern. Dass du einen gefunden hast, den du wirklich aufregend findest, ist was Gutes. Wieso wehrst du dich dagegen?«

Sengende Hitze durchströmt meine Brust. »Weil er kein Interesse an was Festem hat«, stoße ich zähneknirschend hervor.

»Dann hab deinen Spaß und besteig diesen heißen Body.«

Die Hitze wandert hinauf in meinen Nacken. »Das will er auch nicht von mir.«

James starrt mich verwirrt an. Was meinem verletzten und verwirrten Ego nicht gerade zuträglich ist. »Kann nicht sein. Ich hab gesehen, wie er dich angeguckt hat.«

»Oh?« *Ignorier das flattrige Gefühl. Es ist ein billiges, geltungssüchtiges Luder.* »Wie denn?«

»Als wärst du die Vince Lombardi Trophy mit Honigüberzug.«

»Ich weiß nicht mal, was das ist.«

»Der Super Bowl, Chessie. Pauk jetzt lieber mal ein bisschen Footballwissen.«

Na toll. »Wie auch immer er mich angesehen hat oder auch nicht, Finn hat klargemacht, dass er keinen One-Night-Stand wollte. Er sagte, er wolle mich einfach nur – ich zitiere – ›kennenlernen‹.«

»Hm.« James trommelt einen nervigen Moment lang mit den Fingern auf den Tresen. »Na ja, vielleicht ist es das Beste, nicht allzu viel darüber nachzudenken. Du magst ihn, so viel steht fest. Lass es einfach laufen.«

»Es laufen lassen.« Sehr hilfreich.

»Man weiß nie, was sich noch ergibt.«

Ich verdrehe gerade die Augen, als jemand an die Tür klopft.

James richtet sich auf. »Ah, wo wir gerade davon sprechen …« Er nestelt an seiner gepunkteten Fliege. »Ich hab … äh … jemanden kennengelernt.«

»Ich nehme an, dieser Jemand ist an der Tür?«, frage ich irritiert. James hat mir eigentlich noch nie jemanden vorgestellt. Nicht auf die offizielle Art. Ich bin mit ihm auf Doppeldates gewesen, aber die waren nicht weiter von Bedeutung, und ich hab sein Date selten ein zweites Mal gesehen.

»Ja.« James wird rot. »Ich hatte vor, es dir zu sagen, aber dann war ich ganz mit deinem ›Trau ich mich, es mit dem Quarterback zu treiben‹-Drama beschäftigt.«

Ich werfe ihm einen bezwingenden Blick zu. »Gehst du nun an die Tür? Oder soll ich?«

»Nein, nein. Ich geh schon.« Er hastet so dermaßen angespannt zur Tür, als würde er vor Aufregung gleich einen Schaltkreiskollaps erleiden.

Was bedeutet, dass es ernst ist. Plötzlich bin ich genauso nervös wie James wirkt.

Schnell tippe ich noch möglichst unauffällig eine Nachricht an Finn, weil ich James' Gast gegenüber nicht unhöflich sein möchte.

CC: James ist hier. Muss Schluss machen. Reden wir später?

Wieso hatte ich das Bedürfnis, zu fragen? Die Antwort kommt schnell.

GQ: Nä, Dienstag hab ich frei. Zeit für ein Mittagessen? Sag mir Bescheid, sobald du kannst.

Ich antworte nicht. Mit einem gefühlsduseligen Lächeln führt James seine neue Liebe ins Loft. Und mich hat er betört genannt? Der Mann schwebt förmlich.

Ich hatte erwartet, dass er mir ein Model vorstellen würde, ein männliches oder ein weibliches. James steht auf den Typ groß und atemberaubend. Aber das ist diesmal nicht der Fall.

»Das ist Jamie«, sagt James und legt einen Arm um einen kleinen, schmächtigen Mann mit einem Kranz blonder Locken, der eine dicke schwarze Brille trägt. »Jamie, darf ich vorstellen: Chess.«

»Chess.« Als Jamie sich nach vorn beugt, um mir die Hand zu geben, sehe ich zart gewölbte Brüste unter einem süßen blauen Pullunder mit Argyle-Muster. »Ich hab schon viel von dir gehört.«

Da James total verschwiegen gewesen ist, kann ich das nicht zurückgeben. Also schüttele ich ihr bloß die Hand, lächle dafür aber breit. »James und Jamie, was?«

James wird doch tatsächlich rot. »Ich weiß. Es ist furchtbar, nicht wahr? Wir werden eins von diesen Paaren sein, die das Gleiche anziehen und die Sätze des anderen beenden.« Er wirkt total glücklich bei der Vorstellung.

»Halb ist es schon der Fall«, bemerke ich und fasse James' braunen Pullunder mit Argyle-Muster ins Auge.

Jamie lacht. »Und wir haben uns nicht mal abgesprochen.«

»Ich komme mir gerade sehr Ernie-und-Bert-mäßig vor«, meint James und streicht sich mit einer Hand über die Brust.

Jamie lacht erneut. »Wenn wir es auf die Spitze treiben wollen, holen wir uns einen Hund und nennen ihn Jimmy.« Sie zieht die Nase kraus. »Vergesst das. Mir fällt grad wieder ein, dass ich mal ein Mädchen gedatet hab, das einen Hund namens Jim hatte – wie in dem Song von Richard Pryor.«

»Ich wollte immer mal einen Jungen namens Sue kennenlernen – wie in dem Song von Johnny Cash«, spinnt James weiter.

Jamie lächelt zu ihm hoch. »Wir könnten den Hund Sue nennen.«

»Okay«, mische ich mich ein. »Ihr zwei *seid* schon furchtbar.«

Sie grinsen beide breit.

»Ich habe Beignets mitgebracht.« Jamie hält eine große Papiertüte vom Café du Monde hoch, die am Boden lauter Fettflecken hat. Und ungelogen läuft mir das Wasser im Mund zusammen. »James sagt, die magst du am liebsten.«

Es ist definitiv ernst, wenn sich sogar bei der besten Freundin eingeschleimt wird.

Gott. Ich bin neidisch. Ich bin doch tatsächlich neidisch.

Reiß dich zusammen, du Hexe!

Diese Frau trägt einen Pullunder und eine blaue Fliege, um Himmels willen. Wie könnte ich das nicht liebenswert finden?

»Die liebe ich. Danke.« Ich nehme ihr die Tüte ab und hole uns Teller. »Lasst uns auf dem Balkon essen.«

Und dann höre ich mir auf dem Balkon an, wie James und Jamie die Sätze des anderen beenden, als sie mir erzählen, wie sie sich in einem Jazzclub kennengelernt haben. Ich lache mit ihnen, als sie sich gegenseitig damit aufziehen, wie sie darüber gestritten haben, wer besser ist: Duke Ellington oder Ella

Fitzgerald – keiner von beiden übrigens; sie sind zwei Seiten derselben Medaille. Und ich stopfe mir zwei Beignets rein, um mich davon abzuhalten, dazwischen meine eigenen James-Geschichten zum Besten zu geben. Denn Jamie braucht die jetzt nicht zu hören.

Die zwei sind so süß zusammen, dass mir der Kiefer wehtut und sich mir das Herz zusammenzieht.

James ist verliebt. Und ich hab gedacht, diesen Tag würde ich niemals erleben.

Er streicht einen imaginären Krümel von Jamies Kinn, als sie sagt, dass sie so langsam gehen sollte. »Ich weiß, dass ihr ein Fotoshooting anstehen habt.«

»Du kannst hierbleiben und zugucken«, bietet James ihr in einem so sanften Tonfall an, dass ich seine Stimme fast nicht wiedererkenne.

»Oh nein«, sagt Jamie mit einem Lachen. »Ich glaube nicht, dass ich dir dabei zugucken kann, wie du einen Haufen großer Muskelprotze einölst, ohne eifersüchtig zu werden. Außerdem ist bei mir um die Ecke eine Kunstgalerie, die ich mir ansehen wollte.«

»Wohnst du im French Quarter?«, frage ich sie.

»Ich lebe in New York«, sagt Jamie und tauscht einen kurzen Blick mit James aus. »Ich bin nur für eine Woche hier.«

Eine Woche? Sie haben sich in weniger als einer Woche ineinander verguckt?

James zupft an einer Naht seiner Hose. »Sie fährt nächsten Montag zurück.«

»Ich sage ihm ständig, dass er mit mir kommen sollte, um ins New Yorker Leben reinzuschnuppern«, neckt ihn Jamie leicht.

»Und ich sage *dir* ständig, dass ich arbeiten muss«, erwidert James mit aufgesetzter Heiterkeit. Seine Stimme hat einen gequälten Unterton, den er nicht verbergen kann.

Ein merkwürdiges Schweigen entsteht. Der Teig in meinem Mund quillt irgendwie auf, die Puderzuckerglasur klebt auf meiner Zunge. James ist mein bester Freund. Aber ich bin auch seine Chefin. Manchmal fühlt sich die Kluft zwischen Freund und Boss so groß an wie die Strecke von hier bis nach New York.

Ich habe Schwierigkeiten, meinen Bissen herunterzuschlucken. »Wir haben nach heute nur noch ein weiteres Kalendershooting. Die kleineren Aufträge schaffe ich alleine. Du solltest fahren. Nimm dir ein paar Tage frei.«

James sieht mich mit seinen blassblauen Augen an. Und es fühlt sich an wie eine Umarmung. Ich lächle schwach zurück. Hatte er Angst, dass ich Nein sage? Ich würde seinem Glück doch nie im Weg stehen.

Doch während James Jamie zur Tür begleitet, schaue ich mit starrem Blick über das Balkongeländer, beobachte die vorbeifahrenden Autos und den Mississippi, der in der Ferne durch die Landschaft strömt wie eine breite braune Schlange. Ich fühle mich leer.

Ich ziehe mein Handy aus der Tasche meiner Jeans und texte Finn.

Dienstag passt mir gut.

Er antwortet wenige Sekunden später, als hätte er gewartet.

GQ: Das ist ein Nicht-Date.;-)

Ich weiß immer noch nicht, was ich von ihm möchte, aber ich kann nicht bestreiten, dass mir beim Anblick dieses blöden Zwinker-Emojis ein bisschen wärmer ums Herz wird.

5

Chess

Ich merke schnell, dass Finn Fisch und Meeresfrüchte liebt. Und zwar so sehr, dass er bereitwillig zu einem abgelegenen Restaurant am Highway fährt, um seine Sucht zu stillen. Er bringt mich zu Middendorf's mit Blick auf den See und verspricht mir ein Festmahl.

Wir sitzen auf der Terrasse, eine leichte Brise weht vom Wasser herüber und fährt mir durchs Haar. Es ist einer dieser perfekten Herbsttage in Louisiana, wenn es um die zwanzig Grad hat und strahlender Sonnenschein herrscht. Ich entspanne mich mit einem zufriedenen Seufzen.

Finn dagegen ist richtiggehend hibbelig vor lauter Vorfreude aufs Essen. »Wegen dem frittierten Wels, den sie hier machen, sind wir hergekommen.« Er sieht mich prüfend an. »Du magst doch Wels?«

»Da hab ich keine Meinung zu«, sage ich ihm. »Ich erinnere mich nicht, wann ich das letzte Mal welchen gegessen habe.«

»Also dann mach dich auf was gefasst.« Er reibt sich die Hände wie ein kleiner Junge. »Möchtest du Weißwein?«

»Bitte sag mir nicht, dass du einer von diesen Kerlen bist, die denken, wer eine Vagina hat, müsste Weißwein trinken.« Es macht Spaß, ihn aufzuziehen. Er gibt nie klein bei.

»Es heißt Pussy, Chess. Spar dir die Vagina für deinen Gynäkologen.« Er lässt kurz ein Lächeln aufblitzen. »Und nein. Es ist nur so, dass bisher jede *Pussy*, mit der ich essen war, Weißwein bestellt hat. Oder Mineralwasser mit Limette.« Er runzelt verständnislos die Stirn. »Was soll das überhaupt mit diesem Limettenwasser?«

»Ich habe keine Ahnung.« Ich schaue in die Speisekarte. »Ich möchte ein Bier.«

»Hervorragend.« Wie er sich auf unser anstehendes Essen freut, ist ansteckend.

In dem Moment taucht die Kellnerin auf und stolpert praktisch über ihre eigenen Füße, als sie ihn sieht. Ich kann es ihr nicht verdenken – ein fröhlicher Finn ist fast zu viel auf einmal. Man muss sich wappnen und ihn sich nach und nach zu Gemüte führen.

Ohne unsere begehrlichen Blicke zu bemerken, bestellt Finn zwei Bier und den Wels. »Oh, und eine Portion Austern und Flusskrebs. Könnten Sie bitte alles auf einmal bringen?«

»Ich hasse Austern und Flusskrebs«, teile ich ihm mit, nachdem unsere Kellnerin gegangen ist.

Er schnappt nach Luft und sackt auf seinem Stuhl in sich zusammen, als wäre er entkräftet. »Eine Todsünde, Chester.«

»Frittierte Austern sind okay«, sage ich mit einem leichten Schulterzucken. »Aber rohe? Nee. Salzige Schleimlappen.«

Finn schaut zum Himmel. »Herr, sie weiß nicht, was sie da sagt.«

»Und Flusskrebs schmeckt schlammig, finde ich.«

»Auf gute Art schlammig«, erwidert er.

»So was wie guten Schlamm gibt's nicht.«

»Schlammcatchen mit zwei Frauen.« Er guckt mich herausfordernd an.

»Schlammcatchen mit zwei Männern«, verbessere ich ihn.

Er nickt mir zu. »Na gut.«

Bald kommt die Kellnerin wieder und stellt zwei eiskalte Flaschen Bier sowie unser Essen auf den Tisch. Als der intensive Duft des frittierten Fischs aufsteigt, läuft mir doch tatsächlich das Wasser im Mund zusammen. Ich esse einen Bissen von dem papierdünnen, goldbraunen Wels und stöhne.

»Ja, oder?«, sagt Finn mit einem zustimmenden Nicken.

Es ist knusprig und leicht, ein frittiertes Manna. »Ich bin verliebt«, erkläre ich ihm.

Fältchen legen sich um seine Augenwinkel, und wir sitzen da und gucken einander mit diebischer Freude an. »Weißt du, was komisch ist?«, sage ich mit gedämpfter Stimme, als könnte ich den Moment noch länger hinausziehen, indem ich flüstere.

Vielleicht empfindet er es genauso, denn er antwortet ebenso leise. »Was denn?«

»Ich habe bei diesem Nicht-Date hier mehr Spaß als bei allen Dates im ganzen letzten Jahr.« Vielleicht sogar seit noch längerer Zeit.

Wärme tritt in Finns Blick. »Ich auch.«

Um mein Herz herum wird alles ganz weich. Ich fühle mich, als würde ich fallen – schwindlig und verwirrt. Mit den Fingern klammere ich mich an der Tischkante fest, um Halt zu finden.

Finn räuspert sich und isst einen großen Happen Fisch. »Also«, sagt er mit vollem Mund. »Du findest Dates ätzend?«

»Du hast doch mitgekriegt, was für ein Horror das letzte war.«

»Ja, das war eine Qual.« Glucksend beißt er von einer Pommes ab. »Wie geht's Edward eigentlich?«

»Er hieß nicht Edward, sondern …« Verdammte Axt.

Er grinst.

»Evan«, verkünde ich fast mit einem Aufschrei, als mir der Name einfällt. »Er hieß Evan. Und ich habe ihn seitdem nicht wieder gesprochen. Zum Glück. Er meinte zu mir, dass er für Haut lebt.«

»Das ist irgendwie gruselig, Chess.«

»Fand ich auch.« Ich esse ein Stück Fisch und spüle ihn dann mit einem Schluck kalten Bier runter. Himmlisch. »Das Traurige ist, dass das nicht mal mein schlimmstes Date war.«

Finn greift nach der Tabascosoße und kippt sie über eine Auster. »Na gut, dann erzähl mir von deinem schlimmsten.«

»Nur, wenn du mir von deinem schlimmsten erzählst.«

»Ich habe keine Dates. Nur One-Night-Stands.«

»Die Dates des faulen Mannes.« Ich futtere noch einen Happen.

»Stimmt«, meint er lachend. »Aber wenn du was darüber hören willst, erzähl ich's dir.«

»Machen wir das wirklich?«, frage ich. »Voll in den ›Beste Freundinnen‹-Modus schalten?«

Finn zuckt gelassen mit den Schultern. »Hey, wenn Kevin Costner in *Annies Männer* einer Frau die Fußnägel lackieren konnte, dann können wir auch wie Freundinnen lästern.«

Ich versuche, mir nicht vorzustellen, wie Finn mir die Fußnägel lackiert. Ich wette, er würde sorgfältig zu Werke gehen.

»Das schlimmste Date, das ich je hatte …« Ich schließe die Augen und halte mein Gesicht kurz in die warme Sonne, bevor ich Finn wieder ansehe. »Es fing ganz gut an. Der Typ sah gut aus, war witzig…«

Finn gibt einen zweifelnden Laut von sich. Ich ignoriere ihn:

»Wir unterhielten uns angeregt, aber er guckte immer wieder zur Bar. Irgendwann schaute ich auch in die Richtung und sah, dass eine Frau uns beobachtete.«

»Er hat eine andere Frau abgecheckt, während er ein Date mit dir hatte?« Finn schnaubt und schüttelt den Kopf. »Was für eine Assi-Nummer.«

»Ja, wenn's nur das gewesen wär.« Ich kann darüber lachen. Inzwischen. »Ich nahm dasselbe an. Aber der Kerl war entsetzt darüber. Nein, nein, sagte er zu mir. Alles okay. Das sei seine Ehefrau.«

»Wie, seine Exfrau, oder was?«

»Nein, seine Ehefrau. Sie standen drauf, sich gegenseitig mit Fremden zusammen zu beobachten. Ob ich mir vorstellen könne, mit ihnen nach Hause zu fahren und sie dabei zugucken zu lassen, wie wir Sex haben? Denn ich sähe so aus, als wäre ich der Typ Frau dafür.«

Ich lächle über Finns geschockten Gesichtsausdruck.

»Also das ist mal …« Er lacht schnaubend. »Krank.«

Schulterzuckend trinke ich einen Schluck Bier. »Ich steh nicht drauf, aber bitte, wenn es sie auf Touren bringt. Ich hätte allerdings gern von vornherein gewusst, woran ich bin.«

»Du machst nicht gerade Werbung für dieses ganze Dating-Konzept, Chess.«

»Dabei hab ich noch nicht mal den Kerl erwähnt, der mit zu mir nach Hause gekommen ist, sich eine Stunde lang in mein Badezimmer eingeschlossen hat und sich mit mir durch die geschlossene Tür unterhalten wollte, während er … unpässlich war.«

»Bist du sicher, dass das nicht einer meiner Teamkameraden war?«, fragt er glucksend.

»Du machst nicht gerade Werbung für Treffen mit Footballspielern.«

»Nicht, wenn sie in der Defense spielen«, sagt er trocken, zwinkert dann aber. »Das sind durchgeknallte Typen.«

»Ich werd ihnen ganz bestimmt ausrichten, dass du das gesagt hast.« Ich esse eine Pommes. »Okay, du bist dran.«

Als Finn sich auf seinem Stuhl zurücklehnt, umschmeichelt das Sonnenlicht seine Haut und lässt seine Kieferpartie zugleich klar umrissener und weicher aussehen. Und ich merke, dass ich ihn gern malen würde, um die Art und Weise festzuhalten, wie er den Raum einnimmt, ohne es überhaupt drauf anzulegen. Seine Präsenz ist stark und unangestrengt. Fesselt einen.

Ich habe seit dem College nicht mehr gemalt, aber meine Finger erinnern sich an das Gefühl, den Pinsel zu halten. Ein Foto macht man mit einem Klick und fertig. Jemanden zu malen, bedeutet, sich Zeit für die Person zu lassen, sich für eine Weile in sie hineinzuversetzen. Ich vermisse diese Intimität.

Meine abschweifenden Gedanken finden ein Ende, als er schließlich zu erzählen beginnt. »Mal sehen. Da fallen mir zwei ein. Das eine Mal bin ich aufgestanden, um ins Bad zu gehen …«

»Oh mein Gott, bitte sag mir nicht, dass du fröhlich mit deinem Date geplappert hast, während du da drin warst.«

Er verdreht die Augen. »Ja, genau das wollte ich sagen. Woher weißt du das bloß?«

»Stimmt. Sorry. Erzähl weiter.«

»Ich dachte, mein … äh … Date würde tief und fest schlafen, deshalb hab ich die Tür nur angelehnt.«

Ich schaue ihn argwöhnisch an, denn ich habe keine Ahnung, worauf das hinauslaufen soll.

»Da bin ich also und schiffe, als sich eine Hand mit einem Handy durch den Türspalt schiebt…«

»Nein!« Mit einem Keuchen beuge ich mich vor.

Finn nickt. »Doch, sie hat versucht, ein Foto von mir zu machen.«

»Beim Pinkeln?« Ich lasse mich auf meinem Stuhl wieder nach hinten plumpsen. »Was zur Hölle …?«

Finn setzt ein Lächeln auf, doch seine Augen bleiben davon unberührt. »Das hab ich auch gesagt. Sie hat behauptet, sie sei nur neugierig gewesen und dass sie es niemandem zeigen würde.«

»Was für ein Freak.«

»Das kann man wohl sagen. Aber sie war nicht die Schlimmste.«

»Jetzt hab ich fast Angst.«

Finn trinkt einen großen Schluck Bier, als müsste er sich wappnen. »Da gab es noch die Tussi, die beim Sex angefangen hat zu weinen.«

»Weil du so schlecht warst?«, necke ich ihn mit gespieltem Entsetzen.

»Den hab ich praktisch eingefordert, was? Aber nein, Scherzkeks. Ich hatte noch nicht mal richtig angefangen, als sie anfing zu schluchzen – so richtig mit Schnoddernase und bebendem Körper.« Er verzieht den Mund. »Ich war total entsetzt. Hatte ich ihr wehgetan? War sie traumatisiert?« Langsam schüttelt er den Kopf. »Zwischen den Schluchzern sagt sie, sie könne es einfach nicht glauben, dass Finn Mannus sie vögelt. Dass ›Finn Mannus' Schwanz in ihr steckt‹. Ob wir es vielleicht filmen könnten?«

Ich starre ihn baff an. Mir fehlen die Worte. Er fingert an seiner Serviette rum und lächelt mich gequält an, als wollte er gern einen Witz darüber machen, es ins Lächerliche ziehen, brächte es aber nicht über sich. Und warum sollte er auch? Mir ist klar, dass One-Night-Stands keine bedeutungsvollen Begegnungen sind. Aber diese Frauen haben ihn ausgenutzt. Und zwar schamlos.

»Hey«, sagt er leise. »Ich hab dir diese Geschichten nicht erzählt, damit du Mitleid mit mir hast. Sie sollten lustig sein.«

Ich schlucke schwer. »Findest du sie denn lustig?«

Er zuckt zusammen und zieht eine seiner muskulösen Schultern hoch. »Als ich's den Jungs erzählt hab, fand ich schon. Wir haben uns kaputtgelacht. Aber wenn du mich so gequält mit großen Augen ansiehst? Dann fühlt es sich … scheiße an.«

Ich atme einmal tief durch, schüttele es ab und stütze die Arme auf dem Tisch auf. »Du sollst dich nicht scheiße fühlen.«

»Nicht, ja?« Der gelassene Gesichtsausdruck kehrt zurück, und seine steife Haltung lässt nach.

»Absolut nicht. Die Frauen sind diejenigen, die sich scheiße fühlen sollten. Ich möchte am liebsten Jagd auf sie machen und ihnen ein bisschen Verstand einprügeln.«

»Du bist irgendwie furchterregend, wenn du sauer bist.« Er lässt den Blick langsam über mich wandern. »Furchterregend heiß.«

»Gibt's das? Wusste ich gar nicht.«

»Oh doch.« Seine Miene ist lüstern und vielversprechend. »Wonder Woman ist furchterregend heiß. Sie kann dir einen Tritt in den Arsch verpassen, dich festbinden und dazu bringen, die Wahrheit preiszugeben. Du weißt schon, bis man um Gnade bettelt.«

Er sagt das so leidenschaftlich, dass meine Brüste ganz schwer werden bei der Vorstellung, ihn auf einem Stuhl festzubinden, sodass seine festen Muskeln hervortreten, wenn er gegen die Fesseln anstrebt. Ich schnappe nach Luft und atme dann schön langsam aus. »Stehst du drauf, zu betteln?«

»Ich steh auf heiße Frauen, die wissen, was sie wollen.« Er grinst mich frech an. »Und auf Wonder Woman. Auf die ganz besonders.«

»Ich hatte immer diese Fantasie, dass Spider-Man mich in sein Netz einwickelt und mit mir macht, was er will«, gestehe ich theatralisch flüsternd.

Als Finn ein begeistertes Gesicht macht, fühle ich mich besser. Dass das fröhliche Leuchten aus seinen Augen verschwand und ich dran schuld war, dass er sich mies fühlte, gefiel mir nicht. Für zwei angebliche Freunde flirten wir wahrscheinlich zu viel. Aber es fühlt sich unbeschwert an, macht Spaß. Ich gebe gern zu, dass ich manchmal zu ernst bin.

»Ganz schön kess, Chess.« Er beugt sich so weit vor, dass wir einander über dem Tisch in die Augen sehen. »Sind denn nur die Dates ätzend? Oder auch der Sex?«

Dass er diese Frage überhaupt stellt, zeigt, dass wir auf unterschiedlichen Planeten leben. Ich schlafe nicht mit miesen Dates. Er eindeutig schon. Mit einem leisen Lachen schüttele ich den Kopf. »Das letzte Mal, als ich guten Sex hatte, ist schon so lange her, dass ich gestern Nacht ungelogen Trauermusik aus dem Bereich meiner Vagina gehört hab.«

Er verschluckt sich an seinem Bier und prustet einen feinen Sprühnebel über den Tisch. Hustend wischt er sich erst den Mund ab und tupft dann die Spritzer weg, bevor er mich düster anfunkelt. »Ich fass es nicht, dass du das zu mir gesagt hast.«

Ich trinke einen Schluck Bier, um ein Lächeln zu verbergen. »Findest du es anstößig, dass ich Vagina gesagt habe?«

»Ja«, antwortet er ausdruckslos und verdreht dann die Augen. »Ich bin ein Kerl. Ich möchte das Problem jetzt aus der Welt schaffen.«

Sein Blick ist so heiß, dass ich mich innerlich winde. Nicht, dass ich mir das anmerken lassen würde. »Wir sind Freunde. Du kannst es nicht aus der Welt schaffen.«

Man kann Finns Gesichtsausdruck nur als anzüglich beschreiben. »Oh, ich wäre allerdings sehr gut darin, es aus der Welt zu schaffen.«

Ich grinse breit und tue so, als würde mein Herz nicht gerade schneller schlagen und meine Nippel sich nicht gespannt aufrichten. »Wirst du aber nicht, denn damit würdest du unsere zarten neuen Bande der Freundschaft zerreißen.«

Er schnaubt und trinkt dann einen großen Schluck Bier. »Dann bring mich auch nicht in Versuchung.«

Tue ich das denn? Vielleicht schon. Vielleicht sollte ich mal meinen Kopf untersuchen lassen. Er wird jedes Mal warm und träge, fühlt sich geschwollen und matschig an, sobald ich in Sichtweite von Finn komme. Anders als mein Herz und mein Atem – die beschleunigen vor Ungeduld und Gier. Wie wäre es wohl, mit ihm zu vögeln? Wäre es so explosiv, wie mein Körper glaubt? Würde er mich für alle anderen verderben?

Einen berauschten Augenblick lang hege ich den Gedanken, nachzugeben und ihm zu sagen: »Schaff es für mich aus der Welt. Bis ich nicht mehr laufen kann.« Aber was, wenn eine Nacht mit ihm den Erwartungen nicht gerecht wird?

Außerdem ist da noch die unausweichliche Tatsache, dass er klipp und klar gesagt hat, er will nicht mit mir ins Bett. Obwohl er gerade locker flirtet, weiß ich, dass er das ehrlich gemeint hat. Und, jetzt echt mal, ich möchte auch nicht mit ihm ins Bett. Also werde ich einfach so mit ihm umgehen, wie ich es auch mit James mache.

Unter dem Tisch stupse ich ihn mit dem Knie an. »Komm schon. Redest du mit deinen Freunden etwa nicht über Sex?«

Er guckt mich stinkig an, muss sich aber eindeutig auch ein Lächeln verkneifen. »Im Allgemeinen geben Männer es nicht zu, wenn ihre Schwänze traurige Liedchen singen. Ist irgendwie schlecht für den Ruf.«

»Gott bewahre.«

»Aber mal im Ernst«, sagt er. »Ich find's schwer zu glauben, dass die Männer bei dir nicht Schlange stehen.«

Mir wird warm ums Herz. »Du bist ein ganz schöner Süßholzraspler.«

»Ich spreche nur eine schlichte Tatsache aus.« Er zieht die Augenbrauen zusammen. »Du hattest aber keine schlimme Erfahrung, oder?«

»Warum gehen Männer immer vom Schlimmsten aus?«

»Da verstehst du was falsch. Männer gehen immer davon aus, dass es für jedes Problem eine Lösung gibt. Also erzähl, was dein Problem ist, und ich finde eine Lösung dafür.«

Er schiebt so gebieterisch das Kinn vor, dass ich am liebsten lachen möchte. Aber die ernste Besorgnis in seinem Blick ist irgendwie süß. Seufzend sage ich ihm die Wahrheit. »Sex ist kompliziert für mich.«

»Weißt du nicht richtig, was wo hingehört, Schatz?«

»Das war jetzt deine Retourkutsche, oder?«

»Quasi.« Er wird ernst. »Warum ist Sex kompliziert?«

Ich ziehe eine Pommes durch einen Klecks Ketchup. »Ich habe ein Problem mit Latex.«

»Ein Problem?«

»Ich bekomme davon Ausschlag.« Ich schaue vielsagend auf meinen Schoß.

Ein mitfühlender Ausdruck des Entsetzens legt sich auf sein Gesicht. »Oh, Scheiße.« Er rutscht auf seinem Stuhl herum. »Schon klar, sag nichts weiter. Bitte.«

Meine Mundwinkel zucken. »Es hat ein Jahr nach dem College angefangen. Plötzlich war es, als hätte mein Körper etwas gegen Gelegenheitssex.« Er hat sich noch auf ganz andere Art gegen mich gestellt, aber Finn braucht nicht alles zu wissen.

»Schluss mit der freien Liebe, hm?« Finn klaut sich eine Pommes von mir und isst sie. »Es gibt latexfreie Kondome, weißt du. Diese ultradünnen, die man kaum spürt? Die fühlen sich toll an …« Er errötet leicht und verstummt. »Der Punkt ist: Es gibt Alternativen.«

Ich lache schnaubend. »Ja, das weiß ich. Aber das Ganze entwickelte sich zu einer Kopfsache. Sobald ich sah, wie sich ein Kerl ein Kondom überstreifte, zogen sich bei der Erinnerung an das Grauen alle meine weiblichsten Stellen zusammen.«

Als er zusammenzuckt, nicke ich.

»Ich wusste, dass diese Kondome keine allergische Reaktion auslösen würden, aber meine Mimi meinte: Nee. Hier ist Flugverbotszone.«

Finn lacht in sich hinein, mustert mich aber nachdenklich. »Also hat es sich mit dem Sex? Gott, bitte sag das nicht.«

»Nein, aber es ist …«

»Kompliziert«, beendet er den Satz für mich.

»Ich kann mich davor schützen, schwanger zu werden. Und das mache ich auch. Aber jetzt muss ich dem Mann vertrauen, wenn er sagt, dass er gesund ist. Und er umgekehrt mir. Keine gute Ausgangssituation für Gelegenheitssex.«

Finn nickt mitfühlend.

»Hör auf, mich so anzusehen«, sage ich. »Ich habe immer noch Sex. Bloß keine belanglosen One-Night-Stands. Was auch gut so ist, ich möchte einen Typen nämlich erst kennenlernen, bevor ich Sex mit ihm habe. Ich *will* eine Beziehung.«

»Verstehe.« Trotzdem starrt er mich weiter an.

»Ich bin kein bemitleidenswerter Fall.«

»Das habe ich auch nicht gedacht.«

»Wenn du nicht gleich ein anderes Gesicht machst, bewerfe ich dich mit einer Pommes.«

Finns Lippen kräuseln sich, doch sein Blick wird kalkuliert. »Weißt du, ich bin gesund…«

»Nein.«

»Betrachte es als Freundschaftsdienst…«

»Nein«, sage ich mit mehr Nachdruck.

Er grinst. »Einen Versuch war's wert.«

»Ich glaube, wir sollten es von jetzt an bleiben lassen, über Sex zu reden.« In Wahrheit habe ich keine Lust, von seinen One-Night-Stands zu hören.

Finn stößt einen tiefen Seufzer aus. »Gott sei Dank, wenigstens das. Ich werde eh schon ständig an deine traurige Pussy denken müssen und sie trösten wollen.«

Er guckt so verdrießlich drein, dass ich die Augen verdrehe und ihn mit einem Stückchen Fisch bewerfe.

Finn fängt es aus der Luft, schiebt es sich in den Mund und mampft es ohne jede Reue. »Hey, Chess?«

Er klaut sich noch eine Pommes von meinem Teller.

»Ja, Langfinger?«

»Wir hängen schon wieder zusammen ab.«

Der Drang, wie ein verknalltes Schulmädchen zu kichern, ist so groß, dass ich mir auf die Unterlippe beißen muss. Was zum Kuckuck …? Ich bin eine obercoole Frau. Unerweichlich angesichts von heißen Quarterbacks mit frechem Grinsen.

Und doch sitze ich hier, laufe vor lauter Freude rot an und grinse breit. »Ja, stimmt.«

Lieber Gott, hilf mir, ich stecke in Schwierigkeiten.

*

»Diese Aufnahmen sind großartig, Chess.«

»Danke. Ich bin auch zufrieden mit dem Ergebnis.«

Ich telefoniere mit Dani, der Grafikdesignerin, die den Charity-Kalender layoutet, und Meghan, die die Werbung für Finns Team macht.

Gerade gehen wir eine Reihe von Fotos von Ethan Dexter, Rolondo Smith, Jake Ryder und Finn durch. Von meinem ersten Shooting und von der Gruppe Männer, die Meghan für den Kalender zu favorisieren scheint.

»Diese *Jungs* sind großartig«, sagt sie jetzt mit einem kurzen, atemlosen Lachen. »Wir sollten wirklich noch eine Aufnahme haben, auf der Manny von seiner Offensive Line flankiert wird.«

Ich starre auf das Bild auf dem riesigen Bildschirm, an dem ich immer Bilder bearbeite. Finn starrt zurück. Es ist aus ziemlich großer Nähe aufgenommen und zeigt ihn von der Taille aufwärts. Er ist beim Lachen abgelichtet, sein Lächeln selbstironisch und schief. Er hat ein Leuchten in den Augen, einen charismatischen, zuversichtlichen Ausdruck, der einen fesselt und den Wunsch weckt, näher an ihn heranzurücken, nur um sich in seiner unerschöpflichen Energie zu aalen.

Es ist Tage her, dass ich ihn gesehen habe. So lange, dass ich mir schon fast eingeredet hatte, unser Mittagessen am See wäre eine einmalige Angelegenheit gewesen. Eine schöne Erinnerung, die ich ab und zu abrufen kann und an die ich gern zurückdenke. Nur dass er mir zu den unterschiedlichsten Uhrzeiten Nachrichten schickt – kurze Fragen, wie mein Tag läuft, oder nette Anekdoten über seinen.

Ich lebe inzwischen für diese Nachrichten, bei jeder neuen durchzucken mich vor Glück kleine Schauer. Jetzt, wo ich sein lächelndes Gesicht betrachte, merke ich, dass ich ihn vermisse. Was lächerlich ist. Ich kenne Finn Mannus kaum.

Ich möchte dich kennenlernen.

Ich balle die Finger zur Faust, damit ich nicht den Bildschirm berühre. Was hat Meghan gerade gesagt? Finn und seine Linemen. Ja, genau. »Wir können gern einen Termin für ein Gruppenfoto ansetzen. Könnte ein gutes Covermotiv werden.«

»Ich dachte eigentlich daran, mehrere Cover anzubieten, damit man sich seinen Lieblingsspieler aussuchen kann«, sagt Dani.

Während Meghan und Dani durchgehen, was es kosten würde, mehrere Varianten anzubieten, tippe ich auf mein Trackpad und gehe weiter zu einer Aufnahme von Ethan Dexter, damit ich nicht länger auf Finns lächelndes Gesicht blicken muss.

Das Foto von Dex ist gut. Er hockt vor einem roten Hintergrund und hat die Fingerspitzen auf dem Boden aufgestützt, als würde er sich gleich abstoßen und lossprinten. Jeder Muskel seiner großen, beeindruckenden Gestalt ist angespannt und tritt hervor.

Es bringt Meghan und Dani dazu, ihr Gespräch zu unterbrechen.

»Guckt euch diese Tattoos an«, sagt Dani bewundernd. »Die stechen hier richtig raus. Mir gefällt's super, dass du Farbfotos anstatt von Schwarz-Weiß-Aufnahmen gemacht hast, Chess.«

Ich betrachte Dex distanziert, suche nach Makeln im Gesamtbild. »Es kam mir passender vor. Schwarz-weiß zeichnet alles zu sehr weich. Diese Jungs sollten in lebendigen Farben gezeigt werden, mit all ihren blauen Flecken und so.«

»Er würde wegen des vielen Rots einen guten Mr Dezember abgeben«, wirft Meghan ein.

»Das dachte ich auch schon«, sage ich.

»Wir wollen einige Aufnahmen an die Presse schicken«, fährt Meghan fort. »Um den Leuten den Mund wässrig zu machen und Begehrlichkeiten zu wecken.«

»Die Aufnahme von Dex wäre da definitiv geeignet.«

»Einverstanden. Mir gefällt seine ruhige Intensität. Was haben wir noch?«

Als ich weiterklicke, geht ein kollektives Seufzen durch die Telefonleitung. Was mich angeht, ist es, als wäre eine heiße Welle durch mich hindurchgeschwappt. Denn es ist *das* Foto: Finn, der seinen festen, gebräunten Körper im Unterarmstütz hält, sein Gesichtsausdruck dabei entspannt und doch intensiv, fast so, als wäre er kurz davor zu kommen.

Ich schlucke schwer und versuche, Luft zu holen.

»Wow«, sagt Meghan. »Ich glaube, wenn das veröffentlicht würde, gäb's einen Aufstand.«

»Ja.« Dani klingt eigenartig, so als hätte sie Mühe, mit fester

Stimme zu sprechen. »Wenn man bedenkt, dass er ganz …« Sie räuspert sich.

Als ich das Foto von Finn gemacht habe, war ich von seinem Gesicht fasziniert, von dem Ausdruck, der darauf liegt. Aber Danis Kommentar lenkt meine Aufmerksamkeit in eine tiefer liegende Region.

Heftige Hitze steigt mir in die Wangen. Die Aufnahme ist noch unbearbeitet; ich hatte keine Zeit, bestimmte Sachen wegzuretuschieren. Man braucht kein Genie zu sein, um zu wissen, dass Dani auf Finns Schwanz starrt, der tief herunterhängt, sodass die breite Spitze gerade so den Boden berührt.

»Äh …« Meghan hüstelt. »Ist er … Ähm?«

Die Hitze brodelt in mir, drückt gegen meine Haut und schnürt mir die Kehle zu. Finns Schwanz hängt nicht schlaff herunter, sondern steht auf Halbmast, dick und gebogen, als würde er noch um einiges dicker werden. Gott, das war mir zu dem Zeitpunkt gar nicht aufgefallen. Und jetzt? Mir ist schmerzlich bewusst, dass noch zwei andere Frauen ihn betrachten, Finns Privatsphäre verletzen.

»Ist er, beinahe«, wispert Dani.

Die Hitze in mir kocht über und schlägt um in etwas Rachsüchtiges, Dunkles, das sich anfühlt wie Besitzgier, nur stärker. Es überrollt mich, gefolgt von schlagartig einsetzenden Schuldgefühlen und Scham. Ich habe sein Foto hochgeladen, ohne es vorher zu checken. Ich habe die beiden das hier sehen lassen. Sofort verschiebe ich den Ausschnitt auf seinen Torso, vergrößere ihn, sodass sein Unterkörper nicht mehr zu sehen ist.

Irgendwie finde ich meine Stimme wieder, doch sie hört sich in meinen Ohren brüchig an. »Das passiert manchmal, wenn die Männer unbekleidet sind.« Ich weiß nicht, ob ich Finn verteidige oder mich selbst. Keiner von uns beiden braucht sich zu schämen, aber ich will nicht, dass diese Frauen vom Schlimmsten ausgehen. Bevor sie etwas dazu sagen können, rede ich schnell weiter, so als ob es bei Finn und seinem Schwanz um nicht mehr als einen Lichtfleck ginge. »Wir würden eher auf so etwas gehen.«

»Zu schade«, murmelt Dani, sagt dann aber in einem festeren, professionellen Tonfall: »Ich denke, wir sollten wenigstens bis zu den Hüften gehen. Aber ich photoshoppe es auch gern, wenn du tiefer gehen möchtest, Meghan.«

Auf gar keinen Fall. Du kriegst ihn nicht.

»Ich bearbeite meine Fotos selbst«, sage ich knapp. »Danach könnt ihr den Bildausschnitt dann zuschneiden, wie ihr wollt.«

Scheiße. Ich möchte überhaupt nicht, dass sie Finns Bild verändern. Ich möchte nicht einmal, dass es sich irgendjemand noch mal ansieht.

»Okay, na klar«, sagt sie, in dem merklichen Versuch, wieder zu dem leichten, lockeren Umgangston zurückzufinden, den wir bis eben noch hatten.

Ich muss mich zusammenreißen.

Auf meinem zweiten Monitor wähle ich ein Foto von Rolondo aus, auf dem er lächelt und sich einen Football vor den Schritt hält. Ich schiebe das Foto in unseren Chatroom. »Das hier ist gut, um Werbung zu machen«, schlage ich vor. »Rolondos Lächeln ist ansteckend, und er spielt im Moment richtig gut.«

Danke für dein ständiges Gelaber über Football, James.

»Gefällt mir«, sagt Meghan. »Aber noch mal zurück zu dem Bild von Manny. Vielleicht sollte das unser Aufmacher werden.«

Ich rufe es nicht wieder am Bildschirm auf. Niemand außer mir wird die unbearbeitete Fassung noch mal zu Gesicht bekommen. Ich schüttele das besitzgierige Gefühl ab, das mir im Nacken sitzt.

»Die Entscheidung liegt natürlich bei dir, aber ich denke, es würde als Überraschung viel besser funktionieren. Alle werden Mannus sehen wollen. Er ist euer Star-Quarterback und der Teamkapitän. Haltet ihn unter Verschluss, dann schürt ihr das Interesse.«

Ein Teil von mir lacht innerlich über den ganzen Schwachsinn, den ich da von mir gebe, und fragt sich, ob sie mich wohl durchschauen. Der andere Teil hasst es, dass ich mich überhaupt in einem Gespräch befinde, das sich darum dreht, wie man Finns Berühmtheit am besten ausnutzt.

Aber Meghan macht am Telefon ein zustimmendes Geräusch. »Das gefällt mir. Nehmen wir jetzt erst mal Dex und Rolondo.«

»Ich kann die Fotos in einer Stunde schicken«, verspreche ich. »Ich möchte nur noch ein paar Schatten retuschieren.« Mit Schatten meine ich ein paar Eier, aber das braucht sie nicht zu wissen.

»Super. Dann plane ich ein, dass sie heute zusammen mit einer Pressemitteilung rausgehen.«

Zum Glück geht das Telefonat recht schnell zu Ende. Sobald ich aufgelegt habe, stoße ich die Luft aus und stütze den Kopf in die Hände. Was zum Teufel ist nur los mit mir? Ich habe gerade wegen Finn gefaucht und um mich geschlagen wie ein wildes Biest, das seinen Besitz verteidigt. Ich habe den schrecklichen Verdacht, dass ich vor Meghan und Dani mit den Zähnen gefletscht hätte, wenn sie mit mir in einem Raum gewesen wären.

Voll das Biest.

Finn gehört mir nicht, und er kann selbst auf sich aufpassen. Andererseits wollte er nicht wie ein Stück Fleisch beschaut werden. Es war richtig von dir, ihn zu beschützen.

Ich fahre mir mit den Fingern durch die Haare, werfe die

schwere Fülle über meine Schultern und atme einmal tief durch, um einen klaren Kopf zu bekommen. Ich habe Arbeit zu erledigen. An Finn Mannus zu denken, gehört nicht dazu. Je eher ich mir das vor Augen führe, desto besser für mich.

Der Gedanke hat sich gerade verfestigt, da plingt mein Handy, und mein dummes Herz macht vor Freude einen Satz. Es ist peinlich, wie schnell ich nach dem Handy greife. Vielleicht umso mehr, da mein Grinsen verrutscht, als ich sehe, dass es nicht Finn ist, sondern James.

JamesTTwerk: Bist du bald fertig für heute?

CC: Komme gerade zum Schluss.

JamesTTwerk: Cool. Soll ich dich Freitag abholen?

Ich brauche eine Sekunde, bis mir wieder einfällt, was zum Geier er meint. Als es mir einfällt, seufze ich. James ist zurück aus New York, und wir sind zur alljährlichen »Cocks und Cocktails«-Party unseres Freunds Malcolm eingeladen. Ich sacke auf meinem Stuhl in mich zusammen. Dieselben Leute, dieselben Gesprächsthemen. Warum das plötzlich seinen Reiz verloren hat, kann ich nicht sagen, aber allein schon den Gedanken, hinzugehen, empfinde ich als anstrengend.

Ich bin versucht, James zu sagen, dass ich nicht hin möchte, aber ich weiß, dass er mich dann nur nerven und mich überreden wird, am Ende doch hinzugehen. Und ich muss eindeutig mal für eine Weile aus diesem Loft raus und auf andere Gedanken kommen.

6

Finn

Einiges wissen die Leute vielleicht nicht über meinen Job. Ich bin ein Schachspieler. Man könnte meinen, dass ich bloß im Huddle stehe oder an der Line of Scrimmage und Anweisungen rufe, die mir der Coach durchgibt. In Wirklichkeit geht es um mehr als das. Ich lese die Defense, stelle meine Jungs auf wie die Figuren auf einem Spielbrett, reagiere und plane. Und dafür bleiben mir ungefähr fünf Sekunden Zeit.

Ich bin ein Cheerleader. Ich habe keine Pompons, und auch wenn ich zugegebenermaßen einen süßen Arsch habe, wackele ich nicht – oft – damit. Aber ich feuere meine Jungs sehr wohl an. Stolz ist eine enorme Motivationsquelle. Genauso wie Pflichtverbundenheit. Ich erzeuge beides, wenn ich ihnen sage, wie verdammt brillant sie bei einem guten Spielzug waren, dass sie weiter Gas geben und nie nachlassen sollen.

Ich bin ein Anführer. Sie erwarten von mir, dass ich den Ton angebe, das Spiel in die Hand nehme. Auch wenn einige von ihnen das niemals zugeben würden.

Und ich bin ein Schauspieler. Wenn ich einknicke, wenn ich Angst zeige, dann ist das Spiel für meine Männer vorbei. Es gibt keinen Spielzug, bei dem ich die Defense nicht austrickse, gute Miene zum bösen Spiel mache und Psychospielchen spiele.

Auf dem Spielfeld arbeiten mein Verstand, mein Körper und mein Geist in perfekter Harmonie zusammen.

Wie gesagt, der beste Job der Welt.

Und dann gibt's da noch die restlichen Tage der Woche.

Ich unterdrücke ein Seufzen und blättere durch den fetten Spiralordner auf meinem Schoß. Auf dem Sessel neben mir sitzt mein Ersatz-Quarterback Dillon. Wooster, der drittrangige Quarterback, liegt ausgestreckt auf der Couch. Keine Ahnung, warum der Saftsack sich hinlegen darf. Aber die Hausregel in Sachen Sitzordnung hieß schon immer: Wer zuerst kommt, mahlt zuerst. Irgendwie schafft es Wooster immer als Erster auf die Couch.

Altman, unser Offensive Coordinator, leiert weiter und erklärt die neuen Spielzugansagen, die ich auch selber nachlesen könnte, wenn er dieses Meeting beenden und mich lassen würde. Einhundertdreißig neue Ansagen, um genau zu sein.

Hatte ich erwähnt, dass ich außerdem noch Student bin? Woche für Woche studiere ich, lerne und speichere ab. Spielzughandbücher sind mein Leben. Ich lese sie mir nachts durch, beim Frühstück, wann immer ich Gelegenheit dazu habe. Aber jetzt gerade?

Da will ich weg.

Mein Kopf ist nicht bei der Sache. Es ist kurz nach fünf an einem Freitag, ich bin verdammt müde, und wir sind schon seit Stunden hier, haben uns erst Videomaterial angesehen und jetzt das Spielzughandbuch.

Ein Fingerschnipsen weckt meine Aufmerksamkeit. Altmans Blick aus kalten blauen Augen bohrt sich in mich. Er ist ungefähr fünfzehn Jahre älter als ich, war mal ein Ersatz-Quarterback, der zum Ende seiner Karriere hin herumgereicht wurde. Genau davor haben wir am meisten Angst – aus dem Team geworfen zu werden, sich abzumühen, Arbeit zu finden, um schließlich festzustellen, dass einen niemand mehr nehmen wird.

Aber Altman hat das Beste daraus gemacht. Er ist ein hervorragender Offensive Coordinator und wird wahrscheinlich eines Tages mal Trainer werden.

»Möchtest du uns allen erzählen, was dich beschäftigt, Manny?«, fragt er jetzt.

Ich arbeite jetzt das zweite Jahr mit ihm zusammen. Ich kann ihn gut lesen und weiß, dass er nicht sauer ist. Noch nicht.

Ich lächle ihn gelassen an. »Ja, ich muss mal auf'n Pott.«

»Kannst du's nicht mehr einhalten, Manny?«, frotzelt Dillon.

»Hab gehört, das ist schlecht für die Prostata«, sage ich ungerührt.

Wooster schnaubt. »Wir würden doch nicht wollen, dass sich Manny auf dem Spielfeld in die Hose macht, nicht wahr?«

Das würde ihm gerade gefallen. Aber anders als die Leute vielleicht denken mögen, sind wir auch keine richtigen Feinde.

Trotzdem zeige ich ihm den Mittelfinger. »Schluck den, *Huster*.«

Altman schnaubt. »Rumblödeln könnt ihr in eurer Freizeit, Jungs.«

Aber er lässt uns gehen. Ein Glück.

Sobald wir draußen im Flur sind, hängt Dillon am Telefon. »Hey Baby«, säuselt er. »Komme gerade raus. Ja. Ja.« Er nickt zu was auch immer seine Frau sagt.

Ich weiß, dass es seine Frau ist, weil er sie immer nach Besprechungen anruft und er sie immer Baby nennt.

Ich laufe ein Stück vor, um außer Hörweite zu kommen, aber da jemand von der Gebäudereinigung gerade den Boden bohnert, kann man nur langsam gehen.

»Schläft sie schon?«, fragt Dillon seine Frau. Es entsteht eine Pause, und dann fängt der Mann geradezu an zu säuseln. »Meine Süße. Genau, hier ist Daddy.« Ein babyhaftes Quieken kommt aus dem Telefon und er lacht in sich hinein.

Ich gehe um einen Putzwagen herum, muss aber vor der Tür zum Fitnessraum stehen bleiben. Dillon beendet das Gespräch mit seiner Frau damit, dass er verspricht, bald zu Hause zu sein. Sein Gesichtsausdruck wirkt so zufrieden voll leiser Freude, dass es mir vorkommt, als würde ich seine Privatsphäre verletzen.

Doch er fängt meinen Blick auf und grinst breit. »Vera fängt jetzt an, sich hinzustellen.«

Vera. Genau. Das wusste ich. »Sie ist knapp ein Jahr alt?«

»Zehn Monate.« Er ruft ein Foto auf seinem Handy auf und zeigt es mir. Dillons Frau ist blond und wunderschön – so von der Art Abschlussballkönigin. Ihre Tochter ist eine perfekte Mischung aus den beiden, mit einem wilden Haarschopf aus dichten kupferroten Löckchen und hellbrauner, babyzarter Haut. Aus strahlenden haselnussbraunen Augen lächelt sie in die Kamera und zeigt dabei zwei Vorderzähne.

Es tut fast weh, sie anzusehen, so niedlich und glücklich ist sie. »Sie ist wunderbar, Mann.«

»Ich weiß«, sagt Dillon stolz. Er verpasst mir einen freundschaftlichen Klaps auf die Schulter. »Eine Familie zu haben ist das Beste, was es gibt, Mann. Egal, was für einen Scheiß dir die anderen Jungs erzählen.«

Die Familienväter versuchen immer, uns arme, seelenlose Singles zu bekehren. Jake behauptet, sie würden das machen, damit sie es selbst besser verkraften, in der Falle zu sitzen. Bisher habe ich ihm da immer zugestimmt. Jetzt bin ich mir nicht mehr so sicher.

Nachdem Dillon hinausgegangen ist, stehe ich da und reibe mir über meine sich eng anfühlende Brust. Das Gebäude ist jetzt ziemlich leer, die meisten Jungs sind längst nach Hause gegangen. Ich biege um die Ecke und betrete den Fitnessraum, durch den es in die Kabine geht. Der vertraute Geruch nach Metall, Gummi und altem Schweiß ist ein wenig beruhigend. Rolondo ist an der Beinpresse, seine Muskeln treten hervor, als er schnaufend ausatmet und die Beine in die Streckung drückt.

»Du solltest dich von jemandem absichern lassen«, sage ich ihm. »Zumindest, wenn du mit freien Gewichten arbeitest.«

»Ja, ja.« Die Gewichte klirren, als er sie zu schnell herunterlässt. Er schnappt sich ein Handtuch und wischt sich den Schweiß vom Gesicht. »Was machst'n hier, Manny? Alle anderen sind davongestoben wie die Kakerlaken, wenn das Licht angeht.«

Ich lache. »Dasselbe könnte ich dich fragen.«

Er steht ächzend auf und dehnt sich. »Hab die Zeit aus den Augen verloren.«

Wooster kommt mit diesem schmierigen Gesichtsausdruck herein, den er nie wirklich abzulegen scheint. »Habt ihr das von Dex gehört, Leute?«

»Ja, hab ich.« Rolondo wirft ihm einen gereizten Blick zu.

»Ich nicht.« Aus Sorge wird mein Tonfall scharf. »Was ist los? Ist er in Ordnung?«

»Ihm geht's bestens«, sagt Rolondo. »Es ist nur unwichtiger Scheiß.«

Wooster ignoriert Rolondo. »Die Presseabteilung hat ein paar Fotos von dem Pin-up-Kalender veröffentlicht, in dem ihr alle seid.«

Pin-up? Ich will schon mit den Augen rollen. Allerdings ist mir neu, dass die Presseabteilung Fotos rausgegeben hat. Ich schätze, es ist keins von mir dabei, sonst hätte ich davon gehört. Als ich mir vorstelle, wie Chess die Bilder durchgeht, die wir gemacht haben, fühle ich mich aufs Neue entblößt. Um das Gefühl abzuschütteln, bedeute ich Wooster mit einer Handbewegung, weiterzureden.

»Die Presse hat sich auf Dex' Fotos gestürzt.« Er schaut mit einem Blitzen in den Augen zu Rolondo. »Schätze, sie fanden ihn am interessantesten.«

Rolondo macht träge eine Wichsgeste.

Aber Wooster redet weiter. »Dex' alter Rivale aus Collegezeiten hat ein Interview gegeben und behauptet, Dex sei noch Jungfrau. Kurz darauf hat irgend so ein voll kranker Datingservice Wind von der Geschichte bekommen und bietet jetzt eine Belohnung für seine Entjungferung an.«

Einen Augenblick lang kann ich nur glotzen, mir schwirrt der Kopf. »Was zum Teufel …?«

Im Ernst, was zum Teufel …?

»Wieso hab ich das nicht mitgekriegt?«, frage ich niemand Bestimmten.

»Zu beschäftigt damit, nach Meldungen über dich zu suchen?«, schlägt Wooster vor.

Ich blicke zu Rolondo. »Ist er okay?«

»Es geht ihm *gut*. Wie gesagt …« Er wirft Wooster erneut einen fiesen Blick zu. »Es ist bloß irgend so ein dämlicher Scheiß.«

Ich bezweifle, dass es Dex so gut geht, wie Rolondo behauptet. Dex hütet seine Privatsphäre wie einen Schatz. Ich kann es ihm nicht verdenken; keiner von uns findet es toll, wenn unser Privatleben enthüllt wird. Ich nehme mir vor, Dex anzurufen, sobald ich allein bin.

»Ich hab gehört, ihr hattet eine Fotogra*fin*«, unterbricht Wooster meine Gedanken.

Mein Kopf schnellt hoch, mein Blick verengt sich, als etwas Heißes durch meinen Bauch strömt. »Was zum Teufel hat das denn mit was auch immer zu tun?«

Rolondo fängt an, den Kopf zu schütteln. »Mann«, murmelt er vor sich hin.

Wooster hat jedoch eindeutig Blut gerochen und ist einfach nur unnötig. »Schätze, gar nichts. Hab bloß gehört, dass sie auf so eine ›*The Fast and The Furious*‹-Art sexy sein soll.«

Ich mache einen Schritt auf ihn zu. Das Blut rauscht in meinen Ohren. »The Fast and The Furious?«

»Ja, du weißt schon, so eine Kühlergrillfigur auf einer tiefergelegten Karre, die man *fast und furious* vögel...«

Meine Hand ist schon an seiner Kehle, bevor er den Satz beenden kann. Ich habe mich bewegt, ohne es überhaupt wahrzunehmen, aber ich lasse nicht los. »Wenn du deine Zunge behalten willst«, stoße ich zwischen zusammengebissenen Zähnen hervor, »solltest du verdammt noch mal die Fresse halten.«

Wooster umkrallt meinen Arm, kommt aber nicht los. Doch dann entspannt er sich und grinst. »Verstehe. Du vögelst sie. Nicht schlecht, Mann. Ich wette, bei ihrem Job, da sammelt sie viele Erfahrungen.«

Zwei Schritte nach vorn und ich stoße ihn gegen die Wand. »Halt die Fresse, Arschloch.«

Rolondo stellt sich zwischen uns, sieht allerdings mich an. »Er ist das Bußgeld nicht wert, Manny.«

Ließe sich drüber streiten. Ich lockere allerdings meinen Griff.

Wooster macht sich von mir los und grinst dann süffisant. »Bloß nicht den Gehaltsscheck riskieren, was?«

Rolondo gibt einen verächtlichen Laut von sich. »Tu bloß nicht so, als würde dir ein Bußgeld nicht mehr wehtun als einem von uns beiden, du Spacken. Und hör auf, so respektlos über Frauen zu reden. Hat deine Mami dich nicht besser erzogen?«

»Bin mir ziemlich sicher, dass du ganz andere Töne spucken würdest, wenn du selber auf Frauen stündest«, sagt Wooster gedehnt.

Rolondo ist schwul. Er hat nie ein Geheimnis daraus gemacht, aber bis jetzt hab ich noch nie erlebt, dass ihm deswegen jemand einen Spruch gedrückt hat.

»Was zum Teufel hast du da gerade gesagt?« Ich mache wieder einen Satz auf Wooster zu.

Rolondo blockt mich ab, mit einer fast schon heiteren Miene starrt er runter auf Wooster. »Ich würd ja sagen, du kannst mich mal, aber da habe ich schon meine Ansprüche. Jetzt verpiss dich und mach dir lieber mal Gedanken darüber, wie du dein scheißlahmes Spiel verbessern kannst.«

Wooster schmeißt sich in die Brust, als wollte er noch was erwidern, aber dann geht sein Blick zwischen uns hin und her, und er weicht rückwärts zurück. »Null Sinn für Humor.«

»Oh ja, unser Humor ist hier das Problem.« Ich mache es Rolondo nach und deute kurz eine Wichsgeste an. »Wir sind fertig miteinander.«

Ohne mich umzudrehen, gehe ich zu den freien Gewichten. Ich möchte weg, aber verflucht noch eins, ich lasse mich auf keinen Fall von Wooster verjagen. Rolondo gesellt sich zu mir, als Wooster uns den Mittelfinger zeigt und dann aus dem Raum stakst.

»Mann …«, fängt Rolondo an.

»Ich weiß«, unterbreche ich ihn. »Ich sollte mich von dem Arsch nicht provozieren lassen.«

»Gut, dass dir das wieder einfällt. Jetzt.«

Ich starre hinunter auf die Gewichte, ohne mich zu rühren und sie hochzuheben. »Hat er dich davor schon mal dumm angemacht?«

Rolondo stößt halb ein Lachen aus. »Machst du dir Sorgen um mich, Manny?«

Er klingt belustigt.

Ich hebe den Kopf. »Du bist mein Teamkamerad.«

Mehr muss ich nicht sagen, Rolondo versteht es. Doch seine Miene bleibt ausdruckslos. »Männer reißen nun mal dumme Sprüche. Ist egal, worüber. Entweder lässt man den Scheiß an sich ran oder nicht.« Sein Blick bohrt sich beunruhigend tief in mich. »Was auch immer du mit der Fotografin laufen hast, ich würde es für mich behalten. Die Jungs werden allein schon deswegen über sie reden, weil sie sie nackt vor der Linse hatte.«

Die Wahrheit nervt. Es ärgert mich, dass sie von unserem Team noch andere Schwänze außer meinem gesehen hat, und es ärgert mich, dass die Jungs das als einen Witz betrachten, über den sie lachen können. Aber ich kann überhaupt nichts dagegen machen.

»Chess und ich sind Freunde.« Ich deute in die Richtung, in die Wooster abgezogen ist. »Ich lasse niemanden Scheiße über meine Freunde labern.«

Rolondo grinst bedächtig. »Hab ich gemerkt.«

Ich nicke knapp.

»Nur eine Frage«, meint Rolondo.

»Was?«

»Weiß dein Schwanz, dass ihr nur Freunde seid?«

Er lacht und weicht mir locker aus, als ich nach ihm aushole. »Mehr hast du nicht drauf?«

Wir ducken uns ein paarmal vor den halbherzigen Schlägen des anderen weg – wir müssen beide den Schatten abschütteln, den Wooster über den Raum geworfen hat.

Lachend greift sich Rolondo seine Tasche, die er bei der Beinpresse abgestellt hat. »Ich geh dann mal.«

Komisch, wie seine Worte erst bewusst zu machen scheinen, wie still es hier ist. In der Ferne klingelt ein Telefon und bricht dann ab. Ich grusele mich zwar nicht, aber in einer Geisterstadt möchte ich auch nicht länger rumhängen.

»Was machst du heute noch?«, frage ich ihn.

»Meine Ma ist in der Stadt.«

»Echt?«

»Ja, ich geh mit ihr im *Commander's Palace* essen.« Er grinst. »Die Frau erzählt mir, seit sie aus dem Flieger gestiegen ist, dass sie da hinwill.«

»Das kenne ich. Meine Mom war genauso. Ich musste mit ihr da hin und zu *Galatoire's*.«

Rolondo lacht in sich hinein. »Da waren wir gestern Abend.«

Wir lachen beide. Und plötzlich vermisse ich meine Mutter. Was überhaupt keinen Sinn ergibt, schließlich bin ich ein erwachsener Mann; ich hab sie gemieden, weil sie mir in letzter Zeit tierisch auf die Nerven gegangen ist.

Als Rolondo duschen geht, bleibe ich zurück und starre blicklos auf die Gewichte. Ich möchte nicht hier sein. Ich habe keine Ahnung, wo zur Hölle ich stattdessen sein möchte. Aber eins ist klar.

Ich hole mein Handy raus.

BigManny: Kann ich dich für einen Poor Boy gewinnen?

Chess antwortet fast auf der Stelle.

ChesterCopperpot: Kennst du tatsächlich irgendwelche armen Jungs?

BigManny: Clever. Na schön, kann ich dich dafür gewinnen, mit diesem reichen Jungen hier ein Poor-Boy-Sandwich essen zu gehen?

ChesterCopperpot: Ich bin eigentlich gerade auf einer Party. Abendessen in Form von Fingerfood und Cocktails.

Enttäuschung macht sich in meiner Brust breit. Ich schlucke den Kloß aus Selbstmitleid hinunter und reiße mich wie ein Mann zusammen.

BigManny: Dann ein andermal. Viel Spaß, Partygirl.

Ich gehe in die Kabine, wo ich meine Schlüssel gelassen

habe. Ich werd mir ein Poor-Boy-Sandwich holen und ein bisschen Basketball gucken. So müde, wie ich bin, ist ein fauler Abend auf der Couch genau das Richtige.

Ich bin fast bei meinem Auto, als mein Handy brummt.

ChesterCopperpot: Du solltest herkommen. Es gibt jede Menge zu essen.

Aufs Display starrend bleibe ich stehen. Chess textet noch einmal.

ChesterCopperpot: Ich verspreche, dass dich niemand betatschen wird, es sei denn, du bittest darum.

Darüber muss ich grinsen.

BigManny: Betatschst du mich, Chester?

ChesterCopperpot: Nein, aber James würd's machen. Er ist ein Riesenfan.;-)

BigManny: Ich gebe ihm gern ein Autogramm. Aber alles andere geht über meine Pflicht hinaus.

ChesterCopperpot: Sei gewarnt ... Wenn er dich bittet, seine Eier zu signieren, dann lauf weg.

Ein Lachen bricht aus mir heraus und füllt die Leere in meiner Brust. Gott, ich möchte dieses Mädchen sehen. Doch ich zögere; eine Party entspricht nicht gerade meiner Vorstellung davon, wie ich Zeit mit Chess verbringen möchte.

Das Handy klingelt in meiner Hand.

»Chester«, sage ich lächelnd.

Ihre hauchige, sexy Stimme konkurriert mit Gelächter und Musik im Hintergrund. »Also? Kommst du her oder was?«

»Du sehnst dich danach, mich zu sehen, nicht wahr?«

»Ja«, sagt sie gedehnt. »Ich muss mich noch mal versichern, ob dein Kopf wirklich so groß ist.«

Ich grinse breit, obwohl sie mich nicht sehen kann. »Über welchen Kopf sprechen wir genau?«

»Ich leg auf ...«

»Schon gut. Ich benehme mich.«

»Sicher doch.« Im Hintergrund kreischt jemand laut und schrill. Dann spricht Chess wieder. »Also?«

»Bist du sicher, dass ich kommen soll? Ich möchte dir nicht den Abend kaputtmachen.«

Chess schweigt einen Moment lang. Als sie wieder etwas sagt, klingt sie angespannt, was mich an unsere erste Begegnung erinnert, als sie mich für ein Arschloch gehalten hat. »Ich spreche keine Einladungen aus, die ich nicht auch so meine, Finn. Aber du brauchst nicht zu kommen. Ehrlich, ist okay.«

Ich überlege, ob ich gemütlich mit einem Sandwich zu Hause sitzen will oder lieber neben Chess in einem Raum voller Leute, die ich nicht kenne. Gar keine Frage. »Gib mir die Adresse durch.«

*

Nachdem ich zu Hause schnell geduscht und mich umgezogen habe, fahre ich los, um Chess zu treffen. Die Party ist in Uptown, in der Nähe vom Audubon Park. Leichter Sprühregen hat eingesetzt, als ich vor einem Haus mit überdachter Doppelveranda vorfahre, bei dem in allen Fenstern Licht brennt. Louis Armstrongs Version von »Don't Get Around Much Anymore« weht durch diese Fenster herüber, und einen Augenblick lang ist es, als wäre ich in der Zeit zurückgereist.

Das erlebt man oft in New Orleans. Alter Jazz, noch ältere Häuser, kaputte Gehwege und knorrige Eichen voller Spanischem Moos reißen einen aus der modernen Welt und geben einem das Gefühl, von der Geschichte verfolgt zu werden. Ich drücke das flache schmiedeeiserne Tor auf und gehe zur Eingangstür.

Als ich beim Klingeln merke, dass ich feuchte Hände habe,

wird mir bewusst, dass ich nervös bin. Und da muss ich über mich selbst lachen. Ich werde mindestens einmal die Woche von Reportern in die Mangel genommen und komme dabei nie ins Schwitzen. Ich habe, ohne zu zucken, die National Championships gewonnen, bei denen eine Menge von hunderttausend Zuschauern auf mich eingeschrien hat. Doch jetzt gerade bin ich so nervös wie ein Teenie bei seinem ersten Date.

Eine Frau in einem lilafarbenen Fünfzigerjahre-Kleid macht die Tür auf. Einen langen Augenblick starrt sie mich an.

»Hallo«, sage ich, als sie nichts sagt.

Sie blinzelt und schüttelt dann den Kopf, als müsste sie zu sich kommen. »Bitte sag, dass du ein Stripper bist.«

»Stripper?«, wiederhole ich halb amüsiert und leicht verwirrt. Hinter ihr ist das Haus voller Leute in Kleidern und Anzügen, sodass ich mich frage, ob ich an der falschen Adresse bin.

»Wir hatten noch nie einen Stripper bei einer C&C«, erklärt sie mit einem Anfall von Begeisterung. »Aber ich begrüße diese Entwicklung sehr.«

C&C?

»Ich wollte zu Chess Copper.«

Lila Kleid runzelt die Stirn, als hätte sie noch nie von Chess gehört, sodass ich schon aufgeben und gehen will, als James plötzlich auftaucht und fast gegen Miss Lila taumelt. »Manny«, ruft er und lächelt beglückt. »Du bist da.«

Erleichtert nehme ich eine entspanntere Körperhaltung an. »Hey, James.«

Er fasst nach meinem Arm und versucht, mich ins Haus zu ziehen. Ich könnte ihm sagen, dass ich zu groß bin, um mal eben so gezogen zu werden, aber ich trete einfach ein. Lila Kleid gibt einen enttäuschten Laut von sich. »Also kein Stripper?«

»Stripper?« James klingt entsetzt. »Das hier ist Der King. Zeig ein bisschen Respekt.«

»Dann braucht er eine Krone«, sagt eine Frau mit aufgebauschtem Haar in einem grünen Kleid, als wir an ihr vorbeigehen.

Drinnen ist alles voller Leute. Die Möbel stammen aus dem neunzehnten Jahrhundert, und goldgerahmte Porträts hängen an den Wänden. Zigarettenrauch wabert durch die Räume, Gäste stehen in Grüppchen zusammen, rauchen und halten Cocktails in der Hand. Und ich habe ungelogen für einen Moment das beklemmende Gefühl, tatsächlich in irgendeine verrückte Zeitschleife geraten zu sein.

»Wieso sind alle so angezogen, als würden sie für eine Fortsetzung von Mad Men vorsprechen?«, frage ich James.

»Das ist der Dresscode für Cocks und Cocktails«, erwidert er, als wir an einem Beistelltisch stehen bleiben, der als Bar fungiert. »Möchtest du ein Bier?«

»Klar, nur … Cocks und Cocktails?«

James gibt mir eine Flasche Bier, bevor er sich selbst einen Gin Tonic mixt. »Es ist eine Cocktailparty. Du bist der Einzige, der seinen schönsten Used-Look trägt.« Er streicht sich über seinen schwarz-weißen Nadelstreifenanzug, der von einer grellpinken Fliege gekrönt wird. »Es geht darum, sozusagen der bestgekleidete Gockel, also Cock, zu sein, der hier rumstolziert.«

In Anbetracht der Tatsache, dass ich Jeans und ein schlichtes graues Longsleeve anhabe, bin ich grob underdressed. Da ich auch noch gut dreißig Zentimeter größer bin als alle anderen hier, falle ich total aus dem Rahmen.

»Keine Sorge«, meint James, dem nicht entgeht, was in mir vorgeht. »Wenn jemand so gut aussieht wie du, schert sich niemand einen feuchten Dreck um die Verpackung.«

Ich betrachte noch einmal seinen Anzug. »Auch wenn ich glaube, dass du das jetzt nicht verstehen wirst, aber manchmal ist es schön, in der Masse unterzugehen.«

James grinst süffisant und nimmt einen Schluck von seinem Drink. »Mag sein. Andererseits würde dich dann niemand so ansehen, wie es eine ganz bestimmte Lady gerade tut.«

Ich drehe mich in die Richtung, in die er schaut – und da steht sie. Sofort ist jede Antwort auf James' Bemerkung weg. Bis jetzt habe ich Chess immer nur in Jeans und legeren Oberteilen gesehen. Diese Version von ihr ist wie eine Offenbarung.

Als sie auf mich zukommt, trommelt mein Herz gegen meine Brust, als wollte es heraus. Ihre sonst so ernste Miene ist fröhlicher, ein Lächeln liegt in ihren grünen Augen. »Trish hat was davon gebrabbelt, dass ein GQ-Model mich sucht«, sagt sie zur Begrüßung. »Ich hab mir gedacht, dass es entweder du sein musst oder ich heute Abend besonderes Glück habe.«

»Beides«, antworte ich schließlich, und mir ist peinlich bewusst, wie belegt meine Stimme dabei klingt.

Sie trägt ein Kleid; das schwarze Samtoberteil schmiegt sich eng an ihren schlanken Oberkörper und umspielt ihre Schulterpartie. Der Rock ist eine weiße Wolke, die unterhalb des Knies endet.

»Du glotzt, Finn.«

»*Das Fenster zum Hof*«, platze ich heraus, woraufhin sie blinzelt. »Das Kleid. Grace Kelly hatte so eins in *Das Fenster zum Hof* an.«

James lacht. »Ach du heilige Scheiße, ich fass es nicht, dass du das erkannt hast.«

Ich trinke einen Schluck Bier gegen meinen trockenen Hals. »Das ist der Lieblingsfilm meiner Mutter.«

Ich füge nicht hinzu, dass ich als Zwölfjähriger vielleicht ein kleines bisschen in Grace Kelly verknallt gewesen bin.

Eine leichte Röte tritt in Chess' Wangen. »Die meisten Leute haben das nicht geschnallt. Sie brauchen das kühle blonde Haar dazu.«

Ihr tintenschwarzes Haar ist am Hinterkopf zu so einem eingedrehten Knoten festgesteckt, wodurch ihr langer Hals freiliegt. Sie sieht verdammt schön aus, und das sage ich ihr auch.

Die Röte auf ihren Wangen wird noch intensiver, aber sie tut mein Kompliment achselzuckend ab. »Hast du gut hergefunden?«

Sie wirkt nervös, ihr Blick huscht immer wieder zu den Leuten um uns herum, die uns anstarren. Mich anstarren. Die Aufmerksamkeit verursacht mir ein Kribbeln im Nacken. Ich blende alle anderen aus und habe nur Augen für sie.

»Jepp.« Als ich den Kopf senke, kitzelt mir der zarte Duft ihres Parfüms in der Nase. »Ich hätte mich auch rausputzen können, weißt du.«

Sie schiebt ihre kirschroten Lippen vor. »Tut mir leid. Ich habe gar nicht daran gedacht, als wir uns geschrieben haben.«

Ich kann nicht widerstehen, sie aufzuziehen. »Hmmm … Und ich dachte schon, du hattest vielleicht Sorge, dass ich absagen würde, wenn ich ›Cocks und Cocktails‹ höre.«

Ihr Mundwinkel zuckt. »Na ja, vielleicht nicht wegen der Cocktails.«

»Schon okay, Chester.« Vor lauter Drang, ihre zarte Wange zu berühren, umfasse ich mein Bier fester. »Danke für die Einladung.«

Chess fummelt an der Perlenkette um ihren Hals. »Komm mit. Ich stelle dir Malcolm vor, unseren Gastgeber. Er ist Antiquitätenhändler.«

»Das erklärt die Einrichtung. Ich hab schon gedacht, ich wäre ins neunzehnte Jahrhundert zurückkatapultiert worden.«

Ihre Augen leuchten. »Warte, bis du ihn kennenlernst. Der Mann redet, als hätte er schon vor fünfzig Jahren hier gelebt, dabei weiß ich, dass er in Cleveland aufgewachsen ist.«

Malcolm stellt sich als Mann mittleren Alters mit einem dünnen schwarzen Schnurrbart heraus. Er trägt einen weißen Anzug mit schwarzer Fliege und erklärt mir, das sei der Look von Clark Gable in *Vom Winde verweht*, aber mir kommt eher Colonel Sanders von Kentucky Fried Chicken in den Sinn. Das behalte ich allerdings für mich, als ich ihm die Hand schüttele.

»Sie kommen mir bekannt vor, Mr Mannus«, sagt er und blickt forschend in mein Gesicht. »Sind Sie vielleicht Model?«

Der Eindruck vom Colonel wird noch stärker, und ich habe plötzlich das Bedürfnis, Chicken Wings zu essen. »Nein, Sir, ich bin Quarterback.«

Er guckt mich ausdruckslos an. »Ich hätte schwören können, dass sie einer von Chess' Jungs sind.«

Chess' Jungs? Als ich sie anschaue, verzieht sie das Gesicht. »Ich habe keine Jungs, Mal.«

Er wedelt mit einer Hand. »Du weißt schon, was ich meine. Einer von deinen Modelfreunden.« Wieder starrt er mich an. »Quarterback, sagen Sie?«

James mischt sich ein. »Heiliges Kanonenrohr. Er ist Profi-Footballspieler. Und er kommt dir bekannt vor, weil in der Canal Street ein Riesenplakat mit seinem lächelnden Konterfei drauf hängt.«

Ich zucke zusammen. Diese verdammte Reklame. Ich hasse es, daran vorbeizufahren. Ich sehe mich selbst jedes Mal im Spiegel, wenn ich mich rasiere; ich brauche nicht immer, wenn ich durch die Stadt fahre, von einer fünfzehn Meter hohen Gedächtnisstütze verfolgt zu werden, die mich daran erinnert, wie ich aussehe.

Es dämmert Malcolm, und man merkt, dass ihn das Plakat

auch verfolgt hat. »Football. Bäh.« Sein Schnurrbart zuckt. »Ich verabscheue Football. Das ganze Gegrunze und Geschwitze. Und dabei kommt gar kein Sex vor.«

»Das kommt dir nur allzu bekannt vor, was?«, witzelt ein Mann neben ihm.

»Du musst es ja wissen, Robert.« Malcolm verdreht die Augen und konzentriert sich dann wieder auf mich. »Bitte sagen Sie mir, dass Sie noch andere Interessen haben, Mr Mannus.«

Chess sieht mich kurz besorgt an. Aber mir macht es nichts aus. Ich bin oft genug von Speichelleckern umgeben, und sein Tonfall klang nicht bösartig.

»Oh, sicher doch«, sage ich gelassen. »Baseball und Basketball mag ich auch.«

Als er mich anstarrt, erwidere ich seinen Blick mit einem höflichen Lächeln. Seine Lippen zucken. »Sie sind nicht auf den Mund gefallen.«

»Ich geb mir Mühe.«

Lila Kleid gesellt sich zu uns. »Ich dachte, er wäre ein Stripper.«

So langsam glaube ich, dass diese Tussi nur eins im Kopf hat.

»Stripper tragen Kostüme, Trish«, sagt Robert übertrieben gedehnt. »Wenn er in Footballmontur hier aufgetaucht wäre, würde ich dich verstehen. Aber so ist es nur Wunschdenken deinerseits.«

Trish funkelt ihn böse an, zuckt dann aber gleichgültig mit den Schultern. »So weit lag ich gar nicht daneben. Wenn er Footballspieler ist, dann hat er sich für Chess nackig gemacht.«

»Jesses, Trish«, murmelt Chess.

Malcolm und Robert horchen beide auf.

»Wir machen einen Charity-Kalender«, erklärt sie Trish ohne jeden Hauch von Verlegenheit, aber eindeutig genervt.

»Ich hab das Foto von dem großen Kerl mit den tätowierten

Armen in den Nachrichten gesehen«, sagt Trish. »Zu schade, dass der nicht hier ist. Der ist richtig heiß.«

Dex hätte schon an der Haustür kehrtgemacht und Fersengeld gegeben.

Chess wirft mir einen zögerlichen Blick zu. »Hast du die Fotos gesehen?«

Ich trinke einen Schluck Bier. Es wird langsam warm und schal. »Nein. Aber ich hab davon gehört.«

Warum hab ich es nicht von dir erfahren? Es sollte mich nicht stören, dass Chess nichts davon gesagt hat. Tut es allerdings. Es kommt mir vor wie etwas, das ein Freund einem auf jeden Fall erzählen sollte.

Aber wir sind keine Freunde, stimmt's? Ein gemeinsames Mittagessen und ein paar Unterhaltungen machen aus uns höchstens flüchtige Bekannte.

»Sie sind gut geworden, denke ich.« Chess schwallert jetzt. »Meghan möchte Dex' Foto für den Dezember nehmen.«

»Setzt du ihm eine Weihnachtsmannmütze auf?«, witzele ich.

Als sie zusammenzuckt, fühle ich mich sofort mies. Aber sie antwortet nicht darauf. Eine Frau läuft ihr in die Arme, und die beiden fangen an, sich zu unterhalten. Ich stehe mit meinem Bier herum und ernte neugierige Blicke von den Leuten, die im Raum die Runde machen.

Ich komme um vor Hunger. Der Rauch brennt mir in den Augen, und ich kann ihn förmlich schmecken. Vom Herumstehen tun mir die Füße weh, und ich komme mir allmählich wie ein alter Mann vor, denn ich möchte mich nur noch irgendwo hinsetzen, wo es ruhig und gemütlich ist. Als mich erneut jemand anrempelt und noch mal genauer hinschaut, wer ich bin, entschuldige ich mich und gehe ins Bad.

»Benutz das obere, Schätzchen«, sagt eine hübsche ältere

Frau zu mir, als ich feststelle, dass das im Erdgeschoss besetzt ist. »Malcolm stört das nicht.«

Ich finde das Bad problemlos, muss aber eigentlich gar nicht. Es war nur eine Ausrede, um wegzukommen.

Am Ende des Flurs führt eine Glastür auf die Loggia – eine breite Veranda, die an der gesamten Rückseite des Hauses entlangläuft. Ich trete hinaus, mache die Tür hinter mir zu und atme einmal tief durch. Zwei Wandleuchter erhellen die Veranda. Hier draußen ist es still, die Geräusche von der Party sind gedämpft. Ich setze mich auf eine hölzerne Hollywoodschaukel und schwinge langsam vor und zurück.

Ich sollte nicht hier oben sein. Ich sollte Chess ausfindig machen und … Gehen? Bis zum Ende durchhalten? Ich weiß nicht, ob ich mich heute Abend bloß nicht wohlfühle oder ob ich mir, was sie angeht, Sachen eingebildet habe, die gar nicht existieren.

Als die Tür aufgeht, versteife ich mich. Aber es ist Chess. Und mein Puls hat doch nicht immer bloß zufällig beschleunigt, wenn ich sie gesehen habe. Denn es passiert schon wieder, und alle meine Sinne peilen sich auf sie ein, als wäre sie mein Kompass Nord.

»Hier bist du also«, sagt sie und kommt auf die Veranda. »Ich hab mich schon gefragt, ob du schreiend davongelaufen bist.«

Wäre ich beinahe.

Ich stehe auf. »Ich schnappe nur ein bisschen frische Luft.«

»Kann ich dir nicht verdenken. Manchmal vergesse ich, wie viel bei solchen Gelegenheiten geraucht wird.« Als Chess näher kommt, sehe ich, dass sie einen Teller in der Hand hat, der mit einer Serviette abgedeckt ist. »Ich kriege davon Halsschmerzen.«

Ihr Rock raschelt und bauscht sich, als sie sich auf die Schaukel setzt. Ich setze mich neben sie.

»Hier«, sagt sie und reicht mir den Teller. »Ich hab dir was zu essen mitgebracht.«

Vor Überraschung nehme ich ihn ganz ungelenk. »Das brauchtest du doch nicht.«

Aber ich bin ihr so dankbar dafür, dass ich jeden Happen davon aufessen werde, egal was es ist.

»Oh doch«, sagt sie, während ich die Serviette hochhebe. »Ich hab dich hierhergeschleift. Da werde ich dich nicht verhungern lassen.« Sie beugt sich vor. »Es ist ein Sandwich.«

»Das sehe ich.« Genau genommen sind es mehrere Stücke von etwas, das aussieht wie eine *muffuletta*. Ich esse eins davon in zwei Happsen. Jepp, definitiv eine *muffuletta*.

Ein kleines anerkennendes Stöhnen entweicht mir.

Chess lächelt. »Oh, warte.« Sie steht auf und schiebt die Hände in die Falten ihres weiten Rocks, der offenbar versteckte Taschen hat, denn sie zieht eine Getränkedose daraus hervor und etwas, das in eine weitere Serviette eingewickelt ist. »Eine Cola und ein Brownie als Nachtisch«, sagt sie stolz.

Beinahe mache ich ihr an Ort und Stelle einen Antrag.

Sie sitzt still da, während ich esse, und schüttelt den Kopf, als ich ihr ein Stück Sandwich anbiete. Weil ich hungrig bin und mir die Vorstellung nicht gefällt, dass sie neben mir warten muss, bis ich aufgegessen habe, schlinge ich die Portion herunter. Der Brownie folgt mit wenigen raschen Bissen. Ich spüle ihn mit der Cola herunter.

Nachdem ich mir die Hände an der Serviette abgewischt habe, stelle ich den Teller und die leere Dose auf einem Beistelltisch ab und seufze zufrieden. »Danke. Das hab ich gebraucht.«

Sie lächelt kurz. »Ich hätte dir gleich was zu essen geben sollen, als du hier angekommen bist.«

»Jetzt geht's mir gut.«

Chess stützt die Hände auf dem Sitz auf, beugt sich vor und betrachtet ihre Füße, während wir langsam vor und zurück schaukeln. Unangenehmes Schweigen senkt sich schwer über uns, und zum ersten Mal in ihrer Gegenwart weiß ich nicht, was ich sagen soll.

Ich kenne dieses Mädchen nicht. Nicht wirklich, und doch habe ich mich mit einer Entschlossenheit in ihr Leben gedrängt, die ich mir sonst fürs Gewinnen von Spielen aufspare. Nur läuft es hier für mich auf kein Endspiel hinaus. Ich habe ihr gesagt, dass ich mit ihr befreundet sein möchte. Aber wie soll das funktionieren?

Unsere Freunde und Lebensstile könnten nicht unterschiedlicher sein. Partys sind für mich Veranstaltungen der Selbstbeweihräucherung, voller Leute, deren einziges Ziel es zu sein scheint, mein Ego zu pushen, wonach ich dann losziehe und mir eine schnelle Nummer suche. Und meine Freunde haben alle irgendwie mit Football zu tun. Wir reden über Football oder andere Sportarten. Es ist ein ziemlich enggefasstes Leben, aber meine Komfortzone. Das ist auch so etwas, was mich ärgert – zu wissen, dass ich ein Leben führe, das Außenstehende für wild und frei halten, aber von Nahem betrachtet ist meine Welt klein und durchstrukturiert.

Das Schweigen dauert schon zu lange. Ich sollte gehen. Doch ich rühre mich nicht vom Fleck. Ich weiß, wenn ich gehe, wird, was auch immer das hier ist, vorbei sein. Aus Verlegenheit werde ich mich nicht wieder bei ihr melden. Wahrscheinlich wird es ihr genauso gehen. Und das wird es dann gewesen sein.

Dieses Wissen legt sich wie ein Stein auf meine Brust.

»Tut mir leid wegen meiner Freunde«, sagt Chess. »Sie können unangenehm respektlos sein.«

»Meine auch.« Ich zucke mit den Schultern. »Deine Freunde sind … lustig.«

Sie presst die Lippen zusammen. »Können sie sein. Aber heute haben sie mir echt den Rest gegeben.« Sie beißt sich auf die Unterlippe. »Ich glaube, sie wissen nicht, was sie von dir halten sollen.«

»Dann hab ich mir das nicht nur eingebildet.«

»Fürchte nein.«

Das ungewohnte Gefühl, der Hecht im Karpfenteich zu sein, wird noch stärker. Ich habe Chess den Spaß genommen, indem ich hergekommen bin, und das tut mir leid.

»Ich hätte dich nicht fragen sollen, ob du herkommst«, sagt sie leise.

Sie spricht nur aus, was ich denke, aber der Stein auf meiner Brust drückt noch umso heftiger auf meine Rippen.

Chess gibt einen leisen Laut von sich, so als versuche sie zu lachen, könne es aber nicht. »Partys, bei denen man mittendrin dazukommt und niemanden kennt, sind eben ätzend.«

»Ich kenne dich«, stelle ich ruhig fest.

Als sie sich zu mir dreht, erhellt das Verandalicht ihr Gesicht. Grüne Augen sehen mich an und halten meinen Blick, langsam legt sich ein echtes Lächeln auf ihre kirschroten Lippen. Etwas in mir löst sich. Ich möchte Chester Copper küssen. Sie auf meinen Schoß ziehen und mit ihr rummachen wie die Teenager, die sich heimlich von der Party ihrer Eltern gestohlen haben. Aber deshalb hat sie mich nicht hierher eingeladen.

»Ich wollte dich sehen«, gesteht sie mit dieser heiseren Morgenstimme, die direkt in meinen Schwanz geht. Sie dreht sich weg und starrt in die Dunkelheit. »Es ist komisch, weißt du? Aber Zeit mit dir zu verbringen, kam so unerwartet, dass es sich irgendwie angefühlt hat, als hätte ich mir das Ganze nur eingebildet.«

Ich weiß genau, was sie meint. Meine Hand landet so dicht neben ihrer, dass sich unsere kleinen Finger berühren. Dieses kleine bisschen Körperkontakt entfacht kleine Funken auf meiner Haut, sodass ich näher rücken möchte. Ich halte still, weil ich mir selbst nicht über den Weg traue.

»Ich wollte dich auch sehen«, sage ich ihr. »Es war ein langer Scheißtag.«

Ich hatte nicht vor, das zuzugeben, aber es fühlt sich gut an, es ihr anzuvertrauen.

Chess lehnt sich nach hinten, bevor sie ihre Hand auf meine legt und sie leicht drückt. Die unerwartete Berührung fesselt meine ganze Aufmerksamkeit. Es ist nur eine schlichte, Trost spendende Geste, aber ich zucke auf meinem Platz zusammen, als hätte sie stattdessen meinen Schwanz umfasst. Ich stecke mächtig in Schwierigkeiten, denn diese Frau löst etwas in mir aus, womit ich nicht umgehen kann. Doch ich ziehe meine Hand nicht weg. Kommt überhaupt nicht infrage.

Als Chess spricht, lenkt sie meine Aufmerksamkeit wieder auf unsere Unterhaltung. »Dann erzähl mir davon.«

Ich kann mich nicht erinnern, wann mich zuletzt jemand aufgefordert hat, von meinem Tag zu berichten. Wahrscheinlich noch nie.

Also erzähle ich. Und mit jedem Wort, das aus meinem Mund kommt, lässt meine Anspannung weiter nach. Nein, ich kenne Chess noch nicht wirklich. Und ja, wir führen unterschiedliche Leben. Aber ich werde das hier auf keinen Fall aufgeben. Denn wenn wir zwei alleine sind, ist alles andere weit weg. Ich werde nicht zulassen, das noch einmal zu vergessen.

7

Chess

Wenn die Leute sagen, sie hätten zu tun, meinen sie damit meistens, dass sich bei ihnen die Arbeit stapelt, während sie ein paar Stunden fernsehen und darüber jammern, wie viel sie zu tun haben.

Zum Teufel, ich kenne das, ich hab auch schon die Couch durchgesessen.

Wenn Finn sagt, dass er zu tun hat, meint er es auch so. Workouts, Teambesprechungen, Training, Spiele, Pressekonferenzen, Fernsehaufnahmen, Verpflichtungen bei Sponsoren, Charitytreffen und -besuche … Ich komme gar nicht mehr mit.

Ich höre in unregelmäßigen Abständen von ihm. Nachrichten, die er schreibt, wenn er von einem Termin zum nächsten unterwegs ist. Anrufe mit vor Erschöpfung dünner Stimme, wenn er endlich nach Hause kommt.

Manchmal muss ich ihm sagen, dass er auflegen und ins Bett gehen soll. Weil ich förmlich spüre, wie er wegdriftet.

»Ich würde lieber einschlafen, während ich mit dir rede«, antwortet er dann immer.

Und ich behaupte nicht, dass mir dann nicht ganz warm und kribbelig ums Herz wird. Aus Tagen werden Wochen. Ehe ich michs versehe, ist Finn ein fester Bestandteil meines Lebens geworden.

An einem seiner seltenen freien Samstagnachmittage fährt er mit mir ins Aquarium.

»Hier war ich noch nie«, sage ich zu ihm, als er unsere Tickets holt.

»Lass mich raten«, erwidert er. »Im Zoo warst du auch noch nie.«

»Ich war seit der Grundschule in keinem Zoo mehr.«

»Woher kommst du eigentlich, Chess? Das hast du noch nie erzählt.«

»Du auch nicht.«

»Aus La Jolla, Kalifornien«, sagt Finn stolz.

»Wow, ein Surferboy, was?«

»Woher, glaubst du, habe ich meine beeindruckende Balance und mein Gespür fürs richtige Timing?«

»Dein Ego ist auch beeindruckend. Aber eher so, dass man Sodbrennen davon kriegt.«

Er legt einen Arm um meine Schulter und drückt mich. »Wir holen dir drinnen einen Säureblocker. Jetzt verrat mir, wo du aufgewachsen bist.«

»In Brooklyn, New York.«

»Ohne Scheiß?«

»Jepp. Aber mein Dad stammt von hier. Er hat mein Loft als Anlageimmobilie gekauft, es mir dann aber nach meinem Abschluss geschenkt.« Es ist die eine große Überraschung meiner Eltern, für die ich tatsächlich extrem dankbar war. Normalerweise waren ihre Geschenke gut gemeint, zogen aber stets irgendein Drama nach sich. »Dass ich eine Hypothek auf das Loft aufnehmen konnte, um meine Kamera und die übrige Ausrüstung zu kaufen, hat auch echt geholfen.«

»Leben deine Eltern noch in New York?«

»Nein. Ich glaube, sie sind gerade in Oregon. Oder Idaho. Ich weiß es nicht so genau. Sie haben ihr Stadthaus verkauft und sich eins von diesen winzigen Häuschen zugelegt, mit denen man umherziehen kann.«

Er lacht überrascht auf. »Echt? Guckst du manchmal diese Sendung über Leute, die sich solche Minihäuschen kaufen?«

Ich zucke zusammen und kann ihm nicht in die Augen sehen. »In einer Folge geht es um Mom und Dad.«

»Ach du Scheiße. Welche?«

»Nee. Sag ich dir nicht.«

»Dann suche ich einfach nach ihrem Nachnamen«, warnt er mich.

»Verdammt.«

Glucksend drückt er noch einmal meine Schulter, bevor er mich einmal von oben bis unten mustert. »Brooklyn also. Ich schätze, dann weißt du, wie man sich in einer wilden Menge behauptet.«

Etwas an seinem Tonfall lässt mich langsamer werden, als wir den Vorraum zum Hauptbecken des Aquariums erreichen. »Was hast du vor, Mannus?«

Er zögert und reibt sich den Nacken. »Nichts Schlimmes. Du wirst auf diesem Ausflug nur noch ein paar Begleiter haben.«

Und mit ein paar meint er dreißig. Eine Gruppe Schulkinder im Alter von sechs bis dreizehn jubelt laut und ruft: »Manny!«, als wir um die Ecke biegen.

Finn klatscht jeden ab und merkt sich alle ihre Namen. Umgeben von Kindern, von denen ihm das größte gerade mal bis zur Hälfte der Brust geht, dreht er sich zu mir um und strahlt mich an. »Leute, das ist Chess, eine Freundin von mir. Sie war noch nie hier im Aquarium, deshalb müssen wir aufpassen, dass sie nicht verloren geht. Begrüßen wir sie mal alle.«

Ich winke schwach, als alle zusammen unterschiedlich enthusiastisch »Hallo Chess« rufen.

Finn zwinkert mir zu, bevor er sich wieder den Kindern zuwendet. Und ich grinse wie blöd, weil er zauberhaft zu ihnen ist – wie ein zu groß geratenes Kind, das bei der Aussicht darauf, einen Hai zu sehen oder vielleicht einen Stachelrochen zu streicheln, genauso aufgeregt ist wie sie.

Eine blonde Frau in Skinnyjeans und einem T-Shirt mit einem Schullogo darauf tritt neben mich. »Ich bin Ally, die Leiterin des Programms. Danke, dass Sie mitgekommen sind.«

»Sicher doch. Allerdings weiß ich eigentlich gar nicht so richtig, worum es geht.«

»Wir sind ein außerschulisches Sportprojekt für Kinder, das unterstützt und finanziell gesponsort wird von Mr Mannus …« Sie errötet leicht. »Von Finn, meine ich. Er sagt mir ständig, dass ich ihn beim Vornamen nennen soll. Wie dem auch sei, dieser Ausflug ist einer von vielen, die Finn übers Jahr mit den Kids veranstaltet.«

Wir unterhalten uns, während Finn sich mit der Gruppe auf die Suche nach den Haien macht. Doch sobald wir stehen bleiben, werde ich in seine Umlaufbahn gezogen. Mit seiner großen Hand umschließt er meine, während er den Kindern erzählt, dass sein Lieblingshai der Hammerhai ist. Dafür erntet er viel Zustimmung.

»Welcher ist dein Lieblingshai, Miss Chess?«, fragt mich ein etwa achtjähriger Junge.

»Hmmm …« Ich tue so, als würde ich überlegen. Ich nehme den Walhai.«

Der Kleine guckt unbeeindruckt, aber ein paar andere melden sich zu Wort und stimmen mir zu, dass der Walhai super ist.

Sie sausen zum nächsten Panoramafenster. Finn und ich folgen ihnen. Er hat meine Hand nicht losgelassen. Aber das stört mich nicht. Seine ist groß und warm, die Kraft in seinen Fingern ist auf eine sanfte Umklammerung gezügelt. Eine Hand, die im Profi-Football um die fünfzig Millionen Dollar wert ist. Und sie hält mich fest, als wäre ich die Wertvolle.

»Tut mir leid, dass ich dich nicht vorgewarnt hab«, flüstert er mir ins Ohr.

Kleine Schauer laufen über meine Haut. Ich ignoriere das Gefühl. »So langsam glaube ich, du magst Überraschungen.«

»Stimmt.«

»Danke, dass ich hier dabei sein darf. Du bist toll zu ihnen.«

»Kinder sind easy. Total natürlich und zu allem Spaß bereit. In etwa so wie Footballspieler.« Er drückt meine Hand leicht. »Du möchtest also nicht schreiend davonlaufen?«

Ich bin mir nicht sicher, ob er das auf die Kinder bezogen meint oder auf Footballspieler. Egal, die Antwort ist dieselbe. »Nur wenn du versuchst, mich zu überreden, einen Stachelrochen anzufassen.«

»Also Chess, du forderst mich im Grunde dazu heraus.«

Ehe ich darauf antworten kann, werden wir von den Kindern umringt, die gemerkt haben, dass ihr Held nicht mehr in ihrer Mitte ist. Finn lässt mich nicht los, und so werde ich mit ihm mitgezogen.

Als wir durch sind, weiß ich mehr über Fische und das Leben unter Wasser, als es wahrscheinlich nützlich ist, und bin ein bisschen angesteckt von der Heldenverehrung für Finn. Wie denn auch nicht? Schließlich hebt er jedes Kind hoch, das besser sehen können möchte. Schließlich nimmt er sich die Zeit, sämtlichen Mitarbeitern die Hand zu schütteln, und sie zu beruhigen, wenn sie aufgeregt sind.

Die Eltern kommen und Finn macht ein Foto mit jedem, der darum bittet. Jedes Mal grinst er breit, als stünde er neben einem guten Freund.

Finn mag es zwar hassen, vor Profikameras zu posieren. Aber diesen Teil seines Lebens liebt er eindeutig.

Er beendet die Tour, indem er T-Shirts mit seiner Trikotnummer verteilt.

»Du hast deiner Freundin gar keins gegeben«, stellt ein sechsjähriges Mädchen ernst fest. »Da wird sie traurig sein.«

Ich überlege noch, ob es sich lohnt, klarzustellen, dass ich nicht Finns Freundin bin und auch nicht traurig sein werde, als Finn meinem Blick begegnet. Ein schelmisches Lächeln umspielt seine Lippen. »Da hast du recht, Maisey. Aber ich habe keine T-Shirts mehr.« Er nimmt seine Baseballkappe ab, auf der das Logo seines Teams prangt. »Glaubst du, die ist okay für sie?«

»Wenn sie sie nicht will«, sagt ein älteres Kind in breitem Südstaatenakzent, »dann nehme ich sie!«

Finn schüttelt den Kopf. »Du hast schon dein T-Shirt, Darrius. Mein Mädchen hier braucht etwas Besonderes.« Er blickt über die Kinderschar. »Mädchen mögen besondere Sachen.«

So einige Jungs würgen. Aber ein paar Mädchen kichern.

Und ich? Ich versuche gleichzeitig, nicht rot zu werden und mir zu verkneifen, wegen seiner Mätzchen die Augen zu verdrehen.

Finns Gesichtsausdruck dagegen ist sanft und herzlich, als er mir die Schirmmütze aufsetzt und mir geschickt die Haare hinter die Ohren streicht. Das Cap ist zu groß und rutscht mir tief in die Stirn. Ich sehe wahrscheinlich dämlich aus, nehme es aber nicht ab.

Kurzer Jubel ertönt. Und ehe ich michs versehe, stürzt Finn sich vor und gibt mir scherzhaft einen Schmatzer auf die Wange. Ich spüre seine warmen Lippen wie einen Abdruck auf der Haut, der noch bleibt, nachdem er sich längst wieder zurückgezogen hat.

Verlieren ist scheiße. Als Quarterback zu verlieren ist scheiße hoch drei. Und mir ist latte, was behauptet wird; wenn die Offense einbricht, ist der QB schuld. Verdammte Schönwetterreporter stürzen sich drauf, alles runterzumachen: Lässt Mannus nach? Kommt er mit dem Druck klar? War er nur diesen Abend nicht gut drauf, oder ist es ein Vorzeichen, wohin die Reise geht?

Ich liege auf dem Rasen, ein Hundertvierzig-Kilo Brocken von Lineman quer über meinen Hüften. Mein Kopf dröhnt, weiße Punkte tanzen hinter meinen Lidern. *Fuck, der Aufprall tat vielleicht weh.* Einen Moment lang kann ich nicht atmen. Mein ganzer Körper schreit innerlich: *Was für eine Scheiße?!?* Davis, der Lineman, der mich umgemäht hat wie ein Panzer mit Nitro-Antrieb, hebt den Kopf und grinst mich an, als wäre ich seine neue Bitch. Ich will aufstehen und ihm zeigen, dass seine Anstrengung umsonst war, aber mir schwirrt immer noch der Kopf, und ich spüre meine Beine nicht.

»Kann ich nächstes Mal noch ein bisschen mehr davon, bitte?«, frage ich gelassen.

Sein Grinsen vergeht ihm ruckzuck, und er springt auf – Angeber.

Ich bin nicht so schnell, weil mir alles immer noch wehtut wie Sau. »Netter Schlag, Kumpel«, sage ich und strecke ihm eine Hand hin. *Hilf mir hoch, Arschloch.* Aber ich lächle dazu, als wäre alles gut.

Hab ich schon erwähnt, dass zur Kunst des Footballspiels gehört, den Gegner mental fertigzumachen? Genau genommen gefällt mir das mit am besten daran. Ich mag zwar umgenietet werden, aber seid versichert, dass ich es dem Wichser heimzahlen werde, indem ich ihm den Wind aus den Segeln nehme.

Leicht irritiert hilft Davis mir schweigend hoch und schüttelt dann lachend den Kopf.

Ich lache ebenfalls, ignoriere meine schmerzenden Rippen – das werde ich morgen Abend richtig merken – und gebe ihm einen freundschaftlichen Klaps auf die Schulter, bevor er davonjoggt.

Erst als meine Jungs mich umringen, lasse ich das Lächeln sein. »Dex«, sage ich zu meinem Center. »Keine Ahnung, welche Laus dir über die Leber gelaufen ist, aber reiß dich zusammen und pass auf.«

Er steht schon während des gesamten Spiels neben sich und hat die Defense beim letzten Spielzug total falsch gelesen. Was darin resultierte, dass ich ehe ich michs versah, gesackt wurde. Ich bin mir ziemlich sicher, es macht ihm zu schaffen, dass die Presse in seinem Privatleben rumschnüffelt, aber wir haben hier einen Job zu erledigen.

Er nickt verdrießlich. »Verstanden.«

Ich klopfe ihm auf den Helm. »Guter Mann.«

Aber die Sache ist aussichtslos. Dex' Zustand breitet sich wie eine Krankheit in der Offense aus. Kurz darauf verbocken es alle. Jake und Rolondo lassen Pässe fallen. North, mein Tight End, schafft keine Yards Raumgewinn. Mein Runningback Moorehouse wird übel umgenietet, und sie tragen ihn in die Umkleide, um ihn zu untersuchen.

Was mich angeht, auf mich wird eingedonnert wie auf eine verdammte Piñata. Ich versuche mich zu konzentrieren. Ich könnte genauso gut versuchen, Wasser mit den Händen zu halten. Die ganze Zeit über kriegen der Coach und meine Offense Coordinators cholerische Anfälle. Von denen ich die meisten über das Mikro in meinem Helm auf die Ohren kriege.

Dass dies ein Auswärtsspiel ist und die Menge unsere Niederlage euphorisch feiert, hilft auch nicht gerade.

Irgendwie dringt der entfernte Ruf: »Friss Dreck, Mannus, du Weichei«, durch den Lärm der Menge herüber. Super.

Das Spiel ist, wie Chess sagen würde, ein einziger Scheiß mit Reis.

Als wir geschlagen und ernüchtert vom Spielfeld humpeln, möchte ich nur noch in eine heiße Wanne steigen und einen Mundvoll Schmerzmittel schlucken. Aber dazu werde ich nicht kommen. Ich werde erst von meinem Coach und dann von der Presse zusammengefaltet werden.

Ich werde auf einem Podest stehen, Scheinwerfer auf mein Gesicht gerichtet, und einfühlsame Fragen beantworten wie: »Denken Sie, Sie hätten etwas besser machen können?« Ja, ich hätte verdammt noch mal gewinnen können. Oder: »Denken Sie, Sie haben verloren, weil es Ihnen in der zweiten Hälfte nicht gelungen ist, Punkte zu machen?« Wenn man bedenkt, dass dieses Spiel nach Punkten entschieden wird, würde ich schon sagen, keine Punkte zu machen, hatte etwas damit zu tun.

In dem feuchten, hallenden Gang, der in die Kabine führt, wende ich mich an Jake, der müde neben mir geht. »Erinner mich noch mal dran.«

Da ich diese Frage immer stelle, wenn wir einen Scheißtag haben, zögert er keine Sekunde. »Fünfzehn Millionen Dollar Antrittsbonus.«

»Den werd ich für neue Hüften mit vierzig auf die hohe Kante legen müssen.«

»Mit fünfunddreißig«, kontert er lässig. »Und kriegen wir Hüften aus reinem Gold?«

Ich lache. »Ich mache ganz auf Cyborg. Probier's noch mal.«

Jake grinst süffisant. »Willige Frauen in jeder Stadt.«

»Ich bin zu müde zum Poppen.«

Jake wirft mir einen kurzen Blick zu. »Mann, du bist heute vielleicht ein Trauerkloß.«

Er hat recht. Ich bin voll im Selbstmitleidsmodus. »Ich finde mich selber deprimierend«, gestehe ich.

»Deshalb musst du auch mal ein bisschen Dampf ablassen. Ich geh Party machen, sobald wir wieder zurück sind. Willst du mitkommen?«

Ich schüttele bereits den Kopf. »Ich fahr nach Hause, leg mich in die Wanne und geh schlafen.«

»Jesses, jetzt hörst du dich echt an wie ein alter Mann.«

Mag sein. Aber die Aussicht, auszugehen, um eine für eine schnelle Nummer zu finden, reizt mich überhaupt nicht. Ich würde lieber Chess anrufen und fragen, ob sie Lust hat, essen zu gehen. Und genau das macht mich wirklich zu einem traurigen Trottel.

Ich komme nicht dazu, weiter darüber nachzusinnen. Denn als wir bei der Kabine ankommen, holt mich die Realität meines Jobs wieder ein.

Grimmig gehe ich durch die Tür und stelle mich darauf ein, meine Leistung und meine Männer zu verteidigen.

Chess

Ich bin trübselig. Finn hat ein Auswärtsspiel, und James ist wieder mit Jamie in New York. Es ist sein zweiter Besuch und ich glaube, das zwischen ihnen wird allmählich was Ernstes.

Ich habe zwei Nachrichten von James bekommen. Ein Selfie von ihm und Jamie im Central Park beim Bethesda-Brunnen und ein zweites von den beiden mit ganz knautschigen Grinsegesichtern am Times Square, nachdem sie das Musical Hamilton gesehen hatten – die verdammten Glückspilze. Beim Anblick der Bilder hatte mich ein Anfall von Heimweh gepackt.

New Orleans ist inzwischen mein Zuhause. Aber es gibt Tage, da vermisse ich die Schnelllebigkeit von New York. Manchmal, wenn ich ein Auto hupen höre, schließe ich die Augen und denke an die ganzen Taxis und Autos und Lkw, die sich den Platz auf den Straßen streitig machen. Dann erinnere ich mich an den Lärm und das Geknatter und Geratter, wenn die Stadt um mich herum pulsiert.

Aber dann setze ich mich auf meinen Balkon, atme die warme Luft ein, die nach Basilikum duftet, der noch wächst, obwohl schon Herbst ist, und fühle mich wiederhergestellt.

Was aber nicht verhindert, dass ich einsam bin.

Ich habe noch andere Freunde, die ich anrufen könnte. Freundinnen, mit denen ich mich schon länger nicht getroffen habe.

Aber die sind es nicht, wen ich wirklich sehen möchte.

Finn hat mich ziemlich regelmäßig angerufen und mir geschrieben. Aber das ist nicht dasselbe. Wenn er in der Stadt ist, finden wir Zeit, uns zu treffen, selbst wenn wir nur schnell zusammen einen Happen essen. Wenn er weg ist …

Fühle ich es.

Heute hat er mir ein Paket mit Eiscreme geschickt. Eisgekühlt und von einem Kurier geliefert, kamen ein Dutzend verschiedene Sorten. Es ist das beste Geschenk, das ich je bekommen habe.

Vor Freude geht ein kleiner Ruck durch mich hindurch, als ich meine Eisvorräte begutachte. Es gibt eine Sorte namens *Amarena*, was, wie sich herausgestellt hat, Sahneeis mit herbsauren Kirschen ist, das von glänzend dunkelroten Strudeln aus Kirschsauce durchzogen ist.

Ich esse es mit einem Löffel direkt aus der Packung und lasse es langsam auf meiner Zunge zergehen. Ich liebe Eis, aber dieses Zeug hier? Das schmeckt wie Sex. Ich lecke das kalte, gebogene Metall des Löffels ab und denke an Rinnsale aus Kirschsahne, die an festen Bauchmuskeln hinunterlaufen.

»Jesses«, murmele ich gerötet und fahrig. »Ich muss dringend mal flachgelegt werden.«

Von der anderen Seite des Flurs schallen die fast schon irren Klänge von Miles Davis in voller Lautstärke herüber. Mein Nachbar Fred liebt Jazz. Und ist offenbar fast taub. Ich schaue finster in Richtung der Tür und nehme mir noch einen Löffel von der kalten, cremigen Sünde.

Den schrillen Schrei und den leichten Geruch nach Ozon registriere ich kaum. Doch dann bricht Miles Davis plötzlich ab und das Piepen des Feuermelders bringt mich dazu, mich umzudrehen.

Fred schreit, das Geräusch hallt in seinem Loft wider.

Ich verspanne mich und will gerade nachsehen, was los ist, als es in der Nähe meiner Küche mehrmals laut knallt. Im Nu fliegen Funken aus mehreren Steckdosen. Und dann ist es, als stünde ich mitten in einem Feuerwerk. Funken sprühen, Feuer flammt auf und züngelt in heißen Linien über den Putz und hoch an die Decke.

Eine schreckliche Sekunde lang bin ich in Schockstarre. *Elektrobrand* und *Du bist am Arsch* huscht es durch meinen Kopf und dann springe ich auf. Das Herz schlägt mir bis zum Hals, als ich den Laptop schnappe, der neben mir auf dem Tresen steht, und mit der anderen Hand den Löffel umklammere.

Feueralarm heult. Als ich zur Tür hinausrenne, laufe ich gegen eine Wand aus schwarzem Rauch. Die Tür zu Freds Loft steht offen, die Wohnung steht in Flammen.

»Fred!« Der Rauch bringt mich zum Husten, das Feuer drängt mich zurück. So eine Hitze habe ich noch nie gespürt. So stark, dass es mir die Haut versengt und mir in den Augen brennt.

Wenn er da drin ist, kann ich ihm nicht helfen. Der Gedanke erfüllt mich mit Entsetzen.

Geduckt taumele ich die Treppe hinunter, wobei mein Löffel klirrend zu Boden fällt. Über mir setzt die Sprinkleranlage ein. Wasser regnet stechend herab und die Betonstufen werden rutschig. Ich umklammere das Metallgeländer und taste mich weiter.

Im ersten Stock gesellt sich ein Mann zu mir, und wir legen den Weg gemeinsam so schnell zurück wie wir können. Wir sind fast unten angekommen, als Fred mit rußbedecktem Gesicht die Stufen hinaufgerannt kommt, sein verschlissener Bademantel weht ihm um die dünnen Beine.

»Meine Platten!«, ruft er wie von Sinnen.

Ich strecke meine freie Hand aus und versuche, ihn aufzuhalten, aber er rennt gegen mich und wir werden beide mit Wucht umgeworfen. Mein Computer fliegt durch die Luft, ich strecke eine Hand hinter mich, um den Sturz abzufangen.

Der Aufprall auf dem Boden kommt so schnell und so heftig, dass der Schmerz unausweichlich ist. Er flammt gleichzeitig in meinem Handgelenk und in meinem Po auf, während ein Lichtblitz hinter meinen Lidern explodiert. Mit einem Keuchen stoße ich den Atem aus. Ich kann meinen Arm nicht bewegen. Freds knochiges Knie bohrt sich in meinen Bauch. Ich könnte hier sterben, eingehüllt in Rauch und Freds billigen Chenille-Bademantel.

Fick dich, Fred.

Dann rollen schwarzer Rauch und sengende Hitze über mich hinweg, und alle Gedanken an Fred verflüchtigen sich, sodass nur noch die Wahrheit bleibt: Ich könnte wirklich sterben.

8

Finn

»Ich hasse fliegen«, grummelt Dex neben mir. »Und ich hasse es, einen Anzug zu tragen.«

Da wir direkt von dem, was man als »Das Grützspiel« bezeichnen wird, zum Flieger gefahren sind, hatte keiner von uns die Zeit, sich umzuziehen. Die meisten Jungs haben die Krawatten abgenommen. Dex hat sein Jackett auf der Armlehne zusammengeknüllt und drückt gerade seinen breiten Ellbogen hinein, als wollte er das arme Teil zu Pulver zermahlen.

»Fliegen ist ätzend.« Um das klarzustellen, wir haben es gut in der ersten Klasse. Die Sitze sind breit, und das Essen ist in Ordnung. Aber das Fliegen schafft einen trotzdem. Es hat etwas Einsames. Besonders, wenn man in ein leeres Haus zurückkehrt. Früher hat mir das gefallen. Wenn ich den ganzen Tag mit meinem Team zusammen gewesen war, sehnte ich mich danach, Zeit für mich allein zu haben. Wenn ich mir jetzt vorstelle, wie ich in meine dunkle Wohnung komme und mir etwas Reis mit Hähnchen aufwärme, um dann vor dem Fernseher zu essen, dann ist das … einfach ätzend.

»Aber immer wenn ich mich über Anzüge beschweren will«, sage ich zu Dex, »denke ich daran, was Frauen so tragen, und halte meine verdammte Klappe.«

Als Dex grinst, sieht er mit seinem dichten Bart regelrecht wie ein Söldner aus. »Ja. Die High Heels sind echt das Allerletzte. Ich weiß nicht, wie sie darauf gehen. Wenn sie allerdings aufhören würden, diese hübschen BHs und Höschen zu tragen, würde ich wahrscheinlich in Tränen ausbrechen.«

Wegen seiner leicht geröteten Wangen nehme ich an, dass er ganz bestimmte Dessousmodelle im Kopf hat.

»Denkst du an dein Mädchen, Dexter?« Grinsend stoße ich ihm leicht den Ellbogen in die Seite.

Dex lehnt den Kopf nach hinten und schließt die Augen, als würde er Schmerzen leiden. »Ich versuche, es zu vermeiden. Macht es nur noch schlimmer, verstehst du?«

Ich hätte fast erwidert, dass ich es tatsächlich verstehe – die Antwort kommt so spontan, dass ich sogar ein gurgelndes Geräusch ausstoße. Denn was zum Geier …? Ich habe keine Freundin.

An wen hast du dann die ganze Woche gedacht, verdammt? Wieso fühlt sich dein leeres Apartment auf einmal nicht mehr wie ein Zufluchtsort an, sondern wie eine Grabkammer?

Fakten kann man nicht leugnen.

Ich vermisse Chess. Ich vermisse sie wie die Luft zum Atmen.

Ich fahre mir mit einer Hand übers Gesicht und unterdrücke ein Stöhnen. Bringt überhaupt nichts. Mir schwirrt immer noch nur Chess im Kopf herum. Gott, ich habe ihr doch tatsächlich ein Carepaket mit Eis geschickt. Und fühlte mich so aufgeregt wie ein Zwölfjähriger, als ich mich gefragt habe, ob sie es mögen und welche Sorte sie wohl als Erstes probieren wird.

»Dein Mädel«, sage ich zu Dex. »… ist also Ivy Mackenzies Schwester?« Ivy Mac, wie sie in unseren Kreisen genannt wird, ist eine aufstrebende Sportagentin und die Frau von Gray Grayson, einem brillanten Tight End, der leider nicht für uns spielt.

»Genau.« Dex' Miene kann man nur als verträumt bezeichnen. Ich frage mich, ob ich auch bald so ein Gesicht machen werde. Vielleicht hab ich das ja schon. *Scheiße*.

Dex spreizt die Finger seiner riesigen Hände, bevor er sie zu Fäusten ballt. »Hab sie das erste Mal gesehen, als ich noch auf dem College war. In Ivys Haus. Wusste gleich, dass sie die Richtige für mich ist.«

»Aber das zwischen euch ist bloß was Lockeres?«

Dex wirft mir einen Seitenblick zu. Ich verstehe. Wir reden normalerweise nicht über Beziehungen. Mein Gott, Dex *redet* normalerweise überhaupt nicht. Aber dankenswerterweise fragt er mich nicht, warum ich so neugierig bin. Stattdessen zuckt er mit einer seiner massigen Schultern. »Der Zeitpunkt war nicht der richtige. Ich hab mir selbst eingeredet, es sei das Beste so und dass ich noch nicht bereit wäre – diesen ganzen Scheiß eben.«

Stumm nicke ich.

»Jetzt, wo ich … wo wir …« Dex wird doch tatsächlich rot und räuspert sich. »Auf dem Spielfeld gibt's kein Zögern. Kommt mir verdammt dämlich vor, im Leben zu zögern.«

Er hat recht. Beim Football hab ich noch nie gezögert.

Während ich auf die Rückenlehne vor mir starre, komme ich mir auf einmal vor, als wäre ich dabei ertappt worden, wie ich etwas Falsches tue. Ich rutsche auf meinem engen Sitz herum und versuche, Platz zu finden, wo keiner ist. »Was, wenn …« Während ich mir über meine trockenen Lippen lecke, ist mir nur allzu bewusst, dass Dex mich still beobachtet. »Was, wenn man nicht weiß, *was* man will? Sondern nur, dass man mehr möchte als das, was man hat?«

»Sprichst du von Chess?«

Als ich Dex einen schnellen Seitenblick zuwerfe, zieht er eine Augenbraue hoch. »Schätze, dir ist nicht bewusst, wie oft du von ihr redest.«

Meine heißen Wangen kommen davon, dass es verdammt heiß im Flugzeug ist und ich meine blöde Anzugjacke anhabe. Von nichts anderem.

Dex hat den durchdringenden Blick eines Sportagenten am Draft Day.

»Okay, na gut«, stoße ich hervor und seufze dann. »Ich denke an sie. Und das oft.« *Immer.* »Wir sind Freunde, aber …«

»Du willst mehr«, unterbricht mich Dex mit einem feierlichen Nicken, von dem ich sicher bin, dass es seine Version von »Ach, was du nicht sagst« ist.

»Tja, das ist es ja gerade.« Ich reibe mir den verspannten Nacken. »Chess sucht eine Beziehung. Sie hat weiß Gott eine verdient. Ja, ich will sie.« *Welch eine Untertreibung.* »Und ich weiß, dass sich das nach einer einmaligen Nummer nicht legen wird.«

Ich bin weder dumm noch ignoriere ich die Bedürfnisse meines Schwanzes; wenn man jemanden so sehr begehrt, ist nicht anzunehmen, dass es sich nach ein Mal Vögeln erledigt haben wird.

»Aber …«, sagt Dex vor.

»Wenn ich mir mehr als das vorstelle, schaltet mein Verstand ab. Und ich bekomme keine Luft.« Ich bin nicht stolz darauf. Aber es ist die Wahrheit.

Als ich mich zwinge, Dex anzusehen, stelle ich fest, dass er mich stirnrunzelnd anschaut. Er schweigt und ich könnte schwören, der Schweinehund macht das, um mich ins Schwitzen zu bringen. Ich will ihm gerade sagen, dass er das ganze Gespräch einfach vergessen soll, als er schließlich etwas sagt.

»Liegt dir was an ihr?«

»Ja.«

»Auch ohne Sex?«

»Herrje. Ja, okay? Ich bin kein totales Schwein.«

Er nickt wieder. »Dann lass die Sache sein, bis du dir sicher bist. Sonst machst du sie nur kirre im Kopf, und das wäre nicht in Ordnung.«

Die Muskeln in meiner Brust verkrampfen sich, und die stickige Flugzeugluft drückt auf mich nieder. »Du hast recht.«

Es tut weh, das zu sagen. Eine Stimme in meinem Kopf protestiert wie bescheuert dagegen, dass ich Dex zustimme. Wahrscheinlich kommt sie von meinem Schwanz, dem egoistischen Bastard. Allerdings ist es der Bereich um mein Herz, der wehtut.

Das Flugzeug neigt sich und geht in den finalen Landeanflug. Unter uns ist New Orleans ein schwaches Glitzern auf der einen Seite, mit der riesigen Fläche des Lake Pontchartrain ein tintenschwarzer Fleck auf der anderen.

Zu Hause.

Chess ist da unten. Meine Hand zuckt, so groß ist das Verlangen, mein Handy rauszuholen und ihr zu schreiben. Aber die Flugbegleiterin hat Gruben schon gerügt, weil er getextet hat. Und ich sollte wirklich besser Dex' Rat befolgen und mich für eine Weile von Chess zurückziehen. Sie nicht bei jeder Gelegenheit zu sehen wird mir bestimmt helfen, einen klaren Kopf zu bekommen.

Andererseits hat Dex mich vor dem Sex gewarnt, nicht vor einer Freundschaft. Ich kann trotzdem noch mit Chess befreundet sein.

Sobald wir gelandet sind, hängen alle über ihren Handys. Ich eingeschlossen.

BigManny: Bin grad gelandet. Was machst du, Chester?

Sie antwortet nicht.

Ich stecke mein Handy ein und versuche, nicht ungeduldig zu sein. Es ist schon Abend. Vielleicht isst sie gerade. Oder ist unterwegs. Auf einem Date. Also, die Vorstellung gefällt mir gar nicht.

Ich hole mein Handy noch mal raus. Nichts.

BigManny: Unterwegs?

Nichts.

Ich möchte es dabei belassen; sie ist nicht verpflichtet zu antworten. Aber es fühlt sich falsch an. Als würde etwas nicht stimmen. Stirnrunzelnd stakse ich das Gate entlang, während meine Teamkameraden wild durcheinander reden.

Rolondo, dessen Blick an seinem Handy klebt, bleibt auf einmal stehen. »Scheiße«, sagt er, dreht sich um und sieht mich an.

Plötzlich kribbelt meine Haut. »Was?«

»Ist das nicht das Haus von deiner Fotografin?« Er gibt mir sein Smartphone, auf dem ein Nachrichtenbeitrag läuft.

Ich habe das Gefühl, das Herz bleibt mir stehen. Denn Chess' Haus ist ein flammendes Inferno. Ich kriege keine Luft. Für eine Sekunde kann ich nicht mal mehr etwas sehen.

Das Herz klopft mir bis zum Hals, als ich losrenne. *Wenn sie tot ist …*

Nein. Nein. Nein.

Es muss ihr gutgehen. Es *muss*.

Chess

So fühlt sich also ein Schock an. Ich habe mich immer für eine Kämpfernatur gehalten. Wenn mir das Leben eine verpasst, schlage ich zurück. Doch nun sitze ich hier, nach Rauch stinkend, und bin unfähig, etwas anderes zu tun als auf einen rostroten Fleck am Boden zu starren. Ist das Blut? Jod?

Ein beständiger pochender Schmerz geht durch mein Handgelenk. Meine rechte Pobacke tut so weh, dass ich mich zur Entlastung auf die linke lehne. Ich schätze, dort bildet sich gerade ein riesiger blauer Fleck, aber es hat niemand nachgesehen, und ich möchte es lieber auch nicht. Alles andere fühlt sich taub an. Das Gewusel in der Notaufnahme ist ein Summen in meinen Ohren. Auf meinem Platz hinter dem dünnen Vorhang, der um mich herum zugezogen ist, erscheinen die Geräusche seltsam losgelöst von ihrer Quelle. Eine Frau fängt an zu würgen. Mein Magen rumort.

Ich bin schon seit Stunden hier. Alles geht in Zeitlupe vor sich. Aber ich bin endlich versorgt und kann gehen. Und dennoch sitze ich hier.

Ich kann nicht ewig hierbleiben. Doch ich rühre mich nicht. Es geht nicht. Ich kann nirgendwo hin.

Panik lauert am Rand meines Bewusstseins und versucht, über mich herzufallen. Ich vergrabe sie ganz tief unten, damit sie mich nicht kriegen kann.

Ich werde nicht weinen. Ich werde nicht weinen. Nein.

Aber ich habe Angst. Ich habe kein Zuhause. Niemanden, der mich tröstet. Die Einsamkeit ist ein klaffendes Loch, das mich voll und ganz zu verschlingen droht. Ein leichtes Zittern beginnt tief in meinem Bauch, um sich dann in sämtliche Richtungen auszubreiten.

Jemand rennt durch den Flur, sodass die Sohlen auf dem Linoleum quietschen. Mein Vorhang wird mit einem Ratschen zurückgezogen.

Mit einem Stirnrunzeln im Gesicht und einem perfekt geschnittenen marineblauen Anzug am Leib kommt Finn großen Schritts auf mich zu.

Das Bedürfnis zu weinen kriecht meinen Hals hinauf. Ich schlucke es heftig blinzelnd hinunter.

»Mein Laptop ist kaputt«, sprudelt es kraftlos aus mir heraus.

Er bleibt erst stehen, als er mich in eine kräftige Umarmung gezogen hat. »Süße«, sagt er in mein feuchtes Haar.

Nicht weinen. Nicht weinen.

Ich lehne den Kopf an sein sauberes Jackett und sauge den Geruch nach Wolle und Seife ein. Er ist so warm und fest, dass das Eis um mein Herz sofort zu schmelzen beginnt. Er streicht mir übers Haar und löst sich dann von mir, um mir in die Augen zu sehen. Bei dem Mitgefühl in seinem Blick zieht sich mein geschundenes Herz zusammen. »Geht es dir gut?«, fragt er besorgt.

Nein. Überhaupt nicht.

»Verstauchtes Handgelenk. Aber ich werde leben.«

Nur weiß ich nicht, wo.

Finn berührt den Verband, den sie mir angelegt haben, dann lässt er die Finger tiefer wandern und streicht zart über meine Fingerknöchel. »Das tut weh, ich weiß.«

»Woher wusstest du, dass ich hier bin?«

Warum trägt er einen Anzug? Gott, er sieht gut aus im Anzug.

»Jemand hat die Abendnachrichten geguckt, nachdem wir gelandet waren.« Finn macht ein gequältes Gesicht. »Die haben dein Haus gebracht.«

»Ah.« Diesen Anblick möchte ich mir nicht noch mal vor Augen halten.

Er legt die Hände fest um meine Schultern. »Das hat mir eine Scheißangst eingejagt, Chess. Ich wusste nicht, ob du da drin bist …« Er verstummt und zieht mich noch einmal in eine Umarmung. Fester diesmal. »Dein Nachbar, ein Kerl namens Fred, war noch dort. Er hat mir gesagt, wo du bist.«

Ich schätze, dafür muss ich Fred dankbar sein.

Finn schaut auf mich herunter, als ich leise schnaubend lache. Und er presst die Lippen aufeinander. »Du hättest mich anrufen sollen.«

»Ich hab vergessen, mir mein Handy zu schnappen, als das Feuer ausbrach.« Ich lache erneut, aber es fühlt sich nicht gut an. »Ich weiß keine einzige verdammte Nummer auswendig. Ist das nicht erbärmlich? Nicht mal James' Nummer ist mir eingefallen, dabei kenne ich ihn schon seit zehn Jahren. Das spielt allerdings sowieso keine Rolle, er ist nämlich gerade in New York.« Ich beiße mir auf die Unterlippe, damit ich nicht noch weiter rumblubbere.

Finn setzt ein mitfühlendes schiefes Grinsen auf. »Ohne mein Handy wäre ich am Arsch.«

Ich schnaube, während ich gegen das Brennen hinter meinen Lidern ankämpfe. »Tja, ich bin definitiv am Arsch.«

Er verzieht das Gesicht und zieht den Kopf ein. »Scheiße. Sorry. Ich bin mies in so was.«

Ich persönlich finde, dass er gerade ziemlich perfekt ist. »Schon okay. Ich weiß, was du meintest. Ich bemitleide mich nur gerade selbst.«

»Nein, Süße«, sagt er bestimmt. »Du darfst dich fühlen, wie immer du willst.« Er sieht aus, als wollte er noch mehr sagen, legt aber bloß eine seiner riesigen Hände auf meine Schulter und umhüllt sie mit Wärme. »Bist du fertig zum Gehen?«

Ich nicke in Richtung des Klemmbretts auf dem Rolltisch. »Ich muss erst noch ein paar Formulare ausfüllen.«

Er schaut auf meine verbundene Hand und nimmt dann das Klemmbrett. Mit dem Hintern lehnt er sich gegen das Bett, den Stift hat er einsatzbereit. »Diktier mir die Antworten.«

Ein Kloß bildet sich in meinem Hals, und als ich schwer schlucke, schmecke ich Asche. Langsam beantworte ich die Fragen, und er schreibt alles gewissenhaft auf.

Die folgenden dreißig Minuten gehen für mich in einem Nebel unter: Finn, der zur Krankenschwester geht, um mit ihr zu reden und ihr meine Formulare zu geben; Finn, der meinen kaputten Laptop nimmt, mir die Hand auf den Rücken legt, mich hinausgeleitet; die schlagartige frische Luft, als wir die Notaufnahme verlassen; Finn, der die Tür seines SUV aufmacht und mir beim Einsteigen hilft.

Erst als wir losfahren und mein geschundener Körper sanft in den edlen Ledersitz einsinkt, schaffe ich es, zu reden. »Wohin fahren wir?«

»Nach Hause.« Er umfasst das Lenkrad fester. »Zu mir nach Hause.«

Ich nicke, weil ich nicht weiß, was ich sagen soll. Ich hatte vorgehabt, mir ein Hotelzimmer zu nehmen. Eine leise Stimme in mir jammert, dass sie nach Hause möchte. Ich bin noch nie obdachlos gewesen. Es fühlt sich an, als hätte ich ein großes Stück meiner Identität eingebüßt. Ich atme einmal tief durch und konzentriere mich fest auf die Straße vor uns. Andernfalls muss ich an alle meine Sachen denken, die jetzt verbrannt oder durchnässt sind, und dann werde ich losheulen.

Am Rand des French Quarters hält Finn vor einem umgewandelten Fabrikgebäude mit Blick auf den Mississippi. Ein Portier eilt herbei, und Finn gibt ihm die Autoschlüssel.

Als wir vor seiner Wohnung ankommen, fühlt sich mein Handgelenk inzwischen an, als wäre es in einem Schraubstock zerquetscht worden. Ich halte es gegen meine Brust und folge Finn hinein. Mit den unverputzten Backsteinwänden, den breiten Dielen und den hohen Decken erinnert mich seine Wohnung an meine eigene. Aber während meine ein Loft ist – scheiße, *gewesen* ist –, gibt es in seiner abgeteilte Räume.

Mit einer Hand auf meinem unteren Rücken führt er mich durch einen breiten Eingangsflur in den Wohnbereich. Es ist eine Männerbude, aber eine edle: ein Couchtisch aus recyceltem Holz, große lederne Clubsessel, eine graue Couch, in der man versinken könnte, und ein riesiger Fernseher mit, wie es aussieht, drei verschiedenen Spielkonsolen. Bogenfenster gehen auf den Fluss hinaus, der im Mondlicht glitzert.

»Hast du Hunger?«, fragt er mich abwartend.

»Nein, ich bin bloß müde.«

Er nickt, als hätte er sich das schon gedacht, und führt mich einen weiteren Flur entlang. Hinter der ersten Tür ist ein Schlafzimmer. Auf den ersten Blick denke ich, es wäre seins, weil es so groß und vollständig eingerichtet ist. Aber die spitzenbesetzte weiße Tagesdecke und die vielen Dekokissen auf einem Himmelbett aus Mahagoni mit hübschen Schnitzereien haben einen leicht femininen Touch, weshalb ich mir einfach nicht vorstellen kann, dass er sich so etwas für sein Schlafzimmer ausgesucht hat. Genauso wenig, wie es für mich ins Bild passt, dass er sich auf einen der schmalen kleinen Sessel mit den Leinenüberwürfen setzt, die vor dem Kamin stehen.

Er legt meinen kaputten Laptop auf ein Sideboard. »Meine Mom schläft in diesem Zimmer, wenn sie zu Besuch ist. Hier drüben ist ein Bad.« Als er eine Tür aufmacht, erhasche ich einen Blick auf eine frei stehende Badewanne mit Löwenfüßen und noch mehr unverputzte Backsteinwände. Plötzlich sehne ich mich schmerzlich nach einem heißen Bad.

Finn bemerkt meinen Blick. »Soll ich dir ein Bad einlassen? Es wird einen Moment dauern, bis die Wanne voll ist.«

»Okay.«

Während er die Wasserhähne aufdreht, stehe ich mitten im Zimmer. Ich möchte mich hinsetzen, aber alles ist so hübsch sauber, und ich stinke nach Rauch und Qualm.

Finn kommt zurückgeeilt, so voller nervöser Energie, dass ich ihn drücken möchte. »Also, es gibt eine Kaffeemaschine.« Er öffnet eine Tür des Sideboards und zieht einen Espressoautomaten auf einem Tablett heraus. »Und auch einen Kühlschrank.«

Der kleine Kühlschrank ist mit einer Menge an Kaffeesahne, Saft und Wasserflaschen aufgefüllt. Genau wie in einem

Luxushotel. Ich blinzle ein paarmal und nicke, als er mich über seine Schulter hinweg anschaut, um zu sehen, ob ich alles mitkriege.

»Es ist perfekt«, versichere ich ihm mit belegter Stimme.

Er richtet sich auf und schiebt die Hände in die Hosentaschen. Er wirkt größer hier drinnen, so als ob die ganzen rüschigen Details im Zimmer seine Männlichkeit noch hervorheben würden. Ein elegant gekleideter Muskelprotz mit einem weichen Herz. »Handtücher und ein Bademantel sind im Bad ... Und, genau ...« Er geht zu der großen Kommode neben dem Kleiderschrank. »Klamotten.«

»Klamotten?«, krächze ich. Steifbeinig gehe ich zu ihm, als er eine Schublade aufzieht.

T-Shirts in verschiedenen Farben, Jeanshosen – blaue und schwarze – Pullis ... Alles ist sauber zusammengelegt, die Preisschilder hängen noch daran. Wieder blinzele ich, diesmal noch schneller, meine Kehle geht zu.

»Du hast mir Klamotten besorgt?«

Sein Blick begegnet meinem. »Du brauchtest welche.«

Ich kann nicht sprechen.

»Nur was für den Anfang«, redet er weiter, als wäre ich nicht kurz davor, gleich hier, in seinem gemütlichen Gästezimmer, loszuheulen. Hübsch einsortiert in eine andere Schublade finde ich BHs, Unterhosen, Socken und Nachthemden in allen Regenbogenfarben.

»Die BH-Größe war ein bisschen schwer zu schätzen. Ich meine, bei der Körbchengröße war ich mir ziemlich sicher. Aber 75? 80? Ich hab keine Ahnung, was das bedeuten soll ...« Als er mich anschaut, bekommt er leicht rote Ohren. »Äh ... ja ... also ... egal ...«

Ein kleines Lächeln umspielt meine Lippen. »Ich könnte auch ohne gehen.«

»Bitte nicht«, neckt er mich. »Ich versuche so schon angestrengt, dir nicht auf die Brüste zu starren.«

Mir ist so drückend schwer ums Herz, dass es wehtut, zu lachen. Am Schluss hole ich zittrig Luft. »Wann hast du das denn alles besorgt?«

Er kann doch unmöglich Zeit dafür gehabt haben.

»Ich würde liebend gern die Lorbeeren dafür einheimsen«, sagt er und schiebt eine Schublade zu, »aber das war mein Assistent Charlie. Du wirst ihn ganz bald kennenlernen.« Finn geht weg, um das Wasser abzustellen. »Er arbeitet für ein paar von uns Jungs. Als ich von dem Feuer hörte, habe ich ihn angerufen und um Hilfe gebeten.«

»Finn …« Ich weiß überhaupt nicht, was ich sagen soll. Langsam gehe ich auf ihn zu. »Das alles …« *Scheiße, ich fang gleich an zu schluchzen.*

Wieder zuckt er mit den Schultern, als wäre das kein Ding. »Ich wollte dir helfen, wo ich kann.«

Im Bad ist es warm und feucht, es duftet nach einem Vanille-Zitronen-Schaumbad, von dem ich nicht mitbekommen habe, wie er es ins Wasser gegeben hat.

Finn blickt starr auf mich herunter, sein Gesichtsausdruck ist so zärtlich, dass ich beinahe die Beherrschung verliere. Ich darf nicht. Wenn ich jetzt anfange zu weinen, weiß ich nicht, ob ich wieder damit aufhören kann.

»Hör zu, du brauchst nicht länger hierzubleiben als heute Nacht«, sagt er in die Stille. »Aber es würde mich freuen. Bei mir stehen einige Auswärtsspiele an, und ich werde ein paar Wochen lang unterwegs sein, du hast die Wohnung also für dich.«

»Okay«, flüstere ich.

Die steife Haltung in seinen Schultern lässt nach, und er stößt die Luft aus. »Gut. Los, nimm dein Bad. Ich besorge die Medikamente, die der Arzt verschrieben hat.«

»Du besorgst meine Medikamente?« Gott, ich plappere ihm gerade alles nach wie ein Papagei, aber mein Verstand hat sich verabschiedet.

Finn legt mir eine Hand auf die Schulter. »Chess, Süße, ich besorge dir alles, was du brauchst.«

Er verschwimmt vor meinen Augen, als die Tränen kommen. Ich blinzele dagegen an, dass sie herauskullern. Aber mein Widerstand fällt in sich zusammen. Mit einem zittrigen Atemzug trete ich auf Finn zu und schlinge meinen gesunden Arm um seine Taille. »Finn«, krächze ich.

Sofort nimmt er mich in die Arme, drückt mich fest an sich und presst seine Lippen auf meinen Scheitel. Ich lehne mich gegen ihn und genieße, wie sich sein Körper anfühlt – stark, fest und warm. Es ist so tröstlich, dass sich ein Teil von mir losreißen will vor lauter Angst, dass ich abhängig davon werde. Aber ich bin nicht in der Lage, mich zu rühren.

»Ich glaube, jetzt gerade liebe ich dich«, sage ich zu ihm, wobei meine Stimme von seinem steifen Hemd gedämpft wird.

Obwohl seine Brust unter einem Lachen erzittert, spannen sich seine muskulösen Arme noch einen Tick mehr an. »Nur jetzt gerade, was?«

»Ich bin mir sicher, dass du schlussendlich noch etwas sagen wirst, das mich daran erinnert, warum das keine gute Idee ist.« Ich mache mir nicht die Mühe, meine Nase von seiner Brust zu lösen. Sein Seidenschlips drückt gegen meine Wange, und der Duft nach feinem Zwirn und sauberem Mann umhüllt mich. Finn im Anzug ist umwerfend. Aber ich vermisse seinen üblichen T-Shirt-und-Jeans-Look.

»Wahrscheinlich«, stimmt er mir zu und seufzt dann. »Ich bin froh, dass es dir gutgeht, Süße.«

Ein leichtes Zittern geht durch seinen Körper. Und da wird mir klar, dass er nicht nervös ist, sondern aufgewühlt. Ich kuschele mich enger an ihn. »Danke, dass du mich abgeholt hast.«

»Immer doch, Chess.«

Er sagt es so aufrichtig und nachdrücklich, dass ich weiche Knie bekomme. Ich denke an mein verlorenes Loft, meine Arbeit. Oh Gott, meine Nikon D5 DSR. Ich habe einen Kredit aufgenommen, um mir dieses Baby kaufen zu können. Ganz zu schweigen von meinen Objektiven. Meine wunderschönen Objektive. Weg. Geschmolzen.

Panik kriecht meine Kehle hinauf. Wenn ich ihr nachgebe, werde ich ihn bitten, mich zum Bett zu tragen und mich für ein paar Stunden vergessen zu lassen, warum ich solche Angst habe. Ich kann fast schon hören, wie ich darum bettele, fast schon spüren, wie ich meine Hände nach unten wandern lasse und die große Beule in seiner Hose umfasse.

Er wäre bereit dazu. Das weiß ich genau. Finn hat nie einen Hehl daraus gemacht, dass er auf mich steht. Und es wäre so gut. Da bin ich mir ganz sicher. Aber am Morgen danach wäre ich immer noch eine Frau ohne Zuhause, und zwischen mir und dem einzigen Freund, der gerade in meiner Nähe ist, stünden die peinliche Verlegenheit und Reuegefühle, die ein One-Night-Stand mit sich bringt.

Ich zwinge mich, meine Umarmung zu lösen, einen Schritt zurückzutreten und Abstand herzustellen. Finn lässt die Arme zu den Seiten fallen, während er mir dabei zusieht, wie ich zurückweiche. Ohne seine Nähe fühle ich mich kalt und aus dem Gleichgewicht. Ich halte meinen Arm gegen meine Brust gedrückt. »Ich sollte jetzt in die Wanne steigen.«

»Aber ja doch.« Er lässt mich im Bad zurück und schließt die Tür hinter sich.

Irgendwann, während ich bade, höre ich ihn zurückkommen und meine Medikamente im Zimmer abstellen. Als ich schließlich in das weiche Gästebett krabbele, dessen Laken leicht nach Waschmittel riechen, aber steif sind, weil sie lange im Schrank gelegen haben, zittere ich.

Ich weine mit dem Gesicht tief in ein Kissen vergraben, damit er mich nicht hört.

9

Finn

Ich bin ein verkorkster Scheißkerl. Mein Mädel erlebt eine der schlimmsten Nächte ihres Lebens, und ich bin mordszufrieden, weil sie bei mir zu Hause ist.

Der Gedanke, sie wäre verletzt oder noch Schlimmeres, hat mich bis ins Mark erschüttert. Es kam mir wie eine Ewigkeit vor, bis ich es geschafft hatte, zu ihr zu kommen. Als ich sie endlich fand – verletzt und verstört und mit einem ganz verängstigten Ausdruck in den grünen Augen –, machte es mich fix und fertig. Innerlich bin ich immer noch ganz aufgewühlt.

Ächzend drücke ich mich hoch, sodass mein Körpergewicht auf meinen Fingerspitzen liegt. Schweißperlen rinnen an meinen Schläfen hinunter und in meine Augen. Langsam senke ich mich herab, bis meine Nase fast den Boden berührt. Hoch, runter, das Brennen in meinen Armen und meiner Brust ist eine willkommene Ablenkung. Aber es reicht nicht.

Chess hat letzte Nacht geweint. Und das hat mich total fertiggemacht. Ich wollte so gern zu ihr gehen, ich lehnte an ihrer Tür, die Hand auf das Holz gepresst, und das Herz schlug mir bis zum Hals. Das Einzige, was mich abgehalten hat, ist die Tatsache, dass sie offensichtlich gewartet hatte, bis ich gegangen war, bevor sie anfing zu weinen. Sie wollte nicht, dass ich mitbekomme, wie sie leidet.

Auch das hat wehgetan. Ich möchte, dass sie mir vertraut. Ich möchte mich um sie kümmern. Unbedingt.

Das ist seltsam, und ich kann es mir auch nicht wirklich erklären. Denn ich habe mich noch nie um jemand anderen außer mich selbst gekümmert. Habe auch nie das Bedürfnis verspürt.

Trotzdem hat es sich gestern Abend gut angefühlt, zu wissen, dass ich ihr einen sicheren Hafen bieten und es ihr behaglich machen konnte. Was mich wieder zum Thema Scheißkerl zurückbringt. Sie leidet, und ich weiß nicht, wie ich sie trösten soll.

Ich hätte ihr ja Frühstück gemacht, aber es ist fast elf und sie ist immer noch nicht aufgestanden.

Ich ächze erneut und erhöhe das Tempo. Ein unterdrückter Kiekser bringt mich dazu, innezuhalten.

Chess steht im Wohnzimmer und starrt mich an. »Heiliger Bimbam.« Sie lässt den Blick über meinen nackten Oberkörper gleiten wie gierige Hände. »Gehört das zu den Vorzügen, die einem im Hause Mannus geboten werden?«

Mit etwas mehr Schwung als nötig springe ich aus meinem Liegestütz auf und lande leichtfüßig. »Die tägliche Besichtigungszeit ist von zehn bis elf Uhr, Reisezeiträume ausgenommen.«

»Hervorragend. Ich werde mir jetzt immer den Wecker stellen.« Als sie grinst, wird mir ein bisschen schwindlig. Wenn Chess lächelt, dann strahlt sie richtig – selbst jetzt, wo ihr das Haar zerzaust um die Schultern hängt und sie geschwollene Augen vom Schlafmangel und vom Weinen hat. Sie zum Lächeln zu bringen fühlt sich an wie eine Belohnung.

Ich stütze die Hände in die Hüften und mache keine Anstalten, mich abzutrocknen. »Du hast nicht mal mit der Wimper gezuckt, als du mich nackt gesehen hast, aber mich Liegestütze machen zu sehen findest du einen Augenschmaus?«

»Da war ich bei der Arbeit. Es wäre unprofessionell gewesen, den Kunden anzugaffen.« Als ihr Blick auf meine Brust trifft, kann ich ihn wahrhaftig spüren. »Heute nehm ich mir dagegen vielleicht einfach eine Tüte Popcorn und mach es mir bequem. Du hast doch Popcorn da, oder?«

»Tut mir leid, ich hasse Popcorn. Aber du darfst mir gern jederzeit zugucken.«

»Wie kannst du kein Popcorn mögen?« Chess schüttelt den Kopf, während sie sich auf die Couch setzt und ihre langen Beine anzieht. Sie trägt schwarze Leggings und ein T-Shirt mit meinem Namen und meiner Trikotnummer darauf. So zieht sie sich sonst nicht an, und mir ist auch klar, dass Charlie das Shirt gekauft hat, aber Mann, es erfüllt mich ganz schön mit Besitzerstolz, sie meinen Namen tragen zu sehen.

»Klebt einem zwischen den Zähnen. Das macht mich kirre.« Ich nehme eine Flasche eiskaltes Wasser vom Küchentresen und trinke einen Schluck. »Aber ich werde für dich welches holen.«

Chess sieht sich um, betrachtet das Wohnzimmer, den kleinen Arbeitsbereich und schließlich die Küche mit den schwarzen Schränken, den Kupferarmaturen und der Arbeitsfläche aus Beton. »Du hattest jemanden, der die Wohnung für dich eingerichtet hat, oder?«

»Die Immobilienmaklerin hat mir eine befreundete Inneneinrichterin empfohlen.« *Ach, Jessica und Janet. Tolle Frauen.*

Als Chess die Augen zusammenkneift, fühle ich mich plötzlich ertappt.

»Du hast mit ihr geschlafen, stimmt's?«

Woher zum Teufel …?

Keine Schwäche zeigen. Ich lächle sie gelassen an. »Mit der Immobilienmaklerin oder der Inneneinrichterin?«

»Oh Gott, mit beiden?«

Jesses, kann sie etwa Gedanken lesen? »Nicht zur gleichen Zeit.«

Sie guckt mich spöttisch an, als wäre ich nicht mehr ganz takko. »Meine Fresse.«

»Ich meine, wenn sie gefragt hätten, wäre ich vielleicht einverstanden gewesen«, sage ich provozierend, weil es Spaß macht, sie zu ärgern.

Aber sie sieht eher entsetzt als belustigt aus. »Sie waren Freundinnen. Glaubst du nicht, mit beiden zu poppen, gibt Probleme?«

So langsam fühle ich mich wie ein Wurm, der darauf wartet, auf den Haken gespießt und in den See geworfen zu werden. »Ich hab nicht gefragt.«

»Weil du sie nie wieder gesehen hast?« Es ist nicht wirklich eine Frage. Die Verachtung steht ihr deutlich ins Gesicht geschrieben.

Ich gehe in die Küche und hole eine Packung Hühnchenbrust aus dem Kühlschrank, die ich kochen will. »Du wirst mir doch jetzt keinen Vortrag halten, was beim Sex falsch und richtig ist, oder, Chester?«

Sie verdreht die Augen und kommt mir nach. »Keine Sorge. Ich greife mir nicht entsetzt an die Perlenkette. Ich führe mir nur gerade nur noch mal vor Augen, warum ich froh bin, dass wir nicht miteinander im Bett waren.«

Die Packung Hühnchen landet mit einem Klatsch auf der Arbeitsfläche, als ihre Worte mich wie eine Ohrfeige treffen. Es ist erstaunlich verletzend, dass sie denkt, von mir sollte man besser die Finger lassen. Andererseits … »Du musst es dir also vor Augen führen, hm?«

Eine hübsch tiefe Röte steigt in ihre Wangen. »Ich bin hier in deiner Wohnung. Und du bist du. Kann man es mir da zum Vorwurf machen, wenn ich auf der Hut bin?«

Jetzt bin ich sauer. Ich spüre, wie es in mir hochkocht, und presse die Zähne zusammen, damit ich sie nicht anschnauze.

Ich spreize die Hand auf der kühlen Arbeitsfläche, während ich einmal tief durchatme. Aber dann schaue ich mir Chess genauer an. Sie wirkt irgendwie kleiner, in sich zusammengesunken, ihre Miene ist abwesend, ihr Blick leicht ungestüm.

»Versuchst du, einen Streit vom Zaun zu brechen?«, frage ich. Trotz ihrer Kratzbürstigkeit weiß ich, dass sie im Moment verletzlich ist.

Einen Augenblick lang sieht es so aus, als würde sie mich gleich anblaffen, aber dann sacken ihre Schultern nach unten, während sie die Luft ausstößt, und sie hält sich die Hände vors Gesicht. »Es tut mir leid. Das hast du nicht verdient. Ich bin voll spitzfindig und … Ich weiß gar nicht, was ich da sage. Ignorier mich.«

Ich möchte sie in den Arm nehmen, aber sie hat eine ganz steife Körperhaltung und behält den Flur im Auge, als müsste sie sich eine Fluchtmöglichkeit offenhalten. »Du musst einfach wieder auf normal schalten, das ist alles.«

Sie nickt, doch sie wirkt total kraftlos.

»Wir machen Folgendes«, sage ich. »Lass uns Mittag essen …«

»Mittag essen?« Sie gibt einen belustigten Laut von sich. »Es ist gerade mal elf.«

»Dann eben ein zweites Frühstück«, verbessere ich mich. »Ich esse im Prinzip wie ein Hobbit.«

Sie reckt den Hals, um über die Kochinsel zu spähen, die sich zwischen uns befindet.

»Was *machst* du denn da?«, frage ich lachend.

»Nach deinen Füßen gucken.«

Ich wackele mit meinen Zehen, die immer noch in Sneakers stecken. »Sie sind nicht haarig, aber sehr groß.« Ich ziehe eine Augenbraue hoch. »Ich bin wohlproportioniert.«

Chess guckt zwar spöttisch, aber sie steht nicht länger vor

Niedergeschlagenheit in sich zusammengesunken da. »Ja, ich weiß, Großer. Ich habe dich nackt gesehen, erinnerst du dich?«

»Wie könnte ich, wenn du ständig wieder davon anfängst?« *Ich kann mich jetzt auch nackig machen, wenn du mitziehst.* »Wenn ich dich nicht besser kennen würde, Miss Copper, würde ich denken, du wärst darauf fixiert.«

»Gut, dass du mich besser kennst.« Chess umrundet die Kochinsel und kommt neben mich. Sie ist so zart verglichen mit mir, ihre Handgelenke sind schmal und feingliedrig. Der dicke Verband um ihre rechte Hand lässt nur ihre Finger herausgucken. Die blauen Flecken auf ihrem Unterarm entgehen mir nicht, und so, wie sie gehumpelt ist, nehme ich an, dass sie anderswo noch mehr hat.

Ich möchte sie auffordern, mir zu zeigen, wo es wehtut, möchte sie hochheben und wieder ins Bett tragen lassen, wo ich sie mit dem Mittagessen füttern kann, ihre schmerzenden Muskeln massieren – alles, was sie will. Aber ich weiß, sie würde ablehnen. Und ich glaube auch nicht, dass das ihre Sorgen lindern würde – dabei braucht sie das im Moment am nötigsten. Mal ganz abgesehen davon, dass es mit meiner Selbstbeherrschung vorbei wäre, wenn ich erst mal mit ihr in einem Bett läge; nie im Leben könnte ich sie jetzt im Arm halten und die Finger von ihr lassen.

Ich schiebe den Gedanken beiseite, Chess zu erkunden. »Also, nach dem zweiten Frühstück gehen wir los und kaufen dir eine neue Kamera und das nötigste Equipment. Damit du wieder arbeiten kannst.«

Sie legt ihre schlanken Finger auf die Kante der Arbeitsfläche. »Danke für das Angebot, aber ich bekomme erst in ein paar Wochen einen Scheck von der Versicherung.«

»Deshalb bezahle ich ja auch.«

Als sie ein Stirnrunzeln aufsetzt, hebe ich die Hand. »Du

kannst es mir zurückzahlen, wenn du deinen Scheck bekommst.«

»Oder ich warte einfach«, erwidert sie. »Schließlich wohne ich schon hier, und du hast mir Klamotten gekauft. Noch mehr kann ich nicht annehmen …«

»Chester, ich verdiene unverschämt viel Geld und gebe sehr wenig davon aus. Das wissen wir beide. Also lass uns nicht so tun, als würdest du mir finanziell zur Last fallen.«

»Wir sprechen hier über Ausrüstung im Wert von fast dreißigtausend Dollar, Finn.«

»Das ist mir bewusst. Macht keinen Unterschied für mich.«

Als sie die Augen verdreht, beuge ich mich vor. »Es macht mich glücklich, dir zu helfen, wieder auf die Beine zu kommen. Okay?«

»Vielleicht möchte ich nicht auf die Beine kommen. Vielleicht möchte ich in Selbstmitleid zerfließen.«

Das glaube ich ihr keine Sekunde. Ich sehe die Vorfreude in ihren Augen. Das Mädel kann es kaum erwarten, wieder eine Kamera in die Finger zu bekommen. »Zu schade. Im Hause Mannus gilt auch ein striktes Selbstmitleid-Verbot. Wer dagegen verstößt, bekommt eine Kopfnuss und einen Tag Fernsehverbot.«

Chess guckt mich an, als würde ich nur Mist labern. Was ich auch tue. Aber das gefällt ihr eindeutig. »Gibt's noch mehr Regeln, die ich kennen sollte?«

»Die stehen alle in dem Spielzugbuch auf deinem Nachttisch.« Ich mache den Kühlschrank auf und nehme geröstete Rote Bete, Ziegenkäse und Bulgursalat heraus.

Chess beobachtet mich mit neugieriger Verwunderung. »Das sieht … aufwendig aus. Hast du das alles selbst gekocht?«

»Einfache Sachen kann ich zwar kochen, aber der Ernährungsberater der Mannschaft hat einen Koch eingestellt, der uns jede Woche mit diversen Gerichten versorgt. Weißt du, so fürs zweite Frühstück, Mittagessen, zweite Mittagessen und so weiter.«

Was auch immer Chess darauf entgegnen will, wird davon unterbrochen, dass es klingelt. Als ich eilig aufmachen gehe, steht Charlie mit einem Karton in der einen und einem riesigen Blumenstrauß in der anderen Hand vor der Tür. Das Gebinde aus orangefarbenen Rosen ist so groß, dass ich kaum seinen Kopf sehen kann. »Charles«, sage ich, während ich ihn hereinlasse. »Das wäre doch nicht nötig gewesen. Ich bin eher der Grünpflanzen-Typ.«

Ehe Charlie mir einen Spruch zurückdrücken kann, kommt Chess um die Ecke und gibt einen erstaunten Laut von sich. »Wow.«

Charlie geht an mir vorbei, als wäre ich gar nicht da. »Die sind für Sie.« Er legt das Ungetüm von Strauß auf den Tisch im Flur, weil er viel zu groß ist, als dass sie ihn halten könnte. »Vom Offense-Team.«

Meine Jungs haben Blumen geschickt und es mir nicht gesagt? Diese kleinen Arschkriecher. Ich hätte ihnen sagen können, dass Chess nicht der Typ Frau ist, der sich mit Blumen beeindrucken lässt …

»Oh!« Ihr Gesicht leuchtet vor Freude. »Wie schön.«

Moment. Wie bitte?

»Tja«, sage ich und versuche, nicht mit den Zähnen zu knirschen. »So sind wir eben.«

Chess schnuppert an einer Rose, während sie die Karte voller Unterschriften liest. »Hör auf, die Lorbeeren einzuheimsen, Finnegan. Deinen Namen sehe ich hier nicht.«

Charlie, der sich ein Grinsen verkneift und betont nicht in meine Richtung schaut, hält ihr den Karton hin, den er in der Hand hat. Die weiße, elegante Verpackung verrät, was darin ist. Ein verdammtes MacBook Pro? »Und das kommt vom Defense-Team.«

Sie ist völlig baff.

Chess wird es niemals annehmen. Nie im Leben.

Doch dann lächelt sie ganz zittrig und mit verschleiertem Blick. Genauso wie gestern Abend. »Das ist so … lieb.« Sie drückt den Karton wie einen Schatz an ihre Brust.

Ich bin hin- und hergerissen zwischen Dankbarkeit für meine Teamkameraden, weil sie diesen Ausdruck auf ihr Gesicht gezaubert haben, und dem Drang, ihnen allen mit der Faust in selbiges zu schlagen, weil ich ihr nicht als Erster einen Computer kaufen konnte.

Energischer als nötig mache ich die Tür zu. »Chess, das ist Charlie Beauchamp.« *Verräter des Hausherrn.* »Wenn er nicht gerade mir oder ein paar anderen von den Jungs aushilft, ist er Student im dritten Jahr an der Tulane.«

»Spielst du Football, Charlie?«, fragt Chess.

Die Frage ist berechtigt. Mit eins fünfundneunzig und hundertdreißig Kilo Muskelmasse könnte er locker ein Defensive End sein.

Charlie, der die Frage gewöhnt ist, lächelt bitter. »Nein, Ma'am. Sehr zu meinem Verdruss hab ich zwei linke Füße, und zwar aus Blei. Sagt zumindest jeder Trainer, bei dem ich es versucht habe.« Sein haitianischer Akzent wird ein wenig stärker. »Mein Hauptfach ist Sportmanagement.«

»Ich wollte mich bei dir bedanken«, sagt Chess. »Weil du mir die ganzen Klamotten und so besorgt hast. Ich bin wirklich dankbar dafür.«

Charlies Wangen bekommen die Farbe von Rosenholz. Wenn ich nicht daneben stünde, hätte ich nie geglaubt, dass Charlie jemals rot werden könnte. In *meiner* Gegenwart ist er immer eine unerschütterliche Insel der Ruhe. »Das war doch das Mindeste, was ich tun kann, Ma'am. Tut mir allerdings leid, wenn irgendetwas nicht …« Er räuspert sich. »Wenn einige Teile nicht der Vorstellung entsprechen sollten.«

Ein leises Lachen kommt über Chess' Lippen, und obwohl ihre Miene alles andere als anzüglich ist, klingt es in meinen Ohren nach reinem Sex. »Du hast es genau richtig gemacht.«

Unvermittelt stelle ich mir vor, sie würde nichts außer eins dieser schlichten Höschen tragen, die Charlie ausgesucht hat. Schlichte weiße Baumwolle, die sich eng an ihren wohlgeformten Knackpo schmiegt und jede Kurve und Rundung betont.

Jesses. Charlie könnte da etwas entdeckt haben. Ich verlagere das Gewicht und versuche, an etwas Ekliges zu denken, wie zum Beispiel, dass Dawes während der Play-offs nie seine Socken wäscht.

Jepp, das funktioniert.

»Es war eine neue Erfahrung, Damenunterwäsche zu kaufen«, sagt Charlie.

»Ich bin mir sicher, du wirst noch mal unter schöneren Umständen dazu kommen«, versichert ihm Chess und ist damit völlig auf dem Holzweg.

Charlie schenkt ihr ein kleines Lächeln. »Ich glaube nicht, dass die Sorte Männer, die ich date, darauf stehen würde, Ma'am.«

»Ist wahrscheinlich klug von denen«, erwidert Chess ohne mit der Wimper zu zucken. »BHs sind nicht gerade die bequemsten Kleidungsstücke.«

Ich möchte jetzt wirklich nicht daran denken, dass Chess einen davon trägt. Oder eben keinen. »Wir wollten gerade essen«, sage ich zu Charlie. »Möchtest du mitessen?«

Bevor er etwas sagen kann, schlingt Chess einen Arm um seinen. »Das musst du unbedingt.«

»Lass den Mann für sich selbst antworten, Chess.«

Sie wirft mir einen tadelnden Blick zu. »Ich versuche, ihm das Gefühl zu geben, dass er hier willkommen ist, *Finn*.«

»Das weiß er. Ich habe ihn gerade eingeladen, mit uns zu essen.«

Charlie unterbricht uns mit seinem Glucksen. »Ihr zwei hört euch an wie meine Großeltern.«

»Also so alt doch wohl auch wieder nicht«, rufe ich in gespieltem Entsetzen.

»Tss«, macht Chess zu mir.

Charlie grinst. »Ich meine damit eher, dass ihr zwei miteinander umgeht, als würdet ihr euch schon ewig kennen.«

Die Worte stehen im Raum wie der betrunkene Onkel, den alle erfolglos zu ignorieren versuchen. Chess und ich betrachten einander für einen langen Augenblick, keiner von uns weiß, was er sagen soll. Doch dann schiebt sie die Lippen vor, als wäre sie leicht belustigt.

»So kommt es mir allerdings auch manchmal vor«, murmelt sie, dreht sich dann um und schreitet in Richtung Küche, sodass ihr langes Haar wie ein Pendel über ihrem knackigen Hintern schwingt.

Während ich zusehe, wie alles wogt und schwingt, antwortet mein Schwanz mit einem Zucken.

Neben mir gibt Charlie belustigt einen erstickten Laut von sich. »Mann …«

Ich werfe ihm einen Blick zu. »Ja, ich weiß.«

Chess

»Ich fass es nicht, dass du mich nicht angerufen hast«, schimpft James am Telefon.

Auf der Suche nach einer Servierplatte öffne ich noch einen

von Finns Küchenschränken. Der Mann hat zehn verschiedene Sets Biergläser, aber ein Tablett oder einen Brotkorb kann man nicht finden. »Hast du den Teil nicht mitgekriegt, wo ich sagte, dass ich kein Handy mehr habe?«

»Du hättest dir doch eins leihen können!«

»Bin ich denn die Einzige, die keine Telefonnummern auswendig weiß?«, murmele ich und gehe zum nächsten Schrank.

»Guter Einwand.« Als im Hintergrund Sirenen heulen, frage ich mich, ob James unterwegs ist.

»Wo bist du?«

»Unterwegs zum MoMa.« Er klingt leicht außer Atem, als er weiterredet. »Keine Sorge, sobald wir dort rauskommen, buche ich einen Flug nach Hause.«

Endlich finde ich eine Käseplatte und ein paar flache Schalen, die man für Cracker oder Brot nehmen kann. Die Preisschilder kleben noch drauf. Ich stelle mir vor, wie Finns Mutter ihm die gekauft und seine Küche für Partys ausgestattet hat, die er nie geben wird.

»Nein, mach das nicht«, sage ich zu James, während ich das Preisschild von der Platte abpule. »Das ist nicht nötig.«

»Was soll das heißen, nicht nötig?«, ruft er aus. »Dein Zuhause ist gerade abgefackelt, verdammt noch mal. Natürlich komme ich zurück.«

»Nein, ehrlich, James, mir geht's gut. Bleib bei Jamie. Mach dir eine schöne Zeit.«

Er schnaubt hörbar. »Ich komme zurück. Für was für einen beschissenen Freund hältst du mich denn?«

Ich stelle die Platte ab und fange an, meine Käsestücke auszupacken. »Es geht mir gut. Ehrlich. Ich habe vorübergehend eine Bleibe, und die von der Versicherung sind wirklich sehr kooperativ.«

»Was ist mit der Arbeit? Oder dem Kalender?«

»Die IT-Leute konnten die Daten von meinem kaputten Laptop retten und haben sie auf meinen neuen überspielt. Ich kann die Kalenderfotos also ganz einfach fertig bearbeiten. Ein paar Aufträge musste ich zwar absagen …« Was finanziell ganz schön reinhauen wird. »Aber ich habe eine Grundausrüstung gekauft, die für die Ducain-Hochzeit ausreichen wird. Den Termin schaffe ich wirklich alleine. Und ansonsten haben wir in den nächsten vier Wochen nichts Größeres anstehen.«

James gibt einen zustimmenden Laut von sich. »Und was ist mit dem Loft? Wie lange wird es dauern, bis du zurückkannst?«

»Es ist unwiderruflich zerstört. Ich werde mir etwas Neues suchen müssen. Ehrlich gesagt möchte ich einen auf Scarlett machen und heute nicht darüber nachdenken.«

»Ich fand schon immer, dass du eine wunderbare Scarlett abgeben würdest. Funkelnde grüne Augen, tintenschwarzes Haar, seidige Haut…«

»Und das perfekte Resting Bitch Face?«, schlage ich schnaubend vor.

»Ganz genau.«

»Dann hör auf Katie Scarlett und bleib, schwelge in Liebe und diesem ganzen kitschigen Scheiß.«

»Kitschig, ja?« James macht ein zweifelndes Geräusch. »Sag mal, Chess, hat die Tatsache, dass du gerade bei einem irre heißen Quarterback wohnst – worauf ich nebenbei gesagt immer noch neidisch bin –, irgendetwas damit zu tun, dass ich unbedingt noch länger in New York bleiben soll?«

»Deine Unterstellungen tun weh, Rhett.« Ich nehme ein Brotmesser und fange an, das frische Baguette klein zu schneiden, das ich in einer Bäckerei geholt habe. »Da unterstütze ich großherzig deine neue Liebe …«

»Pfft.«

»Und du unterstellst mir ruchlose Hintergedanken.«

»Du hörst dich an wie ein Bösewicht aus einem Dreißigerjahre-Film«, sagt James gedehnt. »Nur um das klarzustellen: Ich unterstelle dir lüsterne Hintergedanken.«

»Pah.« Ich richte die Brotstücke auf einer der flachen Schalen an und schnipse dann ein paar Krümel weg.

»Also«, sagt James mit einer Singsangstimme. »Wie sieht die Wohnung vom mannhaften Manny aus? Hat er einen roten Raum des Schmerzes?«

Lächelnd verdrehe ich die Augen. »Das dachte ich zuerst, aber dann stellte er sich doch als Fitnessraum heraus.«

»Zu schade.«

Nach einem kurzen Blick zur Uhr trage ich das Brot und den Käse zum Couchtisch. »Ja, aber ich kann bezeugen, dass der Raum das Zeug hat, jede Menge Schmerzen auszulösen.«

James lacht. »Mach so viele Witze, wie du willst, Chessie-Bärchen, aber mich kannst du nicht täuschen. Es gefällt dir, mit sexy Manny zusammenzuwohnen.«

Mir liegt auf der Zunge, es abzustreiten. Aber ich bekomme die Worte nicht über die Lippen.

Ich könnte Finn verfallen. Unwiderruflich. Das weiß ich. Ich merke bereits, wie ich schwanke, dabei kennen wir uns noch gar nicht so lange.

In mir zieht sich alles protestierend zusammen, und ehe ich mich beherrschen kann, lege ich eine Hand auf meinen Unterleib. Mein Bauch ist größtenteils ziemlich flach, aber weil ich kein Fan von Sit-ups bin, wölbt er sich unterhalb vom Bauchnabel ein bisschen.

Ich habe eine Hassliebe zu meiner kleinen Murmel. Wenn ich stehe, finde ich sie irgendwie niedlich und sexy – eine kleine feminine Rundung an mir, während ich ansonsten eher dünn und schlaksig bin. Aber wenn ich mich im Bikini hinsetze und alles irgendwie vorquillt, hasse ich sie.

Jetzt gerade schmiege ich die Hand um diesen wunden Punkt. »James? Kommst du dir manchmal auch …« Erschauernd stoße ich die Luft aus. Ich sollte den Mund halten. Und zwar unverzüglich. Aber irgendjemanden muss ich fragen. Und James ist mein engster Freund. Er würde mich niemals verurteilen. »Defekt vor? So wie beschädigte Ware?«

Sofort fängt mein Gesicht vor Scham und Ärger an zu brennen. Ich habe meine Schwachstelle offenbart – und das fühlt sich gar nicht gut an. Doch James' Stimme kommt sanft durchs Telefon. »Chess, ich bin bisexuell. Ich ernte von beiden Seiten blöde Kommentare. Entweder heißt's, ich wäre ein Lügner, oder, dass ich mir mit Absicht aussuche, so zu sein. Defekt in den Augen beider Lager.«

Obwohl er tausend Meilen entfernt ist, möchte ich ihn in den Arm nehmen. »Die sind selber defekt, und nicht etwa du.«

Er schweigt einen Augenblick lang. »An dir ist auch überhaupt nichts verkehrt. Nicht das kleinste scheißbisschen.«

»Das ist ja das Verkorkste. Ich weiß, es sind nicht meine Mängel, die mich ausmachen, sondern wer ich als ganzer Mensch bin. Und wenn jemand etwas anderes behaupten will, würde ich demjenigen wahrscheinlich in den Hintern treten.«

»Aber?«, hakt James nach, denn er kennt mich gut. »Irgendwas beschäftigt dich doch. Was ist es?«

»Manchmal …« Ich lecke mir über meine trockenen Lippen. »Manchmal frage ich mich, ob mein Herz diese Botschaft nicht kapiert hat. Ob ich mich in Sachen Männer vielleicht selbst sabotiere. Du weißt schon – was, wenn sie finden, dass ich nicht gut genug bin, nachdem sie mich erst mal richtig kennengelernt haben.«

Ich weiß selbst nicht, was ich da zu erklären versuche. Nur dass ich mir, obwohl ich mir die größte Mühe gebe, an manchen Tagen unzulänglich vorkomme. Dann fühlt es sich an, als wäre es meine Schuld, dass ich Single bin und noch nie einen Freund hatte.

»Das hab ich auch immer gedacht«, sagt James leise. Was mich schockt, denn James hatte schon immer enormes Selbstvertrauen. »Und gleichzeitig dachte ich, dass niemand perfekt genug für mich war.«

Ich lache halbherzig darüber, denn ich gebe gern zu, dass ich trotz meiner Unsicherheiten bei Männern verdammt wählerisch bin. »Ja.«

Ich höre seiner Stimme an, dass er lächelt. »Inzwischen weiß ich, dass es für jeden von uns jemanden gibt, der mit all seinen Fehlern perfekt zu uns passt.«

»Ja, schätze schon.«

»Und wenn dieser Mensch für dich zufälligerweise ein eins dreiundneunzig großer Quarterback sein sollte, der so heiß wie schweißtreibender Sex ist, dann werde ich dich ewig lieben.«

Ich schnaube. »Du wirst mich sowieso ewig lieben.«

»Stimmt. Aber dann vergebe ich dir in Zukunft, wenn du dich in ein wütendes PMS-Monster verwandelst.«

»Wie großherzig. An deiner Stelle würde ich aber nicht zu viel erwarten.«

»Dann sag mir, dass ich falschliege. Los, ich warte.«

Ich schaue hinunter auf den Couchtisch, vor dem ich stehe. Eine Käseplatte, Baguettestücke, eine Wurstplatte, eine Schüssel Wasabi-Erbsen und geröstete Mandeln sind perfekt arrangiert. Und in einem Eiskübel stehen ein paar Flaschen Abita-Bier. Hitze steigt mir in die Wangen.

Zu Hause lege ich gern allein eine kleine Happy Hour ein – oder zu zweit, wenn James dableibt. Das Leben ist kurz, und ich genieße gern die kleinen Augenblicke genauso wie die großen Ereignisse. Doch was hier aufgefahren ist, ist nicht für mich. Es ist für Finn.

Er war über eine Woche unterwegs und müsste jeden Moment nach Hause kommen. Was wird er hiervon halten? Ist es zu viel? Feste-Freundin-Gehabe? Ich weiß es nicht. Ich weiß nur, dass er sich freuen soll, nach Hause zu kommen. Ich möchte ihm meine Dankbarkeit zeigen. Aber vielleicht wird ihm das hier nicht gefallen. Vielleicht flippt er aus und denkt, ich hätte es auf etwas anderes abgesehen. Vor lauter Panik wird mir ganz heiß und eng in der Brust. Scheiße.

»Ich muss auflegen«, sage ich zu James. »Ich schreib dir nachher.«

»Wusste ich's doch! Ist er gerade nach Hause gekommen?«

Ich übergehe den neckenden Unterton in seiner Stimme. »Nein. Mädchenkram.«

Das ist unser altbewährter Code, wenn ich mal auf die Toilette muss. Und mit nichts wird man James schneller los.

Sobald ich aufgelegt habe, setze ich an, den Tisch abzuräumen. Aber da dreht sich ein Schlüssel in der Wohnungstür, und ehe ich mich rühren kann, kommt Finn herein.

Die Panik wegen der Käseplatte und dem Bier löst sich in Luft auf, denn er sieht mich und lächelt. Und Mann, wenn ich davon mal nicht aufleuchte wie einer dieser altmodischen Flipperautomaten. Ich grinse so breit zurück, dass meine Wangen wehtun, während vor Freude lauter kleine schwindlig machende Blitze in meiner Brust umherzischen.

Mit seiner schwarzen Trainingshose und dem schwarzen Henley-Shirt müsste er eigentlich schlunzig aussehen. Doch das tut er nicht. Die Klamotten schmiegen sich an seinen festen, trainierten Körper, sodass jeder Riffel und jede Wölbung zur Geltung kommt. Ich beneide diese Klamotten.

Finn lässt seine Sporttasche fallen, ohne den Blick von mir zu lösen. »Schatz, ich bin zu Hause.« Er sagt es wie einen Witz, aber seine Stimme klingt belegt und rau.

Vor Erschöpfung? Oder ist da noch etwas anderes? Ich kann nicht denken. Ich sollte etwas Originelles, Lässiges sagen, aber alles, was herauskommt, ist: »Hey.«

Finns Lächeln wird nur noch breiter. Er kommt direkt auf mich zu, als wäre ich der glückliche Ausgang eines langen Tages. Und ich kann nur dastehen, das Gewicht von einem Fuß auf den anderen verlagern und die Finger an meinen Seiten krümmen, so groß ist der unterdrückte Drang, ihn zu packen.

Ehe ich noch ein Wort sagen kann, wirbelt er mich hoch in eine ungestüme Umarmung, bei der meine Nase in den kleinen Spalt zwischen seinen festen Brustmuskeln gedrückt wird und meine lädierte Hand auf wundersame Weise keinen Schaden nimmt.

Der Geruch nach sauberer Baumwolle, warmer Haut und verflucht wirkungsvollen männlichen Pheromonen überkommt mich wie ein Seufzen.

Finns Stimme vibriert in seiner Brust, und sein Atem wärmt meinen Scheitel. »Ich hab dich vermisst.«

Die simple Aussage durchbricht meine Abwehr mit spielender Leichtigkeit, sodass mir keine Zeit bleibt, mich zu wappnen. Ich schließe die Augen und drücke ihn leicht, Worte formen kann ich nicht, denn ich bin nicht romantisch veranlagt. Ich weiß nicht, wie man liebe Dinge sagt.

Vielleicht spürt Finn das. Oder vielleicht reicht es ihm einfach, mich zu umarmen. Jedenfalls setzt er mich wieder ab. »Wie hast du dich eingelebt? Tut dein Handgelenk noch weh?« Er schaut in mein Gesicht, als versuche er, sich zu vergewissern, ob es mir gutgeht.

Wenn er weg ist, vergesse ich immer, wie blau seine Augen sind. Azurblau. Ich bin ein Fan von braunen Augen. Doch wenn ich in seine Augen sehe, kommt es mir so vor, als hätte ich die Farbe Blau noch nie zuvor gesehen.

Und verflucht noch mal, ich erkenne diese verträumte Person, zu der ich geworden bin, nicht wieder.

Ich trete einen Schritt zurück, um etwas dringend benötigten Abstand zwischen uns zu bringen. »Mir geht's gut. Die Schwellung ist abgeklungen und die Schmerzen sind fast weg.«

Er nickt, schaut dann aber hinter mich und entdeckt das Essen. Zuerst zeichnet sich Überraschung ab, und durch seinen großen Körper geht ein leichter Ruck. Doch dann blinzelt er, als versuchte er, klar sehen zu können.

Mir wird unangenehm warm, und mir zuckt es in den Armen vor lauter Verlangen, den Tisch leer zu fegen.

Aber dann begegnet sein Blick dem meinen. »Du hast mich wohl vermisst.«

Mir wird noch wärmer. »Was soll die Bemerkung? Na klar hab ich das.«

Sein weicher Gesichtsausdruck zeugt von zu viel Erwartung.

»Ich sollte dich wohl warnen ...« Ich deute in Richtung der blöden Käseplatte. »Ich mache gerne solche Abende.«

Sein Mundwinkel geht nach oben. »Glaubst du etwa, ich werd mich beschweren?«

Ich schiebe die Hände in die hinteren Taschen meiner Jeans. »James findet es sehr fünfzigerjahremäßig häuslich.«

Finn lacht in sich hinein.

»Es ist allerdings das Einzige, was ich mache, das man als häuslich bezeichnen könnte«, warne ich ihn. »Also erwarte nicht, dass ich mit dem Abendessen auf dich warte oder ...«

»Mit Cocktails?«, schlägt er vor und zieht ein Bier aus dem Eiskübel.

Verdammt.

»Ja ...«

Er lacht erneut und gibt mir schnell einen Kuss auf die Wange. »Entspann dich, Chester. Ich erwarte überhaupt nichts. Ich werde dich nicht bitten, mir meine Pantoffeln zu bringen. Wobei, wenn du möchtest …« Er wackelt mit den Augenbrauen. »Ich werd dich nicht aufhalten.«

»Arschgeige.« Ich gebe ihm einen Klaps auf den Arm. Er fühlt sich an wie warmer Granit.

Mit einem tiefen, zufriedenen Seufzen lässt Finn sich auf die Couch plumpsen, macht sein Bier auf und trinkt einen großen Schluck. Er seufzt noch einmal und lehnt seinen Kopf gegen die Rückenlehne. Seine Lider senken sich wie bei einer entspannten Katze. »Muss schon zugeben«, sagt er beinahe schnurrend. »Nach Hause zu kommen war noch nie so gut.«

»Schön, dass ich …« Ich schreie auf, als er mein gesundes Handgelenk umfasst und mich neben sich auf die Couch zieht. »He, nicht so stürmisch, Superman.«

Finn schlingt einen Arm um meine Schultern und kuschelt mich an sich. »Sorry. Aber du hast ganz nervös und verdächtig dagestanden, als wärst du beim Klauen erwischt worden oder so.«

Das Lachen in seiner Stimme ist nicht zu überhören. Ich stoße ihm mit dem Ellbogen in die Seite und versuche zu ignorieren, dass er die Finger in mein Haar geschoben hat und sanft die Strähnen durch seine Finger streichen lässt.

»Du hast dir wieder die Haare gefärbt«, murmelt er und spielt mit den Spitzen, die jetzt zwischen dem Schwarz hindurch in Türkis, Gold, Grün und Violett schimmern.

Ein wohliger Schauer durchläuft mich. Sein Körper ist warm und massiv, und ich würde nichts lieber tun, als mich einfach gedankenlos an ihn zu lehnen.

»Das nennt man Ölschlickfarben-Effekt.« Warum erzähle ich ihm das? Er interessiert sich doch nicht für sowas.

Aber er hebt eine ganze Partie hoch und lässt sie langsam durch seine Finger gleiten. »Das betont deine grünen Augen.«

Es fühlt sich gut an. Zu gut. Und falsch. Ich kuschele nicht mit James. Wollte ich auch noch nie. Ich kuschele überhaupt mit niemandem. Niemals.

Was wir hier machen, ist gefährlich. Denn es wäre ganz einfach, den Kopf zu drehen und die Nase in die warme Kuhle an seinem Hals zu schmiegen, mit der Zunge einen Pfad hinauf bis zu seinem Kiefer zu ziehen und dann an seiner weich geschwungenen Unterlippe entlangzufahren. Es wäre so leicht wie das Atmen.

Ich wohne jetzt bei ihm. Seinen Gastgeber anzumachen ist definitiv ein *Fauxpas*. Und albern.

Als ich wegrücke, zieht Finn leicht die Stirn kraus.

»Hey, Chess?«

Sein leiser, ernster Tonfall gefällt mir nicht. »Ja?«

»Wann sind wir …«

Es klingelt an der Tür. Wir zucken beide zusammen, als würden wir aus einem Taumel hochschrecken, und Finn blickt finster zur Tür. »Wer zum Teufel …?«

»Kommt bei dir niemand mal einfach so vorbei?«, stichele ich, während ich aufstehe.

Finn beugt sich auf der Couch nach vorn. »Man muss am Portier vorbei. Charlie hat als mein Assistent die Erlaubnis, aber ich weiß zufällig, dass er gerade mit Rolondo und Gruber abhängt.«

Wieder klingelt es.

»Ich mach auf«, sage ich zu ihm. »Trink du dein Bier, *Schatz*.«

Er grinst darüber, steht jedoch auf. »Auf keinen Fall. Keine Ahnung, wer zum Teufel da an der Security vorbeigekommen ist. Ich werde aufmachen.«

Wir gehen beide und kabbeln uns dabei die ganze Zeit. Es ist albern, aber ich kann irgendwie nicht damit aufhören; ich habe das merkwürdige Gefühl, dass Finn nicht die Tür aufmachen sollte.

Doch er tut es, zieht sie schwungvoll auf, als wäre er bereit, mit Freuden jeden zu verprügeln, der mit bösen Absichten hergekommen ist. Das ändert sich komplett, als er die Frau sieht, die im Flur steht.

Als ich neben ihm zum Stehen komme, fängt meine Haut vor Schock an zu kribbeln. Denn die Frau ist atemberaubend. Weißblondes, seidiges Haar, eisblaue Augen, gebräunte Haut und die Art von Knochenstruktur, die Künstler in Marmor verewigen. Es ist mein Job, Frauen wie sie zu fotografieren. Und obwohl ich noch nie mit dieser hier zusammengearbeitet habe, weiß ich sofort, wer sie ist. Britt Larson. Ein Supermodel, dessen Gesicht gerade das Cover der Vogue ziert.

Sie und Finn starren einander an, als würde nichts anderes mehr existieren.

Es reißt mir den Boden unter den Füßen weg. Die zwei geben ein Glamourpaar ab. Die Art, nach dem sich die Medien genauso reißen wie die Fans und über das alle schwärmen.

»Britt.« Finns Stimme klingt rau.

Sie beugt sich zu ihm vor, hält dann aber inne, als ihr Blick auf mich fällt.

Ich verspüre ein Ziehen im Nacken. Finn zuckt zusammen, als hätte er vergessen, dass ich da bin. Ich kann es ihm nicht verdenken; wenn ich auf Frauen stünde, hätte ich es vielleicht auch vergessen.

»Britt, das ist Chess. Chess, Britt.« Es hört sich an, als würde er Nägel kauen.

Sie schenkt mir den Hauch eines Nickens. »Hallo.«

»Chess ist Fotografin«, fügt Finn wie zur Erklärung hinzu.

Britts Miene strafft sich leicht. Ich bin unbedeutend. Und das weiß sie. »Ja. Die Kalenderfotografin. Ich hab davon gehört. Muss eine große Sache gewesen sein, dich und dein Team shooten zu dürfen.«

Nett. Ich könnte eine spitze Bemerkung machen. Aber das ist es nicht wert. Finn sieht aus, als würde er am liebsten im Erdboden versinken. Er hat sich immer noch nicht vom Fleck gerührt und Britt hereingebeten. Sie steht verlegen da, weiß ganz offensichtlich nicht weiter und erwartet ebenso offensichtlich mehr.

»Ich hatte gehofft, wir könnten reden«, sagt sie dann mit einem erneuten Blick zu mir.

Finn strafft sich darauhin, als käme er wieder zu sich. »Äh … ja.«

Er hält den Hals so steif, dass ich mich frage, ob er sich absichtlich bemüht, nicht in meine Richtung zu gucken.

Es reicht.

»Ich wollte gerade gehen«, verkünde ich, schnappe mir meine Tasche und meine Schlüssel, die zum Glück beide auf dem Konsolentisch im Flur liegen. Dann fällt mir mein Handy ein. »Ich hol nur eben noch mein Handy …«

Mit pochenden Schläfen eile ich in die Küche.

Finn und Britt haben sich an der Tür nicht vom Fleck gerührt. Finn schaut mich allerdings stirnrunzelnd an. »Du brauchst nicht zu …« Er klappt abrupt den Mund zu und verzieht dann das Gesicht. »Danke, Chess.«

Sein entschuldigender Blick ärgert mich. Aber verflucht, das werde ich ihm nicht zeigen. Ich werfe Britt ein, wie ich hoffe, freundliches Lächeln zu. »War nett, dich kennenzulernen.«

»Ganz meinerseits«, erwidert sie ungefähr genauso aufrichtig.

Sie wird meinen Käse essen.

Ich hasse sie.

Ich gehe, ohne mich noch einmal umzudrehen.

10

Finn

Meine Füße scheinen Wurzeln geschlagen zu haben. Sie bewegen sich nicht von der Stelle. Mein Körper ist ein einziges dumpfes Pochen aus altem Schmerz und neuem Schock. Vage nehme ich wahr, wie Chess hinausgeht, ihr glänzendes dunkles Haar schwingt dabei heftig auf ihrem Rücken hin und her wie eine Fahne.

Geh nicht.

Ich möchte sie zurückrufen. Das würde alles einfacher machen. Ich könnte Britt die Tür vor der Nase zumachen und Chess wieder neben mich auf die Couch klemmen. Aber so drückt sich nur ein Feigling.

Als Britt einen leisen Laut von sich gibt, komme ich zu mir. Meine Eltern haben mir bessere Manieren beigebracht.

»Komm rein.« Ich trete beiseite, um sie hereinzulassen.

Ihr weht ein teures, zu blumiges Parfum hinterher. Dieser Duft hat an meiner Haut geklebt und mir Kopfschmerzen verursacht, nachdem ich sie gevögelt hatte.

Daran möchte ich nicht zurückdenken.

Ich folge ihr ins Wohnzimmer und beobachte, wie sie durch den Raum schlendert und sich umsieht. Als Chess das gemacht hat, überkam mich seltsamerweise der Wunsch, dass es ihr gefallen, dass sie meine Wohnung mögen soll. Bei Britt denke ich nur, dass sie ausspucken soll, warum zum Teufel sie hier ist.

Als Britt auf den Couchtisch mit den Knabbereien starrt, die Chess so hübsch angerichtet hat, überkommt mich schlagartig das Gefühl, dass es falsch ist, dass sie hier ist und Chess irgendwo da draußen.

Noch nie zuvor hat jemand zu Hause auf mich gewartet. Ich wusste nicht, dass ich das Bedürfnis danach hatte, bis ich zur Tür hereinkam und Chess da stehen sah, so verdammt hübsch in ihrer lässigen Jeans und dem schwarzen Top mit V-Ausschnitt. Und so niedlich nervös und hibbelig, weil sie etwas Nettes für mich gemacht hatte.

Vielleicht stimmt es, dass sie sich selbst immer eine kleine Happy Hour gönnt. Aber heute Abend hatte sie mich eindeutig dafür mit eingeplant. Das macht einen Riesenunterschied.

»Lebst du mit der Kalenderfotografin zusammen?«, fragt Britt.

Es erscheint mir eine lächerliche Differenzierung, sie Kalenderfotografin zu nennen, wo sie doch viel mehr als das ist. Aber ich gehe nicht darauf ein. »Chess wohnt bei mir, ja.« Es geht Britt nichts an. Aber ich habe auch nichts zu verbergen.

Britt kaut leicht auf ihrer Unterlippe.

»Woher weißt du eigentlich, wer sie ist?«, frage ich.

»Es gibt Fotos von euch beiden. In einem Aquarium. Beim Einkaufen im Supermarkt.« Ihre glatte Stirn kräuselt sich zart. »Sie haben sie die ganze Woche lang dabei fotografiert, wie sie im Gebäude ein und aus geht.«

Toll. Das wird Chess so richtig gefallen. »Du scheinst ja gut informiert zu sein.«

Britt schüttelt den Kopf, als wäre ich naiv. »Ich beneide dich um deine Fähigkeit, die Presse auszublenden. Sie sind überall, Finn.« Ihre Wimpern flattern nach unten, als sie den Blick senkt. »Uns haben sie auch einmal zusammen fotografiert.«

Verärgerung kriecht meinen Rücken hinauf und krallt sich

um meinen Hals. »Die haben jeden auf dieser Party fotografiert. Es war Fashion Week.«

Tatsache ist: Footballspieler treiben sich wegen der Models auf Modenschauen und Fashion-Partys rum. Nicht weil ihnen die Klamotten gefallen. Wenn du ein Rookie bist und eingeladen wirst, mit den schönsten Frauen der Welt abzuhängen, dann gehst du hin. Ja, mein Gott, du bist geradezu wild darauf.

Models, Schauspielerinnen, Popstars – die lieben uns. Wir sind top in Form, reich, und die meisten von uns wollen nichts Kompliziertes. Eine oberflächliche Angelegenheit? Na sicher ist es das. Aber wieso nicht, solange es niemandem schadet?

Nur eben manchmal schadet es jemandem. »Wieso bist du hier, Britt?«

Sie setzt sich auf die Kante der Couch, greift nach einem Stück Käse, betrachtet es stirnrunzelnd und legt es wieder zurück. Ich fahre sie beinahe an, dass sie nichts anfassen soll – das ist Chess' Essen. Aber dann seufzt Britt leise. »Ich weiß nicht. Ich habe die Fotos gesehen und musste an dich denken. Du machst mit deinem Leben einfach weiter.«

Geht es darum? Will sie mir Schuldgefühle verpassen? Das Schlimmste daran ist, dass ich nicht weiß, ob ich welche haben sollte. »Darf ich das denn nicht?«

»Nein. Doch.« Sie schüttelt den Kopf, wobei selbst diese einfache Bewegung atemberaubend bei ihr aussieht.

Als ich diese Frau kennenlernte, hat mich ihr Aussehen dermaßen fasziniert, dass ich nicht mehr denken konnte.

»Es tut mir leid«, sagt sie. »Ich weiß die halbe Zeit gar nicht, was ich rede.«

Und plötzlich fühle ich mich tatsächlich schuldig. »Ist schon okay, Britt.«

Sie stößt etwas aus, das halb nach Schluchzen und halb nach

Lachen klingt. Als sie mit großen Augen aufschaut, wirkt ihr Blick leicht zögerlich. »Deine Mutter hat mich angerufen.«

Sie hätte mich nicht mehr schocken können, wenn sie mir eine runtergehauen hätte. »Was?« *Im Ernst. Was zum …?*

Britt hebt das Kinn einen Tick. »Sie hat mich zu Thanksgiving zu euch eingeladen …« Sie zieht die Nase kraus. »Nein, so hat sie es nicht genannt.«

»Thanksmas«, stoße ich zwischen zusammengepressten Zähnen hervor. Das Blut rauscht in meinen Ohren. Ich werde meine Mutter umbringen. Ist mir egal, ob das ein Verbrechen ist. Ist mir egal, ob mein Vater aus Vergeltung dann mich umbringt. Die Frau ist zu weit gegangen.

»Ja, das war es.«

»Britt.« Mein Tonfall ist unnachgiebig. Ich habe es nicht unter Kontrolle. »Nein. Tut mir leid, aber nein.«

Ihr klappt die Kinnlade herunter, ihre Augen werden glasig, als würde sie gleich weinen.

»Meine Mutter meint es gut«, fahre ich fort. »Aber das ist für keinen von uns beiden das Richtige.« Scheiße noch eins, es ist ganz sicher nicht das, was ich möchte oder brauche.

Britt steht schwankend auf. Ich strecke eine Hand aus, um sie zu stützen, doch sie schüttelt sie ab. »Ich dachte …« Sie holt Luft. »Ich dachte, sie hätte vielleicht für dich gesprochen.«

»Nein«, sage ich und versuche, meinen Ton zu mildern. Denn sie ist auch nur ein Opfer von Moms Einmischerei. »Es tut mir leid.«

»Ist es wegen der Fotografin?«

»Chess«, erinnere ich sie.

»Chess. Ist es ihretwegen?«

»Nein.« Das ist ehrlich die Wahrheit. Chess hat nichts damit zu tun, warum ich nicht möchte, dass Britt die Feiertage mit uns verbringt. »Ich kann einfach nicht …« Verfluchte Scheiße, was kann ich sagen, ohne mich wie ein komplettes Arschloch anzuhören?

»Ich verstehe«, sagt Britt und rettet uns damit beide. Sie atmet einmal durch und nimmt Haltung an. »Wirklich. Es tut mir leid, wenn ich dir Unannehmlichkeiten bereitet habe.«

Unannehmlichkeiten? Gott, es ist so unangenehm zwischen uns beiden, dass ich würgen möchte. Ich reibe mir den Nacken. »Nein. Mir tut's leid, wenn ich schroff war. Ich bin nicht gut in so was.«

Sie setzt ein schiefes, bittersüßes Lächeln auf. »Tja, wer ist das schon?« Als sie den Flur entlanggeht, eile ich zur Tür, um sie für sie aufzuhalten. Britt hält inne und schaut zu mir hoch. »Pass auf dich auf, Finn.«

Ich kann sie kaum noch ansehen. Es ist falsch von mir, ich weiß. Aber Gefühle richten sich eben selten nach dem Verstand. »Auf Wiedersehen, Britt.«

Als ich die Tür schließe und mich dagegen lehne, brauche ich Chess dringender hier bei mir als die Luft zum Atmen. Aber sie würde wahrscheinlich Fragen stellen. Und ich weiß nicht, ob ich es schaffe, sie ihr zu beantworten.

Chess

Was mir am French Quarter mit am besten gefällt, ist der unschätzbare Umstand, dass man immer eine offene Bar findet, egal zu welcher Uhrzeit. Und nicht etwa irgendeine muffige, düstere Kneipe – auch wenn es jede Menge davon gibt –, sondern welche mit Zinnkacheln an den hohen Decken, Glaswänden und süßen Mixologen wie meinem neuen Freund Nate, der mir netterweise einen perfekten Sazerac rüberschiebt.

Ich trinke einen kalten Schluck davon und lausche, wie Ella

Fitzgerald in *Bewitched, Bothered and Bewildered* davon säuselt, wie verzaubert, verstört und verwirrt sie ist. Es reicht beinahe aus, um die geschundene Seele zu lindern.

»Das war aber mal ein tiefes Seufzen«, bemerkt Nate, während er seinen makellosen Mahagonitresen abwischt.

Ich bin nicht länger Fan vom neugierigen Nate.

»Mir war nicht bewusst, dass ich geseufzt habe«, sage ich und nehme noch einen Schluck von meinem Drink. Guter Mann, dieser Nate, auch wenn er neugierig ist.

»Es hat mir praktisch die Haare weggeweht«, scherzt er.

Als ich Nates rasierten Kopf beäuge, lacht er.

»Ich brauche kurzfristig eine neue Bleibe.« Traurigkeit flutet meine Brust. Ich möchte mir keine neue Wohnung suchen – was nur umso mehr beweist, dass ich wirklich eine finden muss.

»Bist du gerade erst hergezogen?«, fragt Nate.

»Nein. Meine Wohnung ist abgebrannt.«

»Oh Mann, das ist übel.«

Ich denke daran, wie Finn auf der Suche nach mir in die Notaufnahme gerannt kam, wie er mich heimgebracht hat zu sich und mir das Gefühl gegeben hat, dass es, solange ich es brauche, auch mein Zuhause ist. Und dann denke ich daran, dass Finn jetzt gerade mit Britt da oben ist, und daran, wie er sie angesehen hat. Die beiden haben eine gemeinsame Vorgeschichte, und es ist eindeutig keine einfache.

Der Schluck von meinem Cocktail schnürt mir die Kehle zu und brennt klebrig süß auf meiner Zunge. »Ja.«

Nate kommt näher, bis er mir gegenübersteht. »Ich kann für dich die Ohren offen halten. Gib mir doch deine Nummer.«

Ich betrachte Nates rasierten Schädel, die Ringe in seinen Ohrläppchen und die süßen Hosenträger auf seinen Schultern. Sein Blick wirkt interessiert.

»Du willst meine Nummer?«

Aus dem interessierten wird ein heißer Blick. »Ich bin super im Trösten.«

Ich wette, das ist er.

Finn ist besser.

Finn ist mit einem Supermodel in seiner Wohnung.

Ich gebe Nate mein Handy, und er tippt seine Nummer ein.

Da ist nicht mal das leiseste Kribbeln in meinem Bauch.

»Also«, sagt er jetzt fröhlicher. »Möchte die hübsche kleine Lady noch einen Drink?«

Hübsche kleine Lady? Ich bereue meine Entscheidung schon jetzt. »Noch ein Drink und ich bin hinüber. Gib mir lieber die Speisekarte.«

»Dann machen wir dich mal satt.« Nate grinst. Ich weiß, dass er denkt, ich würde seinetwegen hier rumhängen, dabei kann ich in nächster Zeit nur nicht zurück in Finns Wohnung. Abgesehen davon, durch die Gegend zu laufen, habe ich keine andere Option, wo ich hin kann, was richtig ätzend ist.

Ich esse was und unterhalte mich mit Nate und einigen Stammgästen, die an der Bar sitzen, bis mein Hintern taub ist und ich mir sicher bin, dass Nate sich ganz falsche Hoffnungen macht.

Als er gerade beschäftigt ist, lege ich etwas Geld auf den Tresen und stehle mich nach draußen in die Dämmerung. Und dann laufe ich doch herum, bis es schließlich dunkel geworden ist und ich es nicht mehr länger hinauszögern kann.

Vor Finns Wohnung angekommen, schließe ich, so leise ich kann, die Tür auf.

Bitte lass sie mich nicht hören. Bitte lass sie in seinem Schlafzimmer sein. Gott, die Horrorvorstellung, die beiden tatsächlich zu sehen, lässt mich verharren, während mein Herz in meiner Brust wie Gewehrfeuer donnert.

Wie ein Einbrecher schleiche ich hinein. Das Wohnzimmer

ist dunkel, und ich stoße erleichtert einen Seufzer aus, als ich leise den Weg zu meinem Zimmer einschlage.

»Was machst du denn da?«, fragt Finn hinter mir.

Mit einem unterdrückten Aufschrei drehe ich mich um und presse eine Hand auf mein Herz. »Gott, schleichst du dich immer so an?«

Finn zieht eine Augenbraue hoch und sieht mich vielsagend an.

»Ich wollte dich nicht stören.« Erst jetzt bemerke ich, dass der Fernseher läuft, eins seiner Videospiele ist mittendrin angehalten. Finn hat eine Jogginghose an und ein altes Nike-T-Shirt mit dem Aufdruck »Just Do It« quer über seiner breiten Brust.

»Ich bin verwirrt, weil du auf Zehenspitzen herumschleichst wie irgend so ein Cartoon-Bösewicht«, sagt er, verdreht dabei die Augen und geht dann mit einem Sportgetränk in der Hand zur Couch.

Ich stelle meine Tasche auf der Konsole ab und folge ihm. »Ich bin nicht auf Zehenspitzen herumgeschlichen. Ich war bloß leise.«

Finn schnaubt und lässt sich auf die Couch plumpsen, bevor er mit einem Blick zu mir hochschaut, als würde ich nur Mist labern. Was ich auch tue. »Du warst ganz schön lange weg.«

Es hört sich an wie ein Vorwurf.

»Du hattest Besuch.« Scheiße, das hört sich auch wie einer an.

Finn dreht sich wieder zum Fernseher. »Nicht mehr.«

In seiner Stimme schwingt etwas mit, das mir zu denken gibt. Kummer oder Bitterkeit. Es ist schwer zu sagen.

Ich gehe rüber zur Couch und bleibe an der Armlehne stehen, weil ich nicht sicher bin, ob ich mich setzen oder ihn allein lassen soll. Finn sieht nicht mal hoch, sondern trinkt einen großen Schluck aus seiner Flasche. Die leichten Fältchen, die wie ein Fächer um seine Augenwinkel liegen, sind jetzt tiefer, wirken angespannt und traurig.

»Hast du was gegessen?«, fragt er und stellt sein Sportgetränk auf den Tisch. »Ich musste den Käse wegräumen, weil er anfing zu schwitzen. Aber ich kann ihn wieder rausholen.«

Ich räuspere mich. »Nein, ich brauch nichts. Ich habe in einer Bar gegessen.«

Er nickt stumm und greift dann nach seinem Videospielcontroller. Ich drehe mich gerade zum Gehen um, als seine Stimme mich zurückhält.

»Bleib.« Als er hochschaut, kriege ich fast einen Schock. Denn er sieht getrieben aus. Wütend. Verloren.

Ehe ich michs versehe, sitze ich neben ihm – nah genug, um zu spüren, wie seine Körperwärme von ihm abstrahlt, aber nicht so nah, dass ich Gefahr laufe, mich bei ihm anzulehnen. »Geht's dir gut?«

Seine Miene fällt in sich zusammen. »Bin nur müde.«

Die Endgültigkeit seines Tonfalls macht klar, dass er keine weiteren Fragen beantworten wird. Ich bin fast erleichtert. Das Letzte, was ich möchte, ist, ihn wegen seines Liebeslebens zu trösten. Dennoch gefällt es mir nicht, dass er leidet.

Er schaut in meine Richtung, sieht mir jedoch nicht in die Augen. »Ich kann etwas anderes anmachen, wenn du willst.«

»Nein.« Ich streife meine Schuhe ab und lege mein Handy auf den Tisch, bevor ich mich bequemer auf der Couch zusammenrolle. »Zeig mir, was du mit deinen großen Kanonen draufhast.«

Seine Mundwinkel zucken. »Machst du dich lustig, Chester?«

»Ich?«, ich blinzele unschuldig. »Das würde mir niemals einfallen.«

Finn brummt zweifelnd, aber seine Miene ist heiterer, als er sein Spiel wieder startet. Zufrieden damit, neben ihm zu sitzen und ihm beim Zocken zuzugucken, schalte ich gedanklich ab, und mein Körper wird schwer und warm. Zwei Stunden war ich weg und habe ihn vermisst, als wären es Wochen gewesen. Ich bin so was von geliefert.

Er beendet sein Spiel, schaltet das normale Fernsehprogramm an und zappt durch die Kanäle.

»Oh warte«, rufe ich »Stopp.«

»›Friends‹? Echt jetzt?«

»Guck mich nicht so an. Das ist lustig!«

»Das ist … wie alt? Um die fünfundzwanzig Jahre?«

»Du bist auch um die fünfundzwanzig«, stelle ich mit einiger Schärfe fest. »Sollte ich dich etwa nicht im Fernsehen angucken?«

Daraufhin zieht er die Augenbrauen hoch. »Guckst du dir mich im Fernsehen an?« Er klingt gleichzeitig hoffnungsvoll und skeptisch.

»James ist ein Riesenfan. Ich hab dich von Anfang an spielen sehen.«

Für einen langen Augenblick sagt er gar nichts, sein Blick wandert über mein Gesicht, als versuchte er, herauszufinden, ob ich die Wahrheit sage. Aber dann tritt langsam ein zufriedenes Leuchten in seine Augen. »Beunruhigend, wie sehr es mir gefällt, das zu wissen.«

Ich schaffe es gerade so, mich nicht zu winden. »Ich sollte wohl klarstellen, dass es meistens aus den Augenwinkeln war und du nicht mehr als ein dick vermummter Kerl, der unter einem Helm steckte.«

Finn schüttelt den Kopf und macht Tss. »Du wirst mir das nicht verderben, Chess. Du hast mich spielen sehen. Ende der Geschichte.« Er streckt sich aus, sodass seine langen Beine schräg über dem Couchtisch liegen wie bei Seiner Lordschaft.

»Lässt du mich jetzt meine Serie gucken oder wirst du noch den ganzen Abend triumphieren?«

»Meinetwegen«, sagt er einen Tick zu glücklich.

»Mit dieser Folge werd ich dich überzeugen, wart's nur ab.«

»Ich hab sie schon gesehen. Dex ist ein Fan.« Er nimmt sich sein Getränk. »Erinnerst du dich vom Shooting an ihn? Den großen Kerl mit dem Bart und den Tattoos …«

»Und Piercings«, werfe ich ein. »Ja, ich erinnere mich gut an ihn.«

Ein ersticktes Gurgeln bleibt Finn im Hals stecken, als er den Kopf hochreißt. »Jesses, Chess.«

»Was denn? Der Mann hat sein Ding gepierct. Das ist unmöglich zu übersehen. Oder wusstest du das etwa nicht?«

Seine Augenbrauen ziehen sich zusammen, als er finster dreinblickt. »Das ist nicht gerade was, das ich sehen *möchte*.«

Gott, es ist schwer, nicht zu grinsen; er klingt so pikiert und beleidigt. Aber das Teufelchen in mir kann nicht widerstehen, ihn zu triezen. »Ich hätte gedacht, so ein Piercing wäre Thema Nummer eins in der Umkleide.«

Wie geahnt reagiert er mit einem empörten spöttischen Blick, dreht sich dann aber wieder zum Fernseher. Als er spricht, klingt er fast mürrisch. »Dex ist dein Typ.«

Ach, reden wir jetzt darüber, was unser Typ ist? Nachdem ich Miss Goldene Göttin mit dem Schmollmund gegenübergestanden habe?

»Schätze schon«, stimme ich zu. Weil Finn recht hat. Dex ist einhundertprozentig der Typ, auf den ich normalerweise stehe. Wir haben sogar über unser gemeinsames Interesse für Kunst und Malerei geredet, als ich ihn fotografierte. Trotzdem hab ich dabei nicht mehr empfunden als eine leichte Zuneigung und das Bedürfnis, dem großen Kerl die Nervosität zu nehmen. »Versuchst du etwa, mich mit ihm zu verkuppeln?«

Ich bin mir ziemlich sicher, dass ich Finn umbringen muss, wenn er anfängt, mir vorzuschlagen, ich solle mal mit seinen Freunden ausgehen.

Finn bekommt einen straffen Zug um den Mund. »Tut mir leid, aber er ist vergeben.«

»Schön für ihn.« Wirklich. Ich mag Dex.

Finn grunzt zur Antwort und rutscht auf der Couch herum, wobei er die Beine ständig anders hinlegt, als könnte er keine bequeme Position finden. Wir sind beide irgendwie schlecht drauf, und ich weiß nicht recht, ob wir zu streiten versuchen oder doch nicht. Der Gedanke macht mich müde und deprimiert.

»Du brauchst einen großen Polsterhocker, auf den du deine Füße legen kannst«, sage ich abgelenkt.

»Normalerweise strecke ich mich auf der Couch aus.« Finn schaut erst auf seinen Couchtisch und dann zu mir. »Aber du hast recht. Ein Hocker wäre besser. Wir sollten einen kaufen gehen.«

Wir? Oh, verdammt. Ich kauere mich noch mehr in die Ecke der Couch. »Das brauchst du nicht. Ich kann mich gerne immer auf den Sessel setzen und dir die Couch lassen.«

»Oder du könntest dich auf meinen Schoß setzen.«

»Goldig.«

»Fänd ich auch«, stimmt er zu.

Es ist unser typischer Schlagabtausch, aber alles fühlt sich komisch an. Ich bin mordsmäßig angespannt, und er ist nicht so charmant wie sonst. Der Fernseher taucht sein Gesicht in flackernde Blau- und Rottöne. Seine Gesichtszüge wirken verkniffen, seine Schultern sind gestrafft. Seine Hand liegt zwischen uns, groß und breit, mit gepflegten Fingernägeln.

Ich weiß, dass seine ausgestreckte Hand von der Daumenspitze bis zur Spitze des kleinen Fingers siebenundzwanzig

Komma drei Zentimeter breit ist. Sie haben es tatsächlich für das Scouting Combine vermessen, bevor er gedraftet wurde. Denn, wie Finn mir einmal lachend erklärt hat, die Handgröße ist wichtig. Für die NFL vielleicht schon. Jetzt gerade beschäftigt mich eher, dass er die Finger ins Kissen krallt, als müsste er sich an etwas festhalten.

Ich möchte seine Hand nehmen, die Hubbel seiner Fingerknöchel nachzeichnen und den feinen Fächer aus Knochen, der zu seinem Handgelenk führt. Aber das kann ich mir nicht rausnehmen.

»Ich bin froh, dass du zu Hause bist.« Seine Stimme ist leise, aber fest und hallt in meinen Knochen nach.

Unsere Blicke treffen sich. Ihn direkt anzuschauen ist schmerzlich, mein Kopf wird wattig und mein Herz schwer. Ein winzig kleiner Teil von mir möchte ihn anschreien, weil er ein Leben führt, in dem ich keine Rolle spiele, und weil er ganz eindeutig einer *anderen* Frau als mir verfallen ist. Ich hasse mich selbst für diese Scheinheiligkeit. Er gehört mir nicht. Ich habe kein Recht, ihm solche Vorwürfe zu machen.

Aber der empfindliche, begehrliche Teil von mir möchte auf seinen Schoß krabbeln und den Kopf an seine Schulter legen. Das ist alles, was ich im Moment brauche. Mehr nicht. »Ich auch.«

Das scheint ihn zu freuen, aber sein ernster Gesichtsausdruck bleibt. »Du brauchtest nicht wegzugehen, weißt du.«

»Oh doch.«

Sein Blick gleitet ab. »Nicht stundenlang, nein.« Er hat jetzt etwas Schweres, Behäbiges an sich, das ich bei ihm nicht kenne. Und mir wird klar, dass es Schmerz ist. Er leidet ernsthaft. Es schnürt mir die Kehle zu, und ich habe Schwierigkeiten, die Worte auszusprechen. »Sie hat dir das Herz gebrochen, nicht wahr?«

Finn zuckt zusammen und verharrt dann vollkommen reglos, seine Lider sind gesenkt. »Schätze, das hat sie irgendwie.«

Es ist offiziell: Ich hasse diese Frau. »Ich dachte, du datest niemanden«, platze ich wie eine Idiotin heraus.

Sein Mundwinkel geht zu einem traurigen Lächeln nach oben. »Mach ich auch nicht.«

Da er nicht weiter darauf eingeht, bin ich weiterhin verwirrt, und die Eifersucht drückt mit harter Hand auf meine Brust. Ich kann meine Gefühle eindeutig nicht gut verbergen, denn als er mir einen Blick zuwirft, schaut er gleich noch ein zweites Mal rüber und zieht die Augenbrauen zusammen. »Chess …«

Mein Handy plingt, als eine Nachricht eingeht und dann noch eine zweite. Finn greift nach dem Telefon, als wollte er es mir geben, erstarrt dann aber, als er aufs Display guckt. Mit bebenden Nasenflügeln zieht der die Luft ein. »Wer zum Teufel ist Nate?«

Ich habe nicht den geringsten Grund, mich schuldig zu fühlen. Ich reiße ihm das Handy aus der Hand. »Ein Barkeeper, den ich heute Abend kennengelernt habe.«

»Heute Abend«, wiederholt er, als wären das zwei schlimme Worte. »Und was meint er damit, wenn er schreibt, dass du ihm nicht gesagt hast, nach was für einer Wohnung du suchst?«

Ich kann ihn fast mit den Zähnen knirschen hören. Meine Finger krümmen sich um mein Handy. »Ich möchte lieber ausziehen, bevor ich deine Gastfreundschaft überstrapaziere. Das ist *megapeinlich*.«

Mein Scherz kommt nicht an. Der Muskel an seinem Kiefer tritt hervor. »Als ich gesagt hab, dass du so lange bleiben kannst, wie du möchtest, meinte ich das auch so.«

»Und ich weiß es zu schätzen. Sehr sogar.« Ein kaltes, klebriges Gefühl breitet sich in mir aus. »Aber ich bin dir im Weg. Heute Abend …«

»Gott«, knurrt er und erhebt sich von der Couch, um auf und ab zu gehen. »Liegt es daran, dass Britt hier aufgetaucht ist?«

Mein Gesicht wird knallrot. Ihren Namen kann ich auch partout nicht leiden. »Ich hab auf dem College in WGs gewohnt, Finn. Ich möchte nicht wieder anderen beim Poppen zuhören, während ich in meinem Zimmer festsitze.«

Er macht ein finsteres Gesicht. »Du denkst, ich hätte mit ihr gevögelt? Bist du deswegen so lange weggeblieben?« Er schnaubt – ein fieser, angepisster Laut. »Was rede ich da? Natürlich war es deswegen.«

»Ich wollte nur höflich sein«, blaffe ich.

»Höflich«, höhnt er. »Erstens nehme ich meine One-Night-Stands nicht mit nach Hause. Niemals. Ich möchte nicht, dass sie wissen, wo ich wohne. Das Letzte, was ich gebrauchen kann, ist eine Stalkerin.«

»Also, das ist … schrecklich.«

»Es ist die Realität, Chess. Meine Realität.« Er stützt die Hände tief auf seine Hüften und starrt mich finster an. »Ich habe nicht mit ihr gevögelt. Ich habe seit sechs Monaten niemanden gevögelt, wenn du die Wahrheit wissen willst.«

»Moment mal, was sagst du da? Warum?« Und wie bitte? Wie kann das sein? Hat er sich selbst mal im Spiegel betrachtet?

Seine Miene wird kämpferisch. »Das ist meine Sache.«

»Wieso erzählst du es mir dann?«, presse ich mit zusammengebissenen Zähnen hervor.

Mit rotem Gesicht dreht Finn sich weg, bevor er mich mit einem Blick festnagelt. »Ich weiß, ich reiße Sprüche über One-Night-Stands und habe dir den Eindruck vermittelt, dass ich ein Aufreißertyp bin. Daran bin ich selbst schuld.« Er kommt einen Schritt auf mich zu und macht sich ganz steif. »Aber du redest davon, dass du gehen willst, weil du denkst, bei mir würden die Sexdates ein und aus gehen, und das ist völliger Mumpitz.«

»Ich verurteile dich nicht, Finn.«

»Oh doch, tust du«, sagt er mit einem bitteren Lachen. »Hab wenigstens den Mumm, das zuzugeben.«

»Ich bin durchgedreht, okay? Ich hab nicht damit gerechnet, dass eine andere Frau hier auftaucht, weil ich dich mir nie mit anderen Frauen vorstelle.« *Nur mit mir.* »Und nicht etwa, weil ich denke, du wärst der wandelnde Geschlechtsakt.«

Finn blinzelt, er zieht die Augenbrauen weit nach oben. Eine unangenehme Stille breitet sich zwischen uns aus, und ich schaffe es gerade so, nicht in die Sicherheit meines Zimmers zu flüchten. Das kann ich nicht bringen. »Es tut mir leid, wenn ich dich beleidigt habe«, sage ich zu ihm. »Ich weiß nicht, wie ich mit dieser WG-Situation umgehen soll, es verunsichert mich irgendwie.«

Er nickt knapp und stößt dann die Luft aus. »Das ist hier kein Gefängnis, Chess. Ich kann dich nicht zwingen, zu bleiben. Und ehrlich gesagt möchte ich nicht, dass du bleibst, wenn du dich unwohl fühlst.«

»Ich fühle mich nicht unwohl …«

»Aber wenn du wissen willst, wie es mir damit geht«, unterbricht er mich, »ich möchte, dass du bleibst. Mein Leben ist besser, wenn du darin eine Rolle spielst. Ich freue mich darauf, nach Hause zu kommen. Zu *dir*. Und mir ist echt scheißegal, ob mich das zu einem egoistischen Arschloch macht.« Daraufhin dreht er sich um und geht zu seinem Zimmer. »Wenn du immer noch ausziehen willst, helfe ich dir morgen früh, eine Wohnung zu finden.«

11

Finn

Ich wache mit steifem Nacken und wummerndem Kopf auf. Nach einem Spiel ist das normal. Was es allerdings nicht erträglicher macht. Der Schmerz ist so schlimm, dass ich in die Dusche humpele. Fünf Schmerztabletten und dreißig Minuten unter dem glühend heißen Wasser helfen mir, mich wieder halbwegs wie ein Mensch zu fühlen. Zwar tut mir immer noch alles weh und mein Schädel fühlt sich an wie gesprungenes Glas, aber ich werde es überstehen.

Was nicht weggeht, ist der beschissene Druck in meiner Brust, wenn ich an gestern Abend denke. Ich bin zu weit gegangen, als ich Chess angegangen habe. Dass Britt hier aufgetaucht ist, hat mich aus der Bahn geworfen, und ich habe es an Chess ausgelassen. Der brennende Stich, den ich vor Eifersucht gespürt habe, als ich *Nates* Nachricht sah, hat es auch nicht besser gemacht.

Nate? Im Ernst? Sie geht zwei Stunden weg, und schon textet ihr irgendein Typ namens Nate?

Natürlich. Chess ist großartig. Ein Typ müsste schon taub, stumm und blind sein, um sie nicht zu bemerken. Und er müsste dämlich sein, um sich nicht an sie ranzumachen, wenn sie einmal mit ihm redet. Nein, wenn sie sich ihm *anvertraut*.

Ich reibe mir über die Brust, während ich zu meiner Kommode hinke. Verdammt, es ärgert mich, zu wissen, dass sie einem schmeichlerischen Barkeeper erzählt hat, dass sie eine neue Wohnung braucht, statt mit ihren Sorgen zu mir zu kommen. Fluchend ziehe ich meine Klamotten an und knalle die Schubladen zu.

Fakt ist: Ich bin der Blöde. Ich will Chess. Ich wollte sie schon von Anfang an. Aber ich hab mich in alte Gewohnheiten geflüchtet und ihr den Eindruck vermittelt, auf mich könne man nicht setzen, dass ich nur für eine Nacht tauge. Und sie hat klargemacht, dass sie kein Interesse hat, es mit mir zu versuchen. Verflucht, ich habe es mir selbst zuzuschreiben, dass sie nicht will.

Warum nur habe ich das gemacht?

Ich weiß keine Antwort, aber jetzt muss ich ihr gegenübertreten und ihr … was sagen?

Hey, Chess. Ich weiß, ich war noch nie länger mit einer Frau zusammen, aber der Gedanke, dass du mich verlässt, ist furchtbar. Weil ich nicht mehr nur mit dir befreundet sein will. Ich will zu dir gehören.

Ja, das würde gut ankommen. Sie würde wahrscheinlich schreiend davonlaufen.

Mir kommt in den Sinn, dass ich keine Beziehungen führe, weil ich einen Scheißdreck darüber weiß, wie man eine angeht.

Vielleicht, indem du dich erst mal dafür entschuldigst, dass du gestern Abend ausgeflippt bist.

Da Chess normalerweise bis zehn schläft, beschließe ich, ihr als Friedensangebot etwas zum Frühstück zu holen. Offenbar hat sie eine Schwäche für Beignets. Ich werde zum Café du Monde rüberjoggen und ihr eine Tüte davon holen.

Als ich um die Ecke zum Wohnbereich biege, bleibe ich wie angewurzelt stehen. Chess steht am Herd und schaut hoch. »Hey!«, sagt sie aufgesetzt fröhlich. »Ich mache French Toast. Und Würstchen. Magst du French Toast?«

Hey, Chess, ich will dich nicht nur. Ich brauche dich. Ich brauche dich so sehr, dass es wehtut. Ich bin mir ziemlich sicher, wenn du mich verlässt, dann bin ich am Ende.

Ich räuspere mich. »Die liebe ich.«

»Gut.« Sie wedelt mit ihrem Pfannenwender in Richtung der Kaffeemaschine. »Der Kaffee ist gerade fertig, wenn du welchen möchtest.«

Ich starre sie die ganze Zeit an, während ich zwei Becher herausnehme und Kaffee eingieße. Es fühlt sich an, als würde ich durch tiefes Wasser waten. In der Zwischenzeit hantiert Chess herum, wendet die French Toasts und tunkt neue Brotscheiben in die Eimischung, die sie in einer flachen Schüssel zusammengerührt hat.

Ich gebe noch Milch in Chess' Kaffee und zwei Würfel Zucker in meinen, bevor ich ihr ihren Becher reiche. »Das ist neu«, sage ich mit einem Nicken auf ihr Frühstück.

Chess schaut unter ihren langen Wimpern hervor zu mir hoch. In diesen klaren grünen Augen liegt ein Hauch Bedauern, weshalb mein Herz zu pochen anfängt. Zieht sie aus? Ist es das? Ich kralle die Finger um meinen Becher und drücke sie in die heiß gewordene Keramik.

»Du hast so viel für mich getan«, sagt sie, schiebt den Pfannenwender unter einen goldbraunen Toast und legt ihn auf den Stapel bereits fertiger Scheiben. »Ich wollte einfach auch mal etwas für dich machen.«

»Das brauchst du nicht.«

Als sie zu mir hochblickt, sieht sie so verdammt schön aus, dass ich mich beinahe vorbeuge und mir eine Kostprobe von ihr hole. Ihre rauchige Sexstimme klingt leise und bedauernd. »Ich möchte es aber.«

Ihre Lippen sind ganz leicht vorgeschoben, die zartrosa Farbe erinnert mich an Bonbons. Ich möchte meinen Mund auf ihren drücken. Wieder und wieder. Und wieder.

Gott, ich träume vor mich hin wie irgend so ein liebeskranker Trottel, während sie mich anschaut, als wäre ich nicht ganz dicht im Kopf. Und ich merke, dass ich schon zu lange still bin.

»Bleibst du?«, krächze ich los.

Chess blickt hinunter auf den Herd und umfasst den Pfannenwender fester. »Es gefällt mir hier.«

Ich lehne mich gegen den Tresen, damit ich mich nicht zum Trottel mache und vor ihr auf die Knie falle. *Es gefällt mir, dich hier zu haben.* Ich räuspere mich. »Wenn du mir jetzt immer Frühstück machst, kannst du für immer bleiben.«

Sie lacht in sich hinein. »Wenn ich du wäre, würde ich mich mit solchen Aussagen zurückhalten, bis du das Frühstück probiert hast. Ich bin nicht gerade für meine Kochkünste bekannt.«

Dann mache ich für immer Frühstück für dich.

Ich neige den Kopf über ihre Schulter und luge in die Eimischung. »Ist das ein Stück Schale?«, ziehe ich sie auf und tue so, als wäre ich immun gegen den sauberen Duft ihrer Haare und die Wärme ihres schlanken Körpers.

»Halt die Klappe.« Als Chess mir den Ellbogen in den Bauch drückt, kann ich mich gerade so beherrschen, sie nicht an mich zu ziehen.

Meine Selbstkontrolle ist dermaßen brüchig, dass ich mich nicht davon abhalten kann, ihren Oberarm zu umfassen und festzuhalten. Sie hält inne, rührt sich nicht und sagt keinen Ton. Mein Griff ist sanft, meine Handfläche liegt auf ihrer weichen, warmen Haut. Ich stehe so dicht bei ihr, dass ihre Schulterblätter fast jedes Mal meine Brust tangieren, wenn sie einatmet. Eine Geisterberührung. Und doch fühle ich sie, als wäre sie real. Sie löst Schauer auf meiner Haut aus, und ich will mehr.

Jesses, was für ein Kerl ist denn aus mir geworden? Ich erkenne ihn nicht, er ist animalisch, hyperaufmerksam und gleichzeitig so weichherzig, dass es mich verwirrt.

Chess hält den Kopf vorgebeugt, ihr Blick ist auf die Pfanne gerichtet. Butter brutzelt darin, ein weiches, gelbes, von Teig umhülltes Stück Brot bräunt langsam vor sich hin. Keiner von uns beiden bewegt sich, meine Hand umschließt ihren Arm, unsere Atmung geht synchron. Ein. Aus. Ein. Aus.

Es fühlt sich an, als würde ich sie vögeln.

Als mir der seltsame Gedanke durch den Kopf schießt, macht er mich schwindlig. Ich schwanke gegen sie, sodass mein schwerer, vor Lust ganz heißer Schwanz ihre Pobacke küsst.

Alles verschwimmt leicht.

Ich muss. Ich muss.

Meine Finger zucken an ihrem Arm und sinken in ihre weiche Haut.

Sie gibt einen Laut von sich, keinen gequälten, aber einen unkontrollierten.

Ich ziehe scharf die Luft ein, meine Lungen brennen. »Chess –«

Die scheppernde Melodie von »Bohemian Rhapsody« hallt durch den Raum.

Mom.

Das ist wirkungsvoller als eine kalte Dusche. Sofort trete ich zurück, mein Kopf wird klar, und mein Schwanz erschlafft. Fluchend greife ich nach meinem Handy und stelle es aus. Chess starrt mir ein Brandmal in den Rücken, und die Haut in meinem Nacken zieht sich zusammen.

»Wen ignorierst du denn?«, fragt sie in die drückende Stille hinein.

Seufzend reibe ich mir mit einer Hand übers Gesicht. »Meine Mutter.«

Nach diesem einen Geständnis weiß ich, dass ich nicht umhin kann, Chess alles zu sagen. Ich könnte mich weiter verstecken, aber ich möchte Chess in meinem Leben haben, und das bedeutet, dass ich sie ganz hineinlassen muss, so schmerzhaft das auch sein mag.

Chess

Gerettet von Finns Mutter. Ich hätte niemals gedacht, dass ich dafür mal dankbar sein würde. Doch es fühlt sich wirklich so an. Denn noch vor einer Sekunde? Gott, da wurde ich völlig unerwartet und unliebsam von purer Lust überrumpelt.

Abgesehen von meinem Arm hatte Finn mich überhaupt nicht berührt. Aber das spielte keine Rolle. Ich habe jeden Zentimeter von ihm hinter mir gespürt, eine Wand aus vibrierender Hitze und Vorsatz.

Noch nie war meine Wahrnehmung so geschärft. Als wäre jedes meiner Nervenenden mit seinen verbunden. Er atmete, und ich atmete mit ihm. Ich konnte mich gerade so beherrschen, ihn nicht anzuflehen, mich zu berühren, seine Hand in meine Hose gleiten zu lassen, damit er die empfindliche, geschwollene Stelle findet, die ganz feucht war und pulsierte.

Immer noch pulsiert. Und ich bin dankbar für die erneute Ablenkung. »Du ignorierst deine Mutter?«

Finn kommt mir nicht wie der Typ vor, der seine Familie meidet. Aber seine Miene wird störrisch und schuldbewusst.

»Ich habe diesen Klingelton mindestens schon ein halbes Dutzend Mal gehört, seit ich hier eingezogen bin«, setze ich hinzu. »Und nie gehst du ran.«

»Du hast recht«, stößt er schließlich hervor. »Ich bin ein absolutes Arschloch.«

Er wirkt so verloren und gleichzeitig hochgradig wütend, dass ich es nicht mal über mich bringe, ihn aufzuziehen.

»Als wir uns kennengelernt haben, hätte ich dir da vielleicht zugestimmt«, sage ich behutsam. »Aber inzwischen weiß ich es besser. Du bist einer von den Guten, Finn.«

»Das klingt nicht nach einem Kompliment«, murmelt er, starrt finster vor sich hin und reibt sich den Nacken.

»Ist es aber. Was ist denn los mit dir?«

Einen Augenblick lang erweckt er den Eindruck, als würde er nicht antworten, aber dann gibt er sich mit einem tiefen Seufzen geschlagen. »Scheiß drauf. Ich möchte mit dir darüber reden.« Seine blauen Augen sind voller Schmerz, als er in meine schaut. »Wirklich. Ich glaube nur nicht, dass ich diese Unterhaltung mit dir hier führen kann, da drehe ich durch. Ich brauche frische Luft.«

Vor zehn Minuten wollte ich ihn ablecken wie warmen Honig. Jetzt schaffe ich es gerade so eben, ihn nicht wie ein verletztes Tier in den Arm zu nehmen. Aber wenn er mir nur ein bisschen ähnlich ist, wird er sich dagegen sträuben. »Na dann lass uns spazieren gehen.«

Wir gehen zur Promenade am Fluss, wo die Sonne heiter strahlt und vom Mississippi eine steife Brise herüberweht, die schmerzvolle Worte sofort davonträgt. Wir schweigen eine Weile und gehen an einem Mann vorbei, der auf einer Trompete »The Sunny Side of the Street« spielt. Weiter vorn sitzt eine Gruppe total abgeranzter Musiker etwa in meinem Alter auf dem Boden und probt Bluegrass.

Als Finns Finger meine Hand berühren, ziehe ich sie aus Gewohnheit reflexartig zurück. Er gibt einen gereizten Laut von sich. »Nimm verdammt noch mal meine Hand, Chess. Ich werd nicht heulen oder so einen Scheiß.« Wieder sucht er mit seinen langen Fingern meine Hand und hält sie fest.

»Hab ich auch nicht behauptet, Miesepeter.« Ich verschränke meine Finger mit seinen. »Siehst du? Wir halten Händchen.«

»Endlich«, murmelt er.

Ich lasse das so stehen, gehe einfach neben ihm her und warte darauf, dass Finn zu erzählen beginnt. Als er dann anfängt, klingt seine Stimme müde und gequält. »Vor gut elf Monaten war ich auf einer Party und habe Britt abgeschleppt.«

Okay, damit hatte ich jetzt nicht gerechnet. Und ich möchte auch nichts darüber hören. Aber ich sage kein Wort.

»Es war nicht mal ein One-Night-Stand«, fährt er fort. »Wir haben in einem Badezimmer gevögelt und sind dann zurück auf die Party gegangen, um weiterzufeiern.«

Na, das hat mal Klasse.

»Ja, ich weiß«, sagt er, als hätte ich es laut ausgesprochen. »Ich war berauscht vom Sieg eines wichtigen Spiels, und da war das Supermodel, das darum bettelte, mir einen zu …« Er räuspert sich. »Vier Monate später stand Britt vor meiner Tür.«

»Bitte sag mir, dass du sie wiedererkannt hast«, platze ich gemeinerweise heraus. Verdammt.

Finn wirft mir einen Blick zu, der mich zum Schweigen bringt und den ich absolut verdient habe. »Ja. Aber ich will ehrlich sein: Ich war nicht gerade begeistert, sie zu sehen. Der Sex mit Britt war irgendwie … nichtssagend gewesen.«

Nur Finn kann einem erzählen, dass Sex im Bad mit einem Supermodel nichtssagend gewesen sei.

Er schluckt schwer und starrt hinaus auf den Fluss. »Sie war schwanger, Chess.«

Ich stolpere über einen Riss im Pflaster, und er umfasst meine Hand fester, um mir Halt zu geben.

»Was?«, krächze ich.

Finns Kiefermuskeln treten hervor. »Von der Highschool

an warnen sie uns, dass wir keine Frauen schwängern sollen. Glaub ihnen nie, wenn sie sagen, dass sie die Pille nehmen. Benutz immer ein Kondom. Heute gepoppt heißt vielleicht morgen verzockt.«

»Schön formuliert.«

»Aber wahr«, sagt er schulterzuckend. »Ich habe ein Kondom benutzt. Und ich war nicht so naiv, dass ich nicht einen Vaterschaftstest verlangt hätte. Britt war einverstanden. Sie wollte kein Geld. Sie hat selbst mehr als genug. Sie wollte einfach nur das Richtige tun und es mich wissen lassen.«

Plötzlich fühle ich mich klein und gehässig, weil ich eifersüchtig auf die Frau war.

Finn lässt mich los und schiebt die Fäuste in die Hosentaschen, als wir langsam weitergehen. »Die Testergebnisse kamen. Ich war der Vater.«

»Wie … Ich habe nie ein Wort darüber in den Medien gehört. Und James guckt gewissenhaft jeden Tag die Sportnachrichten auf ESPN.«

»Wir haben Stillschweigen darüber gewahrt und hatten Glück, dass es niemand an die Presse durchgesteckt hat. Jake ist der einzige Freund von mir, der davon weiß. Also, er und meine Familie. Die weiß es auch.«

Er holt tief Luft. »Jedenfalls hab ich meinen Mann gestanden und ihr einen Heiratsantrag gemacht.«

Ein heftiger Ruck geht durch meinen Magen. Wenn er verheiratet ist …

»Aber Britt hat Nein gesagt.« Erleichterung und Panik bekriegen sich in meiner Brust. *Er hätte verheiratet sein können. Dann hätte ich ihn nie so kennengelernt.*

»Wir haben eine Sorgerechtsregelung ausgearbeitet, solche Sachen …« Er verstummt und starrt hinunter auf seine Schuhe, während wir gehen.

»Also hast du ein Kind.« Ich kann eins und eins zusammenzählen. Die Vorstellung, dass ein kleiner Finn irgendwo herumläuft, macht mich baff. Gott. Ein Vater.

»Im fünften Monat«, krächzt er, »hatte Britt eine Fehlgeburt.«

»Oh, Finn.«

Er steht mit ausdrucksloser Miene und hochgezogenen Schultern im Wind. Als ich seinen Arm berühre, merke ich, dass er vor Anspannung zittert.

»Es tut mir so leid, Finn.«

Sein Nicken ist kaum wahrnehmbar, so unmerklich bewegt er das Kinn. »Wir hatten gerade erfahren, dass es ein Mädchen ist, weißt du?«

Ich umfasse seinen Arm. »Finn …«

Er holt tief Luft, als würde er seinen ganzen Schmerz wieder in sich einsaugen, und strafft seine Schultern. Als er aufschaut, ist sein Kiefer fest zusammengepresst. »Die ganze Zeit, während Britt schwanger war, habe ich mir gesagt, dass echte Männer das so machen. Sie stehen für ihre Fehler gerade.« Er schnaubt – ein Geräusch der Zerrissenheit. »So habe ich über mein Baby gedacht, Chess. Ein Fehler. Mein kleines Mädchen.«

Als ihm Tränen in die Augen steigen, kann ich nicht mehr an mich halten. Ich trete auf ihn zu und umarme ihn. Und sofort erwidert er meine Umarmung, drückt mich so fest an sich, dass er mich fast quetscht, und vergräbt das Gesicht in meinem Haar. Für ein paar lange Momente schüttelt es ihn, und er ringt um seine Fassung, während ich meine Hand auf seinen Rücken presse und sinnfreie Laute vor mich hin gurre.

Seine raue Stimme ist dicht an meinem Ohr. »Ich wusste gar nicht, wie sehr ich sie wollte, bis ich sie auf dem Ultraschall gesehen habe.« Noch einmal erschauert er heftig. »Aber da war sie, mit zehn Fingern und zehn Zehen, ruderte mit den Ärmchen und Beinchen, als würde sie auf der Stelle laufen, und ich wollte sie. Ich wollte sie. Und dann war sie plötzlich nicht mehr.«

»Oh, Finn.« Es bricht mir das Herz für ihn. Für Britt. Ich war noch nie in ihrer Situation, aber ich weiß, wie es ist, wenn einem etwas genommen wird, von dem man gar nicht wusste, dass man es wollte. Und wie dieser Verlust das Leben verändert und einen für alle Zukunft verfolgt.

Als ich über diese Ironie nachdenke, überkommt mich tiefe Traurigkeit.

Ich weiß nicht, was ich für Finn tun soll, außer ihn weiter zu halten. Aber er lässt es nicht lange zu. Schon bald löst er sich aus der Umarmung und richtet sich auf. Seine Augenränder sind gerötet, aber er hat seinen Kummer beiseitegeschoben. Ich habe das selbst schon so oft gemacht, dass ein Teil von mir bewundert, wie gut er verbirgt, wie es ihm wirklich geht. Der andere Teil weiß, dass man auf diese Weise nicht darüber hinwegkommt, und möchte ihn weiter trösten.

»Britt ist zurück nach Schweden gegangen. Sie wollte mich nicht sehen. Und ehrlich gesagt hat sie mich an … all das erinnert, deshalb war ich froh, dass sie ging.«

»Hast du sie gestern seitdem zum ersten Mal wiedergesehen?«

Er nickt. »War ein heftiger Schock für mich.«

Ich spüre, wie ich distanziert werde, so als würde ich durch mehrere Lagen Baumwolle atmen. Ich kann das Gefühl nicht abschütteln, etwas verloren zu haben, von dem ich gar nicht wusste, dass ich es hatte. Die ganze Zeit habe ich Finn als flache Schüssel betrachtet, ganz und gar nicht als dumm, aber auch nicht als jemanden, in dessen Leben es viel mehr außer Football und Partys gibt. Und jetzt komme ich mir verdammt klein vor, weil ich das angenommen habe.

»Was wollte sie denn?« Ich kann es mir denken. Sie hat Finn angesehen, als wäre er ihre Rettung. Ich schlucke den Kloß in meinem Hals herunter. Sie haben eine gemeinsame Vorgeschichte, die nachzuvollziehen ich niemals in der Lage sein werde.

Finn seufzt, und wir gehen wieder weiter. »Meine Mom hat sie eingeladen, die Feiertage bei uns zu verbringen.«

Er braucht nicht zu sagen, was er davon hält. Wenn Blicke töten könnten, wäre seine Mom jetzt gerade in ernster Gefahr.

»Was hast du Britt gesagt?« Die Vorstellung, dass die beiden die Feiertage zusammen verbringen, begeistert mich nicht gerade. Aber ich habe keine Ansprüche auf Finn. Jetzt welche zu erheben wäre heuchlerisch und kleinlich.

»Dass ich sie nicht dort haben möchte.« Er zuckt zusammen. »Ich weiß, dass sich das mies anhört, aber wir waren nie Freunde. Nur … Ich weiß nicht, Teamkameraden mit einem gemeinsamen Ziel. Aber meine Mutter … Ich bin nach Hause gefahren, als es passierte. Sie hat mir in meiner schlimmsten Zeit beigestanden.«

»Und jetzt meidest du sie?«

»Weil sie die fixe Idee hat, mein Leben in Ordnung bringen zu müssen.« Er will sich mit einer Hand durchs Haar fahren, fühlt dann aber seine Cap und lässt den Arm unverrichteter Dinge wieder fallen. »Egal, wie oft ich ihr sage, dass es mir gutgeht, sie versucht weiter, mich mit einer Tochter oder Freundin von So-und-so zu verkuppeln, als ob mit der richtigen Frau alles besser werden würde.«

Ich beiße mir auf die Unterlippe, um mir ein Lächeln zu verkneifen. »So sind Mütter eben manchmal, wenn sie es gut meinen.«

Er schnaubt. »Letztes Mal, als ich nach Hause gefahren bin, kamen praktisch jeden Abend die Töchter von Admiral Foster zum Essen. Die beiden haben freundlich gelächelt, als sollte ich mir meine Favoritin aussuchen und sie dann nehmen. Das war verdammt seltsam. Aber das …« Er hebt gefrustet die Hand. »Das geht zu weit. Mom hat nicht nur mich brüskiert, sie hat auch noch Britt bloßgestellt.«

»Dann sag ihr das.«

»Ich bin grottenschlecht darin, meiner Mom die Meinung zu sagen«, murrt er.

»Na ja, ihr aus dem Weg zu gehen wird nicht funktionieren.«

»Das weiß ich. Scheiße.« Er guckt so finster drein, dass die Frau, die an uns vorbeiläuft, zweimal hinguckt und dann ihre Schritte beschleunigt. Finn scheint es nicht mitzukriegen. »Ich muss zu Thanksmas nach Hause.«

»Thanksmas?«

»Das ist quasi ein Rundumschlag der Winterfeiertage«, erklärt er und kreist dabei mit den Schultern. »Wenn ich an, kurz vor oder nach Thanksgiving und Weihnachten einen Spieltermin habe, feiert meine Mom Thanksmas in einer meiner freien Wochen.«

»Das ist liebenswert.«

»Das ist meine Mom.« Trotz seiner Verärgerung vermisst und liebt er seine Mom eindeutig sehr. Er guckt zu mir herunter. »Chess …«

»Was?«, frage ich und rücke von ihm weg. »Dieser Blick gefällt mir nicht.«

Finn blinzelt ganz unschuldig. »Was für ein Blick?«

»Derselbe, den du letzte Woche aufgesetzt hast, als du meine BHs in die Waschmaschine geworfen hattest und sie total verheddert waren.«

»Ich wollte nur helfen.«

»Wie schon gesagt, halt dich mit deiner Hilfsbereitschaft von meinen BHs und meinen Unterhosen fern.«

Ein strahlendes Grinsen erhellt sein Gesicht. Ich bin froh, es zu sehen. Das ist der Finn, den ich kenne – der, der mich nicht konfus macht und für den mir das Herz blutet. »Dafür hat es sich definitiv gelohnt, angeschrien zu werden«, sagt er.

Ich verdrehe die Augen. »Wolltest du mich jetzt was fragen oder nicht?«

Er wird ein bisschen ernster, hat aber ein hoffnungsvolles Leuchten in den Augen. »Komm mit mir nach Kalifornien.«

»Was? Zu eurer Familienfeier?«, quieke ich wie eine erschrockene Maus.

»Ja.« Er stupst mich mit der Schulter an. »Komm schon, das wird lustig. Meine Familie wird dich mögen. Und meine Mutter ist eine tolle Köchin.«

Ich betrachte ihn argwöhnisch. »Was verschweigst du mir?«

Seine Ohrmuscheln laufen rosa an. »Okay. Ich dachte, während wir dort sind, könnten wir behaupten, dass wir zusammen sind.«

Ich bleibe so abrupt stehen, dass Finn erst noch einen Schritt weitergeht, bevor er registriert, dass ich nicht mehr an seiner Seite bin.

»Oh, Scheiße, nein«, sage ich kopfschüttelnd.

Er zieht die Augenbrauen hoch, als hätte er überhaupt keine Ahnung, warum ich was dagegen haben sollte. Der Lügner. »Komm schon, so schlimm ist es nicht.«

»Es ist übel. Du willst lügen.« Ich balle die Finger zur Faust. »Deiner Familie gegenüber.«

»Ja, das stimmt. Weil meine Mutter nicht lockerlassen wird, Chess. Nicht, solange sie denkt, dass ich ein armer Trottel mit gebrochenem Herzen bin, der eine Frau braucht, die ihn wieder hinkriegt. Egal was ich sage, sie hat sich das verdammt noch mal in ihren verrückten Kopf gesetzt.«

»Also …«

Er kommt einen Schritt näher. »Es sind schon Fotos von uns beiden in der Presse. Welche, die zeigen, dass du bei mir wohnst.«

»Was?« Meine Haut kribbelt vor Entsetzen.

»Überraschung«, sagt er matt scherzend. »Britt hat es mir erzählt. Es tut mir leid, Chess. Ich habe nicht daran gedacht, dass sie in deine Privatsphäre eindringen.«

»Es ist nicht deine Schuld.« Ich wische mit einer Hand durch die Luft, als könnte ich wegschieben, dass ein ganzer Scheißhaufen Fotos von mir mit Finn verbreitet wird wie die übelste Klatschpresse.

»Egal, meine Mom verfolgt gewissenhaft alles, was über mich in der Presse verbreitet wird. Weil sie so stolz auf mich ist.«

Seine Mom ist definitiv liebenswert.

»Sie wird uns zusammen gesehen haben. Wahrscheinlich hat sie deshalb heute Morgen angerufen. Wenn ich ihr sage, dass wir nur Freunde sind, wird sie es sowieso nicht glauben.« Finn zieht den Kopf ein und gibt einen gefrusteten Laut von sich, bevor er wieder zu mir hochschaut. »Wenn wir sagen, dass wir miteinander gehen, wird es sie davon überzeugen, dass ich mit meinem Leben weitermache. Und ich kann es wieder genießen, bei meiner Mutter zu sein, ohne schreiend davonlaufen zu wollen.«

Ein zögerliches Lächeln umspielt meine Lippen. Wer bin ich denn, zu kritisieren, wie er mit seiner Familie umgeht? Ich liebe meine Eltern, aber sie nerven mich so sehr, dass ich ihnen noch nicht mal von dem Feuer erzählt habe. Das ist nichts, worauf ich stolz bin, aber ändern möchte ich es auch nicht. »Du willst also, dass ich deine Alibifreundin bin?«

Er stößt den Atem aus. »Ich will, dass du mit mir nach Hause kommst, weil ich meine Lieblingsfeiertage mit dir verbringen möchte. Das Leben macht mehr Spaß, wenn du dabei bist, Chess.«

Ich laufe ernsthaft Gefahr, zu einer matschigen Chess-Pfütze zu zerfließen.

Zum Glück redet er weiter. »Und wenn du nicht abgeneigt wärst, wüsste ich es sehr zu schätzen, wenn du für die Dauer des Aufenthalts die Rolle der vernarrten Freundin spielen würdest.«

»Man weiß doch, dass es nie gut ausgeht, wenn Leute ihren Eltern zuliebe so tun, als wären sie ein Paar«, gebe ich zu bedenken. »Das ist ein Rom-Com-Gesetz. Ehe du dichs versiehst, stehst du irgendwo mit einem Mikrofon auf einer Bühne und gestehst deine wohlgemeinten Lügen, während Dutzende Fremde zusehen.«

Der Wind weht einzelne Strähnen seiner Haare um seine Cap, und Finn kommt ein wenig näher, sodass sein Körper die Kälte abblockt, während er mir fragend in die Augen schaut. »Es muss ja nicht vorgetäuscht sein, weißt du.«

Mir stockt der Atem, bevor ich die Luft ausstoße. »Was?« Die Frage kommt mehr aus Schock als aus Verwirrung. Aber er beantwortet sie trotzdem.

»Du und ich. Das könnte echt sein.« Mit der rauen Kuppe seines Daumens streicht er mir eine verirrte Haarsträhne hinters Ohr und lässt den Finger dann an meinem Hals liegen. »Wir könnten mit diesem Eiertanz aufhören und es genießen, zusammen zu sein.«

Panik kriecht meine Brust hinauf. »Finn …« Ich versuche, Luft zu holen. »Ich wohne mit dir zusammen …«

Er lächelt, mit dem Daumen streichelt er mich weiter. »Was die Sache praktisch macht.«

»Nein.« Ich lege meine Hand über seine und halte sie an meiner Wange fest. »Nein, nur dumm.«

Finns Miene verschließt sich.

»In den meisten Nächten weine ich mich in den Schlaf«, platze ich heraus.

Finn zieht scharf die Luft ein und runzelt die Stirn. »Chess …«

Als er versucht, mich zu umarmen, halte ich ihn davon ab. »Ich sage dir das nicht, um Mitleid zu erregen. Ich möchte es mir kaum selbst eingestehen, aber alles zu verlieren hat mich aus der Bahn geworfen, Finn.«

»Oh Süße. Scheiße.« Mit der freien Hand umfasst er meinen Nacken und drückt mich leicht. »Das hättest du mir sagen sollen.«

»Ich sage es dir jetzt. Weil der einzige Lichtblick in dem Ganzen, der einzige Anker, den ich habe, du bist.«

Er stößt einen gequälten, fast schon verärgerten Laut aus und lehnt seine Stirn gegen meine. »Süße, ich kann nicht …« Er kneift die Augen zu. Ihm scheinen die Worte zu fehlen.

Ich umfasse seine Handgelenke und halte sie fest. »Das möchte ich nicht aufs Spiel setzen. Nicht, wenn ich mich so wie jetzt fühle, so …« Verloren. Aber das kann ich nicht sagen.

Das muss ich nicht. Er zieht mich trotz meines Protests an sich und drückt mich beschützend an seine Brust. »Es ist in Ordnung, Chester. Ich werde dich niemals drängen. Zwischen uns ist alles gut, ja? Alles wird gut.«

»Hätschele mich nicht«, murmele ich, obwohl ich nicht die Kraft finde, mich von ihm zu lösen. »Das brauche ich nicht.«

Finn brummt. »Ja, ich weiß. Du bist total krass. Aber du verstehst das falsch. Du hätschelst mich. Ich habe Bedürfnisse, Frau.«

Ein zerrissenes Lachen entweicht mir. »Ich bereue mein Geständnis jetzt schon.«

»Chess?«

»Ja?« Meine Stimme ist ein heiseres Murmeln an seinem Sweater.

»Halt die Klappe und lass mich dich umarmen.«

Seufzend gebe ich auf und lehne mich richtig gegen ihn, weil Finn zu umarmen eine Ganzkörpererfahrung sein sollte. Und trotz meines halbherzigen Protests beruhigt er mich, sodass das eklig zittrige Flattern in meiner Brust und meinem Bauch aufhört.

Ich bin nicht sicher, wie lange wir dort stehen. Lange genug, dass mir in seinen Armen warm wird und ich mich entspanne. Dann räuspere ich mich. »Ich werde deine Alibifreundin sein.«

Finn löst sich ein wenig von mir, um mir in die Augen zu sehen. Mir gefällt überhaupt nicht, dass sein Gesichtsausdruck angespannt und besorgt ist. »Nein«, sagt er. »Das war eine blöde Idee.«

»Na ja, es ist nicht deine beste«, stimme ich ihm mit einem schwachen Lächeln zu. »Aber ich verstehe die Logik dahinter. Wenn es deiner Mom hilft, entspannter zu werden, und somit auch dir, ist es das wert.«

Finn runzelt die Stirn, aber ich kann sehen, dass er Ja sagen möchte.

»Komm schon.« Ich stupse ihn mit der Schulter an. »Wir kriegen das hin. Ein paar Umarmungen. Ich sage deiner Familie, wie sehr ich dich anbete …«

»Das hört sich gut an.« Lachend legt er einen Arm um meine Schultern und dreht uns auf der Promenade wieder in die Gegenrichtung um.

Als ich ihn kennengelernt habe, hätte ich nie gedacht, dass er ein lockerer Typ ist. Ich weiß, dass Stress und Panik der Grund für sein Verhalten waren. Aber dennoch scheint er bei mir ein anderer Mensch zu sein. Finn redet keinen Schwachsinn, sondern ist einfach nur offen und ehrlich.

Er hat mir sein Vertrauen geschenkt und mir seinen Schmerz gezeigt. Das ist nichts, was ich auf die leichte Schulter nehme.

Ich schlinge einen Arm um seine Taille, während wir gehen. »Das mit dem Baby tut mir leid, Finn.«

Er kommt leicht ins Straucheln, lässt mich aber nicht los. »Ja«, sagt er leise. »Mir auch.«

Wir laufen ein Stück, bevor seine Stimme die Stille durchschneidet. »Es wird nicht aufhören.«

Mein Arm rutscht von ihm weg, als ich zu ihm hochschaue. »Was wird nicht aufhören?«

Finn macht ein ernstes Gesicht, aber als er meinen Blick erwidert, zucken seine Mundwinkel. »Dass ich dich will.«

Ich halte nicht bewusst an, stehe aber plötzlich still, unfähig zu sprechen.

Der Ausdruck in seinen Augen ist fast bescheiden. Aber in seinem sanften Tonfall schwingt auch ein Hauch Sturheit mit. »Ich meinte es ernst, als ich gesagt habe, dass ich dich nicht drängen werde. Aber eines Tages, Chess, wirst du dich sicher genug fühlen, um loszulassen. Und ich werde da sein, um dich aufzufangen, wenn du fällst.«

12

Chess

Finn wartet darauf, mich aufzufangen. Der Gedanke verfolgt mich mehr als ich zugeben möchte. Er geht mir in den Wochen bis zu unserer Reise nach Kalifornien ständig durch den Kopf. Er zeichnet sich groß und bedrohlich ab, als James zurückkehrt und schlitzohrig anbietet, dass ich bei ihm wohnen könne, wo wir doch beide ganz genau wissen, dass ich nirgendwo anders hingehen werde.

Ich mag es, mit Finn zusammenzuwohnen. Und obwohl ich mir mein Loft sehnlichst zurückwünsche, reizt es mich nicht, woanders zu wohnen.

Das eigentliche Thanksgiving geht vorüber. James und ich verbringen es mit Finn und seinen Freunden. Finns Team spielt an dem Tag, aber er besorgt uns Tickets, was James fast zum Heulen bringt. Dick eingepackt in Fanschals und Wollmützen sitzen James und ich an der Fünfzig-Yard-Linie und schreien uns heiser.

Einmal haut Finn mit der Faust gegen seine Brust und grüßt in unsere Richtung. Woraufhin die Zuschauermenge um uns herum ausrastet und die Leute darüber spekulieren, warum er gerade unseren Block ausgewählt hat; James dagegen schlingt einen Arm um meinen Hals und verpasst mir glücklich eine Kopfnuss.

»Wer hat sich den Quarterback geschnappt?«, singt er.

Ich versage auf der ganzen Linie dabei, so zu tun, als wäre

ich genervt. Und versuche nicht mal, meine Freude zu verbergen, als Finn und sein Team das Spiel gewinnen.

Das Abendessen vom Cateringservice ist besser als jedes andere, das ich je zu Thanksgiving gegessen habe. Da Finns Esszimmer ein unmöblierter Raum ist, den er zum Trainieren nutzt, drängen James, Jake, ein Lineman namens Russell sowie Finn und ich uns um den Couchtisch und setzen uns zum Essen auf den Fußboden.

Schulter an Schulter sitzen Finn und ich da, lachen, essen und reißen Witze. Er ist die ganze Zeit über warm und präsent neben mir. Aber er hält Wort und versucht nichts. Und sein Versprechen geht mir immer wieder durch den Kopf. *Ich werde da sein, um dich aufzufangen, wenn du fällst.*

Jetzt sind wir in San Diego, wo die Sonne zitronengelb vom Himmel scheint und die warme Meeresluft meine Wangen küsst.

Finn hat ein lindgrünes Jeep-Cabrio gemietet und das Verdeck heruntergeklappt.

»Das hier fühlt sich sehr achtzigermäßig an«, sage ich über den Lärm des Winds hinweg.

Seine Zähne blitzen weiß in seinem gebräunten Gesicht auf. Der Jeep ließe sich dutzendweise verkaufen, indem man einfach nur ein Foto von ihm hinterm Steuer zeigt. »Ist es drüber?«, fragt Finn mich.

Ja, ist es; mein Haar peitscht um mein Gesicht, obwohl ich es vorher eigentlich fest zu einem Pferdeschwanz zusammengebunden hatte. Aber es macht auch Spaß. Nach Stunden in einem stickigen Flieger sind der offene Himmel und die frische Luft der reine Balsam. »Es ist perfekt«, schreie ich zurück.

Er lacht und ballert mit dem Jeep über die kurvige Straße, die sich die Küste entlangschmiegt. Die Landschaft ist atemberaubend, riesige Häuser fügen sich in den Küstensaum, ihre endlosen Fensterfronten blitzen in der Nachmittagssonne, und der Pazifik dehnt sich nach Westen aus wie eine schimmernde saphirblaue Leinwand mit goldenen Tupfen.

Finn hält vor einer Toreinfahrt und tippt eine Nummer ein. »Das habe ich installieren lassen, nachdem ich gedraftet worden war«, erklärt er mir ein wenig düster. »Dad gefiel die Vorstellung nicht, aber mir gefiel die Vorstellung, dass irgendein verrückter Fan sich hier herumtrollt, noch weniger.«

»So was kann vorkommen?«

»So was *ist* vorgekommen.« Das Tor öffnet sich langsam. »Letztes Jahr hat eine junge Frau versucht, einzubrechen. Sie wollte in mein altes Zimmer.«

»Gott.«

»Sie war harmlos, aber jemand anderes könnte es nicht sein.«

Finn fährt die Einfahrt hoch. Sie ist zwar nicht sehr lang, aber das Haus kommt erst hinter einer Kurve in Sicht. Das Zuhause von Finns Eltern ist ein L-förmiges, typisch kalifornisches Ranchhaus aus den Sechzigerjahren mit hellgrauem Anstrich und strahlend weißen Balken, das Ausblick auf den Ozean gewährt.

Sobald wir anhalten, geht die zweiflügelige Haustür auf und eine große, schlanke Frau kommt heraus.

»Finnegan«, ruft sie und eilt zu ihm, als er aus dem Auto aussteigt. Seine Antwort geht in ihrer Umarmung unter.

Ich lächle über die Szene, die ich schamlos beobachte. Aber meine Wagentür wird aufgemacht, und ich sehe mich einer älteren Version von Finn gegenüber. Es gibt allerdings Unterschiede: Die Augen dieses Mannes sind hellbraun und nicht blau. Seine Haut ist tief gebräunt und eindeutig von einem Leben an der Sonne wettergegerbt. Und seine Haltung ist kerzengerade, auch wenn er offenbar entspannt ist.

Als er mich ungezwungen anlächelt, ist es eher ein Kräuseln

der Lippen, wobei sich die Fältchen um seine Augen vertiefen. »Miss Copper, nehme ich an?«

»Ja, Sir.« Denn dieser Mann strahlt Autorität aus, ohne es überhaupt zu wollen. »Sie müssen Finns Dad sein, Captain Mannus.«

Er hilft mir beim Aussteigen, obwohl ich das nicht nötig hätte, und schüttelt mir dann mit einem kräftigen Ruck die Hand. »Finn hat noch nie eine Freundin mit nach Hause gebracht. Was bedeutet, dass Sie etwas Besonderes sind, Miss Copper. Nenn mich Sean.«

»Sean. Ich bin Chess.«

Er nickt in Richtung des Hauses. »Hier entlang. Meg wird noch eine ganze Weile um ihren Jungen herumschwarwenzeln.«

»Das hab ich gehört«, sagt Finns Mutter hinter uns.

Aus der Nähe betrachtet hat sie diese goldene, ewig jugendliche Schönheit kalifornischer Frauen. Ich weiß nicht, ob das etwas mit der Luft oder den ganzen hervorragenden Schönheitschirurgen zu tun hat, die hier ansässig sind, aber ich möchte nur halb so gut aussehen, wenn ich so alt bin wie sie.

»Finn hat mir schon so viel von dir erzählt, Chess. Ich freue mich so, dass du kommen konntest.«

Finn hat seine blauen Augen von ihr geerbt. Und ihr Lächeln. Wir sind gleich groß, und als sie meine Hand schüttelt, ist ihr Lächeln echt, aber ihr Blick wandert über mein Gesicht, als suche sie nach inneren Makeln.

Ich nehme es ihr nicht übel, dass sie beschützerisch ist. Ich weiß, dass sie ihren Sohn liebt.

Aber da ich noch nie zuvor den Eltern eines Mannes vorgestellt worden bin, möchte ich mich unter diesem Blick am liebsten winden. Ich kann mir nur vorstellen, wie sie mich sieht – blasse Haut, schwarzes Haar mit bunten Spitzen, Tattoo auf dem Arm. Mein weißes Neckholder-Top und der A-Linien-

Rock mit dem Rosenmuster sind feminin, aber nichts gegen die lässige Eleganz, die sie in ihrer cremefarbenen Hose und dem Leinenoberteil auszustrahlen schafft.

»Danke, dass ich die Familienfeiertage miterleben darf.« Na bitte, das war höflich. Ich kann höflich und wohlerzogen sein.

Finn legt mir eine Hand auf den unteren Rücken. »Schön, schön. Können wir jetzt reingehen? Ich komme um vor Hunger.«

»Du hast auf dem Weg hierher doch einen Fischtaco gegessen«, sage ich und verdrehe halb die Augen. Eigentlich war es beeindruckend, wie er diesen Taco beim Fahren gegessen hat. Nicht ein Mal hat er gekleckert oder seine Aufmerksamkeit nicht voll und ganz auf die Straße gerichtet. Andererseits ist seine Hand-Augen-Koordination auch besser als die der meisten anderen Menschen. Und gutes Essen verschwendet Finn *nie*.

»Der Taco war winzig, Chess. Zwei Happen und weg war er.«

»Tja, so, wie du ihn gegessen hast, schon …« Ich halte abrupt inne, als mir etwas zu spät wieder einfällt, dass ich vor seinen Eltern stehe, verdammt noch mal.

Aber Sean zwinkert mir schnell ganz leicht zu, sodass ich es beinahe nicht mitbekommen hätte.

Ich atme aus und befehle mir selbst, mich zu entspannen. Nervös zu sein ist eine neue Erfahrung für mich. Und zwar keine, die mir gefällt. Trotzdem möchte ich einen guten Eindruck machen.

Drinnen ist das Haus offen und luftig, mit gewölbten, weiß gestrichenen Balkendecken, holzvertäfelten Wänden und mehreren Panoramafenstern, die zum Meer hinausgehen. Die Möbel sind groß und auf kalifornische Art unaufgeregt gemütlich. Es ist, als wären wir mitten in eine Designzeitschrift getreten. Trotzdem gibt es überall Anzeichen für ein erfülltes Leben.

Gerahmte Familienbilder stehen auf den Tischen neben Mitbringseln von exotischen Orten.

»Das Haus ist wunderschön«, sage ich zu Finns Mom.

Sie lächelt breit. »Danke, Chess. Bringen wir erst mal deine Sachen aufs Zimmer, und dann können wir auf der Terrasse etwas trinken.«

Finn tritt wieder an meine Seite und legt besitzergreifend eine Hand auf meine Schulter. »Ich zeige es ihr, Mom.«

Für einen Moment herrscht unangenehmes Schweigen im Raum, und ich möchte Finn am liebsten den Ellbogen in den Bauch stoßen. Keine Ahnung, ob seine Mom vorhatte, uns gemeinsam in einem Zimmer unterzubringen, aber dass er es nun klargemacht hat, ist schrecklich peinlich. Und leider auch etwas, woran ich bei diesem ganzen Beziehungsfake nicht gedacht hatte.

»Äh … ja natürlich«, sagt Meg mit einem kleinen Lächeln in meine Richtung.

Ich schlinge einen Arm um Finns Taille und erwidere das Lächeln wie ein Depp, während ich ihm heimlich in die Seite kneife. Er zuckt zusammen und drückt dann den Arm gegen meine Hand, damit ich ihn nicht noch mal angreifen kann. Netter Block, aber in seinem Zimmer werde ich ihn mir vorknöpfen.

Weil mir bewusst ist, dass seine Eltern uns hinterhersehen, als wir gehen, halte ich still, während er mich einen langen Flur entlang bis in ein Schlafzimmer am anderen Ende des Hauses führt. Kurz nehme ich die schlichten weißen Möbel und den Ausblick aufs blaue Meer wahr, bevor ich mich auf ihn stürze und ihn in seinen kleinen Nippel zwicke.

»Au!« Er tänzelt mit finsterem Blick von mir weg, um die Tür hinter uns zuzumachen. »Was zum Teufel soll das ganze Gezwicke?«

»Du hättest mir eben genauso gut ans Bein pinkeln können«, zische ich.

Finn reibt sich die Brust und runzelt die Stirn. »Wovon redest du?«

»Eben da draußen.« Ich deute zur Tür. »Ist dir mal in den Sinn gekommen, dass deine Mom uns vielleicht in verschiedenen Zimmern unterbringen wollte?«

»Wie alt sind wir denn? Sechzehn?« Er macht ein entsetztes Gesicht. »Schließlich tun wir so, als wären wir zusammen, und ich würde auf gar keinen Fall nicht mit meiner Freundin in einem Bett schlafen. Meine Mom weiß das.«

»Bist du dir da sicher? Dein Vater ist beim Militär …«

Finn lacht und wirkt ehrlich amüsiert. »Dad ist im Herzen Matrose, Chester. Er ist der Letzte, der versuchen würde, dich ins Gästezimmer zu stecken.« Als Finn mich ansieht, als wäre ihm an mir etwas aufgefallen, habe ich das lästige Bedürfnis, nachzuschauen, ob ich schmutzig im Gesicht bin.

»Du hast nicht gedacht, dass wir uns ein Zimmer teilen werden, stimmt's?«, fragt er mit einem selbstgefälligen Lächeln.

»Doch, das war mir klar.« Ich werfe einen Blick auf das Bett. Es ist eins sechzig breit und somit nicht mal annähernd groß genug, als dass es einer zweiten Person Platz bieten könnte. Nicht neben einem baumgroßen Finn.

»Hmm.« Er kommt einen Schritt näher. Das Funkeln in seinen Augen gefällt mir nicht. Es bedeutet Ärger. »Du weißt schon, dass wir ein bisschen Zuneigung zueinander zeigen müssen, oder?« Und noch einen Schritt näher. »Du erinnerst dich? Ankuscheln, mich anbetungsvoll anschmachten.«

»Ich glaube, dafür kann ich nicht gut genug schauspielern«, murmele ich und weigere mich, zurückzuweichen, obwohl ich es gerne möchte. So, wie er mich ansieht, komme ich mir langsam vor wie ein saftiges Steak.

Mit seinen warmen, leicht schwieligen Handflächen streicht er an meinen Armen hinauf. Die Berührung löst kleine wohlige Schauer aus. Als er seinen Blick träge auf meinen Mund senkt, kann ich ungelogen spüren, wie meine Lippen in freudiger Erwartung prall werden.

Finn gibt einen kehligen Laut von sich. »Ich werde dich wahrscheinlich ein paarmal küssen müssen.«

Meine Lider flattern, meine Lippen öffnen sich leicht und schieben sich vor, während ich versuche, nicht zu schwanken. Er steht so dicht vor mir, dass ich seine Wärme spüre. Mein Körper möchte, dass er den kleinen Abstand zwischen uns überwindet. Aber in meinem Hirn ertönt ein Hupkonzert. Als ich die Luft einziehe, höre ich, wie er ebenfalls einatmet.

»Wenn du meine Freundin wärst, würde ich dich definitiv bei jeder Gelegenheit küssen«, flüstert er und neigt sich zu mir herunter.

»Wenn du jetzt versuchst, mich zu küssen«, murmele ich, wobei meine Lippen beinahe seine streifen, »dann beiße ich dich.«

Sein schnaubendes Lachen streicht über meine Haut. »Oh, Chester, du solltest mich echt nicht herausfordern.«

Als ich aufschaue, treffen sich unsere Blicke. Er hat sich nicht wegbewegt. Unter seinem heißen Blick presse ich die Oberschenkel zusammen. Eine gedankenlose Sekunde lang möchte ich ihn aus der Reserve locken, ihn tatsächlich herausfordern, es zu tun. Küss mich. Bring mich dazu, dass ich vergesse, wie ich heiße.

Doch dann durchschneidet die Stimme seiner Mutter die aufgeladene Luft zwischen uns.

»Finn«, ruft sie vom Flur her. »Beeil dich! Glenn ist da!«

Finn rührt sich nicht, aber seine Miene nimmt prompt einen gequälten Zug an. Langsam richtet er sich auf, ohne dabei den Blickkontakt mit mir zu lösen. »Allmählich glaube ich, dass diese Frau so eine Art sechsten Sinn hat.« Er zieht den Mund schief und tritt einen Schritt zurück. »Na dann, komm, du hast es ja gehört. Glenn ist da!«

Ich sollte dankbar für das unfehlbare Timing seiner Mutter sein. Bin ich aber nicht. Als wir aus dem Zimmer gehen, werfe ich einen Blick auf das Bett hinter mir. Nachts wird sie nicht zur Stelle sein. Und in meine Willenskraft habe ich wirklich kein großes Vertrauen mehr.

Finn

Peinlich wird's, wenn ein erwachsener Mann aus seinem Kinderzimmer humpelt und versucht, seinen Ständer zu verbergen, damit er seiner Familie unter die Augen treten kann, ohne dass jemand ein psychisches Trauma davonträgt.

Auch wenn ein Teil von mir möchte, dass Chess sieht, was für eine Wirkung sie auf mich hat, habe ich sie schon genug bedrängt. Ich bin mir ziemlich sicher, dass Chess keine Skrupel hätte, mir in meine zarten Eier zu treten und den nächsten Flug nach Hause zu nehmen.

Es ist mir nicht gerade gelungen, mich von ihr fernzuhalten. Das weiß ich. Ich habe mir das schon unzählige Male gesagt. Das Problem ist, dass ich sie so heftig begehre, dass es tief in mir drin wehtut, und ich ertappe mich dabei, wie ich gedankenlos die Hand nach ihr ausstrecke, um mich dann im letzten Moment doch zurückzuhalten. Schließlich gehört sie nicht zu mir.

Mein Körper sieht das entschieden anders und ist gerade ziemlich sauer auf mich. Ich bin ein unkontrolliertes Wrack mit schmerzendem Schwanz, geschundenem Herzen und zuckenden Händen.

Zu allem Überfluss musste ich Chess auch noch in mein Zimmer schleppen. Ein dämlicher Spielzug. Ich habe keine Ahnung, wie ich die Finger von ihr lassen soll, wenn wir nebeneinander in dem schmalen Bett schlafen müssen. Jesses, ich war seit der siebten Klasse nicht mehr so aufgegeilt, als ich im Sportunterricht Angel Ramirez' Brüste gesehen hatte.

Erbärmlich.

»Was hast du gesagt?« Chess lugt mit einem misstrauischen Ausdruck in ihren grünen Augen zu mir hoch.

»Nichts.« Ich öffne eine zweiflügelige Glastür und führe sie hinaus auf die Veranda.

Auf zwei Sesseln einer Rattansitzgruppe sitzen mein Bruder und seine Frau Emily. Als beide aufstehen, bemerke ich, dass sich Emilys Bauch leicht wölbt. Ich mach einen festen Schritt, bei dem mein Fuß zu schnell auf dem Boden auftrifft.

Da Chess direkt neben mir geht, stößt sie gegen meine Schulter. Doch dann lässt sie ihre Hand in meine gleiten und umfasst sie fest und entschlossen, sodass ich weiß, sie hat Emily ebenfalls gesehen und versteht mich genau. Ein Kloß bildet sich in meinem Hals.

Kurz drücke ich ihre Hand zur Antwort und halte sie dann nur noch locker, wie ein Kerl, der bloß seine Freundin zu seiner Familie führt.

Glenn kommt mir auf halbem Weg entgegen. Mein Bruder ist fünf Jahre älter als ich. Obwohl er fünf Zentimeter kleiner ist, statt brauner blonde Haare hat und rundlicher um die Hüften ist – weil er keinen Job hat, für den er täglich bis zum Umfallen trainieren muss –, sehen wir uns trotzdem sehr ähnlich.

Glenn war auf dem College ein Running Back, hat es aber nicht in die Profiliga geschafft. Was nicht bedeutet, dass er nicht stark wie ein Ochse ist. Er quetscht mir fast die Luft aus den Lungen, als wir uns umarmen, und klopft mir so fest auf den Rücken, dass ich husten muss.

»Schön, dich zu sehen, Mann«, sagt er und als er von mir wegtritt, schnellt sein Blick zu Chess.

Ich stelle sie einander vor, gebe Emily den üblichen Begrüßungskuss und frage, wie es ihr mit ihrer Schwangerschaft ergeht. Ja, ich wusste es. Ich hatte bis jetzt nur noch nicht den optischen Beweis dafür gesehen. Bald sitzen Chess und ich dicht nebeneinander auf einem Zweiersofa, während uns meine Familie wenig subtil ausquetscht.

»Also«, sagt meine Mutter mit einer Margarita in der Hand. »Wie habt ihr zwei euch kennengelernt?«

»Ich habe Nacktfotos von Finn gemacht«, sagt Chess, bevor sie in einen Tortillachip voll Guacamole beißt.

Mom verschluckt sich an ihrem Drink, während Glenn in Lachen ausbricht und mein Dad sich ein Lächeln verkneift.

Mit vollem Mund hält Chess inne, und ihre cremefarbene Haut läuft leuchtend rot an. »Scheiße«, murmelt sie, während ich zu lachen anfange. »Ich meinte nicht …«

»Ich habe für einen Charitykalender gepostet«, erkläre ich ihnen, weil mir Chess leidtut. »Chess ist von Beruf Fotografin.«

Sie nickt schwach und nimmt zur Stärkung einen Schluck von ihrem Drink.

»Finn muss Eindruck hinterlassen haben«, stichelt Emily augenzwinkernd.

»Jesses, Em«, platzt Glenn noch immer lachend heraus.

»Was denn? Ich sage ja nur, dass man als Mädchen ein bisschen abgelenkt werden kann, wenn man einen Kerl nackt sieht.«

»Oh, er war nicht der Einzige, der nackt war«, versichert Chess, ertappt sich dann selbst und verzieht das Gesicht. »Ich meine, ich habe jede Menge Pimmel gese … Scheiße.«

Mein Vater kann nicht mehr an sich halten und fängt auf seine leise, keuchende Art zu lachen an.

»Verfluchte Kacke«, murmelt Chess jetzt mit tomatenrotem Kopf. Die Schimpfworte scheinen sie noch mehr zu beschämen, und sie vergräbt das Gesicht an meiner Schulter. »Ich will sterben.«

Mein Herz macht eine Art komischen Hüpfer, weil sie sich so unerwartet zu mir gedreht hat, damit ich sie tröste und beschütze, und ich schlinge einen Arm um ihren schmalen Oberkörper und drücke sie fest an mich. »Vielleicht solltest du erst ein bisschen was trinken, bevor du weiterredest«, necke ich sie und drücke die Lippen auf ihr Haar. »Du weißt schon, um deine Zunge zu lockern.«

Mit ihrer kleinen Faust haut sie gegen meine Bauchmuskeln. »Halt die Klappe«, sagt sie gegen meine Schulter, sodass ihr Atem mein Shirt wärmt.

Weil sie jetzt gerade meine Freundin gibt, nehme ich ihre Faust, drücke sie an mein Herz und gebe ihr einen Kuss auf den Scheitel. Dass mich meine Familie dabei die ganze Zeit anglotzt, merke ich erst, als ich den Kopf hebe.

Meine Mutter macht ein dermaßen erleichtertes Gesicht, dass sie fast weinerlich wirkt, und bei mir stellt sich vor lauter Schuldgefühl ein Kribbeln am Hals ein. Dieser Ausdruck sagt mir, dass sie sich nicht länger Sorgen um mich zu machen braucht, weil ich allein bin, aber er ist eine Spur zu hoffnungsvoll. Als sie zu Emily schaut, wird ihr Lächeln noch breiter.

Sie bekommt endlich ihr Enkelkind.

An meiner Seite beklagt sich Chess immer noch über ihr loses Mundwerk.

»Keine Sorge, Chess«, sagt mein Dad und beugt sich vor, um ihr leicht das Knie zu tätscheln. »Du wirst hier wunderbar reinpassen.«

Chess hebt den Kopf und schiebt sich die tintenschwarzen Haarsträhnen aus dem Gesicht. Ich vermisse den Körperkontakt unverzüglich. »Irgendwie bezweifle ich, dass du dir ständig den Mund verbrennst«, sagt sie mit einem schiefen Lächeln zu meinem Dad.

»Nein«, stimmt er ihr glucksend zu. »Aber Finn definitiv. Und wir haben beschlossen, ihn zu behalten.«

»Deswegen und weil ich in Bars immer aus Mitleid Drinks spendiert bekomme, wenn er ein Spiel verliert«, fügt Glenn zwinkernd hinzu.

In meiner Abwesenheit hatte ich vergessen, was für ein Schwachkopf Glenn sein kann.

Chess trinkt cool einen Schluck von ihrer Margarita, bevor sie antwortet. »Dann kannst du ja nicht viele Freigetränke bekommen.«

Genau in dem Moment, auf der sonnenverdörrten Terrasse meiner Eltern, mit dem herben Geschmack nach Margarita auf der Zunge und dem Klang von Chess' rauchiger Stimme in den Ohren, kommen mein Herz, mein Verstand und mein Körper zu einem simplen Schluss: Diese Frau gehört zu mir.

Als Dad anfängt, Chess zu erzählen, was sie sich in San Diego alles anschauen sollte, helfe ich meiner Mutter und bringe die leere Chipsschale ins Haus. Nicht dass sie Hilfe bräuchte, aber so kann ich ein paar Worte mit ihr wechseln.

Sobald wir in ihrer sonnigen Küche stehen, knöpft sie sich mich vor. »Okay, lass es schon raus.« Sie lehnt sich gegen die Arbeitsfläche.

»Oh, du meinst die Sache, dass du Britt hierher eingeladen hast, ohne mich vorher zu fragen?«

»Ich kann dich wohl kaum fragen, wenn du nie ans Telefon gehst, Finnegan.«

Treffer.

Seufzend lehne ich mich gegen die gegenüberliegende Arbeitsfläche. »Ich hab doch schon gesagt, dass es mir leidtut. Ich hätte dir nicht aus dem Weg gehen sollen. Aber manchmal bist du schei… höllisch stur.« Meine Mom schnaubt und dreht sich um, um die Teller in die Spüle zu stellen. »Du kannst ›Scheiße‹ sagen, Finn. Ich bin eine Erwachsene.«

»Mütter sind keine Erwachsenen. Sie sind zur Hälfte tugendhafte Heilige und zur Hälfte ewige Nervensägen.«

»Haha.«

Ich klaue mir eine Mango aus der Obstschale und fange an, nach einem passenden Messer zu suchen. »Mir geht es gut, okay? Ich bin sogar glücklich. Also bitte lass die Sache mit Britt sein. Lass die Wunde heilen.«

»Ich mische mich nicht mehr ein«, schwört meine Mom mit erhobener Hand. »Eine kluge Frau weiß, wann es genug ist.«

Ich erwähne nicht, dass sie diesen Punkt um einige Monate überschritten hat. Kluge Männer wissen, wann sie es langsam gut sein lassen müssen.

»Also …«, sagt meine Mom in einem Tonfall, der eindeutig nach Einmischung klingt. »Chess ist nett.«

Ein Lächeln umspielt meine Lippen. »Als nett würde ich sie jetzt nicht beschreiben.«

»Ach? Und wie würdest du sie beschreiben? Hier, benutz einen Teller.«

Perfekt. Sexy. Umwerfend. Lustig. Mein.

Mein.

Mein.

»Als toll.« Ich lege die Mango auf den Teller. »Sie ist toll.«

Meine Mom seufzt tief. »Männer. Keiner von euch kann seine Gefühle richtig ausdrücken.«

Sie macht mich dankbar für jeden Sonnenaufgang. Weil ich mit dem Wissen aufwache, dass es sie gibt.

Ich lege das Messer hin und sehe meine Mutter an. »Sei einfach … nett zu ihr, ja?«

»Finnegan Dare Mannus, ich bin niemals unhöflich zu meinen Gästen, das weißt du ganz genau.«

»So meinte ich das nicht. Sie hat eine harte Zeit hinter sich. Sie hat ihre Wohnung und ihr Atelier verloren. Ihr bester Freund ist frisch in einer neuen Beziehung. Und zu ihren Eltern hat sie, glaube ich, keinen Kontakt.« Ich fahre mir mit einer Hand übers Gesicht. »Sie braucht ein bisschen Fürsorglichkeit, okay. Das ist mir wichtig.«

Mom sieht mir in die Augen. Gott, sie ist schon wieder kurz vorm Heulen. »Oh, Finn, es ist passiert. Du hast dich verl…«

»Jesses. Das reicht. Für die nächsten fünf Jahre gibt's keine Gespräche über Herzensangelegenheiten mehr mit dir.«

»Denk einfach nur daran«, sagt sie und ignoriert damit meinen Einwand, »dass du mit dem Herzen lieben sollst und nicht mit dem Verstand. Wenn man zu viel über alles nachdenkt, wird's scheiße.«

Ich verziehe das Gesicht und hoffe, dass Chess das nicht hört. Trotzdem muss ich mir ein Lächeln verkneifen. »Danke, Mom. Und sag nicht Scheiße. Das verletzt mein Zartgefühl.«

Bevor sie mit einem Geschirrtuch nach mir schlagen kann, schnappe ich mir meinen Mangoteller und gehe nach draußen zu Dad. Für ein dringend benötigtes testosteronstrotzendes Gespräch.

Chess

Finns altes Zimmer ist anders als erwartet kein Schrein voller Zeugs von ihm. Es gibt ein paar geschmackvolle Schwarz-Weiß-Aufnahmen von ihm im Verlauf seiner Karriere – ein unglaublich niedliches Foto von ihm als Dreikäsehoch in Footballmontur eingeschlossen, auf dem er ein zu großer Helm mit Schulterpads auf zwei winzigen Beinen ist.

Abgesehen davon ist das Zimmer komplett in Himmelblau und Cremeweiß gehalten. Ich weiß, dass das Meer gleich draußen vor den riesigen Fenstern liegt, die angekippt sind, um die frische Brise hereinzulassen. Aber inzwischen ist es stockfinster draußen.

Weil Finn und ich gezaudert und gezögert haben, saßen wir noch lange, nachdem es Abendessen gegeben und seine Familie sich einer nach dem anderen für die Nacht verabschiedet hatte, am Feuer und haben uns unterhalten.

Zusammen unter eine Decke gekuschelt vor einem knisternden Feuer zu sitzen kam mir allerdings wie eine genauso schlechte Idee vor, deshalb hatte ich verkündet, ins Bett gehen zu wollen. Leider beschloss Finn, mit mir zu kommen. Nicht dass ich ihm das vorwerfen könnte. Wir teilen uns schließlich ein Zimmer, und es ist auch schon spät.

Jetzt bin ich schon wieder am Zaudern. In dem kleinen, vom Zimmer abgehenden Bad reibe ich mir Kokosnussöl auf die trockenen Ellbogen und putze mir zweimal die Zähne. Aber ein Mädchen kann nicht ewig Zeit schinden, ohne dass es auffällig wird.

Ich finde Finn zugedeckt im Bett vor, wo er auf seinem iPad liest; zum Glück hat er ein T-Shirt an und was auch immer er da unter der Decke trägt. Das Bett wirkt zart unter seiner großen Statur und den breiten Schultern. Neben ihm bleibt mir noch ein winzig schmaler Streifen Liegefläche, der dauerhaften Körperkontakt verheißt.

Schöne Scheiße.

Finn schaut hoch und betrachtet mich mit einem passiven Gesichtsausdruck. Dennoch ist ihm anzumerken, dass er die

Sache in Gedanken dreht und wendet, überlegt, wie er mir die Nervosität nehmen kann, und sich fragt, ob ich gleich davonlaufe. Die Vorstellung beruhigt mich, und ich lehne mich gegen den Rahmen der Badezimmertür.

»Ich hatte erwartet, dein Zimmer wäre voller Schottenkaros und glänzender Schultrophäen«, sage ich zu ihm.

»Schottenkaros?« Er schnaubt. »Ich bin irischer Abstammung. Wir nennen das Tartan, und den wirst du nicht an den Wänden finden«, konstatierte er mit irischem Tonfall.

»Das war der schlechteste irische Akzent ever.«

Finn grinst, seine Augen wirken unfassbar blau vor den himmelblauen Laken. »Meine Eltern haben das Haus vor drei Jahren umgebaut. Es ist jetzt doppelt so groß, und alle Zimmer wurden neu gestaltet. Glenn und ich haben ausgesucht, was wir aus unseren Zimmern behalten wollten, und die restlichen Sachen in der Garage verstaut.«

»Ah, das Ende der Kindheit«, sage ich mit einem tiefen Seufzen. »Das ist immer so herrlich brutal.«

»Ich schätze mal, deine Eltern haben das Gleiche gemacht, als sie das winzige Haus gekauft haben?«

»So ungefähr. Nur haben sie mir eine Kiste mit den Sachen geschickt, von denen sie dachten, dass ich sie behalten möchte, und den Rest weggegeben.«

»Jesses. Ohne jegliche Vorwarnung?« Finn guckt finster drein, wodurch sich merkwürdigerweise seine Bizepse wölben. Das steht ihm irgendwie.

»Wir reden hier von Leuten, die ihre Tochter Chester genannt haben, weil sie es für eine schöne Anekdote hielten.« Ich zucke mit den Schultern und schlinge die Arme fest um meinen Oberkörper. »Meine Eltern sind liebevoll, großzügig und verdammt unverlässlich. Ich war diejenige, die sich darum gekümmert hat, den Müll rauszubringen, Lebensmittel einzukaufen und die Wäsche zu machen. Sie haben mir beigebracht, wie man Walzer tanzt und mit Fingerfarben an die Wand malt.«

Finns blauäugiger Blick ruht auf mir, und ich verlagere das Gewicht auf den anderen Fuß. »Sie sind nicht schrecklich«, fasele ich weiter und merke, dass meine Stimme dabei viel zu sehr zittert. »Aber verlässlich sind sie nicht.«

Als er spricht, ist sein Tonfall sanft und ruhig. »Kommst du jetzt ins Bett, Chess?«

Ich straffe mich ein wenig und stoße schnaufend die Luft aus. »Ist das alles, was du zu sagen hast?«

Seine Lippen teilen sich, als wollte er etwas sagen, doch dann macht er den Mund wieder zu, bevor er erneut ansetzt. »Ich habe das Gefühl, ich sollte dich im Sinne unserer Freundschaft darauf hinweisen, dass dein Schlafshirt durchsichtig ist, wenn es von hinten vom Badlicht beleuchtet wird.«

Ich springe weg vom Türrahmen und schalte im Gehen das Licht aus. Mit einem finsteren Blick schwinge ich meinen Hintern ins Bett und gleite unter die kühle Bettdecke, während Finn tief aus dem Bauch heraus lacht.

»Arschloch.« Ich ziehe die Decke bis hoch an die Brust. »Das hättest du mir mal früher sagen können.«

»Ich habe echt mit mir gekämpft«, gesteht er und dreht sich zu mir um. Sein schelmisches Lächeln verschwindet. »Wie hätte ich dich denn sonst ins Bett bekommen sollen?«

Seufzend kuschele ich mich ein und versuche, eine bequeme Position auf den Kissen zu finden. Finn dimmt die Nachttischlampe und macht es sich dann ebenfalls bequem. Wir sind uns so nah – Schulter an Schulter, seine Knie stoßen gegen meine, meine kalten Zehen lasse ich über seinen wackeln –, dass es kein Entkommen gibt.

Ich sollte Panik haben, aber es fühlt sich gut an. Sicher. Zumindest für den Moment.

Finns Stimme ist ein nahes Flüstern. »Es tut mir leid, dass du da durchmusstest, Chess. Das muss nicht leicht gewesen sein. Ich habe mich immer gefragt …«

»Was?«, frage ich mit belegter Stimme.

Finn stützt den Kopf auf eine Hand. »Du bist so stark.«

»Wohl kaum.«

»Du warst überhaupt nicht von uns eingeschüchtert, als wir bei dir vor der Tür standen, rumgebrüllt und uns wie ein Haufen Rowdys benommen haben.«

»Ihr seid ein Haufen zu groß geratener Welpen.«

Seine Zähne blitzen unter einem kurzen Lächeln auf. »Stimmt. Aber ich glaube, du bist daran gewöhnt, mit Scheiße fertigzuwerden. Chester zu heißen muss in der Grundschule ein Albtraum gewesen sein.«

Ich stopfe ein Kissen unter meine Wange und stiere zu ihm hoch. »Kinder lernen schnell. Als sich erst mal rumgesprochen hatte, dass sie eine geschmiert kriegen, wenn sie mich verspotten, waren sie nicht mehr so erpicht darauf, mich zu ärgern.«

»Aber sie haben's immer noch gemacht.« Er klingt so besorgt, dass es mir im Herzen wehtut und meine Haut zu kribbeln beginnt.

Uns ist beiden absolut bewusst, dass Finn mich Chester nennt. Aber wenn er meinen Namen sagt, gehört er irgendwie einfach zu mir als etwas, das ich nicht zu verbergen und weshalb ich nicht zusammenzuzucken brauche. Nachdem ich mich ein Leben lang so gefühlt habe, als wäre ein essenzieller Teil von mir bloß ein Witz, ist das ein Geschenk, von dem ich gar nicht wusste, wie sehr ich es brauchte.

Meine Fingerspitzen graben sich in das Daunenkissen, während ich versuche, meine Gefühle in den Griff zu bekommen. »Jeder hat doch irgendwelchen Mist in der Kindheit erlebt, mit dem er fertigwerden musste. Ehrlich gesagt glaube ich, die meisten von uns haben eine verdammte Medaille dafür verdient, dass sie es überlebt haben.« Ich hebe leicht den Kopf und schaue ihn aus zusammengekniffenen Augen an. »Oder bist du etwa ohne Blessuren hindurchgeschifft?«

Finn kaut mit den Zähnen auf seiner Unterlippe herum. »Meine Ohren sind gewachsen, bevor mein Kopf hinterherkam. Und ich hatte Akne.«

»Das gibt's ja nicht! Der hübsche Mannus?«

»Damals nannten sie mich pickliger Mannus.« Er stößt ein Lachen aus. »Zumindest, wenn ich keine Touchdowns geworfen hab.«

»Ich wette, die Mädchen mochten dich trotzdem.«

Wir unterhalten uns jetzt leise flüsternd, und unsere Worte haben Gewicht.

»Ich war der Quarterback. Natürlich mochten sie mich.«

»Das ist nicht der einzige Grund.«

»Was ist der andere?« Irgendwie ist er näher gerutscht. Ich habe gar nicht bemerkt, dass er sich bewegt hat, aber unsere Nasen berühren sich jetzt fast und sein Unterarm liegt so auf der Matratze, dass er gegen meinen drückt.

Ich verziehe die Mundwinkel unmerklich zu einem Lächeln. »Wie schon gesagt, du bist einer von den Guten, Finn. Die Leute können gar nicht anders, als dich zu mögen.«

Er sieht mich prüfend an. Im Dämmerlicht glitzern seine Augen wie der dunkle Himmel. »Ich möchte dich im Arm halten.«

Mir stockt der Atem in der Kehle.

Finn lässt nicht locker, seine Stimme rumort über meine Haut. »Nur das, Chess. Lass mich dich im Schlaf halten.«

Ich treffe keine bewusste Entscheidung, aber im nächsten Moment liegt meine Wange schon an der festen Wölbung seiner Brust, und mein Körper ist eng an seine schlanke, lange Gestalt geschmiegt. Er macht die Nachttischlampe aus, schlingt einen Arm um meine Taille und umfasst meinen Nacken.

Er ist so herrlich warm, dass ich leise seufzend die Augen schließe.

»Danke«, flüstert er in mein Haar.

Es sollte nicht so leicht sein, gegen ihn zu sinken und einzuschlafen. Aber das ist es.

13

Chess

Als ich aufwache, ist Finn nicht da. Was keine große Überraschung ist, schließlich ist er Frühaufsteher. Nachdem ich geduscht habe, gehe ich aus dem Zimmer, um mich auf die Suche nach einem Kaffee zu machen.

Sean, den ich immer noch Captain Mannus oder Sir nennen möchte, ist in der Küche und zieht etwas, das aussieht wie Teigtaschen, aus dem Ofen.

»Fleischpasteten«, teilt er mir mit, während ich mir eine Tasse Kaffee einschenke. »Probier eine.«

Er legt eine goldbraune Pastete auf einen Teller und reicht mir Besteck und eine Serviette, bevor er mein Essen auf die Kochinsel stellt. Ich setze mich auf einen Metallhocker und schneide mir ein Stück ab.

»Lecker«, sage ich mit dem heißen, buttrigen Teig im Mund, der mit würzigem Fleisch und Gemüse gefüllt ist.

»Heute Nachmittag gibt's noch mehr davon.« Mit eleganten, effizienten Bewegungen geht er in der Küche umher, legt die Pasteten auf ein Abkühlgitter und schiebt noch ein weiteres volles Blech in den Ofen.

Da ich noch nie mit Männern vom Militär zu tun hatte, war ich mir nicht sicher, was ich von Finns Dad erwarten sollte. Ich dachte, er wäre vielleicht streng, ein ernster Mann, der seine Gedanken für sich behält oder hinter seiner Zeitung sitzt und grummelt.

Ganz sicher habe ich nicht mit diesem Mann gerechnet, der eine stille Ruhe ausstrahlt, die in einem den Wunsch weckt, ihn zufriedenzustellen, und der eine »Männer, die kochen, sind unwiderstehlich«-Schürze trägt, während er das Feiertagsessen für seine Familie zubereitet.

»Die Schürze hat Finn dir geschenkt, oder?«, sage ich.

Die Fältchen um seine Augenwinkel vertiefen sich. »Ganz recht, die Dame, das hat er.« Er schaut von seiner Arbeit hoch. »Du kennst meinen Sohn gut.«

Ich zucke mit den Schultern und nehme noch einen Bissen von der Pastete. »Seinen Humor jedenfalls.«

Sean greift nach einem Geschirrtuch und wischt sich die Hände ab. Je länger ich ihn beobachte, desto mehr sehe ich ihm den lebenslangen militärischen Drill an. Nicht eine einzige Bewegung ist überflüssig oder zögerlich. Dabei schafft er es, gleichzeitig große Eleganz und stolze Autorität auszustrahlen.

Er erinnert mich an einen weniger impulsiven Finn.

»Du hast gar nicht gefragt, wo mein Sohn ist«, merkt Sean an.

»Wenn ich raten müsste, würde ich sagen, er ist joggen.«

Seans Lippen verbiegen sich zu einem Lächeln, das sehr an das von Finn erinnert, wenn er etwas im Schilde führt.

»Es ist elf Uhr«, fühle ich mich verpflichtet, anzumerken. »Er geht immer um zehn trainieren. Um dann hungrig zurückzukommen und nach was Essbarem zu suchen …«

Finn kommt verschwitzt und mit rotem Gesicht in die Küche gesaust. Eine kurze Trainingshose sitzt tief auf seinen Hüften, und das weiße Achselshirt, das er trägt, klebt feucht an seiner Haut. »Rieche ich hier etwa Fleischpasteten? Mann, ich könnte ein Dutzend davon verdrücken.«

Sean fängt meinen Blick auf, bevor er noch einen Teller aus dem Schrank nimmt.

Finn gießt sich ein großes Glas Orangensaft ein und stellt sich dann neben mich. Er riecht nach Sonne, Meer und Schweiß. »Chester.« Er gibt mir einen Kuss auf die Wange. Eine süße Geste, die meine Haut kribbeln lässt. Erinnerungen daran, wie ich an seinen langen, festen Körper geschmiegt dalag, flattern durch meinen Kopf, und ich schaffe es gerade so, mich nicht gegen ihn zu lehnen.

Nach dem abschätzenden Blick zu urteilen, den er mir zuwirft, nehme ich an, dass er sich genauso daran erinnert. »Wie ich sehe, hat Dad für dich gesorgt.«

»Sehr gut sogar«, stimme ich ihm zu und konzentriere mich dabei auf meinen Kaffee. Sein Blick wird ganz begehrlich, als er zu dem Essen auf meinem Teller wandert. Ich verdrehe die Augen und biete ihm einen Happen an, den er, ohne zu zögern, nimmt.

»Verdammt, ist das lecker«, sagt er mit einem leichten Stöhnen, das ich viel zu verführerisch dafür finde, dass es um Essen geht.

»Du müffelst meine Kombüse voll, Finnegan«, sagt Sean in mildem Tonfall. »Du kennst die Regel. Bevor es Essen gibt, wird geduscht.«

»Aye, aye, Käpten!« Finn schaut zu mir, wackelt mit den Augenbrauen und zieht dann mit seinem Glas in der Hand ab.

Ich bleibe allein mit Sean zurück, der mich ansieht, als wüsste er etwas, das ich nicht weiß. Er ist so klug, zu schweigen. Aber in mir tobt ein Sturm aus Schuldgefühlen und Unsicherheit.

Finns Familie liebt ihn über alles. Ihre Freude darüber, dass er eine Freundin hat, ist so liebenswert, dass es mir fast das Herz bricht. Ich möchte sie nicht anlügen.

Doch ich komme nicht dazu, mit Finn darüber zu sprechen. Wir werden erfolgreich in die Familienaktivitäten eingebunden. Angefangen beim Aufstellen des Weihnachtsbaums.

Im großen Wohnzimmer stehen Meg, Emily und ich versammelt und sehen dabei zu, wie die Männer Teile eines weißen künstlichen Baums aus diversen Kartons herausholen. Seans ruhige Anweisungen halten Finn und Glenn davon ab, sich zu streiten, während sie herauszufinden versuchen, was wo hingehört. Bald ist der zwei Meter hohe Baum vor dem Panoramafenster zusammengesetzt und erstrahlt dann in sanft beleuchteter Pracht, als das Kabel angeschlossen ist.

»Ich weiß, dass echte Tannenbäume diesen herrlichen Duft verströmen«, sagt Meg zu mir. »Und wahre Traditionalisten spotten über künstliche, aber ich liebe meinen weißen Baum einfach.«

Ich mache ein Foto davon, wie Finn und Sean einige Zweige zurechtrücken. »Ich habe einen silbernen Baum. Oder zumindest hatte ich einen. Ich schätze, er ist jetzt geschmolzen.«

Mein Lachen klingt selbst in meinen Ohren spröde. Meg drückt sanft meine Schultern, wobei die Geste so der ihres Sohns ähnelt, dass es schon unheimlich ist. »Also ich bin froh, dass du hier bist und dich an diesem Baum erfreuen kannst.«

Ich weiß fast nicht, was ich mit der Mannus'schen Art körperlicher Zuneigungsbekundungen anfangen soll. Meine Mutter hätte ein Gedicht über Verlust rezitiert, meine Hand getätschelt und wäre dann zu anderen Themen abgeschweift. So neu es auch für mich ist, geherzt und umarmt zu werden, ich finde es tröstlich. Besonders, da sie niemals klammern oder mir das Gefühl geben, bemitleidenswert zu sein.

Meg verkündet, sie werde ihren »Spezialeierpunsch« machen gehen, und ich möchte wirklich nicht wissen, warum Finn und Glenn daraufhin in sich hineinlachen.

»Du solltest nicht arbeiten«, sagt Emily zu mir, als sie anfängt, Schachteln mit Weihnachtsbaumschmuck zu öffnen. »Komm, entspann dich und schmück den Baum.«

Glenns Frau ist klein und zierlich, ihr lockiges Haar dunkelbraun, fast schwarz, und ihr dunkler, ebenmäßiger Teint lässt auf eine hispanoamerikanische Abstammung schließen. Silberarmreifen klimpern an ihren Handgelenken, während sie herumhantiert.

»Mir ist es so eigentlich lieber«, erkläre ich ihr. »Baumschmuck aufzuhängen macht mich eher unentspannt. Ich bin nie damit zufrieden, wo ich ihn hinhänge.«

»Glenn ist genauso.«

Mein Gesichtsausdruck muss meine Überraschung darüber verraten, denn sie schenkt mir ein schiefes Lächeln. »Er ist Landschaftsarchitekt. Alles muss perfekt sein, optisch ausgewogen, sonst macht ihn das nervös. Ich dagegen unterrichte Fünftklässler und habe gelernt, den Dingen ihren Lauf zu lassen.«

Ich schaue zu Finns älterem Bruder, der gerade versucht, Finn in den Schwitzkasten zu nehmen. Ich mache ein Foto davon. »Du bist schon eine ganze Weile mit Glenn zusammen.«

»Woher weißt du das?«

»Man merkt es an der Art, wie ihr zwei aufeinander eingespielt seid. Es wirkt irgendwie flüssig. Als wärt ihr schon so lange zusammen, dass ihr bereits wisst, wohin der andere gehen wird, bevor er sich überhaupt bewegt.«

Emily strahlt. »Das ist zauberhaft.«

»Ist nur eine Beobachtung.«

Finn kommt mit einem Glas Eierpunsch für mich und einem für Emily an, dessen Inhalt nach heißem Apfelsaft duftet. »Tut mir leid, Em. Megs Spezialgetränk ist nicht gut fürs Baby.«

Emily lacht. »Das ist für niemanden gut.« Sie schaut zu mir. »Sieh dich vor. Dieses Zeug ist tödlich.«

Als sie zum Baum geht, beuge ich mich dicht zu Finn. »Ich mag deine Familie.«

»Fein. Sie mögen dich auch.«

Wir sind jetzt allein und stehen ein wenig abseits vom Geschehen. Trotzdem rede ich weiter mit gesenkter Stimme. »Ich mag sie zu gern, um sie anzulügen.«

Es dauert einen Moment, bis die Worte bei Finn durchsacken. »Tust du doch gar nicht.«

»Tu ich doch.«

Er verdreht zwar nicht die Augen, aber sein Tonfall suggeriert, dass er es gern würde. »Hast du zu ihnen gesagt: Ich liebe euren Sohn und wir haben wilden, animalischen Sex?«

»Wer sagt denn so einen kranken Mist zu irgendjemandes Familie?«

Seine Mundwinkel zucken. »Na gut, da hast du auch wieder recht, das wäre ziemlich peinlich.«

»Du regst mich auf. Tu nicht so begriffsstutzig. Ich bin hergekommen, um deine Freundin zu spielen.«

Diesmal verdreht er tatsächlich die Augen. »Ich versuche nur, die Sache einfacher zu machen. Hör auf, es als Schauspiel zu betrachten.«

»Aber es *ist* gespielt.« Ich trinke einen Schluck Eierpunsch, um mich davon abzuhalten, ihn anzufahren. Und bereue es sofort. »Heiliges Kanonenrohr, was zum Teufel ist denn da drin?«

»Fireball-Zimtwhisky.« Finn klopft mir gelassen auf den Rücken. »Du bist hier, weil du meine Freundin bist. Sex ist da irrelevant.«

Ich kann ihn nur ansehen und seufzen, während mein Rachen brennt und aus meinem Herz Brei zu werden droht. »Finn, was soll ich nur mit dir machen?«

Sein Lächeln ist lässig, aber mit seinem Blick fixiert er mich einen Tick zu lange. »Behalte mich. Ich bin mir ziemlich sicher, dass ich für niemand anderen tauge.«

Ehe ich darauf antworten kann, ist er auch schon wieder

weg, hilft, den Baum zu schmücken, und scherzt mit Emily und Glenn. Ich mache Fotos, esse die gefüllten Champignons, die Meg auf das Sideboard stellt, und nippe vorsichtig an dem höllischen Eierpunsch.

Meine Zunge wird angenehm taub, und in meinen Gliedern breitet sich eine ebenso angenehme Wärme aus. Ich mache eine Nahaufnahme von dem kleinen Elfen, der auf dem Regalbrett sitzt – warum Kinder tatsächlich einen Elfen im Haus haben wollen, der nachts angeblich lebendig wird, ist mir zu hoch –, da lugt Finn über meine Schulter, um auf das Kameradisplay zu schauen.

Ich schreie beinahe auf, fasse mich aber noch und reiße mich so gut ich kann zusammen, mich nicht gegen ihn zu lehnen. Dass er nach Zimt und Eierpunsch mit Schuss riecht, finde ich gerade überaus lecker.

Sein Atem kitzelt die empfindliche Haut an meinem Hals. »Kannst du mit dem Ding Selfies machen?«

»Mit ein bisschen umständlichem Verrenken«, räume ich ein.

»Das dachte ich mir.« Die warme Wand seiner Brust drückt gegen meinen Rücken, als er einen Arm vorstreckt und sein Handy vor uns hält. »Sag hi!«

Er knipst ein Foto. »Und das schlichte iPhone triumphiert über die schicke Nikon.«

Ich blinzle immer noch, als er das Handy hochnimmt, um sich das Foto anzusehen, und ein Lachen ausstößt, das er gleich wieder unterdrückt.

Ich erhasche einen Blick auf das Selfie. »Bäh! Nein!« Mein Mund steht offen und ein Auge ist zu.

Finn murmelt vor sich hin: »Du siehst aus wie ein verwirrter Fisch.«

Ich will nach dem Smartphone greifen, doch er hält es glucksend weg. »Wie um alles in der Welt hast du das hingekriegt, Chester?«

»Lösch es oder du bist ein toter Mann, Mannus.«

»Okay, aber dann brauche ich ein neues als Ersatz.« Finns grinsendes Gesicht ist so nah, dass ich die marineblauen Flecken in seinen Iris sehen kann. Diese fröhlichen Augen, in denen der Schalk steckt. Dieser lächelnde Mund, den ich so unendlich faszinierend finde.

»Okay«, sage ich. »Mach's noch mal.«

Er greift das Handy anders und hält es direkt vor uns. In dem Moment, als ich spüre, wie er den Arm anspannt, um das Foto zu machen, küsse ich ihn auf die Wange.

Finn zuckt leicht zusammen und ihm stockt der Atem. Bevor ich mich wegdrehen kann, stellt er sich mit leicht aufgerissenen Augen vor mich. Ich habe ihn mit meiner ersten Kontaktaufnahme geschockt.

Ein Lächeln umspielt meine Lippen. »Wie war das …«

Finn drückt seinen Mund auf meinen. Der Kuss ist süß und kurz – eine Berührung der Lippen, ein leichter Austausch der Atemluft. Und trotzdem bewirkt er, dass mein Herz stehen bleibt und Hitze meine Oberschenkel hinauflodert.

Finn weicht ein wenig zurück, sodass er mir in die Augen sehen kann. Einen angespannten Moment lang starren wir einander an, während wir ein wenig schneller und tiefer atmen, so als wären wir nicht sicher, was gerade passiert ist. Und dann küsst er mich noch einmal. Noch ein zartes Küsschen, als wollte er sichergehen, dass es wirklich wahr ist.

Der dritte Kuss kommt von mir. Seine prallen, glatten Lippen machen süchtig.

Finn macht leise einen Laut in der Kehle und lässt seine Lippen auf meinen ruhen, als würde er einfach nur genießen, wie ich mich anfühle.

Wir berühren einander kaum, küssen uns überhaupt nur kaum, aber dennoch fühlt es sich fast verzweifelt an, so als müssten wir nehmen, was wir im Moment kriegen können. Ich hebe die Hand und kralle die Finger in sein Shirt. *Mehr. Gib mir mehr.*

»Schön, das reicht jetzt«, sagt Glenn – die fiese Ratte – plötzlich vor uns. »Wir haben einen Baum zu schmücken und Moms Eierpunschfusel zu trinken.«

Finns stechender Blick ist beängstigend, und wenn ich Glenn wäre, würde ich mich aus dem Staub machen. Aber der Mann scheint immun dagegen zu sein. Er grinst süffisant und geht einen Schritt nach hinten, wobei er wie zum Spott eine silberne Weihnachtskugel hochhält.

Finn schüttelt ausdruckslos den Kopf und dreht sich wieder zu mir. Ihm in die Augen zu sehen ist zu viel. Ich kann ihn nicht wieder küssen. Nicht hier. Nicht jetzt. Ich wäre nicht imstande, wieder damit aufzuhören.

»Sich vor der Familie küssen, erledigt«, platze ich heraus und hasse mich sofort dafür.

Eine unschöne Hitze prickelt in meinen Wangen, als er mich einfach nur ansieht. Ich rechne damit, Enttäuschung zu sehen. Aber es ist noch schlimmer. Seine Miene ist eine Mischung aus Zuneigung und leichter Belustigung, so als würde er stumm sagen: Oh Chess, wem glaubst du denn, was vormachen zu können?

»Ich finde«, sagt er nach einem höllisch langen Moment, »die Show müssen wir noch ein bisschen üben.«

Daraufhin lässt er mich stehen. Und ich möchte ihm einfach nur hinterhergehen.

Finn

Zum Sonnenuntergang ist der Black's Beach einer meiner Lieblingsorte. Diese Leinwand aus glühenden Orange-, intensiven Pink- und türkis schimmernden Blautönen hat fast etwas Unwirkliches an sich. Die Klippenwand leuchtet orangerot im schwindenden Sonnenlicht. Die Luft ist jetzt kühler und von salziger Gischt durchzogen.

Einige Surfer genießen einen abendlichen Wellenritt. Ich kenne ein paar von ihnen, aber zum Glück haben sie mich nicht erkannt. Ich brauche ein bisschen Zeit für mich.

Deshalb habe ich Chess auch nicht angeboten, mitzukommen, obwohl ich ihr diesen Strand zeigen möchte.

Ich weiß jetzt, wie sich ihre Lippen anfühlen. Wir haben uns geküsst. Wenn man das überhaupt küssen nennen kann. Die schnellen Küsschen auf den Mund hätten eine FSK-Freigabe ab zwölf bekommen. Aber Mann, wenn diese verstohlenen Berührungen, das fast schon verzweifelte Vortasten mal nicht das Heißeste war, woran ich mich in letzter Zeit erinnern kann.

Sofort als ich ihre Lippen das erste Mal berührte, bekam ich einen Harten. Augenblicklich wollte ich in sie. Ich *brauchte* es.

Das Verrückte daran ist: Es kam so unerwartet – als sie mich auf die Wange geküsst hat, habe ich mir daraufhin eine kleine Kostprobe von ihrem Mund geholt –, dass ich unter Spannung stand wie eine Sprungfeder und mich weder rühren noch irgendetwas anderes tun konnte als mir wie ein gieriger, geiler Bock, der Angst hat, dass seine Chance verstreicht, noch ein paar weitere Küsse zu stehlen.

Und dann war es vorbei. Sie hat so getan, als wäre das Ganze nur Show gewesen.

Schwachsinn.

Die Frage ist: Was soll ich jetzt machen? Sie darauf ansprechen? Es auf sich beruhen lassen?

So unentschlossen war ich noch nie. Im Football ist man erledigt, wenn man zögert. Wir machen Workouts, laufen Drills und trainieren, bis unsere Muskeln die Reaktion verinnerlicht haben und wir instinktiv handeln. Das hat etwas Beruhigendes. Verflucht, es ist beruhigend, zu wissen, dass man bei etwas einer der Besten ist. Ich weiß, dass ich nicht der beste Quarterback der Welt bin. Noch nicht. Aber der werde ich sein. Perfektion stellt sich im Sport mit der Erfahrung ein und wenn man seinen Rhythmus gefunden hat.

Was Chess angeht, könnte ich allerdings genauso gut in der Kinderliga spielen. Ich stolpere umher, kenne die Spielzüge nicht und kann die Aufstellung nicht lesen. Es ist verdammt frustrierend. Und dabei darf ich es nicht versauen. Nicht bei Chess. Sie ist zu wichtig.

Ich bin an einem Punkt, an dem ich mich entscheiden muss.

Eine leise Stimme in mir flüstert, ich sollte zusehen, dass ich Land gewinne, solange ich noch kann. Das ist der einfache Ausweg. Ohne einen Fehlschlag. Ich kann mich zurückziehen und Chess wie jemanden behandeln, mit dem ich locker befreundet bin. Jemanden, den ich alle paar Monate anrufe, wenn ich ein bisschen Zeit habe und noch nichts vor.

Genau das war Dex' Rat, und der Mann ist ein Meisterstratege.

Lass Chess in Ruhe. Bleib wieder für dich.

Ich beobachte, wie ein Surfer hinauspaddelt und seinem Buddy etwas zuruft. Ihre Stimmen wehen dünn herüber, während die Brandung ans Ufer kracht. Sonnenlicht glitzert auf einem Wellenkamm und färbt ihn trüb türkisblau.

Ich fühle mich alt. Mit nicht mal dreißig Jahren und bevor meine Karriere richtig Fahrt aufgenommen hat, fühle ich mich auf einmal so scheißalt. Außen vor. Ich hätte Vater sein können.

Hätte sie meine Augen gehabt? Hätte sie Erbsen genauso gehasst wie ich?

Ich vergrabe die Finger im Sand. Dicht unter der Oberfläche ist er kalt und rau.

Als mein Handy klingelt, klopfe ich mir die Hände ab.

Ich hole es heraus und erwarte, dass Chess dran ist. »Hey, ich bin unten am Strand.«

»Aha, okay.«

Es ist nicht Chess.

»Britt?« Ich gucke mich tatsächlich um, als rechnete ich damit, dass sie plötzlich aus dem Sand hochspringt.

»Ja, ich bin's.« Sie macht eine Pause. »Dachtest du, es wäre jemand anderes?«

Tja, offensichtlich wohl schon. »Was gibt's denn?«

Ich habe keine Ahnung, warum sie anruft, aber es gefällt mir nicht. Es kommt mir vor wie eine dieser Fallen, die Frauen stellen und die damit enden, dass sie weinen und ich mir einfach wie ein Schuft vorkomme.

»Ich … äh«, sie räuspert sich. »Hör mal, mir gefällt nicht, wie wir verblieben sind.«

Genau deshalb bin ich sauschlecht im Umgang mit Frauen. Weil ich keinen blassen Schimmer habe, was sie meint. Sie hat mich gefragt, ob meine Mom sie eingeladen habe, die Feiertage mit uns zu verbringen. Ich habe Nein gesagt. Was gibt es da noch zu klären?

Ich muss zu lange geschwiegen haben, denn jetzt macht sie wieder dieses Geräusch, so als versuche sie, die Worte an einem Hindernis in ihrer Kehle vorbeizupressen. »Ich wollte dir noch einiges sagen, Finn. Aber ich war durcheinander und aufgebracht.« Leise entweicht ihr ein halbes Lachen. »Dich wiederzusehen war nicht einfach.«

Wieder komme ich mir wie ein Arschloch vor, weil ich sie so schnell vor die Tür gesetzt habe. Ich massiere mir die Nasenwurzel. Kopfschmerzen kündigen sich an. Ich muss zurück zum Haus meiner Eltern. Ich bin schon zu lange unter dem Vorwand weg, Wein zu besorgen.

»Ich weiß, dass es hart ist«, sage ich so sanft zu Britt wie ich kann. »Ich habe … Ich habe gerade an sie gedacht.«

Plötzlich bildet sich ein schmerzhafter Kloß in meiner Kehle und ich schlucke krampfhaft.

»Du machst es also auch«, flüstert sie mit belegter Stimme.

»Manchmal.« Ich drücke die Fingerspitzen auf meine heißen Augenlider. »Ganz zufällig.«

»Gestern schoss mir der Gedanke durch den Kopf, dass sie jetzt fast alt genug wäre, um Babynahrung zu sich zu nehmen.« Britts Stimme zittert. »Da musste ich das Auto rechts ranfahren, weil mir die Tränen kamen.«

»Es tut mir leid.« Ich weiß nicht, was ich sonst sagen soll.

Am Strand ist es jetzt kalt. Ich stehe auf. Ich möchte nicht mehr hier sein. Ich muss nach Hause.

Chess hatte sich hingelegt, um ein Nickerchen zu machen, weil der Jetlag sie eingeholt hat. Aber sie dürfte inzwischen wieder wach sein.

»Können wir uns zum Mittagessen treffen oder so, wenn du wieder zurück bist?«, fragt Britt und zieht mich damit wieder in das Gespräch.

Ich klemme das Handy zwischen Wange und Schulter, während ich in der Hosentasche nach meinen Schlüsseln fische. »Bist du noch in New Orleans?«

»Ja. Ich bleibe eine Weile hier.«

Das ergibt keinen Sinn. Britt ist in Stockholm zu Hause.

»Ich bin noch die ganze Woche in Kalifornien.«

»Ich bin nächste Woche auch noch da«, sagt sie.

Als ich nichts darauf erwidere, bedrängt sie mich weiter. »Ich würde dich gern sehen. Und ich ... ich möchte es lieber nicht am Telefon besprechen.«

Ich stelle nicht klar, dass sie diejenige ist, die angerufen hat. Die Sache kommt mir komisch vor. Nein, es kommt mir vor, als würde sie mich um ein Date bitten. »Britt, ich will nicht ...«

»Wir haben etwas gemeinsam, Finn. Es gibt niemanden sonst in unserem Leben, der es ganz genauso nachempfinden kann. Außer dir kann ich mit niemandem darüber reden.«

Der verzweifelte Schmerz in ihrer Stimme ist zu viel für mich. Seufzend starte ich den Jeep und fahre aus der Parklücke. »In Ordnung. Schreib mir nächste Woche, und dann machen wir was ab.«

Sobald ich aufgelegt habe, werfe ich das Handy auf den Beifahrersitz. Ich freue mich überhaupt nicht darauf, sie zu sehen. Es geht mir nicht besser, wenn ich meine Gefühle mit ihr teile. Das schafft nur eine Person. Ich biege auf die Hauptstraße und fahre zu Chess.

Ich kann sie nicht loslassen. Dafür ist es jetzt zu spät. Aber ich kann ihr ihren Freiraum lassen.

Entweder nimmt sie es an, dass ich auf Distanz gehe, und zieht sich zurück. Oder sie findet es genauso unnatürlich wie ich. Mein Instinkt sagt mir, dass Letzteres der Fall sein wird. Ich hoffe es, verdammt noch mal.

14

Chess

Es ist geradezu erschreckend, wie gut Finn Mannus sich darauf versteht, mit mir zu spielen. Den restlichen Tag über und während des Abendessens bleibt er auf Distanz. Er ist nicht kalt oder so. Mitnichten. Er ist ein großartiger Gastgeber. Zuvorkommend, bindet mich in Gespräche mit ein und passt auf, dass ich genug zu essen bekomme.

Und genau da liegt das Problem. Er behandelt mich wie einen Gast. Vorbei sind die leichten Berührungen, als könne er nicht die Finger von mir lassen. Vorbei ist es mit seiner Art, sich irgendwie immer so dicht neben mich zu stellen, dass sich unsere Arme streifen. Und vorbei sind auch die neckenden Blicke, die in mir den Wunsch wecken, mir mehr davon zu holen.

Bevor er damit aufhörte, war mir gar nicht klar, dass er all das gemacht hat.

Das Ergebnis ist, dass ich seine Nähe suche. Ich bin nun diejenige, die immer einen Weg findet, sich dichter neben ihn zu stellen, um sein Handgelenk zu berühren oder seinen gewölbten Bizeps. Und obwohl er kein Wort darüber verliert, weiß ich, dass er mit einer entnervenden Klarheit vorausgesehen hat, wie ich reagieren würde.

Ich weiß allerdings nicht, ob ich seine Fähigkeiten bewundern oder verärgert sein soll. Beides, lautet die Antwort.

Meine Verärgerung wird nur umso größer, als er mir meinen

Freiraum lässt und Wein fürs Abendessen besorgen fährt, ohne zu fragen, ob ich mitkommen möchte. Er ist schon seit über einer Stunde weg.

Ich bin genervt von mir selbst. Weil ich bei ihm so ein Feigling bin. Weil ich so tue, als würde sich da nichts zwischen uns entwickeln. Ich weiß, dass ihm etwas an mir liegt. Er sorgt jeden Tag dafür, es mir zu beweisen. Er wird mir nicht wehtun. Nicht absichtlich.

Ich muss mich bei ihm entschuldigen, weil meine Reaktion auf unsere Küsse unfair und verletzend war. Aber ich bekomme keine Chance dazu. Weil Finn auf Distanz geht und seine Familie genauso wie er bestrebt ist, gute Gastgeber zu sein, sind wir nie allein.

Vor dem Abendessen setzen Finn und sein Vater sich ins Arbeitszimmer, um eine Partie Schach zu spielen.

»Ich wusste gar nicht, dass du Schach spielst«, sage ich zu Finn, als ich mich neben ihm auf die Couch setze, um zuzugucken.

»Wir sind eben einfach noch nicht in die Phase unserer Beziehung gekommen, wo man sagt: ›Hey, übrigens, ich spiele total gern Schach‹«, sagt Finn mit einem listigen Zwinkern.

Ich stupse ihn mit der Schulter an. »Schlaubi.« Gott, ich gebe wirklich alles, um ihm nah zu sein. Es ist lächerlich.

Umso mehr noch, als mein Herz einen kleinen Satz macht, weil er mich zurückstupst und leise in sich hineinlacht. »Spielst du denn Schach – oder besser gesagt *chess*, Chess?«

Ich verkneife es mir, ihm die Zunge herauszustrecken, weil Sean uns mit lebhaftem Interesse beobachtet. »Nein. Ich muss zugeben, dass es zu hoch für mich ist.«

»Dann schau zu und lerne, meine Liebe.«

»Werde ich, aber ich sehe da immer nur, dass Figuren scheinbar wahllos hin und her geschoben werden.«

Schnaubend beugt Finn sich vor und betrachtet nachdenklich das Spielbrett. Seine ernste, versunkene Miene ist hinreißend und ehrlich gesagt ziemlich heiß. Es wird sogar noch sexyer, als ich merke, dass er tatsächlich gut ist, richtig gut.

Ich verliere das Zeitgefühl, während Finn und sein Dad sich mit der Ernsthaftigkeit von Männern, die Krieg führen, duellieren.

Irgendwann lehne ich mich auf der Couch zurück und fange an zu lesen. Ohne vom Brett aufzusehen, zieht Finn meine Füße auf seinen Schoß und legt eine warme Hand auf meinen Knöchel. Ich höre nicht auf zu lesen, aber es gefällt mir total. Ich mag es, wie er gelegentlich abwesend, aber ganz zärtlich mit dem Daumen über meine Haut streichelt. Was auch immer zwischen uns los ist, böse ist er jedenfalls nicht auf mich, merke ich. Und etwas von der Anspannung fällt von mir ab.

Nach dem Abendessen gehe ich aufs Zimmer, um mir eine Lounge-Hose und einen weiten, dünnen Pulli anzuziehen. Dann begeben Glenn, Emily, Finn und ich uns ins Fernsehzimmer, um einen Film zu gucken.

»Ich komme mir vor wie in der Highschool«, sage ich zu Finn. »Wo man mit einem Jungen einen Film guckt, während seine Eltern nebenan sind.«

Er wirft mir einen wissenden Blick zu. »Lässt du mich dich denn auch unter der Decke befummeln?«

Ich antworte nicht darauf, sondern lasse ihn seine eigenen Schlüsse ziehen, während er mich aus zusammengekniffenen Augen anschaut.

Das Fernsehzimmer ist ein großer, aber gemütlicher Raum mit einem Ecksofa an der hinteren Wand und zwei nebeneinanderstehenden großen verstellbaren Liegesesseln sowie einem mit Bruchsteinen verkleideten Kamin genau gegenüber.

»Wo ist denn der Fernseher?«, frage ich.

Glenn greift nach einer Fernbedienung. »Hier.«
Eine Leinwand senkt sich von der Decke.
»Wow.«
»Finns letztes *Thanksmas*-Geschenk für meinen Vater«, erklärt Glenn. »Ich warte immer noch auf meins, oller Geizkragen.«
»Hey«, protestiert Finn lachend. »Ich sorg dafür, dass du immer mit Sportsachen eingedeckt bist.«
»Du kriegst das Zeug doch umsonst.«
»Hör nicht auf Glenn«, sagt Emily zu mir. »Er würde so ein Geschenk von Finn nicht mal annehmen, wenn der es heimlich in unser Haus schmuggeln würde.« Sie geht auf einen der Sessel zu. »Mein Rücken bringt mich um.«
»Mann, Schatz«, beschwert sich Glenn. »Du weißt doch, dass ich gern auf der Couch liege.«
»Dann kuschle dich mit Finn und Chess drauf.« Sie lässt mit einem glücklichen Seufzen die Sessellehne herunter. »Oder würdest *du* lieber dieses Baby austragen?«
»Klar, eine komplett unrealistische Argumentation zieht ja immer«, grummelt er und lässt sich auf den zweiten Sessel plumpsen.
»Dämlack«, sagt Finn und streckt sich auf der langen Seite der Couch aus.
Ich gehe an ihm vorbei und will mich auf die andere Sofahälfte kuscheln, als er die Hand ausstreckt und mein gesundes Handgelenk festhält. Ich zögere und starre auf ihn hinunter. Sein Griff ist warm und bestimmt, während er mir fest in die Augen sieht.
Ich entscheide, ob ich mich mit ihm zusammenkuschele oder weitergehe. Wenn ich meinen Arm wegziehe oder einen Schritt mache, wird er mich loslassen. Ich sinke auf die Couch. Und er dreht sich so mit mir auf die Seite, dass ich dicht neben

ihm liege – meine Beine auf seinen, mein Kopf auf dem Sofakissen unterhalb von seinem Kinn.

Keiner von uns beiden sagt ein Wort, als er hinter sich fasst und uns mit einer dicken Decke zudeckt. An seine breite feste Brust gekuschelt liege ich da und glaube nicht, dass ich jemals wieder in der Lage sein werde, allein dazusitzen. Nicht wenn er in der Nähe ist.

Finn schlingt einen Arm um meine Taille und grunzt, als wollte er sagen: Das wurde ja auch mal Zeit.

»Was gucken wir?« Meine Stimme ist hauchig.

»*Stirb langsam*.« Finn grummelt die Worte gegen meine Schulterblätter. »Ein Weihnachtsklassiker.«

»Besuchen Sie Kalifornien, das Land der Sonne, da macht das Leben noch Spaß …«

Seine Lippen streifen meine Ohrmuschel. »Ich verspreche, nichts explodieren zu lassen.«

Glenn fummelt noch mal an der Fernbedienung rum, und das Licht wird gedimmt. Ich habe *Stirb langsam* schon ein Dutzend Mal gesehen. Die besten Sprüche kenne ich auswendig. Heute bekomme ich keinen davon mit.

Es ist dunkel im Zimmer. Glenn und Emily zeichnen sich als Silhouetten vor der Leinwand ab. Auf der Couch befinden Finn und ich uns in einer anderen Welt. Ich schaffe es noch nicht mal, so zu tun, als würde ich den Film gucken. Bilder flackern, Worte werden gesprochen, aber meine Aufmerksamkeit ist auf den Mann hinter mir gerichtet.

Er rutscht etwas tiefer, sodass wir jetzt richtig in Löffelchenstellung liegen. Sein Körper ist eine felsenfeste Wand, doch er schmiegt sich warm und behaglich an mich. Zumindest könnte es behaglich sein. Nur ist meine Wahrnehmung gerade hypersensibel und sendet immer wieder einen kleinen Ruck durch meinen Bauch. Etwas Steifes drückt gegen meinen Po.

»Ist das …?« Meine Stimme ist kaum wahrnehmbar.

Doch er hört sie. »Ja«, sagt er an meiner Schläfe. »Wenn du in seine Nähe kommst, möchte er Hallo sagen.«

Ich ziehe den Kopf ein und lächle ins Kissen. Das Teufelchen in mir bringt mich dazu, ganz leicht den Rücken durchzudrücken und meinen Po gegen seinen Steifen zu schieben.

Finn keucht leise. Er spreizt die Hand auf meinem Bauch und hält mich fest. So langsam, dass es kaum als Bewegung wahrnehmbar ist, wiegt er sich gegen mich. Abgesehen davon liegen wir absolut still da. Aber mein Herz klopft wie verrückt und pumpt heftig in meiner Brust.

Finn schnauft, als hätte er seine Atmung nicht ganz unter Kontrolle. Sein Mund liegt auf meinen Haaren. »Gott, du riechst vielleicht gut. Du riechst immer so verdammt gut.«

Es ist so ein leises Murmeln, dass ich es über die Filmgeräusche hinweg kaum höre.

»Das ist das Kokosöl, das ich für meine Haut nehme«, flüstere ich zurück und tue so, als wäre alles ganz entspannt, als würde meine Mitte nicht langsam zu puckern anfangen und mein Atem nicht immer flacher gehen.

Finn holt tief Luft und atmet langsam wieder aus. »Das bist du. Nur du.« Ein Schauer geht durch ihn hindurch, und dann scheint er sich vollkommen zu verkrampfen, so als versuche er, nicht die Selbstbeherrschung zu verlieren. Mit seiner Hand macht er jetzt gemächliche kleine Erkundungen auf meinem Bauch und streichelt mich.

Meine Brüste werden schwer, meine Nippel richten sich auf. Die Leinwand verschwimmt. Ich kann nicht denken.

Finn lässt die Hand unter meinen Pulli gleiten. Seine Finger sind rau und schwielig, aber federleicht auf meiner Haut. Als mich ein wohliger Schauer überkommt, ziehe ich die Luft ein und dränge ihn stumm, weiterzumachen. Auf und ab streicht er, berührt mit der Daumenkante meinen Bauchnabel und fährt mit einer Fingerspitze an meinem Hosenbund entlang.

Er lässt seine Hand höher wandern und streift mit der rauen Kuppe seines Daumens die Unterseite meiner Brust. Wir erstarren beide. Ein fast schon gewaltsamer Schauer durchläuft Finn. Er presst den Daumen auf meine nackte Brust und erzittert erneut, ein fast unhörbares Stöhnen entweicht ihm.

Meine Lider flattern, vor Verlangen wird alles heiß und schwer. Ich drücke meine Wange in das Sofakissen und warte, ich will, dass er mich erkundet. Ein Atemstoß geht durch mein Haar, und dann lässt er die Hand nach oben gleiten. Das warme Gewicht seiner Finger auf meiner Brust fühlt sich so gut an, dass ich die Luft einziehe.

Finns Körper zuckt, er drängt sich gegen mich. Wie in einem Traum umfasst er meine Brust und reibt sanft kreisend darüber. So gut. Die perfekte quälende Verführung. Mein Atem geht schneller, meine Schenkel erzittern. In der Dunkelheit, verborgen unter einer Decke, streichelt er mich und neckt mich zart. Mit der Fingerspitze bearbeitet er meinen Nippel und spielt mit der steifen Spitze.

Als er spricht, streift seine Stimme wie eine heiße Wolke meinen Hals. »Ich möchte dich sehen.« Er lässt seinen Finger zart auf und ab gleiten. »Hier an dir saugen.«

Er zwickt mich leicht. Ein sinnliches Prickeln flackert durch meinen Bauch und konzentriert sich als feuchte Hitze in meiner Scham.

Ich halte es nicht aus. In einem Nebel aus Verlangen drehe ich mich auf den Rücken, sodass ich in seinen Armen liege. Dabei gleitet Finns Hand zu meiner anderen Brust. Er knetet sie besitzergreifend, als unsere Blicke sich treffen. Keiner von uns sagt etwas.

Ich möchte ihn küssen. Ich möchte es so unbedingt, dass

meine Lippen vor lauter Verlangen, seine zu spüren, schon ganz geschwollen sind. Aber wir können uns nicht küssen. Nicht hier. Es wäre zu laut, und sie würden es merken. Und ich weiß, wenn ich Finn küsse, wird es nicht dabei bleiben. Wenn ich ihn küsse, werde ich ihn förmlich verschlingen wollen. Ich sehe, wie sich dieses Wissen in seinen Augen widerspiegelt. Das hier macht ihn fertig, aber er liebt es. Er genießt es schwelgerisch.

Mit verschleiertem Blick befingert er mich, zieht an meinem armen, schmerzhaft erregten Nippel – reizt mich.

Es fühlt sich gut an, so gereizt zu werden, die Spannung immer weiter anzuheizen. Aber er kommt dabei viel zu unbescholten davon. Vorsichtig drehe ich mich auf die Seite und schaue ihn an. Mit einem erwartungsvollen Leuchten in den Augen beobachtet er meine Bewegungen. Ich halte seinen Blick, während ich meine unverletzte Hand unter sein Shirt gleiten lasse.

Finns straffer Bauch zuckt unter meiner Handfläche, als wäre er kitzlig. Gott, er ist so warm, sein Körper fest, seine Haut hingegen ist weich. Ich fahre reibend darüber, genieße dabei, wie er sich anfühlt und wie er zusammenzuckt, als könnte er sich nicht entscheiden, ob er wegrücken oder sich gegen mich drücken soll.

Der Drang nach mehr Nähe gewinnt, als er die Hüften durchdrückt und seinen Oberschenkel zwischen meine Beine schiebt.

Mit einem glücklichen Seufzen lehne ich mich gegen ihn. Meine Lippen berühren seine weiche Halsbeuge. Er riecht herrlich – sauber wie Seife und würzig wie Sex und Pheromone. Finns Duft steigt mir direkt zu Kopf und macht ihn wattig, während der Rest von mir heiß und schwer wird.

Als ich über seine Halsbeuge lecke, ächzt er – der Hauch eines Geräuschs. Er umschließt meine Brust einen Tick fester.

Lächelnd zerre ich an der Knopfleiste seiner Jeans, und sie ploppen nacheinander auf. Finn verharrt vollkommen reglos. Er vibriert jetzt regelrecht vor Anspannung.

Herrlich. Ich möchte ihn regelrecht verschlingen.

Ich lasse meine Hand unter den Bund seiner engen Boxershorts gleiten. Sein Schwanz reckt sich mir entgegen – fiebrig warm und seidig weich. Er ist so hart, dass er pulsiert. Langsam streichle ich ihn einmal zart.

Finns Atem geht in schnellen, flachen Stößen. Er bebt jetzt, rührt sich aber kaum, während ich leise seinen Schwanz bearbeite. Auf und ab, drücke an der Spitze nur ganz leicht zu. Finn schiebt seinen freien Arm unter mir hindurch und drückt mich enger an sich.

Wir liegen ineinander verschlungen, mein Gesicht ist an seine warme Halsbeuge geschmiegt, und mit der Hand streichle ich seinen Schwanz, während er mit meinem Nippel spielt und daran zupft. Mehr kann er nicht machen. Wir können uns nicht groß bewegen, ohne dass es auffällt.

Sein breiter muskulöser Oberschenkel ist zwischen meine Beine geschoben, und er spannt ihn rhythmisch an, drückt gegen meine Klitoris und lässt wieder locker, sodass es mich ganz verrückt macht.

Unter Schauern schiebt er die Hüften vor und zurück, vögelt langsam meine Hand. Ich fahre mit dem Daumen über seine Spitze, um ihn am Spalt seiner breiten Eichel zu reizen. Das Beben seines Körpers nimmt zu. Ich weiß nicht, wer jetzt heftiger zittert. Ich könnte auf diese Weise kommen. Aber noch viel mehr möchte ich ihn zum Höhepunkt bringen. Ich drücke mich ihm entgegen und presse saugend den Mund auf die empfindliche Haut an seinem Hals, während ich seinen Schwanz fester umfasse.

Er gibt einen gequälten Laut von sich, beinahe ein Wimmern, und dann zuckt er so heftig zusammen, dass er mir fast aus der Hand rutscht. Heiße Feuchtigkeit ergießt sich über meine Finger. Daraufhin erschauern wir beide und keuchen, während er seinen Orgasmus erlebt.

Finn sackt gegen mich, sein Atem geht unnatürlich und legt sich feucht auf meinen Hals.

Die Welt um uns herum kehrt zurück – die lauten Explosionen im Film, das von der Leinwand reflektierende Licht, das über Finns Haut flackert.

Finns Wimpern flattern, er blinzelt mich an, als erwache er aus einem tiefen Schlaf. Und dann wird sein Blick klar und fokussiert sich mit einer Intensität auf mich, dass mir der Atem stockt.

Er sieht mir in die Augen, während er meine Hand nimmt und sie an seinem Shirt abwischt. Ich muss eine verkorkste Frau sein, denn ein Teil von mir möchte die Hand wegziehen und ihn auf meinen Fingern schmecken.

Ich weiß nicht, was er in meinem Blick sieht, aber seine Nasenflügel beben. Seine Lippen bewegen sich kaum, und seine Stimme ist so leise, dass nur ich sie hören kann. »Ins Schlafzimmer. Sofort. Oder ich nehme dich hier.«

Ich bewege mich fließend wie Wasser, richte mich auf und erhebe mich. Meine Glieder fühlen sich nicht mehr wie meine eigenen an. Irgendwie hat er die Kontrolle über sie übernommen, und ich bin nur noch eine vor Lust bebende Marionette. Meine Nippel sind so steif, dass sie wehtun. Er soll fester hineinkneifen, seinen Mund darum schließen und saugen …

Das Blut rauscht in meinen Ohren und ich höre mich entfernt Glenn und Emily Gute Nacht sagen.

Emily schläft.

Glenn winkt mir, ohne sich umzudrehen.

Ich weiß, dass Finn mir folgt. Er hat es auf mich abgesehen.

Das Wissen darum legt sich kühl und heiß auf meine Haut und drückt sich rhythmisch pulsierend zwischen meine Beine. Meine Oberschenkel ziehen sich bei jedem Schritt zusammen.

Ich schaffe es nicht weit. Sobald mich die Dunkelheit des Flurs umfängt, ist seine warme Hand da, umschließt meinen Arm und dreht mich herum.

Stumm drückt er mich gegen die Wand, eine Hand in meinem Haar, die andere um mein Kinn geschmiegt. Doch er küsst mich nicht. Noch nicht. Unser beider Atem vermischt sich unter rauem Keuchen, während wir einander im Dämmerlicht anstarren. Sein Kiefer zuckt. Ich könnte denken, dass er wütend ist, wenn sein Blick nicht so intensiv wäre. So als würde er leiden.

Verlangen. Das ist es. Denn ich empfinde genauso.

Ich stupse mit dem Kinn gegen seine Hand und drücke mich seiner Berührung entgegen.

Mit dem Daumen streichelt er über meinen Kiefer. Seine Stimme ist kaum mehr als ein Flüstern, doch sie klingt fest und ernst. »Sag mir noch mal, dass man nicht auf mich setzen sollte. Ich kann's nämlich nicht erwarten, dir das Gegenteil zu beweisen.«

Vorfreude flirrt durch meinen Bauch. »Beweis es.«

Als er ausatmet, fällt die ganze Anspannung von ihm ab und wird von etwas Bedächtigerem abgelöst.

Als er mich küsst, ist es weder grob noch ungeduldig, sondern intensiv und verzehrend, so als bekäme er nach so viel Zurückweisung endlich Luft. Aber vielleicht bin auch ich diejenige, die ausgetrocknet war, denn bei dieser ersten Berührung fange ich Feuer. Nichts ist damit vergleichbar, Finn Mannus zu küssen. Es ist wunderbar, herrlich. Perfekt.

Mit einem schroffen Laut gibt er sich dem Kuss hin, lässt seine Zunge sanft in meinen Mund gleiten und drängt sie gegen meine, damit ich sie umspiele. Und das tue ich, ich koste und vereinnahme sie. Rasch hole ich Luft, tauche dann wieder ein und entlocke ihm weiter diese rauen, gequälten Laute, als würde er sterben und nur ich könnte ihn retten.

Ich bin so im Einklang mit ihm, dass jeder der schnellen dumpfen Schläge seines Herzens gegen seine Rippen in meinem Körper widerhallt. Die Finger kralle ich an seinem Rücken in den locker fallenden Stoff seines Shirts. Ich erschauere vor Lust, meine Lippen sind geschwollen, mein Kiefer tut weh.

Als würde er mein Verlangen spüren, verstärkt er seinen Griff in mein Haar. Er küsst mich zart knabbernd auf den Mund und erkundet ihn tief. Und dabei geht er mit mir zu seinem Zimmer.

Er tastet hinter mich. Dann bekommt er die Tür auf, und wir befinden uns in der kühlen Stille des Schlafzimmers. Mitten im Raum stehend sehe ich zu, wie er die Tür schließt, sein beschmutztes Shirt auszieht und es beiseite wirft. Blaues Mondlicht umspielt seine wogenden Muskeln, während er sich bewegt. Ich sauge den Anblick in mich auf und verkrampfe die Finger vor lauter Verlangen, ihn zu berühren.

Finns Augen schimmern, als er die Hand zu einem Lichtschalter ausstreckt. Die Nachttischlampen gehen an, und er verzieht die Lippen langsam zu einem Grinsen. Sein Blick ist raubtierhaft.

Ein kleiner Ruck geht durch meinen Bauch. »Hast du etwa Angst vor der Dunkelheit?«

Er macht einen Schritt in den Raum. Er sieht so aufgelöst aus, wie ich mich fühle. Sein Haar ist zerzaust, der Blick glasig. »Ich wollte dich richtig in Farbe sehen.«

Wir sprechen mit gedämpfter Stimme, als wollte keiner von uns den Bann der Stille brechen.

Er bleibt so dicht vor mir stehen, dass ich seine Wärme spüre und sehe, wie sein Puls am Ansatz seines Halses heftig pocht. Er senkt die Lider, um mich träge eingehend zu betrachten. Sacht streicht er an meinem Hals hinab und löst dort, wo er mich berührt hat, wohlige Schauer aus.

Er hakt einen Finger in den Kragen meines Pullis und zupft daran. »Zieh das aus.«

Sein leises Flüstern streicht wie Samt über meine Haut.

Ich halte den Blickkontakt zu ihm, während ich den Pulli ausziehe. Kühle Luft dringt an meine Haut.

Finn stockt der Atem. Er starrt mich an, ohne zu blinzeln. Seine Brust hebt und senkt sich leicht. »Am ersten Abend«, raunt er, »da hast du ein goldenes Seidentop getragen. Ich wollte die Hände daruntergleiten lassen und diese perfekten Brüste umfassen.«

Als er mit den Fingerknöcheln die Seite meiner Brust streift, zucke ich zusammen und trete näher.

Ein heiserer Laut entrinnt Finns Kehle. »Ich wusste, dass sie verdammt schön sein würden, Chess.« Mit dem Daumen fährt er über einen meiner Nippel. »Ich wollte an Ort und Stelle an diesen sexy Nippeln saugen. Gleich dort in der Bar. Durch dein leichtes Top hindurch.«

Ich schwanke leicht.

Finn sieht mir in die Augen. »Zieh den Rest aus. Ich will dich ganz sehen.«

Meine Hände wandern zum Bund meiner Lounge-Hose. »Du auch. Zeig dich mir.«

Wir sehen einander in die Augen, während er seine Jeans aufknöpft und sie mit einem ungeduldigen Ruck hinunterschiebt. Er ist nackt, bevor meine Hose den Boden berührt. Und dann gibt es nur uns. Dieser Finn ist nur für mich, sein harter langer Schwanz springt heraus, eine kleine Perle der

Lust glitzert an der Spitze. Dieser große Schwanz wippt leicht unter seinem eigenen Gewicht, als er zuckt und sich mir präsentiert. Finn nimmt diesen schönen Penis in die Hand und streichelt ihn leicht.

»Du bist wunderschön«, sage ich zu ihm.

Finns Augen leuchten. »Und du bist meine wahr gewordene Fantasie.«

Ich gehe zu ihm, schlinge die Arme um seinen Hals und lasse meine Lippen mit seinen verschmelzen. Er umhüllt mich mit seiner Wärme, er ist hart, wo ich weich bin, und taucht seine Zunge in meinen Mund, um sich erneut eine Kostprobe zu holen.

Ich stolpere rückwärts, als er mich mit sich zieht, ohne den Mund auch nur ein einziges Mal von meinem zu lösen. Er legt mich auf das kühle Bett und zieht einen Pfad aus Küssen an meinem Hals hinab. Seine großen Hände gleiten wie im Traum langsam und sanft über meine Haut.

Ich winde mich, als er mit der Zunge an meiner Brust hinab bis zu der weichen Knospe meines Nippels leckt. Auf der Couch hat er mich die ganze Zeit dort befingert, mich so scharfgemacht und sensibilisiert, dass die kleinste Berührung jetzt fast zu viel ist.

Finn weiß das. Ich erkenne es an der Art, wie er mich unter gesenkten Augenlidern hervor ansieht, so lüstern und heiß, als hätte er verbotene Dinge im Sinn. »Verdammt hübsch.«

Er fängt an, gemächlich über meinen armen steifen Nippel zu lecken, probiert, wie ich schmecke, und macht sich mit der Textur meiner Haut vertraut. Er übt gerade so viel Druck aus, dass ich ihn spüre und mehr will.

Ein genüssliches Summen sirrt von seinen Lippen direkt in meine Klitoris.

Ich halte es nicht aus.

»Kannst du …« Ich schlucke krampfhaft und mein Körper zuckt, als er einen kleinen Kuss auf meine empfindliche Haut drückt.

»Was?«, flüstert er und fährt erneut träge mit der flachen Zunge über meinen Nippel.

»Dran lutschen«, krächze ich. »Bitte. Es zieht so heftig.«

Ein fast schon gequältes Stöhnen entweicht ihm. Er umfasst meine Brust mit seiner großen Hand, sodass sie sich ihm prall entgegenwölbt. Als er meinen Nippel das erste Mal in seinen feuchten Mund zieht, unterdrücke ich ein Wimmern. Ich biege den Rücken durch, doch er hält mich auf dem Bett fest, um rhythmisch saugend an mir zu lutschen.

»Finn.« Meine Stimme klingt schwach, verzweifelt. »Bitte. Lutsch sie beide.«

Er murmelt verzweifelte, sexy Worte, sein Atem geht schneller. Sein Mund bewegt sich zu meinem anderen Nippel. Mit den Zähnen knabbert er kurz daran und lässt seine feuchte Zunge darübergleiten, bevor er ihn einsaugt. Es fühlt sich so gut an, dass ich mich in einen einzigen Pfuhl aus Lust aufzulösen drohe.

Ich wiege die Hüften gegen die Matratze, während ich wimmere, ich brauche mehr.

»Schhh.« Er küsst meinen Nippel zart. »Du willst meine Eltern doch nicht wecken.«

Sein durchtriebenes Flüstern geht direkt in meine Mitte. Wir erschauern beide angesichts der verbotenen Fantasie, womöglich von seinen Eltern erwischt zu werden. Sie macht alles noch intensiver. Das Zimmer erscheint dunkler, seine Haut auf mir noch heißer.

Er verteilt langsam und gemächlich Küsse auf meiner Brust, während er geschickt seine Finger über meinen zitternden Bauch nach unten wandern lässt. Seine Finger sind breit und lang und als er mit ihnen endlich zart über die pralle Knospe meiner Klitoris streichelt, komme ich fast.

Finn reibt seine Wange an meiner Brust, während er mit einer Fingerspitze an meiner Spalte entlangfährt. »Ich möchte dich jetzt vögeln.«

Ich glaube, ich wimmere. Mit den Händen umklammere ich seine Schulter, seinen Hinterkopf. Ich muss ihn dichter bei mir haben.

Er küsst mich zärtlich auf die Wölbung meiner Brust. Seine Stimme ist dunkler Honig. »Lässt du mich, Chester? Lässt du mich dich vögeln?«

Ein sinnentleerter Laut entweicht mir. Er genügt Finn.

Die Schatten bewegen sich, als er sich über mir erhebt, und dann erfasst ihn der Lampenschein. Gott, dieser Astralkörper, so goldbraun und straff, ich möchte jeden Zentimeter davon ablecken. Ich muss ihn noch mehr auf mir spüren.

Als er sich zwischen meine gespreizten Schenkel bringt, fühlt er sich so hart und fest an und seine schweißfeuchte Haut strahlt eine solche Hitze ab, dass ich erneut stöhne.

»Schhh«, flüstert er in mein Ohr. Sein Körper erzittert. »Gott, du fühlst dich so gut an.«

Ich lasse die Hände an seinem Rücken hinabgleiten, vermesse die harte Fläche seines Körpers. Ich brauche ihn in mir. Ich bin so leer, dass es förmlich wehtut.

Doch er berührt nur mein Haar und sieht mit einem Blick zu mir herunter, der so viel enthält. »Ist es okay für dich, Chester?« Sein zärtlicher Tonfall legt sich um mein Herz und drückt es zusammen. »Ungeschützt?« Er streichelt meine Wange. »Ich kann was holen.«

»Nein.« Ich lecke über meine geschwollenen Lippen. »Nur du. Jetzt.«

Seine Wimpern zucken, und dann starrt er mich an, als wäre

Weihnachten. Die runde Spitze seines Schwanzes stößt gegen meine Spalte. Und …

»Oh, mein Gott«, stöhne ich. Ich spüre, wie sich sein Körper bewegt und sich mir sämtliche Muskeln zusammenziehen, als er sich vorschiebt und sich Platz in mir verschafft. So dick. So perfekt. Meine Pussy umklammert diese harte Quelle der Lust.

Ein hilfloses Wimmern durchschneidet die Stille. Es kommt von Finn.

Halb in mir hält er inne und stützt sich auf die Ellbogen auf. Sein Atem geht rau. »Okay?«

Okay? Ich drücke die Hüften hoch und spreize die Beine noch weiter. »Mehr.«

»Oh, verdammt, ja«, stöhnt er. Ein fester Stoß und er ist bis zu seinen Nüssen in mir, so groß, dass es wehtut.

Ich will diesen Schmerz. »Mehr. Mehr.«

Versaute Worte poltern aus ihm heraus, als er anfängt, sich zu bewegen und mir zu geben, was ich will. Doch nicht etwa schnell. Er macht es langsam, kostet es aus. Finn nimmt mich, als wolle er sich jeden einzelnen Moment davon einprägen. Und ich liebe es.

»Red mit mir«, fleht er, während er mich in einem langsamen, stetigen Rhythmus vögelt.

»Reden?« Ich kann kaum denken. Meine Welt besteht nur aus dem gewichtigen Gleiten seiner Muskeln und seines Schwanzes.

»Deine Stimme«, sagt er. »Purer Sex. Einfach geil.«

Was stellt dieser Mann nur mit mir an. Ich lege die Hände seitlich an seinen feuchten Hals und verteile Küsse über seinen Kiefer. »Ich liebe deinen Schwanz.«

Er erschauert. »Ja?«

»Als ich ihn zum ersten Mal gesehen hab, habe ich mir vorgestellt …«

Finn hält inne, er pulsiert in mir. »Was? Sag's mir.«

»Ihn zu lutschen.«

Er stöhnt tief und wiegt die Hüften gegen mich. Schweißperlen laufen über seine Schläfe. Sein Atem ist heiß an meinem Ohr. »Verdammt. Weiter. Erzähl weiter. Wie würdest du ihn lutschen, Chess?«

Gemächliche Schauer tanzen über meine Haut. »Ich würde ihn in den Mund nehmen, wenn er noch schlaff ist. Um zu spüren, wie er hart wird, wenn ich ihn lutsche.«

»Oh, fuck.« Er pumpt in mich – drei harte Stöße, die so tief gehen, dass ich jedes Mal ächze –, bevor er langsamer wird, um seinen mächtigen, herrlichen Schwanz gemächlich wieder in dem teuflisch gleichmäßigen Rhythmus rein und raus zu bewegen. Mit seiner Wange stupst er gegen meine. »Und was dann?«

»Ich würde wollen, dass du dich windest, während ich dir einen blase. Du würdest daliegen, die Hände in die Laken krallen und beinahe wimmern, während ich deinen Schwanz mit meinem Mund bearbeite.« Gott, das will ich.

»Krass.« Er erschauert und senkt den Kopf tiefer. Mit seinen weichen Lippen streift er meine Schulter. Seine Stimme ist ein tiefes Rumoren. »Wirst du mich fesseln?«

Rein und raus geht sein dicker Schwanz, dringt vor und zieht sich zurück. Ich schlucke schwer und versuche, mich auf meine Worte zu konzentrieren. »Nein«, flüstere ich. »Du würdest selbst stillhalten müssen. Deine Willenskraft gegen meine Zunge. Das ist der halbe Spaß.«

Er stöhnt tief und gequält.

Mit einer Hand fahre ich an seinem Rücken hinab und umfasse seine Pobacke, um ihn an mich zu drücken. Seine Muskeln spannen sich unter meiner Handfläche an. »So würde ich dich leer melken, Finn. Während du breitbeinig daliegst, den Körper zum Zerreißen angespannt.«

Diesmal ächzt er, sein Stoß ist weniger kontrolliert, dafür begieriger.

»Wenn du gekommen bist, behalte ich dich in meinem Mund, bis du schlaff wirst«, flüstere ich an seiner Wange. »Und dann sauge ich deinen Schwanz wieder hart.«

»Oh, fuck.« Mit einem Stöhnen verliert Finn die Kontrolle und stößt kraftvoll in mich. »Oh, fuck.«

Er pumpt jetzt ohne Finesse, ohne nachzudenken, hart und schnell. Die heftige lustvolle Anspannung in mir wird fast unerträglich. Ich drücke den Rücken durch und biege mich ihm entgegen, als ich wimmernd komme. Und er kommt mit mir, während sein offener Mund feucht auf meinem Hals liegt.

Er bleibt auf mir, bis die Schauer abebben und unser Atem sich beruhigt. Und dann rollt er sich unter einer Art zufriedenem Ächzen mit mir auf die Seite, sodass sein Schwanz immer noch tief in mir ist. Wir liegen ineinander verschlungen da, die Arme und Beine miteinander verschränkt.

Lange Zeit sagt keiner von uns beiden ein Wort. Ich fahre in kreisenden Bewegungen durch die leichte Behaarung auf seiner harten Brust, und Finn streicht mit den Fingerspitzen an meinem Arm auf und ab.

»Das hätten wir von Anfang an machen sollen«, sagt er.

Ich lächle an seiner Haut. »Von Anfang an, hm?«

»Ja. Ich hätte mein Handtuch abnehmen und du deine Kamera weglegen sollen. Und wir hätten unter den heißen Scheinwerfern vögeln sollen, bis wir die Welt um uns herum vergessen.«

Ich lache schnaubend. »Sollten wir's nicht treiben, bis wir vergessen, wie wir heißen? Sagt man das nicht so?«

»Nope.« Er gibt mir einen Kuss auf den Scheitel. »Ich will, dass du ganz genau weißt, wer dich vögelt. Und ich werde ganz sicher nie vergessen, dass ich mit dir zusammen bin.«

Er schmiegt sanft eine Hand an meine Wange und neigt meinen Kopf nach hinten, sodass sich unsere Blicke treffen. »Ich bin mit dir zusammen, Chess. Das weißt du, oder?«

Er sieht jetzt anders aus, so als hätte die Intimität des Sex' eine neue Schicht von ihm freigelegt. Oder vielleicht hat sie einfach einen Teil von ihm befreit, den er bislang verborgen hielt. Dieser Finn sieht mich an, als wäre ich sein und als wäre er mein. Dieser Finn ist unwiderstehlich, denn ich kann ihn berühren, wann und wie ich es will. Also mache ich das auch.

Ich küsse ihn auf den Mund, auf die höchste Stelle seiner Wange, sein stures Kinn. »Ich bin mit dir zusammen, Finn. Mit allem Drum und Dran.«

15

Finn

Ich fahre mit Chess zu einem Strandrestaurant. Wir sitzen auf einer großen Terrasse mit lauter Lichterketten an einem Tisch direkt am gläsernen Geländer und sehen zu, wie die Sonne über dem Meer untergeht, während Chess einen fruchtigen Cocktail trinkt und ich an einem Bier nippe.

»Was kannst du hier empfehlen?«, fragt sie mich.

Einen Moment lang kann ich sie nur ansehen. Eine leichte Bräune lässt ihre Haut leuchten und ihre grünen Augen noch intensiver strahlen. Die Meeresbrise wirbelt Strähnen ihrer seidigen dunklen Haare hoch, sodass sie ihr um die schmalen Schultern tanzen. Sie sieht glücklich, entspannt und rundum zufrieden aus.

Ich habe das bewirkt. Ich habe für diesen sanften, erfüllten Gesichtsausdruck gesorgt. Ich habe für diese vom Küssen geschwollenen Lippen gesorgt.

Und weil ich es jetzt machen kann, denn sie sitzt direkt vor mir, beuge ich mich vor und küsse sie noch einmal. Sanft und gemächlich erkunde ich ihren Mund mit meinem. Sie schmeckt nach Tequila und Maracuja. Und ich könnte sie gut und gerne den ganzen Abend lang küssen.

Ich löse mich gerade weit genug von ihr, um sie lächeln zu sehen, ihre grünen Augen leuchten glücklich, und ich muss ebenfalls lächeln.

Ich möchte ihr Dinge sagen. Wichtige, emotionale Dinge,

die ich noch nie zuvor zu jemandem gesagt habe. Aber diese Veränderung zwischen uns ist noch zu neu, und wir befinden uns an einem zu öffentlichen Ort dafür. Außerdem möchte sie Essen bestellen.

»Nimm die Hummer-Tacos«, sage ich ihr mit einem weiteren sanften Kuss.

Sie summt gegen meinen Mund, und als ich mich zurücklehne, sieht sie mich abschätzend an. »Wieso glaube ich, dass die Tacos ein fast genauso wichtiger Antrieb für dich sind, nach Hause zu fahren, wie deine Eltern zu sehen?«

Ich lache. »Weil es stimmt. Die sind in Südkalifornien am besten.«

»Bin mir ziemlich sicher, dass jeder Taco-Liebhaber mit seiner eigenen Heimatstadt dagegenhalten würde.«

»Die können's ja versuchen.« Ich zwinkere. Als ich sie betrachte, werde ich von dem Gefühl erfüllt, dass alles richtig ist. Ich habe schon Momente erlebt, die ich für perfekt hielt. Aber die waren bloß der Auftakt für das hier. Dafür, richtig mit Chess zusammen zu sein.

»Unser erstes Date hätte so sein sollen«, sage ich zu ihr.

Chess zieht eine Augenbraue hoch, lächelt aber weiter. »Ich dachte, das hier wäre unser erstes Date.«

»Bei unserem ersten Date haben wir frittierten Fisch gegessen und über schlechten Sex geredet. Wir hatten nur nicht kapiert, dass es eins ist.«

»Nein?«

»Nope.« Ich schüttele langsam den Kopf. »Es war ein Date. Aber es ist komplett falsch abgelaufen. Ich hätte kein Freundschaftsding draus machen sollen. Ich hätte zu dir gehen und sagen sollen: ›Ich mag dich sehr, Chester Copper. Würdest du mit mir ausgehen – jetzt so richtig?‹«

Sie schnaubt, aber es hört sich verdächtig nach einem glücklichen Giggeln an. »Woher willst du wissen, dass es funktioniert hätte?«

Gott, ich liebe ihr Lächeln. Ich möchte sie weiter aufziehen, nur damit ich es immer wieder zu sehen bekomme. »Es hätte funktioniert. Ich hätte dich so geküsst, wie ich es schon machen wollte, seit wir uns kennengelernt haben, und dann wärst du mein gewesen.«

»Ach, tatsächlich«, sagt sie trocken, aber ich sehe ihr an den Augen an, dass es genauso gewesen wäre.

»Tatsächlich. Ich bin dazu geschaffen, dich zu küssen, Chess.«

Davon wird sie weich und sieht mich mit diesem Schlafzimmerblick an. Ihre Stimme wird rauchig, sodass ich vor freudiger Erwartung ganz fest angespannt bin. »Vielleicht bin ich diejenige, die dazu geschaffen ist, dich zu küssen, Finn.«

Gefühle rauschen durch meine Brust und rauben mir den Atem, sodass ich tief Luft holen muss. »Bist du.«

Die Kellnerin kommt, um unsere Bestellung aufzunehmen.

Als sie wieder weg ist, wendet Chess mir ihr Profil zu und blickt hinaus aufs Wasser. Sie ist nervös, mit den Fingern trommelt sie gegen das Glas in ihrer Hand.

Keiner von uns beiden war schon mal in einer Beziehung – ich, weil ich keine wollte, und Chess, weil sie nie einen gefunden hat, den sie wollte. Irgendwie bin ich froh, dass das für uns beide Neuland ist. Wir können füreinander die Einzigen sein. Doch ein Teil von mir wünscht sich, wir wären beide erfahrener oder zumindest einer von uns hätte ein wenig Ahnung, wie man das hier anstellt.

Aber es ist, wie es ist, und ich bin zufrieden damit, ein Bier zu trinken und zu beobachten, wie das Sonnenlicht auf den Haaren meines Mädchens tanzt. Unsere Bestellung kommt, und wir essen genussvoll, während wir uns über dieses und jenes unterhalten. Die Sonne versinkt hinter dem Horizont und die Lichterketten über uns funkeln.

In einer Ecke der Terrasse ist eine Tanzfläche aufgebaut. Überwiegend ältere Paare schwofen langsam zu einem Song von Sinatra. Mit einem leisen Lächeln auf den Lippen schaut Chess zu ihnen hinüber. »Ich wünschte, ich hätte meine Kamera mitgenommen. Guck mal, das Paar da …«

Als ich hinter mich blicke, sehe ich einen Mann und eine Frau, die um die achtzig sein müssen. Er trägt einen hellgrauen Dreiteiler mit einer tiefroten Nelke am Revers. Das Kleid der Frau sieht aus wie eins aus den Vierzigerjahren. Sie bewegen sich in perfekter Harmonie miteinander, seine Hand liegt in ihrer, während sie sich anlächeln.

Chess sieht kurz zu mir, schaut dann aber wieder zu dem Paar. »Wie muss das wohl sein? Sein ganzes Leben mit jemandem zu verbringen, sodass die Fäden der eigenen Persönlichkeit irgendwann so fest mit dem anderen verwoben sind, dass man nicht mehr auseinandergehen kann, ohne sich aufzutrennen.«

Ich weiß es nicht. Aber ich möchte es herausfinden.

Das Lied endet, und ein anderes beginnt. Es ist langsam, die Sängerin singt mit einer Stimme voller Zärtlichkeit und bittersüßer Nostalgie zu den Klängen eines Klaviers. »Dieser Song lief, als ich dich an unserem ersten Abend nach Hause gebracht habe.«

Chess zieht die Augenbrauen zusammen. »Echt?«

»An dem Abend hat Elvis ihn gesungen.«

Ihre Miene hellt sich auf, als sie lauscht. »›Can't Help Falling in Love‹, ich erinnere mich.«

Ich lege meine Serviette auf den Tisch und stehe auf. »Tanz mit mir.«

Chess wird blass. »Wie jetzt, hier?«

»So war's gedacht, ja.«

Ihr Blick schnellt von der Tanzfläche zu mir.

Ich warte geduldig. Aber ich gebe nicht nach. Nicht wenn jetzt gerade dieser Song läuft. »Von manchen Momenten macht man keine Bilder, Chess. Man lebt sie.« Ich strecke meinen Arm aus. »Take my hand.«

Einen Augenblick lang starrt sie mich einfach nur an, als hätte sie mich noch nie gesehen. Ich bewege mich nicht, schaue nicht weg. Chess leckt sich über die Lippen und legt langsam ihre Hand in meine.

In dem Moment verändert sich die Welt, und es ist, als würde ich meinen allerersten Atemzug machen. Ich halte ihre Hand und führe sie zur Tanzfläche. Sobald sie in meine Arme kommt, gibt es nichts anderes mehr. Nur Chess. Ihre Haare und ihre zarte, seidige Haut duften nach Meer und Sonne. Verdammt, ich bin erledigt. Ein Mann, der kitschige Gedichte und große Gesten bringt.

Mir doch egal. Her damit. Ich will alles davon.

Wir sind im Flow zusammen, tanzen kaum, sondern wiegen uns nur hin und her und lauschen der Musik. Ihre Wange hat sie an meine Brust geschmiegt und die Arme um meine Taille geschlungen, als wollte sie mich nicht mehr loslassen. Ich drücke sie fester an mich, streichle mit den Händen an ihren Armen hinauf und an dem schmalen Abhang ihres Rückens hinunter.

Etwas in mir möchte vor ihr auf die Knie fallen. Ich presse meine Wange auf ihren Scheitel und atme ein, lasse mich fallen. Als ein weißes Licht aufblitzt, checke ich es einen Moment lang nicht.

Dann blitzt es noch mal. Ich drehe den Kopf und entdecke einen Kerl, der seine Handykamera auf mich gerichtet hält. Wut trifft mich wie eine Faust in die Eingeweide, mit solcher

Wucht, dass ich einen Laut von mir gebe. Chess bleibt stehen und tritt einen Schritt zurück, auch ihr Blick fokussiert sich auf den Kerl. Als sie sich versteift, gibt mir das den Rest.

Ich bin daran gewöhnt, dass ohne meine Erlaubnis Fotos von mir gemacht werden. Aber dieser Wichser hat nicht nur meine Privatsphäre verletzt, sondern auch Chess'.

Als ich einen Schritt in seine Richtung mache, drückt sie ihre Hand auf mein Kreuz. »Nicht«, sagt sie leise. Sie sieht mich flehend an. »Es ist den Ärger nicht wert.«

Mit dem Daumen streichle ich über ihr Kinn. »Diesen Teil von uns kriegt er nicht.«

Noch ein Blitz, jetzt fängt mein Auge an zu zucken. Auf gar keinen Fall, verdammt.

»Glaub mir, ich mach das schon.« Ich schenke Chess ein knappes Lächeln, nehme sie bei der Hand und gehe auf das Arschloch zu, das Fotos von uns macht.

Der Typ versteift sich, sobald er merkt, dass ich auf ihn zukomme. Ich fühle mich beinahe schuldig, weil sein Blick hin und her huscht und sein Mund zuckt, als könnte er sich nicht entscheiden, ob er lächeln oder abhauen soll. Typen, die schwächer sind als ich, körperlich einzuschüchtern ist nicht mein Stil. Ich mache es ihm leicht.

»Hey, Mann.« Ich strecke eine Hand aus. »Finn Mannus.«

Er blickt für einen Moment auf meine Hand, als überlege er, ob ich ihm die seine abreißen werde. Doch dann gibt er nach und schüttelt meine schwach. »Hey.«

Als ich nichts Aggressives tue, wird sein Griff ein wenig fester. »Manny, ich wusste doch, dass du es bist. Ich find dich echt super, Mann.«

Ja, was du nicht sagst. Ich nicke und lächle ihn lässig an, während Chess an meiner Seite steht und ihre Hand an meinem Rücken in mein Hemd krallt. Ich lasse die schwitzige Hand des

Kerls fallen, höre aber nicht auf zu lächeln. »Hab gesehen, dass du Fotos von mir und meiner Freundin gemacht hast.«

Augenblicklich versteift sich der Typ wieder und schiebt das Kinn vor. »Du bist in der Öffentlichkeit.«

Und du bist ein ziemlicher Penner.

»Sicher. Ich hab mich gefragt, ob ich die kriegen könnte.« Ich nicke zu Chess, während ich einen Arm um sie schlinge. »Es ist unser erstes Date. Wäre nett, eine Erinnerung daran zu haben.«

Ich kann spüren, wie Chess mich anstarrt. Sie fragt sich, was zum Teufel ich da mache. Das lässt mich ein wenig echter lächeln, denn ich mag es, ihre schimpfende Stimme im Kopf zu haben.

Die Frau, mit der der Kerl hier ist, hat noch keinen Ton von sich gegeben, meldet sich jetzt aber zu Wort. »Oh, das ist so süß. Dougie, ist das nicht süß?«

Er wirft seiner Freundin erst einen genervten Blick zu, als wollte er sagen, dass er das hier regelt, wirft sich dann aber leicht in die Brust. »Klar doch, Manny.«

»Cool. Können wir mal gucken?« Noch ein unechtes Lächeln. »Meine Freundin möchte sie echt gern sehen.«

Dougie ist nicht komplett blöde und zögert.

Ich strecke eine Hand aus und zwinge ihn mit meinem Blick nieder, behalte aber meine freundliche Miene bei. Wenn er jetzt Nein sagt, steht er vor seiner Freundin und seinem angeblichen Idol wie ein komplettes Arschloch da.

Endlich gibt er mir sein Handy. Gott, er hat vielleicht viele Fotos gemacht. Meine Wut kocht hoch. Neben mir drückt Chess die Finger in meinen Arm. Aber sie lässt sich ihre Gefühle nicht anmerken. »Auf dem hast du die Augen zu«, bemerkt sie in einem lockeren Tonfall.

»Ich schwofe gerne mit geschlossenen Augen«, erkläre ich ihr mit der gleichen Leichtigkeit, während ich das Foto sowie ein halbes Dutzend andere markiere. Sie sind körnig oder wegen des Blitzes überbelichtet, aber jede Aufnahme offenbart meine Gefühle für Chess klar und deutlich. Und auch wenn ich mich kein bisschen dafür schäme, möchte ich bei der Vorstellung, dass sie überall im Netz herumgeistern – und ich hab nicht den leisesten verschissenen Zweifel dran, dass sie dort landen sollen –, das Handy in meiner Hand zerdrücken.

Das Gefühl, missbraucht worden zu sein, legt sich wie heißer Teer über mein Innerstes.

Dougie, der kleine Wichser, hat den letzten Teil sogar gefilmt. Ich spiele das Video nicht ab, weil ich nicht sicher bin, ob ich mich dann noch beherrschen kann. Ich sende die ganze Auswahl an eine E-Mail-Adresse, die Charlie abruft, mit den vereinbarten Codeworten im Betreff, die ihn wissen lassen, dass sie von mir kommt. Er wird sie für mich abspeichern und Dougies E-Mail-Adresse später blockieren.

Dougie sieht, dass ich die Fotos weitergeleitet habe, und fängt an, auf seinem Sitz herumzurutschen. Er hat eindeutig Sorge, dass ich sie löschen werde.

Chess versteift sich, offensichtlich nimmt sie dasselbe an. Ich könnte es machen. Ganz einfach. Ich müsste nur ein Mal tippen, Dougie hätte keine Chance, mich aufzuhalten. Ich bin mindestens fünfzehn Zentimeter größer und hab zehn Kilo mehr Muskelmasse als er. Doch ich mache das Spiel schon lange genug mit, um zu wissen, wie das ausgehen würde.

Ich gucke ihn an, als würde ich überlegen. »Sollen wir ein Selfie zusammen machen?«

Seine Miene hellt sich auf, und er stößt den Atem aus. »Das wäre klasse.«

Von dem ganzen falschen Gegrinse tun mir schon meine Scheißwangen weh. »Wie ich sehe, trägst du ein Cap von meinem Team. Das könnte ich dir auch signieren.«

Das gefällt Dougie unheimlich. »Super, ja.«

»Cool.« Ich richte mich zu meiner vollen Größe auf. »Im Gegenzug möchte ich nur, dass du die Fotos löschst.«

Sein glückliches Lächeln rutscht ihm aus dem Gesicht.

Ich nicke in Chess' Richtung. »Das ist unser erstes Date, verstehst du. Ich möchte gern, dass meine Freundin ihre Anonymität behalten kann.«

Er schluckt heftig. »Ich hatte nicht vor, sie zu verbreiten.«

Na klar, bestimmt nicht.

»Trotzdem«, sage ich. »Es ist schwer, ein Mädchen zu beeindrucken, wenn sie sich Sorgen wegen solcher Fotos macht.«

Wieder halte ich seinen Blick. *Komm schon, Dougie, bring mich nicht dazu, dieses Handy in den Pazifik zu werfen.* Eins weiß ich: Ich werd's auf die nette Art versuchen, aber diesen Teil von Chess und mir kriegt er nicht.

Dougie reibt sich das Kinn, als wäre er der Obermacker. Als ich mich ein wenig vorbeuge, merke ich, wie er sich versteift. »Abgesehen davon«, sage ich in einem Tonfall, der nur für ihn und mich gedacht ist, »bin ich mir ziemlich sicher, dass deine Kumpel das Selfie mehr zu würdigen wissen werden als ein Foto von mir, wie ich mit einem Mädchen tanze.«

Das überzeugt ihn. Er nickt schwach. Er will diese Bilder immer noch, das ist offensichtlich. Aber er wird's nicht drauf ankommen lassen. Als ich sie lösche, rauscht die Erleichterung wie ein Luftzug durch mich hindurch. Dann posiere ich mit Dougie für neue Fotos. Mein Gekritzel auf seine Cap ist schnell hingeschmiert.

»Also dann«, sage ich und versuche, ihm die Cap nicht in die Visage zu schmeißen. Sei nett. *Sei nett.* »Habt noch einen schönen Abend, Leute. Das Essen geht auf mich.«

Seine Freundin strahlt. »Das ist echt supernett von dir. Wir lieben dich, Manny.«

Ich zwinkere ihr zu. Und dann nehme ich Chess bei der Hand und führe sie, so schnell ich kann, von dem Pärchen weg. Ich gehe auf das Empfangspult zu, erkläre der Platzanweiserin, dass wir gehen, und gebe ihr genügend Geld, um unsere und Dougies Rechnung zu begleichen.

Die ganze Zeit über schweigt Chess und hält meine Hand. Sie sagt kein Wort, als ich mit ihr hinunter zum Strand gehe; meine Schritte sind zackig, mein Herz pocht immer noch vor lauter unterdrücktem Zorn und Bedauern. Nachdem wir nur kurz stehen geblieben sind, um unsere Schuhe auszuziehen, entfernen wir uns von den Lichtern des Restaurants, wobei das Gelächter und die Musik allmählich dem Rauschen der Brandung weichen.

Der Mond steht über uns, hell genug, um den Strand zu beleuchten und auf dem Wasser zu schimmern. Ich werde langsamer und bleibe stehen. Das Mondlicht glänzt weiß auf Chess' tintenschwarzem Haar.

Sie starrt sorgenvoll mit großen Augen zu mir hoch. »Du hättest dieser Ratte nicht das Essen zu bezahlen brauchen.«

»Er hätte mir die Fotos nicht zu geben brauchen. Hat er aber.«

»Es war widerlich von ihm, sie überhaupt zu machen.« Sie blickt finster aufs Meer. »Gott, ich weiß, ich meinte ja auch, dass ich gern meine Kamera hätte, als wir diesem älteren Paar zugesehen haben. Aber ich hätte sie niemals wirklich fotografiert. Damit verletzt man die Privatsphäre.«

Seufzend lasse ich die Wut von mir weichen. »Er ist ein Fan. Viele von ihnen machen das.«

Als sie ihren Blick wieder auf mich richtet, sind ihre Lippen zu einem leichten Lächeln verzogen. »Du bist gut mit der Situation umgegangen. Ich hätte einfach sein Handy zertrümmert und ihm die Meinung gegeigt.«

Ich schnaube ohne jeden Humor. »Ja, na ja, ich war versucht, das zu machen. Aber das hätte einen Shitstorm ausgelöst. Es ist einfacher, die Situation auf die freundliche Art in die gewünschte Richtung zu lenken.«

»Du bist bemerkenswert«, sagt sie. Aber sie macht ein besorgtes Gesicht.

Ich berühre ihre Wange und streiche ihr eine Haarsträhne hinters Ohr, die im Wind hin und her flattert. »Es tut mir leid, dass das passiert ist. Ich wünschte, ich könnte sagen, es kommt nicht wieder vor, aber dafür kann ich nicht garantieren. Scheiße, es wird mit ziemlicher Wahrscheinlichkeit wieder passieren.«

Chess hakt einen Finger in die Gürtelschlaufe meiner Jeans. Es ist zwar nur eine kleine Berührung, doch sie erdet mich. Wieder blickt sie auf die Wellen. »Es wurden doch schon Fotos von mir gemacht. Schon vergessen?«

Ich zucke zusammen und meine Haut strafft sich. »Ich weiß. Das tut mir genauso leid.«

»Das weiß ich.« Chess schaut wieder mich an. »Heute Abend hat es dich allerdings richtig aufgeregt.«

Ein Schlingern geht durch mein Inneres, als die Wut zurückkehrt. »Wir haben getanzt, verdammte Scheiße noch mal. Es war … schön. Ich hasse es, dass so ein Arschloch uns das kaputtgemacht hat.«

Sie löst den Blick nicht von mir. »Wie hältst du das aus? Dass die Leute immer ein Stück von dir haben wollen?«

Komischerweise hat mich das noch nie jemand gefragt. »Der Lohn macht es wett. Normalerweise.«

Sie beißt sich auf die Unterlippe. »Ich weiß nicht, ob ich das aushalten könnte.«

Es ist, als hätte sie mir den Boden unter den Füßen weggezogen. Ich umklammere sogar ihr Handgelenk, um nicht ins

Wanken zu geraten. »Ich werde versuchen, dich davor zu beschützen, Chess. So gut ich nur kann.«

»Aber das kannst du nicht, Finn. Nicht wirklich.«

Ich weiß nicht, was ich sagen soll. Sie hat recht. Und das macht mir Angst. Ich hasse es, Angst zu haben. Es ist kein Gefühl, mit dem ich vertraut sein möchte. Chess könnte deswegen Schluss machen. Und könnte ich ihr denn einen Vorwurf daraus machen?

Sie zieht die Stirn kraus. »Wenn ich mit dir zusammen sein will, werde ich lernen müssen, allein damit klarzukommen.«

Mein Gesicht fühlt sich an wie erstarrt, meine Stimme bleibt mir im Hals stecken. »Schätze schon.«

Sie nickt wieder und blickt aufs Meer.

Leidenschaftliche, überzeugende Argumente gehen mir durch den Kopf. Doch ich sage kein Wort. Ich stecke fest, mit den Füßen im Sand. So sehr man es auch möchte, manche Dinge kann man nicht ändern. Der Ruhm, der mit dem Football einhergeht, ist so eine Sache. Wenn ich meinen Job richtig mache, wird er mich noch lange Zeit begleiten. Und ich würde lügen, wenn ich behaupten würde, ich wollte das nicht – selbst wenn der Ruhm seine Schattenseiten hat. Denn der Ruhm bedeutet, dass ich noch mitmische, dass der Football mich noch braucht.

Ich möchte Chess das alles erklären. Doch ich schaffe es nicht, das in Worte zu fassen.

Sie ist so still und reglos, ich habe keine Ahnung, was ihn ihrem Kopf vorgeht. Als sie sich dann bewegt, bin ich dermaßen zum Zerreißen gespannt, dass ich beinahe zusammenzucke.

Sie kommt einen Schritt näher und legt eine Hand an meine Wange. Ich merke, wie ich mich der Berührung entgegenlehne, als sie sich auf die Zehenspitzen stellt und mit ihren Lippen die meinen streift. »Der Lohn macht es wett, Finn.«

Ich stoße den Atem aus und ziehe sie an mich. Ich beuge mich herunter und schmiege die Nase an ihre warme Halsbeuge. »Ich werde tun, was ich nur kann, damit du auch weiterhin davon überzeugt bleibst, Chester.«

16

Chess

JamesTTwerk: Können wir heute Abend zusammen essen?

Ich blicke von meinem Handy zu Finn, der neben mir sitzt, denn wir fahren gerade vom Flughafen nach Hause. Es fühlt sich komisch an, nach Hause zu kommen. Ich weiß nicht so recht, was ich erwarten soll. Es war eine Sache, als wir Freunde waren und darum herumgetänzelt sind, dass wir uns zueinander hingezogen fühlten. So zu tun als ob bietet Sicherheit.

Wie machen wir jetzt weiter? Wir sind eigentlich beide Amateure. Finn kannte lange nur Gelegenheitssex, und ich bin immer unfähig gewesen, mit einem Mann über ein oder zwei Dates hinauszukommen.

»Was ist los?«, fragt er mich, während er in erster Linie auf die Straße achtet. Er ist jetzt tief gebräunt, seine Haarspitzen sind in der Sonne fast blond geworden.

»James möchte heute mit mir zu Abend essen«, erzähle ich ihm, denn ich weiß, dass Paare das so machen: Sie informieren einander über ihre Pläne. Aber ein Teil von mir fühlt sich eingezwängt. Muss ich etwa seine Erlaubnis einholen?

Als Finn mir einen Blick zuwirft, umspielt ein schiefes Lächeln seine Lippen. »Wieso guckst du mich so böse an? Glaubst du, ich hätte was dagegen einzuwenden oder so?«

Ich verziehe das Gesicht und lehne den Kopf gegen die Scheibe. »Ich weiß nicht.« Ich strecke die Hand aus, um sie auf seinen muskulösen Oberschenkel zu legen. Immer wenn er in meiner Nähe ist, möchte ich ihn berühren. Sogar wenn ich verwirrt im Kopf bin. »Ich hab keine Ahnung, was verdammt noch mal ich hier eigentlich mache.«

Er legt seine warme Hand auf meine und drückt sie. »Glaubst du etwa, ich weiß es? Die Wahrscheinlichkeit, dass ich es verbocke, ist ziemlich hoch.«

Ich lächle. »Danke für die Warnung.«

Er tätschelt meine Hand. »Denk dran, wenn du später mal das Bedürfnis hast, mich anzuschreien.«

»Vielleicht werd ich diejenige sein, die's verbockt.«

»Vielleicht«, stimmt er zu, und ein freches Grinsen erhellt sein Gesicht. »Sei vorgewarnt, ich bestrafe gern mit Cunnilingus.«

Ein Lachen platzt aus mir heraus. »Betrachte mich als vorgewarnt.«

»Ich würde gern behaupten, dass das schlimmer für mich sein wird als für dich, aber das wäre gelogen.«

Er macht es mir nur allzu leicht, mir ein Lächeln oder Lachen zu entringen. Weil er da ist und warm und stark, reibe ich mit dem Daumen über seinen Oberschenkel. Ich liebe es, wie er ihn anspannt und näher zu mir rüberschiebt. Als ich zusehe, wie er seine breiten, langen Schenkel spreizt, wandert mein Blick zu der Wölbung zwischen seinen Beinen. Sie füllt seine Jeans so hübsch aus.

Der unartige Teil von mir möchte die Hand dorthin bewegen und über diese große Beule reiben, damit er hart wird. Ich stelle mir vor, wie ich mich hinunterbeuge, ihn aus der Jeans befreie …

»Chess.« Er drückt noch einmal meine Hand. »Du sorgst noch dafür, dass wir von der Straße abkommen.«

Mein Blick huscht hinauf zu seinem erregten Gesicht und

dann wieder dorthin, wo er sich aufrichtet. Als ich mir über die Lippen lecke, stöhnt er.

»Chess …«

»Sorry.« Ich nehme die Hand weg von der Versuchung.

Finn wirft mir einen Seitenblick zu, während er ein wenig auf seinem Sitz herumrutscht. »Deswegen solltest du dich niemals entschuldigen. Wenn ich mir zutrauen würde, sicher zu fahren, während du mir einen bläst, wäre ich voll dabei.«

Ich lache. Und es fühlt sich gut an. Aber ich werde schnell wieder nüchtern. »Das Geld von der Versicherung ist da. Der volle Betrag. Ich kann mir jetzt eine neue Wohnung kaufen.«

Es wird still im Auto. Finn hält das Lenkrad krampfhaft umklammert. »Du hast abgewartet, bis ich hinterm Steuer sitze, um mir das zu sagen, oder?«

»Wieso sollte ich?« Aber ein Gefühl der Schuld überzieht jäh meine Haut wie ein brennender, juckender Ausschlag.

Sein langer, vielsagender Blick macht es nur noch schlimmer. »Damit ich es dir nicht mit meinen besten Argumenten ausreden kann.«

Er hat recht. Immer wenn er seine Hände auf mir hat, kann ich nicht klar denken.

Ich schaue auf die Straße und beobachte den Verkehr. »Du würdest versuchen, es mir auszureden?«

Er gibt einen kehligen Laut von sich. »Fragst du im Ernst? Mir hat schon die ganze Zeit davor gegraut, dass du gehst. Meinst du, das hat sich jetzt, wo wir zusammen sind, geändert?«

»Nein. Aber vielleicht sollte ich …«

»Sag es nicht«, warnt er mich.

»Ausziehen«, beende ich den Satz. »Es könnte kompliziert werden zwischen uns.«

»Dann lass es uns einfach halten.«

So ein Sturkopf.

»Wir sind gerade erst zusammengekommen«, sage ich. »Wir sollten es langsam angehen lassen und uns erst mal kennenlernen. Was, wenn wir merken, dass wir uns auf die Nerven gehen, wenn wir zu sehr aneinanderkleben?«

Er lacht spöttisch. »Wir wohnen doch schon wochenlang zusammen, Chess. Das hätten wir längst gemerkt. Wir sind toll als WG und als Paar sogar noch besser.«

Der Verkehr kommt zum Halten, als wir eine rote Ampel erwischen, und er dreht sich zu mir, um mich anzuschauen. Sein großer Körper beherrscht das Wageninnere. Ich kann die Seife riechen, die er heute Morgen in der Dusche benutzt hat. Die Seife, mit der ich liebevoll über jeden seiner straffen Muskeln gefahren bin, als ich mit ihm geduscht habe.

Als Finn mich ansieht, sehe ich in seinen Augen das Wissen darüber, was wir beim anderen auslösen. Ich sehe auch noch andere Dinge darin – Gefühle, von denen mir ganz eng in der Brust wird und Hitze in meine Wangen steigt.

»Ich bin verrückt nach dir«, sagt er leise. »Ich brauche nicht erst noch Zeit, um mir darüber klarzuwerden.«

»Ich bin auch verrückt nach dir«, flüstere ich. »Ich habe bloß Angst.«

Ehe ich auch nur blinzeln kann, beugt er sich zu mir und gibt mir entschlossen einen Kuss, der eher zärtlich als leidenschaftlich ist. Das brauche ich jetzt mehr. Woher weiß er das?

Er löst sich von mir und legt eine Hand an meine Wange. »Wir kriegen das hin.«

Ein Hupen lässt uns beide zusammenzucken. Finn lächelt kurz. »Siehst du? Solche Gespräche im Auto zu führen ist ätzend. Wenn wir jetzt zu Hause wären, würde ich dir so was von an die Wäsche gehen.«

»Mein Bedauern ist tief wie der Ozean.«

»Klugschwätzerin.«

»Außerdem«, sage ich, »werde ich mit James essen gehen, wenn wir zu Hause sind.«

»Ach, richtig.« Finn kann seine Enttäuschung nicht verbergen. Aber sie hält nicht lange an, denn dieser Mann gibt ganz bestimmt nicht schnell auf. Er nickt, als hätte er etwas beschlossen. »Dann muss ich dich eben heute Nacht vögeln.«

»Gott.« Ich lache und schüttele den Kopf, obwohl mir dabei das Verlangen die Schenkel hinauflodert. »Ich habe ein Monster erschaffen.«

»Du hast ja keine Ahnung, Baby.«

*

Ich hätte gleich wissen müssen, dass irgendetwas im Busch ist, als James mir sagte, dass er mich zum Essen ins *Lüke* einlädt. Er weiß ganz genau, dass ich die Desserts dort liebe und zu einem zufrieden schnurrenden Kätzchen mutiere, wenn ich eins gegessen habe.

Aber nein, ich war von meiner Freude auf besagte Desserts dermaßen abgelenkt, dass ich mich in falscher Sicherheit gewogen habe.

»Sieh mal einer an«, sagt James, als wir uns an einen winzigen Tisch am Fenster setzen. »Du strahlst ja richtig.«

»Das ist Sonnenbräune.« Ich überfliege die Speisekarte, wobei ich den Abschnitt mit den Hauptspeisen übergehe. »Oh, sie haben heute den gedämpften Schokoladenkuchen.« *Orgasmus in Form von Schokolade* sollte der offiziell heißen.

»Nein … es liegt nicht an der Sonnenbräune.«

Als James mich etwas zu lange beäugt, muss ich den Drang unterdrücken, mir die Speisekarte vors Gesicht zu halten. Stattdessen erwidere ich sein Starren mit ausdrucksloser

Miene. Aber es funktioniert nicht. Er fängt plötzlich an zu strahlen.

»Du hast mit ihm gevögelt!«

Ein ganzer Tisch voll älterer Geschäftsmänner dreht sich zu uns um.

Ich schaue zu den Männern, die jetzt vor sich hin lachen, und schenke ihnen einen tödlichen Blick, der sie weggucken lässt, bevor ich mich vorbeuge, um James zuzuzischeln. »Könntest du wohl leiser sprechen? Ich mag dieses Restaurant. Außerdem kannst du mit einem bloßen Blick auf mich gar nicht erraten, ob ich Sex mit Finn hatte.«

»Du läufst gerade knallrot an«, stellt James fest.

Scheiße.

»Okay, Miss Marple, ich hatte Sex mit Finn. Können wir jetzt essen?«

»Wir haben doch noch gar nichts zu essen. Und wenn du schon einen Agatha-Christie-Detektiv aus mir machst, dann wenigstens Poirot.«

»Ich wusste, dass du auf Poirot stehst! Wegen der ganzen Hüte und Fliegen.«

James sieht mich ruhig an. »Sicher, dass *du* nicht Miss Marple bist?«

»Ehrlich gesagt würde ich gern wie Miss Marple leben, wenn ich älter bin, und in ein verschrobenes englisches Dorf voller Mord und Hinterlist und Fünfuhrtee-Runden ziehen.«

James stützt sein Kinn auf die Hand. »Ich hab dich vermisst, Chessie-Bär.«

»Ich hab dich auch vermisst.«

James war in letzter Zeit mehr in New York als in New Orleans. Im Moment sehe ich Finn öfter als ihn.

»Das war's?«, sagt James jetzt und zieht empört seine fedrigen roten Brauen hoch.

»Wovon redest du?«

Er schnaubt. »Du wirst mir nichts von Finn erzählen?«

»Gott. Seit wann muss ich denn ins Detail gehen?«

Dem Mann bebt ungelogen die Fliege vor Ärger. Er beugt sich fast über den ganzen Tisch. »Seit du's mit Finn Mannus treibst.«

»Wenigstens hast du diesmal geflüstert«, murmele ich. »Bitte sag, dass es nicht darum geht, dass er berühmt ist.«

»Du beleidigst mich, Chess.« James schnieft. »Es geht darum, dass du endlich bekommst, was du schon wolltest, seit du ihn das erste Mal getroffen hast, das weiß ich. Dass ich seit Jahren ein kleines bisschen in ihn verknallt bin, ist bloß das i-Tüpfelchen bei dem Ganzen. Kannst du's mir denn verübeln, dass ich mehr wissen möchte? Ich meine, komm schon, hast du ihn mal *gesehen*?«

»Oh ja, das hab ich«, kann ich mir nicht verkneifen zu sagen und muss mich anstrengen, keine Miene zu verziehen.

»Bitch«, sagt er lächelnd.

»Muss ich dich etwa daran erinnern, dass du in einer Beziehung bist, James?«

Sein frotzelnder Gesichtsausdruck verschwindet. »Nein.«

Als ich ihn scharf ansehe, zupft James an seiner Fliege herum. »Was?«, frage ich, denn dieses Zupfen verheißt nichts Gutes. »Oh Gott, habt ihr euch etwa getrennt?«

»Was? Nein.« James klingt entsetzt. Er atmet aus, als müsse er sich sammeln. »Nein, es ist nichts in der Art … Chess.« Er nimmt meine Hand.

Mein Herz klopft plötzlich heftig, und ich ziehe sie weg. »Wieso sagst du meinen Namen, als wäre jemand gestorben?«

»Chess«, wiederholt er noch einmal gequält. »Ich ziehe nach New York.«

Die Worte hängen wie eine Giftwolke über uns, während

ich meinen besten Freund wie erstarrt anglotze. Mein Gesicht fühlt sich zu warm an, meine Augen brennen. »Du ziehst weg?«

»Ja. Ich liebe Jamie. Ich bin nicht gern weit weg von ihr.«

»Du ziehst weg.«

Meine Schallplatte hat einen Sprung, aber irgendwie komme ich nicht aus dieser Schleife heraus.

Als er daraufhin meine Hand nimmt, spüre ich, wie kalt und feucht seine Haut ist. »Ich habe den einen Menschen für mich gefunden, Chess. Nach langem Suchen. Nach vielen einsamen Nächten, in denen ich mich gefragt habe, ob ich den Männern oder den Frauen abschwören soll, habe ich jemanden gefunden. Ich möchte nicht abwarten und es langsam angehen lassen. Ich will das ganze Paket und zwar sofort.«

»Das ganze Paket?« Mein Mund ist trocken. Ich verstehe ihn. Natürlich. Aber mein Verstand kommt nicht über die Tatsache hinweg, dass er wegzieht.

James schenkt mir ein kleines, aber hoffnungsvolles Lächeln. »Heiraten, einen Hund, vielleicht sogar Kinder.«

Das sagt James. James, der sein ganzes Leben lang über spießige Konventionen hergezogen ist. James, der mal gesagt hat, Kinderkriegen sei nicht für jeden was – nichts für Leute wie *uns*, hatte er damit sagen wollen. Als ich mir mit einer Hand durchs Haar fahre, merke ich, dass meine Stirn feucht ist.

Stumm erwidert James mit großen Augen meinen Blick, seine Haut hebt sich blass von seinen roten Haaren ab. Er verlässt mich. Er wird nicht da sein, wenn das mit Finn schiefgeht. Er wird nicht da sein, wenn es mit Finn klappt. Ich werde ihn nicht mehr zum Reden haben, wenn ich bei der Arbeit bin oder Sorgen habe.

»Chess …«

Blinzelnd komme ich zu mir und bemerke, dass James sich auf die Unterlippe beißt. Mein lieber, lustiger Freund ist verliebt. Er hat es mehr als verdient. Mein Stuhl kratzt über den Boden, als ich ruckartig aufstehe. James sieht mir zu, und sein beklommener Gesichtsausdruck verwandelt sich in Überraschung, als ich mich über den Tisch beuge und zuerst eine Hand an seine Wange lege, bevor ich ihm auch noch einen dicken fetten Kuss verpasse.

»Ich freu mich so für dich«, sage ich ihm.

Er lacht ein wenig und atmet pustend aus. »Jesses, ich dachte schon, du würdest den Todeskuss aus *Der Pate II* nachspielen oder so.«

Ich setze mich wieder hin. »Was, das ›Ich weiß, dass du es warst, Fredo. Es bricht mir das Herz‹?«

»›Es bricht mir das Herz!‹«, stimmt James gefühlsschwer ein.

Wir lachen wie die Irren, aber innerlich bricht es mir wirklich ein bisschen das Herz. Die Veränderungen stürzen über mich herein wie eine Flutwelle, und ich werde davon mitgerissen.

Finn

Da ich echt keine Lust habe, trübselig in der Wohnung zu hocken und darauf zu warten, dass Chess von ihrer Verabredung mit James nach Hause kommt, beschließe ich, auch essen zu gehen.

Ich rufe Jake an, der mir mitteilt, dass Dex, Rolondo und North, einer der Tight Ends, auch mit dabei sind. Oh, und wir würden bei Rolondo essen. Mir ist total egal, was wir machen, solange ich nur rauskomme.

Rolondo hat wie ich eine Eigentumswohnung. Seine ist im Hauptgeschäftsviertel der Stadt. Die Bude im fünfzehnten Stock sieht aus wie das Schloss Versailles – mit hellgrau angestrichenen Holzmöbeln im französischen Stil, Spiegelwänden und prunkvollen Kristalllüstern.

»Meine Fresse, Ro«, sage ich, als er mich in eine weiße Küche mit einem schwarz-weißen Fliesenboden im Schachbrettmuster führt. »Ich komme mir vor, als hätte ich mich dem Anlass entsprechend schick machen müssen.«

Dex lehnt an einer der Arbeitsflächen und trinkt ein Bier. »'Londo war schon immer speziell, was seine Wohnung angeht, und mit speziell meine ich verflucht etepetete.«

»My Home is my castle«, verkündet Rolondo.

Ich nehme das Bier, das Rolondo mir hinhält. »Ich glaub eigentlich nicht, dass man den Spruch wortwörtlich nehmen soll.«

Dex lacht in sich hinein, als es erneut an der Tür klingelt.

»Eifersüchtige Pissnelken«, sagt Rolondo, bevor er losgeht, um aufzumachen. Doch seine Stimme hallt durch den Flur. »Wenn ihr so weitermacht, überleg ich mir, wer was von den Rippchen abkriegt.«

»Scheiße«, murmelt Dex. »Die hat er nach dem Rezept seiner Mom gemacht. Die solltest du dir nicht entgehen lassen.«

Daran hab ich keinen Zweifel. In der Küche duftet es nach langsam geschmortem Fleisch und Gewürzen. Mir läuft ein wenig das Wasser im Mund zusammen.

Es ist komisch. Ich bin unsicher, wie ich mich verhalten soll. Jake und ich sind dicke miteinander. Aber ich hab lange nicht mehr mit den anderen abgehangen. Dex ist ebenfalls angespannt und hält sein Bier umklammert, als wollte er die Flasche zerdrücken.

Ich kenne ihn nicht gut genug, um mir sicher zu sein, aber er wirkt niedergeschlagen. Angesichts der Tatsache, dass eine Belohnung auf seine Jungfräulichkeit ausgesetzt ist und er permanent von der Presse belästigt wird, würde ich mal sagen, dass er jedes Recht dazu hat. Das Lustige daran ist: Ich bin mir todsicher, dass dieser große Kerl keine Jungfrau mehr ist. Das kann einfach nicht sein, so wie er über die Höschen seiner Freundin geredet hat.

Es kotzt mich an, wie die Presse mit ihm umgeht. Als wäre es nicht schon schlimm genug für Dex, hat auch noch jemand sein Handy geklaut und Nacktfotos von seinem Mädchen in den sozialen Medien verbreitet. Wenn ich mir vorstelle, jemand würde Chess das antun, werde ich so dermaßen wütend, dass es mir Angst macht. Keine Ahnung, wie er das wegsteckt.

Im Flur höre ich Jake irgendwas faseln und North' Stimme fällt mit ein. Dann führt Rolondo Jake und North in die Küche.

»Verdammt, hier drinnen ist es ja wie bei 'ner Totenwache.« Jake guckt düster von einem zum anderen. »Habt ihr zwei Stress miteinander oder was?«

Dex richtet sich auf und zieht die Augenbrauen hoch. »Nein. Was soll der Scheiß, Ryder?«

»Hör gar nicht auf ihn«, sage ich zu Dex. »Er steht auf Drama.«

»Nope. Ich hab nur zufällig vier … Schwestern«, sagen wir alle einstimmig.

»Wissen wir«, füge ich hinzu und verdrehe dabei die Augen. »Wir wissen es alle.«

Jake schnappt sich ein Bier aus dem Kühlschrank und hebelt finster dreinblickend den Kronkorken auf. »So oft sag ich das jetzt auch nicht.«

»Red dir das nur weiter ein«, murmelt Rolondo, während er nach irgendwas im Ofen schaut.

»Verdammt«, North beugt sich vor. »Sind das etwa Käsemakkaroni?«

»Und Maisbrot«, fügt Rolondo hinzu.

»Also ich komm gern öfter bei dir vorbei.« North ist neu, er hat zu Saisonbeginn unterschrieben. Der Glückspilz war zu dem Zeitpunkt ablösefrei und ein Superstar. Da unser Team dringend einen guten Tight End brauchte, konnte er sich seinen Scheck praktisch selbst ausstellen.

Dann hat er sich prompt verletzt und ist nun erst seit Kurzem wieder fit. Was für uns alle wichtig ist, denn er hat großartige Spielzüge drauf.

Rolondo sagt was von wegen, dass er das Essen fertig machen muss, weist Dex an, Teller zu holen, weil er schon oft genug hier gewesen sei, Jake soll das Maisbrot aufschneiden und North und ich zum Teufel noch mal aus dem Weg gehen.

»Warum kriegen die 'ne Sonderbehandlung?«, murrt Jake.

»Wenn Manny sich in den Finger schneidet«, sagt Rolondo, »wirft er beschissene Pässe, und dann seh ich schlecht aus beim Versuch, sie zu fangen.«

»Und North?«

»Er ist zum ersten Mal hier. Hör auf zu fragen, und schneid endlich das verdammte Brot auf.«

Lachend helfe ich Dex mit dem Besteck, und kurz darauf gibt es das beste selbst gekochte Südstaatenessen, das ich je gegessen habe.

»Alter Schwede, Ro«, sage ich zwischen zwei Bissen von dem zarten Rippchenfleisch, »wenn du nach deiner Footballkarriere nicht so richtig weißt, was du machen sollst, kannst du locker als Koch anfangen.«

Er grunzt und knabbert einen Knochen ab. »Dex, ein paar andere Freunde vom College und ich denken drüber nach, Restaurants zu eröffnen. Wir wollen uns früh reinfuchsen, um zu lernen, wie man's richtig macht.«

»Ohne Scheiß?« Ich schaue zu Dex, der Makkaroni in sich hineinschaufelt, ohne hochzusehen. »Hört sich gut an.«

Als Rolondo zu Dex guckt, wird seine Miene nachdenklich, doch der Ausdruck verschwindet schnell wieder. »Ja. Man kann nie früh genug Pläne schmieden.«

»Ich hasse es, mir Gedanken über die Zukunft zu machen«, meint Jake und nimmt sich noch eine Scheibe Maisbrot. »Veränderungen sind zum Kotzen.«

»Ob's dir gefällt oder nicht, Mann, die Veränderungen werden kommen.« North trinkt einen Schluck von seinem Bier. »Du kannst dich dagegen wehren, so viel du willst, sie werden dich kriegen.«

»Wie der Butzemann, was?«, sagt Jake schnaubend.

»Ich denke darüber nach«, sage ich. »Über die Zukunft.«

»Macht mir eine Scheißangst«, gesteht Rolondo. »Nicht mehr zu spielen. Aber was soll man machen? So ist das Leben.«

»Nicht alles, was gut ist im Leben, dreht sich um Football«, sagt Dex leise. Als wir alle still werden und ihn ansehen, schaut er sich mit finsterem Blick am Tisch um. »Bitte sagt mir, dass ihr Schwachköpfe das wisst.«

North lehnt sich auf seinem Stuhl zurück. »Was, meinst du etwa Frauen?« Er verdreht die Augen. »Netter Versuch.«

»Jemanden zu finden, mit dem man sein Leben verbringen möchte, ist wichtig«, beharrt Dex auf seine ruhige Art.

North schnaubt. »Hab eine Frau kennengelernt und mich schwer in sie verknallt. So schwer, dass ich drauf bestanden hab, sie zu heiraten. Wollte den Sack zumachen, wisst ihr.« Er schnippt einen Krümel vom Tisch. »Wir hatten zwei gute Jahre, dann fing sie an, sich zu langweilen und hat mit meinem Teamkameraden gepoppt. Besser gesagt, mit dreien.«

»Auf einmal?«, fragt Jake, als könnte er es einfach nicht lassen. Aber dann wird er bleich, als North ihm einen Blick zuwirft, der töten könnte. »Sorry, das kam einfach so raus … Das ist krank, Mann.«

North seufzt. »Vielleicht war's tatsächlich so. Wer zum Henker weiß das schon.«

Rolondo beugt sich vor. »Du meinst also, weil deine Frau dich am Ende betrogen hat, ist das alles Bullshit?« Er schüttelt den Kopf. »Mann, gib ihr doch nicht solche Macht.«

»Tu ich nicht.« North macht ein finsteres Gesicht. »Ich sag ja nur …« Er gibt einen aufgewühlten Laut von sich. »Ich weiß auch nicht. Setzt einfach nicht eure ganzen Hoffnungen in eine Frau.«

»Mach ich nicht«, sagt Rolondo lapidar.

»Oder einen Mann«, fügt North hinzu.

Ro' zuckt mit den Schultern, wirkt aber nicht überzeugt.

Mir dagegen gefällt diese Unterhaltung nicht. Mir wird ganz eng in der Brust, und ehe ich michs versehe, platzt aus mir heraus, was mir durch den Kopf geht. »Chess und ich sind letzte Woche zusammengekommen.«

»Was? Erst jetzt?« Rolondo zieht heftig die Augenbrauen hoch. »Ich dachte, du hättest sie schon gleich am Anfang klargemacht.«

»Hey.« Als ich ihn böse anfunkele, hält er beschwichtigend die Hände hoch.

»Sorry, tut mir leid. Ich dachte, du hättest schon ein intimes Verhältnis mit Miss Copper, seit du sie kennengelernt hast.«

Als ich die Augen verdrehe, lacht er.

»Egal«, fahre ich fort. »Sie hat den Scheck von der Versicherung bekommen, also kann sie sich eine neue Wohnung suchen, aber …«

»Lass sie ausziehen«, unterbricht mich North. »Ich sag dir, bei allem, was mir heilig ist, lass sie einfach ausziehen und geh es langsam an.«

Ja, klar. Nein, verdammt.

»Ich versteh ja, dass du eine schlimme Beziehung hinter dir

hast, aber ich seh nicht, wo das Problem sein soll, wenn Chess bei mir wohnen bleibt. Ich möchte, dass sie bleibt.«

Er stößt einen langmütigen Seufzer aus. »Hast du schon mal mit einer Frau zusammengelebt?«

»Ich wohne jetzt schon eine Weile mit ihr zusammen.«

»Ja, aber gevögelt – eine *intimes Verhältnis* gepflegt – habt ihr bis jetzt nicht.«

Jake gluckst und ich zeige ihm den Mittelfinger, während North weiterredet.

»Mitbewohner zu sein ist eine Sache. Dann fängst du an, mit ihr zu schlafen, und plötzlich erwartet sie mehr. Freundinnen haben Rechte.« Er hält eine Hand hoch und zählt sie an den Fingern ab. »Das Recht, zu wissen, wo du hingehst. Wo du gewesen bist.«

»Ich hab nichts dagegen, ihr das zu sagen. Sie soll es sogar wissen.«

North' Blick ist unnachgiebig. »Das Recht, sich zu beschweren, wenn du wegen deines Jobs keine Zeit hast.«

»Das stimmt«, sagt Jake. »Sie beschweren sich echt.«

»Wann hattest du denn mal eine Beziehung?«, spotte ich.

»Ich bin mit Mädchen gegangen. Sie beschweren sich immer. Verflucht, sogar welche, mit denen du nur 'ne Affäre hast, beschweren sich, wenn du dich aus ihrem Bett rollst, um dich zum Training aufzumachen.«

Rolondo nickt. »Kumpel von mir erzählen ständig, wie ihre Frauen ihnen die ganze Saison lang die Hölle heißmachen. Von dem ganzen Gejammer, mit dem sie sie belasten, wenn sie ins Trainingscamp müssen, ganz zu schweigen. Besonders wenn sie Kinder haben.«

Frust kriecht meinen Hals hinauf, und ich fahre mir mit einer Hand übers Gesicht. »Jungs, ihr solltet mir gut zureden, statt mir diesen ganzen Mist zu erzählen.«

»Ach, machen wir das?«, fragt Rolondo lachend.

Ich sehe zu Dex, der immer noch vor sich hin brütet. »Du wohnst doch mit Fiona zusammen. Unterstütz mich.«

Er starrt mich für einen langen Augenblick an. »Ich hab's noch keine Sekunde bereut, mit Fiona zusammenzuleben. Ich liebe es.«

»Seht ihr«, sage ich zur Untergangscrew, während ich zu Dex deute.

»Allerdings«, fährt Dex auf seine typische Art fort, die einen wahnsinnig machen kann, »glaube ich, dass sie sich am liebsten aus dem Staub machen würde.«

»Was?«, sagen Rolondo und ich gleichzeitig.

Mit vollkommen ausdrucksloser Miene zupft Dex an seinem Daumennagel herum. »Sie ist deprimiert wegen dieser ganzen Scheiße, und statt sich mir anzuvertrauen, zieht sie sich zurück.« Fast schon schwerfällig versucht er, mit den Schultern zu zucken. »Schätze also, an dem, was sie sagen, ist was Wahres dran. Unser Leben ist nicht leicht für die, die wir lieben. Kein bisschen.«

Ich lasse mich auf meinem Stuhl nach hinten sacken, als die Jungs anfangen, Dex wegen seiner Freundin auszuquetschen. Meine Gedanken driften ab zu Chess. Wir diskutieren immer alles aus. Unsere Beziehung beruht darauf, dass wir uns austauschen; das hatten wir schon drauf, bevor wir uns überhaupt das erste Mal angefasst haben. Chess würde sich nicht zurückziehen.

Ja, aber sie ist die ganze Zeit zögerlich wegen dir gewesen. Sogar jetzt ist sie kurz davor, Panik zu schieben. Wie wird sie wohl auf die Dauer sein? Wenn du öfter weg bist als zu Hause? Kannst du ihr das zum Vorwurf machen? Wer würde das schon wollen?

Schlagartig bekomme ich Sodbrennen und reibe mir über

die Brust. Scheiße, warum hab ich mich mit den Jungs getroffen? Manche Dinge nicht zu wissen ist wirklich ein Segen. Die Zukunft ist ein dunkler, trüber Ort, von dem ich nichts mehr wissen möchte.

North schaut mit wissendem Blick in meine Richtung. »Es hat dir zu denken gegeben, stimmt's?«

»Fick dich«, sage ich emotionslos. Ich weiß, dass er nur auf mich aufpasst. Trotzdem hasse ich ihn gerade ein bisschen.

»Hör nicht auf den ganzen Scheiß«, sagt Dex leise. »Ich habe Freunde, die gute Beziehungen führen. Glückliche Beziehungen.«

»Bist du denn glücklich?«, kann ich mir nicht verkneifen zu fragen.

Er streicht sich über seinen Bart und denkt ganz offensichtlich darüber nach, was er antworten soll, was kein gutes Zeichen ist. Wir verfallen alle in Schweigen und warten.

»Es verändert sich gerade was in mir«, sagt er schließlich. »Ich bin in eine Frau verliebt, sie ist meine ganze Freude. Und das macht mir eine Scheißangst.«

Es bleibt still am Tisch, während wir alle seine Worte sacken lassen. North nickt leicht und sieht dabei so traurig aus, dass mein Sodbrennen wieder hochkommt.

»Bin ich glücklich?«, wiederholt Dex. »Ja. Ich bin so glücklich, wie ein ahnungsloser Kerl sein kann. Bin ich rundum im Reinen? Nein, noch nicht. Aber ich arbeite daran.«

»Ich bin deprimiert«, verkündet Jake und schiebt seinen Teller von sich weg. »Diese Unterhaltung ist deprimierend.«

»Wir können nicht immer nur über den neuesten Erweiterungspass für Zelda reden«, sage ich und schiebe ebenfalls meinen Teller weg.

Jake verdreht die Augen und richtet dann den Blick auf mich. »Was wirst du jetzt machen?«

»Ich hab sie gebeten, bei mir wohnen zu bleiben. Das kann ich nicht zurücknehmen.« *Ich. Will. Es. Nicht. Zurücknehmen.* »Schätze also, ich werd's einfach vorsichtig so weiterlaufen lassen und das Beste hoffen.«

Manchmal hasse ich es echt wie die Pest, dass ich Menschen so gut lesen kann, denn meine Jungs finden eindeutig, dass mein neuer Plan kacke ist. Sie sind so nett, es nicht laut auszusprechen, aber es hat auch so gesessen. Als ich schließlich ein Taxi nach Hause nehme, werfe ich mies gelaunt und leicht betrunken ein paar Säureblocker ein.

17

Chess

Finn ist nicht da, als ich nach Hause komme. Und ich muss über mich selbst lachen, weil ich das erwartet hatte. Nach meinem ganzen Gemurre, von wegen Unabhängigkeit behalten und dass Zusammenleben einen einengt, hasse ich es, in eine leere Wohnung nach Hause zu kommen. Oh, Ironie, du hinterhältiges Biest.

Auf dem Küchentresen finde ich einen Zettel von ihm.

Bin zum Abendessen bei Rolondo. Habe dir nicht geschrieben, weil ich eure Freunde-Zeit nicht stören wollte.
Siehst du? Ich lasse dir voll deinen Freiraum;-)

-F

Darunter hat er ein lächelndes Strichmännchen mit einer Krone auf dem Kopf gemalt, das einen Football hält und … Als ich mich weiter runterbeuge und im dämmrigen Licht auf die Zeichnung schiele, breche ich in Lachen aus. »Kranker Idiot.«

Das Strichmännchen hat außerdem einen enormen Strich-Penis. Und es ist eindeutig erfreut.

In einem komplett kitschigen Moment drücke ich den Zettel grinsend an mein Herz, bevor ich ihn mit einem Magneten in Form eines Footballhelms mit einer *Fleur-de-Lys* darauf an den Edelstahlkühlschrank hefte. König Finn mit dem glücklichen Schwengel kann in Zukunft über die Küche herrschen.

Sein Zettel hat meine Traurigkeit ein bisschen vertrieben. Aber nicht ganz. Das Brummen des Kühlschranks hebt nur noch hervor, dass es viel zu still in der Wohnung ist. Ich gieße mir ein Glas Rotwein ein und nehme es mit auf mein Zimmer.

Während ich mir einen Schlafanzug anziehe, beäuge ich beklommen mein Bett. Finns Zimmer ist geradewegs den Flur runter in der hinteren Ecke der Wohnung. Ich habe es gesehen. Natürlich hab ich reingeschaut. Aber ich war noch nie wirklich drin. Es hat sich angefühlt, als sollte ich es unterlassen, diese Schwelle zu übertreten, so als würde die Versuchung namens Finn noch realer, wenn ich hineingehe.

Ich nehme mein Weinglas und steuere sein Zimmer an. Es ist lächerlich, wie mein Puls beschleunigt, als ich es betrete. Der Raum ist dunkel, erhellt nur von dem Licht, das durch die riesigen Bogenfenster zum Fluss sowie das eine zum Jackson Square hin hereinfällt.

Wie ein Dieb schleiche ich durch den großen Raum und schalte eine Nachttischlampe an. Auch hier gibt es einen Kamin an einer Wand so wie in meinem Zimmer, aber seines ist doppelt so groß und in einem satten Tiefrot gestrichen. Die Farbe ist mir zu dunkel, aber sie schafft ein Gefühl der Gemütlichkeit, wie ein Kokon. Ein Doppelbett aus verwittertem Holz mit naturfarbener Bettwäsche nimmt eine Wand ein, während an der gegenüberliegenden ein Schlafsofa steht.

Der Fernseher hängt an einer schwenkbaren Wandhalterung über dem Kamin und ich kann mir vorstellen, wie Finn ihn so hindreht, dass er zum Bett zeigt, damit er sich hinlegen und seine geliebte Sendung mit den Sporthighlights gucken kann.

Es fühlt sich jetzt seltsam an, dass ich ihn nie hier drin besucht habe. Er hat dagegen natürlich schon oft genug den Kopf in mein Zimmer gestreckt, um zu sehen, was ich mache. Auch wenn ich jedes Mal den Eindruck hatte, dass er leicht enttäuscht war, mich nicht nackt vorzufinden. Der Halunke.

Ich schalte auch noch die andere Nachttischlampe ein und sehe mir die Bilder an den Wänden an. Es sind nicht viele, ein paar abstrakte Bilder über dem Sofa und über dem Bett ein großes schwarz-weißes, über das ein Spritzer Goldfarbe verläuft. An der Wand neben dem Bett hängt eine große gerahmte Aufnahme vom Haystack Rock in Oregon – einem Landschaftsmotiv, das, wie ich mit einem kleinen Schreck feststelle, in *Die Goonies* vorkam.

Während ich das Bild anstarre, geht noch ein Schauer durch mich hindurch. Von allen Bildern, die man haben kann … Auf der Kante des weißen Rahmens liegt Staub, es ist also nicht neu. Es hängt schon eine Weile dort, genau an einer Stelle, zu der Finn schauen kann, wenn er im Bett liegt.

Ich drehe mich um und gehe sein Badezimmer inspizieren.

»Meine Fresse.«

Es ist ein Palast. Ganz aus weißem Marmor mit einer großen freistehenden Badewanne, in der zwei Leute Platz hätten, und einer Dusche mit Glaswänden, in die drei Leute passen würden. Die Toilette ist in einem abgetrennten Raum, und mir gehen Thronwitze durch den Kopf, als ich die Tür schließe.

Über der Badewanne hängt ein Kronleuchter aus Glas, der wie ein Segelschiff gestaltet ist – ein merkwürdig spleeniges Teil, das mir richtig gut gefällt.

Inmitten all der schönen Pracht hat er seine Zahnbürste neben drei Tuben verschiedener Haarprodukte für Männer auf der Ablage stehen, während die Zahnpasta offen neben dem Waschbecken liegt. Ich kämpfe gegen den Drang an, den Deckel auf die Tube zu drehen und sie in den kleinen grauen Becher zurückzustellen, in dem auch seine Zahnbürste steht. Ich bin schließlich nicht hier, um aufzuräumen.

Der begehbare Kleiderschrank ist genauso beeindruckend. Dunkelgraue Wände, weißes Holz. Reihen dunkler Anzüge, polierte Lederschuhe und eine ganze Wand voller Turnschuhe. Er hat Schubladen über Schubladen voller Freizeitklamotten. Eine Ecke ist Sportsachen und -ausrüstung vorbehalten. Hier drin riecht es nach ihm, das Aftershave, das er manchmal benutzt, hängt in der Luft. Der ganze Schrank ist so groß, dass er ihn nur zur Hälfte belegt hat.

Die andere Hälfte könnte deine sein. Sieh dir die ganzen leeren Regalfächer und verwaisten Stangen an, die nur darauf warten, dass du deine Kleidung daranhängst.

Ich trinke einen Schluck Wein und gehe dann aus dem Raum. Erst als ich wieder in meinem eigenen, kleineren Zimmer bin, bleibe ich stehen. Ich liebe es. Es ist gemütlich, mit einem Bad, das zwar perfekt eingerichtet ist, aber nur so groß, wie in den meisten anderen Wohnungen auch.

Finns Zimmer ist Luxus pur. Groß und plakativ zeigt es ein Höchstmaß an Reichtum und Privilegiertheit. Sein Bettlaken ist aus feinstem Leinen. Sein Bettbezug aus Kaschmir. Ich kann mir noch nicht mal einen Überwurf aus Kaschmir leisten. Ich schaue zu der cremefarbenen Tagesdecke am Ende meines Betts und schnaube. Sie ist aus Kaschmir und sie gehört Finn.

Flippe ich gerade wirklich wegen Finns Geld aus? Oder ist es nur eine bequeme Ausrede? Ich denke an James und an New York. James wird nicht mehr hier sein. Mein Ratgeber verlässt mich.

Seufzend lasse ich mich auf mein Bett plumpsen und wickele mich in die Tagesdecke ein. »Ich bin ein gottverdammtes Schlamassel, das mit sich selbst redet.«

Ich beschließe, mein Hirn zu ignorieren, und mache es mir

mit einem guten Buch gemütlich, das sich aber zunehmend als schwere Kost herausstellt. Meine Konzentration ist dahin und mein Selbstmitleid lächerlich groß.

Ich bin kurz vorm Zerfließen, da kommt Finn endlich nach Hause. Mein Herz macht einen kleinen Hüpfer, als ich höre, wie er die Wohnungstür erst öffnet und dann wieder schließt. Er ist da. Finn wird es verstehen. Er wird mich umarmen und mich an seiner Schulter ausweinen lassen. Er wird mir sagen, dass alles gut werden wird.

Er geht geradewegs an meinem Zimmer vorbei, ohne auch nur in meine Richtung zu sehen, obwohl meine Tür offen steht und das Licht brennt. Ich kann das irgendwie nicht fassen.

Einen Moment lang gibt es nur die Stille meines Zimmers und die Geräusche, wie er in seins stapft. Und dann geht das Gebrüll los.

»Chess? Chessssss! Chester!« Er ist so laut, dass ich Angst kriege, die Nachbarn könnten die Polizei rufen.

»Jesses«, murmele ich und rufe dann: »Was?«

Wieder ertönt Getrampel, und dann erscheint er mit total mürrischem Gesicht im Türrahmen. »Was zum Teufel machst du hier drin?«

Er klingt so angepisst, dass ich lachen möchte. »Äh … Mich schlafen legen?«

Das beschwichtigt ihn eindeutig nicht. »Wieso denn *hier* drin?«

»Weil das hier mein Zimmer ist.«

Er verzieht den Mund und seine Nasenflügel beben, als hätte er in eine saure Zitrone gebissen. »Das ist nicht dein Zimmer, das ist das Gästezimmer.« Die Worte kommen voller Wut und Entrüstung über seine Lippen. Er hebt einen Arm, um den Flur hinunter zu deuten. »*Dein* Zimmer ist da vorne.«

Er steht mit vor der Brust verschränkten Armen da wie ein

König, der eine Erklärung ewartet. Und ich verdrehe die Augen. »Entschuldige, dass ich nicht angenommen hab… huch!«

Finn hebt mich hoch, legt mich über seine Schulter und geht zu seinem Zimmer. »Fang gar nicht erst so an. Wir sind jetzt zusammen. Mein Bett ist dein Bett.«

»Lass mich runter, Arschloch!« Der Fußboden ist viel zu weit unten.

»Werd ich. Sobald wir in *unserem* Schlafzimmer sind.« Er klatscht mir leicht auf den Po.

»Gott, du bist echt ein Neandertaler.«

»Ich bevorzuge das Tarzan-und-Jane-Szenario«, sagt er lässig. »Ich würde super in einem Lendenschurz aussehen, meinst du nicht?«

»Gott, du bist vielleicht von dir eingenommen.« Dennoch gebe ich ihm im Stillen recht.

Als er in sich hineinlacht, schwankt er ein bisschen, was mich panisch macht, deshalb klammere ich mich an den Hosenbund seiner Jeans. »Wenn du mich fallen lässt, bringe ich dich um.«

»Ich werd dich nicht fallen lassen.« Er betritt das Schlafzimmer und bleibt stehen. »Nein, das war gelogen. Ich lass dich so was von fallen.«

Daraufhin lässt er mich sanfter, als ich gedacht hätte, auf sein Bett plumpsen. Ich federe nicht mal. Stattdessen setze ich mich auf und funkele ihn böse an. »Du verrücktes Arschloch.«

Er steht nur da und grinst. »Eine Hand wäscht die andere, Chess.«

»Das ergibt gar keinen Sinn.«

Finn kratzt sich im Nacken und runzelt die Stirn. »Hm. Schätze, tut's wirklich nicht.« Als er sich schulterzuckend neben mich aufs Bett plumpsen lässt, ächzt das ganze Gestell protestierend.

Ich drehe mich auf die Seite und schaue ihn mir richtig an. Seine Haut ist rosig und sein Blick glasig. Das blöde schiefe Grinsen ist wieder da. »Hey«, sagt er. »Hey, Chess.«

»Was?«

»Was, was?«, fragt er zurück und lacht dann vor sich hin.

Ich runzele die Stirn. Von ihm geht ein Geruch nach geschmortem Fleisch und Bier aus. Es stinkt nicht, aber normal ist es auch nicht. »Bist du betrunken?«

Ausgestreckt auf dem Rücken liegend seufzt Finn. »Ja.«

Ich verkneife mir ein Lachen. »Na, zumindest gibst du es ehrlich zu.«

»Irgendwie schwer, es zu verbergen.« Er dreht den Kopf und betrachtet mich. »Lass uns poppen.«

Das Lachen, das ich unterdrückt hatte, entweicht mir jetzt schockiert und ein wenig atemlos. »Ja, nee, lass mal.«

Ich meine es größtenteils ernst. Immer wenn Finn poppen sagt, reagiert mein Körper. Erbärmlich, aber wahr.

Mit großen blauen Augen schaut er mich flehend an. »Aber ich will dich.«

»Ich steh nicht drauf, Sex mit 'nem Betrunkenen zu haben.«

»Mach betrunkenen Sex nicht schlecht, bevor du's mal ausprobiert hast.« Er schenkt mir ein anzügliches Grinsen, bei dem er mehr schielt als alles andere.

Ich schnaube. »Sorry, aber nein.«

»Denkst du, ich beschwere mich später, dass du meine Lage ausgenutzt hast?« Finn schnalzt mit der Zunge über seine Zähne. »Ich verspreche dir, das werd ich nicht.«

»Vielleicht hab ich Angst, dass du dich am nächsten Morgen nicht an meinen Namen erinnerst«, ziehe ich ihn auf.

»Unmöglich«, murmelt er. »Du bist immer in meinem Kopf.« Daraufhin kichert er. Ein richtiges Kichern. »Das klingt wie in dem Willie-Nelson-Song.« Er fängt an, schrecklich näselig »You Were Always On My Mind« zu singen, bricht aber in der Mitte des ersten Refrains wieder in Gekicher aus.

»Ich dachte, das wäre ein Elvis-Song.«

»Wie auch immer …« Er holt einmal tief Luft und singt: »Give me one more chance to keep you satisfied …«

»Wenn du nicht aufhörst, rumzuschnulzen wie Willie, dann geh ich«, warne ich ihn grinsend.

Für einen Moment macht Finn ein ausdrucksloses Gesicht, und dann versucht er stattdessen seine beste Elvis-Imitation. Er kriegt zwei Worte heraus, bevor wir beide losprusten. Wir liegen auf dem Bett und lachen uns bestimmt eine Minute lang kaputt, dann fixiert er meinen Blick. Die letzten Überbleibsel meines Selbstmitleids schmelzen dahin, und es existiert nur noch dieser Moment mit Finn, in dem wir beide keuchen und vor Lachen Tränen in den Augen haben.

Sein Gesicht bekommt einen zärtlichen Ausdruck. »Ich bin total verrückt nach dir.«

Gott, mein Herz. Ich halt's nicht aus. Ich zeichne den Schwung seiner Augenbraue nach. »Du bist mir auch ans Herz gewachsen, Mannus.«

»Da bin ich wie ein Geschwür«, stimmt er fröhlich zu.

Ich beuge mich vor, um ihn auf die Stirn zu küssen. Er versucht, meinen Mund zu erwischen, verfehlt ihn aber und trifft mein Kinn.

»Okay, Großer«, sage ich und knie mich hin. »Dann ziehen wir dich mal aus.«

»Um Sex zu haben?« Er blinzelt mich hoffnungsvoll an.

»Um zu schlafen.«

»Warst du immer schon so gemein?«, sagt er schmollend, streift dabei seine Schuhe ab und kickt sie weg. Einer fliegt mit einem dumpfen Rums gegen die Badezimmertür. Was beeindruckend ist, denn die befindet sich ganz am anderen Ende des Zimmers.

»Ja.«

»Okay.« Finn seufzt und streckt die Arme zu den Seiten aus, als würde er damit gleich einen Engel in die Bettdecke malen.

»Deine Sachen, Finn.«

»Genau. Und da behauptet sie, sie wäre nicht scharf auf mich.«

Finn aus seinen Klamotten zu helfen ist nicht leicht. Er ist verdammt schwer, wenn er nicht mitmacht. Außerdem hört er nicht auf, mich irre anzugrinsen. Es ist gleichzeitig süß und nervig. Besonders, als er sich in seinem Shirt verheddert. Nachdem ich ihn schließlich freibekommen habe, gehe ich seine Jeans an.

»Heb deinen Hintern hoch, damit ich dir die ausziehen kann.«

»Du sagst immer so sexy Sachen, Chester.«

Ich verdrehe die Augen und ziehe, als er tut, was er soll. Seine Jeans und seine Boxershorts rutschen beide auf einmal hinunter, und dann halte ich sie in der Hand, während ich den prachtvollen Anblick seines nackten, auf dem Bett ausgestreckten Körpers begaffe. Und prächtig ist er, ohne jeden Zweifel.

Mit gesenkten Lidern sieht er mich lustvoll an. »Du glotzt auf meinen Schwanz.«

»Er ist hart.«

So was von hart. Das dicke Rohr steht gerade nach oben. Zur Antwort zieht sich meine Pussy zusammen.

Finn streicht mit einer Hand über seine ganze Länge. »Das ist ein Chess-bedingter Zustand. Willst du mir Abhilfe schaffen?«

Ja. Ich will ihn wie einen Lolli lutschen und mich dann draufsinken lassen und … *Aus, Mädchen. Nein, nein, nein.*

»Du gibst aber auch nie auf«, sage ich und werfe seine Klamotten beiseite.

»Ist auch Chess-bedingt.«

»Hmmhmmmm. Na los. Rutsch unter die Decke.«

»Erst, wenn du dich auch ausgezogen hast.«

Sein stur vorgerecktes Kinn verrät mir, dass er nicht nachgeben wird. Seufzend ziehe ich meine Sachen aus. Dabei bin ich mir bewusst, dass er mich beobachtet. Was mich richtig packt, ist allerdings die Art, wie er guckt. Ihm gefällt eindeutig, was er sieht. Angesichts der Zärtlichkeit in seiner Miene – so als würde er mich in sich aufsaugen, sich jede Kurve meines Körpers einprägen und sie zu schätzen wissen – zieht sich mir das Herz zusammen.

Ich schüttele das Gefühl ab und richte mich neben ihm auf. »So. Jetzt können wir beide schlafen gehen.«

»Du bist so verdammt schön«, sagt er.

Ich räuspere mich, aber meine Stimme kommt dennoch kratzig heraus. »Du bist auch schön.«

Er scheint mich nicht zu hören, sondern blickt weiter starr in mein Gesicht, als wäre ich die Antwort auf ein uraltes Rätsel. »Womit habe ich nur das Glück verdient, dich zu finden?«

»Muss wohl an deiner Abstammung liegen – das sprichwörtliche Glück der Iren und so.« Ich will seinen Arm nehmen und ihm aufhelfen, als Finn zuschlägt.

Er rollt sich herum, sodass ich unter ihm eingeklemmt auf dem Bett liege und die Spitze seines Penis an meiner glatten, vor Lust puckernden Spalte liegt. Wir halten inne und starren einander an, unser beider Atem geht unregelmäßig. Ich weiß, dass er spürt, wie feucht ich bin. Ich lächle ihn schwach an. »Das ist ein Finn-bedingter Zustand.«

Die Worte haben meinen Mund kaum verlassen, da stöhnt er und schiebt sich schnell tief hinein. Wir stöhnen beide auf, und ich drücke bei dieser plötzlichen Invasion den Rücken durch. Eine winzige Pause entsteht, dann vögelt er mich mit harten Stößen in einem behäbigen Rhythmus.

Ich höre auf zu denken und bewege mich mit ihm, während ich die Hände über seine festen Muskeln gleiten lasse. Es fühlt sich so gut an, wie er mich ausfüllt und es mir besorgt. »Wir sollten das nicht machen. Du bist betrunken.«

»Deine Schuld«, ächzt er. »Du hast mich deine Pussy spüren lassen. Game over, Babe.«

»Du hast deinen Schwanz in meine Pussy gesteckt.« Ich stöhne. »Du bist schuld.«

Schweißperlen laufen an seiner Schläfe hinab, und er schiebt seine Hüfte so hin und her, dass er genau die richtigen Stellen trifft. »Also genau genommen hab ich meinen Schwanz in deine Pussy gesteckt, nachdem ich gefühlt …«

»Halt die Klappe und besorg's mir, Mannus.«

Ein Schauer geht durch ihn hindurch, und dann stößt er so fest in mich, dass ich in die Laken gedrückt werde. So richtig gut.

Mit den Lippen streift er über meinen Hals. »Ich liebe das. Verdammt, ich liebe das.«

Ich auch. Und wie. Nichts ist vergleichbar damit, mit Finn zusammen zu sein. Ich schlinge die Beine um seine Taille und schmiege die Nase in die feuchte Kuhle an seinem Hals. Er erschauert, als ich über die Stelle lecke und an der zarten Haut sauge. Ich möchte ihn beißen, die Zähne in ihn drücken und mich von ihm nehmen lassen.

»Scheiße, Chess. Sag mir, dass das hier was Echtes ist. Dass es dich nicht eines Tages langweilen und du ohne mich einen Dreier haben wirst.«

Es braucht einen Moment, bis die Worte bei mir einsacken. Aber dann bäume ich mich auf und starre wütend zu ihm hoch.

»Finn!« Ich klatsche ihm auf die Seite, um seine Aufmerksamkeit zu bekommen.

Tief in mir versunken hält er inne. Dass ich spüren kann, wie sein Schwanz pulsiert, lenkt mich beinahe ab. Beinahe. Ich stoße ihm leicht gegen die Schulter. »Das hast du gerade nicht gesagt.«

Genau deshalb hätten wir keinen Sex haben sollen, weil er so betrunken ist, dass er die ganze Zeit herumlabert.

Als er auf mich hinunterblickt, reibt er mit dem Ansatz seines Schafts gegen meine Klitoris, nur ein Mal, so als wäre sein Körper losgelöst von seinem Verstand. Dann stöhnt er.

»Tut mir leid«, bekommt er heraus. Er schaut blinzelnd zu mir herunter und atmet noch einmal durch. »Das war blöd … Ich denke nicht, dass du … Es ist nur so, dass North' Frau mit drei anderen Männern gevögelt hat und Dex voll deprimiert ist. Jake findet, dass alles zum Kotzen ist, und Rolondo hat mich vor dem Gejammer wegen der Trainingscamps gewarnt …«

Ich habe keine Ahnung, wovon er da faselt, aber er macht ein verstörtes, betrübtes Gesicht. Mit einer Hand streichle ich über seinen Rücken. »Was für ein abgedrehtes Abendessen war das denn?«

»Ein schreckliches«, klagt er und fängt langsam an, sich wieder zu bewegen. Gott, er weiß, wie man vögelt.

Meine Lider flattern, und ich fahre mit der Hand hinab zu seinem festen Po.

»Ich hab Sodbrennen bekommen und wollte zu dir nach Hause«, beschwert er sich. »Aber sie haben immer weiter über *Beziehungen* geredet und mir ständig noch ein Bier gegeben.«

Ich muss mir ein Kichern verkneifen. Und er grummelt noch ein bisschen weiter, wobei die Erinnerung ihn die Stirn runzeln lässt.

»Mein armer Hase«, flüstere ich und ziehe ihn zu einem Kuss an mich.

Sein Mund trifft auf meinen. Der Kuss ist ein wenig unkoordiniert, aber so intensiv, als wollte er mich verschlingen. Mein Puls beschleunigt, und Lust wallt in mir auf. Ich schiebe mich unter ihm hin und her, woraufhin er anfängt, ächzend mit harten Stößen in mich zu pumpen, was sich so gut anfühlt, dass ich winsele.

»Sag mir, dass wir's versuchen werden«, verlangt er mitten in einem Kuss. »Sag mir, dass ich nicht traurig über meinen Makkaroni sitzen werde.«

Meine Lippen zucken, aber ich schmiege die Hände an seine Wangen und gebe ihm einen innigen Kuss. »Wir werden es versuchen. Es wird nicht traurig über Makkaroni gesessen, Finn.«

»Nein«, stimmt er zu. Und dann ist er voll bei der Sache und bewegt sich gekonnt und präzise. Ich komme, bevor ich überhaupt merke, was los ist. Bei meiner Reaktion geht Finn ab.

Ich bin mir ziemlich sicher, dass er kommt, bin aber zu abgelenkt von meinem zweiten Orgasmus. Er überrollt mich so heftig, dass ich alles um mich herum vergesse. Als ich schließlich wieder zu mir komme, bin ich heiser und habe bestimmt mehrere Male Finns Namen geschrien. Könnte sein, dass ich auch andere Worte benutzt habe. Ich kann mich nicht erinnern.

Verschwitzt und keuchend liegt er neben mir und schaut mich träge zufrieden an. »Ich bin froh, dass wir das geklärt haben, Chester.« Mit den Lippen streift er meine. »Jetzt ist Ruhe, dein Fickmeister braucht seinen Schlaf.«

Richtig. So hatte ich ihn genannt. Ich bin zu erschöpft, um irgendwas anderes zu machen, als schlaff meinen Arm über seine feuchte Brust zu legen und in den wohlverdienten Schlaf abzudriften.

Finn

Der Morgen und ich sind keine Freunde. Wir sind uns bestenfalls suspekt; ich stehe früh auf, weil ich es muss, nicht weil ich es gern tue. Aber jetzt gerade? Da fühle ich mich, als hätte mich im Schlaf ein Lkw überrollt.

Als ich blinzele, um klar sehen zu können, bemerke ich, dass Chess' schlanke Gestalt an meinem Bett steht. Mit einem irgendwie teuflischen Gesichtsausdruck schaut sie grinsend zu mir runter. »Guten Morgen, Sonnenschein.«

Ich lecke mir über meine trockenen Lippen und schaffe es, mich auf den Rücken zu drehen. »Meinst du«, krächze ich, »wir könnten beide so tun, als ginge es mir gerade bestens?«

Chess' Grinsegesicht schwebt über mir. »Wieso sollten wir das denn bitte schön wollen?«

Ich versuche, finster zu gucken, doch hinter meinem einen Auge pulsiert es, und ich stöhne stattdessen.

Chess lächelt so breit, dass sie ganz runde Wangen bekommt. Erst als sie einen Schritt zurückgeht, bemerke ich die dampfende Tasse Kaffee in ihrer Hand.

»Bitte sag, dass der für mich ist.«

»Ich weiß nicht. Kannst du dich aufsetzen?«

Ächzend hieve ich meinen jämmerlichen Arsch hoch und sacke gegen das Kopfteil des Betts. Einen Moment lang dreht sich das Zimmer, und ich atme tief durch. »Kaffee.«

Chess setzt sich auf die Bettkante und reicht mir die Tasse. Die Frau ist ein Geschenk des Himmels, denn der schwarze Kaffee ist stark und hat genau die richtige Menge Zucker.

»Oh, das tut gut.«

Sie kuschelt sich an und lehnt den Kopf neben meinen an das gepolsterte Kopfteil. »Geht's dir gut?«

»Mir? Bitte. Ich hab einen Stoffwechsel wie ein Gott.«

»Ach, richtig.«

Ich trinke noch einen Schluck Kaffee und massiere mir die Nasenwurzel. »Wie spät ist es?«

»Zwölf.«

»Was?« Ich hebe zu schnell den Kopf. Ein kapitaler Fehler. »Ich hab sowohl das Frühstück als auch das zweite Frühstück verpasst?«

Sie betrachtet mich mit einem kühlen Blick aus ihren grünen Augen. »Wie viele Biere genau hast du gestern Abend getrunken?«

»Es lag nicht am Bier«, murmele ich in meine Tasse. »Eventuell gab es irgendwann auch Absinth. Jake ist Fan von dem Zeug.«

Als sie nichts sagt, drehe ich den Kopf, um sie anzusehen. »Im Ernst, können wir so tun, als wäre nichts gewesen?«

»Erinnerst du dich an alles?«

Mir fällt ein, dass ich nackt bin. Und mein Schwanz regt sich. Sein Erinnerungsvermögen ist glasklar. »Ja«, sage ich, während mein sexgeiler Schwanz sich weiter aufrichtet. »Wenn ich betrunken bin, werd ich meistens zum Blödmann, aber ich vergesse nichts. Leider.«

Daraufhin lächelt sie. »Du warst ein ziemlicher Blödi.«

»Tut mir leid.« Tut es wirklich. Dass Chess an unserem ersten Abend zurück zu Hause mit mir als betrunkenem Idioten fertigwerden muss, hatte ich nicht geplant.

»Es war niedlich.« Sie legt den Kopf an meine Schulter.

Ich trinke mit zwei schnellen großen Schlucken den Kaffee aus, den ich so dringend nötig hatte, und stelle die Tasse auf den Nachttisch. Nachdem ich mich bequemer hingelegt habe, schmiege ich Chess an meine Seite. »Ich hab gesungen, oder?«

Chess lacht und streichelt über meine unteren Bauchmuskeln. »Elvis und Willie Nelson.«

»Gott.«

»Weißt du was, wenn du dir die Haare schwarz färben würdest, würdest du einen ganz guten jungen Elvis abgeben.« Sie schaut blinzelnd zu mir hoch. »Kennst du ›Hound Dog‹?«

»Reizend.«

»›Jailhouse Rock‹?«

»Echt mal, Chester, ›Don't Be Cruel‹.«

Sie schweigt kurz und kichert dann. »Ah, verstehe.«

Ich rolle mich herum, bis ich auf ihr liege. »Oh nee, ich bin ›Stuck On You‹.«

»Oh Gott, hör auf«, sie lacht, wobei ihre süßen Brüste meine Brust streifen.

Ich bringe mich zwischen ihre Beine und bleibe so liegen. »›Surrender‹-st du dich?« Ich genieße es, wie sie sich unter mir windet, als ich leicht die Hüften vorschiebe. »›It's Now Or Never‹.«

»Nein«, ruft sie zwischen ihrem Gelächter hitzig aus, aber sie hebt ihre Hüften an und drängt mich, weiterzumachen, indem sie sich gegen meinen Schwanz drückt. Der dünne Stoff ihres Höschens verlockt mich nur umso mehr.

Als ich meine Nase an ihrem Hals reibe, kreischt sie. Also mache ich noch ein bisschen damit weiter. »Mann, du bist vielleicht eine ›Hard Headed Woman‹. ›That's All Right‹, Puppe, kein Grund, deswegen ›All Shook Up‹ zu werden.«

»Aahh! Das ist so cheesy, dass es wehtut. Es tut weh.« Mit ihren grünen Augen funkelt sie mich an.

Als ich breit grinse, berühren sich unsere Nasen fast. »Was? Du willst ›A Little Less Conversation‹? Kannst du gerne haben. Ich bleib hier einfach nur liegen und bin ganz dein ›Teddy Bear‹.«

»Ich geb auf, ich geb auf«, jammert sie.

Mit einem triumphierenden Grinsen lege ich meinen Kopf

neben ihren, sodass mein Körper ihren kleineren umschließt. »Leg dich nicht mit dem Meister an.«

Ihre Hände landen auf meinem Rücken, und sie fängt an, über meine nackte Haut zu streicheln. Ich summe vor Wonne. Chess fährt mit einem Finger an meiner Wirbelsäule hinab. »Wer hätte gedacht, dass du so ein Elvis-Fan bist.«

»Meine Mom und mein Dad sind welche. Sie haben sonntagsabends immer Elvis-Songs gehört, wenn sie zusammen gekocht haben. Streichle mich noch ein bisschen weiter.«

Chess summt glücklich. »Deine Eltern sind total süß.«

»Hab ich erwähnt, dass sie mitgesungen haben?« Ich verziehe das Gesicht. »Ich schwöre dir, alleine darauf ist ein Großteil meiner Angstzustände als Teenager zurückzuführen.«

»Meine Eltern haben immer Lieder aus Musicals gesungen. Sie liebten Duette.«

»Scheiße. Du hast gewonnen.« Ich drehe mich auf die Seite und ziehe sie dabei mit mir. Wenn ich noch länger auf ihr liegen bleibe, kommt mein Schwanz auf Ideen, mit denen mein flauer Magen und mein wummernder Kopf im Moment ehrlich gesagt nicht fertigwerden würden.

Wie Chess an mir lehnt, fühlt sich so gut an, dass ich zufrieden damit bin, ihr übers Haar zu streichen und vor mich hin zu dösen. Doch mein Hirn schaltet nicht ab. »Hey«, murmele ich. »Wie war dein Essen mit James?«

Sofort verspannt sie sich, was mich ebenfalls angespannt sein lässt. Ich hebe den Kopf, um sie anzusehen. Sie runzelt die Stirn.

»Ganz okay«, sagt sie.

»Das war das schlimmste ›Okay‹, das ich je gehört habe, Chess.«

Seufzend dreht sie sich auf den Rücken und schaut blinzelnd an die Decke.

»Chess?«

»James zieht weg«, platzt es aus ihr heraus. »Nach New York, um mit Jamie zusammenzuleben.«

Verflucht.

»Weil er sie *liebt*.« Bei ihr klingt es wie ein Schimpfwort.

»Und das ist was Schlimmes?«

Chess sieht mich düster an. »Nein. Ja.« Ein erstickter Laut entweicht ihr. »Ich hasse Veränderung. Ich hasse das, verdammt noch mal.«

»Baby.« Ich lege als kleinen Trost eine Hand auf ihren Bauch. Sie ist bis zum Zerreißen angespannt, ihr Körper bebt. »Es tut mir leid, dass er wegzieht.«

Tränen treten in ihre Augenwinkel, aber sie starrt ohne zu blinzeln an die Decke, als würde sie mit ihrem Willen dagegen ankämpfen, dass sie herauskullern. »Er verlässt mich.«

»Er verlässt dich doch nicht. Er lebt einfach nur bei Jamie.«

»Das hilft nicht.«

Ja, hab ich gemerkt.

»Du kannst ihn immer noch besuchen fahren. Verflucht, wenn du willst, kaufe ich dir Flugtickets für jedes Wochenende.«

Chess schenkt mir ein zittriges Lächeln, aber dann knautscht sich ihr Gesicht zusammen und sie fängt an zu schluchzen. Panik erfasst mich. »Komm her.« Ich nehme sie in die Arme. »Chester. Baby, wein nicht.«

»Mach ich gar nicht«, jammert sie, umklammert meine Schultern und vergräbt das Gesicht an meiner Brust.

»Mein Fehler«, murmele ich und muss fast lächeln, obwohl es mir auch wehtut, dass sie leidet. Ich habe noch nie eine Frau kennengelernt, die so wenig bereit war, Schwäche zuzugeben. In der Hinsicht ist sie so schlimm wie ein Footballspieler.

Ich wiege sie sanft, während ihr ganzer Körper von Schluchzern geschüttelt wird. Ich streiche über ihren Rücken und ihr langes Haar. Sie klammert sich fester an mich. »Alles verändert sich«, weint sie. »Meine Wohnung ist weg. Meine Sachen. Mein bester Freund zieht weg. Alles ist weg.«

Ich bin hier. Ich geh nicht weg.

Doch ich sage kein Wort. Hier geht es nicht um mich. Ich halte sie einfach nur.

»Scheiß Jamie«, grummelt sie zwischen ihren Schluchzern. »Scheiß Bester-Freund-Verführerin.«

Ich kann nicht anders, ein Glucksen bricht aus mir heraus. Denn ich habe Jamie mal kennengelernt, als Chess und James gefacetimt haben. Eine Verführerin ist sie nicht; eher eine Mischung aus Tinker Bell und Steve Urkel.

Chess wird still, sie hat mich eindeutig lachen gehört. Sofort komme ich mir wie ein Scheißkerl vor. Sie leidet und …

Ein Schnauben entweicht ihr. Und dann lacht sie ebenfalls, es klingt rau und tränenerstickt. »Oh mein Gott, ich bin so arschig.«

Lächelnd kuschele ich sie an mich, bis kein Blatt mehr zwischen uns passt. »Du bist sauer. Wenn Jake die Stadt verlassen würde, um mit einem niedlichen Nerdmädchen zusammenzuziehen, wäre ich auch wütend.«

Seufzend sinkt sie gegen mich. »Ich mag Jamie.«

»Das weiß ich.«

Sie sagt nichts weiter, und auch ich schweige. Ihr schnell schlagendes Herz pocht gegen meine Rippen. Ich streiche mit der flachen Hand an ihrem Rücken hinab. Nach einer Weile rührt sie sich.

»Ich bin keine Heulsuse«, murmelt sie an meiner feuchten Brust.

»Okay.« Ich küsse sie auf die Schläfe.

»Bin ich echt nicht. Ich mag nicht mal schnulzige Filme.«

Ich fahre mit den Fingern durch ihr Haar. »Ich auch nicht.«

»Ich hasse James.«

»Soll ich ihm einen Tritt in den Arsch verpassen?«

Ich kann fühlen, wie sie lächelt. »Nein. Ich liebe ihn.«

Eine knappe Sekunde lang möchte ich James tatsächlich in den Arsch treten, weil ich ihm übel nehme, dass er diese Worte von Chess bekommt. Ich löse mich von ihr, um hinunter in ihr tränenverquollenes Gesicht zu schauen.

Sie schneidet eine Grimasse und wischt sich über die Wangen. »Ich brauche ein Taschentuch.«

»Ich hol dir eins.« Meine Stimme klingt komisch belegt.

Ich will aufstehen, aber sie hält mich auf, indem sie meinen Arm berührt. »Danke. Dafür, dass du für mich da bist.«

Meine Hand fühlt sich schwer an, als ich sie an ihre Wange lege. »Alles wird gut, Chester.«

Sie schmiegt sich zwar an meine Hand, doch ihre Miene ist störrisch. So stur wie immer. »Woher willst du das wissen?«

Ich lächle leise, während ich mit dem Daumen über ihre feuchte Wange streichle. »Weil ich es zu meiner Aufgabe mache, dafür zu sorgen.«

18

Finn

Zum ersten Mal in meinem Leben verbringe ich den ganzen Tag im Bett mit einer Frau. Keine Ahnung, was das über mich aussagt. Hab ich bisher ein oberflächliches Leben geführt? Oder habe ich bloß auf Chess gewartet?

Ich grübele nicht weiter darüber nach; dafür macht es mir zu viel Spaß.

Nachdem Chess sich beruhigt hat, gehen wir duschen. Zusammen zu duschen sollte zur Hausregel gemacht werden. Zumindest, wenn ich nicht los muss, denn das ist nichts, was ich in Eile erledigen will. Ich danke mir selbst für die Weitsicht, die Baufirma damit beauftragt zu haben, einen Sockel in meine riesige Dusche einzubauen. Ich kann bequem breitbeinig dort sitzen und mich von Chess reiten lassen, während heißes Wasser auf uns niederregnet.

Die Perfektion schlechthin.

Nach dem Duschen geht es direkt wieder ins Bett. Wir machen es uns gemütlich, und ich lasse Chess aussuchen, welchen Film wir uns angucken. »Ich bestell uns Pizza«, sage ich zu ihr, während sie durch die Filmauswahl scrollt.

»Ich möchte Hackbällchen drauf haben.«

»Hackbällchen?« Ich schüttele den Kopf. »Das ist der Overkill. Bestell Salami wie jeder normale Mensch.«

»Hackbällchen. Und Zwiebeln.«

»Keine Zwiebeln.«

Ich ernte einen langen Blick von Chess.

»Hackbällchen kriegst du von mir«, sage ich.

Als sie kichert, verdrehe ich die Augen.

»Aber kein Zwiebelatem, Kichererbse«, sage ich über ihr Gelächter hinweg.

»Na schön.« Sie klickt sich durch eine Reihe Filmtitel. »Und extra Käse.«

»Das sowieso.«

Ich gebe eine Bestellung auf und werfe dann das Handy beiseite. »Du nimmst *Ocean's Eleven*? Sehr gut.«

Chess legt den Kopf an meine Halsbeuge, als der Film losgeht. »Warum klingst du so überrascht darüber?«

»Ich dachte, du würdest einen Frauenfilm aussuchen.«

»Weil das ja so zu mir passt«, sagt sie gedehnt.

»Du magst keine Schnulzen. Aber nicht alle Frauenfilme sind schnulzig. Manche sind auch schmalzig.«

Chess zwickt mir in den Nippel und grinst, als ich aufschreie. Sie reibt über meine geschundene Haut. »*Ocean's Eleven* ist ein Frauenfilm, weißt du.«

»Ist er nicht. Das ist voll der Männerfilm.«

»Ist er nicht.«

»Wohl. Sie sind ein verschworener Haufen Kerle, die einen cleveren Plan aushecken, um einen unmöglichen Raub zu realisieren, und dabei entwickeln sich emotionale, aber männliche Bande zwischen ihnen.«

Chess hebt den Kopf, um mir in die Augen zu sehen. »Männliche Bande, was?« Ein Lächeln breitet sich auf ihrem Gesicht aus. »Dir ist aber schon klar, dass der ganze Plan dazu dient, dass Danny Ocean die Liebe seiner Frau zurückgewinnt, oder?«

»Pfft. Das ist nur die Nebenhandlung. Alles Wesentliche dreht sich um die Jungs.«

»Streite es nur ab.« Ihr Gesichtsausdruck ist nahezu mitleidig. »Hast du dir den Cast mal richtig angeguckt? Der Film ist wie ein Schnittchenbüfett aus Sexgöttern.«

Ich schaue zum Fernseher, wo Brad Pitt gerade mit einem elegant gekleideten George Clooney redet. Ich bin Manns genug, um zuzugeben, dass Clooney einen Anzug rocken kann. Ich runzele die Stirn. »Ich glaube, wir sollten einen anderen Film aussuchen. Lass uns *Die glorreichen Sieben* gucken.«

»Hmmm … Noch mehr Schnittchen.«

»Du versaust mir alle Filme, Chester.«

Sie grinst breit und gibt mir dann einen Kuss. »Du bist süß, wenn du grummelig bist.«

Ich schnaube, aber das ist nur Show. Ich bin gottverdammtes Wachs in ihren Händen.

Chess streicht mit einer Hand über meine Brust. Wir fassen uns ständig an. Ich mache es, weil ich nicht die Finger von ihr lassen kann. Träge frage ich mich, ob es ihr genauso geht.

»Warum nennst du mich immer Chester?«, fragt sie und schaut dabei auf ihre Hand, die über meine Haut gleitet.

»Wieso lässt du mich?«, kontere ich.

»Ich weiß es ehrlich gesagt nicht. Ich hasse meinen Namen.«

Sie hat allen Grund dazu; ich kann mir nicht eine einzige Frau vorstellen, die gern Chester heißen würde. Aber es widerstrebt mir, dass sie einen Teil von sich selbst hasst.

Chess kneift die Augen zusammen. »Beantworte die Frage.«

»Okay, kleiner Tyrann.« Ich drehe mich zu ihr und stütze den Kopf auf die Hand. »Ich nenne dich Chester, weil ich in der Sekunde angefangen habe, mich in dich zu verknallen, als ich gehört hab, dass das dein richtiger Name ist.«

Ein zartes Leuchten tritt in ihre grünen Augen. Aber ihre Miene signalisiert weiterhin Zweifel. Man muss brutal ehrlich zu meinem Mädchen sein, damit sie einem etwas glaubt. Also bin ich das.

»Da standest du, eine umwerfende, wilde Amazonenkriegerin, die mich hasserfüllt anstarrte. Und du hattest den lächerlichsten, unpassendsten Namen …«

Ihr klappt die Kinnlade herunter. »Arschgeige!«

Lachend drehe ich mich vor ihren zwickenden Fingern weg. »Den unpassendsten, aber *liebenswertesten* Namen.«

Chess wirft sich auf mich und pikt mir in die Rippen, weil sie weiß, dass ich kitzlig bin. Flüche und fiese Drohungen kommen aus ihrem Mund. Ich schnappe ihre Hände und drücke Chess einfach wieder zurück aufs Bett.

Sie schnaubt und funkelt mich an, als ich mich rittlings auf ihre Hüften setze und sie gefangen halte.

»Blödmann«, murmelt sie, aber ihr Tonfall ist nicht ärgerlich. Ihre Lippen zucken, und dann lacht sie los. Und das liebe ich an ihr, das kratzbürstige Mädchen mit der harten Schale kann nicht anders, als zu lachen, wenn ich sie necke.

Als sie lächelnd zu mir hochschaut, zieht es plötzlich in meiner Brust. Mit dem tintenschwarzen, auf dem Laken aufgefächerten Haar, den vor Freude leuchtenden flaschengrünen Augen und dem breit lächelnden, hübschen rosafarbenen Mund ist sie die schönste Frau, die ich je gesehen habe.

»Oh verdammt, Chester Copper, ich bin dir so was von verfallen. Es gibt kein Zurück mehr.«

Ich küsse diesen Bonbonmund. »Hast du das noch nicht gemerkt?«, sage ich an ihren Lippen. »Jedes Mal, wenn ich dich Chester nenne, sage ich, dass ich dich anbete. Ich bete jeden Zentimeter von dir an.«

Sie gibt leise einen kehligen Laut von sich, und ihr Blick gleitet über mich hinweg wie warmer Honig. »Finn … Du kämpfst mit unfairen Mitteln.«

»Niemals, wenn es um dich geht, Chess. Du bist mein Mädchen und ich dein Kerl. Das Schicksal weiß es. Ich weiß es. Sieh zu, wie du damit klarkommst.«

Ich will sie gerade wieder küssen, als es an der Tür klingelt. Ich bin versucht, es zu ignorieren. Aber Chess kennt mich zu gut.

»Geh unsere Pizza holen«, sagt sie. »Ich sterbe vor Hunger.«

Mein Magen stimmt ihr grummelnd zu. Ich gebe ihr schnell einen Kuss und springe vom Bett auf, um mir was zum Anziehen zu holen. Ich schnappe mir eine Pyjamahose und springe rein. Es klingelt erneut.

»Ich komm ja schon, verdammt«, sage ich und lasse das Shirt weg, weil der Pizzabote ganz offensichtlich verflucht ungeduldig ist.

Es klingelt zum dritten Mal, als ich die Tür aufmache. »Mann, du hast Glück, dass ich hungrig bin, sonst …«

Ich erstarre und mir bleibt der Mund offen stehen. Britt steht im Flur, eingehüllt in eine Art flauschiges Cape und eine Wolke teures Parfum. »Britt?«

Mit ihren langen Beinen schreitet sie zielstrebig geradewegs an mir vorbei. »Hast du vergessen, dass wir uns treffen wollten?«

Benommen schließe ich die Tür und folge ihr in den Flur. »Treffen?«

Britt dreht sich um und stellt sich dicht vor mich. »Finn, ich habe einen schrecklichen Fehler gemacht.«

Ich hebe die Hände. »Wovon redest du?«

Britt hält inne, macht sich dann aber ganz gerade. »Von uns. Ich finde, wir sollten es als Paar versuchen.«

»Britt, wir waren nie …«

»Könnten wir aber«, fällt sie mir ins Wort und schaut prüfend in mein Gesicht. »Das Schicksal hat uns zusammengebracht.«

»Und auch wieder auseinander«, blaffe ich ohne nachzudenken und verziehe dann das Gesicht, als ich sehe, wie sie zusammenzuckt. »Tut mir leid. So habe ich das nicht gemeint.«

»Oh doch. Und ich verstehe es.« Sie hebt die Hände, als wollte sie mich anflehen. »Deshalb glaube ich ja, dass wir einander guttun würden.«

»Ich verstehe nicht, was du meinst.« Mir bricht der Schweiß aus. Ich werfe einen Blick in Richtung Schlafzimmer, wo Chess auf mich wartet. Ich sollte sie warnen, dass Britt hier ist. Aber ich möchte das hier auch nicht noch schlimmer machen.

Britt stellt sich vor mich. Zu dicht vor mich. »Vielleicht könnten wir darüber hinwegkommen, wenn wir …« Sie hebt erneut hilfos die Hand. »Noch eins kriegen …«

Da bricht es mir das Herz für sie. »Oh, Süße, nein.« Als ich ihre Schultern umklammere, merke ich, wie sie zittert. »Nein, Britt.«

Doch sie scheint mich nicht zu hören. Ehe ich noch ein Wort sagen kann, drückt sie sich an mich und ihr Mund sucht meinen.

Chess

Finn braucht zu lange mit der Pizza, und ich bin ehrlich gesagt zu ausgehungert, um darauf zu warten, dass er sie hereinbringt. Sex mit Finn macht mich hungrig. Während ich über den Gedanken grinse, dass man ein Bett neben die Küche stellen könnte, ziehe ich einen seiner weiten Pullis an. Das seidige Material streift meine empfindlichen Nippel, als es an mir hinabgleitet und bis zu meinen Oberschenkeln fällt. Die Tatsache, dass ich meine Nippel überhaupt wahrnehme, bringt mich zum Schmunzeln.

Gott, er hat eine Hedonistin aus mir gemacht.

Immer noch dämlich lächelnd spaziere ich aus seinem Schlafzimmer und laufe geradewegs in einen Albtraum mit Modelmaßen.

Ich bleibe stehen, mein Herz krampft sich zusammen, meine Muskeln zucken.

Britt Larsson liegt in den Armen von meinem Kerl und schmiegt ihr Gesicht an seine Halsbeuge. Das. Ist. Meine. Halsbeuge.

Keine Ahnung, ob ich einen Laut von mir gegeben habe oder ob Finn einfach so gut auf mich eingespielt ist, jedenfalls dreht er augenblicklich den Kopf und fängt meinen Blick auf. Ein entsetzter Ausdruck verzerrt sein Gesicht. Einen qualvollen Moment lang bin ich vor Angst wie gelähmt.

Dann setzt mein Verstand wieder ein und ich merke, dass er mich außerdem ansieht, als wäre ich seine Rettungsleine. »Chess.« Er hebt hinter Britts Rücken bittend die Hände.

Britt versteift sich. Eisblaue Augen starren mich durch einen Schleier heller Haare an. Ruckartig strafft sie sich. »Du hast gesagt, du wärst nicht mit ihr zusammen«, wirft sie Finn vor.

Wie bitte? Ich spüre, wie ich die Augenbrauen hochziehe.

Finn dagegen löst sich aus Britts Griff. »Zu der Zeit war ich's auch nicht. Aber ich wollte es.« Seine Stimme ist fest. »Und jetzt bin ich es.«

Es wäre schön, wenn mir bei dieser Aussage einfach ganz warm und weich ums Herz werden würde, aber ich stehe in nichts außer einem dünnen Pulli und mit zerzausten Haaren da. Das ist alles schön und gut, wenn wir uns in Finns Bett herumwälzen, aber nicht, wenn ich vor einem in Haute-Couture-Klamotten gehüllten Model mit kniehohen Jimmy-Choo-Stiefeln stehe. Ich drehe mich um, um mir etwas anderes anziehen zu gehen, als Britt in Tränen ausbricht. Es ist das ausgewachsene, hässliche Weinen von jemandem, der total zusammenbricht.

Finn macht eine hilflose Geste, während mich sein Blick an Ort und Stelle fixiert hält. Seine Verzweiflung ist förmlich greifbar. Aber es ist Britt, der mein Mitleid gilt. Ich müsste sauer sein, weil sie sich meinem Kerl an den Hals geworfen hat. Aber sie ist so verstört, dass ich das einfach nicht kann.

Ich werfe Finn einen Blick zu, der sagt: *Tröste sie, ich bin gleich wieder da*, und eile dann in mein Zimmer, um mir schnell irgendwelche Leggings zu schnappen. Es dauert ein paar Sekunden, aber als ich zurückkomme, stehen die beiden immer noch im Flur. Finn tätschelt ungelenk Britts Rücken, während sie schluchzt.

»Komm.« Sanft umfasse ich Britts zitternden Arm. »Setzen wir uns mal hin.«

Ich führe sie zur Couch, und als sie sich in ihrem Elend lümmelig daraufplumpsen lässt, setze ich mich neben sie und streichle ihr den Rücken. »Könntest du uns ein Glas Wasser und Taschentücher holen?«, bitte ich Finn.

»Klar.« Eindeutig froh darüber, dass er etwas anderes machen kann, als sich um eine weinende Frau zu kümmern, stürzt Finn förmlich los. Ich kann es ihm nicht verdenken; er musste vorhin ja schon mich trösten. Zwei Frauen in Folge sind für einen Kerl wahrscheinlich ein Albtraum.

»Es tut mir leid«, sagt Britt weinend. »Ich wollte nicht so losheulen. Normalerweise mache ich … Gott, ist das peinlich.«

»Ist schon okay«, sage ich. »Jeder verliert mal die Nerven, und meistens passiert es in den unmöglichsten Momenten. Murphys Law und so.«

Sie streicht sich das Haar aus dem Gesicht und sieht mich nachdenklich an. »Du bist sehr nett. Ich weiß nicht, ob ich in deiner Lage auch so verständnisvoll wäre.«

»Und welche Lage soll das sein?«

Britt verzieht das Gesicht. »Wenn sich eine andere Frau deinem Freund an den Hals schmeißt.«

Ausgerechnet in dem Moment kommt Finn wieder zurück. Seine Schritte werden zögerlich, so als hätte er gemerkt, dass er in eine prekäre Situation hineingeraten ist, brächte es aber auch nicht so recht fertig, auf dem Absatz kehrtzumachen und zu flüchten. Stumm reicht er Britt eine Packung Taschentücher und ein Glas Eiswasser.

Finn und ich tauschen einen Blick aus. Er stellt sich neben mich und legt eine Hand auf meine Schulter, als wäre ich diejenige, die Trost braucht. Womöglich ist er aber auch besorgt, dass ich sauer werde. Ich drücke zur Beruhigung seine Hand und konzentriere mich dann auf Britt.

Grazil putzt sie sich die Nase und trinkt dann einen Schluck. »Es tut mir wirklich leid, Finn. Ich hab nicht nachgedacht. Ich …« Sie fängt wieder an zu weinen.

»Sprich weiter«, sagt er leise.

»Ich weiß nicht, was ich sagen soll«, jammert sie, während sie das Taschentuch in der Hand wringt. »Ich kann nicht klar denken. Ich kann nicht schlafen. Ich weine permanent. Ich dachte, dich zu sehen würde mich trösten.« Schnaubend stößt sie ein trauriges Lachen aus. »Offensichtlich ein schwerer Fehler.«

»Ganz und gar nicht«, sagt er. »Ich möchte dir helfen.«

Britt verdreht die Augen, während sie sich die Nase putzt – lauter diesmal. »Behandle mich nicht von oben herab.«

Er zuckt zusammen und blickt erneut zu mir. Und ich sehe ihn ebenso blinzelnd an, weil ich leicht geschockt bin. Er hat nicht gelogen, als er meinte, dass er mies im Umgang mit Frauen ist. Denn er ist grottig. Zumindest mit Britt. Und andererseits ist er zu mir immer ganz wundervoll, unangestrengt perfekt.

Perfekt unperfekt.

Britt spricht weiter. »Ich vermisse sie, Finn.« Sie fängt an zu schluchzen, leise diesmal, ihre Schultern beben. »Am Anfang wollte ich sie noch nicht mal. Kannst du das glauben?«

Finn reibt sich mit einer Hand übers Gesicht und sieht auf einmal erschöpft aus. »Ja.«

Als Britt zu ihm hochschaut, funkelt Schmerz in ihren Augen und noch etwas Tieferes. »Sie wäre wunderschön gewesen, meinst du nicht?«

Er schluckt schwer. »Natürlich wäre sie das.«

Das hier ist zu intim. Ich störe dabei nur. Als ich gehen will, greift Finn nach meiner Hand und hält sie fest. Der flüchtige Blick, den ich von ihm bekomme, ist eindeutig: Er erwartet, dass ich bleibe. Als ich mich zögerlich wieder setze, verschränkt er die Finger mit meinen und hockt sich auf die Couchlehne. Sein warmer Körper drückt gegen meine Schulter, als müsste ich ihn stützen. »Wir werden sie niemals vergessen. Aber Britt, wir müssen einen Weg finden, mit unserem Leben weiterzumachen.«

Sie wirkt so entsetzt und von ihm abgestoßen, dass Finn erblasst, als wäre er geschlagen worden. Es tut mir im Herzen leid für ihn, denn er hat recht. Es ist nicht herzlos, das zu wollen.

»Das kann ich nicht«, presst sie zwischen zusammengebissenen Zähnen hervor.

Mit dem Daumen streichle ich über Finns Handrücken. »Hör zu«, sage ich zu Britt. »Wir kennen uns nicht, und mir ist klar, dass dies auch nicht die beste Art ist, sich kennenzulernen. Aber hast du mal überlegt, ob du nicht mit jemandem darüber sprechen solltest?«

Britt reckt das Kinn vor und ihr Blick huscht zur Seite. »Das brauche ich nicht. Ich bin schließlich nicht völlig am Ende.«

»Es ist kein Zeichen von Schwäche, sich Hilfe zu suchen«, sage ich. »Ich hab das auch schon mal gemacht.«

Finn zuckt überrascht zusammen, sagt aber kein Wort. Allerdings umfasst er meine Hand etwas fester.

»Ich musste vor ein paar Jahren mit so einigem fertigwerden«, erzähle ich ihr und ignoriere das flattrige Gefühl im Magen, das mich überfällt. Das setzt immer ein, wenn ich darüber spreche, deshalb überrascht es mich nicht. »Und es fiel mir eine Weile lang sehr schwer, es zu bewältigen. Ich weiß, dass es nicht dasselbe ist wie dein Verlust – ja, Finn hat mir davon erzählt. Aber ich weiß, wie einen die Schwermut auffressen kann.«

Britt starrt mich mit großen, leicht glasigen Augen an. Auch diesen Blick kenne ich. Ich habe ihn zu der Zeit immer im Spiegel gesehen. An manchen Tagen sehe ich ihn immer noch. Sie leckt sich über ihre geröteten Lippen, als wäre sie nervös. »Und es hat geholfen?«

»Sogar sehr. Ich bin zu einem Psychologen gegangen. Es war ein sicherer Ort, an dem ich mir alles von der Seele reden konnte.«

Als sie sich auf die Unterlippe beißt und die Finger verkrampft, lege ich meine freie Hand auf ihre.

»Wenn es dir nicht gefällt, musst du ja nicht damit weitermachen.«

Seufzend steht sie auf. »Ich sollte gehen.«

»Das brauchst du nicht«, versichert Finn ihr. Und das muss ich ihm lassen, er war zwar die reinste Katastrophe als sie ankam, aber jetzt klingt er, als meinte er es ernst.

Doch Britt schüttelt den Kopf, während ihr Blick zu Finn huscht. »Ich habe ganz offensichtlich bei etwas gestört.«

Erst da registriere ich, dass Finn nichts außer einer tiefsitzenden Pyjamahose trägt – was nur noch mal beweist, wie durch den Wind ich bin, denn er sieht zum Anbeißen aus.

Als Finn an sich hinunterschaut, verfärbt sich sein Gesicht

leicht und bekommt einen rosigen, tief goldbraunen Ton. »Ach ja.«

Er stützt die Hände tief auf die Hüften und scheint dann zu merken, dass seine Muskeln so nur noch mehr hervortreten, denn er lässt die Arme zu den Seiten fallen. Dann verlagert er das Gewicht, als wüsste er nicht, was zum Teufel er tun soll.

Ich stehe ebenfalls auf. »Wenn du möchtest, kann ich dir die Kontaktdaten des Beraters geben, bei dem ich war.«

»Danke. Aber ich werde mir selbst jemanden suchen.« Britt schenkt mir ein knappes Lächeln, aber man merkt, dass sie so schnell wie möglich wegmöchte. Ich kann es ihr nicht verdenken und werde mich ihr bestimmt nicht in den Weg stellen. Manchmal muss man im stillen Kämmerlein seine Wunden lecken.

Ich trete einen Schritt zurück und lasse sie vorbei.

»Gib mir einen Moment«, sagt Finn zu mir und bringt Britt zur Tür.

Sie bleiben im Flur stehen und unterhalten sich leise mit gesenkten Köpfen. Vom ästhetischen Standpunkt aus betrachtet sehen sie wunderschön zusammen aus, ihre hellen Töne kontrastieren mit seinen dunklen. Ihr vereinter Ruhm verleiht ihnen etwas Strahlendes. Etwas an ihnen fesselt den Blick, auch wenn man das gar nicht möchte.

Ich habe nie damit gerechnet, einmal mit jemandem wie Finn zusammen zu sein. Er wird niemals ganz mir gehören. Ich werde ihn immer mit der Öffentlichkeit teilen müssen. Ich kann damit leben. Ich bin stolz auf Finn. Aber ihn dort mit Britt stehen zu sehen zieht meine Gedanken hinunter in dunklere, weniger gefestigte Gefilde, auf die ich überhaupt nicht stolz bin.

Das hat mich schon zuvor beschäftigt, doch jetzt kommen diese alten Unsicherheiten plötzlich in all ihrer hässlichen

Pracht zum Vorschein. Ich möchte sie genauso wenig sehen, wie ich Britt und Finn als hübsches Paar zusammen sehen möchte. Aber ich kann einfach den Blick nicht abwenden.

Ich möchte wieder zurück ins Bett und verschlungen mit Finn Sex haben, sodass die reale Welt bloß ein entferntes Murmeln ist und die Gegenwart allein aus Wärme und Lust besteht. Ich möchte es so dringend, dass es sich regelrecht nach Verzweiflung anfühlt. Und das jagt mir Angst ein.

19

Finn

»Wann bringst du endlich deine Sachen in unser Schlafzimmer?«, frage ich Chess, während sie im Gästebad steht und sich schminkt.

Mit dem Eyeliner in der Hand hält sie inne und sieht mich im Spiegel an. »Wieso ist es wichtig, wo meine Sachen sind? Wir schlafen doch im selben Bett.«

Genau genommen hat sie da recht, schätze ich. Allerdings sind wir jetzt seit zwei Wochen zurück aus Kalifornien. Denkt von mir, was ihr wollt, aber jedes Mal, wenn sie in ihr Zimmer abdreht, um sich anzuziehen, mache ich mir Sorgen.

Die ganze Episode, als Britt bei mir auf der Türschwelle stand, hat es nicht besser gemacht. Ich hatte befürchtet, Chess könnte ausflippen. Aber sie hat Britt ein Maß an Mitgefühl und Freundlichkeit entgegengebracht, das mich alt aussehen ließ.

Trotzdem, Chess ist manchmal verschlossen. Ich weiß nicht, ob es daran liegt, dass James wegzieht, oder ob noch mehr dahintersteckt. Und es nicht zu wissen macht mir auch Sorgen.

»Mir kommt es bedeutsam vor«, sage ich zu ihr.

»Bedeutsam?« Sie zieht mit einer Präzision, die mich fasziniert, mit dem Eyeliner eine tiefgrüne, geschwungene Linie über ihr Lid.

Ich liebe es, ihr bei solchen intimen Tätigkeiten zuzuschauen, die sonst niemand zu sehen bekommt. Und ich weiß, dass es ihr genauso geht. Jedes Mal, wenn ich mich rasiere, taucht Chess im Bad auf und setzt sich auf den Waschtisch, als würde gleich eine Show beginnen.

»Ja, bedeutsam«, wiederhole ich. »So als würdest du dieses Zimmer als so eine Art Safe Zone behalten.«

Chess blinzelt mich an, als hätte ich in einer fremden Sprache zu ihr gesprochen. Aber ich kenne sie zu gut, was bedeutet, dass ich weiß, wann sie nur Zeit schindet. Ich verschränke die Arme vor der Brust und warte ab.

Langsam setzt sie ihren Eyeliner ab. »Manchmal hasse ich es, was du alles bemerkst.«

»Es ist mein Job, Menschen zu lesen.«

Chess dreht sich herum und lehnt sich gegen den Waschtisch. »Du bist der erste Mann, mit dem ich zusammenlebe.«

»Du bist auch meine Erste.« Ich lächle sie kurz an. »Genau das gefällt mir an uns, um ehrlich zu sein.«

»Höhlenmensch«, sagt sie mit einem schnaubenden Lachen.

»So hat sich das bewährt.«

Chess beißt sich vor lauter Verwirrung auf die Unterlippe. »Hast du denn nie Momente, in denen du zweifelst?«

Vielleicht müsste mich das beleidigen, tut es jedoch nicht. Wir sind uns ähnlicher als ihr klar ist.

»Doch natürlich. Es hat mir eine Scheißangst eingejagt, als ich gemerkt hab, dass ich mehr für dich empfinde als bloß körperliche Anziehung oder freundschaftliche Gefühle. Aber Dex hat mich mal daran erinnert, dass es auf dem Footballfeld kein Zögern gibt und es dämlich ist, im Leben zu zögern.«

»Dämlich?« Sie zieht eine ihrer feinen schwarzen Augenbrauen hoch.

»Na ja …« Ich grinse. »Quasi vergeudete Energie, die man besser für was anderes nutzen könnte.«

Chess stößt sich vom Waschtisch ab und kommt auf mich zu. Hitze sammelt sich tief in meinem Inneren, und meine Bauchmuskeln spannen sich daraufhin fest an. Sie schlingt die Arme um meinen Hals und stellt sich auf die Zehenspitzen. In ihrem Kuss liegen süße Zuneigung und nachdrückliche Wertschätzung.

Ich lasse die Hände zu ihrem tollen Po gleiten und drücke ihn. Chess macht einen leisen Laut in der Kehle und lehnt sich gegen mich, während sie an meiner Unterlippe leckt wie an einer Süßigkeit.

Eine heiße, mächtige Woge der Lust geht durch mich hindurch, aber trotzdem kann ich nicht anders als an ihren vollen Lippen zu lächeln. »Du würdest jetzt doch nicht versuchen, mich abzulenken, oder, Chester?«

Als sie leicht an meiner Lippe knabbert, geht das direkt in meinen Schwanz. Dann löst sie sich so weit von mir, dass sie mir in die Augen schauen kann. »Ich glaube nicht, dass dir klar ist, wie unwiderstehlich du bist, Finnegan.«

Mit den Fingern zieht sie träge Kreise über meinen Hals, und ich senke die Lider, als ich mich für eine weitere Kostprobe zu ihr hinunterbeuge. Sie summt wohlig. Und wir verlieren uns in einem zärtlichen, gemächlichen Kuss, bevor sie weiterredet. »Sagen wir mal, die Ablenkung ist ein kleiner Extrabonus.«

Ich lache in mich hinein und gebe ihr dann einen kleinen Klaps auf den Hintern.

Chess schreit auf und funkelt mich an. »Eines Tages werde ich dir den Hintern versohlen, Mannus, dann werden wir ja sehen, wer hier lacht.«

»Pervers – das gefällt mir.«

Chess legt eine Hand an meine Wange. »Willst du mir helfen, meine Sachen umzuräumen?«

Breit lächelnd gebe ich ihr schnell einen Kuss. »Okay, aber wir sollten uns erst noch gebührlich vom Gästebett verabschieden.«

Sie schreit auf, als ich meinen Arm um ihren Po lege und sie hochhebe. Wir schaffen es bis zum Bett – aber nur gerade so.

*

»Ich glaube, wir sollten die Matratze austauschen, bevor du deine Eltern zu Besuch hierher einlädst«, sagt Chess, während sie ein schwarzes Kleid aufhängt. »Fühlt sich nicht richtig an, wenn ich mir vorstelle, dass sie nach dem, was wir gerade dort gemacht haben, darauf schlafen.«

Ich lache in mich hinein und stelle einen Wäschekorb mit ihren Klamotten ab. »Ich weiß nicht, ich würde irgendwie am liebsten eine Gedenktafel aufstellen. ›An dieser Stelle hat Finnegan Mannus Chester Copper fünf Mal zum Orgasmus gebracht, bis sie nur noch vor Glück geweint hat.‹«

»Ich glaube, du warst derjenige, der Tränen in den Augen hatte.«

»Es war ein emotionaler Moment.«

Sie nimmt mir den Korb ab. »Welche Schubladen kann ich haben?«

Der Schrank ist ein großes Viereck mit Regalbrettern an zwei Wänden, Kleiderstangen an den zwei anderen und einer großen, brusthohen Kommode in der Mitte. »Ich habe die linke Seite des Schranks belegt. Wieso nimmst du nicht die rechte? Lass mich nur eben noch das alte Zeugs aus der Schublade hier räumen.«

»Hört sich gut an.«

Aus einer der oberen Schubladen hole ich ein Durcheinander aus alten Ticketabrissen und Flyern von College-Spielen – nostalgischen Scheiß, den ich irgendwie nicht wegschmeißen kann – und lege es oben auf die Kommode. »Ich schätze, wir sollten einen Spiegel hier drinnen aufstellen. Du weißt schon, so einen, wie ihn Frauen haben, um Ohrringe anzulegen und so'n Kram. Meine Mom hat einen in ihrem begehbaren Kleiderschrank …«

Als Chess einen leisen Laut von sich gibt, schaue ich hinter mich. Aber sie guckt mich gar nicht an. Ihr Blick ist auf die Oberseite der Kommode gerichtet, ihr Teint ist bleich und ihre Miene gequält.

Ich brauche eine Sekunde, um zu merken, worauf sie da schaut, aber als ich es registriere, geht ein schmerzhafter Ruck durch mein Herz. Zwischen dem ganzen Papier liegt ein Ultraschallbild mit dem Wort »Erbse« in leuchtend roter Schrift quer obendrüber geschrieben.

Die Luft im Raum wird dünn. Ich kann hören, dass mein Herz pocht, als wollte es aus meiner Brust springen. Aber ich kann mich nicht bewegen.

Chess lässt ihre Hand in meine gleiten. »Finn.«

Meine Finger zucken, und ich halte ihre fest umklammert.

Chess streckt ihre freie Hand aus und streift mit ihren Fingern zart die Ränder des Bilds. »Darf ich?«, flüstert sie.

Ich nicke stumpf.

Sie nimmt das dünne Stück Papier, als wäre es aus kostbarem Glas, und hält es dichter vor sich, um es sich anzuschauen. Ein Schauer geht durch mich hindurch. Ich möchte es nicht berühren. Aber ich kann nicht weggucken.

»Ich hatte vergessen, dass ich es da reingelegt habe«, wispere ich – ob zu Chess oder zum Foto meines Babys, weiß ich nicht. Ich habe es ganz achtlos in eine Schublade geworfen, wo es in der Dunkelheit lag. Mit zitternder Hand nehme ich Chess das Bild ab.

Es ist ein altmodisches Ultraschallbild, das nur die Umrisse zeigt, nicht eins von den modernen Hightech-Geräten, die ein perfektes Abbild wiedergeben. »Britt glaubte, dass es Unglück bringt, das Gesicht des Babys zu sehen, bevor es geboren wird«, erzähle ich Chess mit einer Stimme, die sich wie grober Kiesel anhört. »Sie meinte, manches sollte eine Überraschung bleiben.«

»Schatz …« Chess legt ihre Wange an meinen Arm.

»Ich weiß gar nicht, ob ich diese Entscheidung bereue oder nicht.«

Chess schlingt einen Arm um meine Taille und schmiegt sich an meine Seite. Ich drehe mich ihrem warmen Körper entgegen und atme einmal tief durch. »Es geht mir gut«, sage ich zu ihr. »Wirklich. Ich werde nur manchmal traurig.«

»Ich weiß«, erwidert sie und streichelt dabei meinen Bauch.

Mit dem Daumen berühre ich das kleine Bild.

Als Chess erneut etwas sagt, spricht sie mit einer leisen, zögerlichen Stimme. »Ich könnte es für dich einrahmen, wenn du möchtest.«

Für einen langen Augenblick starre ich mein kleines Baby an. »Nein.« Ich räuspere mich. »Ich glaube nicht, dass ich damit klarkommen würde … Aber sie muss an einem sichereren Ort liegen.«

»Natürlich.«

Ich atme noch einmal tief durch und lege das Ultraschallbild mit Abstand zu dem unordentlichen Haufen oben auf die Kommode, bevor ich mich wieder Chess zuwende und sie in die Arme nehme. Sie drückt mich fest. »Ich habe Mitleid mit Britt«, murmele ich in Chess' Haar. »Aber es tut mir leid, wenn es zu emotional wurde, als sie hier aufgetaucht ist.«

Chess schaut zu mir hoch. »Entschuldige dich niemals wegen so etwas.« Mit ihren grünen Augen blickt sie prüfend in mein Gesicht. »Weißt du, es ist okay, wenn du mit ihr befreundet bist. Vielleicht könnt ihr einander etwas geben, was niemand sonst kann.«

»Gott, bitte sag das nicht.«

»Was sagen?«

»Dass ich etwas habe, das niemand sonst ihr geben kann. Ich hasse den Gedanken, dass es Britt schlecht geht, aber ich glaube nicht, dass ich derjenige bin, der ihr helfen kann. Sie scheint zu glauben …«

Als ich zögere, runzelt Chess die Stirn. »Was?«

»Bevor du dazugekommen bist, fing Britt gerade an zu erklären, dass sie glaubt, wir wären füreinander bestimmt.« Ich fahre mir mit einer Hand übers Gesicht. »Sie ist irgendwie verkorkst, Chess. Sie hat davon geredet, noch ein Baby mit mir zu kriegen. Ich glaube sie will … wieder aufleben …«

Ich kann den Satz nicht beenden.

»Scheiße«, flüstert Chess.

»Sie braucht Hilfe, Chess. Aber ich kann sie ihr nicht geben. Ich hab versucht, ihr zu erklären, dass es noch andere Gelegenheiten geben wird. Dass sie eines Tages jemanden finden und Kinder haben wird. Das werden wir beide.«

Wenn ich Chess in dem Moment nicht angesehen hätte, wäre mir ihr Zucken entgangen.

Sie ist gut darin, es zu verbergen, und drückt meine Hand leicht, während sie eine tapfere Miene aufsetzt. »Das wirst du.«

Chess lässt meine Hand los und zieht eine Schublade auf, um Socken hineinzulegen.

Ich stehe in betretenem Schweigen da. »Etwas von dem, was ich gesagt habe, hat dich getroffen.«

Sie schaut in meine Richtung. »Natürlich bin ich getroffen. Wenn du leidest, leide ich mit.«

Ich glaube ihr das. Ich fühle es. Es ist ein unerwarteter Trost, den ich aber zu schätzen weiß. Trotzdem. »Das ist es aber nicht. Etwas hat dich persönlich verletzt. Was war es?«

Ihre schmalen Schultern straffen sich. Sie öffnet die nächste Schublade. »Mir geht's gut, Finn. Wirklich.«

Ich nehme ihre Hand und unterbreche sie. »Chess, komm schon. Irgendetwas beschäftigt dich schon, seit Britt hier aufgetaucht ist. Denkst du, das merke ich nicht?«

Ein Anflug von Panik flackert in ihrem Blick auf, bevor sie wegschaut. »Jetzt ist nicht der richtige Zeitpunkt, um darüber zu reden.«

Sie macht sich von mir los und geht aus dem Raum.

Ich folge ihr. »Es ist nie der richtige Zeitpunkt, um über schmerzhafte Dinge zu reden. Aber ich bin hier.« Als ich zu ihr aufschließe und ihren Ellbogen umklammere, bleibt sie stehen. Ich stelle mich dichter hinter sie, bis meine Brust gegen ihren Rücken gedrückt ist. »Rede mit mir. Bitte.«

Ich bin groß genug, um sehen zu können, wie sich ihre Lider flatternd schließen und sich Schmerz in ihr Gesicht einkerbt. »Ich kann keine haben. Kinder. Babys.«

Das ist das Letzte, womit ich gerechnet hätte. »Was?«

Ihr Atem zittert. »Ich bin im Grunde unfruchtbar.«

Scheiße. All meine Kommentare übers Kinderkriegen gehen mir durch den Kopf. Es muss für Chess jedes Mal ein Schlag ins Gesicht gewesen sein. Aber sie hat mich herumlabern und mich an ihrer Schulter ausheulen lassen. »Süße …«

Sie löst sich von mir und fängt an, auf und ab zu gehen. »Ich hab's während dieses ganzen Latex-Fiaskos erfahren. Ich hatte immer ganz schlimm meine Periode, schreckliche Krämpfe und was nicht alles. Ich dachte, das Latexproblem hätte damit zu tun, dass ich … Egal, jedenfalls haben sie mich einmal komplett durchgecheckt und rausgefunden, dass ich Zysten an der Gebärmutter hatte.«

Sie redet immer schneller. »Ich habe sie entfernen lassen. Aber es war so schlimm, dass das Gewebe schon erheblich vernarbt war, und die Ärzte sagten mir, dass ich geringe bis keine Chancen hätte, je schwanger zu werden. Deformierte Gebärmutter und so weiter.«

»Chess …«

Sie geht über mich hinweg und spricht mit immer höherer Stimme. »Es ist nicht so, als ob ich rumgelaufen wäre und von Babys geträumt hätte oder so. Aber wenn dir die Wahl genommen wird …« Sie schüttelt den Kopf und blinzelt heftig.

Ehe sie noch eine Bewegung machen kann, nehme ich sie bei der Hand und ziehe sie auf meinen Schoß, während ich mich aufs Sofa setze. Ihre Haltung ist steif, aber sie dreht sich zu mir und sieht mich an. »Es ist nicht dasselbe wie das, was du durchgemacht hast, aber ich weiß, wie es sich anfühlt, etwas zu verlieren, von dem man gar nicht wusste, dass man es wollte.«

»Es tut mir so leid, Chess«, sage ich ihr und schmiege eine Hand an ihre Wange.

Sie lehnt sich der Berührung entgegen, während eine ihrer Hände auf meiner Brust landet. »Es ist, wie es ist.«

»Ja, aber du musstest dir anhören, wie ich ständig darüber geredet hab …«

»Hey«, unterbricht sie mich sanft. »Ich möchte zuhören. Ich möchte für dich da sein.«

Ich nicke, doch ehe ich etwas erwidern kann, spricht sie weiter.

»Aber du wünschst dir etwas, das ich dir niemals geben kann.«

Die Worte dehnen sich zwischen uns aus. Und ich halte inne. »Wie meinst du das?«

Doch ich weiß es.

Chess lächelt mich traurig an. »Du möchtest Kinder. Das weißt du jetzt. Und ich kann keine bekommen.« Ihre Lider senken sich und verbergen ihre Augen. »Wenn ich darüber nachdenke und darüber, was das für unsere Zukunft bedeutet, macht es mir Angst.«

»Chess …«

»Lass mich ausreden. Ich kenne meinen Wert. Ich weiß, es ist das Ganze, was mich ausmacht, und nicht die Teile an mir, die nicht perfekt sind. Ich weiß, dass ich ein Kind adoptieren oder eine Leihmutter suchen kann, wenn ich mir ein Kind wünsche. Es gibt Alternativen. Ich habe alle diese Gespräche bereits mit mir selbst geführt.«

Mit der Hand gleitet sie fortwährend langsam kreisend über meine Brust, als wäre ich derjenige, der getröstet werden muss.

»Und mir ist klar, dass wir gerade erst zusammengekommen sind und es überstürzt ist, über so was nachzudenken. Aber wir leben jetzt zusammen, sagen … emotionale Sachen zueinander.« Sie läuft rosa an. »Und es fühlt sich bedeutungsvoll an. Als wäre es mehr als nur eine lockere Beziehung.«

»Weil es mehr ist.« Wie kann sie daran zweifeln?

Chess krallt die Finger in den Stoff meines Shirts. »Was bedeutet, dass wir alle Fakten kennen müssen, wenn wir uns auf diese Beziehung einlassen. Ich möchte nicht etwas sein, was du bereust. Ich möchte nicht, dass du dich im Lauf der Zeit irgendwann fragst, ob du die richtige Entscheidung getroffen hast.«

»Glaubst du, dass ich dich nicht will, weil du keine Kinder bekommen kannst?« Ich weiß nicht, ob ich verletzt bin oder beleidigt, jedenfalls fühlt es sich nicht gut an. Es fühlt sich sehr nach Schmerz und Panik an.

Chess schüttelt den Kopf »Das ist nichts, was du jetzt mal eben so in diesem Moment sagen kannst.«

Scheiße, und ob ich das kann. Aber ich beiße mir auf die Lippe. Mein Instinkt sagt mir, je mehr ich sie bedränge, desto mehr wird sie sich zurückziehen.

»Und vielleicht …«, sie zögert und leckt sich über ihre vom Küssen geschwollene Oberlippe, »möchte ich mich nicht fragen, ob du etwas bereust. Als ich das alles erfuhr, habe ich mir selbst geschworen, dass jede Beziehung, die ich eingehe, auch das Passende für mich sein soll.«

Einen Augenblick lang starre ich sie an und versuche zu verarbeiten, was sie da gerade sagt. Meine Worte kommen rau und stockend heraus. »Hattest du vor, dir einen Typen zu suchen, der keine Kinder will? Ist es das?«

Ihre grünen Augen weiten sich und dann schaut sie weg. Schuldig.

Ein brennendes, juckendes Gefühl macht sich in meiner Brust breit. »Ich weiß nicht, was ich sagen soll.«

»Du brauchst nichts zu sagen.«

Dieses Brennen nimmt zu und steigt meine Kehle hinauf. »Ich denke, schon. Du verurteilst uns im Grunde schon zum Scheitern, bevor das mit uns überhaupt richtig angefangen hat.«

Chess' Blick schnellt zu mir. »Ich sage dir nur, wie ich mich fühle. Du wolltest es wissen. Tja, so ist es. Ich bekomme Angst. Ich denke über alle diese Dinge nach. Dabei will ich das verdammt noch mal gar nicht. Glaub mir, es wäre mir auch lieber, wenn ich lachen und Liebe machen könnte und meine größte Sorge wäre, ob wir Hackbällchen oder Zwiebeln auf unsere Pizza nehmen …«

Ich bringe sie mit einem Kuss zum Schweigen. Drücke meinen Mund auf ihren, damit sie mich fühlen kann.

Chess versteift sich einen Augenblick lang, bevor sie sich entspannt und ihre Hand auf meiner Brust spreizt. Ich löse mich von ihr und sehe ihr in die Augen. »Es tut mir leid, okay? Ja, ich habe gefragt. Und ich bin froh, dass du es mir gesagt hast.«

Sie lehnt die Stirn gegen meine. »Du entschuldigst dich ständig. Mach das nicht. Es ist nicht deine Schuld, dass ich mein Hirn nicht abschalten kann, wenn ich mit dir zusammen bin.«

Was für eine Scheißironie: Die einzigen Momente, in denen ich mein Hirn abschalten kann, sind die, wenn ich mit Chess zusammen bin.

Sanft setze ich sie neben mich. Ich spüre, dass ich Kopfschmerzen bekomme, und meine Gelenke sind steif. »Lass uns den Kleiderschrank fertig einräumen. Danach muss ich mal eine Runde laufen gehen.«

Sie sieht mich eine gefühlte Ewigkeit lang an, dabei ist es in Wirklichkeit nur ein kurzer Augenblick. Als sie spricht, klingt sie verhalten, aber verständnisvoll. »Klamotten einräumen kann ich auch allein. Wieso gehst du nicht jetzt gleich laufen?«

Ich diskutiere nicht. Ich lasse sie machen und gehe. Ich laufe sehr lange, doch Antworten finde ich keine, während ich weg bin.

Chess

Was, wenn ich einen Fehler gemacht habe?

Der Gedanke schwirrt mir beharrlich durch den Kopf. Ich habe Finn etwas total Intimes erzählt. Der einzige andere Mensch, der davon weiß, ist James, der es mitbekommen hat, weil er im Fotostudio war, als ich von meinem Arzttermin zurückkam.

Vielleicht habe ich es Finn zu früh gesagt. Welcher Kerl möchte denn über Fruchtbarkeit beziehungsweise Unfruchtbarkeit reden, wenn er noch nicht mal seit einem Monat Sex mit einer Frau hat? Ich hab mich wahrscheinlich angehört wie die durchgeknallte Version von einer, die sich einen Topsportler krallen will. Es würde mich nicht überraschen, wenn er Angst hätte, dass ich als Nächstes einen Ring angesteckt bekommen will.

Gott, er hat vielleicht erschrocken ausgesehen. Und dann wiederum so verdammt stur. Finn ist ein Problemlöser. Er vertraut auf seinen Instinkt, während ich gern alles durchdenke.

»Aaah.« Ich lege den Kopf auf den Küchentresen, damit der kühle Stein meine heiße Wange kühlt.

Ich hätte ihm bloß das Nötigste erzählen und weiter meinen Spaß mit Finn haben sollen, ohne mir über irgendeine nebulöse Zukunft Gedanken zu machen. Doch das kann ich nicht. Ich bin total in diesen Mann verschossen. Wie hat James es noch mal genannt?

Betört. Das bin ich voll und ganz. Wenn ich zulasse, dass ich ihm noch mehr verfalle, werde ich am Boden zerstört sein, falls das mit uns nicht hält. Wir müssen uns beide sehenden Auges aufeinander einlassen, sonst werde ich mir immer Gedanken machen.

Wie vorherzusehen war, ist Finn reserviert gewesen, nachdem ich die Kein-Baby-Bombe zum Platzen gebracht habe. Oh, er hat mich trotzdem noch an sich gezogen, als wir ins Bett gingen, seine Hand in meine Hose gleiten lassen und nachdrücklich erklärt, dass ich mich besser an den Gedanken gewöhnen sollte, nie wieder Klamotten im Bett zu tragen. Er hat mich bis zur Bewusstlosigkeit gevögelt – mit einer beharrlichen Intensität, die sich fast nach Verzweiflung angefühlt hat, so als würde ich mich bald auf ihm in Luft auflösen. Ich habe es genauso empfunden und mich ihm mit einem Verlangen hingegeben, das an Schmerz grenzte.

Doch es fühlt sich an, als wäre da jetzt ein Graben zwischen uns. Und den habe ich geschaffen.

Finn ist heute schon früh zu seinem Heimspiel losgefahren. Ich hatte erwartet, dass er mich fragen würde, ob ich eine Eintrittskarte möchte, damit ich zuschauen kann. Aber er sagte kein Wort, sondern gab mir nur einen schnellen Kuss auf den Mund und sagte, wir würden uns heute Abend sehen.

Das hat so wehgetan, dass ich mir sein Spiel nicht im Fernsehen ansehen konnte. Stattdessen habe ich Arbeit nachgeholt.

Am Küchentisch zu Abend zu essen fühlt sich einsam an, jetzt, wo ich weiß, wie es zusammen mit Finn ist. Inzwischen habe ich längst aufgegessen und hocke immer noch allein in einer viel zu stillen Wohnung.

»Scheiße.« Ich richte mich entschlossen auf und klappe meinen Laptop auf. Weil ich keine Ahnung habe, wie ich mein Hirn abschalten oder damit aufhören soll, mir Sorgen zu machen, konzentriere ich mich auf die Arbeit. Die Arbeit ist ein sicheres Terrain. Davon verstehe ich was. Ich habe die Kontrolle darüber.

Ich retuschiere gerade ein Kalenderfoto von Jake, als Finn nach Hause kommt. Von meinem Platz auf dem Hocker in der Küche schaue ich hoch und sehe, wie er mit gezeichneter, angespannter Miene herumhumpelt.

Mir ist klar, dass Schmerzen zu seinem Leben dazugehören. Trotzdem ist es immer noch jedes Mal wie ein Schlag in die Magengrube, wenn ich ihn leiden sehe. »Hey«, sage ich und ziehe damit seine Aufmerksamkeit auf mich.

»Babe.« Finn kommt im Schneckentempo auf mich zu.

Gott, er ist in einer richtig schlechten Verfassung.

Ich springe von meinem Hocker auf. »Ab ins Schlafzimmer.«

Er verzieht den Mund zu einem müden, aber erfreuten Lächeln. »Mir gefällt dein Vorschlag, Chester, aber heute Abend wirst du den Großteil der Arbeit übernehmen müssen.«

»Mein Kerl, der ewige Optimist«, sage ich und muss mir ein

Lächeln verkneifen. »Ich meinte allerdings, dass ich dich in die Horizontale befördern will, damit du dich ausruhen kannst.«

Er beugt den Kopf hinunter und gibt mir sanft einen Kuss. »Mein Plan gefällt mir besser. Aber nenn mich ruhig weiter deinen Kerl. Das ist Balsam für meine geschundene Seele.«

Ich verdrehe die Augen und lege einen Arm um seine Taille. »Komm schon, du Heißsporn, wir können im Bett weiterverhandeln.«

Finn schlingt einen Arm um meine Schultern und drückt mich leicht, während wir uns langsam in sein – nein, jetzt ist es unser – Schlafzimmer begeben. »Ich liebe es, zu dir nach Hause zu kommen«, sagt er mit einem zufriedenen Seufzen. »So ging's mir schon vom ersten Tag an. Aber jetzt …« Er schaut zu mir herunter. »Dafür lohnt sich alles.«

Ein Kloß bildet sich in meiner Kehle, und ich presse meine Lippen seitlich auf seine Brust, um ihn für einen Moment einfach nur einzuatmen. Er riecht nach Seife, der sauberen Baumwolle seines Shirts und der Wärme seines Körpers. »Ich bin froh, dass du zu Hause bist.«

Sobald wir im Schlafzimmer sind, greife ich nach einer Fernbedienung und schalte den Gaskamin an. Er erwacht flackernd zum Leben und verbreitet wohlige Wärme in dem kühlen Raum. Die Nachttischlampen tauchen das Schlafzimmer in einen sanften goldenen Schimmer. Und da wird mir klar, warum seine Inneneinrichterin den Raum in warmen Farben gestaltet und mit edlen Stoffen ausgestattet hat: Er ist für Finn an harten Tagen ein Refugium.

»Möchtest du was essen?«, frage ich ihn.

»Hab auf dem Weg nach Hause einen Cheeseburger und Pommes verdrückt.« Er steuert direkt aufs Bett zu.

»Kein ausgiebiges Bad?«

»Hatte nach dem Spiel ein Eisbad und dann eine heiße Dusche.« Finn streift seine Sneaker ab. »Ich hab keine Lust, in noch mehr Wasser rumzusitzen.«

Als er anfängt, vorsichtig sein Shirt auszuziehen, helfe ich ihm dabei. Mir stockt der Atem, als wir den Stoff über seinen Rippen hochziehen. »Herrgott, Finn.«

Seine Seiten und der Rücken sind gerötet und von einem Flickenteppich aus lauter fiesen blauen Flecken bedeckt.

»Hässliches Spiel«, sagt er ausdruckslos. »Bin ein paarmal gesackt worden.«

Ich lege eine Hand auf seinen unteren Rücken, und obwohl ich ihn kaum berühre, erschauert er. Doch als ich die Finger wegziehen will, hält er mich auf, indem er seine Hand auf meine legt. »Nein«, sagt er. »Es fühlt sich gut an, wenn du mich berührst.«

»Finn …« Mir tut es im Herzen weh, als ich mit den Lippen über seine Schulterblätter streife und den freien Arm um ihn lege, um seinen Bauch zu streicheln. Wir stehen stumm da, Finn atmet langsam und tief und lehnt sich gegen mich, während ich zarte Küsse auf seinen Schultern verteile.

Ich halte ihn, als wäre er zerbrechlich.

In diesem Moment ist er es auch. Und ich grolle über jeden Schlag, den er einstecken musste.

Noch einmal geht ein Schauer durch ihn hindurch, bevor er sich ganz, ganz langsam von mir losmacht und sich umdreht, um sich auf die Bettkante zu setzen. »Komm her«, flüstert er, während er meine Hand nimmt.

»Willst du dich nicht hinlegen?«, frage ich, als er mich auf seinen Schoß zieht.

»Das muss ich schrittweise machen«, sagt er ächzend und rückt mich dann so hin, wie es ihm passt.

»Schatz …« Ich schlinge die Arme um seinen Hals und lehne die Stirn gegen seine. »Du machst mich fertig.«

Finn berührt meine Wange und blickt mit seinen blauen Augen suchend in meine. »Machst du dir Sorgen um mich, Chester?«

Ich fahre mit einem Finger an seinem Kiefer entlang. »Ich leide mit dir mit, Finnegan.«

Er lässt die Hand in mein Haar gleiten und zieht mich eng an sich. Unser Kuss ist gemächlich, entspannt, innig. Es liegen Worte in diesem Kuss: mein, dein, auf ewig. Mit seinen Lippen umschließt er meine untere und saugt zart daran, bevor er sich löst, um mir in die Augen zu schauen. »Mir gefällt die Vorstellung nicht, dass du leidest. Besonders nicht, wenn es meinetwegen ist.«

»Das kannst du allerdings nicht bestimmen«, sage ich ihm und küsse seine Schläfe.

Er gibt einen Laut von sich, der halb belustigt, halb vorwurfsvoll klingt, und lässt seine Hand an meiner Wange hinab zu meinem Schlüsselbein gleiten.

Von da an schweigen wir. Ich spiele mit seinen kurzen Haarsträhnen und küsse ihn auf die Wange, auf den Kiefer – überallhin, wo ich kann. Finn streichelt meinen Hals und blickt auf seine Finger, wie sie sich über meine Haut bewegen, als würde ihn der Anblick beruhigen. Ich bin inzwischen daran gewöhnt, ihn humpelnd von einem Spiel zurückkommen zu sehen. Aber diesmal ist es anders. Er wirkt innerlich ausgelaugt.

Kalte Angst und heißes Bedauern überkommen mich bei dem Gedanken, dass ich womöglich schuld an seiner Stimmung bin.

»Was war denn los?«, frage ich ihn, während er sich am obersten Knopf des leichten Baumwollhemds, das ich trage, zu schaffen macht.

Er schnippt den Knopf auf. »Dex ist heute total ausgerastet. Er hat schon die ganze Saison öfter mal neben sich gestanden, aber als heute irgend so ein Arschloch von Lineman versucht hat, ihn dumm anzumachen, ist er voll drauf eingestiegen.« Finn senkt den Kopf und küsst mich seitlich auf den Hals. »Ich kann ihn verstehen, aber danach lief alles Scheiße.«

Ich lege meine Hand auf seinen Scheitel. »Wieso ist er ausgerastet?«

Ein weiterer Knopf geht auf. Finn fährt das neue Stückchen mit den Fingern nach. »Es sind Nacktfotos von seiner Freundin in der Presse gelandet. Der Kerl hat angefangen, Kommentare über ihre Titten – *Brüste* – abzulassen.«

»Verstehe.«

Finn verzieht das Gesicht. »Ich verliere immer mehr die Kontrolle über das Spiel.«

»Das tut mir leid.« Gedankenverloren streiche ich mit der Hand über Finns Haar.

»Und die ganze Verantwortung liegt bei mir, Chess. Ist egal, wessen Schuld es ist; wenn wir nicht abliefern, stehe ich schlecht da.«

Seine Wange berührt meine. Wir sind uns so nah, dass ich seine Wimpern auf- und abstreichen spüre, wenn er blinzelt. »Der Druck macht mir manchmal zu schaffen«, sagt er. »Ich sage mir selbst, dass es reine Kopfsache ist. Dass ich ihn ignorieren muss. Aber an manchen Tagen ist das schwerer als an anderen.«

»Vielleicht solltest du diese Ängste nicht ignorieren, sondern dich ihnen einfach stellen«, sage ich leise. »Spiel sie in deinem Kopf durch und dann lass sie los.«

Finn seufzt. »Ich weiß, dass ich nicht ewig spielen werde. Aber es ist eine Sache, wenn man erhobenen Hauptes in den Ruhestand geht. Aber wenn man aus der Mannschaft fliegt? Kein neues Team mehr findet? Wie soll ich den Leuten dann noch unter die Augen treten?«

»Du trittst ihnen mit Haltung unter die Augen, denn du, Finn Mannus, bist verdammt brillant – mit oder ohne Football.«

»Chess …«

»Gerade läuft es vielleicht nicht so gut, Finn. Aber ich glaube an dich. An dich als Mann, nicht als Footballspieler. Du wirst nicht scheitern, weil du niemals aufgibst. Das ist nämlich das einzige Scheitern im Leben.«

Seine Wimpernkränze werfen Schatten auf seine Wangen. »Wenn ich mit dir zusammen bin, ist alles richtig.«

Er klingt so einsam und verloren, dass ich ihn auf die geschlossenen Augen küsse. »Du bist jetzt hier bei mir. Lass mich mich um dich kümmern.«

»Konnt's nicht erwarten, zu dir nach Hause zu kommen.« Langsam beginnt er, auch die restlichen Knöpfe meines Hemds aufzuknöpfen, und wandert dabei mit zarten, genießerischen Küssen an meinem Hals hinab. Es fühlt sich so gut an, dass sich vor Lust und Wonne meine Haut strafft.

Ihm stockt der Atem, als er merkt, dass ich keinen BH trage, doch er klappt mein Hemd nicht auf, sondern küsst nur meinen Hals und die kleine Kuhle zwischen meinen Schulterblättern. Seine zärtliche Zuwendung lullt mich ein, sodass ich ganz träge und benebelt den Kopf an seine Schulter lege.

»Manchmal …«, er drückt seine Lippen auf meine Haut, »hasse ich es, dass du meine Jungs nackt gesehen hast.«

Ich lege meine Hand auf seinen Bizeps und fahre die harte Wölbung mit den Fingern nach. »Lässt du etwa meinetwegen den Höhlenmenschen raushängen, Mannus?«

»Ja.« Als er mit den Fingerknöcheln mittig an meiner Brust bis hinunter zu meinem Bauch streicht, erschauere ich daraufhin und drücke ganz leicht den Rücken durch. Meine Brüste werden prall vor Lust und meine Nippel hart. Ich möchte, dass sie freigelegt werden. Ich möchte, dass er seine Hände auf sie legt. Doch er lässt mein Hemd so wie es ist – leicht geöffnet, sodass nur mein Dekolleté und die kleine Kuhle meines Nabels zu sehen sind.

Er spreizt seine Hand über der kleinen Rundung an meinem Bauch. »Ich hasse es, dass du ihre Schwänze gesehen hast.«

Ich lache schnaubend. »Aber ich will nur deinen.«

»Hmm …« Langsam lässt er die Hand hinauf zu meinen Rippen gleiten.

Meine Lider flattern bei dieser gleichzeitig wunderbar zärtlichen und entschlossenen Berührung.

Mit der Daumenkuppe streift er die empfindliche Wölbung meiner Brust. Ich halte still und flehe im Stillen, er möge weiter nach oben streichen. Doch ich bitte nicht darum. Noch nicht. Wie er mich reizt, fühlt sich zu gut an. Er verweilt an der Stelle und reibt sanft mit den Fingern an der Unterseite meiner Brust entlang.

Ein leiser, bedürftiger Laut entweicht mir.

»Ich hasse es trotzdem«, murmelt er, während er meinen Hals küsst. Sanft schmiegt er die Hand um meine Brust und wiegt ihr zartes Gewicht. Als ich mich auf seinem Schoß bewege, spüre ich, wie die harte Wölbung seines Schwanzes gegen meinen Hintern drückt.

»Komm drüber weg«, murmele ich halbherzig. Mit seiner Fingerspitze hat er meinen Nippel gefunden. Er umkreist ihn und gleitet flüchtig über die empfindliche Spitze.

Als Finn mit dem Mund an meinem Hals lacht, kitzelt die Vibration auf meiner Haut. »Schätze, das muss ich irgendwie.« Er zieht einen Pfad aus Küssen hinunter zum Ansatz meiner Brust, während er mich mit dem Finger weiter langsam quält, indem er mich hauchzart berührt.

Als würde er einen verbotenen Blick wagen, hebt er mein

Hemd an und zieht es von meiner Brust weg. »Was haben wir denn da?« Er küsst meinen Nippel und saugt leicht daran.

Ich winde mich und halte seinen Hinterkopf umfasst, damit er nicht weg kann. Er lacht wieder in sich hinein und leckt meine Brust vom Ansatz bis zur Spitze, während er mit der freien Hand meine andere Brust sucht. Mit warmen Händen knetet er mich. Sein Mund ist heiß und feucht.

Lust erfasst mich wie ein Fieber. Ich reibe ungeduldig die Oberschenkel aneinander. Doch er ignoriert das. Mit der Hand drückt er meine Brust zusammen und hält sie so fest, während er mit dem Mund an meinem Nippel zieht.

»Finn«, warne – *flehe* – ich. Ich bin mir nicht sicher, was von beidem.

Er schmiegt die Nase in die Kuhle an meinem Halsansatz, während er mit den Fingern an meinen wunden Nippeln zupft. »Ich liebe diesen Klang. Wenn du meinen Namen wimmerst.«

Als ich es noch einmal tue, streift er mir das Hemd von den Schultern. Sein Mund findet meinen. Er küsst mich und bearbeitet meine Nippel, bis ich erneut wimmere und mich vor Verlangen auf seinem Schoß hin und her schiebe. Finn und ich mögen beide unsere Ängste haben, aber was das hier angeht, sind wir perfekt.

Unter einem letzten Kuss legt er mich mit aufs Bett und fasst dann an den Bund meiner Leggings und meines Höschens. »Hoch«, befiehlt er. Als ich meinen Po hebe, zieht er. Jetzt liege ich nur noch in meinen pinkfarbenen Kniestrümpfen mit den lächerlichen Weihnachtselfen da.

»Zieh mir die aus«, sage ich und hebe dabei einen Fuß.

Aber Finn grinst nur. »Oh nein. Die liebe ich.« Er umfasst meinen Spann und drückt einen Kuss auf meine Zehen, bevor er mein Bein ablegt.

Er ragt über mir auf – seine Brust ist nackt, seine Trainingshose sitzt tief auf seinen Hüften und verbirgt seinen hart aufragenden Schwanz nicht. Verflucht umwerfend. Aber geschunden und mit blauen Flecken. Ich möchte nicht, dass er noch mehr Schmerzen spürt.

»Hast du nicht gesagt, ich müsste heute Abend die Arbeit übernehmen?«

Er lächelt träge, als er mich von oben bis unten betrachtet. »Musst du auch. Spreiz die Beine für mich, Chess.«

Ich lege die Hände auf die Knie und tue, was er sagt. Ein kehliger Laut rumort in seinem Hals, und sein Blick landet dort, wo ich prall und feucht bin. »Braves Mädchen.«

Was er da sagt, müsste mich sauer machen – und vor allem, wie er es sagt, so als wäre ich eigentlich sein kleines braves Mädchen. Aber als ich mir vorstelle, wie es aussehen muss, dass ich mit weit gespreizten Beinen und pinkfarbenen Kniestrümpfen auf seinem Bett liege, fühlt es sich so verboten und heiß an, dass ich erschauere und meine Brüste noch ein bisschen mehr rausstrecke.

»So hübsch«, murmelt er und bringt sich dann zwischen meine Beine. Eine seiner großen Hände legt er auf meinen Unterleib und hält mich fest, während er mit dem Daumen meine Klitoris berührt. Das lenkt mich ab, deshalb schreie ich überrascht auf und zucke zusammen, als er wie ein ausgehungerter Kerl meine Pussy küsst.

Doch er lässt mich nicht entkommen. Mit der Hand fixiert er mich an Ort und Stelle, während er sich über mich hermacht. Er leckt meine Pussy wie eine warme Süßigkeit.

»Finn …« Ich halte es nicht aus. Ich puckere.

Über die Länge meines Körpers hinweg schaut er mir in die Augen. »Zwick diese kleinen Nippel«, befiehlt er zwischen zwei Küssen.

Mein Atem geht schneller, als ich meine Hände auf meine Brüste lege. Beim ersten Zwicken in die schmerzhaft erregten Spitzen stöhne ich auf.

Er grunzt anerkennend. »Zieh an ihnen. Schön langsam.«

Ich tue es und drücke daraufhin keuchend den Rücken von der Matratze hoch.

»Brav«, sagt er, während er mit dem Daumen an meiner Klitoris spielt. »Braves Mädchen.«

Das sollte mich nicht so heiß machen, tut es aber. Meine Lider flattern, und ich spreize die Beine noch weiter, während ich mich winde. Sein Blick gleitet daraufhin von meinen Augen hinab und fokussiert sich auf die Stelle zwischen meinen Beinen. Dass er dort hinstarrt, macht mich sogar noch empfänglicher. Ich genieße es, seinem Blick ausgesetzt zu sein.

Er hebt den Finger, um an meinen Schamlippen entlangzufahren, findet meine Öffnung und umspielt sie, dringt gerade so weit ein, dass ich es spüre, aber nicht weit genug, als dass es mich befriedigen würde. Als ich wimmere, huscht sein Blick kurz zu meinem Gesicht, bevor er wieder hinuntergleitet. Dieser breite Finger sinkt hinein. Rein und raus. Nur mit der Spitze. Nicht genug.

»Finn …«

Ich keuche heftiger, meine Oberschenkel zittern.

Da taucht er tiefer ein, zieht den Finger wieder heraus und wandert damit tiefer. Als er mein Poloch berührt, kommt ein erstickter Laut über meine Lippen. Doch er nimmt ihn nicht weg. Er streichelt mich mit klitzekleinen Bewegungen.

Als er spricht, ist seine Stimme rau, sein Tonfall jedoch fast beiläufig. »Bist du schon mal dort genommen worden?«

»Nein«, flüstere ich und beobachte ihn dabei.

Er schiebt seinen von meiner Lust befeuchteten Finger ein klein wenig hinein. Und ich verschlucke mich fast. Ich bin dort so empfindlich, dass mein ganzer Körper sich zusammenzieht. Er bemerkt es und macht ein leises Brummen in der Kehle. Er spielt mit meinem Po, bringt mich zum Wimmern.

»Lässt du's mich dir dort eines Tages besorgen, Chess?«

Es fühlt sich so gut an, so falsch, so versaut, so intensiv. »Ja«, sage ich unter einem erstickten Atemzug, während ich in Schweiß ausbreche. Ohne nachzudenken, drücke ich mich seiner Berührung entgegen, sodass sein Finger in mich gleitet.

Als ich aufschreie und die Hüften durchdrücke, sinkt er tiefer hinein. Finn macht einen kehligen Laut und sein Mund landet auf meiner Klitoris. Sein Finger dringt tief ein und er pumpt leicht.

Davon gehe ich ab. Ich komme und zwicke dabei so fest in meine Nippel, dass es wehtut. Es genügt nicht. Ich vögele seinen Finger, während er mich leckt. Mein Orgasmus bricht so heftig und schnell über mich herein, dass ich kraftlos und außer Atem auf das Bett sinke. Währenddessen gibt er mir zarte, verspielte Küsschen, bis mein Atem wieder gleichmäßiger wird.

Langsam zieht er seinen Finger heraus und gibt mir noch einen letzten Kuss, bevor er sich aufrichtet.

»Ich bin tot«, stöhne ich und erschauere leicht.

»Du atmest noch.« Mit einem stürmischen, heißen Blick streift Finn seine Hose ab. Sein Schwanz ist wütend und dunkel.

Wieder erschauere ich, als ein Impuls begieriger Lust durch mich hindurchgeht. »Gerade so.«

Er klettert aufs Bett und lehnt sich gegen das Kopfteil. Mit dem Knie streift er meine Schulter. »Komm hoch hier und setz dich auf meinen Schwanz. Es wird schnell gehen.«

Er ist schlimm. So schlimm. Und ich liebe es.

Ich sehe ihm in die Augen, während ich mich herumrolle und mich auf meine Hände und Knie stütze. Begierig beobachtet er, wie ich auf ihn zukrabbele. Meine Brüste wippen dabei, und er fährt sich mit einer Hand über seinen erigierten Schwanz. Seine Brustmuskeln zucken, seine Nippel sind kleine harte Perlen. Ich beuge mich hinunter und lecke über eine, während ich mich rittlings auf seine Hüften setze.

Wir stöhnen beide, als ich auf ihn sinke. Ich bin so feucht und geweitet, dass er direkt hineingleitet. Trotzdem spüre ich es. Ich spüre es in der Kehle und entlang meiner Fußsohlen. Ich spüre es, weil kühle Hitze über meine Haut jagt.

Er umfasst meine Hüften und kippt mich nach vorn. Als ich mich abfange, indem ich mich an seinen breiten Schultern festhalte, nutzt er die Chance, um den Kopf zu senken, einen meiner Nippel in den Mund zu nehmen und fest und begierig daran zu saugen.

Wie im gegenseitigen Einverständnis fangen wir an zu vögeln, wobei er nach oben in mich stößt und ich mich ihm entgegendrücke, um ihn tief in mir zu haben. Unser Rhythmus ist wild und schnell. Er drückt die Finger in meine weichen Pobacken und dirigiert mich. Er ist so stark, dass ich auf seinen Hüften wippe und unsere Körper unter lautem Klatschen aufeinandertreffen.

»Scheiße, Chess«, keucht er. »Ich kann nicht. Ich kann nicht …« Er bricht ab und versucht, mich zu küssen.

Doch unsere Bewegungen sind so heftig und unkoordiniert, dass sich unsere Münder nur kurz treffen. Ich schlinge die Arme um seinen Hals. Als sich meine Pussy um seinen Schwanz zusammenzieht, gibt er einen erstickten Laut von sich und sein Körper zuckt.

»Komm schon«, fleht er und stößt noch härter.

Aber ich bin zu schwach, um irgendetwas anderes zu tun, als mich festzuhalten. Er lässt seine Hände hinuntergleiten. Nein, das kann er nicht machen. Nein. Ich werd's nicht überleben.

Doch er tut es. Er schiebt seinen Finger grob und tief hinein. Und ich komme erneut unter einem Aufschrei.

Diesmal kommt er gleichzeitig mit mir und gibt dabei fast schon gequälte Laute von sich.

Wir sacken zusammen – ich taumele gegen seine Brust, während Finn gegen das Kopfteil sinkt. Er legt einen Arm um mich und hält meinen verschwitzten Nacken umfasst, während wir daliegen und wieder zu Atem kommen. Sein Herzschlag trommelt schnell an meinem Ohr. Zu spät fallen mir seine Verletzungen wieder ein.

»Lass mich runter von dir«, sage ich und versuche, mich zu bewegen.

Er verstärkt seinen Griff. »Nein.«

Weil ich mich nicht abmühen will, lasse ich mich von ihm halten. Er entspannt sich daraufhin, dreht den Kopf und legt die Lippen an meine Schläfe. »Hast du auch nur die leiseste Ahnung, wie sehr ich dich brauche? Mit dir ist alles besser.«

Die Gefühlsaufwallung schnürt mir die Kehle zu. Ich blinzele heftig, während ich die Wange an seine Brustwand drücke und die Arme um seine Schultern schlinge. Ich möchte ihn an mich ziehen, um ihn vor der Welt zu beschützen. »Ich dachte …« Ich räuspere mich. »Ich dachte, ich hätte vielleicht alles verbockt.«

Finn erstarrt und streicht dann langsam mit der Hand über meinen Hinterkopf. »Hast du nicht. Es ist gut, miteinander zu reden.«

Ich nicke, sage aber kein Wort.

Seine Berührung ist träge, mit den Fingern kämmt er durch meine Haare. »Mein ganzes Leben lang habe ich immer in die Zukunft geblickt, jeden Tag darauf hingearbeitet, mir Gedanken darüber gemacht.« Er lässt die Hand in meinem Nacken liegen. »Ich bin müde, Chess. Bei dir kann ich mich ausruhen.«

Sein Herz pocht schnell und heftig gegen meine Wange. Mit warmen Fingern umfasst er flehentlich meinen Nacken. »Können wir uns einfach eine Weile ausruhen? Einfach nur sein?«

Es liegt echte Sehnsucht in seiner Stimme und seine Bitte geht mir direkt ans Herz. Von Anfang an hat Finn klar gesagt, was ihn zu mir hingezogen hat: dass ich das weiße Rauschen in seinem Kopf ausblendete. Es ist schmeichelhaft und verführerisch gewesen, sein einziger Bezugspunkt zu sein. Das ist es immer noch.

Und es ist nichts Einseitiges. Bevor ich Finn traf, wusste ich nicht, was wahres Glück ist. Jede Emotion, die ich zu fühlen imstande bin, wird verstärkt, wenn ich mit ihm zusammen bin. Ich fühle. Ich lebe. Ich atme. Die Welt ist realer, wenn er da ist.

Er möchte einfach nur sein. Ohne zu denken. Ich weiß nicht, ob ich das kann. Aber Finn zuliebe werde ich es versuchen.

Mit einem Lächeln, das sich allzu schwach anfühlt, gebe ich ihm einen Kuss mitten auf die Brust. »Ja«, sage ich an seiner Haut. »Lass uns einfach nur sein.«

20

Chess

»Also, wie läuft's?«, frage ich James am Telefon. Ich weiß, dass Jamie Programmiererin ist und ein winziges Apartment in einem Haus ohne Fahrstuhl an der Lower East Side hat, aber Manhattan ist lachhaft teuer. James wird sich schnell einen Job suchen müssen.

»Ich kellnere in so einer schnuckeligen *Osteria* in SoHo.«

Ich bin nicht überrascht; James hat während der ganzen Collegezeit gekellnert, und er wird dabei wahrscheinlich mehr Geld verdienen als bei mir.

Er nennt das italienische Restaurant von einem der bekanntesten Köche New Yorks. James kann aber auch untertreiben.

»Wir werden definitiv dort essen gehen, wenn ich mal zu Besuch komme«, sage ich ihm, während ich etwas Kokosöl auf meinen Armen verreibe. Mein Handgelenk ist verheilt und der Verband ab, doch die Haut darunter ist blass und überempfindlich.

In ein Handtuch gewickelt habe ich das Bad besetzt und mich geweigert, Finn hereinzulassen, solange ich mich für den Abend fertig mache. Er hat ein paar Minuten lang so getan, als würde er deswegen schmollen, dann aber schnell aufgegeben und ist mit ziemlich zufriedener Miene abgezogen. Das kann ich ihm auch nicht verdenken: Ich habe ihn den ganzen Morgen lang aufs Beste zufriedengestellt.

»Abgemacht«, sagt James. »Wie steht's bei dir? Wie ist die Lage?«

Ich sitze auf einer Ottomane in dem großen begehbaren Kleiderschrank, lege das Kinn auf mein Knie und betrachte meine Zehen, die ich scharlachrot lackiert habe. »Ich muss ein Fotostudio finden.«

Finns Wohnung hat drei Schlafzimmer, und er hat vorgeschlagen, dass ich eins davon als Studio nehme. Aber der Raum ist nicht groß genug und das Licht ganz schlecht. Mal ganz davon abgesehen, dass ich nicht seine Privatsphäre verletzen und Kunden hier anschleppen kann. Diese Wohnung ist sein Zufluchtsort, und auch wenn seine Bereitschaft, sie mir zu überlassen, Bände spricht, wie sehr er mir vertraut, werde ich ihn dieses Opfer nicht bringen lassen.

Nicht zum ersten Mal sehne ich mich schlagartig schmerzhaft nach meinem Loft. Ich atme das Gefühl weg.

»Ich habe mir ein paar Immobilien angesehen, aber noch nicht das Passende gefunden.« Die meisten davon sind zu teuer für mich. Finn will nicht, dass ich Miete zahle, aber das kann ich nicht annehmen. Wir diskutieren schon lange darüber und rücken beide nicht von unserer Meinung ab.

»Du wirst schon was finden«, sagt James.

»Ich vermisse meine Wohnung.« Ich hatte nicht vor, das zu sagen, aber jetzt sind die Worte eben raus. »Zumindest mein voll eingerichtetes Studio.«

James schweigt. »Hast du es Finn gesagt? Vielleicht solltet ihr überlegen, euch was Neues zu suchen?«

Schulterzuckend wackle ich mit den Zehen. »Wir sind gerade erst offiziell zusammengekommen. Ihn jetzt zu bitten umzuziehen wäre voll psychotantenmäßig.« Und ich hab schon genug Ballast bei ihm abgeladen.

James lacht. »Ja, aber er hat dich gebeten, bei ihm einzuziehen. Wenn du nicht glücklich dort bist, wird das Auswirkungen haben.«

Glücklich. Meine Gedanken driften ab zu dem Anblick von Finn, wie er heute Morgen auf dem Rücken ausgestreckt in seinem Bett lag – alles an ihm lange Linien, geschliffene Ebenen und bersteinfarbene Haut. Er ist ganz warm und entspannt vom Schlaf gewesen, und sein Geruch nach Sex und Pheromonen ein verführerischer Duft, dem ich nicht widerstehen konnte.

Finn wurde dazu geschaffen, gehuldigt zu werden. Und er ist meiner. Ich habe ihn sanft mit gemächlichen Küssen geweckt, die ich auf seinem herrlichen Körper verteilte, und die Nase an seinen warmen Hals geschmiegt, als er schläfrig stöhnte und einen Arm um meine Schultern legte, um mich an sich zu ziehen. Ich habe mich davon nicht ablenken lassen. Ich habe meinen Weg nach unten eingeschlagen, vorbei an seinen festen kleinen Nippeln, die darum bettelten, dass ich an ihnen knabbere, und um die süße kleine Einbuchtung seines Bauchnabels herum bis zu seinem Schwanz, der auf der harten Wölbung seines Oberschenkels lag.

Und dann habe ich genau das gemacht, was ich ihm versprochen hatte: ihn in meinen Mund genommen und an ihm gelutscht, während er dick und hart wurde, sodass Finn sich mir stöhnend entgegenbäumte. »Oh fuck, Chess. Hör nicht auf.«

Als hätte ich das gekonnt. Wie er sich in meinem Mund angefühlt hat, so schwer und breit auf meiner Zunge, während meine Lippen weit gedehnt wurden. Wie er die Stirn gerunzelt hat, sein Mund schlaff offen stand, während er keuchte, und er mich intensiv mit einem lustvollen, hilflosen Blick beobachtete. Das alles wirkte wie eine Droge auf meinen Organismus und erfüllte mich mit heißer Lust und begehrlichem Verlangen.

Ich habe am Altar von Finns herrlichem Schwanz gehuldigt, ihn feucht und prall gemacht, während ich über seinen festen Waschbrettbauch streichelte, damit er still hält. Und ich habe meine angefeuchteten Finger an seinen Eiern vorbeigleiten lassen, um ihn dort zu streicheln, wo er mich einmal gestreichelt hat.

Während ich mit der Zunge die Spitze seines Schwanzes umspielte, gab ich ihm seine Worte zurück. »Lässt du's mich dir dort besorgen?«

Er leuchtete auf, als hätte ich ihn mit einem Stromdraht berührt, und sein großer Körper erschauerte, während sein Atem in heftigen Stößen ging. Mit einem vor Lust und Genuss verzogenen Gesicht hat er mich angesehen und in seinen leicht geschockten Blick mischte sich dunkle Begierde. Ich drückte gegen seine Haut, um ihn zu quälen, und er drückte sich mir entgegen und ließ es zu.

»Ja«, raunte er. »Fuck, ja.«

Ich hatte noch nie zuvor so großes Vertrauen erlebt, eine solche Bereitschaft, alles auszuprobieren, in dem Wissen, dass die Lust, die man spendet und selbst bereitet bekommt, noch verzehnfacht wird, weil man mit dem Menschen zusammen ist, den man am allermeisten will.

»Chess? Hallo …«

Erschauernd komme ich wieder zu mir und bin fast überrascht, dass ich mit einem Telefon in der Hand allein im begehbaren Kleiderschrank sitze. Ich atme einmal tief durch und versuche, mich daran zu erinnern, worüber ich gesprochen hatte. *Glück.*

Werde ich glücklich sein, wenn ich hier mit Finn zusammenwohne?

»Sorry. Mir war das Telefon runtergefallen.« Als ich mir über die Lippen lecke, merke ich, dass sie ganz weich sind. »Ich bin glücklich. Es liegt nur an der Eingewöhnungsphase, bis man richtig heimisch geworden ist.« Ich schaue auf das Kleid, das ich heute Abend anziehen werde. Es ist ein schwarz-weißes

Schlauchkleid mit Trägern und nicht etwa meine Lieblings-Grace-Kelly-Kopie. Das wunderschöne Teil ist in flammender Pracht aufgegangen. Es tut weh, daran zu denken. Aber andererseits hatte Finn mich schon darin gesehen. Etwas Neues ist besser. »Es würde helfen, mich mit einem großen neuen Projekt wieder in die Arbeit zu stürzen.«

»Wo wir gerade davon sprechen«, sagt James. »Ich hatte gezögert, dich zu fragen, aber …«

»Aber? Seit wann zögerst du denn? Spuck's aus.«

Er schnaubt. »Erinnerst du dich an Michael Harrison?«

»Natürlich.« Michael ist ebenfalls Fotograf. Wir haben zusammen studiert. »Wie geht's ihm?«

»Er hat gut zu tun und fliegt nächste Woche nach Mailand, aber er hat nach dir gefragt.«

»Nach mir? Wieso?«

»Ich war mit ihm Mittag essen. Wir haben uns auf den neuesten Stand gebracht, ich hab ihm von dir und dem Brand erzählt, und eins führte zum anderen.«

»Du schwafelst, James.«

»Tss«, macht James. »Er wollte wissen, ob du ein Projekt für ihn übernehmen könntest.«

»Red weiter.« Ich stehe auf und fange an, auf und ab zu gehen.

»Es ist mega, Chess. Kennst du die alte ›Got Milk‹-Werbung?«

»Na klar.«

»Stell dir was in dem Stil vor, nur geht es darum, die Aufmerksamkeit für Prostatakrebs zu erhöhen. Sie wollen die heißesten Schauspieler Hollywoods für das Fotoshooting gewinnen.«

Abrupt setze ich mich wieder hin. »Warum zum Kuckuck gibt Michael das ab? Und woher will er überhaupt wissen, ob die mich nehmen werden?«

»Weil man als Fashionfotograf nicht Nein sagt, wenn Armani persönlich einen nach Mailand einlädt. Und die Agentur hat seinem Vorschlag zugestimmt, dich als Ersatz zu nehmen, weil sie die Fotos von Dex und Rolondo gesehen haben. Sie wollen etwas Ähnliches.« Sein Tonfall wird beinahe albern ausgelassen. »Sie zahlen gutes Geld, Chess.«

James nennt eine Summe, die mich ein bisschen schwindlig macht.

»Scheiiiße.«

»Genau«, sagt er.

»Und wir könnten dabei zusammenarbeiten?« Mein Herz schlägt jetzt heftiger, und vor Aufregung geht ein flattriger Schauer durch mich hindurch.

»Na, kommt drauf an, ob du mich dabeihaben möchtest.«

»Halt die Klappe. Glaubst du echt, ich weiß nicht, dass du es warst, der ihn auf die Idee gebracht hat?«

Ich kann sein Lächeln förmlich hören. »Also wirst du's machen? Es geht in zwei Wochen los, deshalb müssen sie so schnell wie möglich Bescheid wissen. Das Projekt sollte ungefähr vier Wochen in Anspruch nehmen, vielleicht acht, kommt auf die Terminplanung an.«

»Wo sollte ich denn wohnen?« Ich laufe wieder auf und ab, fasse an den Saum meines Kleids und gehe dann ans andere Ende des Raums, um mit einer Hand über die Ärmel von Finns Anzügen zu streichen.

»Von dem Geld, das sie bezahlen, könntest du dir etwas anmieten. Aber Michael hat angeboten, dass du in seinem Loft wohnen kannst.«

»Michael ist aber verdammt großzügig.«

»Och bitte, Chessie. Du weißt doch, dass er schon immer was für dich übrig hatte. Ich bin kein bisschen überrascht, dass er nach dir gefragt hat.«

Ich bleibe stehen und starre auf die Sneakerwand, die Finns heimlicher Stolz ist. »Er erwartet doch nicht … Du hast ihm von Finn erzählt, oder?«

Finn. Was wird er dazu sagen? Als ich meine Hand auf meine heiße Wange presse, merke ich, dass ich kalte Finger habe.

»Ja, hab ich«, sagt James entnervt. »Und mach dich nicht unnötig runter. Hier geht es darum, dass die Leute dein Talent erkennen.«

Ich habe es mir angewöhnt, keine zu großen Hoffnungen in etwas zu setzen. Pläne ändern sich, Versprechungen lösen sich in Luft auf. Wenn man oft genug am Bordstein gestanden und auf Eltern gewartet hat, die wieder einmal ein Schulfest vergessen haben, ist das unausweichlich.

Aber ich möchte nicht von meiner Kindheit beherrscht werden. Also gestatte ich es mir, begeistert zu sein. »Ich bin interessiert. Na klar.«

»Ich bin so was von begeistert«, platzt es aus James heraus.

Ich grinse breit und möchte herumhüpfen. Aber dann fällt mein Blick wieder auf Finns Schuhe. Mein Lächeln erstirbt. »Sag noch nichts«, bitte ich James. »Ich muss das erst mit …«

»Finn besprechen«, stimmt James mir zu, als hätte er nichts anderes erwartet und als gäbe es uns bereits nur noch im Doppelpack.

So ist es auch. Schließlich lebe ich mit dem Mann zusammen. Ich verkrampfe meine kalten Finger und schüttele sie, um sie aufzuwärmen. »Aber ich geb dir bald Bescheid.«

Ich lege auf und gehe hinüber zu meinem Kleid. Das mit dem Glücklichsein ist eine seltsame Sache. Im einen Moment umgibt einen das Glück und man schwelgt darin, lässt sich bereitwillig davon mitreißen. Und im nächsten Moment setzt der Verstand wieder ein, und es wird schwer, an seinem Glück festzuhalten.

Finn ist mein Glück. Aber er kann nicht die einzige Quelle meines Glücks sein. Sonst werde ich ertrinken.

Finn

Chess hat mich aus dem Bad ausgesperrt – eigentlich sogar aus dem Schlafzimmer. Es wurde zur »Frauendomäne« erklärt, solange sie sich für den Abend fertig macht. Es gefällt mir, dass sie Platz für sich beansprucht und mich rausbefohlen hat, denn das bedeutet, dass sie sich zu Hause fühlt.

Und obwohl ich in einem Smoking stecke und der steife weiße Hemdkragen meinen Hals einengt, warte ich gerne auf der Couch und zappe durch die Kanäle. Ab und an höre ich das Rauschen der Dusche oder das hohe Jaulen des Föhns, und ein Teil von mir möchte wirklich gern linsen gehen.

Ich werd's nicht machen. Vorfreude ist die schönste Freude.

Heute Abend gehen wir auf eine Gala der Whett Foundation, einer Charity-Organisation, die hinter unserem Kalender steckt. Trotz der Tatsache, dass lauter Footballspieler kommen werden, war die Einladung unmissverständlich: Um Abendgarderobe wird gebeten.

Viele meiner Teamkameraden haben deswegen rumgegrummelt. Ich persönlich finde, einen Smoking anzuziehen ist auch nichts anderes, als sich am Spieltag in einen Anzug zu schmeißen, deshalb werde ich mich nicht beschweren.

Am Ende des Flurs wird die Schlafzimmertür mit einem entschiedenen Klick geöffnet, gefolgt vom Klackern hoher Absätze. Ich stehe auf und gehe zu Chess.

Ich bin schneller als sie, und wir treffen uns am Ende des Flurs.

Beim ersten Blick auf sie wird mir schwindlig, und der Boden unter mir beginnt zu schwanken. »Wow«, sage ich, den Atem ausstoßend. »Du siehst … Du bist absolut atemberaubend, Chester.«

Ihre Wangen werden rot, während sie an sich hinunterschaut, als suchte sie nach Makeln. »Ich war noch nie auf einer Abendgala. Ich hoffe, das hier ist okay.«

»Es ist perfekt.« Als ich einen Schritt weiter auf sie zugehe, wirken ihr Parfum und die Wärme ihres Körpers wie eine Droge auf meinen Organismus. Sie bringt mich zum Wanken. »Du bist perfekt.«

Ihr Kleid reicht bis auf den Boden. Es fließt an ihr herab wie Milch, und der Stoff ist eine schwarz-weiß gemusterte Spitze, die verführerische Einblicke auf nackte Haut gewährt, wenn sie sich bewegt.

»Bitte sag mir, dass du etwas darunter trägst«, sage ich. »Ich glaube nicht, dass ich noch in der Lage sein werde, zu funktionieren, wenn ich einen Blick auf einen Nippel erhasche.«

Sie lacht. »Es ist unterfüttert. Keine Nippelblitzer für dich.«

»Das tut mir fast leid.« Ich strecke den Arm nach ihr aus und lege eine Hand um ihre Taille, halte aber inne, als ich weiche nackte Haut spüre. »Oh, na was haben wir denn da?«

»Das wäre dann wohl mein Rücken«, sagt sie ungerührt.

Ich ziehe sie näher und lasse die Hand auf- und abgleiten. »Dein ganzer Rücken.« Als ich über ihre Schultern blicke, stöhne ich zur Bestätigung. Das raffinierte Kleid endet kurz oberhalb ihres tollen Pos. »Alter Schwede, Chester. Du machst mich fertig.«

Ein leises Lächeln umspielt ihre rosafarbenen Lippen, während sie am Revers meines Jacketts herumfummelt. »Ich bin mir ziemlich sicher, dass du leben möchtest und sei es auch nur, um mir das hier später auszuziehen.« Sie rückt meine Fliege gerade und blickt mit ihren grünen Augen in meine. »Gott, du bist umwerfend. Irgendwie vergesse ich immer deine Wirkung auf mich, und dann ›Bumm‹ – nichts als weiche Knie und Herzflattern.«

Von der Art, wie sie das so offen sagt und dabei den Blick über mich gleiten lässt, als wäre ich warmer Kakao an einem kalten Tag, bekomme ich selbst weiche Knie. Als ich die freie Hand an ihre Wange lege, gleitet ihr seidiges Haar über meine Finger. Wortlos suche ich ihren Mund.

Ihre Lippen sind eine Studie der Gegensätze: weich und doch fest, erst nachgiebig und dann begierig. Sie seufzt während des Kusses, gibt kleine genießerische, begierige Laute von sich. Davon rauscht eine heftige Woge der Lust durch mich hindurch. Ich nehme ihren Mund ein, ergreife von ihm Besitz, tauche tief hinein und gebe ihr meine Zunge, um drängend über ihre zu streichen, als würde sie danach hungern. Und gleichzeitig ist sie diejenige, die Besitz von mir ergriffen hat. Ich bin derjenige, der hungert.

»Ich liebe es, dich zu küssen«, sage ich an ihren Lippen, ohne damit aufzuhören, mir mehr und mehr zu holen. Und im Gegenzug darum zu betteln, mehr und mehr zu bekommen. Chess fasst an mein Revers, hält sich fest und zieht mich näher.

Ich lasse meine Hand über die Kurve ihres Rückens gleiten bis hinab unter den Rand ihres Kleids. Ein gequältes Stöhnen entweicht mir. Noch mehr seidig zarte Haut. »Scheiße, nein«, flehe ich und sauge an ihrer Unterlippe. »Du bist nackt?«

Ich spüre ihr Lächeln. »Dann zeichnet sich auch nichts ab«, murmelt sie mit heißem, feuchtem Atem.

Ich fasse an ihren Hintern und knete die festen Pobacken. »Scheiße, Baby. Wir werden's nicht raus schaffen.«

Mit den Zähnen zupft sie an meiner Oberlippe, während sie hinunterfasst, um die Hand an meinen Schwanz zu legen, der aufdringlich hart gegen den Schritt meiner Hose drückt.

Chess macht einen anerkennenden Laut, streichelt mich und drückt mich ungeduldig. »Ich will ihn.«

»Du kriegst ihn.« Wir taumeln gegen die Wand, und ich lehne mich gegen sie. Keine Ahnung, wer gerade wen aufrecht hält. Chess fummelt an meinem Reißverschluss und lässt die Hand in meine Hose gleiten, um meinen Schwanz zu umfassen. Sie streichelt ihn einmal zur Begrüßung.

Alles wird diffus. Ich lasse meine Hände zum Rock ihres Kleids wandern und raffe den Stoff zusammen, zerre ihn hoch, bis ich ihre glatten, langen Oberschenkel sehe.

»Halt dich fest«, sage ich und küsse sie jetzt inniger und ein wenig wild.

Sie schlingt ihre langen Beine um meine Taille, schließt sie fest um mich und zieht mich an sich. Ich finde ihre feuchte Hitze und streichle die weiche, glatte Stelle mit den Fingerspitzen.

Chess erschauert und stößt keuchend den Atem aus. »Finn. Jetzt.«

Ich lehne die Stirn gegen ihre. »Immer.«

Der erste Stoß ist beinahe schmerzhaft. Sie ist so verdammt eng, und ich bin so verdammt prall vor Verlangen. Ich stöhne, als würde ich sterben. Vielleicht tue ich das auch. Ich bin so geil, dass ich keine Luft bekomme.

Und sie biegt den Kopf nach hinten, wimmert und umklammert meine Schultern. Sie spreizt die Schenkel noch mehr, öffnet sich mir im Verlangen nach mehr.

Ich weiß, dass sie erwartet, hart und schnell gevögelt zu werden. Ich mache jedoch langsam, wiege mich gegen sie und genieße es, wie sich ihr Körper jedes Mal ein kleines bisschen hebt, wenn ich bis zum Ansatz in ihr bin, um wieder zurückzusinken, wenn ich mich zurückziehe. Bei jedem Stoß in die enge, glatte Tiefe ihres Körpers, macht sie einen heiseren Laut in der Kehle, ein wenig hilflos und ein wenig bedürftig, so als bettele sie darum, wolle es aber nicht. Es macht mich noch geiler, Schweiß rinnt an meinem Rücken hinunter, Hitze leckt meine Schenkel hinauf und über meinen Arsch.

Mit einer Hand umfasst sie meinen Nacken und küsst mich. Es ist unkoordiniert und schludrig. Wir atmen beide zu heftig und zittern zu sehr, um raffiniert zu küssen. Irgendwie macht es das besser, geerdeter, alles ist auf primitives Vögeln und niedere Triebe reduziert. Ich nehme ihre Atemluft und gebe ihr dann meine. Wie sie die Finger in meine Haut drückt, bringt mich zum Erschauern.

Gegen die Wand gepresst nehme ich sie, doch es fühlt sich an, als würde sie mich nehmen. Ich verliere meinen verdammten Verstand. Ich habe Angst, dass ich weinen könnte. Weinen und sie vögeln und um etwas betteln, das ich nicht vollständig verstehe. Jedes Mal, wenn ich mich in sie schiebe, bettele ich darum. Jedes Mal, wenn ich mich aus ihrer Hitze zurückziehe, denke ich schon an den nächsten Stoß.

Ich packe ihren Po und pumpe fester. »Chess.«

Sie scheint es besser zu verstehen als ich, denn sie streichelt mir durch die Haare und versucht, mich zu beruhigen, obwohl sie mir ihre Hüften mit zunehmender Begierde entgegenbringt. Ihre Lider schließen sich flatternd, ihre Lippen teilen sich, als sie aufkeucht. Und sie ist so verdammt wunderschön, dass es mich zerreißt.

Wir kommen gemeinsam. Ich fülle sie aus, bis sie überfließt und eine warme Feuchtigkeit an meinem Schwanz hinunterläuft. Ich sollte der Starke sein, ihr Beschützer, aber sie ist diejenige, die mich festhält und beruhigende Worte flüstert, während ich bebe und um Beherrschung kämpfe.

Etwas hat sich verändert, ich fühle mich entblößt und außer Kontrolle. Und das jagt mir eine Scheißangst ein.

21

Chess

Die Whett-Gala findet in einer Villa im Garden District statt. Zurückgesetzt von der Straße und von einem schmiedeeisernen Zaun umgeben steht das klassizistische Gebäude inmitten von ausgedehnten Rasenflächen und Beeten. Drinnen hat es immense Ausmaße – mit hoch aufragenden Decken, großen Fluren und einer riesigen geschwungenen Treppe, die in Zeiten erbaut wurde, als Frauen noch Reifröcke trugen, die sanft hin und her schwangen, wenn sie diese Stufen wie Königinnen herunterschritten.

Ich möchte die Vergangenheit nicht verherrlichen, aber ich kann mich mordsmäßig an der Architektur erfreuen.

Mit einer Hand auf meinem Kreuz führt Finn mich an Scharen von Gästen vorbei durch die Eingangshalle.

»Eines Tages möchte ich mal ein Haus wie dieses haben«, sage ich zu ihm, als wir unter einem Kronleuchter hindurchgehen, der in sechs Meter Höhe über uns funkelt.

Finn sieht mich mit hochgezogenen Augenbrauen an. »Echt? Ich hätte gedacht, du möchtest etwas weniger Wuchtiges.«

Ich schmiege mich enger an ihn, als das Gedränge größer wird. »Na ja, kein ganz so großes. Hier drin würde ich mich verlaufen. Aber etwas vergleichbar Geschichtsträchtiges. Ein elegantes, großzügig geschnittenes Haus. Außerdem wollte ich schon immer im Garden District wohnen.«

Wir betreten einen in Creme- und Goldtönen gehaltenen

Empfangssaal, in dem eine Bar aufgebaut wurde. Finn schaut sich im Raum um, als würde er ihn sich zum ersten Mal richtig ansehen. Seine Haare sind hinreißend verwuschelt, das seidene Revers seiner Smokingjacke zerknittert und verbeult, weil ich es unter meinem Griff zusammengeknüllt habe.

Ich sehe wahrscheinlich genauso derangiert aus. Da wir nicht duschen und uns neu fertigmachen konnten, haben wir versucht, uns so gut es ging wieder herzurichten, aber es ließ sich nicht verbergen, dass wir rumgemacht haben.

Vor Zufriedenheit geht ein warmes Vibrieren durch mich hindurch. »Rummachen« ist ein schwacher Ausdruck für das, was wir getrieben haben. Es ist der beste Sex meines Lebens gewesen. Überweltlich. Alles verändernd.

Als Finns Blick auf meinen trifft, liegt ein zartes Leuchten in seinen Augen. Er kennt mich zu gut. Zum Glück kann er sich besser zusammenreißen als ich im Moment. Er behält einen unbeschwerten Tonfall bei und berührt sanft meinen Rücken. »Wir sollten eins kaufen, weißt du? Eins in einer angemessenen Größe mit Pool und Gästehaus. Mit genug Platz für unsere …«

Er verstummt und erbleicht unter seiner Bräune.

Ich weiß nicht, ob es mir für ihn leidtut oder für mich selbst. Jedenfalls ist das Gefühl kein schönes. Ich weiche zurück vor seiner Berührung und lasse den Blick durch den Raum voller lächelnder Gesichter schweifen.

»Chess«, sagt er leise und rau. »Ich meinte Freunde und Familie.«

Nein, hat er nicht. Er sollte nicht lügen müssen.

Ich schenke ihm ein knappes Lächeln. »Ist nicht ganz dasselbe, nicht wahr?«

Sein glatt rasierter Kiefer zuckt. »Es hat nichts zu bedeuten. Wir haben doch bloß so geredet.«

»Über die Zukunft?« Ich schüttele den Kopf. »Wir waren uns doch sowieso einig, dass wir das nicht machen sollten.«

Finn berührt meinen Ellbogen und beugt sich vor, um mir in die Augen zu sehen. »Es war nur so dahingesagt.«

»Das weiß ich.« Ich streiche ihm eine Haarsträhne aus der Stirn. »Lass es uns einfach so machen, wie wir es uns versprochen haben. Lass uns einfach nur sein. Das ist okay für mich.«

»Ich hatte nicht gemeint, dass du das wortwörtlich nehmen sollst«, murmelt er stirnrunzelnd.

Verärgerung überkommt mich jäh. »Wenn du dir aussuchen kannst, worüber wir nachdenken und worüber nicht, dann darf ich das auch.«

Die Luft zwischen uns wird dick, als wir einander anblicken. Doch dann gibt er mit einem Schnauben nach und geht an die Bar. Sobald er weg ist, lasse ich reuevoll die Schultern hängen. Ich kann nicht jedes Mal auf ihn losgehen, wenn er versehentlich einen wunden Nerv trifft. Das ist gegenüber keinem von uns beiden fair.

Er kehrt mit zwei Gläsern und einem wachsamen Ausdruck im Gesicht zurück. »Hier.«

»Danke.« Ich nehme das Glas. Es ist mit einem blassgrünen, perlenden Getränk gefüllt. »Was ist das?«

»Tränen der Reue.« Seine Mundwinkel zucken. »Hab gehört, sie sollen sehr nach einem Champagnercocktail schmecken.«

Mit zitternder Hand nehme ich schnell einen Schluck. »Mir tut's auch leid.«

Er sagt nichts, drückt mir aber einen Kuss auf den Scheitel.

»Mir wurde ein Job in New York angeboten.«

Mit dem Glas auf halbem Weg zu seinem Mund hält Finn inne, ehe er hörbar einen großen Schluck trinkt. »Er muss gut sein«, sagt er, nachdem er Luft geholt hat, »wenn er dir diesen Ausdruck in die Augen zaubert.«

Ich betrachte den Rand meines Glases, bevor ich noch einen Schluck von meinem Cocktail nehme.

»Erzähl mir von dem Job, Chess.«

Er hört zu, während ich ihm die Details schildere, und wir schlendern dabei zu den Glastüren, die hinaus auf eine Terrasse führen. Draußen suchen wir uns eine stille Ecke, und Finn lehnt sich gegen die Wand des Hauses.

»Hört sich nach einer tollen Chance an«, sagt er, ohne sich etwas anmerken zu lassen. »Wie lange wärst du weg?«

Ich umfasse fest die kleine Champagnerschale. »Ein oder zwei Monate, wenn es gut läuft.«

Er nickt und blickt hinunter auf seine Schuhe. Als er wieder aufschaut, glänzen seine Augen im Mondlicht. »Ist es etwas, das du unbedingt machen willst?«

Seine Stimme ist so sorgsam kontrolliert. Sie legt sich wie ein Schraubstock um mich.

»Als James mir davon erzählt hat, war meine erste Antwort Ja. Aber …« Ich hebe hilflos die Hände. »Ich möchte nicht weg von dir.«

Finn schenkt mir ein kleines Lächeln, das seine Augen nicht erreicht. »Ich gehe nirgendwohin.«

Aber ich würde weggehen. Und es fühlt sich falsch an, ihn jetzt allein zu lassen. So als würde das die Dynamik zwischen uns kaputtmachen, obwohl es gerade erst mit uns angefangen hat.

»Wann würdest du gehen?«, fragt er.

»Innerhalb der nächsten zwei Wochen.«

Eine Grimasse entstellt sein Gesicht, obwohl er eindeutig versucht, jede Regung zu verbergen. »Ich werde dich nicht besuchen können«, sagt er. »Die letzten beiden Spiele der Saison werden heftig werden. Und wenn wir sie gewinnen, werde ich mich auf die Play-offs konzentrieren müssen.«

Er klingt, als hätte er das Gefühl, sich rechtfertigen zu müssen, als wäre es seine Schuld, dass ich gehe. Ein Gefühl von Traurigkeit gepaart mit Panik wälzt sich in meiner Brust herum und steigt meinen Hals hoch, sodass es mir die Kehle zuschnürt. Schon in der Sekunde, als ich darüber nachgedacht habe, den Job anzunehmen, war mir klar, dass er mir nicht nachkommen würde. Etwas in seinem Blick verrät mir, dass auch er das weiß.

»Du wirst es in die Play-offs schaffen«, sage ich zu ihm. »Und anders würde ich es mir auch nicht wünschen.«

Sein Lächeln ist schief und bitter und schnell wieder erstorben. »Ich bin stolz auf dich, Chester.«

Ich habe nur das Bedürfnis, mich an ihn zu klammern – eine Schwäche, die ich weder will noch mag.

Unsere Unterhaltung kommt zu einem abrupten Ende, als Jake in unsere ruhige Ecke geschlendert kommt. »Manny. Copperpot. Warum versteckt ihr zwei euch hier draußen?« Als er zwischen uns hin und her schaut, bemerkt er die Distanz. »Ich würd's noch gutheißen, wenn hier jemand eine Hand in der Klamotte des anderen hätte, aber auf keinen Fall lass ich euch zwei einfach damit durchkommen, dass ihr versucht, euch vor den Wichtigtuern zu drücken.«

»Hast du mich gerade Copperpot genannt?«

Jake tut total unschuldig. »Was? Ich? Nein. Wie?« Er legt meine Hand in seine Armbeuge. »Jetzt kommt mit mir mit. Die Jungs wollen ein offizielles Urteil darüber, wer nun den größten Schwanz hat.«

Ich lache, während Finn sich mit einem finsteren Blick von der Wand abstößt. »Ich werd dir *so was von* in den Arsch treten, Ryder.«

»Dazu musst du mich erst mal kriegen, und wir wissen beide, dass ich viel schneller bin.«

Als Jake mich wegführt, folgt Finn uns. Und ich protestiere nicht. Es ist eine Erleichterung, sich auf einer lauten, überfüllten Party zu tummeln, wo ich nicht nachdenken muss.

Einfach nur sein. Einfach nur sein. Ich kann das. Ich muss.

Finn

»Ich weiß nicht, wie's euch geht, Jungs, aber ich sehe in diesem Anzug verdammt scharf aus.« Woodson streicht mit einer Hand über die Vorderseite seines Smokings. »Ich werd heute Nacht flachgelegt.«

Man muss Woodsons Optimismus von der Sorte »Ich bin ein Junge aus Iowa, der mit Mais groß und stark geworden ist« und seine kindliche Ehrlichkeit einfach mögen. Ich lache, als er hoffnungsvoll fröhlich mit den Augenbrauen wackelt.

»Du bist verheiratet, oder?«, fragt North ihn mit einer Miene, die klarmacht, wie sehr er bezweifelt, dass Woodson irgendwie zum Zug kommen wird.

»Zynismus ist ein bitterer Beigeschmack, der auf der Zunge bleibt und einem den Appetit verdirbt«, verkündet Woodson.

North schnaubt. »Hattest du den Spruch in einem Glückskeks?«

»Nein.« Woodson grinst. »Ich hab ihn an einem Bus stehen sehen.«

»Nein!«

»Glaub doch, was du willst, du verbitterter Neidhammel. Ich für meinen Teil werde jetzt mal meine Frau aufspüren gehen und sie überzeugen, früh die Biege zu machen.«

North und ich stöhnen.

»Wer viele Worte macht, hält wenig«, sage ich zu Woodson.

»Lass mich raten«, sagt er. »Glückskeks?«

»Nein, schlicht eine Finn-Mannus-Weisheit.«

Woodson lacht spöttisch und macht sich dann auf die Suche nach seiner Frau. Er stapft über den Rasen zum Haus und lässt North und mich zurück. Wir sitzen auf einer flachen Steinmauer, die den Poolbereich begrenzt. In der Ferne erhasche ich einen Blick auf Chess' Kleid. Sie redet mit Meghan, unserer PR-Managerin.

»Zehn Tacken darauf, dass sie sagen wird, sie hätte Kopfschmerzen«, sagt North.

Ich zucke zusammen, weil ich denke, dass er Chess meint, kapiere dann aber, dass er über Woodsons Frau redet. »Du bist echt zynisch.«

»Ich nenne es lieber realistisch.« North dreht sich zu mir. »Also, wie sieht's bei dir aus, Manny? Bereit, dich richtig reinzuhängen und die Saison mit ein paar Siegen zu beenden?«

Jetzt bin ich derjenige, der schnaubt. »Soll das so eine Art Motivationsgespräch werden?«

»Ja, schätze schon.« North stützt einen Ellbogen aufs Knie und sieht mich an. Für einen bizarren Augenblick habe ich den Eindruck, Rodins Denker wäre zum Leben erwacht und würde mir einen Vortrag halten. Komischerweise verfliegt der Eindruck nicht, als North weiterredet. »Wenn wir die letzten beiden Spiele gewinnen, sind wir in den Play-offs.«

»Ist mir sehr wohl klar.« Ich träume davon. Habe Albträume deswegen. Wem in unserem Team ist das nicht klar, verflucht?

»Es ist nur, weil du abgelenkt wirkst.«

Ich starre North an. Und er starrt zurück.

»Hab vorhin mitgekriegt, wie du mit deiner Freundin geredet hast.«

Ich reibe mir mit einer Hand übers Gesicht. »Verdammte Scheiße.«

Er zuckt bloß mit den Schultern. »Führt solche Gespräche

halt nicht in der Öffentlichkeit, wenn ihr nicht belauscht werden wollt.«

Ich überlege, wer es sonst noch mit angehört haben könnte. Die Vorstellung ist nicht gerade angenehm. »Du bist ein neugieriger Wichser, weißt du das?«

»Ich mag dich, Junge.«

»Junge? Du bist bloß fünf Jahre älter als ich.«

Er lächelt dünn. »Es sind nicht die Jahre, es ist der Materialverschleiß.«

»Alter Schwede, komm mir nicht mit einem Indiana-Jones-Zitat. Bitte.«

North lacht. Und einen strahlenden Moment lang glaube ich, ich hätt's hinter mir. Doch er wird schnell wieder nüchtern. »Hör zu, das hier sind gerade die Jahre, die die Weichen für deine Karriere stellen.«

»Oh, verflucht …«

»Wenn du jetzt nicht alles gibst und Eindruck schindest, dann war's das für dich. Der nächste Überflieger vom College steht schon in den Startlöchern und wartet nur drauf, deinen Platz einzunehmen.«

North zeigt mit einem langen, knochigen Finger auf mich. »Versau dir diese Chance nicht, indem du deine Aufmerksamkeit zwischen Football und einer Frau aufteilst. Liebe ist was Großartiges, und man glaubt, sie würde für immer halten, aber sie ist es nicht wert, alles aufs Spiel zu setzen, wofür man geschuftet hat.«

»Ich hab nicht vor, es zu versauen. Ich hab vor, beides zu kriegen.«

»Unmöglich. Eins muss auf der Strecke bleiben. Du willst eine Frau? Dann such dir eine, die eine Spielerfrau sein will. Eine von der Sorte, die dir Babys schenkt, dich an erste Stelle stellt und sich nie beschwert, wenn du unterwegs bist. Eine von der Sorte, die da ist, wenn du nach Hause kommst. Andernfalls wird's dich in den Wahnsinn treiben. Lass den Scheiß bleiben und konzentrier dich erst mal auf deine Karriere. Wenn du dir einen Namen gemacht und ein paar Ringe an den Fingern hast, kannst du dir Gedanken um Frauen machen.«

Ich blicke zu dem megaprotzigen Super-Bowl-Ring an North' Hand. Normalerweise trägt er ihn nicht, aber ich schätze, er ist ein Accessoire, zu dem man eben bei Galaabenden greift, ein hübsches Angeberstück, mit dem man berechtigterweise protzen darf. Es ist schon ironisch, dass Footballspieler davon träumen, einen Ring zu tragen, der besser auf den Finger eines Zuhälters in Las Vegas passen würde. Tun wir aber. Wir alle wollen diese mordshässlichen Ringe.

North steht auf und sieht zu mir herunter. »Verrat mir was: Worüber denkst du mehr nach? Über Football oder über das Mädel?«

Mein Kiefer zuckt.

»Kleiner Tipp«, North beugt sich herunter. »Die Antwort sollte immer Football lauten.«

Ein richtiger Footballspieler lebt, träumt und atmet das Spiel. Das wurde mir eingebläut, seit ich als Dreikäsehoch zum ersten Mal einen Helm aufgesetzt hab. Alles andere als die totale Hingabe für den Sport macht dich zum Amateur.

North' Stimme durchschneidet den dicken Nebel meiner Gedanken, in den ich geraten bin. »Abgesehen davon spiele ich besser, wenn du gut in Form bist. Und ich will's dieses Jahr allen zeigen.«

Ich werfe ihm einen scharfen Blick zu. »Schön, dass wir geredet haben. Sollten wir irgendwann mal wiederholen.«

Er ignoriert meinen Sarkasmus und klopft mir auf die Schulter, bevor er zum Haus rübergeht.

Ich sollte ebenfalls aufstehen, hineingehen, Chess ausfindig machen und mich unter die Leute mischen. Aber ich bewege mich nicht vom Fleck. Alles fühlt sich träge und schwer an. Außerdem hab ich einen Mordsdurst, meine Kehle ist trocken und eng. »Scheiß North.«

»Ich glaube, er wollte dir ein Freund sein.«

Chess' Stimme erschreckt mich, und ich springe auf, als sie sich aus dem Schatten löst und zu mir kommt.

»Hey.« Ich schiebe meine Hände in die Taschen. »Hast du das etwa alles mit angehört?«

Ihre Lippen zucken, als sie mir eine kalte Flasche Bier reicht. »Jedenfalls genug. Wie meinte North? Führt solche Gespräche nicht in der Öffentlichkeit, wenn ihr nicht belauscht werden wollt.«

Also hat sie alles mit angehört. Ich trinke einen großen Schluck von dem Bier und versuch in Gedanken, North' gesamte Standpauke durchzugehen. Sie rückt Chess in kein gutes Licht. »North hat gerade eine kaputte Ehe hinter sich.«

Chess stellt sich neben mich. »Hab davon gehört. Meghan sagt, er habe zu jung geheiratet. Bevor er selbst wusste, was er überhaupt will.«

»Jesses, in diesem Laden wird aber auch hemmungslos getratscht. Und alle teilen Ratschläge aus, als wären sie ausgewiesene Seelenklempner.«

Belustigung erhellt ihren Blick. »Es ist ein Wunder, dass du bis jetzt überlebt hast.«

Ich schnaube und trinke noch einen Schluck. Etwas Unangenehmes vibriert zwischen uns. Ich weiß nicht, was es ist, aber es gefällt mir nicht. In dem Wissen, dass sie mir folgen wird, gehe ich auf das Poolhaus zu. Es liegt dunkel und verlassen da. Das hält mich jedoch nicht davon ab, zu probieren, ob sich die Tür öffnen lässt.

Zum Glück ist sie unverschlossen und ich gehe hinein. Chess

folgt nur einen Schritt hinter mir, eine kleine Falte erscheint zwischen ihren geraden Brauen. »Wir werden keinen Sex hier drin haben«, sagt sie. »Das wäre zu abgedroschen.«

»Ich würde gern behaupten, dass ich mehr draufhabe als das. Aber wir wissen beide, dass ich überall zu Sex bereit wäre, wo du nur willst.«

Mein Witz kommt nicht an. Chess schlendert durch den dunklen Raum. Es ist gerade so hell, dass ich ihre schattenhafte Gestalt und das Glitzern in ihren Augen sehen kann, als sie sich wieder zu mir umdreht. »Warum sind wir dann hier?«

»Irgendwas geht zwischen uns vor«, platze ich heraus. »Alles fühlt sich falsch an, seit wir hier angekommen sind.«

Chess kommt wieder auf mich zu, bis das Licht der Lampen, die draußen zu beiden Seiten der Tür angebracht sind, auf sie fällt. »So kommt es mir auch vor.«

»Dann rede mit mir.«

Chess stößt einen müden Seufzer aus. »Ich weiß nicht, wo ich anfangen soll.«

»Am Anfang.«

Sie schüttelt langsam den Kopf, als müsste sie zu sich kommen. »Finn, du bist mein bester Freund, aber …«

»Nein, das bin ich nicht«, unterbreche ich sie.

Chess starrt mich mit offenem Mund an. »Bist du nicht«, wiederholt sie angesäuert.

Ich möchte sie küssen. Doch ich halte mich zurück. Gerade so. »Ich habe einen besten Freund. Er heißt Jake.«

Ihre zarten Nasenflügel beben. »Na schön. James ist meiner.«

»Das weiß ich.« Ich gehe einen Schritt weiter auf sie zu.

»Na dann bin ich ja froh, dass wir das geklärt haben«, spottet sie. »Arschloch.«

Als ich grinse, macht sie das erst recht sauer. Ich ignoriere auch das und mache noch einen Schritt. »Ich weiß, dass Jake mein bester Freund ist, weil ich nicht mit ihm poppen möchte.«

»Da hat Jake aber Glück gehabt«, murmelt sie und funkelt mich böse an.

»Ich vermisse ihn nicht augenblicklich, wenn er außer Sichtweite ist«, füge ich hinzu.

Sie kneift die Augen zusammen, und ihr Blick huscht in zunehmender Verwirrung über mein Gesicht.

Ich bin ihr jetzt so nah, dass die Spitzen ihrer Brüste meine Brust streifen, wenn wir beide Luft holen. »Es ist nicht so, dass ich ihn erst sehen und im Arm halten muss, damit ich auch sicher weiß, dass es ihm gutgeht, er sich wohlfühlt und glücklich ist, bevor ich mich entspannen kann.«

Die Wut in ihrem Blick schwächt sich zu etwas Sanfterem ab.

Ich lege die Hand an ihren Kiefer und streichle mit dem Daumen über ihre Unterlippe. »Wir sind keine besten Freunde, Chess. Wir sind mehr als das. Du bist mein Ein und Alles. Der Grund, warum ich jeden Tag aufstehe.«

Sie sinkt gegen mich. »Finn …«

Ich lasse meine Hand in ihren Nacken gleiten und halte sie fest. »Also komm mir nicht mit diesem ›Beste Freunde‹-Bullshit, wenn du mich damit eigentlich nur von dir stoßen willst.«

Sie erstarrt und reckt in sturem Widerstand das Kinn vor. Glaubt sie denn, ich wäre blind?

»Worum auch immer es hier geht, du wirst es *nicht* unter dem Deckmantel der Freundschaft machen.«

Sie reißt den Kopf nach hinten und versucht, sich von mir loszumachen. Ich lasse sie nicht. Ich halte sie sanft, aber fest.

Sie starrt mich mit einem wilden Funkeln in den Augen an. »Lass mich los, Finn.«

Ich kann nicht. Es wird mir das Herz brechen.

»Rede mit mir«, krächze ich.

Sie legt eine kalte Hand um mein Handgelenk. »Ich habe alles gehört, was er gesagt hat.«

Schuld lässt mich zusammenzucken. »Hör zu, North ist …«

»Er hat recht.« Ihre Stimme ist leise, aber eindringlich. Und sie ist ein Tritt in die Magengrube.

»Er denkt, er hätte recht.«

Chess runzelt die Stirn. »Hast du eine Ahnung, wie oft ich James darüber motzen gehört habe, dass sein Lieblingsspieler anfängt, grottenschlecht zu spielen, weil er wegen seiner neuen Flamme nicht mehr genug bei der Sache ist?«

»Willst du damit sagen, dass ich im Moment grottenschlecht spiele?« Es pocht in meinem Schädel, ein dumpfes Wummern an den Schläfen.

»Ich will damit sagen, dass North abgesehen von dem ziemlich widerlichen, frauenverachtenden Mittelteil über Spielerfrauen viel Vernünftiges gesagt hat. Und das weißt du.«

Das Pochen in meinem Schädel wird noch schlimmer. Etwas Bitteres steigt brennend meine Kehle hoch. »Ich kann nicht auch noch mit dir kämpfen, Chess. Ich brauche dich auf meiner Seite.«

»Ich bin auf deiner Seite.« Sie will meine Wange berühren, stockt dann aber. »Ich glaube nur, wenn wir einen Gang zurückschalten …«

»Verfluchte Scheiße. Hör auf mit deiner verdammten Logik und hör mir zu!« Ich werfe die Flasche gegen die Wand, wo sie zerbricht. Chess zuckt zusammen, als ich um sie herumgehe. »Ich klammere mich an einen seidenen Faden. Einen verschissenen Faden. Und du versuchst, uns entweder mit Gerede über Kinder kaputtzumachen, die wir vielleicht wollen könnten oder auch nicht, oder du spielst so eine Art gottverdammtes

Opferlamm auf dem Footballaltar! Soll ich mich für den Football und gegen dich entscheiden? Ist es das?«

Sie sieht mich blinzelnd mit glänzenden Augen an. »Nein. Du solltest dich gar nicht entscheiden müssen.«

»Dann mach kein Entweder-oder draus.«

»Glaubst du vielleicht, es war schön, das alles mit anzuhören?«, fährt sich mich an. »Zu wissen, dass es ungemein schwerer für dich ist, Erfolg zu haben, wenn du mich in deinem Leben hast?«

»Es ist ermutigend, wie sehr du an mein Können glaubst, Chess. Echt verflucht anspornend.«

»Verdammt noch mal, Finn, hier geht es nicht darum, ob ich an dich glaube. Hier geht es darum, dass ich nicht an mich selbst glaube. Auf mich sollte man nicht setzen!«

»Und trotzdem würde ich bei dir all-in gehen«, schreie ich. »Ich würde es, ohne zu zögern, machen. Du aber umgekehrt nicht bei mir.«

Sie zuckt zusammen, der sture Zug um ihr Kinn verschwindet nicht. So als hätte sie ihre Entscheidung bereits getroffen. »Finn …«

»Nein.« Ich weiche zurück und hebe die Hände, um sie abzuwehren. »Weißt du was? Ich will, dass du gehst. Nimm den Job in New York an, bleib dort und finde zu dir selbst. North hat nämlich recht. So wie es jetzt ist, ist es zu schwierig. Wenn wir mit Zweifeln in diese Beziehung gehen, sind wir zum Scheitern verurteilt.«

Sie sieht mich wie erstarrt an, und ich warte darauf, dass sie es abstreitet und mir sagt, ich würde mich irren. Langsam fängt sie wieder an zu atmen, ihre Brust hebt und senkt sich unter der Anstrengung. Als ihre Wut hochkocht, ist es faszinierend mit anzusehen. Ihr wütendes Funkeln ist wie Anklage und Verurteilung in einem, und es richtet sich auf mich.

»In Ordnung, ich werde gehen. Aber eins sag ich dir.« Ihre Stimme wird lauter und ihr Tonfall härter. »Meine Eltern sind immer ihrem Herzen gefolgt. Sie haben nie innegehalten, um nachzudenken oder sich die Konsequenzen ihres Handelns zu überlegen. Nicht ein einziges Mal. Intuition und Emotionen gingen immer vor Verstand und Planung. Tja, rate mal, was passiert ist? Ich blieb dabei auf der Strecke.« Es gibt ein dumpfes Geräusch, als sie sich mit ihrer kleinen Faust gegen die Brust schlägt. »Ich habe gelitten. Nicht ein Mal haben sie überlegt, welche Auswirkungen ihr Handeln auf mich haben würde.«

Sie blinzelt heftig und ihre Stimme verändert sich erneut, überschlägt sich. »Tut mir leid, wenn ich mir Gedanken mache. Wenn ich das Für und Wider abwäge und manchmal ignoriere, was mein Herz sagt. Aber ich kann nicht so sein wie sie. Ich kann nicht so sein wie *du*. Ich will nicht. Wenn ich mich endgültig und für immer für etwas entscheide, dann soll es auch endgültig und für immer sein. Ich *brauche* das.«

Ich habe einen schweren Fehler gemacht. Ich habe sie zu sehr bedrängt, als ich hätte nachgeben sollen »Chess …«

»Nein.« Sie schmeißt die Hand in die Luft. »Es ist genug gesagt worden. Ich hab Kopfweh und ich möchte nicht streiten.«

»Ich auch nicht«, flüstere ich. Schließlich hat sie Kopfweh. »Diese ganzen Sorgen sind Quatsch.«

Sie zuckt sichtlich zusammen. »Ich habe alles verloren, was mir vertraut war und mir Sicherheit gegeben hat. Mein Zuhause, mein Studio, meinen besten Freund. Und ich habe es durch dich ersetzt. Du bittest mich, Vertrauen in uns beide zu haben, schützt dich aber selbst. Ich möchte nur etwas ganz Simples.«

Die abgestandene Luft im Raum legt sich drückend auf mich. »Du willst, dass ich die ferne Zukunft vorhersage. Das kann ich nicht. Ich kann mich kaum aufs Morgen konzentrieren.« Was, wenn North und Chess recht haben? Was, wenn ich meine Aufmerksamkeit nicht aufteilen und erfolgreich sein kann?

Dass sie mir meine Angst genau ansieht, beweist, wie gut sie mich kennt.

Chess blickt mich traurig und geschlagen an. »Du kannst es mir nicht sagen, weil du jetzt darüber nachdenkst, ob es stimmt, was er gesagt hat, nicht wahr? Und die Antwort möchte keiner von uns beiden hören.«

Mein Herz klopft jetzt viel zu heftig, mein ganzer Körper pocht in dem schnellen Rhythmus. Schweiß bricht auf meiner Haut aus. »Es tut mir leid, Chess. Gib …« Ich schlucke die Panik hinunter. »Gib mir nur ein bisschen Zeit.«

Ihr Kleid raschelt, als sie an mir vorbeigeht, ohne mir in die Augen zu sehen. »Ich gehe nach New York.« Auf der Türschwelle bleibt sie stehen. »Und während ich darüber nachdenke, ob ich einen Sinneswandel vollziehen und meinem Herzen folgen soll, kannst du ja vielleicht drüber nachdenken, wie dein Leben funktionieren soll. Mit mir oder ohne mich.«

Ich lasse sie vorausgehen, um ihr etwas Freiraum zu geben. Es ist ein Fehler. Als ich zurück auf die Party gehe, steht sie bei Meghan. Und als ich nach Hause komme, ist sie weg.

22

Chess

Ich habe Finn und New Orleans verlassen wie ein Dieb auf der Flucht. Ich bin nicht stolz darauf. Ich hätte mich verabschieden sollen. Aber Panik hatte von mir Besitz ergriffen, und ich musste ein anderes vertrautes Gesicht als das von Finn sehen. Ich ging nach New York, in meine Heimatstadt, und zu James, meinem ältesten Freund, weil ich dachte, die Entfernung würde es leichter machen, wieder zu atmen und herauszufinden, was zum Henker gerade passiert ist.

Finn ruft mich weder an noch kommt er mir hinterhergestürmt und bittet darum, dass wir uns aussprechen.

Hatte ich das von ihm erwartet? Ich kann's nicht sagen. Es ist furchtbar, zugeben zu müssen, dass ich wollte, dass er vielleicht ein bisschen Widerstand zeigt. Aber er ließ mich gehen.

Nach einer Woche textet mir Charlie und fragt nach meiner Adresse. Da ich mich nicht etwa verstecke, gebe ich sie ihm. Charlie schickt mir daraufhin meine ganzen Klamotten.

In dieser Nacht weine ich mich in den Schlaf.

Wochen vergehen. Ich stürze mich in die Arbeit. Und ich schätze, Finn tut das Gleiche. Er gewinnt erst das eine und dann auch das andere Spiel. Ich weine erneut, als ich zuschaue, wie er auf dem Spielfeld mit seinen Teamkameraden feiert – der Anblick seines lächelnden Siegergesichts ist zu viel. Aber ich bin keine eingefleischte Masochistin und schalte den Fernseher aus, als sie anfangen, ihn zu interviewen.

Zwei Tage, nachdem offiziell verkündet wurde, dass Finn und seine Mannschaft in den Play-offs sind, bringt ein Online-Klatschmagazin aus New Orleans, das ich abonniert habe, ein Foto von Britt und Finn, wie sie zusammen in ein Restaurant gehen. Finns Hand liegt beschützerisch auf ihrem Arm, während sie sich vor der Kamera wegducken. Es folgt eine weitere körnige Aufnahme davon, wie sie an einem Tisch sitzen.

Ich weine mich ein zweites Mal in den Schlaf.

Glaube ich, dass er jetzt mit Britt zusammen ist? Mein Herz sagt Nein. Vor meinem inneren Auge blitzt immer wieder das Bild von den beiden auf, und ich bin krank vor bitterer Eifersucht. Ein Teil von mir denkt, ich habe es nicht anders verdient. Es ist verdammt noch mal meine eigene Schuld, weil ich ihn verlassen habe. Ein anderer, viel wütenderer Teil von mir sagt: Was für ein Scheiß.

Ironischerweise läuft mein Leben in jeder anderen Hinsicht super. Michaels Loft in SoHo ist so perfekt, dass ich zutiefst neidisch bin. Als mir wieder einfällt, dass er dem New Yorker Immobilienadel angehört und wahrscheinlich keinen einzigen Tag im Leben arbeiten müsste, wenn er nicht wollte, fühle ich mich ein bisschen besser. Und ich bin aufs Neue dankbar dafür, dass er mir diese Chance geboten hat.

Das Projekt ist ein wahr gewordener Traum. Jeden Tag freue ich mich auf die Arbeit. Ich lerne etablierte, oscarprämierte Schauspieler kennen, die schamlos flirten, und junge Stars aus Hollywoods A-Liga, die sich wie zu groß geratene Jungs benehmen, was mich leider an Finn und seine Teamkameraden erinnert.

Ich rechne die ganze Zeit damit, dass einer arrogant wird oder sich wie ein Arsch benimmt, aber das passiert nicht. Es ist, als ob die Sterne mir gewogen wären und das Schicksal mir sagen würde, dass ich genau dort bin, wo ich hingehöre.

Ich hasse das Schicksal.

Ich sitze gerade im sonnendurchfluteten Wohnzimmer von Michaels Loft, habe es mir auf seiner riesengroßen italienischen Ledercouch gemütlich gemacht und esse einen Bagel mit Apfel-Zimt-Frischkäse, als Finn anruft.

Ich hätte wissen müssen, dass er mich gerade in dem Moment erwischen würde, wenn ich so zufrieden bin wie die ganze Zeit nicht mehr, seit ich ihn verlassen habe. Mit vor Hitze prickelndem Gesicht und heftig pochendem Herzen starre ich auf das Handydisplay, wo sein Name aufleuchtet, als könnte er hervorspringen und mich beißen.

Ich möchte nicht drangehen. Aber das verdammte Handy gibt einfach keine Ruhe. Es klingelt und vibriert und erschüttert den Couchtisch. Ich presse die Finger in meine Oberschenkel. Finn.

Geh ran, du feiges Würstchen. Es ist bloß Finn, verflucht noch mal, und nicht Satan höchstpersönlich.

Grummelnd greife ich nach dem Handy.

»Hey.« Ich höre mich an, als hätte ich Glasscherben verschluckt.

»Hey.« Der raue, unsichere Klang seiner Stimme setzt sich zwischen meine Rippen und gräbt sich dort hinein.

Ich schließe die Augen und ziehe die Knie an die Brust, als könnte ich mich so schützen.

Finn räuspert sich, sagt aber nichts.

»Ich hätte dich anrufen sollen.«

»Ich wollte dich anrufen.«

Wir haben beide gleichzeitig gesprochen und er lacht daraufhin leise schnaubend, bevor seine Stimme sich zu einem harten, knappen Tonfall verdüstert. »Du hast mich verlassen.«

Schuld schneidet wie eine Scherbe durch mein Herz. »Ich habe gesagt, dass ich gehe.«

»Aber nicht so. Nicht, ohne dich zu verabschieden.«

»Es tut mir leid.«

»Es hat mich verletzt, Chess. Wir hatten etwas Besseres als das verdient.«

Ich bekomme einen Kloß im Hals. »Ich weiß. Das war scheiße von mir.«

Finn schweigt für einen langen Moment. Als er dann endlich spricht, presst er die Worte schnell hervor. »Ich bin mit Britt essen gewesen.«

Das aus seinem Mund zu hören macht es nur noch realer.

»Ich habe Fotos davon gesehen.« Als ich mir über die Lippen lecke, schmecke ich Salz. Eine weitere dicke Träne rinnt seitlich an meiner Nase hinab, und ich klatsche sie weg.

Finn macht einen Laut. »Das hatte ich befürchtet.«

Da ich nicht weiß, was ich erwidern soll, bleibe ich stumm.

Er stößt einen langen, tiefen Seufzer aus. »Ich wollte, dass du es von mir erfährst.«

Ein Schwindelgefühl überkommt mich, und ich lege den Kopf auf das Couchkissen.

»Ich versuche, ihr Freund zu sein«, fährt er fort. »So wie du es vorgeschlagen hast.«

Versucht er, mich damit zu besänftigen? Ich bin nicht besänftigt. Ich bin unglücklich. Ich wische mir über die Augen. »Das ist gut. Sie braucht einen Freund.«

Dass das die Wahrheit ist, macht es mir kein Stück leichter, sie mir zusammen vorzustellen.

Schweigen tritt ein.

»Wie läuft die Arbeit?«, platzt Finn wie erzwungen heraus.

»Gut. Super. Morgen fotografiere ich die Avengers. Also, ich meine, die Avenger-Schauspieler.«

Ein erstickter Laut kommt durchs Telefon und bricht dann abrupt ab. »Nackte Avengers?«

Ich lächle beinahe. »Sie dürfen ihre Waffen halten. Iron Man trägt seinen Handschuh.«

»Oh, na dann ist ja wenigstens seine Hand bedeckt«, grummelt Finn.

Meine Lippen zucken. Aber es reicht nicht. Der lockere Flow zwischen uns ist dahin. Und wir verfallen erneut in Schweigen.

Als Finn wieder etwas sagt, klingt seine Stimme so leise und heiser, dass ich sie fast nicht höre. Fast.

»Ich vermisse dich.«

Mein Herz donnert gegen meine Rippen, und ich umklammere das Handy. »Ich vermisse dich auch.«

Sag mir, dass ich nach Hause kommen soll. Sag mir, dass du mich brauchst.

»Aber du hattest recht«, krächzt er und räuspert sich dann. »Ich musste mir über einiges klar werden. Herausfinden, was wichtig ist.«

Etwas in mir zerbricht. Ich glaube, es ist mein Herz. Ich atme abgehackt ein »Ich auch«. *Wein nicht. Dir geht's gut. Gut.* »Von diesem Job habe ich schon immer geträumt. Er ist richtig, richtig toll.«

Das sagt alles. Du hörst dich ja auch gar nicht so an, als würdest du kaputtgehen.

Er macht eine Pause. »Das freut mich. Du verdienst … etwas Gutes.«

Keiner von uns sagt noch etwas. Und dann versucht Finn es noch einmal. »Wir haben es in die Play-offs geschafft.«

»Hab ich gehört. Ich … freue mich so für dich.«

Im Hintergrund ruft jemand nach Finn. Ich schließe in dem Wissen die Augen, dass meine Zeit rum ist. Er klingt jetzt lauter, aber auch distanzierter. »Ich muss los.«

Ich spüre jede kalte Meile zwischen uns.

»Ja. Ich auch. Ich hab so viel um die Ohren…« Ich schlucke schwer.

»Das ist gut. Freut mich.«

Gott, wir sind furchtbar.

»Viel Glück, Finn.«

Es ist so still am anderen Ende der Leitung, dass ich schon denke, er hätte aufgelegt. Doch als er dann spricht, ist seine Stimme leise und voller Bedauern. »Schlaf gut, Chess.«

Erst als die Leitung tot ist und ich längst wieder bei der Arbeit bin, fällt mir ein, dass er dieselben Worte schon mal zu mir gesagt hat. An dem Abend, als wir uns kennenlernten und ich ihn in der Absicht, direkt wieder aus seinem Leben zu verschwinden, vor meiner Haustür stehen ließ.

Finn

Meine Wohnungstür geht auf. Ich mache mir nicht die Mühe, vom Fernseher aufzuschauen. Ich weiß, es ist nicht die Person, die ich sehen möchte. Schlüssel klimpern, und dann kommt Charlie herein.

»Manny«, sagt er, wobei er erst zu mir und dann zum Fernseher schaut. »Was guckst du dir an?«

»*Singles – Gemeinsam einsam.*« Meine Stimme klingt, als wäre sie über Rost geschleift worden, bevor sie herauskam.

Charlie setzt sich neben mich. »Nie gesehen.«

»Dann verpasst du den ruhmvollen Cliff Poncier und Citizen Dick.«

»Citizen Dick?« Er gibt einen belustigten Laut von sich.

Ich werfe ihm kurz einen Blick zu. »Sie wurden unterschätzt.«

»Wenn du das sagst.«

Wir gucken einige Minuten lang den Film. Jedes Mal, wenn Steve und Linda gezeigt werden, tut es mir in der Brust weh. *Du hast ihm das Herz gebrochen, Linda.*

Ja, ich bin ein verdammter Masochist.

»Das scheint ein Frauenfilm zu sein«, sagt Charlie aus heiterem Himmel.

»Laut Chess ist jeder Film ein Frauenfilm.« Es ist nicht leicht, ihren Namen auszusprechen, aber ich weigere mich, sie zu einem Gespenst zu machen.

Er schweigt für einen Moment. »Ich schätze, da hat sie recht.«

»Das hat sie meistens.« Scheiße. Ich brauche ein paar Säureblocker.

Charlie dreht sich zu mir. »Hast du in letzter Zeit mal mit ihr gesprochen?«

»Ja.«

Ich führe unser desaströses Telefongespräch nicht weiter aus. Die Unterhaltung war so gezwungen, dass es wie Zähne ziehen war, die Worte herauszubekommen.

Sein starrer Blick wiegt schwer. »Wirst du hinfahren und sie abholen?«

Während sie mitten in ihrem Traumjob steckt? Mit den Avengers? Wie zum Geier soll ich denn mit Iron Man mithalten? Oder – *Scheiße* – Thor?

»Sie hat sich nicht verlaufen, Charles.«

Er holt eine Flasche grünen Saft aus seinem Rucksack und gibt sie mir. »Wird langsam Zeit, zum Spiel aufzubrechen.«

Normalerweise würde ich selbst fahren. Aber es ist ein Playoff-Spiel. Als Charlie mich gefragt hat, ob ich jemanden brauche, der mich zum Stadion fährt, habe ich gemerkt, dass er mich echt gern hinbringen wollte. Er wollte ein Teil davon sein. Und das hat er auch verdient. Also habe ich nun einen persönlichen Chauffeur, auch wenn es einer ist, der ganz schön rumbohrt.

»Wir haben noch mindestens eine Viertelstunde.« Weil ich sie nun schon mal in der Hand habe, mache ich die Flasche auf und trinke einen Schluck. Ich werd nicht behaupten, dass ich den grünen Gesundheitsdrink mag, denn ich habe funktionierende Geschmacksknospen, aber er gibt meinem Organismus schon einen hübschen Energieschub.

»Lass sie uns im Stadion verbringen«, sagt Charlie.

Charlie ist nicht gern knapp dran. Seufzend hieve ich mich hoch. »Na schön. Lass uns ein Footballspiel gewinnen gehen.« Charlie steht ebenfalls auf und schaltet mit der Fernbedienung den Fernseher aus. »Wir werden im Auto noch an deinem Enthusiasmuspegel arbeiten.«

*

Ich würde mir gern einbilden, ich wäre ein guter Schauspieler. Aber offenbar lässt meine Performance heute zu wünschen übrig. Obwohl ich tief in mich gehe und sämtlichen Enthusiasmus zutage fördere, den ich aufbringen kann, lässt Jake sich in der Halftime neben mich auf die Bank plumpsen, sobald wir alle unsere Strategieanweisungen bekommen haben, und stößt mir seinen Ellbogen in die Rippen.

Die Pads verhindern zwar, dass ich viel davon spüre, aber es gelingt ihm, meine Aufmerksamkeit zu gewinnen. »Was?«

Er nimmt einem vorbeigehenden Balljungen eine Flasche ab und spritzt sich Wasser über den ganzen Kopf, ehe er mich eingehend betrachtet. »Du spielst in letzter Zeit besser als je zuvor.«

Er hat recht; ich bin so gut wie noch nie. Jedes Mal, wenn ich raus aufs Spielfeld gehe, werde ich zur Maschine und spiele, als hätte ich etwas zu beweisen. Die traurige Wahrheit lautet: Ich versuche *tatsächlich*, etwas zu beweisen. Nicht mir selbst. Es ist für sie. Immer für sie.

Aber so verkorkst das auch ist, jedes Mal, wenn ich ein Spiel gewinne, fühle ich mich noch schlechter, und Chess und ich scheinen uns noch weiter voneinander zu entfernen. Denn was zum Henker beweise ich ihr denn eigentlich? Dass North und sie recht hatten? Dass sie mich nur abgelenkt hat? Dass ich sie nicht brauche?

Ja genau. Das tue ich, verdammt noch mal.

»Danke, dass du mich das wissen lässt«, sage ich zu Jake, als wär's mir egal. »Ich weiß die Motivation zu schätzen.«

Er wirft mir einen Seitenblick zu, lächelt aber weiter. Wir mögen hier in der Kabine zwar so ziemlich für uns sein, aber irgendwer schaut immer zu, wenn wir im Spielmodus sind, und keiner von uns beiden will dem Team einen Schreck einjagen. »Klugscheißer. Du spielst großartig. Aber dein Blick ist tot.«

»Mir gefällt die Richtung nicht, in die dieses Motivationsgespräch geht, Ryder.« Ich ziehe eine Flasche aus einem Korb neben mir und trinke einen großen Schluck. »Hat Charlie dich hierzu angestiftet?«

»Ihm ist es also auch aufgefallen?«

Ich blicke mich in der Umkleide um, als wäre ich irrsinnig gut drauf. »Jetzt ist nicht der richtige Zeitpunkt dafür.«

»Deine Vermeidungsstrategie ist der Hammer. Es ist nie der richtige Zeitpunkt.«

Gott, Chess hat mir dasselbe vorgeworfen.

Mein Lächeln tut mir in den Mundwinkeln weh. »Tja, *jetzt* ist verdammt noch mal ganz sicher nicht der richtige Zeitpunkt.«

Die Jungs laufen herum, einige lassen sich von den Physiotherapeuten die Beine stretchen, andere trinken Elektrolytdrinks. Wir haben alle unser Pokerface aufgesetzt und zählen die Minuten runter, bis wir wieder rausgehen.

North pflanzt seinen Arsch auf der anderen Seite von mir auf die Bank. »Worüber redet ihr? Übers Gewinnen? Denn ich liebe es, zu gewinnen. Ich will damit sagen, es ist besser, als zu verlieren.«

»Ganz ruhig, Nuke LaLoosh«, murmele ich.

Er zwinkert. »Also?«

Jake beugt sich an mir vorbei. »Mannys Freundin ist ab nach New York, und er ist deprimiert. Aber er möchte nicht über seine Gefühle sprechen.«

»Heilige Scheiße.« Stöhnend senke ich den Kopf und tue so, als würde ich meine Flasche abstellen, damit keiner sieht, wie ich das Gesicht verziehe.

»Deine Freundin hat dich verlassen?« North klingt überrascht.

Keine Ahnung, warum, denn er hat mich doch praktisch angefleht, zu kapieren, dass ich mich auf meine Karriere konzentrieren muss. Und da ich echt keinen Bock habe, das schon wieder gesagt zu kriegen, tupfe ich mir einfach das Gesicht mit einem Handtuch ab und spreche über ihn hinweg. »Wir nehmen uns Zeit zum Nachdenken, während sie einen Job dort hat.«

Jeder Mann weiß, dass es kein gutes Zeichen ist, wenn eine Frau Zeit zum Nachdenken braucht. North ist da keine Ausnahme. »Tut mir leid, das zu hören, Mann.«

»Dir?« Ich stoße ein ungläubiges Schnauben aus. »Im Ernst?«

Er haut mir auf den Oberschenkel, bevor er aufsteht. »Wenn ihre Abwesenheit der Grund für diesen stumpfen Ausdruck in deinen Augen ist, dann schon.«

»Hab's dir doch gesagt«, meint Jake. »Toter Blick.«

North schüttelt den Kopf, als wäre er enttäuscht von mir. »Wann hab ich denn jemals behauptet, dass man unglücklich sein muss? Wenn sie dich glücklich macht, dann sieh zu, dass der Rest auch hinhaut.« Damit trottet er von dannen.

Ich stehe ebenfalls auf und will auf und ab gehen. Nein, eigentlich will ich North hinterherjagen und ihm die Birne weichklopfen. Aber ich mach's nicht. Ich stütze die Hände tief in die Hüften und tue so, als würde ich zusehen, wie die Uhr runterläuft. »Der Wichser hält mir eine Standpauke von wegen bei der Sache sein und jetzt tut es ihm leid.«

Jake steht auf und ahmt mit einem breiten »Wir rocken dieses Spiel so was von«-Lächeln im Gesicht meine Pose nach. Als er sich dann umdreht, versperren seine Schulterpolster meine Sicht auf den restlichen Raum. Er hat Schweiß- und Wasserperlen im Gesicht, die schwarzen Streifen unter seinen Augen sind verschmiert. »Scheiß auf North. Er kennt dich null. Und du hast recht, ich möchte genauso wenig drüber reden. Ich würd lieber verdammte High Fives austauschen und/oder eine ›Einer für alle, alle für einen‹-Ansprache halten. Weil wir nämlich hier sind. In den Play-offs.«

Als er sich zu mir vorbeugt, ist seine Stimme leise und nachdrücklich. »Den verdammten *Play-offs*.«

Er braucht mir nicht zu sagen, was er damit meint. Jeder Footballspieler weiß, wohin dieser Weg führt. Ich öffne den Mund und will etwas sagen, aber er lässt mich nicht.

»Du solltest total aus dem Häuschen sein. Stattdessen läufst du rum wie ein Häufchen Elend.«

Seine Worte sind wie ein Schlag in die Magengrube. Ich beiße die Zähne zusammen, um nicht aufzuschreien. Nicht bloß zu schreien, sondern zu brüllen und zu fluchen. Denn verdammte Scheiße, ich hab alles gegeben, um an diesen Punkt zu kommen. Sogar Chess gehen lassen – und das soll es jetzt sein?

Jake sieht meiner Wut ins Auge, ohne mit der Wimper zu zucken. »Ich will dich nicht verarschen.«

Ich schaffe es nicht, meine glückliche Miene beizubehalten, und sehe ihn finster an. Etwas zu sagen traue ich mir nicht zu.

»Ruf sie an«, sagt er. »Flehe, bettele, tu was immer du musst, um sie zurückzukriegen, damit du aus dieser miesen Depristimmung rauskommst.«

Meine Antwort kommt so scharf heraus, dass es fast geschrien ist. »Sie denkt …« Ich atme durch und senke die Stimme. »Es liegt nicht an mir, okay? Sie hat alles kompliziert gemacht, obwohl es ganz easy hätte sein sollen.«

»Easy?« Bei Jake klingt es wie ein schlimmes Wort.

»Ja, easy. Sie macht sich Gedanken über die Zukunft. Dass wir am Ende unterschiedliche Dinge wollen. Dass ich sie eines Tages hassen und stattdessen eine Bilderbuchehefrau haben möchte.« Ich werfe eine Hand in die Luft. »Als ob ich irgendeine andere als sie wollen würde.«

Jake zieht die Augenbrauen hoch. »Ehefrau, hm?«

Hitze steigt mir den Hals hinauf. »Wenn man es weiß, dann weiß man's eben.«

»Weiß *sie* denn, dass du es weißt?«

Ich sehe ihn blinzelnd an.

Jake schnaubt und schaut mit einem Blick hinter sich, ob wir noch Zeit haben, bevor er sich wieder auf mich fokussiert. »Hast du ihr gesagt: ›Andere Frauen interessieren mich einen feuchten Rattenschiss‹?«

»Einen Rattenschiss?« Ich lache erstickt.

Er verdreht die Augen. »Hast du ihr gesagt, dass du sie liebst, du Honk?«

Hinter uns ruft der Coach alle in den Huddle.

Die traurige Wahrheit lagert sich wie Glas in meiner Kehle ab. »Die Frage ist vielleicht nicht, ob *ich sie* liebe.«

Ich bereue die Worte, sobald ich sie ausgesprochen habe. Es ist leichter, so zu tun, als hätte ich die Entscheidung getroffen. Zuzugeben, dass ich vielleicht nicht der Mann bin, den Chess am Ende will, tut so weh, dass ich keine Luft bekomme.

Jake starrt mich nieder. »Ein Risiko wär kein Risiko, wenn es eine sichere Nummer wäre. Sag es ihr trotzdem.«

Er klopft mir auf die Schulterpads und geht weg.

Ich folge ihm entschlossen. Ich werde meine Jungs zum Sieg führen. Ich brauche Chess nicht, um im Football Erfolg zu haben. Ob sie Teil meines Lebens ist oder nicht – auf dem Spielfeld bin ich, wer ich bin.

Abseits vom Spielfeld, da brauche ich sie. Und ich werd zu meinem Mädchen gehen und ihr das auch beweisen.

23

Chess

James und Jamie gehen mit mir in ein Irish Pub in Lower Manhattan. Es ist gemütlich und wunderbar warm, besonders, nachdem wir sechs Blocks weit durch den eisigen Wind gelaufen sind, um hierherzukommen.

»Ich spüre meine Finger nicht«, sage ich und reibe meine Hände aneinander.

»Wir hätten die U-Bahn nehmen sollen.« Jamies Nase ist leuchtend rot.

»Der Spaziergang hat einen munter gemacht«, beharrt James. »Und ihr zwei seid Jammerlappen.«

Jamie nimmt ihre beschlagene Brille ab und putzt sie. »Bin mir ziemlich sicher, dass unterwegs einer gejammert hat, ihm würden gleich die Eier abfrieren und beim Runterplumpsen auf dem Pflaster zerspringen.«

»Das war eine sehr plastische Darstellung«, füge ich hinzu. »Vielleicht solltest du lieber mal in deiner Hose nachsehen, um sicherzugehen, dass alles da ist, James.«

»Meine Eier haben bereits eingecheckt.« James wickelt seinen Schal ab und führt uns durch die Menge. »Und sie verlangen ein Getränk.«

»Du redest mit deinen Eiern?«, frage ich lachend.

»Das machen alle Kerle, Chess. Hab ich dir denn gar nichts beigebracht?«

»Ich dachte, sie würden mit ihrem Johannes reden.«

»Ist praktisch ein Kombi-Paket, Schätzchen.«

Wir rutschen in eine Sitznische neben der leeren Bühne. James kuschelt sich neben Jamie, und ich sitze allein auf der gegenüberliegenden Tischseite. Wieder stellt sich diese schreckliche innere Kälte ein, die immer über meine Seite läuft. Es stört mich nicht, allein zu sitzen. Das mache ich schon jahrelang. Aber ich werde irgendwie das Gefühl nicht los, dass ich nicht vollständig bin. Ich vermisse einen Teil von mir selbst. Und das ist ätzend. Ein anderer Mensch kann mich nicht vervollständigen. Ich bin mir selbst genug.

»Also, wer hat dann das letzte Wort?«, fragt Jamie James. »Die Eier oder der Johannes?«

James lehnt sich zurück und reibt sich nachdenklich über den Bart. »Hmm. Johannes kann definitiv einen Alleingang machen. Er ist dafür bekannt, sich vorzudrängen und die Lage abzuchecken, während die Eier zusammenschrumpfen und rufen: ›Lauf weg, du Idiot!‹«

»Das liegt daran, dass die Eier einen Selbsterhaltungstrieb haben«, sage ich und streife achselzuckend meinen Mantel ab. »Johannes ist im Grunde ein hirnloser Dödel.«

Jamie lacht.

»Stimmt«, sagt James. »Aber wer jetzt das Sagen über meine Ausstattung hat …?«

»Lass mich raten«, werfe ich ein, »Mr Hand?«

»Haha. Das mag vor ein paar Monaten noch der Fall gewesen sein, aber jetzt hat Jamie die Oberhand, deshalb sollte sie wirklich nicht über den armen Johannes lachen.«

Jamie läuft rosa an und lehnt sich an ihn. »Oh, das ist so süß.«

Ich schätze, das ist es – auf eine verdrehte Art und Weise. Was mich aber nicht davon abbringt, vom Tisch aufstehen zu wollen, damit ich nicht mit ansehen muss, wie sie kuscheln.

Du hattest das auch, du Idiotin. Aber du musstest ja »über alles nachdenken«.

Es ist echt ätzend, wenn das eigene Bewusstsein anfängt, einen zu hassen.

»Ich hätte dir jetzt niedliche Schwanzwitze ins Ohr geflüstert«, sagt Finns Stimme in meinem Kopf.

»Ich weiß, dass du das gemacht hättest. Du würdest dir nie eine Gelegenheit entgehen lassen, über dein Gehänge zu reden.«

»Du doch genauso wenig, Chester. Ich bin mir ziemlich sicher, dass du von meinem Gehänge besessen bist.«

Es ist echt richtig, richtig ätzend, wenn man anfängt, sich mit einem Mann zu unterhalten, der gar nicht da ist.

Die Kellnerin kommt, um unsere Bestellung aufzunehmen. »Wir haben heute das Guinness im Angebot, und die Spezialität des Tages ist Steak-und-Nieren-Pastete.«

»Ich nehme ein Harp und einmal die Pastete«, teile ich ihr mit.

»Für mich ein Guinness«, sagt James. »Und eine Portion Fish and Chips.«

»Ich nehme auch die Pastete«, bestellt Jamie. »Oh, und einen Weißwein.«

»Was hab ich dir gesagt?«, flüstert Finns Geisterstimme in mein Ohr. *»Frauen bestellen gerne Weißwein. Sogar in einem Pub.«*

»Gibt's nicht irgendeine Lampe, in der du herumspuken kannst?«

»Ich bin ein Quarterback, Chess, und kein Dschinn.«

»Was bringt dich so zum Lächeln?«, fragt James mich und unterbricht damit die lächerliche und wahrscheinlich ziemlich ungesunde Unterhaltung in meinem Kopf.

»Die Aussicht auf warmes Essen«, lüge ich.

Er sieht mich an, als wüsste er es besser, aber dankenswerterweise sagt er nichts.

Unsere Getränke kommen, und während wir auf unser Essen warten, kommt eine Band auf die Bühne und fängt an zu spielen. Es ist eine richtige irische Folkband samt Flötisten, zwei Geigern und sogar einem Akkordeonspieler. Und sie sind gut.

Schon bald ist die Bar erfüllt von schwungvoller Musik und den Leuten, die dazu mitklatschen.

Die Sängerin ist eine junge Frau mit lockigen Haaren und einer Feenstimme.

Wir essen, während sie spielen.

Und es ist fast perfekt, zusammen mit guten Freunden gute Musik und gutes Essen zu genießen. Ich kann mich in der Zukunft sehen, wie ich noch mehr solcher Abende erlebe. Ich werde ein gutes Leben haben. Das weiß ich. Ich spüre es tief in mir drin. Und ein friedvolles Gefühl überkommt mich. Es wird mir gut gehen.

Egal, was ich mache, es wird mir gut gehen. Aber reicht *gut* denn?

Als die Band einen Song zu Ende gespielt hat, nimmt die Sängerin ein Pint Guinness von einer Kellnerin entgegen. Sie trinkt einen großen Schluck, bevor sie es neben sich auf einen Hocker stellt. »Ich liebe den Film *Ist sie nicht wunderbar?*«, sagt sie ins Mikro.

Die Menge pfeift zustimmend.

Als sie nickt, wippen ihre Locken. »Ganz besonders das Ende. Erinnert ihr euch daran?«

Wir alle rufen wie aus einem Mund: »Meine Zukunft hängt an deinen Ohren. Und du siehst toll damit aus.«

Gelächter geht durch den kleinen Raum.

»Ja, so romantisch.« Die Sängerin greift nach ihrem Tamburin. »Wir spielen eine kleine Hommage an *Ist sie nicht wunderbar?* und Lick The Tins, die für den Film einen genialen Coversong gemacht haben.«

Ich lächle, aber ein nagendes Gefühl legt sich um mein Herz.

Als die Band anfängt, eine schwungvolle keltische Version von »Can't Help Falling in Love«, zu spielen, krampft sich mein Herz zusammen. Oh Gott, ich werde wirklich von Geistern verfolgt.

Um mich herum fangen die Leute an mitzusingen, sodass eine regelrechte Klangwelle über mich hinwegschwappt, die darauf beharrt, dass manche Dinge vorbestimmt sind – *some things were meant to be*. Und ich halte es nicht aus. Ich halte es nicht aus, dass Finn nicht hier neben mir ist, in mein Ohr lacht, will, dass ich seine Hand *take*, und vorschlägt, dass wir zwei *fools* zusammen sein könnten.

Er hat das von Anfang an gemacht. Er hat es immer gewusst. Er hat die ganze Zeit versucht, mir zu sagen, was wir füreinander sind. Ich habe bloß nicht hingehört. Er mag stur sein, und seine Weigerung, ein bisschen nachzugeben, macht mich immer noch sauer. Aber er gehört zu mir.

Ein Schluchzer bricht aus mir heraus. Und ich bin zwischen Lachen und Weinen hin- und hergerissen.

James sieht mich scharf an. »Was ist los?«

»Der Song. Elvis. Er ist überall.«

James runzelt die Stirn und beugt sich vor, damit wir über den lautstarken Gesang hinweg reden können. »Und das bringt dich zum Weinen?«

Ich schüttele den Kopf, während Tränen über mein Gesicht laufen. »Ich liebe ihn.«

»Elvis?«, fragt Jamie verwirrt.

»Finn. Ich liebe Finn. Egal, wo ich hingehe …« Ich hebe hilflos die Hände in Richtung der Band. »Er ist mein Schicksal.«

James lächelt sanft. »Der perfekt unperfekte Mensch für dich.«

»Ich muss es ihm sagen.«

»Mach das.« James streckt seine Hand über den Tisch und legt sie auf meine zitternde. »Möchtest du rausgehen und ihn anrufen?«

»Er hat gerade ein Spiel.« Ich wische mir über die Wangen. »Ich sollte es persönlich machen.«

»Okay.« James drückt meine Hand. »Wir sehen zu, dass wir dich so schnell wie möglich nach Hause kriegen.«

Nach Hause. Ich muss nach Hause. Die Hitze in der Bar und die Musik erdrücken mich.

»Ich muss hier raus«, sage ich zu James. »Ich bekomme keine Luft. Ich muss Finn sehen. Ich muss …«

»Schon gut«, erwidert James. »Keine Panik.«

Mit ungeschickten Fingern fische ich mein Portemonnaie aus der Handtasche und nehme ein paar Scheine heraus. »Ich werde einen Spaziergang machen.«

James hält mein Handgelenk fest. »Du gehst nicht alleine los.«

»Ich bin in dieser Stadt aufgewachsen. Mir passiert nichts.«

»Spielt keine Rolle«, bleibt er beharrlich. »Wir kommen mit dir.«

Er legt noch etwas mehr Geld auf den Tisch und klemmt es unter sein leeres Glas. Aber ich kann nicht länger warten, ich bin schon halb durch den Raum, als James und Jamie zu mir aufschließen.

Ich stolpere nach draußen und atme einmal tief die eisige Luft ein. Sie brennt in meinen Lungen, aber ich schnappe erneut nach Luft. James und Jamie stehen neben mir.

»Geht es dir gut?«, fragt Jamie und legt eine Hand auf meinen Arm.

»Ja.« Ich schenke ihr ein schwaches Lächeln. »Sorry wegen dem Drama.«

Hinter ihren Brillengläsern legen sich Fältchen um ihre Augen. »Es ist eben ziemlich emotional, sich zu verlieben.«

»Ich hätte ihn nicht verlassen sollen. Ich hätte bleiben sollen.«

James holt eine Zigarette heraus und zündet sie an. »Wenn dir durch deinen Weggang endlich zweifelsfrei klargeworden ist, dass er der Richtige für dich ist, dann hadere deswegen nicht mit dir.« Er nimmt einen Zug und stößt dann eine Rauchwolke aus. »Betrachte es als sinnvoll investierte Zeit.«

»Ich habe ihm wehgetan.«

»Irgendetwas sagt mir, dass er dir verzeihen wird.« James zwinkert mir zu und lacht dann. »Mein grummeliges Chessie-Bärchen geht mit dem Quarterback. Es geschehen noch Zeichen und Wunder.«

»Ich glaube, James ist ein bisschen neidisch«, zieht Jamie ihn auf.

»Ich möchte hier gern festhalten, dass ich zuerst ein bisschen für Manny geschwärmt habe, bevor Chess ihn getroffen und bevor ich dich kennengelernt habe.« James schnippt gegen die Spitze seiner Zigarette. »Heute wäre es irgendwie komisch, von ihm zu fantasieren. Ich würde auf einmal Chess' missbilligendes Gesicht vor mir sehen und … voll der Abtörner.«

»Du solltest überhaupt gar nicht rumfantasieren«, sage ich. »Du hast Jamie.«

»Wenn ich zu fantasieren anfange, ist Jamie immer dabei«, kontert James mit einem teuflischen Grinsen.

»Too much information«, sagt Jamie empört und zwickt ihn. »Chess wird deinetwegen noch schlecht.«

»Tja, sie hat mir spitzenmäßige Fantasien versaut, also sind wir quitt.«

Ich weiß, dass es Jamie peinlich für mich findet, aber ich weiß auch, dass James mich ablenken will. Er macht dabei einen guten Job. Wir tauschen ein verschworenes Lächeln aus – eins, das uns durch viele schwierige Momente gebracht hat. Dankbarkeit erfüllt mich, und ich möchte meinen besten Freund umarmen. Er zwinkert mir zur Antwort stumm zu.

»Ich würde dir ja den Mittelfinger zeigen«, sage ich gespielt genervt, »aber es ist zu kalt dafür.«

Ich klemme meine eiskalten Finger unter meine Arme.

»Komm schon.« James drückt seine Zigarette an der Gebäudewand aus und wirft den Stummel dann in einen in der Nähe stehenden Mülleimer. »Lass uns einen Laden suchen, in dem wir deinen Freund spielen sehen können.«

Drei Häuser weiter finden wir eine Bar, in der – für niemanden überraschend – das Spiel auf mehreren Fernsehern gezeigt wird. Gäste schreien in Richtung der Bildschirme und ich sehe, dass es sieben zu vierzehn steht und New Orleans hinten liegt. Da Finns Team gegen New York spielt, sind alle aus dem Häuschen.

Wir holen uns Bier an der Bar, und James entdeckt neben der Tür freie Plätze mit Blick auf einen der Fernseher. Wir setzen uns, als Finn und seine Offense wieder aufs Spielfeld trotten. Weil er einen Helm aufhat, kann ich sein Gesicht nicht sehen, aber allein vom Anblick der Nummer zehn auf seinem Trikot zieht sich mein Herz zusammen.

Obwohl sein Team gerade hinten liegt, bewegt er sich souverän und holt seine Jungs zum Huddle zusammen. Sie sind in ihrem Heimstadion, und die Zuschauer rufen Finns Namen im Chor. Der Fernsehkommentator seiert darüber, dass die Offense in den vergangenen Spielen nicht voll auf der Höhe gewesen sei und Finn die ganze Saison über Probleme gehabt habe, die Kontrolle wiederzuerlangen.

»Deswegen wird unsere Defense dich auch fertigmachen, Manny«, brüllt ein Kerl an der Bar.

Ich weiß, dass es nicht persönlich gemeint ist; es gehört zum Spiel dazu. Aber es fühlt sich persönlich an. Ich möchte den Kerl anschreien, dass er entweder die Footballmontur anziehen und es selbst versuchen soll oder verdammt noch mal die Schnauze halten.

James kann es mir vom Gesicht ablesen. »Ruhig, Brauner.«

Mit den Fingern umklammere ich die Stuhlkante. »Mir geht's gut.«

Auf dem Bildschirm beginnt der nächste Drive. Ich weiß nicht viel über Football. So gut wie gar nichts eigentlich, aber Finn zuzugucken macht mich atemlos, und Stolz schwillt in meiner Brust. Er ist auf eine Weise wunderschön, wie es grobe und kraftvolle Dinge an sich haben.

Finn fängt den Ball, den Dex zu ihm hochwirft und tänzelt dann zurück, während seine Jungs ihn beschützen. Für mich ist es ein Gerangel – die Defense wuselt umher und versucht, ihn zu kriegen, während die Offense wie wilde Ameisen umherwuselt und in alle möglichen Richtungen rennt. Währenddessen bleibt Finn die Ruhe selbst.

Er holt mit dem Arm aus und wirft ungeachtet des großen Scheunendreschers von einem Kerl, der auf ihn zugestürmt kommt. Der Ball fliegt durch die Luft, als hinge er an einem Faden. Aber mein Blick bleibt auf Finn gerichtet. Leider folgt die Kamera dem Ball, der über das Feld zu Jake schießt.

Die Kerle in der Bar brüllen. Jake verbiegt sich in der Luft wie eine Ballerina, fängt den Ball und klatscht unelegant hin, als ein Haufen Verteidiger ihn tacklet. Aber er behält den Ball.

»Mittendurch!« James haut siegessicher mit der Faust auf den Tisch, während der Rest der Bar stöhnt.

Ich grinse breit. Die Kamera schwenkt wieder auf Finn, der

einmal hochspringt und die Faust in die Luft reckt. Als Jake wieder in den Huddle gelaufen kommt, haut Finn ihm gratulierend auf den Hintern.

»Kommt schon, Defense«, ruft der Kerl an der Bar und macht dieses nervige schnelle Klatschen.

Ich ignoriere ihn und beobachte Finn. Diesmal wirft er einen Pass zu North, der zur Freude der Bar nicht sehr weit kommt.

Ist egal. Ich kann den Unterschied in Finns Spiel spüren. Er ist im Rhythmus und strahlt Selbstvertrauen aus. Er spielt, um zu gewinnen. Ich bin so stolz auf ihn, dass ich mir auf die Unterlippe beißen muss, um keine Anfeuerungsrufe in Richtung Bildschirm zu brüllen – denn es ist ja nicht so, als ob er mich hören könnte. Und dennoch, in einer fiesen kleinen dunklen Ecke meines Verstands empfinde ich Verzweiflung. Weil er jetzt besser spielt. Wo er mich nicht mehr in seinem Leben hat.

Es könnte nur Zufall sein. Aber seit ich weg bin, haben sie kein Spiel mehr verloren.

Der Kommentator labert davon, dass Finn im Tunnel sei. Es stimmt. Das hier ist, was er am besten kann.

Und du liebst ihn. Und wenn er das wüsste, wäre er …

Meine Gedanken zerstreuen sich, denn Finn hat wieder den Ball. Diesmal drängelt er sich nach hinten, während die Kerle auf ihn zuschießen.

In der Bar schreit die Menge der Defense zu, sie solle ihn von den Beinen holen, seinen Arsch plattwalzen. Aber Finn ist kein leichtes Ziel. Er weicht gekonnt aus wie ein wahrer Profi.

Mein Magen krampft sich zusammen, und mein Herz trommelt gegen meine Rippen. Ein Lineman hakt den Arm um Finns Taille. Meine Fingernägel bohren sich in das Holz. Aber Finn wirbelt herum und windet sich irgendwie aus seinem Griff.

James schreit.

Finn schleudert einen Pass zu North, der zur Endzone losstartet.

James springt auf. Irgendwie stehe ich auch plötzlich und wir jubeln beide, während North vorwärts rast.

»Touchdown«, schreit James und reißt die Arme in die Luft. Ich lache und recke eine Faust hoch.

»Mann, halt die Klappe«, sagt jemand hinter uns. Wir ignorieren ihn und wackeln mit den Hüften.

Endlich zeigen sie Finn ohne Helm an der Seitenlinie, wo er sich neben Jake auf eine Bank setzt und sie beide über etwas lachen. Sein Haar ist nass vom Schweiß und seine Wangen sind tiefrot. Aber sein Lächeln ist breit und ansteckend. Er sieht so verdammt umwerfend aus, dass ich die Sehnsucht, ihn zu berühren, schmerzlich in den Fingern spüre. Es tut mir im Herzen weh, ihn anzusehen, aber ich wage es nicht, zu blinzeln.

Es bringt mich fast um, als die Regie auf das andere Team schneidet.

»Jetzt kommt Baylor«, sagt der nervige Typ an der Bar klatschend. »Zeig's ihnen, Battle.«

»Ist der gut?«, frage ich James, während New Yorks Quarterback das Spielfeld übernimmt.

»Ja.« James wirkt missmutig. »Er war zu Collegezeiten Mannys Rivale. Finn wurde ein Jahr vor Drew Baylor gedraftet. Und du solltest das wissen, junge Dame.«

»Wir reden nicht gerade die ganze Zeit über Football.«

James grinst. »Stimmt ja. Bist zu sehr damit beschäftigt, an seinem hübschen …«

»James!« Jamie gibt ihm einen Klaps auf den Arm. Sie ist bis jetzt still gewesen und eindeutig nicht in ihrem Element. »Hör auf.«

Er lacht gackernd, gibt ihr dann aber einen raschen Kuss. »Ich ziehe Chess doch nur auf.«

»Du bist schweinisch.«

»Ja, das auch.«

Leider hat James recht. Drew Baylor ist gut. Die Art, wie er sich bewegt, und seine Körpergröße und Figur erinnern mich sehr an Finn. Der Hauptunterschied scheint zu sein, dass Finn sich eher locker verhält und eindeutig mit seiner Offense und sogar mit den Defensive Linemen, die versuchen, ihn zu tacklen, herumwitzelt, während Baylor schroff und ganz geschäftsmäßig wirkt.

Es gefällt mir nicht, ihn spielen zu sehen, weil es bedeuten könnte, dass Finn verliert. Ein Teil von mir möchte jetzt gleich gehen und einen Flug nach Hause buchen, um dort zu sein. Aber es fühlt sich wie Verrat an, mir nicht anzugucken, wie Finn sein Spiel beendet. Er hat keine Ahnung, dass ich zusehe, deshalb müsste es eigentlich unwichtig sein, aber irgendwie kommt es mir doch wichtig vor. So als würde ich ihn unterstützen, obwohl ich gut dreitausend Kilometer entfernt bin.

Ich hasse diese Entfernung.

New York schafft es nicht zu punkten und nach einem schönen Punt Return ist Finn bald wieder zurück auf dem Spielfeld. Es steht jetzt unentschieden, vor Anspannung zieht sich mein Bauch zusammen. *Bitte gewinnt. Er braucht das. Ich brauche das für ihn.*

Drei Spielzüge lang sitze ich auf der vordersten Stuhlkante, während Finn und seine Offense sich auf dem Feld vorkämpfen, Yards gewinnen und dann wieder Raum verlieren. Beim nächsten Drive bin ich praktisch am Beben. Der Ball wird gesnappt. Finn fängt ihn, geht zurück, täuscht erst eine Wurfrichtung an und lässt ihn dann wie auf ein Stichwort fliegen. James schreit, als der Ball durch die Luft segelt.

Auch die Kerle in der Bar schreien und jammern.

Der Pass geht wieder zu Jake. Er springt hoch, streckt den

Körper so weit er nur kann. Ich beiße mir fest auf die Unterlippe. Im selben Moment, als Jake den Ball fängt, donnert ein Safety gegen seinen Unterkörper. Jake, der den Ball immer noch umklammert, überschlägt sich in der Luft. Er landet mit dem Kopf zuerst auf dem Feld, sodass sein Helm auf seine Brust knickt.

Er sackt zusammen. Und steht nicht wieder auf.

Mein Herz bleibt so jäh stehen, dass sich der Raum um mich herum zu drehen beginnt. Schiris pfeifen. Sanitäter rennen aufs Feld.

»Jake.«

Ich kenne diesen Mann. Ich habe mit ihm zusammen gelacht. Mit ihm zusammen gegessen. Er ist Finns bester Freund.

Finn rennt zu ihm, als Jake nicht aufsteht. Er hat den Helm abgenommen und steht leicht abseits, um die medizinischen Betreuer ihre Arbeit machen zu lassen. Sein Blick ist fest auf Jake gerichtet, der leblos in der Endzone liegt, den Arm immer noch um den Ball geschlungen.

Ich stehe mitten in der Bar, die Hände an den Seiten zu Fäusten geballt, und denke, dass er aufstehen wird. Es wird wie in Jerry McGuire sein, und Jake wird gleich in der Endzone herumtanzen. Doch das tut er nicht. Sie verlangen eine Trage.

Finn legt beide Hände in den Nacken und fängt an, auf und ab zu gehen. Als die Kamera auf ihn zoomt, entweicht mir ein erstickter Laut. Denn der Ausdruck in Finns Augen zerreißt mir das Herz. Er verzieht zwar bewusst keine Miene, doch ich kenne ihn. Schreckliche Angst, Leid, Hilflosigkeit – es schwimmt alles dort in den blauen Tiefen. Innerlich sackt er zusammen.

Ich schnappe mir meinen Mantel und schlinge ihn um meine Schultern. »Ich muss los.«

James steht auf. »Chess.«

»Nein«, schreie ich und atme dann einmal durch. »Nichts mit Warten. Er kann jetzt nicht allein sein. Ich werde ihn nicht mehr allein lassen.«

James nickt. Ich warte nicht ab, um zu sehen, ob er und Jamie mir folgen. Ich renne geradewegs zur Tür hinaus. Die Nachtluft ist bitterkalt. Mein Atem kommt in weißen Wölkchen heraus, die meine Sicht verschleiern. Auf der anderen Straßenseite nähert sich ein Taxi. Ohne zu zögern, pfeife ich schrill und strecke einen Arm in die Luft.

Als es langsamer wird, renne ich darauf zu.

Nennt es sechsten Sinn, nennt es Selbsterhaltungstrieb, aber in der Sekunde, als ich auf die Straße trete, versteift sich mein Körper plötzlich. Ich spüre die Gefahr, bevor ich sie sehe. Oder vielleicht höre ich sie auch.

Jemand ruft verstört und verzweifelt meinen Namen. Aber ich drehe mich nicht in diese Richtung, sondern dem heranrauschenden Geräusch neben mir zu. Ich sehe nur etwas Verschwommenes, bevor der Aufprall kommt. Etwas trifft mich so hart, dass mein Hirn es als ein Geräusch registriert: zerschmetternde Glühbirnen, die aus großer Höhe fallen. Sternchen blitzen hinter meinen Lidern auf. Ich denke daran, wie Fred im raucherfüllten Treppenhaus gegen mich gedonnert ist, und für eine Sekunde weiß ich nicht, wo ich bin.

Finns stirnrunzelndes Gesicht blitzt vor meinem geistigen Auge auf, und dann ist da nichts.

Finn

Was zum Teufel ist gerade passiert? Was zum *Teufel* ist gerade passiert!

Der Gedanke geht mir unablässig durch den Schädel, während ich in den Katakomben des Stadions einen Flur auf und ab laufe. Es war ein perfekter Pass gewesen, ein schöner Vierzig-Yard-Spiralwurf direkt in die Endzone. Jake hatte ihn gefangen. Der perfekte Catch. Die reinste Poesie.

Als der Ball in seinen Händen landete, konnte ich den Kontakt ungelogen spüren. Wir hatten bei diesem Spielzug eine Verbindung, sind wie eins gewesen. Verdammte Poesie.

Und dann ging er zu Boden.

Panik jagt meine Kehle hinauf. Ich kriege keine Luft. Ich werde mich übergeben. Ich bleibe stehen und beuge mich vor, um die Hände auf die Oberschenkel zu stützen, während ich tief durchatme.

Wir haben ständig mit Verletzungen zu tun. Schmerz und Football gehen Hand in Hand. Aber Halsverletzungen, Wirbelsäulenschäden – das sind Dinge, an die man nicht mal denken will. Sie sind nicht nur das Aus für die Karriere, sondern lebensverändernd. Er könnte sterben.

Der Boden schwankt unter mir. Ich packe meine Oberschenkel fest.

Atme. Atme.

Quietschend geht eine Tür auf. Ich sehe nicht hoch, als Schritte näher kommen.

Charlie bleibt neben mir stehen. »Hab dich gesucht.«

Ich habe meine Aufgabe erledigt. Hab das Spiel beendet. Mich verdammt noch mal zusammengerissen und mich ins Zeug gelegt, um es zu gewinnen. Nichts anderes hätte irgendeinen meiner Jungs zufriedengestellt. Die Tatsache, dass Jake in der Halftime noch über eine »Einer für alle, alle für einen«-Ansprache gewitzelt hat, brachte mich ein paarmal fast zum Heulen.

Aber ich hab die Beherrschung bewahrt. Hab während der Interviews nach dem Spiel mein Pokerface aufbehalten, als die

Reporter lauthals schreiend danach fragten, wie es Jake gehe. Ich wollte es auch erfahren. Es hat mich total fertiggemacht, es nicht zu wissen und darauf zu warten, was die Ärzte sagen.

Ob er gelähmt sei? Ob er wieder spielen werde?

»Hast du irgendwas gehört?«, frage ich Charlie, während ich auf den Boden starre.

»Ich weiß nicht viel. Aber sie denken, er wird wieder werden.«

Meine Knie geben nach. »Wieder werden?«

Charlie weiß, wonach ich frage. »Keine Rückenmarksverletzung.«

Ich stoße den Atem aus. »Okay. Okay.« Ich richte mich auf und sehe Charlie an. Und dann umarme ich ihn. Er klopft mir auf den Rücken und ich ihm, während wir beide zu schwer atmen. Nachdem ich ihn ein letztes Mal gedrückt habe, lasse ich ihn los, trete zurück und reibe mir die Augen.

»Der Coach will dich sehen«, sagt Charlie, als wir zurück zur Kabine gehen.

»Jetzt? Meine Fresse.«

Ich stelle fest, dass Coach Calhoun bereits auf mich wartet. »Hast du von Ryder gehört?«, fragt er ohne jede Einleitung.

»Charlie hat's mir gesagt.«

Als er nickt, ist ihm die Erleichterung von den Augen abzulesen. »Wir müssen über ein paar Dinge reden. Hast du einen Moment?«

Es ist nicht wirklich eine Frage, sondern nur Calhouns Art, höflich zu sein, was an und für sich selten vorkommt.

»Ich hatte vor, nach Jake zu schauen.«

»Er hat Beruhigungsmittel bekommen.«

»Das ist gut. Er braucht Erholung. Trotzdem hab ich vor, zu ihm zu gehen.«

»Heute Abend darf nur seine Familie zu ihm rein.«

»Ich werde reinkommen.«

Er kneift die Augen zusammen. »Wir haben Wachen engagiert, die alle abhalten sollen. Du wirst nicht reinkommen.«

Wir sehen einander lange an. Seinem Coach zu widersprechen ist eine heikle Angelegenheit. Wenn man keinen guten Grund dafür hat, wird einem vorgeworfen, man sei kein Teamplayer. Das findet das Management nicht besonders witzig. Wenn die Presse Wind davon bekommt, dass man unkooperativ ist – und irgendwie findet die es immer raus –, wird auf einmal von »Problemen« zwischen den Spielern und dem Trainerstab geredet.

Machtspiele nerven. Aber es geht auch um Respekt. Ich habe einen Mordsrespekt vor meinem Coach. So viel, dass ich noch ein paar Minuten warten kann, bevor ich zu Jake gehe.

Ich stoße einen stummen Seufzer aus. »In Ihrem Büro?«

Jetzt besänftigt, entspannt auch er sich. »Dauert auch nicht lange.«

Ich habe noch nicht mal einen Schritt gemacht, da klingelt mein Handy. Ich setze an, den Anruf wegzudrücken, aber es ist Chess' Klingelton. Bis jetzt hatte ich mir noch nicht erlaubt, an sie zu denken. Es ist hart genug, sich Sorgen wegen Jake zu machen. Aber die Mauer bröckelt. Ich brauche es, ihre Stimme zu hören und sie zu sehen. Verflucht, ich brauche *sie*.

Calhoun wirft mir einen Blick zu, während Cindy Laupers *Goonies*-Song weiterläuft. Zähneknirschend ignoriere ich den Anruf. Es fühlt sich fundamental falsch an, das zu tun. Aber zwanzig Minuten werden keinen von uns beiden umbringen. Zwanzig Minuten, verspreche ich mir selbst.

Wir sind fast im Büro des Coachs, als Chess wieder anruft. Verflucht.

»Hast du schon mal was davon gehört, das Ding auszuschalten, Mannus?«

Das muss er gerade sagen. Man munkelt, dass Calhoun sein Handy sogar mit unter die Dusche nimmt.

»Moment.« Ich ziehe das Smartphone aus meiner Hosentasche. »Ich werde ihnen sagen, dass ich in einer Besprechung bin.«

In der Sekunde, als ich drangehe, weiß ich, dass etwas nicht stimmt. Es ist nicht Chess' Stimme, die da auf mich einstürmt. Es ist James'. »Scheiße, ein Glück, dass du endlich drangehst.«

»Was ist los? Warum benutzt du Chess' Handy?«

»Chess ist verletzt. Sie liegt im Krankenhaus …«

Wenn ich wegen Jake Panik hatte, dann war das nichts im Vergleich zu jetzt. Alles bleibt stehen. Schwarze Punkte tanzen vor meinen Augen. Ich kann nicht atmen. Ich kann verdammt noch mal nicht atmen.

Das ist keine Angst. Das ist reines Grauen.

»Mannus? Bist du noch dran?«

»Welches Krankenhaus?«, bringe ich heraus.

James nennt mir den Namen und holt dann hörbar Luft. »Es geht ihr so weit gut. Nur … Ich glaube, sie würde wollen, dass du hier bist, wenn sie aufwacht.«

Aufwacht? Ein seltsamer Laut entweicht mir. Ich umklammere das Handy. »Ich bin schon unterwegs.«

Meine Finger fühlen sich taub an, als ich auflege. Genau genommen fühlt sich mein ganzes verdammtes Gesicht taub an. »Ich muss los«, sage ich zu meinem Coach, der mich anstarrt, als wäre ich verrückt geworden.

»Jetzt? Wer war das denn? Eine von Ryders Schwestern?«

»Nein. Meine Freundin. Sie ist …« *Heul nicht los.* »Sie ist in New York. Ich muss los.«

»Du willst nach New York?« Seine Stimme wird lauter. »Wir haben morgen Besprechungen.«

Ich bin bereits dabei, Charlie zu schreiben, dass er mir den nächsten Flug buchen soll, scheißegal, was es kostet. Irgendeinen Flug. Sofort.

»Mannus«, blafft Calhoun mich an. »Hörst du zu?«

Ich sehe ihm geradewegs in die Augen. »Ja, Coach. Besprechungen. Ich werde an jeder einzelnen teilnehmen. Sobald ich zurück aus New York bin.«

Er starrt mich mit offenem Mund an.

Ich sollte mich schlecht fühlen. Mir vielleicht sogar Sorgen machen. Doch das tue ich nicht. Ich war der allererste Spieler, der in meinem Draftjahrgang ausgewählt wurde. Und zum ersten Mal spiele ich diese Karte aus. »Meine Freundin liegt im Krankenhaus. Sie *ist* meine Familie. Und ich werde bei ihr sein.«

Es ist, als würde der Coach sich in Zeitlupe bewegen, aber er nickt schließlich. »Bestell Miss Copper meine besten Wünsche.«

Ich antworte nicht, ich renne bereits den Flur entlang, denn in New York wartet verdammt noch mal mein ganzes Leben auf mich.

24

Chess

Krankenhäuser sind schrecklich. Ganz besonders, wenn man in einem aufwacht. Weil ich mich übergeben habe, haben sie ein CTG von meinem Kopf gemacht, um abzuklären, ob ich innere Blutungen oder Schwellungen habe. Das hat mir eine Scheißangst eingejagt. Offenbar habe ich eine Gehirnerschütterung. Weshalb in der Nacht nach mir gesehen wurde, und zwar in regelmäßigen Abständen, die sich zu kurz angefühlt und echt genervt haben, denn das bedeutete, dass ich nicht schlafen konnte. Ich wollte wirklich gern schlafen.

Jetzt ist Morgen. Mein Kopf wiegt eine Tonne und wummert, als würde jemand beständig dagegentreten. Aber die Übelkeit ist weg und mir ist auch nicht mehr schwindlig. Ich durfte mich duschen und meine Straßenklamotten anziehen. Yay, eine Krankenhausdusche mit antiseptisch riechendem Shampoo, das die Haare strohig macht.

Während ich im Bett liege und auf James warte, dämmere ich immer wieder kurz weg, denn die schiere Erschöpfung drückt schwer auf meine Lider. Sie entlassen mich unter dem Vorbehalt, dass James mich die nächsten zwölf Stunden lang überwacht.

Das leere Gefühl in meiner Brust wird noch stärker. Ich will James nicht.

Die Tür geht auf, und noch eine Schwester kommt herein, um an mir herumzufummeln. Aber es ist gar keine Krankenschwester. Gefühle stürzen auf mich ein, ein Faustschlag gegen meine schmerzende Brust, ein heftiges Quetschen meines weichen Herzens.

Finn.

Er sieht ungefähr so gut aus, wie ich mich fühle: Die Augen blutunterlaufen, die Haut darunter geschwollen, seine Haare sind auf einer Seite plattgedrückt und stehen auf der anderen ab. Ich sauge seinen Anblick in mich auf wie verdorrte Erde das Wasser.

Sein blauäugiger Blick huscht über mich, als wüsste er nicht, worauf er sich als Erstes konzentrieren soll oder dass er sich wiederum auch nicht alles von mir auf einmal ansehen kann. Sein Körper steht so unter Anspannung, dass er sichtlich davon erzittert. Und dann begegnet sein Blick meinem. Er wirkt gequält, zerrissen.

Ich schlucke schwer. »Hey.«

Als er spricht, ist seine Stimme nur ein Geist ihrer selbst. »Hey.« Er kommt einen Schritt ins Zimmer und schließt die Tür hinter sich. »Ich bin so schnell hergekommen, wie ich konnte. Es gab kaum Flüge.«

Er ist hier, das ist alles, was für mich zählt. Ich sollte mich aufsetzen, damit ich stark und patent und so weiter wirke. Aber solange nicht jemand kommt, um meinen Hintern im Rollstuhl hier rauszuschieben, bewege ich mich erst, wenn ich muss.

»Ich glaube, ich wurde von einem bulligen Fahrradfahrer angefahren.« Alles ist irgendwie verschwommen, aber ich erinnere mich an zwei Räder und einen Lenker.

Die Kerben um seinen Mund vertiefen sich. »Ja, wurdest du.«

Er bewegt sich wie ein alter Mann, als er an meine Seite kommt. Während ich ihn beobachte, erschüttern kleine Schauer meinen Bauch. Ich möchte ihn so dringend umarmen, dass meine Arme zucken, aber sie sind zu schwer, um sie zu bewegen.

Er setzt sich auf den Stuhl neben meinem Bett, wobei sein Körper zu groß für das knapp bemessene Gestell ist. Aus der Nähe sieht er noch schlimmer aus – von Sorgen gezeichnet und erschöpft. Ich kann es ihm nachfühlen.

»Geht es dem Typen gut?« Mein Erinnerungsvermögen ist gerade ziemlich im Arsch. Offenbar kann eine Gehirnerschütterung das mit einem anstellen.

»Ein paar Kratzer. Gebrochenes Handgelenk.« Finns Miene ist ausdruckslos und bewegt sich kaum. Er sieht hinunter auf meine Hand, die auf dem Bett liegt.

»Was für eine Ironie. Meins ist gerade erst verheilt.«

Seine Mundwinkel sind verkniffen. »Schön, dass du Witze machen kannst. Ich habe jetzt schon zum zweiten Mal mitgeteilt bekommen, dass du im Krankenhaus liegst.« Blaue Augen fixieren mich. »Das ist zwei Mal zu viel.«

»Es ist nicht so, als ob ich das absichtlich gemacht hätte.«

Er schnaubt.

»Ich bin nicht mal ein Tollpatsch. Beide Male sind die anderen in mich hineingerannt.«

»Hast du noch nie was davon gehört, dass man nach links und rechts guckt, Chester?« Er funkelt mich doch tatsächlich böse an.

»Es war eine Einbahnstraße. Wer denkt denn schon daran, Ausschau zu halten, ob nicht zufällig ein Fahrradfahrer in der falschen Richtung angefahren kommt?«, verteidige ich mich, so gut ich kann.

»Du wirst dran denken. Von jetzt an. Herrgott noch mal.« Er wischt sich mit einer Hand über den Mund. »Noch so einen Anruf verkraftet mein Herz nicht, okay?«

»Okay. Tut mir leid.« Ehrlich. Nicht die Tatsache, dass ich

umgefahren wurde, tut mir so leid, sondern dass meinetwegen dieser zutiefst verängstigte Ausdruck auf seinem Gesicht liegt.

Finn blickt mürrisch drein. »Es muss dir nicht leidtun. Wie fühlst du dich?«

»Schwindlig.« Blinzelnd schaue ich an meinem Körper hinunter. In meiner Armbeuge klebt ein Pflaster auf der Stelle, wo sie mir eine Infusion gelegt hatten. Erst eine Kochsalzlösung, die kühle Erleichterung brachte, und später ein paar hervorragende Schmerzmittel – etwas, das einem an Krankenhäusern gefallen muss, schätze ich. »Ich weiß nicht mehr, wie ich aussehe. Gib mir einen Schadensbericht.«

Sein Hals bewegt sich sichtlich, als er schluckt. »Ein paar Kratzer und blaue Flecken an deiner rechten Schläfe und der Wange.«

»Das ist nicht so schlimm.«

»Ließe sich drüber streiten.«

Das hier ist nicht die Wiedervereinigung, die ich mir vorgestellt hatte. Finn ist da und macht sich eindeutig Sorgen um mich, aber er ist distanziert und vibriert regelrecht unter einem Gefühl, das ich nicht bestimmen kann. Als sich mein Erinnerungsvermögen ein wenig mehr erholt, trifft mich eine entsetzliche Angst wie der Schlag. »Oh, Scheiße.«

Sofort springt Finn auf, als hätte man ihn gezwickt. »Was? Hast du Schmerzen? Red mit mir.«

»Jake. Wie geht's ihm?«

Mit finsterer Miene setzt Finn sich wieder hin und reibt sich dann mit einer Hand übers Gesicht. »Er hat sich den Nacken verstaucht und so wie du eine Gehirnerschütterung. Für diese Saison fällt er aus, aber alles in allem hatte er Glück.«

»Ich hab gesehen, wie es passiert ist. Ich hatte solche Angst.«

Finn wird blass, und seine Wimpern senken sich. »Ich auch.«

»Ich weiß. Ich hätte dort sein sollen.«

Finn starrt hinunter auf seine Fäuste.

Ich möchte ihn berühren und die Verspannung in seinem Nacken und seinen Schultern wegreiben. Aber er sieht aus, als würde er bei der kleinsten Berührung zerspringen, und ich weiß nicht, was ich sagen soll, um die Kluft zwischen uns zu überbrücken. »Habt ihr gewonnen?«

Seine Kiefermuskeln treten hervor. »Ja. Wir haben nicht kampflos aufgegeben.«

Seine Worte kommen allerdings emotionslos heraus. Er starrt weiter finster auf seine Fäuste, als stelle er sich vor, auf etwas einzuschlagen. Ich weiß nicht, was ich machen soll.

»Du warst großartig«, sage ich sanft zu ihm.

Er schnaubt.

»Bist du wütend auf mich?«

»Ja.«

Es ist wie ein Peitschenhieb.

Ich beiße mir auf die Unterlippe und schaue heftig blinzelnd weg.

Sein Tonfall bleibt unverändert barsch. »Ich versuche, nicht loszuheulen.«

Schuldgefühle drücken auf mein Herz. Er hat mit angesehen, wie sein bester Freund auf dem Spielfeld k. o. ging. Jake hätte sterben können, und ich weiß, wie sehr Finn das zu schaffen macht.

»Ich kann nicht glauben, dass du hier bist.« Meine Stimme ist ein dünner Faden, der von ihm aufgegriffen werden will.

Doch stattdessen schlägt mir Schweigen entgegen. Sein intensives Starren drückt schwer auf meine Brust. Ich drehe ihm den Kopf zu.

Er funkelt mich finster mit großen Augen voller Entrüstung und Wut an. »Glaubst du, ich könnte jetzt irgendwo anders als an deiner Seite sein?«

»Jake …«

»Gott …« Finn lacht, doch dann steigen ihm ohne jede Vorwarnung Tränen in die Augen, und er verzieht den Mund. Ich starre ihn schockiert an, als sein Kinn bebt und er heftig den Atem ausstößt, woraus am Ende ein erstickter Schluchzer wird.

»Hey«, flüstere ich.

Seine Brust hebt und senkt sich, eine schrecklich gequälte Bewegung, und er beugt sich vor, um seinen Kopf auf meinen Bauch zu legen. »Scheiße, Chess«, sagt er erstickt. Er schlingt einen Arm um meine Hüften und umklammert meine Seite mit den Fingern. »Du hast keine Ahnung, was es mit mir anstellt, dich so zu sehen. Ich ertrage es nicht, dich verletzt zu sehen. Ich ertrag's nicht.«

Ich streiche ihm übers Haar. »Ist schon gut. Mir geht's gut.«

»Es ist nicht gut.« Er hebt den Kopf und sieht mich mit feuchten Augen an. »Als ich den Anruf von James bekommen habe, der mir sagte, dass ich herkommen müsse, weil du im Krankenhaus liegst, ist mein ganzes Leben zum Stillstand gekommen, verdammt. Verstehst du das? Wenn dein Leben zum Stillstand kommt, dann meins auch.«

In der leeren Höhle meiner Brust schwillt mein Herz an. »Oh Finn. Komm her.«

Aber er hört nicht. Er lehnt sich mit entschlossener, harter Miene auf seinem Stuhl zurück, während er sich über die Augen wischt. »Also ja, ich bin wütend. Du hast mich verlassen. Und du wurdest verletzt. Du sollst nicht verletzt werden. Und du sollst mich nicht noch mal verlassen, Chester. Das überlebe ich nicht.«

Während Tränen über seine Wangen laufen und silbrige Spuren hinterlassen, wartet mein großer, starker Kerl in angespannter Haltung auf eine Antwort. Er hat mir ohne Scham oder Zögern sein Herz offenbart.

Mir verschwimmt die Sicht vor Augen, und ich blinzele dagegen an. Als ich in der Lage bin, zu sprechen, machen die Gefühle meine Worte undeutlich. »Nimm meine Hand.«

Zitternd strecke ich sie aus und warte.

Finn zieht die Augenbrauen zusammen, und sein Blick huscht zwischen meinem Gesicht und meiner Hand hin und her. Ich sehe ihm in die Augen und halte seinen Blick. Weiß er, worum ich bitte? Versteht er es? Gefühle federn zwischen uns hin und her, und dann klärt sich auf einmal seine Miene. Ein kleines Lächeln entfaltet sich, als er die Hand ausstreckt.

Seine warme, raue Handfläche drückt auf meine. Wir verschränken die Finger ineinander. In mir rutscht etwas mit einem stummen Klicken an seinen Platz.

Ich drücke Finns Hand. »Ich war auf dem Weg zu dir. Um dir zu sagen, dass ich dich liebe.«

Er stößt den Atem aus. Und dann krabbelt er neben mich ins Bett und drückt mich an seinen festen, starken Körper. Seine weichen Lippen streifen meine Schläfe. Mit unendlicher Vorsicht legt Finn eine Hand an meine Wange. »Ich liebe dich so sehr, dass es mir Angst macht.«

Seufzend lehne ich mich seiner Berührung entgegen. »Das war auch mein Problem. Aber jetzt habe ich keine Angst mehr.« Ich spiele mit seinen Fingern, die länger sind als meine. »Ich glaube, wie auch immer mein Leben verlaufen wäre, ich hätte dich gefunden. Ich hätte dich geliebt.«

Er kneift die Augen zu, und als er sie wieder öffnet, glänzen sie. »Du bist mein Schicksal, Chess. Das wusste ich von Anfang an. Ich bin für dich bestimmt.«

»Ich habe zu James gesagt, dass du mein Schicksal bist.«

Er schenkt mir ein wissendes Lächeln. »Some things were meant to be.«

Ich lache schnaubend. »Dieses Lied … Mitten bei meinem

Abendessen fing eine Band an, es zu spielen. Alle Leute in dem Laden haben angefangen mitzusingen. Wie sollte ich so ein Zeichen denn ignorieren?«

Er lacht. »Na, gar nicht.«

Ich lege den Kopf an seine Schulter und wir bleiben beide so liegen. Sein gleichmäßiger Herzschlag beruhigt mich. Finn streichelt träge meine Fingerknöchel.

»Wie ich gegangen bin, tut mir leid«, sage ich schließlich.

Finn rührt sich. »Ich habe dir nicht zugehört, als du sagtest, dass du Angst hast. Jedenfalls nicht so, wie du es gebraucht hättest.«

Er dreht seine Hand um, sodass meine Handfläche auf seiner liegt und er jetzt mich hält. »Wegen des Verlusts, den ich erlitten habe, glaubst du, ich müsste Vater werden, um glücklich zu sein. Es ist einfacher für mich gewesen, das mit schnellen Beteuerungen abzutun, als mich wirklich zu fragen, ob es stimmt.«

Als ein Schauer durch mich hindurchgeht, verstärkt er seinen Griff, so als wüsste er, dass ich die Hand wegziehen will. Finns Stimme klingt sicher und fest, aber auch leicht von Bitterkeit verzogen. »Wenn du die Wahrheit wissen willst: Football ist einfach. Einfach in dem Sinne, dass ich Talent dazu habe. Ich bin gut darin. Und wenn ich versage, liegt es allein an mir selbst. Das habe ich unter Kontrolle.«

Mit seinen langen Fingern umschließt er meine. »Vor dem Baby hatte ich noch nie etwas verloren, das mir wirklich etwas bedeutet hat. Darüber hatte ich nun keine Kontrolle. Es hat mich verändert, mich ängstlich gemacht. Und meine Gefühle für dich sind verdammt beängstigend. Weil ich auch keine Kontrolle über dich habe. Ich kann dich nur lieben und aufs Beste hoffen – dass du meine Liebe erwiderst und ich dir Geborgenheit geben und dich glücklich machen kann.«

»Ich bin glücklich«, flüstere ich und drehe mich noch weiter zu ihm, um mich eng an ihn zu schmiegen. »Du hast mich von Anfang an glücklich gemacht. Ich habe kalte Füße gekriegt. Aber das hätte nicht sein sollen. Denn du bist jedes Risiko wert.«

Er lässt das bei sich durchsacken, während er seine Lippen auf meinen Scheitel drückt. »Du hast keine Ahnung, wie glücklich es mich macht, das zu hören, Chess. Aber ich schulde dir noch eine Antwort. Denn ich habe auch kalte Füße gekriegt. Dabei hätte ich das Risiko genauso eingehen sollen.«

Ich spüre ein nervöses Ziehen im Bauch. Ich weiß nicht warum – er liebt mich. Ich liebe ihn. Ich kenne meinen Wert, und ich weiß, dass auch er ihn erkennt. Manche Gefühle kann man jedoch nicht abschalten, egal wie gern man sie ignorieren würde. Ich werde ruhig und lasse ihn sagen, was er loswerden muss. Vielleicht ist es schwer für ihn, denn er lässt sich Zeit und wägt seine Worte ab, als hätten sie Gewicht.

»Das Ding ist – als ich mein Baby verloren habe … da habe ich jemanden zum Lieben verloren. Ich hatte bis dahin nicht begriffen, dass ich das brauchte. Ich brauchte Liebe in meinem Leben. Jemanden, für den sich die ganze Anstrengung lohnt.« Finn rutscht auf dem Bett herunter, bis sich unsere Gesichter gegenüberliegen. »Ich liebe dich, Chester Copper. Mehr als alles andere. Es ist keine Frage, ob das ausreicht; es ist essenziell. Wenn du dich aus der Gleichung herausnimmst, ergibt der Rest keinen Sinn mehr.«

Ich weiß nicht, wer sich als Erstes bewegt. Unsere Küsse sind sanft und zärtlich, Entschuldigungen vermischt mit Versprechen. Nachdem er seinen Mund lange auf meinen gedrückt hat, streichelt Finn mit den Rückseiten der Finger über die empfindliche Haut an meinem Hals. »Wenn du ein Kind adoptieren oder eine Leihmutter engagieren oder beides machen willst, dann tun wir das. Aber ich brauche das nicht. Erst mal nicht.«

»Ich brauche das erst mal auch nicht. Ich bin glücklich mit uns zwei allein.«

Er reibt seine Wange an meiner. »Wofür auch immer wir uns entscheiden, wir werden es zusammen machen. Solange wir zusammen sind, Chess.«

»Zusammen.« Das ist ein Wort voller Möglichkeiten, und ich kann sie kaum erwarten.

Epilog

Chess

Im Frühjahr hat Finn mir zum Geburtstag ein Haus gekauft. Und ich habe es zugelassen. Es war überraschend, wie befreiend es sich angefühlt hat, sich nicht zu fragen, was für eine Botschaft damit verbunden ist oder ob ich mich selbst abhängig mache, wenn ich ihm erlaube, so viel Geld auszugeben. Ich hatte mein Leben in seine Hände gelegt und er umgekehrt genauso. Mit jedem Tag verwebten sich die Fäden unser beider Leben mehr miteinander, und das machte uns stärker.

Wir suchten ein Haus in der Third Street im Garden District aus – einen klassizistischen Bau aus den 1850er-Jahren mit einer Doppelveranda an der Vorder- und Rückseite, der von weiten Rasenflächen umgeben ist und hinten im Garten einen Pool hat. Wir haben den Gipsputz in Anlehnung an das für New Orleans typische Mardi-Gras-Lila blassviolett gestrichen, dazu die Balken weiß. Das hohe Eisentor – das wir aus Gründen der Privatsphäre brauchen – besaß ein glänzendes Dunkelgrün. Und ich verliebte mich im wahrsten Sinne des Wortes in das riesige alte Haus.

Als ich erfuhr, dass Dex' Freundin Fiona Innenarchitektin und Möbeldesignerin ist, bat ich sie, mir zu helfen. Während Finn in einem Trainingscamp war, fingen Fi und ich an, das Haus einzurichten. Wir zwei entschieden uns für ebenholzfarbene Böden und Weiß für die Wände, um die Architektur zum Strahlen zu bringen. Wir wählten gemütliche, aber moderne

Möbel, richteten einen Fitnessraum ein und ein Heimkino, ein Kunstatelier auf dem Dachboden und ein Fotostudio in einem Nebengebäude mit eigenem Eingang am hinteren Ende des Grundstücks. Es gefiel mir sogar mehr als mein altes Loft.

War das Haus zu groß für Finn und mich? Es fühlte sich nicht so an. Wir füllten es mit Freunden und Familie und Liebe. Im Sommer feierten wir James' und Jamies Hochzeit bei uns. Ich war am Ende betrunken und habe bei meiner Trauzeugenrede wenig elegant rumgeflennt. Finn hat mich getröstet, indem wir später, als alle Gäste gegangen waren, nackt baden gingen. Er hatte recht gehabt, betrunken mit einem Menschen, den man liebt, Sex zu haben, machte tatsächlich Spaß – auf eine schmutzige, hemmungslose »Wir wecken die Nachbarn auf«-Art.

Als der Herbst kam, war unser Haus unser Zuhause geworden, und ich fühlte eine tiefe Liebe für Finn, von der ich nicht geglaubt hätte, dass ich sie empfinden könnte.

»Ich kann nicht fassen, dass ich das für eine gute Idee gehalten habe«, grummelt Fi, während sie sich neben mich vor den Spiegel in meinem Ankleidezimmer stellt. Wir sind inzwischen eng befreundet, und ich bedauere es, dass wir uns nicht schon früher kennengelernt haben.

Ich betrachte das kleine grüne Kleid, das gerade so ihren Po bedeckt, und die glänzende rosafarbene Strumpfhose mit den dazu passenden Ballerinas. »Du siehst total süß aus.«

Fi schaut finster drein und schnippt gegen einen der changierenden Flügel, die auf ihren Rücken geschnallt sind. »Süß? Eine Masochistin, das bin ich. Mein ganzes Leben lang werde ich schon mit Tinker Bell verglichen. Und jetzt verkleide ich mich auch noch als sie, verdammte Scheiße.«

Zierlich, mit Mordskurven, einer Stupsnase, großen grünen Augen und feinem blonden Haar passt Fiona wirklich in die Rolle.

Ich grinse breit. »Deine innere Tink zu umarmen gibt dir Macht über sie. Hast du das nicht selbst gesagt?«

»Halt die Klappe.«

»Dex wird heulen, wenn er dieses Kleid sieht …»

Sie grinst ebenfalls. »Das ist der Plan.«

»Als was geht er?«

Sie zwinkert und hat ein teuflisches Funkeln in den Augen. »Als Holzfäller.«

Ich muss lachen. Hauptsächlich, weil ich weiß, dass Dex auf jeden Fall grummeln wird, egal welches Kostüm er trägt. »Oh Mann. Der heiße Holzfäller – voll porno.«

»Ich weiß. Könnte sein, dass mein Höschen in Flammen aufgeht, wenn ich ihn sehe.« Sie hebt ihren winzigen Rock, um sich Luft zuzufächern. »Was ist mit Finn?«

Unten im Erdgeschoss baut der Partyservice, den ich engagiert habe, alles für die Halloweenparty auf, die Finn und ich schmeißen. Den Großteil der Deko haben wir selbst aufgehängt, aber der Partyservice wird den letzten Schliff reinbringen. »Er hat es mir nicht verraten. Es soll eine Überraschung sein. Und wo wir gerade von Überraschungen sprechen …« Ich gehe zu dem Kleidersack, der neben meinem Spiegel hängt. »Mein Kostüm ist auch eine.«

»Finn hat deine Verkleidung ausgesucht?« Fi sieht mich mit einem halb belustigten und halb besorgten Blick an. »Und du hast ihm vertraut? Was, wenn es ein Möhrenkostüm ist?«

Ich schnaube. »Von allen Dingen, die du hättest bringen können, entscheidest du dich für Möhre?«

»Kam mir schön beliebig vor.«

Ich lege eine Hand auf den Kleidersack und zögere den Moment hinaus, weil ich weiß, dass er gut werden wird. »Finn würde mich niemals als Möhre verkleiden. Nein, er war richtiggehend außer sich vor Freude, als er das hier für mich dagelassen hat – mit der strikten Anweisung, es mir erst anzusehen, wenn ich mich fertigmache.«

»Na dann …« Fi wedelt mit der Hand. »Lass sehen.«

Ich atme einmal tief durch und ziehe langsam den Reißverschluss auf. Glänzender weißer Tüll quillt hervor, als hätte er darauf gewartet, herausgelassen zu werden. Mein Atem wird ein wenig schneller.

»Was ist das?«, fragt Fi hinter mir. »Ein Engelskostüm?«

Mit zitternden Händen klappe ich den Kleidersack auf. *Er kann doch nicht. Er hat doch nicht …*

Ein glückliches Lachen blubbert in mir hoch und bricht aus mir heraus, während mir die Sicht vor Augen verschwimmt. »Doch, er hat.« Immer noch breit grinsend presse ich eine Hand auf meinen Mund. »Er hat.«

Das nachtschwarze Oberteil ist aus weichem Samt und hat einen tiefen V-Ausschnitt. Der bauschige Rock ist aus vielen Lagen schneeweißen Tülls, der raschelnd unter meiner Hand nachgibt. Schwarze Ranken schlängeln sich vom Oberteil hinunter über diesen blütenweißen Rock.

»Wow«, flüstert Fiona neben mir. »Das ist …«

»Grace Kellys Kleid aus *Das Fenster zum Hof*.« Noch ein verworrenes geschluchztes Lachen entweicht mir. »Er hat mir tatsächlich ein neues besorgt.« Nur ist dieses Kleid um Längen besser als die billige Kopie, die ich früher hatte und die leider verbrannt ist. Dieses hier ist ein Meisterwerk, eine wirklich authentische Nachempfindung des ikonischen Kelly-Kleids, bis hin zu dem schmalen Lackledergürtel und dem sogar noch tieferen V-Ausschnitt am Rücken.

Ich erkläre der verwirrten Fiona, dass ich ein Kleid wie dieses schon einmal getragen habe und Finn es als das aus dem Film erkannt hat, aber dass ich es dann bei dem Brand verloren habe.

»Und er hat dir ein neues machen lassen.« Mit einem verträumten Blick fasst sie an einen der kurzen Ärmel des Kleids. »Touchdown, Mannus.«

Da ist sogar ein Beutelchen mit einem Perlenarmreif, einer Perlenkette und Ohrclipsen darin.

Fi hilft mir beim Fertigmachen und steckt meine Haare zu einem eingedrehten Chignon fest, und ich gehe ein Paar Riemchenpumps holen.

Mein Kleid schwingt und wogt hin und her, als ich die Treppe hinuntergehe. Aber von Finn ist weit und breit nichts zu sehen. Vielmehr bleibt er die ganze Zeit verschwunden, selbst als die Party in vollem Gange ist. Ich bin von seinen Freunden umgeben, aber kein Finn ist in Sicht.

Ich weiß nicht, ob ich mir Sorgen machen oder verärgert sein soll.

Meine Suche nach ihm geht langsam voran, da mich alle paar Schritte kostümierte Gäste aufhalten, um mir Komplimente für mein Kleid zu machen. Schließlich gelange ich in den Garten hinter dem Haus, wo Finn eine Tanzfläche hat aufbauen lassen, über der Lichterketten in Form von kleinen Geistern hängen. Am hinteren Ende hat eine Band ihre Instrumente aufgebaut und spielt gerade eine Coverversion von »Werewolves of London«.

In der Menge erhasche ich einen Blick auf Jake und gehe auf ihn zu.

»Jake, hast du Finn ge… Was zum Henker hast du denn da an?«, kiekse ich lachend.

So ausdruckslos, wie es nur geht, schaut Jake an sich hinab, bevor er antwortet. »Ein Hasenkostüm.«

Rolondo, Dex, Fiona und Charlie gesellen sich zu uns und lachen sich bei Dex' Anblick kaputt.

»Er sieht aus wie ein rosa Albtraum«, verkündet Dex.

Jake hält ihm einen flauschigen Mittelfinger hin.

Ich verkneife mir mein Grinsen. »Du hast eine Wette verloren, oder?« Und ich hab gedacht, Fis Sorge, es könnte ein Möhrchen-Kostüm sein, wäre vollkommen abwegig.

Jake macht einen Schmollmund. »Ja.« Dann erhellt sich seine Miene ein bisschen. »Wobei ich sagen muss, dass ich nicht komplett unzufrieden damit bin.«

Ich habe keine Ahnung, warum. Er sieht wirklich aus wie ein rosa Albtraum. Und das in voller Länge. Aber es tut gut, mit Jake zu witzeln. Er ist durch die Hölle gegangen, um wieder topfit zu werden.

»Hör zu«, sage ich und reiße mich aus meiner hasenbedingten Umnachtung. »Ich geb dir eine Möhre, wenn du mir sagst, wo Finn steckt.«

Jakes Lächeln wird verschlagen, und er nippelt an seinem Bier. »Och, ich glaube, er wird bald auftauchen.«

Ich funkele ihn böse an, aber dann hört die Musik auf, und jemand schaltet ein Mikro ein. Es fiept kurz, als es eine Rückkopplung gibt, und dann spricht *er*.

»Danke, dass ihr heute Abend alle mit Chess und mir feiert.«

Langsam drehe ich mich in die Richtung, aus der Finns Stimme kommt. Doch ich kann ihn nirgendwo sehen. Die Bandmitglieder lächeln, und einer von ihnen stellt sich ausgerechnet hinter ein Xylophon.

Finn spricht weiter. »Es freut uns sehr, dass ihr gekommen seid. Und ich hab mich gefragt, ob mein Freund, das rosa Häschen mir mal eben helfen könnte.«

Alle lachen und sehen zu Jake, der grinst wie ein Blödmann. »Klar doch, du Arsch!«, ruft er fröhlich zurück. Jake hält mir einen rosa Arm hin. »Miss Copperpot.«

Verwirrt nehme ich seinen Arm, und er führt mich weiter auf die Tanzfläche. Die Leute machen uns Platz. Und dann fängt jemand von der Band an, kitschig auf einer Ukulele herumzuzupfen.

Ich nehme die Musik kaum richtig wahr, bis Finn hinter der großen Virginia-Eiche neben der Tanzfläche hervortritt und zu singen anfängt. Ein überglückliches Lachen steigt in mir hoch.

Die meisten Leute imitieren den kultigen Las-Vegas-Elvis im weißen Hosenanzug. Nicht so Finn. Er ist der junge Elvis mit zurückgegelten Haaren und sauber getrimmten spitzen Koteletten; der hochgestellte Kragen einer schwarzen Lederjacke rahmt sein Gesicht ein. Finns blauäugiger Blick ist auf mich fokussiert, während er schmachtend »Can't Help Falling in Love« singt. Es ist so kitschig schön, dass ich lache, während Tränen aus meinen Augen hervorquellen.

Langsam kommt er auf mich zu und wirft das Mikro Jake zu, der für ihn weitersingt. Und der macht das erstaunlich gut.

Finn bleibt so dicht vor mir stehen, dass mein Rock sich um seine Beine bauscht. Ein leises Lächeln umspielt seine Lippen. »Hallo, Chester.«

Ich bin mir ziemlich sicher, dass ich strahle wie ein Honigkuchenpferd. »Ich hab schon immer gewusst, dass du einen tollen jungen Elvis abgeben würdest.«

Sein Blick bleibt auf mein Gesicht gerichtet. »Und du bist umwerfender als Grace Kelly.«

»Schleimer.«

Finn hält mir seine Hände hin. »Tanzt du mit mir?«

Meine Handflächen gleiten über seine. »Immer doch.«

Die Band spielt weiter, und unsere Freunde singen enthusiastisch mit. Aber ich habe nur Augen für Finn, als er mich in die Arme nimmt, und wir beginnen, uns hin und her zu wiegen. Wenn ich bei ihm bin, ist die Welt in Ordnung.

»Ich liebe dich, Chess«, flüstert er an meiner Wange.

Ich kuschele mich enger an ihn. »Ich liebe dich auch.«

Ein anerkennendes Brummen rumort in seiner Brust. »Und ich hab mich gefragt …«

Er lässt meine Hand los. Langsam hören wir auf zu tanzen, und das Herz klopft mir bis in den Hals, während ich zu ihm hochblicke. Finns Lächeln schwankt, aber seine Augen sind weit geöffnet, und in seinem Blick liegt dieselbe Verbundenheit wie beim ersten Mal, als wir uns gesehen haben. Nur ist sie jetzt stärker, viel stärker.

Diese blauen Augen halten mich gefangen. Ich werde sie niemals satthaben. Ich bin so darin versunken, dass ich erst nicht merke, dass er etwas in der Hand hält.

Doch als sein Blick zu seiner Hand huscht, sehe ich ihn. Ein großer Ring mit einem Diamanten im Smaragdschliff funkelt im Licht der Lämpchen in den Bäumen.

Ich fange nicht an zu weinen. Ich grinse so breit, dass meine Wangen wehtun.

»Ob du ihn annimmst oder nicht«, sagt Finn mit belegter Stimme. »Ich werde das ganze Leben lang deine Hand halten. Ich werde dich immer lieben. Aber es wäre mir eine Ehre, dein Ehemann zu sein …«

»Steck mir den Ring an, Finn«, sage ich erschauernd. »Ich kann's nicht erwarten, deine Frau zu werden.«

Der kühle, feste Ring gleitet auf meinen Finger. Wir lachen und küssen uns immer noch, als uns schließlich unsere Freunde bestürmen, um uns zu gratulieren. Erst da merke ich, dass James und Jamie auch da sind.

Viel später, als die ganze Aufregung sich gelegt hat, sitzen Finn und ich auf der Hollywoodschaukel vor unserem Schlafzimmer. Finn hält meine Hand, sein Daumen spielt mit dem Diamanten an meinem Finger.

»Stell dir mal vor«, sage ich, während wir vor- und zurückschwingen. »Ich werde bald Chester Mannus sein.«

Es ist bewundernswert, wie er versucht, sich ein Kichern zu verkneifen. Aber sein Lächeln verbirgt er nicht. »Ich finde, das ist ein schöner Name.« Seine Stimme wird heiser. »Echt, der beste Name, den ich je gehört habe.«

Seufzend lege ich den Kopf an seine Schulter. »Geht mir genauso.«

Unter uns schwofen die Leute immer noch auf der Tanzfläche. Manchmal denke ich an das alte Ehepaar, das wir am Strand miteinander unter den Lichterketten tanzen gesehen haben, zufrieden damit, einfach nur zusammen zu sein. Ich sehe meine Zukunft in ihnen, aber ich bleibe nicht bei dem Gedanken hängen. Ich lebe im Hier und Jetzt. Und auch das geht überraschend leicht.

Danksagung

Danke an Kati Brown, Jovee Winters und Sahara Hoshi fürs erste Lesen und Anfeuern. An Sarah Hansen dafür, dass sie immer so super Cover für mich entwirft. An Sara Lunsford fürs Lektorieren. An Kylie Scott für die dringend benötigte moralische Unterstützung. An Danielle Sanchez für ihre tollen PR-Aktionen. An alle Leser, die immer so klasse sind, und alle Blogger, die mich immer so toll unterstützen.